DREW CHAPMAN
Der Trader

Buch

Ein geschäftiger Morgen in Manhattan: Phillip Steinkamp, der Präsident der New Yorker Zentralbank, ist auf dem Weg ins Büro, als sich ihm eine Frau in den Weg stellt, eine Waffe auf ihn richtet – und abdrückt. Dann erschießt sie sich selbst, nicht ohne den entsetzten Passanten den Namen des Mannes zu nennen, der ihr den Mord befohlen habe: Garrett Reilly. Der geniale Mathematiker und Wertpapierhändler mit dem fotografischen Gedächtnis verfolgt nur wenige Blocks entfernt in seinem Büro – von den Geschehnissen nichts ahnend – die weltweiten Börsenaktivitäten, als ihn ein Anruf erreicht. Agentin Alexis Truffant vom militärischen Geheimdienst, mit der Garrett vor einiger Zeit eine Cyberattacke der Chinesen abwehren konnte und eine kurze, heftige Affäre hatte, warnt ihn vor seiner unmittelbar bevorstehenden Festnahme. In letzter Sekunde kann Garrett abtauchen und entdeckt schon bald ein gefährliches Muster: Der Mord an Steinkamp, seltsame Transaktionen, die plötzliche Pleite einer Bank in Malta – sie sind der Beginn eines Cyberwars, der darauf abzielt, das gesamte Wirtschaftssystem der USA zu zerstören. Gemeinsam mit Alexis nimmt Garrett den Kampf gegen die Drahtzieher auf, die ihnen immer einen Schritt voraus zu sein scheinen …

Weitere Informationen zu Drew Chapman
sowie zu lieferbaren Titeln des Autors
finden Sie am Ende des Buches.

Drew Chapman
Der Trader

Thriller

Aus dem Amerikanischen
von Jochen Stremmel

GOLDMANN

Die amerikanische Originalausgabe erschien 2015 unter dem Titel
»The King of Fear« als E-Book in drei Teilen und 2016 als vollständige
Ausgabe bei Simon & Schuster, Inc., New York.

Der Verlag weist ausdrücklich darauf hin, dass im Text enthaltene externe Links vom Verlag nur bis zum Zeitpunkt der
Buchveröffentlichung eingesehen werden konnten. Auf spätere
Veränderungen hat der Verlag keinerlei Einfluss. Eine Haftung des
Verlags ist daher ausgeschlossen.

Dieses Buch ist auch als E-Book erhältlich.

Verlagsgruppe Random House FSC® N001967

1. Auflage
Deutsche Erstveröffentlichung September 2016
Copyright © der Originalausgabe 2015, 2016 by Andrew Chapman
All Rights Reserved. Published by arrangement
with the original publisher, Simon & Schuster, Inc.
Copyright © der deutschsprachigen Ausgabe 2016
by Wilhelm Goldmann Verlag, München,
in der Verlagsgruppe Random House GmbH,
Neumarkter Str. 28, 81673 München
Umschlaggestaltung: UNO Werbeagentur, München
Umschlagmotiv: FinePic®, München
Redaktion: Ilse Wagner
KS · Herstellung: Str.
Satz: IBV Satz- und Datentechnik GmbH, Berlin
Druck und Bindung: GGP Media GmbH, Pößneck
Printed in Germany
ISBN: 978-3-442-48218-4
www.goldmann-verlag.de

Besuchen Sie den Goldmann Verlag im Netz

Lisa gewidmet,
für all ihre Liebe und Unterstützung.

TEIL 1

1

DAS WEISSE HAUS, 17. APRIL, 21:52 UHR

Alan Daniels klopfte zweimal an die Tür zum Büro seiner Chefin im Westflügel, wartete einen Augenblick auf eine Reaktion – bekam aber keine – und schob dann die Tür auf. »Haben Sie zwei Minuten Zeit?«

Die Nationale Sicherheitsberaterin hatte sich die Handtasche schon über die Schulter gehängt. Sie stieß einen langen, überaus dramatischen Seufzer aus, lächelte dann strahlend und nickte. Julie Fiore mochte Daniels. Er war ihr Stellvertreter, und er war loyal und klug. Sie wollte nach Hause – ihr Mann machte gegrillten Lachs mit einer Honig-Senf-Sauce, ihr Lieblingsessen –, aber sie hatte zwei Minuten für Daniels. Sie winkte ihn zu sich.

Er legte einen dünnen Aktenordner auf ihren Schreibtisch. »Wahlen. In Belarus. Die ersten Hochrechnungen sind gerade reingekommen.«

»In Belarus gibt es Wahlen?« Sie grinste verschmitzt.

»Anscheinend schon. Und seit heute Morgen« – Daniels schaute nach der Weltzeituhr auf seinem Smartphone – »ein Uhr dreiundfünfzig UTC scheinen sie eine Rolle zu spielen.«

Fiore zog ihre Lesebrille aus der Handtasche, öffnete die Akte, überflog das einzelne Blatt Papier, das sie enthielt, und runzelte die Stirn. »Unmöglich.«

»Und trotzdem« – Daniels streckte seine zwei Hände in die

Luft, als wolle er demonstrieren, dass dies etwas sei, das nur Gott ermessen könne –, »da liegt es vor Ihnen.«

»Er ist zum vierten Mal wiedergewählt worden. Sie glauben an die Demokratie, so wie ich an Einhörner glaube.« Sie nahm sich die Brille von der Nase und rieb sich mit der anderen Hand kurz über die Augen. Sie war derart müde. »Wie konnte es dazu kommen?«

»Feenschimmer?«

Fiore warf Daniels einen grimmigen Blick zu.

Er straffte sich und ließ das Lächeln aus seinem Gesicht verschwinden. »Ich habe mich vor fünf Minuten mit der CIA in Verbindung gesetzt. Sie sind ebenfalls völlig überrascht worden. Ihre Analytiker werden über Nacht daran arbeiten, verschiedene Szenarien entwickeln.«

»Gütiger Gott. Nach der Ukraine ist das hier … ist das hier eine Katastrophe …« Ihre Stimme erstarb. Sie wandte sich von ihrem Stellvertreter ab und schaute zu ihrem Fenster hinaus auf den im Dunkeln liegenden Rasen im Norden. Sie versuchte, sich einen weit entfernten Ort auf der anderen Seite der Welt vorzustellen, ein Gebäude, das größer als das Weiße Haus, aber genauso gut bewacht war, vom Licht der Morgensonne überflutet, voll von Ministern und Generälen und ihren Beratern, die vor Entsetzen alle gleichzeitig ihren Kaffee ausspuckten. »Dort drüben. Sie wissen schon, wo.« Sie zeigte hinaus in die Dunkelheit, als hätte sie sich einen Punkt auf einer unsichtbaren Landkarte ausgesucht, die nur sie und Daniels sehen konnten. »Dort werden sie in diesem Moment Herzanfälle bekommen. Versammlungen des Krisenstabs und kollektive Herzanfälle.«

»Ja, das werden sie. Und wenn sie sich von ihren Herzanfällen erholt haben …« Daniels machte eine Pause, um zu überlegen, was er sagen wollte. Er hätte seine Gedanken in einen diplomatischen Euphemismus kleiden können, irgendetwas Verschwommenes und weniger Bedrohliches, aber allein mit seiner Chefin am Ende des Tages, erschöpft und ein kleines bisschen nervös durch die Überwachung der anscheinend endlosen globalen Krisen, kam ihm das einfach nicht angemessen vor. »Werden sie anfangen, Menschen umzubringen. Eine Menge Menschen.«

2

LOWER MANHATTAN, 14. JUNI, 2:17 UHR

Garrett Reilly konnte bestens mit Zahlen umgehen. Er war gut darin, Scheitelpunkte in Zinssätzen zu erkennen, Abwärtstrends in Rohstoffpreisen und Konvergenzen in den Renditen kommunaler Anleihen. Aber er war genauso versiert darin, an einem Sommertag auf dem West Broadway den Prozentsatz von Männern mit Birkenstock-Schuhen gegenüber solchen, die Nikes trugen, zu bestimmen oder das Verhältnis von Werbespots für Autos zu solchen für Bier im Verlauf einer Stunde Hauptsendezeit im Fernsehen. Muster zu erkennen gehörte zu seinen natürlichen Begabungen; er spürte sie im gleichen Maß, wie er sie sah. Wenn man ihn danach fragte, würde er sagen, dass die Muster zuerst auf der obersten Schicht seiner Haut auftauchten, ein Kribbeln, das an seinen Fingerspitzen begann – so wie die abfallende Sinuskurve von Düsenjets bei ihrem Landeanflug auf LaGuardia sich allmählich mit der Schwingungszahl von Hubschrauberrotoren über dem Hudson River zu decken begann –, dann durch sein zentrales Nervensystem nach oben fuhr, um schließlich in seinem Kopf zu dem unglaublichen Bild einer Zahlenkaskade zu explodieren.

Muster waren die Luft, die Garrett atmete. Sie waren es, womit er seine Brötchen verdiente, wenn er in der Wall Street mit Anleihen handelte, und sie waren es, womit er sein Leben organisierte. Das Verarbeiten von Daten war ihm angeboren, und mit dieser Rolle war er ganz zufrieden.

Wenn er in letzter Zeit mit etwas weniger zufrieden war, dann war das seine Fähigkeit, das Wirkliche vom Unwirklichen zu unterscheiden.

Nehmen wir zum Beispiel den Mann mittleren Alters, der Garrett im Wohnzimmer seines Apartments im dritten Stock eines Hauses ohne Fahrstuhl in Manhattans Lower East Side gegenübersaß. Garrett kannte den Mann gut – er wurde allmählich kahl, ein freundlich gestimmter Onkel. Garrett liebte den Mann, und er wusste, dass der Mann ihn ebenfalls liebte; der Mann betrachtete Garrett als den Sohn, den er nie gehabt hatte, und er hatte sich während eines großen Teils von Garretts kurzem, turbulentem Leben um ihn gekümmert. Es machte Garrett große Freude, den Mann, der alles an Familie verkörperte, die er noch auf der Welt hatte, um zwei Uhr morgens bei sich im Zimmer sitzen zu sehen, Bier mit ihm zu trinken, mit ihm über dies und das zu plaudern, das Leben und die Liebe und überhaupt nichts. Garrett Reilly hätte nicht glücklicher sein können.

Das Problem war nur: Der Mann war tot. Seit zwölf Monaten, und Garrett wusste es.

Garrett Reilly, siebenundzwanzig Jahre alt, ein halb mexikanischer, halb irischer Händler von festverzinslichen Wertpapieren aus Long Beach, Kalifornien, hatte in letzter Zeit eine Menge verschreibungspflichtiger Medikamente genommen. Tramadol, Vicodin, Meperidin, Percocet, um ein paar zu nennen. Falls er einen Arzt davon überzeugen konnte, sie ihm zu verschreiben, schluckte Garrett sie. Vor einem Jahr hatte er bei einer Kneipenschlägerei einen Schädelbruch erlitten, und obwohl der Riss in seinem Schädel verheilt war, schienen die blitzartigen Kopfschmerzen nie ganz zu verschwinden. Tatsächlich verlief der Trend der Schmerzen nach oben und nahm exponentiell zu. Wäre seine Gehirnverletzung eine Aktie gewesen, hätte Garrett eine Hausse-Position darauf abgeschlossen und zugesehen, wie die reichen Erträge hereingeströmt wären.

Er achtete normalerweise auf die Dosierungen, die er einnahm, aber die Schmerzen hatten sich in etwas dermaßen Hartnäckiges, dermaßen Tückisches verwandelt, dass er in letzter Zeit einfach alles schluckte, was in Reichweite war, und versuchte, nicht über die Konsequenzen nachzudenken. Natürlich war der verstorbene Mann mittleren Alters, der in einem bequemen Sessel in Garretts Wohnzimmer saß, eine der Konsequenzen.

»Du musst auf dich achtgeben, Garrett«, sagte Avery Bernstein, dessen schreiend grün-goldener Pullunder über einem gebügelten weißen Hemd offen stand. Avery war vor seinem Tod Garretts Boss gewesen, ein Mathematikprofessor, der zum Vorstandsvorsitzenden eines Maklerunternehmens aufgestiegen und einer der wenigen Menschen auf der Welt war, die das Leben fast genauso sahen wie Garrett – als eine Abfolge wunderschöner Gleichungen, die darauf warteten, gelöst zu werden. Avery veränderte seine Sitzhaltung ein wenig, und seine Blicke wanderten durch den Raum. »Du musst mehr nach draußen gehen. Dich ein bisschen bewegen. Leute treffen.«

Garrett wusste, dass das Ding auf der anderen Seite des Zimmers eine Halluzination war, die von einer Kombination aus zu vielen Tabletten, zu viel Alkohol und nicht genug Schlaf ausgelöst worden war. Und ihm war auch klar, dass das, was die Halluzination sagte, eine Projektion seines Unbewussten war. Eine Botschaft, die er sich selbst schickte. Er musste tatsächlich besser auf sich achtgeben, und er sollte mehr nach draußen gehen. Was die Bewegung anging …

»Ich hasse Bewegung«, sagte Garrett zu seinem leeren Wohnzimmer. »Ich werde mich nicht in einem blöden Fitness-

Center anmelden und in beschissenen Yogahosen rumlaufen. Ich habe noch einen Rest Stolz.«

»So gefällst du mir.« Avery lächelte. »Ändere dich bloß nicht. Warum solltest du auch? Du bist perfekt, so, wie du bist.«

Garrett lachte, und ihm wurde klar, dass er über seinen eigenen Scherz lachte. Darauf würde er achten müssen. »Du bist nicht hier, Avery. Ich bilde dich mir ein.«

»Natürlich bin ich nicht hier. Ich bin vor mehr als einem Jahr bei einem Unfall mit Fahrerflucht gestorben. Ein Unfall, bei dem du übrigens der Frage nie richtig auf den Grund gegangen bist, ob es nun ein Unfall war oder nicht«, sagte Avery. »Aber du hast ein ernstes Problem, Garrett, und du musst dich darum kümmern.«

»Ich weiß, ich weiß, zu viele Medikamente. Kritisiere nicht an mir rum. Du bist nicht meine Mutter, abgesehen davon, dass es ihr scheißegal wäre. Ich werde weniger einnehmen. Es ist nur so …«

Er machte den Mund nicht mehr zu und sprach den Satz nicht zu Ende. In Wahrheit waren seine Halluzinationen im Großen und Ganzen harmlos: Ein Hund, der an eine Parkuhr angeleint war, hatte ihm Aktienkurse vorgetragen, als er auf der Broome Street an ihm vorbeiging; ein alter Song der Carpenters – »Close to You« – war letzte Woche bei der Arbeit ununterbrochen auf seinen Schnürschuhen gespielt worden; und jetzt besuchte ihn Avery Bernstein in seinem Apartment. Er vermisste Avery schrecklich. Ihn dort zu sehen, übergewichtig und freundlich, ließ Garretts Herz bereits schneller schlagen. Ein Gedanke schoss ihm durch den Kopf: Vielleicht nahm er all die Medikamente nicht, um seine Kopfschmerzen in den Griff zu kriegen.

Vielleicht nahm er sie, um seine Trauer in den Griff zu kriegen.

»Nein«, sagte Avery mit dem Anflug einer gewissen Strenge

in der Stimme, »du weißt, was das Problem ist, und du nimmst es nicht zur Kenntnis.«

Garrett hatte auf einmal das Gefühl, als steckte ihm ein Kloß im Hals. Er wusste, was das Problem war. Er hatte während der letzten paar Wochen das Muster wachsen gefühlt. Er hatte Hinweise darauf im Internet gesehen und angefangen, seine frühesten Verkörperungen auf den globalen Aktienmärkten zu erkennen. Es war ein Wirrwarr, kompliziert und dicht, der etwas Dunkles und Erschreckendes verbarg. Er hatte versucht, es nicht zur Kenntnis zu nehmen, weil er nicht darin verwickelt werden wollte. Er wollte mit der weiteren Welt und ihren endlosen, zahllosen Problemen nichts zu tun haben; er hatte kürzlich so viel von globalen Krisen mitbekommen, dass es für sein ganzes Leben reichte. Aber wenn Averys Geist eine Projektion von Garretts Unbewusstem war, dann sprudelten seine tiefsten Instinkte an die Oberfläche und versuchten, ihn zu warnen.

»Sie kommen näher«, sagte Garretts geliebter ehemaliger Mentor, dessen Mundwinkel sich plötzlich zu einer beklemmenden mürrischen Grimasse nach unten zogen. »Sie kommen dich holen.«

Garretts Herz klopfte beunruhigend schnell in seiner Brust.

»Sie kommen, um alles zu zerstören.«

3

NEW YORK CITY, 14. JUNI, 8:17 UHR

Das Juniwetter war perfekt: ein wolkenloser blauer Himmel, eine leichte Morgenbrise, die vom Hudson River herüberblies. Weil es draußen so schön war, beschloss Phillip Steinkamp, eine Haltestelle früher aus dem 4-Train auszusteigen, an der Station Brooklyn Bridge in Lower Manhattan, und die letzten acht Häuserblocks bis zu seinem Büro zu Fuß zu gehen. Das machte Steinkamp, sooft er konnte, um sich ein bisschen Bewegung zu verschaffen, bevor sein arbeitsreicher Tag begann, um einen klaren Kopf zu bekommen, aber vor allem, um eine Tasse Kaffee zu trinken und den Geschäftsbesitzern auf der Nassau Street guten Tag zu sagen.

Er wusste, dass er das nicht tun sollte. Er wusste, dass er stattdessen im 4-Train bis zur nächsten Haltestelle fahren sollte, zur Fulton Street, und die zwei Häuserblocks zu seinem Büro schnell zurücklegen sollte – zwei Häuserblocks, die mit Polizisten und Barrikaden, mit Detectives in Zivil und privaten Sicherheitswachmännern gesäumt waren –, aber manchmal hatte Steinkamp das Gefühl, als lebte er in einer Blase. Und an einem wunderschönen Junivormittag war eine Blase der letzte Ort, an dem er sein wollte. Schließlich war er immer noch Amerikaner, der tun und lassen konnte, was ihm gefiel, auch wenn er Präsident der Federal Reserve Bank von New York war, der größten und bedeutendsten von allen Federal Banks der zwölf Bezirke.

Ja, fast eine Billion Dollar in Gold, Einlagen und Schuldverschreibungen lagen unter seinem Büro in der Liberty Street 33, und ja, er war der Bankier mit dem zweitgrößten Einfluss auf dem Planeten. Aber wenn er Chanji in dem Elektrogeschäft zuwinken und sich einen Kaffee bei Sal in dem griechischen Lokal holen wollte, würde er das tun, verdammt noch mal. Jeffries, der Chef seines Sicherheitsdienstes, konnte so viel herumschreien, wie er wollte, Steinkamp würde sich nicht von seinem Job definieren lassen. Er weigerte sich, die wirkliche Welt außen vor zu lassen.

Steinkamp atmete die Morgenluft tief ein. Er war ein schlanker Mann, knapp unter eins siebzig, mit der permanent gebeugten Haltung des früheren Buchhalters und einem Kranz sich lichtenden braunen Haars um einen weitgehend kahlen Kopf. Er konnte einen Hauch Salzwasser in der Luft riechen, einen Geschmack des New Yorker Hafens, als er nach links in die Nassau Street einbog. Er ging schnell, aber nicht zu schnell, winkte Chanji zu, der vor Value Village Electronics in sein Handy plauderte – oder war es Ranjee, Steinkamp konnte sie nicht auseinanderhalten –, und lächelte den anderen Bankern und Maklern zu, die auf dem Weg zu ihren unzähligen Büros in Lower Manhattan waren. Sie machten alle einen ernsten und geistesabwesenden Eindruck. Sie hatten Geld im Kopf, nichts anderes als Geld.

Na ja, das hatte auch er dauernd im Kopf. Geld und Zinssätze und Politik ebenfalls. Sein Job produzierte einen nicht enden wollenden Katalog von Sorgen. Der Leiter der New York Fed war Stellvertreter der Vorstandsvorsitzenden der Federal Reserve, und wenn die Vorstandsvorsitzende ihren derzeitigen Job schon etwas länger innegehabt hätte – und nicht erst vor knapp drei Monaten ernannt worden wäre –, dann hätte Steinkamp freier atmen können. Aber in Wahrheit hatte die derzeitige Fed-Vorsitzende etwas von einer unbekannten Größe, eine ehemalige Professorin der Cal-Berkeley, zurückgezogen lebend und dem Vernehmen nach eine Intelligenzbestie. Steinkamp hatte einen Moment lang gedacht, er bekäme vielleicht die Stelle, aber der Präsident hatte sich für Hummels entschieden, möglicherweise deshalb, um bei der bevorstehenden Wahl die Wählerinnen zu gewinnen, und vielleicht auch, weil Steinkamp manchmal so dumme Sachen machte, wie zu Fuß zu seinem Büro zu gehen, anstatt den Fahrdienst in Anspruch zu nehmen, der jeden Morgen um Punkt acht Uhr vor seinem Foyer in der Park Avenue erschien.

Steinkamp war impulsiv und für diese Eigenschaft in der gesamten Wall Street bekannt. Er seufzte. Er konnte nur er selbst sein; das war in seinen Augen der Schlüssel zum Leben. Sei du selbst. Bereue nichts.

Er blieb vor Sals Lokal stehen und beugte sich in das offene Fenster für die Straßenkundschaft. Der alte Sal, ein griechischer Immigrant mit einem Bauch, der sich unter seiner schmutzigen weißen Schürze blähte, strahlte, als er Steinkamp erkannte. »Einen Kaffee, hell und süß, für den Zampano unter den Zampanos«, sagte Sal, füllte einen Becher zum Mitnehmen und warf zwei Päckchen Zucker auf die Theke vor dem Fenster.

»Guten Morgen, Sal«, sagte Steinkamp, goss ein wenig Sahne aus einem Kännchen in seinen Kaffee und winkte Sal jun. zu, der drinnen Speck auf dem Backblech des Imbisslokals anbriet. Steinkamp mochte Sal, Sals Sohn und die gesamte Familie Panagakos. Er mochte es, dass sie hart arbeiteten. Er mochte auch ihr Temperament. »Und Sal junior ebenfalls einen guten Morgen.«

»Hey, Boss.« Sals Sohn winkte zurück. »Was macht mein Geld?«

»Ich habe keinen Schimmer«, sagte Steinkamp, und die Männer im Imbiss lachten alle. Sie hatten an jedem Morgen, wenn er vorbeischaute – und das machte er inzwischen seit zehn Jahren –, irgendwas in dieser Art zu ihm gesagt, und er hatte immer mehr oder weniger auf die gleiche Weise geantwortet. Aber sie lachten trotzdem, Gott segne sie.

Sal wischte die Theke mit einem weißen Tuch sauber. »Hey. Was ich Ihnen sagen wollte, Boss. Eine Lady hat nach Ihnen gefragt. Wollte wissen, wann Sie das nächste Mal vorbeikommen.«

»Ach ja?« Steinkamp lächelte. »War sie hübsch?«

Sal zuckte mit den Schultern. »Vielleicht ein bisschen. Vielleicht erfüllt sie nicht Ihre Ansprüche.« Sal hatte immer noch einen griechischen Akzent, die erfinderische Grammatik eines Einwanderers und einen singenden Tonfall. »Sie können jede Frau auf der Welt haben, Mr Zampano. Warum sollten Sie sich mit einer Lady von der Nassau Street abgeben?«

Steinkamp lächelte. Die ganze Zeit fragten Leute in Lower Manhattan nach ihm. Makler, Banker, Börsenhändler. Sie kannten ihn vom Sehen oder aus gelegentlichen Zeitungsartikeln. Die Vorsitzenden der Fed-Banken in den einzelnen Bezirken waren meistens gesichtslose Bürokraten, aber Steinkamp war schon so lange dabei, dass er eine gewisse Prominenz erlangt hatte. Man sprach ihn auf der Straße oder bei dem Deli auf der Chambers an, wo er sich gern ein Reuben-Sandwich holte, und fragte ihn, in welche Richtung sich die Zinsen entwickelten oder ob die Fed ihre Ankäufe von Obligationen reduzieren würde. Manchmal auch nur, um ihm die Hand zu schütteln.

In letzter Zeit hatten sie ihn allerdings nach dem Vorstandsvorsitzenden der Fed in St. Louis gefragt, Larry »Lass sie fallen« Franklin. Franklin und Steinkamp waren untereinander zerstritten gewesen – ziemlich übel zerstritten. Franklin war ein Moralist, und er war durch das ganze Land gereist, hatte an Universitäten und Wirtschaftshochschulen Reden gehalten und klargemacht, dass er gegen jede Art von Rettungsplan sei, wenn wieder einmal eine Bank in den Vereinigten Staaten, die »zu groß zum Scheitern« wäre, ins Wanken geriete. »Wenn Banken in Schwierigkeiten kommen«, hatte Franklin der Chicago Tribune mitgeteilt, »dann müssen sie aus eigener Kraft wieder herauskommen. Banker müssen für das, was sie tun, verantwortlich gemacht werden.«

Steinkamp hielt das für lächerlich. Nun gut, Banker mussten wirklich für ihre Entscheidungen verantwortlich gemacht werden, aber im Jahr 2008 war die Federal Reserve das Einzige, was zwischen einer zusammengebrochenen Weltwirtschaft und einer globalen Finanzkatastrophe stand. Die Fed hatte heroisch dafür gesorgt, dass die Kreditmärkte weiter funktionierten, und ein angeschlagenes Maklerunternehmen nach dem anderen finanziell gestützt. Falls weitere Banken zusammengebrochen wären, hätte es Aufstände auf den Straßen gegeben. In Steinkamps Augen war »Lass sie fallen«-Franklin eine Gefahr. Eine Gefahr für die Vereinigten Staaten – zum Teufel, für die ganze Welt. Und er, Steinkamp, war der letzte Mann, der zwischen Franklin und dem zukünftigen Finanzchaos stand.

»Hey, wenn man vom Teufel spricht.« Sal zeigte auf die andere Straßenseite. »Da ist sie.«

Steinkamp ließ einen Fünfdollarschein auf die Theke fallen, klemmte einen Deckel auf seinen Kaffeebecher und drehte sich um, weil er sehen wollte, wer ihn zu treffen wünschte. Er hatte nichts dagegen. Ein kleines bisschen Berühmtheit war der angemessene Ausgleich für all diese Stunden in Ausschusssitzungen. Er verzog seine Lippen zu einem breiten Lächeln.

Aber nach einem Blick in ihr Gesicht war Steinkamp sich auf einmal nicht mehr so sicher, ob es eine gute Idee gewesen war, eine Haltestelle früher aus dem Zug zu steigen. Sie war jung, sah aber alt aus, hatte ein blasses Gesicht und schwarzes Haar. Sie trug einen grünen Trenchcoat, was merkwürdig war, weil es Juni war und warm und im Lauf des Tages nur noch wärmer werden würde. Aber das war es nicht, was Steinkamp einen Schauer über den Rücken jagte. Da war irgendwas an ihrem Gesichtsausdruck: nicht direkt gekränkt wie bei einigen der Leute, die ihn behelligten, aber auch nicht glücklich. Entschlossen. Das war es, was sie war. Entschlossen, etwas zu tun.

Etwas Schlimmes.

»Phillip Steinkamp?«, fragte sie, als sie die Nassau Street überquerte und auf den Bürgersteig trat. Er hörte die Spur eines Akzents aus irgendeinem Land, das Steinkamp nicht genau bestimmen konnte. Spanisch? Portugiesisch? Nein, das war es nicht …

»Das ist er.« Sal grinste und zeigte auf Steinkamp. »Der große Boss.«

»Ich bin leider schon etwas spät dran.« Steinkamps Worte überschlugen sich fast. »Falls Sie einen Termin mit mir machen möchten, sollten Sie mein Büro anrufen. Sie können die Nummer online finden. Wir werden gern einen Termin vereinbaren.« Er hatte plötzlich Angst, große Angst, und er war verärgert über Sal, weil er seine Identität bestätigt hatte. Er machte einen großen Schritt nach Süden, die Nassau hinunter, als die Frau ihm in den Weg trat und etwas aus der Tasche ihres Trenchcoats zog.

Steinkamp wusste sofort, dass es sich um eine Schusswaffe handelte.

»Heilige Muttergottes«, sagte Sal hinter ihm durch das Thekenfenster, »sie hat eine Pistole!«

Steinkamp erstarrte und schaute wie gebannt auf die Waffe, ein gemeines, stromlinienförmiges Stück grauen Metalls. Er konnte den Blick nicht davon abwenden. Die Frau hob die Schusswaffe mit einer Hand und zielte damit auf Steinkamps Brust.

»Nein, Lady, tun Sie das nicht. Ich kenne Sie nicht. Das ist ein Irrtum.«

Irgendjemand schrie von der anderen Straßenseite. Eine Taxihupe ertönte. Die Frau im Trenchcoat drückte den Abzug drei Mal schnell hintereinander.

Das erste Geschoss streifte Steinkamp an der Schulter. Das nächste traf ihn einen Sekundenbruchteil später im rechten Arm. Aber das dritte Geschoss riss ein Loch in sein blaues Brooks-Brothers-Hemd und bohrte sich in Steinkamps Herz, das sofort zu schlagen aufhörte. Der Vorstandsvorsitzende der Federal Reserve Bank von New York stieß ein schwaches Röcheln aus und sackte dann auf dem Boden zusammen, während Fußgänger vor Entsetzen schreiend in Deckung gingen. Nur Sal an dem offenen Thekenfenster seines Imbisslokals duckte sich nicht und zuckte auch nicht zusammen. Er starrte die Frau fassungslos an, während sie den leblosen Körper auf dem Bürgersteig mit ihrem abgewetzten hochhackigen Schuh anstieß.

»Ist er tot?« Ihre Stimme klang ausdruckslos.

»Ich – ich glaube schon«, sagte Sal, ohne wirklich zu wissen, warum er es sagte. »Sie haben ihn umgebracht.«

Sie drehte sich zu Sal um. Sie sprach ruhig und deutlich, als wolle sie dafür sorgen, dass jeder, der zuhörte, jedes Wort verstand. »Garrett Reilly hat mich dazu gebracht, das hier zu tun.«

Dann steckte sich die Frau in dem grünen Trenchcoat die Pistole in den Mund und drückte ein letztes Mal ab.

4

JENKINS & ALTSHULER, NEW YORK CITY, 14. JUNI, 8:52 UHR

Das klingelnde Telefon raubte Garrett Reilly den letzten Nerv.

Er überprüfte die Nummer des Anrufers auf dem Display seines Schreibtischtelefons, aber er kannte sie nicht. Irgendjemand rief seinen Direktanschluss an, nicht die Zentrale, und die Anrufererkennung besagte, dass derjenige ein Münztelefon benutzte, dem keine Ortsnetzkennzahl zugeordnet war. Niemand rief ihn von einem Münztelefon aus an, und mit Sicherheit kein Kunde. Garrett erinnerte sich so ziemlich an jede Telefonnummer, die er je gewählt hatte, und die Nummer, die er auf dem Display sah, gehörte nicht dazu.

Deshalb ignorierte er sie.

Er hatte ohnehin genug zu tun. Er hatte die Sache gefunden, die er gesucht hatte – dieses dunkle, verschlungene Muster –, und dass er sich diese Gelegenheit entgehen lassen würde, war ausgeschlossen.

Dieses spezielle Muster war nicht leicht auszumachen – tatsächlich war es unglaublich schwierig gewesen. Garrett verglich die Methode, mit der er es aufgespürt hatte, damit, wie Astronomen die ersten Planeten außerhalb unseres Sonnensystems entdeckt hatten. Die Exoplaneten, wie sie genannt wurden – er hatte etwas darüber in einem Heft der Zeitschrift Discover im Wartezimmer eines Arztes gelesen, der mit Rezepten für Roxicodone falsches Spiel trieb, wie Garrett gehört hatte –, waren zu weit weg und zu klein, um mit normalen

Teleskopen gesehen zu werden, aber die Astronomen waren ziemlich sicher gewesen, dass sie existierten. Sie mussten nur eine andere Methode finden, sie zu sehen. Deshalb hielten die Astronomen Ausschau nach der Wirkung, die diese Planeten auf Dinge hatten, die sie sehen konnten, was in diesem Fall größere, hellere Sterne waren. Jeder Planet, der sich um seine eigene Sonne dreht, sorgt dafür, dass sich dieser Fixstern bewegt oder wackelt; die Anziehungskraft des Planeten zupft an dem Fixstern, verzerrt seinen Orbit auf spezifische, erkennbare Weise. Also studierten Astronomen Fixsterne – das Sichtbare –, um Beweise für das Unsichtbare zu finden.

Und das tat Garrett ebenfalls, nur dass er an der Stelle von Sternen Geld beobachtete. Irgendwo dort draußen in dem riesigen Wirbel der internationalen Finanzwelt glaubte Garrett, Anzeichen für eine ungeheure Anhäufung von Geld gefunden zu haben – in einem dunklen Sammelbecken –, das irgendjemand irgendwo versteckt halten wollte. Dunkle Sammelbecken waren keine Seltenheit: private Börsen, die von Staaten oder Investoren genutzt wurden, um außerhalb des Blickfelds von Journalisten, Aufsichtsbehörden oder Regierungen mit Wertpapieren zu handeln. Dieses besondere Geldsammelbecken kaufte und verkaufte Aktien in Abstimmung mit Ereignissen in der echten Welt, und Garrett konnte die kleinen Wellen dieser Käufe und Verkäufe erkennen, während sie sich durch die globale Ökonomie verbreiteten.

Wenn du genug Geld an einem Ort zusammenträgst, hatte Avery Bernstein mal zu Garrett gesagt, dann entwickelt es allmählich seine eigene Schwerkraft. Worte, nach denen man leben konnte, dachte Garrett.

Garrett schob sich von seinem Schreibtisch zurück und schaute quer durch das moderne Großraumbüro der Trader bei Jenkins & Altshuler. Junge Männer und Frauen waren damit beschäftigt, in ihre Tastaturen zu tippen, Bundesanleihen und Schuldverschreibungen, Derivate und Kreditausfallversicherungen zu kaufen und zu verkaufen, und keiner von ihnen schenkte Garrett einen Hauch von Beachtung. Garrett fühlte sich keinem von ihnen besonders verbunden; im Lauf des vergangenen Jahres hatte sich der Abstand zu seinen Wall-Street-Freunden langsam vergrößert. Der Abstand zu all seinen Freunden hatte sich langsam vergrößert. Er hatte auch nicht mehr das brennende Verlangen, so viel Geld wie möglich zu machen, die Welt zu erobern. Wohin war es verschwunden? Er war sich nicht sicher. Er war sich keiner Sache mehr sicher.

Ein paar Trader hatten ihr Gesicht an die Fenster gepresst, durch die man auf Lower Manhattan und den Hudson River dahinter hinausschauen konnte. Vor ungefähr zehn Minuten hatten Polizeisirenen zu heulen begonnen, und Garretts Kollegen stellten Vermutungen an, was wohl passiert sei. Ein Feuer? Ein Terrorangriff? Was es auch war, das NYPD nahm es ernst. Garrett war es egal. Er war dabei, eine Ordnung aus dem Chaos des globalen Informationsflusses herauszulesen, nach dem Narrativ im Zufallsrauschen der modernen, vernetzten Welt zu fahnden. Was konnte wichtiger sein als das?

Sein Telefon klingelte. Die gleiche Nummer, ein Münztelefon ohne zugeordnete Ortsnetzkennzahl. Garrett überlegte dranzugehen, bevor er beschloss, den Anruf noch mal zu ignorieren. Er wandte sich wieder seinen Bildschirmen und dem Muster zu, das sich dort entwickelte.

Am 4. Juni um 7:30 Uhr Greenwich-Zeit war Sedman Logistics an der Nordic Exchange, einer kleineren europäischen Aktienbörse mit Sitz in Stockholm, um fünf Prozent gefallen. Innerhalb von fünf Minuten kam es zu einem Hackerangriff auf ein Unternehmensnetzwerk in München. Am 6. Juni fiel Hunca Cosmetics an der Istanbul Bursa um sieben Prozent.

Zwei Minuten später brach ein IT-System in Lyon zusammen. Vor zwei Tagen fiel Navibulgar, eine bulgarische Schifffahrtsgesellschaft, im nachbörslichen Handel an der Bulgarian Stock Exchange um zehn Prozent, und innerhalb von dreißig Sekunden verschwanden zwanzigtausend Kundenpasswörter vom Server eines Kaufhauses in Liverpool. Dann wurden heute Morgen, ungefähr vor einer halben Stunde, zwei Autoteilehersteller an der Borsa Italiana, Italiens kleiner Aktienbörse, hart getroffen, da beide in wenigen Minuten einen Kursverlust von mehr als zwanzig Prozent erlitten.

Garrett überflog den internationalen Nachrichtenticker auf seinem Bloomberg-Terminal, wo er nach einem Ereignis in der realen Welt Ausschau hielt, das damit in Zusammenhang stand. Aber es tauchte nichts auf. Noch nicht. Doch er war sicher, dass es noch eines geben würde. Das Zerren und Ziehen unsichtbaren Geldes ließ gravitationsbedingte Wellen entstehen, und als Nächstes käme der sichtbare kriminelle Angriff. Das war ein todsicheres Muster. Garrett konnte es in den Knochen spüren. Kompliziert. Dicht. Dunkel. Und auf dem Weg in diese Richtung.

Wer auch immer das getan hatte – und er war ziemlich überzeugt davon, dass eine Person oder eine Gruppe dahintersteckte –, machte seine Sache gut. Es waren begabte Kriminelle, in der Lage, in eine Reihe von Betriebssystemen einzudringen und Daten zu stehlen, in einer Reihe von Ländern und ohne Mühen. Die Angriffe hatten klein angefangen, aber sie nahmen an Größe zu.

Sie hatten eindeutig finanzielle Unterstützung. Man brauchte eine Menge Bargeld, um Aktien leerzuverkaufen und Märkte zu bewegen, und man musste bereit sein, dieses Geld zu verlieren, wenn die Sache nicht nach Plan verlief. Ein Staatsfonds war vermutlich die Quelle oder vielleicht ein sagenhaft reicher Investor. Aber mit Geld in dieser Größenordnung ein kriminelles Unternehmen zu finanzieren, das kam Garrett außergewöhnlich vor. Warum sollte man so viel Geld für ein paar tausend Passwörter ausgeben, wenn man sie im Darknet für einen Bruchteil dieses Preises kaufen konnte?

Außerdem hatten sie Leute auf der Lohnliste. Eine große Zahl von Leuten, die in der Lage waren, die Sicherheitsmaßnahmen von Kaufhäusern und IT-Unternehmen in beiden Richtungen zu überwinden, ohne entdeckt zu werden. In der Welt der Hacker wurden diese Leute Sozialtechniker genannt. Sie waren Illusionisten, Künstler, Zauberer; Leute, die die Unschuldigen oder nicht so Unschuldigen dazu verlockten, Dinge zu tun, die sie normalerweise nicht in Erwägung ziehen würden. Sie köderten die Leute mit Geld oder mit Sex, und manchmal führten sie sie auch nur hinters Licht. Außerhalb der Hackerwelt nannte man Sozialtechniker einfach Betrüger. Und diese Typen waren außergewöhnlich gute Betrüger.

Garrett streckte seine Beine aus und massierte sich die Ränder der Stirn. Sein Kopf begann wieder wehzutun. Er hatte es nach seinem langen Abend mit dem hartnäckigen Geist Avery Bernsteins auf ein paar Stunden Schlaf gebracht, aber jetzt wünschte er sich, er hätte noch ein paar mehr geschafft. Er fischte zwei Tramadol aus seiner Tasche und schluckte sie ohne Wasser hinunter. Je mehr Medikamente er nahm, desto schwieriger wurde es für ihn, Muster zu erkennen; die Narkotika stumpften seine Sinne ab. Aber den Hauptteil seines Tagwerks hatte er bereits erledigt. Er hatte das Gefühl, durch den Nachmittag gleiten zu können.

Er überprüfte den Tablettenvorrat, den er in seinem Büroschreibtisch aufbewahrte. Damit kam er noch ungefähr eine Woche aus. Seine Besorgnis ließ spürbar nach. Er wusste, das war ein schlechtes Zeichen: Nur Suchtkranke machten sich

Gedanken darüber, wie viel Stoff sie noch in Reichweite hatten. Aber er musste einfach den Tag überstehen.

Sein Telefon klingelte wieder. Die gleiche Nummer. Draußen hörten die Sirenen nicht auf zu heulen. Das war für seinen Kopf nicht ideal. Frustriert schnappte er sich das Mobiltelefon.

»Garrett Reilly, Anleihen. Wer ist da, und was, zum Teufel, wollen Sie?«

Am anderen Ende der Leitung herrschte einen Augenblick lang Stille. Garrett glaubte, Verkehrsgeräusche zu hören, einen rumpelnden Motor, eine Autohupe. Mit Sicherheit ein Münztelefon.

Dann brach eine Stimme das Schweigen – eine gedämpfte Stimme, als ob der Anrufer versuche, seine Identität zu verbergen, indem er durch ein dickes Stück Stoff sprach. »Der Vorstandssprecher der New York Fed ist erschossen worden. Vor dreißig Minuten, ermordet auf der Nassau Street. Die Sondermeldung kommt jetzt jeden Moment.« Die Stimme war eindeutig die einer Frau. Sie klang angespannt, nervös. Am Rand echter Angst. »Es wird überall gebracht werden.«

»Was?«, fragte Garrett, der nur mit einem Ohr zugehört hatte. Die Worte drangen nicht richtig zu ihm durch. »Wer spricht da?« Er blinzelte schnell, um sich besser konzentrieren zu können. Der Vorstandssprecher der Federal Reserve Bank von New York? Umgebracht? Wer, zum Teufel, hätte ein Interesse daran …?

Plötzlich schoss ihm der Gedanke in den Kopf. Das dunkle Becken. Ein Aktienausverkauf. Ein damit in Verbindung stehendes Ereignis in der wirklichen Welt. Könnte das sein? Ein Pulsschlag der Erregung – und Angst – lief von seinem Herzen bis in seine Fingerspitzen und dann zurück in sein Gehirn.

»Heilige Scheiße.« Seine Stimme war ein Flüstern.

»Aber, Garrett, du musst gut zuhören. Die Frau, die es getan hat, sie hat dich erwähnt. Namentlich. Sie hat gesagt, du hättest ihr befohlen, ihn zu erschießen.«

Garrett bekam einen trockenen Mund. Aus dem Pulsschlag der Angst wurde eine Welle des Schreckens. Er wusste sofort, wer ihn angerufen hatte und mit ihm sprach, warum sie ein Münztelefon benutzte und warum sie versuchte, ihre Stimme zu verbergen. Garrett versuchte, eine Antwort zu formulieren, aber er brachte kaum die Worte »Ich hatte nichts damit …« heraus. »Wie könnte …« Es war eine Art stranguliertes Grunzen. In seinen Gedanken erschien auf einmal Averys Geist, die Warnung seines Unbewussten. Wie hatte er es so deutlich wissen können, und trotzdem … »Ich habe nie in meinem Leben irgendjemandem befohlen, jemanden zu erschießen.«

»Das spielt jetzt keine Rolle. Sie hat sich umgebracht. Am Tatort. Sie ist tot.«

»Warum sollte ich den Vorstandssprecher der New York Fed umbringen lassen? Das ergibt doch keinen Sinn.«

»Es wird noch schlimmer. Das FBI. Sie sind unterwegs zu deinem Büro. Sie wollen dich verhaften. Sie werden in wenigen Minuten eintreffen.«

»Ale…« Garrett hatte die Anruferin gerade beim Namen nennen wollen, fing sich aber gerade noch. Was wäre, wenn der Anruf aufgezeichnet wurde? Was, wenn die NSA – oder die Polizei – mithörte? Ihm war ganz schwindelig. Die Leitung war einen Moment still. Draußen hörten die Sirenen abrupt auf zu heulen. Garrett schloss die Augen, um Ordnung in seine Gedanken zu bringen. Um sich zu konzentrieren. Um nachzudenken. Scharf nachzudenken und die Schmerzen und Drogen aus dem Kopf zu verbannen.

Das FBI kam. Sie kamen, um ihn zu verhaften.

»Garrett«, sagte die Stimme am Telefon, »*lauf.*«

5

WASHINGTON, D.C., 14. JUNI, 10:05 UHR

Als sie wieder in ihr Büro zurückkkam, war das Erste, was Captain Alexis Truffant sah, eine auf eine Haftnotiz gekritzelte Botschaft, die mitten auf ihren Computerbildschirm geklebt worden war: *Kommen Sie zu mir. Jetzt. Kline.*

Alexis versuchte, ein wenig ruhiger zu werden, bevor sie die zwei Treppenfluchten zum Büro ihres Chefs im dritten Stock des Hauses der Defense Intelligence Agency hochlief. Sie blieb vor einer Reihe Fenster stehen, die einen Blick auf den schimmernden Potomac und das vorstädtische Virginia jenseits des Flusses boten. Die DIA lag auf dem Gelände der Joint Base Anacostia-Bolling, unmittelbar südlich von Downtown Washington D.C., und der Potomac bildete die westliche Grenze des Stützpunkts. Sie nahm den strahlenden Junimorgen in sich auf, klopfte ihre grünbraune Kampfanzugsjacke der US Army ab und marschierte in General Klines Büro.

Er begann zu reden, bevor sie eine Chance hatte, ihn zu grüßen. »Reilly ist aus seinem Büro abgehauen, bevor die FBI-Männer dort eintrafen. Sie behaupten, jemand hätte ihm einen Tipp gegeben.« General Kline stand hinter seinem Schreibtisch, sein Gesicht war erhitzt und gerötet. »Wissen Sie irgendwas darüber?«

»Sir.« Alexis stand in Habtachtstellung. »Wir sind in Washington. Informationen verbreiten sich schnell. Gerüchte schneller.«

»Das ist keine Antwort auf das, was ich Sie gefragt habe, Captain.« Kline kam hinter seinem Schreibtisch hervor. Er hatte breite Schultern, einen dichten Schopf grauer Haare und eine dröhnende Stimme. Er war Leiter der Analyseabteilung der DIA gewesen und damit verantwortlich dafür, alle Informationsfäden zu verstehen und zu bündeln, die dem Militär täglich zur Kenntnis gelangten. Allerdings war er vor sechs Monaten in einen bürokratischen Verwaltungsjob versetzt worden. Inzwischen organisierte er das Verfahren, wie Analysten ihre Berichte an jüngere Offiziere im Außendienst weitergaben, neu – und er hasste es. Er machte seinem Ärger jedem gegenüber Luft, der sein Geschrei hören konnte.

Kline stand unmittelbar vor Alexis. »Beantworten Sie die Frage.«

»Sir. Warum sollte Garrett Reilly irgendwas mit der Erschießung eines Vorstandsvorsitzenden der Federal Reserve zu tun haben? Er ist ein Wertpapier-Trader. Er arbeitet für uns …«

»Er hat für uns gearbeitet. Er ist aus Aszendent ausgestiegen. Oder haben Sie den Teil aus seinem Lebenslauf vergessen?«

»Ich hab nichts vergessen.« Alexis wusste, dass kein Ereignis in Klines Laufbahn schmerzlicher für ihn war als der Zusammenbruch des Projekts Aszendent. Aszendent war seine Idee gewesen, ein Versuch, ein Team von originellen Querdenkern zusammenzustellen, das den Vereinigten Staaten dabei helfen sollte, die Kriege der nächsten Generation zu führen. Cyberkriege, ökonomische Kriege, psychologische Kriege – unkonventionelle Kriege. Garrett Reilly war der Dreh- und Angelpunkt dieses Teams gewesen, ein Meister der Erkennung von Mustern, ein aggressiver, kompromissloser Straßenrabauke, der den Krieg auf eine Weise in die Reihen des Feindes trug, die dieser nie kommen sah. Und genau das hatte Garrett mit China gemacht: das Land kurzfristig ins Chaos gestürzt –

und so vielleicht sogar den Dritten Weltkrieg abgewendet.

Aber dann hatte Garrett aufgegeben, als gebrochener Mann, der sowohl emotional wie physisch beschädigt war. Aszendent war gescheitert. Klines Karriere war genauso wie die von Alexis zum Stillstand gekommen; der flüchtige Hinweis auf ihre Beförderung war verschwunden. Sie hatten beide neue Aufgaben zugewiesen bekommen, waren versetzt und dann nicht weiter beachtet worden. Die enge Verbindung zwischen ihnen beiden war ausgefranst. Und Kline hatte Garrett Reilly immer noch nicht verziehen. Nicht mal annähernd.

»Sie haben keine Ahnung, ob Reilly irgendwas mit dem Attentat von heute Morgen zu tun hatte. Er ist ein subversiver, mutwilliger, unerträglicher Hurensohn, und ich würde es ihm durchaus zutrauen, dass er absolut alles tut, was ihm in den Kram passt – auch jemanden erschießen lassen«, sagte Kline.

»Aber warum sollte er das tun, Sir? Aus finanziellen Gründen? Er hat genug Geld. Um Berühmtheit zu erlangen? Es gibt Hunderte – vielleicht Tausende – von Menschen, die jeden Tag versuchen, ihn ausfindig zu machen. Er bemüht sich krampfhaft darum zu vermeiden, dass man ihn erkennt.«

»Es ist nicht unsere Sache, uns über Garrett Reillys Motive Gedanken zu machen.«

»Ich kann Ihnen garantieren, dass er nichts mit …«

»Sie können mir gar nichts garantieren!« Kline explodierte.

Die beiden verstummten, während seine Worte in dem Zimmer widerhallten. Kline stolzierte hinter seinen Schreibtisch zurück und ließ sich in seinen Sessel fallen. Alexis stand bewegungslos in der Mitte des Raums, den Blick auf die Wand gerichtet. Sie war hochgewachsen und besaß die schlanke Figur einer Sportlerin. Sie hatte einen dunklen Teint und blaue Augen, und ihr feines schwarzes Haar trug sie zu einem Knoten hochgesteckt. Sie wurde allgemein für schön gehalten, und diese Vorstellung wurde oft von Männern dadurch bekräftigt, dass sie ihr das Blaue vom Himmel versprachen, etwas, das sie ihnen bereits ihr gesamtes Leben lang auszureden versuchte. Sie war ernsthaft, fleißig und vor allem ehrgeizig – aber in den letzten acht Monaten waren all diese Eigenschaften arg in Mitleidenschaft gezogen worden.

Trotzdem verschloss Kline vorsätzlich die Augen vor der Wahrheit, und Alexis wusste es. Nie im Leben hätte Garrett Reilly jemanden erschießen lassen.

Kline schaute zu Alexis, seine Stimme war leiser geworden. »Alles, was wir wirklich über Reilly wissen, ist, dass er Aszendent verlassen, an seinem Arbeitsplatz ein erratisches Benehmen an den Tag gelegt und viel zu viele Schmerzmittel genommen hat. Haben Sie immer noch seine Krankenunterlagen im Auge?«

Alexis warf einen flüchtigen Blick auf die offene Tür des Büros.

»Niemand kann Sie hören. Niemand lauscht.«

»Das habe ich.« Mittlerweile überprüfte sie seit Monaten Garretts Onlinerezepte – obwohl das natürlich illegal war – und machte sich allmählich große Sorgen angesichts der Mengen von Medikamenten, die er sich von Ärzten bestellen ließ. Sie hatte Kline von ihren Bedenken unterrichtet. Jetzt bedauerte sie, das getan zu haben.

»Und er nimmt sie immer noch?«

»Er bekommt immer noch die Rezepte, also kann ich nur davon ausgehen, dass er sie nimmt.«

»Dann ist er drogensüchtig, und wir beide wissen es. Also, wenn Sie irgendwelche eindeutigen Beweise dafür haben, dass Garrett mit dem, was heute Morgen passiert ist, nichts zu tun hatte, nennen Sie sie mir.«

Alexis zögerte. »Ich habe keine.«

»Wissen Sie, wo er sich jetzt aufhält?«

»Nein, Sir.«

Kline sog hörbar Luft durch die Zähne. »Empfinden Sie immer noch etwas für ihn?« Kline zögerte einen Moment, als suche er nach der angemessenen Formulierung. »Lieben Sie ihn?«

Alexis warf Kline einen schnellen Blick zu. Vor einem Jahr hatte sie eine kurze Affäre mit Garrett gehabt. Die Affäre war fast so schnell beendet, wie sie begonnen hatte, aber die Gefühle waren heftig gewesen. In einem gewissen Sinn hatten Garrett und sie zusammen einen Krieg geführt. Sie hatten die Welt gerettet, und das war ein Band, das man nicht leicht zerriss. Aber – Liebe?

»Nein, Sir. Ich liebe Garrett Reilly nicht.« Sie war sich nicht völlig sicher, ob ihre Antwort zutraf und ob Kline überhaupt ein Recht hatte, danach zu fragen, aber zu diesem Zeitpunkt schien das nicht von Bedeutung zu sein.

Kline starrte in Alexis' schimmernde blaue Augen. »Dann verstehe ich es einfach nicht. Da haben wir einen Typ, der uns nach Strich und Faden verarscht hat. Nach einem großen Triumph aus dem Programm ausgeschieden ist. Uns im Stich gelassen hat, als wir ihn brauchten, um Aszendent aufzubauen und damit fortzufahren, dieses Land zu schützen. Uns verlassen hat, ohne dass wir jemanden hatten, auf den wir zurückgreifen konnten. Finanzierung gestrichen. Wie Narren haben wir dagestanden. Wenn er all dies getan oder bewirkt hat – und Sie wissen, dass es so ist –, dann verstehe ich weiß Gott nicht, warum Sie ihm helfen sollten. Er ist nicht loyal. Sie können Garrett Reilly nicht trauen.«

Alexis wartete kurz, bevor sie antwortete, damit die Gefühle ihres Vorgesetzten ein wenig abkühlen konnten. Dann sprach sie ruhig und versuchte, so vernünftig zu klingen, wie der Moment es zuließ. »Irgendjemand hat heute Morgen den Präsidenten der Federal Reserve Bank von New York erschossen. Und sie haben sich die Mühe gemacht, die Schuld daran einem Mitglied von Aszendent in die Schuhe zu …«

»Einem ehemaligen Mitglied von Aszendent.«

»Sie wussten, wer er war, und sie müssen gewusst haben, was er getan hat. In China. Und hier. Sie haben ihn ausfindig gemacht. Und ich vermute, sie versuchen, ihn – und uns – aus dem Weg zu schaffen. Ich glaube nicht, dass das ein Zufall ist. Irgendwas braut sich zusammen, Sir. Irgendwas Großes, genau jetzt, und das scheint mir exakt der Moment zu sein, in dem wir Garrett Reilly am meisten brauchen.«

Als Alexis zu Ende gesprochen hatte, wurde es wieder still in dem Zimmer. Kline nickte fast unmerklich, als wollte er die Wahrheit dessen, was sie gesagt hatte, anerkennen, ohne dieser Wahrheit allzu viel Gewicht beizumessen. Dann streckte er seine Hand über seinen Schreibtisch und schob Alexis ein Blatt Papier zu. Sie schaute darauf.

»Eine Transkription von der NSA-Aufzeichnung eines Anrufs, der vor fünfundvierzig Minuten von einem Münztelefon an der Ecke Alabama und Fünfzehnte geführt wurde. Zehn Häuserblocks von hier. Mein Gewährsmann in der NSA hat sie mir gerade geschickt.«

Alexis atmete hörbar ein.

»Behinderung einer FBI-Ermittlung ist ein Bundesvergehen und wird mit langen Gefängnisstrafen geahndet. Falls die Stimme in dem Telefonat Ihre ist« – Klines Tonfall war leise, fast ein Flüstern –, »gibt es nichts, womit ich Ihnen helfen kann.«

6

VALLETTA, 14. JUNI, 16:43 UHR (UTC +1)

Die Gerüchte kursierten seit einer Woche in der First European Bank of Malta.

Matthew Leone kannte sie gut genug, auch wenn er mit der Bank- und der Wertpapierseite des Geschäfts nichts zu tun hatte, sondern nur ein Assistent des stellvertreter.den Leiters der Personalabteilung war. Die Gerüchte kursierten überall, wurden an der Kaffeemaschine und auf der Herrentoilette, später dann in Kneipen im Hafenviertel diskutiert, die von den Bankangestellten nach Dienstschluss besucht wurden, und sie lauteten mehr oder weniger folgendermaßen: Unter den auf ganz Europa verteilten Außenständen der Bank befanden sich zu viele faule Kredite. Außerdem hatte die Bank zu viel Geld in Risikoinvestments gesteckt, und Bankeninsider wussten das. Einige dieser Insider hatten es russischen Gangstern erzählt, die angefangen hatten, ihr Geld abzuziehen, bevor die Nachricht bekannt wurde und alle normalen maltesischen Kontoinhaber ihr Geld ebenfalls abheben wollten. Wenn der nächste Knall ertönte – wenn ein neuer Schock die Bilanz der Bank traf –, würde sie zusammenbrechen.

Leone glaubte den Gerüchten nicht, auch wenn er einen gewissen Grund für die Vermutung hatte, es könnte was dran sein. Der Geschäftsführer der Bank, ein Schweizer namens Clement, hatte gestern Morgen alle Angestellten im Empfangsbereich der Hauptgeschäftsstelle versammelt, um sie zu beruhigen. »Wir sind zahlungsfähig«, hatte Clement gesagt. »Es besteht kein Grund zur Sorge. Die Gerüchte treffen nicht zu. Sie werden von Spekulanten in die Welt gesetzt, die unsere Aktie leerverkaufen wollen. Wenn Sie mit der Öffentlichkeit zu tun haben, beruhigen Sie die Leute. Sagen Sie ihnen, es sei alles in Ordnung. Und machen Sie Ihre Arbeit.«

Ein ziemlich kurzes Meeting, hatte Leone gedacht, für ein derart wichtiges Thema. Er und Abela, sein italienischer Freund von der Rechtsabteilung, hatten hinten gestanden. Beide wollten nach dem finstersten Gerücht fragen, dass irgendein ökonomischer Auftragskiller, ein Zerstörer von Firmen, die Bank ins Visier genommen hätte und darauf aus wäre, sie in den Ruin zu treiben. Aber sowohl Leone als auch Abela waren untergeordnete Mitarbeiter, und es gab in beruflicher Hinsicht nichts, was selbstmörderischer war, als dem Boss bei einer Belegschaftsversammlung Fragen zu stellen, die alles andere als optimistisch waren.

Es war ohnehin ein bescheuertes Gerücht. So etwas wie einen ökonomischen Attentäter gab es nicht, und das wusste Leone genauso gut wie Abela. Und selbst wenn es einen gäbe, warum sollte so jemand eine kleine, unbedeutende Bank in Malta aufs Korn nehmen? Aber in außergewöhnlichen Zeiten kam es zu haarsträubenden Gerüchten, und das ganze Unternehmen war nervös. Vor zehn Minuten war der letzte Klatsch von der Buchhaltung hereingesickert: Leute von der Bankenaufsicht wären an diesem Vormittag auf der Insel gelandet, um die Bank einem finanziellen Belastungstest zu unterziehen.

»Wenn wir den Belastungstest nicht bestehen, sind wir echt am Arsch«, sagte Leone in seinem starken Liverpooler Akzent, als er sich den vierten Kaffee des Vormittags eingoss. »Sie werden uns den Laden dichtmachen.«

Juliette von der Rechnungsprüfung schüttelte den Kopf. »Mach dich nicht lächerlich. Der Bank geht's prima. Das sind bloß Gerüchte. Wegen des Zusammenbruchs von 2008. Wegen Griechenland. Die Menschen werden nervös. Aber es wird schon nichts passieren.«

Juliette war hübsch und Französin, und sowohl Leone als auch Abela hatten sich mit ihr verabreden wollen. Beide hatten einen Korb bekommen. Leone machte das nicht so viel aus, weil sie braunes Haar hatte, denn Leone fuhr auf Rothaarige ab. Gestern Abend hatte er eine in einer Kneipe im Hafen kennengelernt, eine erstaunlich attraktive junge Frau, und der Abend war ganz gut gelaufen. Er war nicht mit ihr ins Bett gegangen, aber sie hatten bis zwei Uhr früh miteinander geflirtet und Telefonnummern und E-Mail-Adressen ausgetauscht, und Leone hatte ein Treffen für heute Abend klargemacht. Deshalb hatte Leone, auch wenn die Bank bankrottginge, eine Chance auf Sex, was zwar zweitrangig war, aber auch nicht so furchtbar. Er war unter anderem deswegen von England nach Malta gegangen, weil die Frauen hier hübscher waren. Und wegen dem Wetter.

Leone sah zu, wie Juliette auf diese spezielle französische Art, die sie hatte, davonstolzierte – ein durchgedrückter Rücken, leicht schwingende Hüften. »Die Französinnen.« Er seufzte.

Abela lachte. »Triffst du dich heute Abend mit der Rothaarigen?« Er war mit Leone in der Kneipe gewesen und hatte die katzenhafte, fast raubtierartige Schönheit dieser Frau zu würdigen gewusst.

»Ich glaube schon.« Leone und Abela sprachen Englisch. Jeder in Malta, besonders in der Bank, sprach Englisch, was der Grund dafür war, dass Leone sich nie die Mühe gemacht hatte, Maltesisch zu lernen. »Sie wollte mir einen Treffpunkt per SMS vorschlagen. Sie meinte, sie käme vielleicht sogar im Büro vorbei.«

»Okay, sie gefällt uns gut«, sagte Abela mit anzüglichem Lächeln.

Leone schaute immer wieder auf seinem Handy nach, aber die Rothaarige, Dorina, hatte sich noch nicht gemeldet. In der Kneipe hatte sie Leone erzählt, wo sie herkam – Ungarn oder Rumänien oder irgend so ein Land in Osteuropa –, aber Leone konnte sich wegen der Nebelwand aus Gin und Bier, die ihn umgeben hatte, nicht so recht erinnern. Er hatte immer noch einen Kater.

»Wir reden später darüber«, sagte Abela. »Falls es ein Später gibt.«

Leone stieß ein grunzendes Lachen aus, bevor er zu seinem Schreibtisch in der Ecke des Großraumbüros zurückschlurfte. Er kam an einem breiten Fensterband vorbei, das einen Blick auf das funkelnde blaue Wasser des Hafens von Valletta und das Mittelmeer bot. Leone winkte einigen Kollegen zu, und ein paar von ihnen winkten zurück. Fast alle anderen klebten an ihren Telefonen oder Computerterminals. Leone vermutete, dass sie den Aktienkurs der Bank überprüften oder die jüngsten Meldungen der Nachrichtenagenturen durchkämmten. Er meinte, von jemandem gehört zu haben, dass vor ein paar Stunden ein Bankier in New York City niedergeschossen worden war. Ein wichtiger Bankier – ein Vorstandsvorsitzender der Federal Reserve. Was, zum Teufel, ging in der Welt bloß vor sich?

Merkwürdige Zeiten. Wirklich sehr merkwürdig.

Leone setzte sich an seinen Schreibtisch und wartete. Es gab nicht viel zu tun – es hatte keinen Sinn, sich die Lebensläufe von Stellenbewerbern anzuschauen, falls die Bank pleiteging. Er überprüfte sein Facebook-Konto und machte dann das

Gleiche bei Tumblr und Instagram. Er blieb auf der Tumblr-Seite hängen. Er hatte eine Reihe von Bildern anderer Rothaariger dort gepostet, die er sich immer wieder gern anschaute. Er war sich nicht sicher, warum er von Frauen mit roten Haaren so besessen war, aber es war nun mal so. Es hatte etwas mit ihren Augen zu tun, blauen normalerweise, manchmal auch grünen Augen, und mit ihrer hellen Haut, die so oft mit bezaubernden hellen Sommersprossen bedeckt war. Das komplette Paket trieb ihn anfallartig zur Ekstase, und es war ihm egal, ob irgendjemand etwas davon mitbekam. Seine Tumblr-Seite hatte fünfhundert Follower, und fast alle von ihnen ergingen sich gern in Lobgesängen auf die Tugenden von Rotschöpfen weltweit.

Und da er gerade dabei war, wo blieb Dorina aus Rumänien? Oder aus Ungarn oder wo, zum Teufel, sie auch herkam. Er schaute zum nächsten Arbeitsplatz hinüber. Edgar vom Geschäftsbetrieb stocherte in seinem Salat herum und wartete darauf, dass eines seiner Telefone klingelte. Edgar war für die zweihundert Geldautomaten zuständig, die auf Malta und dem benachbarten Sizilien verstreut waren. Jeder in der Bank betrachtete seine Abteilung – und vor allem seine Telefone – als den Kanarienvogel in einem Steinkohlebergwerk: Wenn die Öffentlichkeit Wind von den Gerüchten bekam, würden sie anfangen, Geld von den Automaten der Bank abzuheben. Wenn sie genug Geld abhöben, würde den Automaten das Bargeld ausgehen. Wenn den Automaten das Bargeld ausging, würden Edgars Telefone klingeln. Das wäre die Startglocke für einen Ansturm auf die Kasse, und jeder hatte Angst vor einem Sturm auf die Bank. Das wäre das erschreckendste aller Ergebnisse – wenn Banken Pleite machten, gingen Volkswirtschaften zugrunde. Das war der Zeitpunkt, zu dem Aufstände begannen. Dann würden Steine durch die Fenster fliegen.

Edgar winkte Leone zu, als wolle er sagen: So weit, so gut, und knabberte dann weiter an seinem Salat, als auf Leones Handy eine SMS eintraf. Bevor er Gelegenheit hatte, sie zu lesen, kam Maria von der Rezeption zu seinem Schreibtisch und gab ihm ein Päckchen. Er quittierte den Empfang und schaute dann auf sein Handy. Die Nummer, die auftauchte, war die von Dorina, und Leones Herz schlug schneller.

Hast du's bekommen?, lautete die Botschaft.

Was bekommen?, schrieb er fast im gleichen Moment zurück.

Päckchen.

Leone warf einen Blick auf den Umschlag von der Rezeption: ein DHL-Päckchen, an ihn adressiert. Er hatte angenommen, es wäre ein weiterer Lebenslauf; er bekam locker ein Dutzend pro Tag aus ganz Europa, manchmal doppelt so viele. Die Absenderadresse war die eines Hotels auf der Insel, und der Name lautete D. Gabris.

War das Dorinas Nachname? Gabris?

Er riss den Umschlag auf, in dem ein kleinerer weißer Umschlag in Briefgröße steckte, den er schnell öffnete. Es war aber kein Brief darin, sondern nur ein kleiner grüner Speicherstick. Leone hielt ihn ins Licht: ein externer USB-Speicherstick von vier Gig mit einem auf das grüne Plastik gezeichneten Smiley.

Er simste Dorina: *1 USB-Stick? Von dir?*

Rat was drauf ist! Die Antwort kam sofort.

Leone hielt den Atem an. Er tippte langsam, mit zitternden Fingern: *Bilder?*

Sieh nach dann weißt du's.

Leone leckte sich die Lippen und steckte den Stick zur Hälfte in den USB-Anschluss an seinem Bürocomputer. Dann hielt er inne. Es gab eine Vorschrift in der Bank: Kein externes Speichergerät durfte jemals – jemals – mit dem internen Netzwerk der Bank in Verbindung gebracht werden. Die IT-Leute hatten endlose Memoranden zum Thema herumgeschickt und am Anfang des Monats alle Abteilungen in der Kantine versammelt, um die Angestellten über die Gefahren einer Infiltration des Netzwerks zu unterrichten. »Stellen Sie sich die Bank als Festung vor«, hatte der bärtige Kobold aus der IT-Abteilung gesagt. »In die Festung darf keine Bresche geschlagen werden. Wenn das Bollwerk durchbrochen ist, wird es zerfallen.« Die IT-Leute nahmen die Sache so ernst, dass sie eine Software programmiert hatten, die alle fremden Geräte blockierte, die Programme auf die Computer der Bank herunterladen könnten. Aber Leone hatte eine zweitägige Ausnahmegenehmigung des Administrators erhalten, um eine Personal-Software im Netzwerk zu installieren, und er hatte immer noch ein paar Stunden Zugriffszeit übrig.

Die IT-Leute hatten auch vor den Übeln gewarnt, die mit dem Surfen im Internet und dem Herunterladen von Bildern und dem Spielen von Computerspielen und Besuchen bei Facebook verbunden waren. Aber alle anderen machten all diese Dinge – warum konnte dann Leone sich nicht einen harmlosen Speicherstick ansehen? Abela hatte eine ganze Datei voller Pornos mit schwangeren Frauen unter seine juristischen Zusammenfassungen gemischt. Er hatte sie erst letzte Woche Leone gezeigt, obwohl Leone ihn gebeten hatte, darauf zu verzichten. Leone wusste, dass er sich nicht in der Position befand, Steine auf die Fetische anderer Leute zu werfen, aber sich Bilder nackter schwangerer Frauen anzusehen, das war einfach ein bisschen zu pervers, selbst für ihn.

Sein Handy summte. Wieder Dorina. *Und?*

Vorschrift gegen Geräte von draußen, schrieb er schnell. *Geht nicht.*

Zu dumm sie sind gut.

Leone zog eine Grimasse. Er rieb mit dem Daumen gegen das geriffelte Plastik des Sticks und atmete tief durch. Er simste ihr: *Klamotten?*

Wen interessieren Bilder mit Klamotten?

Er zögerte.

Sie schickte noch eine SMS: *Vlt sehen wir uns heute Abend nicht.*

Seine Daumen klickten als sofortige Antwort: *Warum? Enttäuscht.*

»Verdammt, verdammt, verdammt«, murmelte Leone. Sie hatte sich die Mühe gemacht, ihm Nackt-Selfies zu schicken, und er konnte ihr nicht mal die Ehre erweisen, sie anzuschauen. Jetzt war sie sauer, und er hatte jede Chance vergeigt zu sehen, ob sie ein echter Rotschopf war oder nur so tat.

»Schwachsinn.« Entschlossen schob er den Speicherstick ganz in die USB-Schnittstelle seines Bürocomputers. In atemloser Eile klickte er auf den Tab des Sticks. Ein Verzeichnis öffnete sich, aber es war leer. Er klickte erstaunt erneut darauf, dann schloss er es und suchte nach anderen Verzeichnissen auf dem Speicherstick.

Es gab keine.

Er simste wieder an Dorina: *Speicherstick ist leer. Keine Bilder.*

Er wartete auf eine Antwort.

Hallo? Dorina? Ein Fehler? Hab ich den falschen Stick bekommen?

Noch immer keine Antwort.

Dorina? Hallo?

Er wartete weitere fünf Minuten in der Hoffnung, dass Dorina auf ihrem Handy nachsehen und antworten würde, dass sie ihren Fehler einsehen und einen neuen Speicherstick schicken würde. Ihr Haar war so herrlich rot und ihr Gesicht so blass und wunderschön.

Plötzlich kam ihm der Gedanke, dass zu keinem Zeitpunkt Bilder auf dem Stick waren.

Er zog den Speicherstick aus der USB-Schnittstelle und schob das Teil in die Hosentasche. Es hatte mittlerweile zehn Minuten in seinem Computer gesteckt. Leone hatte keine große Ahnung von Technologie, aber er vermutete, zehn Minuten waren mehr als genug Zeit dafür, dass etwas Schreckliches in das Netzwerk heruntergeladen werden konnte. Er nahm an, eine halbe Sekunde wäre wahrscheinlich mehr als genug Zeit gewesen, aber was, zum Teufel, wusste er schon?

Dann fingen Edgars Telefone an zu klingeln.

Erst eines. Dann noch eines. Und noch eines. Leone stand da und schaute zu, während Edgar sich beeilte, an jedes dranzugehen, wobei er einen Kunden nach dem anderen in die Warteschleife legte, während er nach dem nächsten Hörer griff. »First European Bank of Malta, warten Sie bitte einen Moment?«, sagte Edgar immer wieder.

O Gott, dachte Leone entsetzt. Ich habe etwas unglaublich Blödes gemacht.

Er eilte quer durch das Großraumbüro zur Eingangstür. Er musste den Speicherstick so schnell wie möglich in einen Mülleimer werfen, weg von seinem Arbeitsplatz und weg von irgendeiner Spur seiner Beteiligung. Das Netzwerk zu verletzen war ein Kündigungsgrund. Warum hatte er nicht früher daran gedacht? Weil er verkatert und einsam war und nur einspurig dachte. Gott, manchmal hasste er sich.

Abela rief ihm etwas aus seinem Büro zu, als Leone vorbeilief, aber er tat so, als hätte er seinen Freund nicht gehört. War es seine Einbildung, oder klingelten alle Telefone im Zentralbüro der Bank auf einmal in einem anschwellenden Crescendo – im operativen Geschäft, bei den Tradern, im Kundendienst. Angestellte antworteten in einer Kakophonie von

Sprachen: Maltesisch, Englisch, Italienisch. Aus dem Augenwinkel sah Leone den älteren Direktor vom Kreditwesen aus seinem Büro sprinten. Er rannte in Richtung der IT-Büros, als hätte er gerade gehört, dass das Gebäude in Flammen stünde.

Ach, du Scheiße, dachte Leone. Das Haus steht in Flammen. Ich habe das Feuer gelegt.

Als er sich nach links zur Rezeption wandte, blieb er wie angewurzelt stehen. Vier Malteser Polizisten, die von Kopf bis Fuß in ihre makellose königsblaue Uniform gekleidet waren, marschierten zur Tür herein, gefolgt von einem halben Dutzend phlegmatisch aussehenden Männern in dunklen Anzügen. Ihre Gesichter waren grimmig und entschlossen, und sie funkelten Leone an, als er versuchte, zum Ausgang zu eilen.

»Ich muss nur zur Toilette.« Er zeigte verzweifelt auf den Gang.

»Sie können nicht weggehen«, sagte der erste Malteser Polizist und streckte ihm eine fleischige Hand entgegen.

»Aber ich muss.« Leone schloss die Faust um den Speicherstick.

»Dieses Büro ist geschlossen und unter Quarantäne gestellt«, sagte einer der finster dreinschauenden Männer im Anzug.

»Aber warum?«, fragte Leone, obwohl er die Antwort sehr wohl wusste.

»Jemand ist in Ihr System eingedrungen.«

»Ich habe nichts damit zu tun«, jammerte Leone mit kläglichem Blick.

Der Bankprüfer starrte Leone an, in seinen Augen stand unwillige Verachtung. »Vielleicht, vielleicht auch nicht. Aber von diesem Moment an hat Ihre Bank keine Aktiva mehr. Sie ist offiziell zusammengebrochen.«

7

QUEENS, NEW YORK, 14. JUNI, 13:52 UHR

Garrett ging durch Lower Manhattan in nordöstlicher Richtung, wobei er sich hauptsächlich an die Seitenstraßen hielt und die Avenues mied. Er ging schnell, mit gesenktem Kopf, und schaute nur hoch, wenn er Sirenen hörte. Streifenwagen und Feuerwehrautos schienen über jede Kreuzung zu rasen, und an der Ecke Houston und Avenue A musterte ihn ein Cop vom Fahrersitz seines Streifenwagens aus von Kopf bis Fuß. Garrett versuchte, ihn zu ignorieren, und ging weiter, aber er hatte das Gefühl, als stünden ihm die Haare zu Berge und als hätte sein Gesicht die Farbe einer überreifen Erdbeere angenommen.

Er ging, um die Distanz zwischen sich und den Geschäftsräumen von Jenkins & Altshuler zu vergrößern, aber er versuchte auch, Ordnung in seine Gedanken zu bringen, zu begreifen, was gerade geschehen war, und einen Ausweg aus seiner Lage zu finden. Doch die Medikamente waren in seinen Kreislauf gesickert, und sein Kopf fühlte sich benommen an, sein Gehirn getrübt. Er hasste sich, weil er sich auf die Krücke verließ, zu der die Schmerzmittel geworden waren. Er war nur ein halber Mensch, wenn er unter Medikamenten stand, und er stand jetzt eindeutig unter Medikamenten. Einen Moment lang glaubte er, auf der Allen Street Avery Bernstein etwas in sein Ohr flüstern zu hören.

»Nicht jetzt«, grunzte er Avery und die Luft an, die ihn

47

umgab, und klang wie ein Obdachloser, der Selbstgespräche führte. »Nicht ausgerechnet jetzt!«

Er schloss die Augen und versuchte, sich zu konzentrieren. Sosehr er sich sagen wollte, dass es keinen Sinn ergab, dass dies alles irgendein furchtbares Missverständnis war – in Wahrheit ergab es durchaus einen Sinn. Und genau das war es, was daran so erschreckend war.

Garrett hatte das Programm Aszendent geleitet. Er hatte es durch eine Konfrontation mit der chinesischen Regierung – und auch mit den US-Geheimdiensten – geführt, und er hatte gewonnen. Er hatte eine Bedrohung entdeckt, die niemand sonst erkannt hatte, und in angemessener Weise reagiert. Aber Garrett hatte es anonym getan, unsichtbar. Menschen auf der ganzen Welt hatten das vergangene Jahr damit verbracht, ihn aufzuspüren und herauszufinden, wer genau der Kopf hinter Aszendent gewesen war, und Garrett hatte ihre Suche gespürt, ihre Eingriffe in sein Leben; die dilettantischen Versuche, sein Bankkonto zu hacken, sein Handy zu kapern oder ihn einfach durch Sticheleien auf den Schwarzen Brettern des Darknets ins Offene Netz zu locken.

Falls nun ein Angriff zu erwarten war – und er hatte keine Ahnung, wie dieser Angriff aussehen könnte –, dann würde derjenige, der dahintersteckte, damit rechnen, dass Garrett und Aszendent bereitstünden, ihn abzufangen. Es leuchtete ein, dass sie ihn gern aus dem Weg hätten. Sie würden ihm etwas in die Schuhe schieben und dafür sorgen, dass er Fersengeld gab. Und sie hatten mit dieser Strategie Erfolg. *Er hatte Angst. Und er suchte das Weite.*

Er dachte daran, seine Wohnung aufzusuchen, verwarf die Idee aber fast im gleichen Moment wieder. Das wäre der erste Ort, wo das FBI warten würde. Er machte einen weiten Bogen um sein Haus an der Ecke 12th Street und Avenue C und setzte seinen Weg in Richtung Uptown fort. Er rief seine beste Freundin, Mitty Rodriguez, an, eine gleichgesinnte freischaffende Programmiererin und manchmal Black-Hat-Hackerin, weil er wusste, dass er sie um alles bitten und ihr vertrauen konnte. Sie hatte von dem Attentat gehört, wusste aber ansonsten nichts, und sie vereinbarten ein Treffen später am Tag, um siebzehn Uhr.

»Wir treffen uns in dem Lokal«, sagte sie, »wo wir letzten Samstag gegessen haben.«

Garrett wusste ihre Paranoia zu würdigen. Zu diesem Zeitpunkt konnte jeder mithören. Er beendete das Gespräch und nahm die SIM-Karte aus seinem Handy. Damit verhinderte er, dass die Polizei ihn aufspürte, aber dadurch war er auch vom Netz abgekoppelt – vom Fluss der Informationen und Daten –, und er spürte diesen unmittelbaren Verlust in seinen Knochen. Garrett brauchte Daten genauso, wie er Sauerstoff brauchte. Ohne einen ununterbrochenen Strom von Daten, den er analysieren konnte, drehte sich sein Verstand in Kreisen um sich selbst und stürzte schließlich ab.

Er kaufte sich ein Sweatshirt und eine Jeans in einem Discountladen, bezahlte mit Bargeld und zog sich auf der Toilette um. Er kaufte sich in einer Bodega an der Ninth ein Schweinefleisch-Sandwich und eine Limonade. Er war nervös, und das machte ihn hungrig; sein ganzer Körper lief im Stressmodus. Er ging weiter bis zur 14th Street und beobachtete die Straße einige Augenblicke lang, bevor er schnell im Subway-Eingang verschwand und den Q-Train nach Queens nahm. Ein paar Cops trieben sich an manchen der Stationen herum, und deshalb holte Garrett sich eine Daily News und verbarg sein Gesicht während des größten Teils der Fahrt dahinter. Das schien zu funktionieren – niemand schenkte ihm die geringste Beachtung. Er stieg an der Haltestelle Queensboro Plaza aus und schlug die Zeit tot, indem er durch die Straßen ging und sich in einen Park setzte.

Sein Herz klopfte wie ein Trommelsynthesizer, und sein Schädel schmerzte. Er fühlte sich, als müsste er aus der Haut fahren. Das Tramadol verlor allmählich seine Wirkung. Er hatte sich seinen Vorrat geschnappt, bevor er sein Büro fluchtartig verlassen hatte, aber er wollte keine Pillen mehr schlucken; er musste nachdenken, und dafür brauchte er einen klaren Kopf.

Er versuchte zu ergründen, wer hinter dem, was heute Morgen passiert war, steckte, aber er hatte nicht genug Informationen. Er war abgeschnitten, trieb hilflos auf den Wellen. Er war ein Informationsjunkie auf Entzug, sehnte sich nach einem Schuss in Form eines Schubs digitaler Daten. Aber er wusste, dass ein solcher Schuss in diesem Moment die Polizei auf seinen Aufenthaltsort aufmerksam machen und dazu führen würde, dass man ihn verhaftete.

Warum, zum Teufel, drehten sich all seine Gedanken um Suchtverhalten?

Er erwog, sich zu stellen. Einfach in ein Polizeirevier zu gehen, mit seinem Namen rauszuplatzen und sich vom FBI abholen zu lassen. Aber er hatte keine Ahnung, was sie gegen ihn in der Hand hatten – fingierte Beweise, irgendwelche blödsinnigen Augenzeugenberichte. Falls er sich ergab, wäre er den Vollzugsbehörden ausgeliefert, ein Rädchen im Getriebe der Bürokratie, und er käme vielleicht erst nach Tagen wieder aus diesem Getriebe heraus. Vielleicht erst nach Monaten. Das war ein albtraumhaftes Szenario für Garrett. Er traute keiner Behörde, nirgendwo und niemals. Polizei, Militär, Regierung – in seinen Augen waren sie alle eigennützig und korrupt. Seine Paranoia hinsichtlich der Machthaber grenzte ans Pathologische, Ergebnis eines Lebens, das er damit verbracht hatte, von draußen zuzusehen.

Jedenfalls konnte er es sich nicht leisten, auch nur einen kurzen Moment eingesperrt zu sein. Er erkannte eindeutig, dass das, was mit dem Vorstandssprecher der Federal Reserve geschehen war, der Anfang von etwas anderem war – das dichte, komplizierte Ding aus seinen Albträumen. Ein Ding, das augenblicklich dabei war, sich in Realzeit zu entfalten. Er hatte es gesehen, und jetzt war er ein Teil davon.

Um halb fünf am Nachmittag verdrückte er sich in eine Gasse zwischen zwei kleinen Apartmenthäusern an der 36th Avenue in Queens und beobachtete das Kommen und Gehen vor einem brasilianischen Restaurant. Er suchte die Straße nach irgendwelchen Zeichen von Überwachungswagen, Cops oder verdeckten Ermittlern ab. Irgendjemand, der sein Handygespräch mit Mitty entziffert haben könnte. Aber alles, was er sah, waren alte Brasilianer, die in das Restaurant wackelten, um ein nachmittägliches Bier und ein paar *salgados* zu sich zu nehmen.

Um fünf Uhr hielt ein verbeulter Ford Explorer neben dem Hydranten vor dem Restaurant. Garrett kannte den Geländewagen nicht, aber er konnte auf dem Fahrersitz Mitty erkennen, deren krause schwarze Haare ihr bis auf die Schultern fielen. Außerdem konnte er den Kesha-Song hören, der aus dem Radio dröhnte. Mitty stand auf Kesha.

Er rannte durch den Verkehr und sprang auf den Rücksitz.

»Was, zum Teufel, geht hier vor sich?«, bellte sie, sobald er die Tür hinter sich geschlossen hatte. »Hast du den Typ von den Fusionen verprügelt, wie du angekündigt hattest? Hat er dich angezeigt? Du musst auf diesen Scheiß verzichten, weil …«

»Fahr einfach los.« Er lag flach auf einer Unterlage von alten Trockenfleischverpackungen und leeren Dosen Mountain Dew. »Ich werde dir alles erzählen. Aber zuerst brauche ich ein Versteck.«

Sie brachte ihn in einem freien Schlafzimmer über einer Reifenwerkstatt unter, die ihr Onkel Joe am Northern Boulevard besaß. Mitty sagte, ihr Onkel benutze das Zimmer, um Schlaf nachzuholen, wenn er Überstunden gemacht hätte, aber auch, wie sie vermutete, um sich mit seiner Geliebten zu treffen. Das Zimmer war winzig und hatte nur ein Fenster, das auf eine mit Abfall übersäte Gasse hinausging, und es roch nach Schweiß und alten Zigarren, aber Garrett nahm, was er kriegen konnte. Er sagte Mitty, sie solle die SIM-Karte aus ihrem Handy nehmen, weil das FBI bald anfangen würde, seine Freunde und Familienangehörigen zu überwachen, und sie sei so ziemlich die einzige Freundin, die er zurzeit habe. Sie erfüllte seinen Wunsch, allerdings widerwillig, und Garrett hatte endlich das Gefühl, sicher zu sein, zumindest für eine Weile.

Er erzählte Mitty, was er entdeckt hatte – das dunkle Sammelbecken, die Hackerangriffe –, und dann von dem anonymen Anruf und was die Frau am anderen Ende gesagt hatte. Und Mitty reagierte sofort mit Theorien. Sie war am Projekt Aszendent beteiligt gewesen; sie kannte die Akteure und ihre Geschichte.

»Dieses Biest Alexis versucht, dich reinzulegen. Sie will dich ans Messer liefern.«

Garrett hob die Hände. »Warum sollte sie das tun?«

»Sie ist sauer auf dich, weil du bei Aszendent aufgehört hast. Und weil ihr zwei ein Paar wart, und jetzt seid ihr keins mehr.«

Garrett wusste, dass Mitty mehr aus Freundschaft und Loyalität Partei für ihn und gegen Alexis ergriff als aus ernsthafter Überzeugung, aber er musste trotzdem seinen Gedankengang rationalisieren, um nicht auf Abwege zu geraten. »Und deshalb hat sie einen Banker erschießen lassen, um mir das in die Schuhe zu schieben? Eine Theorie muss einen Sinn ergeben, wenn ich sie in Betracht ziehen soll.«

»Sie ergibt jede Menge Sinn.« Mitty runzelte die Stirn. »Gewissermaßen. Alexis ist immer arrogant gewesen, und ich traue ihr nicht.«

»Danke, du bist wirklich eine große Hilfe.«

»Wie du meinst.«

Mitty hatte einen kleinen Fernseher eingeschaltet, als sie in das Zimmer gekommen waren, und CNN eingestellt. Im Lauf der letzten Stunde hatte es einen Bericht von zehn Minuten über das Attentat auf den Vorstandssprecher der Federal Reserve gegeben, und ein Reporter am Tatort – und ein weiterer bei einer Pressekonferenz der Polizei – hatte gesagt, die Mörderin sei eine Stalkerin gewesen, aber man hätte ihren Namen nicht freigegeben. Niemand hatte Garrett oder Aszendent oder auch nur die Möglichkeit erwähnt, es hätte sich um etwas anderes gehandelt als um einen willkürlichen Tötungsakt. Garrett bekam einen Anfall heftiger Paranoia: Hatte er sich das Telefongespräch nur eingebildet? Aber wie konnte das möglich sein? Er hatte nichts von den Schüssen gewusst, bis er an sein Bürotelefon gegangen war.

Nein, sagte er sich, denk nicht so. Einfache Logik war immer noch seine Freundin. Von A nach B nach C. Weich nicht vom Weg der bekannten Tatsachen und Zahlen ab: stufe ein, prüfe, analysiere.

»Wer immer dich angerufen hat, hat einen Fehler begangen«, sagte Mitty. »Die Frau, die geschossen hat, war eine verrückte Schlampe mit einer Knarre, und sie hat diesen Kerl umgenietet, und niemand im Fernsehen hat irgendwas von dir oder einem Muster oder irgendwas in der Art gesagt.«

»Willst du behaupten, dass ich mir all das hier eingebildet habe?« Garrett fuhr den Laptop hoch, den Mitty von zu Hause mitgebracht hatte. »Das könnte ich persönlich nehmen.«

»Nein, auf keinen Fall«, sagte Mitty ein bisschen zu schnell.

»Ich will es nur – du weißt schon – von allen Seiten prüfen.«

Garrett funkelte sie kurz an, bevor er eine Verbindung mit dem Wi-Fi der Werkstatt herstellte – Mitty sagte, ihr Onkel bezahlte für hohe Download-Rates, um venezolanische Pornofilme anzusehen, wenn in der Werkstatt wenig los war. Garrett loggte sich über sein Virtuelles Privates Netzwerk ein, um das Internet nach Informationen über das Attentat zu durchsuchen. Sein VPN erlaubte ihm, online zu gehen, ohne dass er Spuren hinterließ. Er ließ sich von den digitalen Daten umspülen und fühlte eine immense Erleichterung. Er war wieder in dem globalen Informationsfluss, wo er hingehörte, bewegte sich von Website zu Website, von Newsfeed zu Stellungnahme. Er checkte die Märkte und Zinssätze, ging von Diagramm zu Tabelle zu einer endlosen Zahlenkolonne. Auf die Nachricht von Steinkamps Tod hin war der Dow gesunken, und der VIX – der Volatilitätsindex – war in die Höhe geschossen. Er sah Videos und las Interviews und Blog-Posts. Ein Schleier der Besorgnis hatte sich auf die Wall Street gesenkt. Das Investitionsgeld war nervös. Jeder war nervös.

Während der ganzen Zeit gab Mitty Kommentare ab, beklagte sich über Alexis Truffant, schimpfte über die dominikanische Hure, die ihr Onkel in das Schlafzimmer brachte, und redete gute zwanzig Minuten über ihre neue Diät. »Nur Cola Zero und Hüttenkäse. Es ist eine Reinigung.«

»Das ist keine Reinigung. Eine Reinigung ist – vergiss es.« Garrett fand eine Nachrichtenmeldung von Agence France-Presse. »Auf Malta hat es einen Sturm auf eine Bank gegeben.« Garrett überflog die Aktualisierung der Nachrichten. »Hat direkt nach dem Aktieneinbruch in Italien angefangen. Passt perfekt.«

»Was ist Malta? Ein Kaffeegetränk?«

Garrett ignorierte sie. Er schob sich von dem Laptop zurück und massierte sich die Schläfen.

Mitty beobachtete ihn, und die Besorgnis ließ ihr Gesicht weicher erscheinen. »Hast du wieder Kopfschmerzen?«

Garrett nickte kaum merklich. Ja.

»Hast du Tabletten?«

Er zuckte mit den Schultern. Ja, aber er musste eine Weile darauf verzichten – was Mitty nicht unbedingt zu wissen brauchte.

Sie beobachtete ihn einen Augenblick. »Ich laufe zur Ecke und hole uns Bier. Vielleicht was zum Knabbern. Das würde helfen, stimmt's?«

»Klar«, schaffte Garrett zu murmeln, »aber sei vorsichtig.«

Sie kehrte fünfzehn Minuten später mit einem Sechserpack Schlitz, einer Tüte Kartoffelchips und einer Flasche Motrin zurück.

Garrett trank ein Bier und schluckte sechs Tabletten. »Hast du irgendwen draußen gesehen? Der dich beobachtet hat?«

»Bleib locker. Ich hab alles im Griff. Ich bin der puertoricanische James Bond.« Sie massierte ihm schweigend ein paar Minuten Nacken und Schultern, und die Schmerzen in seinem Kopf ließen nach. Er war dankbar dafür, dass er Mitty hatte. Sie war impulsiv, eigensinnig und zickig, aber sie war auch klug und ungeheuer loyal. Sie würde für ihn durchs Feuer gehen.

»Du solltest ein bisschen schlafen«, sagte sie. »Dir morgen früh einen Reim darauf machen.«

Er nickte, machte aber weiter, dehnte seine Suche aus. Er recherchierte den Sturm auf die Bank auf Malta. Niemand sagte genau, wie es dazu gekommen war; niemand schien es zu wissen. Filmausschnitte zeigten wütende Kontoinhaber, die auf den Straßen mit Steinen warfen. Mitty trank ein zweites Bier, dann ein drittes, bevor sie auf dem Bett mit einem offenen

Laptop auf ihrem Bauch einschlief. Garrett musste ebenfalls eingenickt sein, weil er abrupt um zwei Uhr in der Nacht aufwachte, weil er hörte, dass ein Fenster eingeschlagen wurde. Er saß kerzengerade auf seinem Stuhl. Mitty schnarchte friedlich auf dem Bett.

Garrett ging zur Schlafzimmertür und öffnete sie einen Spalt weit, um zu lauschen. Unten bewegte sich jemand oder etwas, stapfte zwischen den Einrichtungsgegenständen herum. Garrett schlüpfte in den Flur und ging dann langsam die schmale Treppe hinunter, die in die Werkstatt führte. Der Geruch nach Gummi und Schmierfett war überwältigend. Durch eine Reihe von Fenstern auf der gegenüberliegenden Seite fiel ein Streifen orangefarbenen Halogenlichts herein, das die Reifenstapel und die leeren Wagenbuchten schwach erhellte.

Garrett kam am Fuß der Treppe an und lauschte. Er hörte nur Stille. Er versuchte, seinen Herzschlag zu verlangsamen – das Blut pochte in seinen Ohren. Ein Gedanke zuckte ihm durch den Kopf: Er hatte Aszendent verlassen, um von genau den Dingen verschont zu bleiben, die ihm in diesem Augenblick widerfuhren. Und trotzdem hatte ihn seine Vergangenheit eingeholt. Mit aller Macht. Er wollte schreien, unterdrückte aber den Impuls.

Er ging an den Hebebühnen und Geräten vorbei zum Eingang der Werkstatt – und erstarrte. Die Tür zur Straße war offen, ihr Fenster eingeschlagen. Garrett duckte sich, erwartete einen Schlag von hinten, aber es kam keiner. Er drehte sich um und erkundete den Rest des Raums, aber er war leer.

Garrett richtete sich auf und holte tief Luft. Was, zum Teufel, war hier los? Dann hörte er es – Schritte von oben, die Treppe hinauf, im Schlafzimmer. Ohne nachzudenken, rannte er zurück, an den Arbeitsbuchten vorbei, und schrie: »Mitty!«

Er sprintete die Treppe hoch und stolperte mit geballten

Fäusten in das Schlafzimmer. Das Licht war an; Mitty saß aufrecht im Bett und rieb sich die Augen.

»Dude, was schreist du hier rum?« Sie kniff die Augen zusammen. »Ich hab geschlafen.«

Garrett durchsuchte das Zimmer. Von Mitty abgesehen war es leer. Das Fenster stand offen, aber Mitty hatte es aufgemacht, als sie hier angekommen waren. Alles andere schien unberührt zu sein.

»Jemand ist in die Werkstatt eingebrochen. Die Tür ist offen. Das Fenster eingeschlagen.«

»Niemand klaut gebrauchte Reifen. Glaub mir. Die nimmt einer nicht mal geschenkt.«

»Dem ging es nicht um Reifen. Der ist die Treppe hoch. In das Zimmer hier.«

Mitty schüttelte den Kopf. »Du bist high. Geh wieder schlafen.«

Garrett setzte sich in den Sessel vor dem Schreibtisch in der Zimmerecke. CNN lief immer noch mit ausgeschaltetem Ton. Vielleicht hatte Mitty recht. Vielleicht war er high, und die Mischung von Motrin und Schlitz brachte seinen Verstand durcheinander.

Er warf einen Blick auf seinen Computer. Ein Word-Programm war geöffnet worden. Er hatte nichts geschrieben – und Word benutzte er nie. Irgendjemand hatte drei kurze Sätze auf den Bildschirm geschrieben. Garrett las sie und knurrte überrascht.

Ein Mann.
Ein Russe.
Er ist unterwegs.
HM

8

LOWER MANHATTAN, 15. JUNI, 2:15 UHR

In der New Yorker Außendienststelle des FBI galt Special Agent Jayanti Chaudry als geradeheraus und ungemein ehrgeizig. Sie war normalerweise erste Wahl bei der Verteilung der besten und prominentesten Mordfälle, und wenn sie einen Mordfall zur Bearbeitung übertragen bekam, klärte sie ihn fast immer auf. Sie war eine intuitive Kämpferin gegen das Verbrechen, pedantisch und erschreckend hartnäckig, und ihre Unbarmherzigkeit betrachtete sie als Folge ihrer Biographie: Tochter eingewanderter Ladenbesitzer, die ihre Ersparnisse dazu benutzten, eine Firma zu gründen, die Erste aus ihrer Familie, die aufs College ging, und der erste weibliche Special Agent indischer Herkunft im Büro Manhattan. Im Grunde war sie, da sie gerade daran dachte, seit der Versetzung von Agent Hawani nach Denver die einzige Special Agent indischer Herkunft im Büro Manhattan. Eigentlich im gesamten Nordosten.

Nicht dass das eine Rolle spielte. Für Chaudry gab es zwei Sorten von Menschen in ihrer Welt: Diejenigen, die ihr halfen, Verbrechen aufzuklären, und diejenigen, die ihr dabei im Weg waren. Sie wusste, dass sie Komplexe hatte; sie war schließlich dunkelhäutig und eine Frau in einer Welt weißer Männer – aber sie weigerte sich, sich von diesen Dingen aus der Bahn werfen zu lassen. Hautfarbe, Geschlecht und Geburtsort waren lediglich Ablenkungen, und Ablenkungen hielten sie nur auf. Chaudry ließ sich nicht aufhalten.

Sie schaute auf die Uhr über ihrem Schreibtisch – es war fast halb drei morgens – und dachte über den Fall nach, dessen Akte vor ihr lag. Phillip Steinkamp, der Vorstandsvorsitzende der New York Federal Reserve, war gestern Morgen gegen 8:25 Uhr erschossen worden, als er auf dem Weg zu seiner Bank war. Die Attentäterin, Anna Bachew, achtunddreißig Jahre alt, eine bulgarische Einwanderin, die seit fünfzehn Jahren in den Staaten lebte, hatte eine Vorgeschichte von Geistesgestörtheit und Drogenmissbrauch. Sie war mehrfach ins Bellevue eingewiesen worden, in die geschlossene Psychiatrie, und zweimal wegen Kokainbesitzes verhaftet worden. Sie hatte zum Zeitpunkt ihrer Verhaftungen bereits ihre Staatsbürgerschaft erhalten, sodass keine Abschiebeverfahren eingeleitet wurden. Ihre Arbeitsnachweise waren lückenhaft, und Chaudry vermutete, dass Bachew ihren Lebensunterhalt eine Zeit lang mit Prostitution finanziert hatte.

Zwei Agenten hatten ihr Apartment im Viertel Hunts Point in der Bronx durchsucht, eine schmutzige Einzimmerwohnung in einem verfallenden Haus an der Bryant Avenue, und zahlreiche Artikel über Steinkamp gefunden. Bachew hatte dem Vorstandssprecher der Fed eindeutig nachgestellt, aber irgendetwas stimmte – dem Bericht der beiden Agenten zufolge – nicht ganz mit den Indizien: »Der zuständige Agent sollte die Möglichkeit in Erwägung ziehen, dass Beweise fingiert sind. Motivation der Tatverdächtigen unklar und ungewöhnlich. Herkunft der Zeitungsausschnitte unklar, scheint Fähigkeiten der Tatverdächtigen zur Zusammenstellung zu übersteigen.«

In Chaudrys Augen war Steinkamp eine seltsame Wahl als Opfer einer Stalkerin. Er war ein älterer, ruhiger Mann, der keinen Job hatte, bei dem er oft mit der Öffentlichkeit in Berührung kam. Er war weder besonders reich noch berühmt, von einer kleinen Gruppe Finanz-Fachidioten abgesehen. Chaudry wusste, dass Stalker erklärtermaßen irrational handelten, aber wenn sie sich Opfer aussuchten, waren es normalerweise keine Bürokraten – und obendrein zur Glatze neigende, verheiratete Bürokraten.

Keiner von Bachews Nachbarn wusste viel über die Frau: Sie war erst vor zwei Monaten in diese Wohnung eingezogen, davor tauchte ihr Name in keinem Pacht- oder Mietvertrag, auch nicht bei einem Bankkonto im Gebiet von New York City im Lauf der letzten vier Jahre auf. Sie war im Grunde genommen obdachlos gewesen. Und pleite. Was die Frage aufwarf, wie sie die Mordwaffe erworben hatte, eine 9-mm-SIG-Sauer P226. Eine SIG war eine teure Faustfeuerwaffe. Diese hier war vor drei Jahren von einem Sammler, der sie sechs Monate später als gestohlen gemeldet hatte, in einem Waffengeschäft in Vermont gekauft worden. Sie war seitdem bei keinem Überfall oder einem anderen Verbrechen aufgetaucht. Dadurch wurde sie zu einem Schwarzmarktobjekt, aber auch auf dem Schwarzmarkt waren Pistolen teuer.

Und dann waren da noch die überlieferten letzten Worte Bachews, bevor sie die Schusswaffe auf sich richtete: Garrett Reilly hat mich dazu gebracht, das hier zu tun.

Chaudry nippte an ihrem Kaffee und grübelte.

Garrett Reilly?

Chaudry blätterte in ihrem Stapel von Berichten über Reilly – eine faszinierende Gestalt. Er war in Long Beach in Kalifornien als Sohn einer mexikanischen Einwanderin geboren worden, sein Vater arbeitete als Hausmeister für den L.A. Unified School District, und er war schon früh durch eine Begabung für Zahlen aufgefallen. Eigentlich war er ein Zahlengenie. Dann war er von einem Mathematikprofessor namens Avery Bernstein nach Yale geholt worden und hatte an der Uni nur Bestnoten bekommen, bis er das Studium abgebrochen hatte, und zwar an dem Tag, als er erfahren hatte, dass sein Bruder in Afghanistan im Kampf gefallen war. Reilly war anscheinend wieder zu seiner Mutter nach Long Beach gezogen und hatte die nächsten sechs Monate damit verbracht, dem Army Bureau of Records mit Fragen nach den näheren Umständen des Todes seines Bruders auf den Wecker zu fallen. Er hatte mehr als hundertzwanzig Mal in ihrer D.C.-Geschäftsstelle angerufen. Später im gleichen Jahr hatte er sich wieder in der Long Beach State University eingeschrieben, aber seine Noten waren durchschnittlich, und er wurde zwei Mal von der Verwaltung vorgeladen, weil er den Unterricht gestört und sich dann eine Prügelei mit einem Kommilitonen geliefert hatte.

Bernstein, sein Matheprofessor in Yale, schien Reillys Fortschritte verfolgt zu haben und holte ihn zurück nach New York, damit er sich bei Jenkins & Altshuler, einem Handelshaus an der Wall Street, das Bernstein übernommen hatte, um die Wertpapieranalyse kümmerte. Dort war Reilly aufgeblüht. Und hatte Erfolg gehabt bis zu einem Tag Ende März vor einem Jahr, als eine Autobombe vor den Geschäftsräumen von Jenkins & Altshuler explodiert war.

Chaudry erinnerte sich noch gut an den Tag. Es war ein aufsehenerregender Terroranschlag gewesen, bei dem allerdings niemand getötet worden war, und es wurde anschließend niemand wegen des Sprengstoffattentats zur Rechenschaft gezogen. Das FBI hatte nicht an dem Fall gearbeitet – er war direkt von der Homeland Security für sich beansprucht worden, was an sich schon seltsam genug war –, und er war immer noch Gegenstand einer aktiven Ermittlung, ungelöst und ergebnisoffen. Verschwörungstheorien umwaberten diesen Fall bis heute.

Noch merkwürdiger: Garrett Reilly war an genau diesem Tag verschwunden. Er schien eine Zeit lang Soldat in der Army geworden zu sein und unter der Dienstaufsicht der Defense Intelligence Agency gestanden zu haben, aber er stieg zwei Monate später aus, ehrenhaft entlassen, und kehrte anschließend zu seinem alten Job bei Jenkins & Altshuler zurück, den er behielt, obwohl sein Mentor Bernstein bald danach bei einem Autounfall ums Leben kam.

Die Wege von Reillys Leben waren ungewöhnlich und grundverschieden, und sie ergaben einfach kein einheitliches Muster.

Als Chaudry die DIA unmittelbar nach Steinkamps Ermordung angerufen hatte, schien ein General namens Kline, der sich auf Belange der nationalen Sicherheit berief, ihre Fragen nur widerstrebend zu beantworten. Es war eindeutig ein Fehler gewesen, ihn auf den Fall aufmerksam zu machen. Zwanzig Minuten später hatte irgendjemand Reilly aus einer Telefonzelle im District of Columbia angerufen, und Reilly hatte sein Büro sofort fluchtartig verlassen. Die DIA hatte offenbar die Reihen zur Verteidigung geschlossen.

Chaudry hatte keine Ahnung, wo er jetzt war. Sie überwachten seine Wohnung, seine Bekannten und Freunde – obwohl er nicht viele von Letzteren zu haben schien. Chaudry hatte den Verdacht, dass sehr viel mehr als das getan werden müsste, um ihn zu aufzuspüren. Reilly war klug, er hatte offenbar eine Ausbildung durch einen militärischen Geheimdienst genossen, und er wusste, dass das Bureau nach ihm Ausschau hielt. Alles schlecht, aus Chaudrys Perspektive.

Aber hatte dieser Reilly wirklich eine psychisch labile Frau losgeschickt, um den Vorstandssprecher der New York Federal Reserve umzubringen? Wie hatte er sie dazu gebracht? Mit Geld? Drogen? Waren sie ein Liebespaar gewesen? Die

Aufzeichnungen von Bachews Telefongesprächen zeigten wiederholte Anrufe bei Jenkins & Altshuler, aber sie waren kurz gewesen, keiner hatte länger als fünfzehn Sekunden gedauert, fast so, als sei direkt wieder aufgelegt worden, während es keinen Anruf von Reillys Büroanschluss bei Bachew gab. Keinen einzigen.

Und selbst wenn Reilly bei dem Attentat seine Hand im Spiel gehabt hatte, stellte sich die größere Frage: Warum? Welchem möglichen Zweck diente die Ermordung Steinkamps? Chaudry konnte kein Motiv erkennen. Vielleicht war Reilly, nicht Bachew, derjenige, der psychisch labil war.

Chaudry wusste es nicht. Aber sie würde es herausfinden, weil das Lösen von komplizierten Fällen wie diesem hier das war, was sie in die Außendienststelle Manhattan gebracht hatte. Diese Fälle waren es, wofür sie lebte, und was noch besser war, die Fäden einer möglicherweise weitreichenden Verschwörung zu entwirren, das war der Traum jedes FBI-Agenten im ganzen Land. Wenn sie diesen Fall aufklärte, wäre sie auf dem schnellsten Weg, der jüngste Agent zu werden, der die New Yorker Dienststelle des Bureaus leitete. Nicht der jüngste weibliche Agent indischer Herkunft. Einfach der jüngste Agent. Basta.

Aber zuerst musste sie Garrett Reilly finden. Sie war sich nicht sicher, wieso, aber sie vermutete, dass er der Schlüssel zu alldem hier war. Sobald sie ihn verhaftet hätte, würden all die anderen Teilchen ihren richtigen Platz finden.

Sie schloss seine Akte und überlegte, welche Optionen sie hatte. Reilly war auf der Flucht, eine undurchsichtige, unbekannte Größe in einem Meer der Anonymität. Aber das musste nicht so bleiben. Bis jetzt hatte Chaudry Reillys Namen und sein Bild nicht an die Presse gegeben – die offizielle Version lautete, dass Bachew eine verstörte Stalkerin war. Aber vielleicht musste Chaudry ihre Taktik ändern. Falls Reilly so klug war, wie es den Anschein hatte, würde sie jedes denkbare Druckmittel einsetzen müssen, um ihn ans Licht zu zerren.

Garrett Reilly musste aus eigener Kraft ein Prominenter werden.

9

ALEXANDRIA, VIRGINIA, 15. JUNI, 7:45 UHR

Alexis Truffant füllte ihren Kaffeebecher zum Mitnehmen und ging zur Tür ihrer vorstädtischen Eigentumswohnung in D.C. In Gedanken bereitete sie sich schon auf ihren Tag vor, der schwierig zu werden versprach. Gestern hatte es eine Reihe von Katastrophen gegeben, die mit der Erschießung des Vorstandssprechers der New York Fed angefangen und mit einem Verhör durch zwei humorlose FBI-Agenten geendet hatte. Alexis hatte den FBI-Männern so präzise geantwortet, wie sie konnte, sich hauptsächlich an die Wahrheit gehalten und vorsichtig die Klippe ihrer Beteiligung an der Warnung Garrett Reillys umschifft. Die Agenten schienen von der Aufzeichnung ihres Telefongesprächs durch die NSA nichts zu wissen, und General Kline erwähnte nichts davon, sodass sie feststellte, dass sie fast alle Fragen wahrheitsgemäß beantworten konnte. Fast.

Die Agenten wollten Informationen über Garretts Vorgeschichte und über seine Mitwirkung bei der DIA. Kline parierte diese Fragen auf die übliche DIA-Art – nationale Sicherheit hier und nationale Sicherheit dort. Garrett war eindeutig im Visier des FBI. Sie wollten ihn unbedingt.

Aber sie wollte verdammt sein, wenn sie dem FBI half, ihn zu erwischen. Garrett konnte nichts mit der Erschießung eines Bundesbankiers zu tun haben. Garrett brüllte und schrie vielleicht, war schwierig und anstrengend, schlug sogar mal jemanden bei einer Kneipenschlägerei ins Gesicht, aber ein Mord passte einfach nicht zu ihm. Sie kannte ihn gut genug, um das zu wissen. Sie empfand in Wahrheit immer noch etwas für ihn, egal, was sie Kline gestern gesagt hatte. Sie liebte ihn vielleicht nicht mehr – hatte ihn möglicherweise nie geliebt –, aber es bestand immer noch eine Beziehung zwischen ihnen. Eine emotionale Beziehung. Und das konnte sie nicht ignorieren. Zumindest noch nicht.

Sie ging die Treppe nach unten und durch einen Flur zur Tiefgarage. Die Fahrt zum DIA-Hauptquartier dauerte zehn Minuten, und falls der Verkehr sich im Rahmen hielt, war sie um Punkt acht Uhr dort, wie immer. Alexis liebte Ordnung und Vorhersagbarkeit. Sie drückte auf den Entriegelungsknopf auf dem Anhänger ihres Autoschlüssels und lächelte, als sie das beruhigende Zwitschern ihres Honda Accord hörte. Sie hatte den halben Weg zur Fahrertür zurückgelegt, als eine Stimme ertönte.

»Alexis.«

Ihr blieb fast das Herz stehen.

Garrett Reilly trat hinter einem Stützpfeiler aus Beton hervor. Er trug ein graues Sweatshirt mit der Aufschrift I ♥ DAYTONA BEACH und eine Jeans, aber er hatte schwarze Budapester an den Füßen, als hätte er die meisten Sachen von seinem gestrigen Arbeitstag abgelegt und ausgetauscht, allerdings nicht alle. Er sah ausgelaugt und erschöpft aus, als ob er seit ihrer letzten Begegnung vor einigen Monaten um Jahre gealtert wäre. Ihr schlechtes Gewissen versetzte ihr einen Stich: Hatte sie Garrett das angetan? Sie hatte ihn rekrutiert. Sie hatte ihn verführt. Vielleicht hatte sie ihn auch mürbe gemacht.

»Herrgott noch mal«, zischte Alexis, »du darfst nicht hier sein, Garrett. Es ist nicht sicher. Und wie, zum Teufel, bist du überhaupt hierhergekommen?«

»Es steht ein Anschlag bevor.« Er kam auf sie zu, während er leise sprach und mit den Augen nervös die leere Tiefgarage absuchte.

»Ich würde sagen, der Anschlag hat bereits stattgefunden.«

»Das ist nur der Anfang. Die Speerspitze.«

»Was?«

»Du hast mich verstanden«, sagte Garrett viel zu laut für Alexis' Gefühl. »Es ist Teil eines Musters.«

»Okay, okay«, erwiderte sie in dem Versuch, gelassen zu bleiben. Ihre Augen überflogen ebenfalls die Garage. Sie vermutete, das FBI ließ sie nicht überwachen, aber das war nur eine Mutmaßung. »Erzähl mir davon. Aber leise. Und schnell.«

»Ich habe einen Investment-Pool gefunden, der in illegale Aktivitäten verstrickt ist.«

»Was soll das heißen?«

»Ein Fonds. Ein geheimer Fonds. Ziemlich groß – zwei Milliarden Dollar. Er treibt seinen Handel nur in Dark Pools ...«

»Dark Pools?«

»Unsichtbare Börsen, wo Investoren Aktien außerhalb des Mainstreams kaufen und verkaufen. Damit niemand weiß, dass sie es tun. Dreißig Prozent des Aktienhandels in den Vereinigten Staaten werden derzeit außerhalb der großen Börsen abgewickelt.«

»Ist das legal?«

»Es ist das Finanzwesen. Legal ist ein sekundäres Konzept.«

»Okay«, sagte sie. »Wie heißt der Fonds? Wer betreibt ihn?«

»Ich weiß es nicht. Ich kann nicht mal definitiv beweisen, dass er existiert.«

Alexis verschränkte die Arme vor der Brust. In einiger Entfernung grollte Donner. Vielleicht war es auch nur ein Lastwagen, der durch die Stadt rumpelte. Sie musterte Garrett. Seine Haut war blass, seine Augen waren rot gerändert, als hätte er lange Zeit nicht gut geschlafen. Alexis konnte die Angst spüren, die er ausstrahlte, als wäre seine Paranoia eine physische Erscheinung, eine zweite Haut, die ihn umgab. Ein Teil von ihr wollte ihn in die Arme nehmen, ins Bett legen, ihn eine Woche schlafen lassen.

Ein anderer Teil von ihr wollte schreiend weglaufen, sich in Sicherheit bringen.

»Keine Sorge«, sagte Garrett, als läse er ihre Gedanken, »Mitty hat mich gefahren. Und wir haben die Highways gemieden. Wir haben nach Polizeiwagen Ausschau gehalten. Niemand ist uns gefolgt.«

Falls Alexis mit Garrett Reilly erwischt würde, wäre es nicht nur aus mit ihrer Karriere, sondern auch mit ihrem Leben. Kline hatte sie bereits ein Mal gewarnt. Sie verstieß gegen eine ganze Reihe von Bundesgesetzen, indem sie mit einem Verdächtigen in einem Mordfall verkehrte, und jetzt stand der Beweis für ihre Komplizenschaft in ihrer Tiefgarage.

»Warum glaubst du, dass dieser Fonds existiert?«, fragte sie, wobei sie sich darum bemühte, dass Garrett sie weiterhin anschaute.

»Ich kann sehen, wie sich Wellen ausbreiten. Wenn er Aktien und Derivate verkauft. Kleine Kursvariationen, die an den offenen Börsen keinen Sinn ergeben. Wiederholte Muster …«

»Muster.«

»Ihr bezahlt mich dafür, die zu finden.«

»Bezahlten. Du hast gekündigt.«

Garrett zuckte mit den Schultern. »Wiederholte Muster bei Verkäufen. Verkäufe von Sachen, die an den Rändern des Finanzsystems liegen. Derivate, Swaps, niedrige Aktienwerte. Sachen, die du kaufen würdest, wenn du dafür sorgen wolltest, dass niemand dem, was dir gehört, besonders viel Beachtung schenkt. Oder dem, was du getan hast.«

»Okay. Dieser Fonds. Weißt du, was er macht?«

»Er hat einen Wechselwirkungskoeffizienten von plus eins.«

»Er bewegt sich im vollkommenen Gleichschritt?«

»Ja. Ein Verkauf und anschließend ein Ereignis in der wirklichen Welt.«

»Und was ist das Ereignis in der wirklichen Welt?«

»Angriffe auf Unternehmen und Banken. Und jetzt die Ermordung eines Vorstandsvorsitzenden von der Federal Reserve. Sie ziehen die Schraube an. Werden größer.«

Alexis hörte ein weiteres Krachen, diesmal war es mit Sicherheit Donner. Ein Sommergewitter in großer Entfernung, über den Vorstädten im Westen, aber es rückte schnell näher.

»Du willst also sagen, es gibt da draußen einen Fonds – einen unsichtbaren Fonds –, der dafür bezahlt hat, dass Phillip Steinkamp erschossen wurde? Dass dies ein geplantes Attentat war? Begreifst du die Konsequenzen dessen, was du da behauptest? Das Verschwörungsniveau?«

»Es geht um mehr als eine Ermordung. Der Fonds hat es sich zum Ziel gesetzt, ein systemisches Volatilitätsereignis zu erzeugen.«

Alexis neigte den Kopf leicht zu einer Seite. »Klartext, bitte.«

»Die amerikanische Volkswirtschaft durch Schwankungen von Devisenkursen, Zinssätzen et cetera innerhalb einer kurzen Zeitspanne zu ruinieren.«

Alexis kontrollierte jeden Flur und jeden Treppenaufgang in ihrem Apartmenthaus, bevor Garrett ihr folgte, weil sie offensichtlich große Angst davor hatte, ein anderer Hausbewohner könne ihn zusammen mit ihr sehen. Garrett wollte darüber lachen, aber er konnte es ihr wirklich nicht zum Vorwurf machen: Er war ein vom FBI gesuchter Mann. Bei diesem Gedanken spürte er einen leichten Nervenkitzel; jetzt war er richtig gefährlich. Er fühlte sich natürlich nicht gefährlich. Er fühlte sich gejagt.

Als Garrett Alexis' Eigentumswohnung betrat, wurde er von Erinnerungen überwältigt. Er war hier schon einmal gewesen, vor einem Jahr, und er und Alexis hatten die Nacht miteinander im Bett verbracht. Das war ihre einzige gemeinsame Nacht gewesen, aber er erinnerte sich bis ins Detail daran: die Bettlaken, ihre Haut, das orangefarbene Sonnenlicht, das am nächsten Morgen durch die Fenster hereinströmte. Er saß in einer Ecke des Sofas im Wohnzimmer, und ihn überkam eine tiefe Zufriedenheit. Ihm wurde klar, dass er seit einem Jahr wieder hier sein wollte; nicht weil er erneut mit Alexis schlafen wollte – er wollte nur wieder allein mit ihr in ihrer Wohnung sitzen. Mit ihr reden. In ihrer Nähe sein.

Er verfluchte sich, weil er ein sentimentaler Narr war. Alexis Truffant hatte ihn wegen seiner Fähigkeiten benutzt und ihn dann ausrangiert, als ihre Beziehung keine Rolle mehr spielte. Er musste sich dazu zwingen, das nicht zu vergessen, es seinem Bewusstsein einzuprägen: Alexis hatte ihn verarscht und würde das wieder tun, wenn die Umstände es verlangten. *Er musste Distanz wahren.*

Garrett sah zu, während Alexis Klines Büro anrief und seiner Sekretärin mitteilte, dass sie Probleme mit ihrem Wagen hatte und dass sie in ungefähr einer Stunde im Büro sein würde. Dann machte sie Kaffee und goss Garrett eine Tasse ein; sie bot ihm auch etwas zu essen an – Frühstücksflocken und Eier –, was er ablehnte.

»Wo ist Mitty jetzt?«

»Ein paar Häuserblocks weiter. Es geht ihr gut. Sie kann warten.«

Alexis setze sich ihm gegenüber in einen braunen Polstersessel und trank von ihrem Kaffee, während sie ihn von Kopf bis Fuß musterte. Garrett bemerkte, dass seine Finger zuckten, weshalb er sie fest ins Sofa krallte, damit sie aufhörten. Er hatte Kopfschmerzen, und das Blut in seinen Adern fühlte sich dickflüssig an, als wäre es trocken und verklumpt, als ob sein Herz jeden Augenblick durch die Anstrengung des Pumpens explodieren könnte. Er wusste, dass dies ein Entzugssymptom war, eine Halluzination, aber sie war eindrucksvoll und wurde stärker. Er hatte seinen Beutel mit Pillen in der Gesäßtasche, aber er musste darauf verzichten, zumindest im Moment. Er atmete tief ein, um seine aufsteigende Panik in den Griff zu bekommen.

Alexis schien das zu spüren. »Garrett, hör mal, versteh das bitte nicht falsch, aber nimmst du immer noch verschreibungspflichtige Medikamente?«

Garrett blinzelte vor Überraschung. »Ihr Arschlöcher habt in meinen Krankenunterlagen geschnüffelt.« Herrgott, dachte er, gibt es denn absolut keinen Aspekt meines Lebens, der noch privat ist? Bin ich für alle Welt ein offenes Buch?

»Du hattest eine Unbedenklichkeitsbescheinigung höchsten Niveaus. Wir müssen vorsichtig mit jedem sein, der jemals für uns gearbeitet hat. Das wirst du verstehen können.«

»Nein, das kann ich nicht verstehen. Meine Privatangelegenheiten sind meine Sache. Nicht deine. Was, zum Teufel, ist los mit euch? Was ist los mit diesem Land?«

»Ich verstehe, dass du aufgebracht bist, aber …«

»Verstehst du nicht.« Er geriet in Rage. »Du verstehst nichts von mir. Hast du auch nie getan.«

Sie saßen eine halbe Minute schweigend da. Garretts Gedanken liefen auf Hochtouren. Er ließ das Gespräch, das sie gerade geführt hatten, noch mal in seinem Kopf ablaufen. War er zu defensiv gewesen? Ja. Nun, eigentlich nicht, schließlich hatte sich die DIA an seinen Krankenunterlagen zu schaffen gemacht. Das war falsch. Und illegal. Auf der anderen Seite nahm er zu viele Medikamente, selbst er erkannte das. Vielleicht machte sie sich in Wirklichkeit Sorgen um ihn. Nein, nein und nein. Seine Gedanken flogen wie Tischtennisbälle hin und her. Er kniff die Augen fest zu und versuchte, sich darauf konzentrieren, was er sich nur wenige Sekunden vorher gesagt hatte. Er musste Distanz zu Alexis wahren. Er liebte sie nicht mehr. *Wahre. Distanz.*

»Hast du irgendwas gesagt?«, fragte sie mit besorgt gerunzelter Stirn.

»Was?«, fragte er zurück. Hatte er laut gedacht? Er schlug mit der offenen Hand auf das Sofapolster und versuchte, einen klaren Kopf zu bekommen, sich auf die Gegenwart zu konzentrieren. Er war völlig durcheinander. Sein Verstand war völlig durcheinander. »Nein. Ich hab nur – nichts.«

Sie nickte langsam, als wollte sie sagen: Okay, ich glaube dir. Gewissermaßen. »Kannst du mir etwas mehr über diesen Pool erzählen? Und wer deiner Ansicht nach dahintersteckt?«

»Falls ich raten müsste, würde ich sagen: ein Nationalstaat. Kein befreundeter. Aber vielleicht auch kein hundertprozentig feindlicher Staat. Sie sind dabei, jemanden in dieses Land zu schicken. Um die Lage zu destabilisieren. Das ist es, was sie jetzt seit Wochen tun. In Europa. Hacken, Stehlen, einen Sturm auf eine Bank auslösen.«

»Wenn es sich um Internetkriminalität handelt, warum schicken sie dann jemanden in dieses Land? Warum tun sie es nicht aus der Ferne?«

»Es handelt sich nicht nur um Internetkriminalität. Es handelt sich um Social Engineering, darum, Leute zu betrügen. Man muss persönlich hier sein, um das zu tun. Um dafür zu sorgen, dass die Dominosteine in der richtigen Reihenfolge fallen.«

»Ich habe einen Geheimdienstbericht über den Sturm auf die Bank in Malta gesehen. Willst du sagen, dass das hiermit zusammenhängt?«

Er nickte.

»Aber Europa ist nicht Amerika.«

»Sie stehen in Verbindung miteinander. Gesellschaften in London, Banken in New York, Rechenzentren in Hongkong. Nichts ist mehr richtig eigenständig.«

»Und wer ist diese Person, die sie schicken?«

»Ein Attentäter. Ein finanzieller Attentäter.«

Garrett beobachtete Alexis' Reaktion, wie sich ihre Lippen anspannten, wie ihre Augen sich schnell bewegten und seinen Blick mieden. Das war ein verräterisches Zeichen. Sie glaubte ihm nicht. Sie dachte, er wäre verrückt, ein geistesgestörter Drogensüchtiger. Vielleicht glaubte sie, er hätte tatsächlich etwas mit der Ermordung Steinkamps zu tun.

»Garrett«, sagte sie ruhig, »lass doch Mitty hier hochkommen. Ihr könnt euch in meiner Wohnung ausruhen, und ich trage Kline deine Theorie vor ...«

Garrett lachte. »Und dann kann er das FBI anrufen, und die können sich Zeit damit lassen, zu deiner Wohnung zu kommen und mich zu verhaften?«

»Wenn ich gewollt hätte, dass du verhaftet wirst, hätte ich dich nicht in deinem Büro angerufen«, schnauzte sie.

Garrett verstummte. Da hatte sie nicht ganz unrecht. Paranoia wickelte sich um sein Gehirn wie eine Schlinge, schnitt ihm die Gedanken ab und schränkte seine Fähigkeit ein, die Welt so zu sehen, wie sie war.

»Es ist einfach – ein Fonds von einer Milliarde Dollar? Der es auf die amerikanische Volkswirtschaft abgesehen hat? Ein finanzieller Attentäter? Ich meine, es hört sich ziemlich phantastisch an. Was hast du noch für Quellen?«

»Hans Metternich. Er hat mich letzte Nacht aufgespürt. Hat mir eine Notiz hinterlassen. Dass sie auf dem Weg hierher wären. Auf dem Weg in dieses Land.«

»Hans Metternich? Der Mann, von dem du behauptest, du hättest ihn vor einem Jahr in der U-Bahn getroffen? Ein Spion, den wir nie finden konnten, egal, wie gründlich wir gesucht haben?«

Garrett stand abrupt auf. Wut stieg in ihm auf und schoss bis in seine Fingerspitzen. Er schob seine Hände in die Taschen und ging im Zimmer auf und ab. »Ich komme hierher, um dir eine wichtige Information mitzuteilen. Ich arbeite nicht mal mehr für dein beschissenes Programm. Und alles, was du denkst, ist, dass ich nicht mehr alle Tassen im Schrank habe? Wie oft habe ich mich in der Vergangenheit geirrt?«

»Beruhige dich.«

»Ich werde mich nicht beruhigen!«, schrie er und marschierte zum Fenster. Er starrte hinaus auf die Reihe von Bäumen, die ihr Apartmenthaus von der nächsten Reihe vorstädtischer Apartmenthäuser trennte. Ein Swimmingpool, dessen blaues Wasser im hellen Sonnenlicht funkelte, lag direkt unter dem Fenster. Garrett wusste, dass er sich erratisch verhielt, dass seine Wut rasch anschwoll und dass Alexis kurz davorstand, die Cops zu rufen. Aber warum sollte ihm das nicht scheißegal sein? Wenn es nach ihm ginge, konnte die ganze Welt in Flammen aufgehen: Wall Street und D.C. und Investoren und das FBI. Alle – Alexis eingeschlossen – konnten zur Hölle fahren. Sollte die Volkswirtschaft doch brutal abstürzen – das würde Amerika recht geschehen. Rom geht zugrunde, und etwas anderes nimmt seinen Platz ein. Sollten sie doch alle zum Teufel …

Nein.

Er fühlte sich vom Chaos angezogen, das wusste er. Ein Teil

von ihm überließ sich gern dem Sog der Zerstörung, diesem dunkelsten Verlangen, alles zusammenbrechen zu sehen, den Reichen und Mächtigen – genau den Leuten, die immer gegen ihn zu sein schienen – dabei zuzuschauen, wie sie zugrunde gingen. Aber es gab auch einen Funken des Widerstands in seinem Gehirn, ein ganz schwaches Licht der Ablehnung. Er mochte wütend und isoliert und von seiner eigenen Regierung verfolgt sein, aber trotz alledem wollte er nicht, dass alles um ihn herum aus den Fugen geriet. Es steckte noch ein wenig Menschlichkeit in ihm. Seine Lust am Leben war größer als der Wunsch, seine Feinde leiden zu sehen. Das Chaos mochte ihn zu sich rufen, aber er sehnte sich immer noch mehr nach Ordnung als nach Anarchie.

Jetzt musste er nur noch Alexis überzeugen.

Er durchquerte ihr Wohnzimmer. Seine Blicke fielen auf die Fotos an der Wand, auf die Bücher, die auf dem Beistelltisch lagen, auf Notizen am Kühlschrank, auf die Sporttasche in der Ecke. Er verdrängte seine Wut und ließ sich von der Umgebung ablenken, all den Hinweisen und Fingerzeigen auf Alexis' Leben, den vielsagenden Zeichen, die verrieten, wo sie herkam und wohin sie gehen würde. Er forcierte diesen Vorgang nicht, er ließ ihn sich einfach entfalten, wie Garrett es immer tat, wenn er gut aufgelegt war. Ein Pochen begann am untersten Ende seiner Wirbelsäule, ein winziger Punkt der Einsicht, der zu wachsen anfing, und plötzlich … wusste er Bescheid.

»Du brauchst das. Du brauchst es dringend.«

»Wie bitte?«, fragte Alexis.

»Du bist degradiert worden«, sagte er und fuhr fort, ohne auf ihre Antwort zu warten. »Nein, versetzt. Innerhalb der Agentur. Kline ebenfalls. Ihr tut beide etwas Sinnloses. Deine Karriere ist abgewürgt worden.« Er zeigte auf den Beistelltisch. »Die halb gelesenen Bücher. Schmonzetten. Die Zeitschriften.

TV Guide. Die Sporttasche in der Ecke. Du gehst jeden Tag hin. Die Besorgungsliste an deinem Kühlschrank ist banale Beschäftigung um ihrer selbst willen. Du musst Zeit totschlagen. Dein Job beschäftigt dich nicht den lieben langen Tag. Nicht mal annähernd. Das ist eine Abwechslung.«

Alexis ließ ein leises Lachen hören, aber Garrett ignorierte es. Er hatte recht. Er konnte es spüren.

»Falls du versuchst, mich zu beeindrucken, Garrett: Das funktioniert nicht. Du müsstest nicht zu mir in die Wohnung kommen, um das zu erraten.«

»Ich rate nicht, ich beobachte. Und deine Vergangenheit ist mir scheißegal. Ich will nur verhindern, dass deine Zukunft eine Katastrophe wird.«

Garrett sah, wie Alexis erstarrte. Er ging zu einer Wand neben dem Flur, der zu ihrem Schlafzimmer führte, und studierte ein gerahmtes Foto. Ein Grüppchen Armeeoffiziere, die bei einer Grillparty in einem Garten Biergläser in die Höhe hoben.

»Du hast mich von einem Münztelefon aus angerufen und nicht von einem sicheren Apparat bei der DIA. Sie werden keine Anrufe aus der DIA zurückverfolgen, aber du wolltest nicht, dass irgendjemand zufällig mithört. Du hast ohne Befehl von Kline gehandelt. Ihr habt euch auseinandergelebt. Er vertraut dir nicht mehr. Aszendent ist abgestürzt, und Kline musste es ausbaden. Er glaubt, dass du verantwortlich dafür bist, was passiert ist. Er ist sauer. Auf mich mit Sicherheit. Aber auch auf dich. Auf seine Schülerin, sein Wunderkind. Weil du mir zu nahe gekommen bist. Das ist ein schwerer Schlag für Alexis Truffant.«

Garrett warf einen schnellen Blick auf Alexis. Sie saß starr in ihrem Sessel. Er klopfte auf den Glasrahmen des Fotos. »Wie alt ist Kline inzwischen? Vierundfünfzig? Fünfundfünfzig? Wann wird man bei der Army zwangspensioniert? Mit zweiundsechzig? So lange wird er es nicht aushalten. Er wird in einem Jahr den Abschied nehmen, vielleicht früher. Alle anderen lächeln, trinken Bier. Er steht abseits von der Clique, starrt in die andere Richtung. Schau dir sein Gesicht an. Er ist verschlissen. Am Ende.«

Garrett drehte sich wieder zu Alexis um. »Und wenn er geht, wirst du ganz allein sein. Ohne Mentor. Ohne Rockzipfel, an den du dich hängen kannst. Nur du und die Bürokratie der Geheimdienste mit ihren Männerbünden. Du kannst so hart arbeiten, wie du willst, aber du wirst es zu nichts bringen, und das weißt du. So verlaufen Karrieren im Sand. Und deine Karriere bedeutet dir alles. Sie ist dein Lebenszweck.«

Er ließ seine Worte ihre Wirkung tun. »Du bist darauf angewiesen, dass ich recht habe. Damit du es in Ordnung bringen kannst. Damit du weitermachen kannst. Und befördert wirst.«

Sie saß da und sagte nichts, schaute Garrett an, langsam und gleichmäßig atmend. Garrett konnte fast sehen, wie sich die Rädchen in ihrem Kopf drehten; sie verarbeitete, was er gerade gesagt hatte, und versuchte, zu einer Entscheidung zu kommen. Und sie war nicht glücklich darüber.

»Du musst mir etwas Konkretes geben«, sagte sie, als sie schließlich das Schweigen brach. »Ich kann nicht einfach hingehen und den hohen Tieren der DIA sagen, dass es da einen ökonomischen Attentäter gibt, der in unser Land einreist, ohne zu wissen, wer es ist, wie er oder sie aussieht – und warum es überhaupt dazu kommt.«

Garrett nickte kurz und machte sich dann auf den Weg zur Wohnungstür. »Wird gemacht«, sagte er und verließ die Wohnung.

10

FALLS CHURCH CITY, VIRGINIA, 15. JUNI, 9:52 UHR

Mitty buchte ein Zimmer in einem Motel nördlich von Alexandria für sie. The Happy Inn war heruntergekommen, ein paar Mietwagen von Touristen standen auf dem Parkplatz, aber Mitty vermutete, dass die meisten Zimmer von Prostituierten und ihren Freiern benutzt wurden. Das schien Garrett gut in den Kram zu passen. Sie brauchten keine Kreditkarte, und sie meldeten sich wie alle anderen in der Absteige unter falschen Namen als Mann und Frau an. Mit der Anmeldung hatte Mitty ihren Spaß: DeAndre und Shirlee Horowitz sagte sie zu dem uninteressierten Mann an der Rezeption.

Das Motel hatte Internet, aber es war langsam und kostete 19,95 Dollar pro Tag extra, worüber Garrett maulte, bevor er dennoch bezahlte. Allmählich war er knapp bei Kasse.

»Wenn wir meine Bankkarte benutzen«, sagte er, »ist das FBI ein paar Minuten später hier.«

Sie goss Pulverkaffee auf und überquerte dann die Straße, um ein paar Sandwichs in einem Subway-Laden zu kaufen. Als sie in das Zimmer zurückkam, hatte Garrett schon seinen Computer auf dem Schoß.

»Ich will ein Profil erstellen«, sagte er. »Ein Profil von dem Typ, der in das Land einreist.«

»Wie?«, sagte Mitty. »Du hast keinen blassen Schimmer von ihm. Tatsächlich weißt du nicht mal, ob es ihn wirklich gibt.«

»Fangen wir mit der Annahme an, dass es ihn gibt. Nehmen

wir das als gegebene Tatsache. Vielleicht ist das verrückt, aber gehen wir davon aus.«

»Okay.«

»Dann müssen wir rauskriegen, wie er aussieht. Nicht physisch, sondern was seine Herkunft betrifft. Aus welchem Land er kommt, wo er gearbeitet hat, zur Schule gegangen ist. All solche Sachen.«

»Nicht möglich«, sagte Mitty. »Ich meine, im Ernst, Gare, wie, zum Teufel, willst du das machen?«

»Wahrscheinlichkeit.«

Mitty starrte ihn an, legte sich dann auf eines der beiden Betten und benutzte die Fernbedienung, um den Fernseher einzuschalten. »Sag mir doch noch mal, warum wir das hier machen. Ich dachte, du hättest Aszendent aufgegeben und könntest diese Leute auf den Tod nicht ausstehen.«

»Ich tue das, weil jemand versucht, mir einen Mord in die Schuhe zu schieben. Je schneller ich sie erwische, desto eher muss ich nicht mehr in Motelzimmern herumsitzen. Mit dir.«

»Ich hab dich auch lieb. Küsschen.«

»Wir werden mit Alter, Geschlecht, Herkunftsland anfangen.« Garrett tippte. »Muttersprache. Bildung.«

»Weißt du, warum du das meiner Ansicht nach machst? Weil du immer noch in sie verliebt bist. Sie hat einen Arsch verbrannt, und du wirst den Rest deines Lebens versuchen, den Beweis zu erbringen, dass du ihrer würdig bist.«

»Moment mal, ich bin etwas verwirrt. Gestern hast du gesagt, sie wäre wütend auf mich, weil ich sie reingelegt hätte. Jetzt sagst du, ich wäre besessen von ihr, weil sie mich reingelegt hätte. Was stimmt denn nun?«

»Hab mich noch nicht entschieden. Vielleicht beides. Ich weiß es besser, wenn ich was gegessen habe.«

Garrett ignorierte Mitty, und sie schaltete um auf einen Sender, wo eine Reality-Show mit einem Paar auf Wohnungssuche lief. Mitty liebte Reality-Shows. Sie konnten alles bringen, ihr war es egal: Renovierung, Motorradbau, Ausräumen von Lagerschränken. Sie konnte nicht genug von diesen Shows bekommen, und falls sie das zu einer Dumpfbacke machte, die durch den Mund atmete, na ja, dann war sie eben eine. Sie aß ihr Sandwich, während sie zuschaute und Garretts Finger auf der Tastatur neben ihr klappern hörte. Nach ein paar Minuten gewann ihre Neugier die Oberhand, und sie rollte hinüber auf sein Bett, um einen Blick auf das zu erhaschen, was er da tat.

»Sobald du die Fragen hast, wie willst du sie genauer abgrenzen?«, fragte sie wider besseres Wissen.

Garrett lächelte. »Wie ich gesagt habe – erwiesene Wahrscheinlichkeit. Wir arbeiten uns rückwärts an eine optimale Persönlichkeit heran. Was wäre die wichtigste Eigenschaft einer Person, die in das Land kommt, um als Hacker in Finanzsysteme einzudringen? Wäre er zwanzig Jahre alt? Fünfundzwanzig? Dreißig? Vierzig? Wir ordnen jedem Alter einen Wert zu. Neunzig Prozent, achtzig Prozent, und so weiter.«

»Yeah, aber wie ordnen wir Werte zu? Unsere prozentualen Zuordnungen sind Vermutungen.« Sie hatte in ihrem Leben genauso viel programmiert wie Garrett, vielleicht mehr. Sie hatte möglicherweise nicht die statistischen Kenntnisse, über die er verfügte, aber sie war ziemlich schnell von Begriff, und sie liebte Zahlen fast genauso sehr wie Garrett. Das war einer der Gründe dafür, dass sie immer noch Freunde waren. Das und Bier. Und Videospiele.

»Wir recherchieren so viel wir können, jetzt direkt, online. Was ist das Durchschnittsalter von verhafteten Hackern? In den Vereinigten Staaten? Im Ausland? Diese Zahlen können wir finden. Alles, was wir nicht wissen oder finden, diskutieren wir beide, und dann schätzen wir. Schätzungen erhalten einen niedrigeren Wert zugeordnet als recherchierte Antworten. Bayes'sche statistische Analyse.«

Mitty legte sich zurück auf ihr Bett und starrte an die Decke. »Und die Diskussion zwischen uns – wie werden wir Konflikte lösen?«

»Ockhams Rasiermesser. Die einfachste Antwort gewinnt. Falls es keine offensichtliche einfachste Antwort gibt, teilen wir die Ergebnisse in zwei Fragen auf und geben ihnen im Profil das gleiche Gewicht.«

Mitty dachte darüber nach. Sie war mit einem Stipendium zur Fordham University gegangen und hatte als Erste in ihrer Familie einen College-Abschluss gemacht. Als sie dort ankam, hatte sie Sozialarbeit studiert, weil sie sich dachte, dass sie in ihr altes Viertel in der South Bronx zurückgehen und Einwandererfamilien helfen würde, die ihre Version des amerikanischen Traums verwirklichen wollten, aber dann hatte sie ihren ersten Kurs in Computerprogrammierung belegt und Sozialarbeit nie wieder in Erwägung gezogen. Codieren war wie das Schreiben einer Geschichte, nur dass man es in dieser Sprache machte, die sowohl erfunden war als auch trotzdem einen perfekten Sinn ergab. Und das Schärfste daran war, dass die Geschichte, wenn sie denn fertig war, auf der anderen Seite – auf einem Computerbildschirm – als ein völlig anderes Tier herauskam. Was als eine Reihe von Wenn-dann-Sätzen begonnen hatte, verwandelte sich in ein lebendes, atmendes Programm. Mitty liebte das.

»Könnte klappen«, sagte sie. »Aber vielleicht kommt irgendein Unsinn dabei raus. Ich meine, du baust ein hypothetisches Profil zusammen, aber die wirkliche Person aus Fleisch und Blut ist etwas völlig anderes. Weil wirkliche Menschen nie exakt einem Profil entsprechen.«

»Das stimmt.« Garrett fuhr damit fort, Fragen in seine Datenbank einzugeben. »Aber es ist besser als nichts.«

Mitty zuckte mit den Schultern und zappte durch die Kanäle. Sie übersprang Fox News, wechselte dann aber schnell wieder zurück. Sie starrte auf den Bildschirm. »Ach du Scheiße, Großer. Wir haben ein Problem.«

Garrett schaute von seinem Computer hoch auf den Fernseher und sah sein eigenes Gesicht, das ihn anstarrte.

Alexis sah ebenfalls die Nachrichten an in ihrem Büro in der DIA: Sie waren kurz, offenbar von einer Presseerklärung des FBI abgekupfert, und kamen sofort zur Sache: Garrett Reilly war inzwischen offiziell eine »Person von besonderem Interesse« im Fall der Ermordung von Phillip Steinkamp. Er war auf der Flucht, Aufenthaltsort unbekannt, möglicherweise bewaffnet. Jeder, der im Besitz von Informationen war, die zu seiner Verhaftung führen konnten, sollte das Federal Bureau of Investigation unter der folgenden Nummer anrufen. Bei Cable News Network wurde ein Passfoto von Garrett auf dem Bildschirm eingeblendet, bevor man dort ein paar Minuten darüber spekulierte, was das alles zu bedeuten hatte. Eine verquere Liebesgeschichte? Ein wahnsinniger Einzelgänger? Oder – worüber genüsslicher spekuliert wurde – eine größere Verschwörung?

General Kline marschierte mitten in der CNN-Sendung in ihr Büro und schaute sie mit ihr zusammen an. Er schüttelte langsam den Kopf und murmelte leise: »Schlecht, sehr schlecht.« Dann sagte er lauter: »Wir müssen uns so weit wie möglich davon distanzieren.«

»Sie versuchen, ihn aus seinem Versteck zu treiben«, sagte Alexis.

»Wir sollten damit anfangen, Reilly aus unseren Unterlagen

zu streichen.« Kline setzte sich Alexis gegenüber. »Gibt es irgendwas, was Sie mir sagen wollen?«

Alexis überdachte ihre Möglichkeiten. Sie war inzwischen erheblich weniger von Garretts Unschuld überzeugt, als sie es vor ihrer Begegnung gewesen war – er hatte sich erratisch benommen, war erschöpft und wütend gewesen –, aber er hatte auch, wie üblich, genau richtig gelegen, und sie war nicht bereit, ihn der Polizei auszuliefern. Noch nicht. Ihre Instinkte rieten ihr zu warten.

Sie musterte General Kline, die in sein Gesicht geätzten Falten, die grauen Strähnen in seinem Haar. Hatte Garrett recht? War Kline ausgebrannt, kurz davor, seinen Abschied zu nehmen? Würde er sie im Stich lassen, sodass sie selbst ihren Platz in der DIA finden müsste? Möglich. Nein, wahrscheinlich. Aber sie konnte ihn trotzdem nicht einbeziehen. Er war ihr Boss und ihr Mentor; er hatte ihr dabei geholfen, sich in der DIA hochzuarbeiten, und dafür würde sie ihn schützen, egal, was die Zukunft bereithielt. Und Schutz für Kline bedeutete zu diesem Zeitpunkt Unkenntnis.

»Nein«, sagte sie. »Nichts.«

Er starrte sie an, als wartete er darauf, dass ihre Fassade Risse bekäme, und verließ dann ihr Büro ohne ein weiteres Wort.

Zehn Minuten später tauchte eine E-Mail im Eingangsfach ihres G-Mail-Kontos auf. Der Name des Absenders lautete Profiler. Sie überflog sie und druckte sie aus. Sie zog in Erwägung, die E-Mail zu löschen, aber sie wusste, dass alle E-Mails, ob sie nun gelöscht waren oder nicht, eine gewisse Zeit auf Regierungs-Servern liegen blieben, die auf eine Ewigkeit hinauslief. Sie faltete den Ausdruck zusammen, stopfte ihn in ihre Jackentasche und verließ das Gebäude, um ein kleines bewaldetes Gebiet am südlichen Ende des Stützpunkts aufzusuchen. Der Tag war warm und angenehm, ganz im Gegensatz zu ihrer Stimmung, die man mit einem ramponierten Schiff vergleichen konnte, das von der Brandung an eine Felsküste geworfen wird. Als sie allein und unbeobachtet im Schatten einer ausladenden Ulme stand, entfaltete sie den Ausdruck und las ihn sorgfältig.

Ein Profil. Davon, wie er aussehen dürfte. Wir haben Annahmen getroffen und versucht, sie mit dem zu vereinbaren, was wir bereits wissen. Schlussfolgerung von Fakten. Dann berechnete Wahrscheinlichkeit.

- *Es wird ein Mann sein. 99% Sicherheit. Professionelle Hacker sind fast immer Männer. Und nur ein Profi könnte das tun, was er bis jetzt getan hat.*
- *Jung. Wieder zu 99% sicher. Ende 20, Anfang 30.*
- *Wahrscheinlich aus Osteuropa. 85%. Ukraine. Russland. Die meisten nichtstaatlichen kriminellen Hacker kommen daher. Anschläge in Europa schienen zufallsverteilt, vermieden aber den Osten. Also kommt er von dort.*
- *Hat vermutlich Universitätsabschluss. Mathe/Naturwissenschaft. Wahrscheinlich Moskau. Hat ständig Cyberangriffe von russischen Fachhochschulen gegeben. 75%.*
- *Könnte im Westen/USA gearbeitet/gelebt haben. 75% Chance. Entspricht Muster von Hackern, die hier arbeiten, in Heimat zurückkehren. Vielleicht Softwareentwicklung. Überprüf Arbeitsunterlagen Silicon Valley. Klassisches Beispiel: chinesische Techniker, die Hacker wurden.*

Folgende Punkte liegen mehr im Zufallsbereich. Dachte, du solltest sie trotzdem erhalten.

- *An der Oberfläche keine Verbindung zum Organisierten Verbrechen. Er wird sauber sein. Aber größere Wahrscheinlichkeit, dass es tiefer in seiner VG Beziehungen zu krimineller Aktivität gibt. 60%. Freunde, Freundinnen, sogar Eltern. Überprüf lockere Beziehungen zur Mafia.*
- *Wird mit Studentenvisum einreisen. 60%. Am leichtesten zu bekommen, erregt wenig Aufmerksamkeit.*
- *Pass dürfte echt sein. Weniger Verdacht erregen. Wieder 60% Chance.*
- *Reiseroute dürfte Anschlägen in Europa entsprechen. München, Lyon, Liverpool, Malta. Alle im letzten Monat. Er wird sie persönlich geleitet haben. Mann mit seinen Reisedaten abgleichen. 60%.*

Die folgenden sind mehr als zwei Standardabweichungen vom Median einer Gauß'schen Glockenkurve entfernt. Mit anderem Wort: Schätzungen.

Alexis hörte einen Moment auf zu lesen und staunte über die Art und Weise, wie Garretts Verstand arbeitete. Es gab nichts, kein menschliches Verhalten, das er nicht auf eine Zahl oder ein Muster reduzieren konnte. Vor ihrem inneren Auge konnte sie ihn sehen, wie er die E-Mail schrieb, mit leicht gefletschten Zähnen, während er die Wahrscheinlichkeitsrechnung benutzte, um seine Argumentation zu unterstützen. Sie musste unwillkürlich lächeln – er erfüllte immer die in ihn gesetzten Erwartungen. Sie begriff jetzt, dass dies der Grund war, weshalb sie ihn nicht ausgeliefert hatte: Er war nun mal so, wie er war, fähig, manche Dinge zu tun, aber einige andere nicht. Nicht Mord.

Sie las weiter.

- *Sobald er in den USA ist, wird er von der Bildfläche verschwinden. Abtauchen. Eine Vielzahl gestohlener Identitäten verwenden. Das ist seine Kernkompetenz. Ihr müsst ihn an der Grenze schnappen, bevor er untertaucht.*
- *Er wird ein Netzwerk von Leuten vor Ort haben, die ihm helfen. Wahrscheinlich US-Bürger. Effizienter, weniger gefährlich, als Ausländer in die USA zu bringen. Gibt hier viele Black Hats zu kaufen. Er ist ein Sozialtechniker, Betrüger – das ist es, was er am besten kann. Wird andere finden, die für ihn arbeiten. Hat er wohl schon.*
- *Zum Schluss – alles, was er tut, hat einen politischen Aspekt. Ist Theater. Für eine größere Sache. Finde die Sache, dann bist du näher dran, die Tat aufzudecken. Er handelt im Auftrag. Jemand anderer will das erledigt haben.*

Das war das Ende der Liste, aber nicht das Ende der E-Mail. Garrett hatte ein paar abschließende Sätze getippt. Sie waren verkürzt und hastig hingeschrieben wie die Liste, aber sie waren auch Garrett pur.

Bin nicht verrückt. Ich hab recht. Du weißt es. Du musst schnell handeln.

Das war's. Sie las die Liste noch zwei Mal, bedachte die angeführten Zahlen und das, was sie ihr über jemanden, der in die Vereinigten Staaten einreiste, verrieten – oder auch nicht. Die US-Zollbehörde konnte nicht jeden jungen Russen festnehmen, der mit einem Studentenvisum in das Land einreiste. Die Hafträume an der Ostküste wären innerhalb von Tagen überbelegt. Und selbst wenn sie ihn entdeckten, was könnten sie ihm zur Last legen? Wirtschaftlichen Terror zu planen? Es war nicht so, als würde er Sprengstoff oder Baupläne eines Wolkenkratzers bei sich haben. Ohne dass Garrett vor ihr stand, ohne seine verdrehte Zuversicht kam ihr das Ganze wie eine paranoide Theorie vor. Stoff, aus dem Verschwörungstheorien gebastelt wurden. Und trotzdem …

Er hatte tatsächlich selten unrecht. Vielleicht war das an sich schon solide genug, um damit weiterzumachen. Sie schnitt eine Grimasse, schob den Ausdruck wieder in ihre Jacke und dachte darüber nach, wie sie die Grenzorte des Landes alarmieren konnte, ohne selbst wie eine Verrückte dazustehen.

»Fühlst du dich jetzt besser?«, fragte Mitty, als sie durch die ländliche Gegend Marylands fuhr, auf beiden Seiten des Wagens hügelige Viehweiden. Sie fuhren bereits seit zwei Stunden, und sie hatten noch viele weitere Stunden vor sich, in denen sie Highways mieden und sich an weniger gut überwachte Nebenstraßen hielten. »Du hast dein Schätzchen wiedergesehen, höchstpersönlich. Ihr zwei seid nicht in die Kiste gehüpft, aber du hast ihr bewiesen, dass du es immer noch draufhast – du hast immer noch einen statistisch schwingenden Schwanz –, also ist alles in Ordnung mit der Welt.«

»Mir geht es besser, wenn du aufhörst zu sprechen.« Garrett lag auf dem Rücksitz und versuchte, den Geruch alter Sandwichs mit Schinken und Schweizer Käse zu ignorieren. »Und wenn sie den Kerl finden.«

»Falls es ihn gibt.«

»Es gibt ihn«, sagte Garrett. »Es ist nur die Frage, wann er auftaucht.«

11

32000 FUSS ÜBER DEM ATLANTIK, 15. JUNI, 9:52 UHR

Der junge Mann auf Platz 34J schlug die Augen auf und versuchte, die verkrampften Beine auszustrecken. Sie waren seit Frankfurt siebeneinhalb Stunden in der Luft, und er war nur ein Mal aufgestanden, um die Toilette zu benutzen. Der Geruch von Flugzeugessen wehte aus der Bordküche herüber, die vier Reihen weiter hinten lag; gekochtes Gemüse und ausgetrocknetes Rosmarin-Hühnchen. Das Dröhnen der Triebwerke wurde in seinem Gehirn nicht mehr vermerkt – es war zu weißem Rauschen geworden.

Er warf einen Blick auf seinen Nachbarn auf Platz 34H, einen übergewichtigen Amerikaner namens James Delacourt, der in seinem Sitz eingeschlafen war und dessen Bauch über seinen Sitzgurt quoll. Der junge Mann in 34J dachte im Stillen: Ich werde Mr James Delacourt umbringen. Nicht im physischen Sinn, aber umbringen werde ich ihn trotzdem – zerstören, absolut und völlig.

Und dieser Prozess hat schon begonnen.

Delacourt wohnte in Bethesda, Maryland. Er flog über Miami, wo er einen potenziellen Kunden treffen wollte, nach Hause. Der junge Mann hatte dies erfahren, indem er Delacourt eine Reihe von Getränken spendiert hatte – zunächst Bier, dann einen Martini, dann drei Wodkas, die direkt aus den Miniflaschen des Flugzeugs in einen Becher gegossen wurden –, bis der Stewardess klar wurde, wie viel sie den beiden serviert hatte, und sie ihnen die weitere Zufuhr verweigerte. Aber zu diesem Zeitpunkt war es bereits zu spät: Delacourt war sturzbetrunken.

Der Amerikaner hatte dem jungen Mann gegenüber damit geprahlt, dass er eine Menge vertragen könne, aber er hatte natürlich in Wirklichkeit keine Ahnung, was es bedeutete, eine Menge zu vertragen. Ein durchschnittlicher Russe konnte einen durchschnittlichen Amerikaner unter den Tisch trinken, und der junge Mann in 34J war Russe, obwohl er sich inzwischen als Weltbürger verstand – ein Bürger, der im Alkoholkonsum durchaus versiert war. In der Tat konnte er die meisten Russen unter den Tisch trinken. Auf diese Fähigkeit war er nicht besonders stolz; es war einfach ein Aktivposten, den er einsetzte, wenn er seinem Beruf nachging. Aus dem Grund hatte James Delacourt nicht die geringste Chance.

Im Lauf ihrer vierstündigen Konversation hatte der Russe eine Reihe wichtiger Informationen von Delacourt erfahren. Der junge Mann konnte charmant sein, wenn das erforderlich war. Er konnte alles sein. Er war ein Chamäleon – noch eine seiner Fähigkeiten – und in der Lage, die Oberfläche seiner Persönlichkeit jeder nur möglichen Gelegenheit anzupassen. Er konnte über einen uralten Witz lachen, eine Geschichte seiner eigenen Demütigung erzählen oder sich einen Vortrag über politische Korruption in Ländern der Dritten Welt ausdenken; er konnte mit Frauen flirten und mit Männern über Sport diskutieren; er konnte laut und aggressiv sein oder passiv wie ein Mauerblümchen. Und er konnte das alles auf Englisch tun, fast ohne Akzent, in seiner Muttersprache Russisch sowie in passablem Tschetschenisch.

Was die Leute an dem jungen Mann immer überraschend fanden, war der Umstand, dass unter der Oberfläche dieser interessanten, unterhaltsamen und wechselhaften Persönlichkeit eine riesige, graue unbeschriebene Schiefertafel einer Seele lag, eine psychische Wüste. Eine Seele, die sich vor langer Zeit gegen Mitleid abgehärtet hatte ... oder Zuwendung.

Aber niemand kam je dahinter, bevor es zu spät war.

Der Airbus A340 wurde von Turbulenzen geschüttelt, also schloss der junge Mann auf 34J die Augen und meditierte über ein fernes Land: ein großes Waldgebiet mit vereinzelten Hügeln und breiten Streifen Weideland. Die Gegend war wunderschön, mit Sonnenlicht und Holzhäusern gesprenkelt, eine Mischung aus seinen Erinnerungen an einen Kaukasus vor langer Zeit und dem imaginären Idyll seiner Träume, weil das wirkliche Tschetschenien, das er von sporadischen Reisen kannte, ein verwüstetes, mit sich ständig veränderndem Baustellen durchsetztes Kriegsgebiet war. Das moderne Tschetschenien befand sich in einem Dauerzustand gleichzeitiger Zerstörung und Wiederherstellung. Es war nicht das Land seiner Träume.

Jedes Mal wenn er zurückkehrte, staunte er darüber, wie Grosny, die Hauptstadt, sich bis zur Unkenntlichkeit verändert hatte, zumindest seit der Zeit, als er dort aufgewachsen war. Aber er war dort während der allerschlimmsten Zeit aufgewachsen, im ersten Tschetschenien-Krieg 1995 und während des Infernos, das die Schlacht von Grosny für die Bewohner der Stadt bedeutete. Sein gesamtes Viertel – der Bezirk Sawodskoi – war in Schutt und Asche gelegt worden. Er war mit seinen Eltern aufs Land geflohen, um die Invasion der Russen abzuwarten. Die Ironie lag darin, dass seine Familie nicht muslimisch oder auch nur tschetschenisch war. Sie waren Slawen, ethnische Russen, die nach Grosny gezogen waren, als sein Vater einen Job in einer Fabrik für Ölgeräte bekam.

Aber das war die Ironie der Sowjetzeit und der Russischen Föderation, die ihr folgte: Es spielte keine Rolle, wer du warst oder was du repräsentiertest, das System würde dich so oder so zu Staub zermahlen. Dem System war es egal. Der junge Mann hatte diese Lektion früh im Leben gelernt, und er hatte sie nie vergessen; gelernt durch die Armut seiner Familie, den Alkoholismus seines Vaters und die unbehandelte Depression seiner Mutter. Das war Russland. Der junge Mann nahm es als Grundprinzip, und in letzter Zeit hatte er es auch auf die gesamte Welt ausgedehnt. Er fühlte, dass es auf der Innenseite seines Schädels geschrieben stand, tätowiert.

Du bist völlig auf dich selbst gestellt.

Das Leben war für den jungen Mann auf dem Platz 34J ein fortwährender Kampf gegen eine gefühllose, unversöhnliche Macht. Diese Macht war manchmal der Staat, manchmal die Polizei, manchmal Gangster, manchmal sogar der Gott, an den er nicht glaubte. Diese Mächte neigten dazu, zu einer zu verschmelzen – sie versuchten alle, ihn unter Kontrolle zu halten, ihn zur Aufgabe und zur Unterwerfung zu zwingen, aber er würde sich nie ihrem Willen beugen. Niemals.

Der junge Mann zog sein Tablet aus seiner Reisetasche und überflog seine Notizen.

Sobald Delacourt, der dicke Amerikaner, den der junge Mann zu vernichten beabsichtigte, genug zu trinken gehabt hatte, konnte er nicht aufhören, über sich selbst zu reden. Der junge Mann kannte jetzt den Namen von Delacourts Frau (Nancy), die Namen seiner beiden Kinder (Thomas und Sophie), ihre Geburtsdaten (18.5.2003 und 22.12.2001), den Geburtstag von Delacourt selbst (das war eine Überraschung gewesen; der junge Mann dachte, Delacourt sehe beträchtlich älter aus, als er tatsächlich war, aber das lag vielleicht am Gewicht), die Namen ihrer drei Katzen (Misty, Poops und Butter), seine Lieblingssportmannschaft (die Redskins), den Namen seiner Grundschule (Banneker Elementary in Milford,

Delaware), den Mädchennamen seiner Mutter (McClendon – das war nicht leicht herauszukriegen gewesen, ohne Verdacht zu erregen, aber der junge Mann hatte es geschafft, indem er sich nach Delacourts ethnischem Erbe erkundigte, was rasch zu einem Austausch elterlicher Nachnamen geführt hatte) und die Marke seines ersten Autos (ein brauner VW Rabbit, in dem er seine Unschuld verloren hatte).

Alles in allem ein guter Fischzug. Mit ein bisschen Zeit und einem Entschlüsselungsprogramm hatte der junge Mann genug Informationen, um nahezu jedes Passwort für jedes von Delacourts Konten – Bankkonto, Maklerkonto, Bankkarte, Büro-Log-in, Laptop-Log-in, sogar für sein Konto im Fitness-Center, falls er eines hatte, was der junge Mann bezweifelte – zu knacken. Fast niemand auf der Welt benutzte völlig willkürliche Passwörter – sie waren zu schwer zu merken. Die meisten setzten Informationen ein, die sie nie vergessen würden – Geburtstage, Mädchennamen, Sportmannschaften –, und steckten sie in zahllose Onlineformulare, wodurch sie es für einen guten Hacker unerlässlich machten, dass er ein paar Stammdaten über seine Opfer erfuhr, bevor er ihr Leben knackte.

Der junge Mann auf Platz 34J gestattete sich ein schwaches, befriedigtes Lächeln. Er sah ziemlich gut aus mit seiner prägnanten Kieferpartie und seiner schmalen Nase. Er war ungefähr ein Meter achtundsiebzig, schlank und hatte üppiges schwarzes Haar, das er kurz und gepflegt trug. Frauen fanden, er sei ansehnlich, aber nicht aufsehenerregend, und das war ganz gut so. Der junge Mann auf Platz 34J lenkte nicht gern Aufmerksamkeit auf sich; er zog es vor, unbemerkt zu bleiben, und das war genau das, was er die meiste Zeit tat. Sein Englisch war ausgezeichnet; er hatte zwei Jahre auf einer amerikanischen Highschool in Colorado verbracht und dann ein Jahr bei einer Softwaregesellschaft in der Bay Area. Er dachte nicht voller Hass an seine Zeit in den Vereinigten Staaten zurück, obwohl die Highschool eine Plackerei gewesen war, aber er liebte das Land auch nicht. Es war, wenigstens für ihn, zu stolz und von seiner eigenen Wichtigkeit zu sehr überzeugt. In seinen Augen hatten die Amerikaner im Lauf ihrer Geschichte nicht genug gelitten; es fehlte ihnen an emotionaler Tiefe. Es fehlte ihnen an Seele.

Russland hatte eine Seele, obwohl er zugeben musste, dass sie verbogen war.

Der junge Mann schaute wieder auf sein Tablet hinab. Delacourt hatte seine Sozialversicherungsnummer nicht preisgegeben – das tat niemand –, aber mit etwas Glück konnte der junge Mann das schnell herauskriegen. Er war auf die Staatliche Technische Universität Moskau gegangen, hatte im Hauptfach Mathematik studiert und war deshalb erfahren im Umgang mit Zahlen – besonders mit großen Zahlen –, und er hatte vor langer Zeit eine Methode entwickelt, wie er amerikanische Sozialversicherungsnummern knacken konnte.

Er ging die notwendigen Schritte im Kopf durch: Sobald du Geburtsort und Geburtsdatum deiner Zielperson kanntest, war es kein Problem, die ersten fünf Ziffern ihrer Sozialversicherungsnummer zu bestimmen. Die ersten drei Ziffern – die sogenannte Area Number oder AN – verriet dir, wo die Person geboren worden war. Falls du den Geburtsort kanntest, kanntest du die AN. Die nächsten beiden – die Group Number oder GN – standen in Beziehung zu Geburtsort und -datum. Wie die Social Security Administration diese Zahlen zuteilte, war öffentlich zugängliches Wissen und leicht zu entdecken. Mit ein wenig Beharrlichkeit konnte fast jeder sie rauskriegen.

Die vier letzten Ziffern herauszubekommen war beträchtlich schwieriger, und was man dafür brauchte, war die Toten-

Stammdatei der SSA, eine Liste aller je zugeteilten Sozialversicherungsnummern, aber nur die Nummern von Leuten, die bereits gestorben waren. Und die Toten-Stammdatei war nicht schwer zu bekommen. Sobald der junge Mann diese Datei hatte, würde er sie durch einen prädiktiven Algorithmus laufen lassen – auf diese Idee war er durch eine Studie von Professoren der Carnegie Mellon University gekommen –, wodurch eine Reihe wahrscheinlicher Kombinationen für die letzten vier Sozialversicherungsziffern ausgespuckt wurde, wenn die ersten fünf, die man einsetzte, bereits feststanden.

Falls der Staat, in dem die Zielperson geboren worden war, ein Staat mit einer niedrigen Gesamtbevölkerung war – was auf Delaware zutraf –, dann prüfte der Algorithmus die Toten-Stammliste und lieferte rund einhundert mögliche SNs oder Seriennummern. Das waren die potenziellen letzten vier Ziffern der Sozialversicherungsnummer einer Zielperson. Es waren Schätzungen, aber genaue Schätzungen.

Mit einhundert Zahlenmengen, die man testen musste, war der Rest einfach: Man gab die potenziellen Nummern in ein Netzwerk von Computern ein und ließ das Netzwerk Anmeldungen auf Webseiten prüfen, die die Sozialversicherungsnummer des Users verlangten. Eine Webseite der Kraftfahrzeugbehörde beispielsweise oder die eines staatlichen Versorgungsunternehmens. Wenn die Anmeldung klappte, wusste man, dass man die Nummer geknackt hatte. Man kannte die Sozialversicherungsnummer der betreffenden Person.

Der gesamte Prozess dauerte fünf Minuten, und der größte Teil dieser Zeit wurde vom Eintippen der Zahlen in Anspruch genommen. Die tatsächlichen Antworten kamen innerhalb von Sekundenbruchteilen zurück. Der junge Mann hatte diese Übung ein paar hundert Mal absolviert, als er in den Staaten gelebt hatte – manchmal nur zum Spaß, um festzustellen, ob es sich machen ließ, und manchmal zu dunkleren Zwecken. Wenn er den Wert in Betracht zog, der einer gültigen Sozialversicherungsnummer innewohnte, fand der junge Mann es immer noch bemerkenswert, dass Amerikaner so lässig mit ihnen umgingen. Er würde seine Daten in einen Safe wegschließen und sie niemals irgendeinem Menschen, irgendeiner Firma oder irgendeiner Regierung zeigen. Aber andererseits wusste der junge Mann auf Platz 34J genau, was ein schlimmer Mensch für schlimme Dinge mit herrenlosen Sozialversicherungsnummern anstellen konnte. Er kannte diese schlimmen Dinge aus dem Effeff.

Er schaute zu Delacourt hinüber. Der Amerikaner schnarchte, ein dünner Speichelfaden hing ihm von den Lippen herunter und drohte, ihm auf die Brust zu fallen. Der junge Mann bückte sich tief in seinem Sitz, als wollte er sich die Schnürsenkel zubinden, griff aber stattdessen in die Seitentasche von Delacourts Computertasche. Nach zwei Versuchen hatte er Delacourts Handy – ein Samsung Galaxy – ausfindig gemacht und drückte schnell die SIM-Karte aus ihrem Schlitz. Er steckte sich die SIM-Karte in die Hosentasche und schob das Handy wieder in die Tasche. Delacourts Telefon würde nicht funktionieren, aber er hätte keine Ahnung, warum. Und bis er es in den Verizon-Laden mitnähme, um es überprüfen zu lassen, würde der junge Mann seinen Handy-Account ebenfalls übernommen haben.

Im Grunde genommen gehörte jetzt Delacourts Leben einem andern.

Das Flugzeug wurde merklich langsamer, während es mit dem Landeanflug auf den Miami International Airport begann, und als die Stimme des Captains durch die Lautsprecheranlage krächzte, kam Delacourt mit einem Ruck wieder zu Bewusstsein. Der junge Mann saß aufrecht in seinem Sitz und lächelte.

»Verdammt«, murmelte Delacourt, »ich bin bewusstlos geworden.«

»Yeah, ich auch«, sagte der junge Mann mit einem leichten Grinsen. »Ich nehme an, wir haben zu viel getrunken, nicht?«

»Yeah.« Delacourt blinzelte benommen. »Sie sind ein kleiner Teufel, mir den ganzen Wodka zu spendieren.« Er schaute hinüber zu dem jungen Mann. »Sind Sie wirklich Russe?«

»Ich bin da geboren. Aber ich bin mir nicht mehr sicher, was ich bin.«

Delacourt nickte, während er immer noch versuchte, seine Benommenheit abzuschütteln. »Yeah, das ist die moderne Welt, stimmt's? Niemand weiß mehr, wo er wirklich hingehört.« Delacourt lachte. »Sie gefallen mir«, sagte er und zögerte, als hätte er Schwierigkeiten, sich an den Namen des jungen Mannes zu erinnern.

Der junge Mann half ihm nach. »Ilja.«

»Ilja, richtig. Sie gefallen mir, Ilja. Sie sind ein Mann nach meinem Geschmack. Ich glaube, wir haben eine Menge, Sie wissen schon, Dinge gemeinsam.« Delacourt grinste. »Wissen Sie, was ich meine?«

Der junge Mann – Ilja einstweilen – nickte und erwiderte das Lächeln. »Ja. Ich glaube, wir haben eine Menge Dinge gemeinsam.«

12

ALEXANDRIA, VIRGINIA, 15. JUNI, 20:15 UHR

Alexis Truffants Handy klingelte in dem Moment, als sie ihre
Wohnung betrat.

»Hier Truffant«, sagte sie, wobei sie sich bemühte, ihrer
Stimme nicht ihre Erschöpfung anmerken zu lassen. Von
dem Augenblick an, als Kline mit der Nachricht von der Erschießung des Vorstandsvorsitzenden der Fed in ihr Büro gekommen war, hatte Alexis' Verstand im Schnellgang gearbeitet
und versucht, sich einen Reim darauf zu machen, was passiert
war – was es mit Garrett zu tun hatte. Jetzt brauchte ihr Gehirn eine Ruhepause. Sie machte ihren Kühlschrank auf, um
eine offene Flasche Chardonnay herauszuholen, das Telefon
zwischen Kinn und Schulter geklemmt.

»Hier spricht Mac Gunderson von der TSA.« Die Stimme
am anderen Ende der Leitung klang sachlich. »Ich bin regio-
naler Einsatzleiter am MIA.«

»MIA?«, fragte Alexis verwirrt.

»Miami International Airport.«

»Okay«, sagte Alexis vorsichtig. Sie hatte erst an diesem
Nachmittag der Transportation Security Administration ein
Sicherheitsbulletin geschickt, bei dem sie vorsichtig das, was
Garrett ihr geschickt hatte, in ein Dokument zusammenzu-
fassen versuchte, mit dem eine Bürokratie wie die TSA etwas
anfangen konnte: Russe, Studentenvisum, Techniker, lockere
Mafiaverbindung. Sie hatte es behutsam gemacht, diskret,

ohne Kline zu alarmieren, und sie hatte nicht mit einer derart schnellen Reaktion gerechnet. Vielleicht versuchten sie, aus ihrer Kurzdarstellung der Person von besonderem Interesse schlau zu werden. Oder ...

»Sie sollten wahrscheinlich so schnell wie möglich hierherkommen«, sagte Gunderson.

Sie stellte die Flasche Wein zurück in den Kühlschrank.

Gundersons Büro im Miami International war ein winziger fensterloser Raum am nördlichen Ende von Terminal zwei. Gunderson war ein großer Mann mit einem glänzenden, kahl rasierten Schädel und einem graumelierten Spitzbart. Sein Jackett hing über der Rückenlehne seines Sessels, und er hatte seine Krawatte gelockert. Alexis dachte, er sei wahrscheinlich kurz vor dem Ende einer langen Schicht. Er zog ein Foto von der US-Zollbehörde auf seinen Bildschirm.

»Ilja Markow. Reist mit einem russischen Pass. Gelandet um siebzehn Uhr vierzehn, Lufthansa-Flug 462 von Frankfurt.«

Gunderson kippte den Computerbildschirm, sodass Alexis das Foto sehen konnte: ein blasses Gesicht vor einem weißen Hintergrund. Der junge Mann sah gut aus, hatte dunkle Haare und freundliche blaue Augen. Seine dünnen Lippen waren zu einem neutralen mürrischen Ausdruck zusammengepresst. Er schien erschöpft zu sein – was nach einem langen Flug nicht anders zu erwarten war –, aber sein Aussehen hatte auch eine gewisse Eintönigkeit. Eine ausdruckslose Qualität. Vielleicht, dachte Alexis, bin ich es einfach nicht gewohnt, mir mit Überwachungskameras gemachte Fotos von Passagieren anzusehen.

»1986 in Moskau geboren, den Angaben in seinem Reisepass zufolge.«

»Entspricht er noch in anderer Hinsicht dem Profil, das wir

geschickt haben?« Alexis suchte in dem Gesicht nach einem Hinweis auf die Persönlichkeit des Mannes. Sinn für Humor? Ein kleiner Flirt mit der Kamera? Doch von alldem war nichts zu sehen.

»Nein. Tut er nicht.«

»Warum bin ich dann hier?«

»Weil dieser Typ es tut.« Ein anderes Foto erschien auf dem Bildschirm, das den Zeitstempel vom 11. Dezember 2009 trug. Der junge Mann auf dem Foto hatte eine auffallende Ähnlichkeit mit Ilja Markow. Sie mussten wirklich dieselbe Person sein.

»Ilja Markarow. Ebenfalls 1986 in Moskau geboren. Ist mit einem H-1B-Visum eingereist. Ein Softwareprogrammierer. War auf dem Weg in die Bay Area, hat dort ein Jahr ohne Zwischenfälle gearbeitet. Hat das Land 2011 verlassen und ist nicht mehr zurückgekehrt.«

Gunderson tippte wieder auf seine Tastatur. Eine Seite aus einer Datenbank erschien auf dem Bildschirm. Ankunfts- und Abflugdaten waren in chronologischer Ordnung aufgeführt, angefangen vor drei Monaten. Letzter Eintrag vergangene Woche, am 12. Juni.

»Er ging nach Deutschland, Frankreich, England, dann nach Malta. Einreisen, Ausreisen. Genau so, wie Sie gesagt haben. Aber er ist mit dem Markarow-Pass gereist, nicht mit dem Markow.« Gunderson fuhr mit dem Finger über den Bildschirm, um die Ein- und Ausreisedaten hervorzuheben.

Alexis spürte, wie sich in ihrem Magen ein Knoten bildete. »Wie haben Sie die Verbindung hergestellt?«

»Mit Gesichtserkennungssoftware.«

»Ich dachte, ihr würdet sie noch nicht einsetzen.«

Gunderson zuckte nur mit den Schultern.

Alexis runzelte die Stirn, während sie in Gedanken sofort

alles nochmals durchging, was Garrett ihr früher am Tag erklärt hatte. »Was ist mit kriminellen Verbindungen? Das war einer der Entsprechungspunkte.«

»Nichts, nicht dieser Typ. Allerdings« – ein neues Foto tauchte auf dem Bildschirm auf – »hat dieser Typ hier mehrere Kreuztreffer mit den *wory w sakone*. Kollegen, ein Cousin, ein Mitbewohner, kurze Zeit in Moskau.«

Alexis schaute hin: Dieses Foto war auch von demselben jungen Mann, nur war diesmal sein Haar extrem kurz geschnitten, und der neutrale mürrische Gesichtsausdruck war durch ein breites Grinsen ersetzt worden. Er trug ein weißes Button-down-Hemd und eine rote Krawatte. Er sah haargenau so aus wie ein ehrgeiziger, aufstrebender junger Geschäftsmann. Aber *wory w sakone* war die russische Mafia. Diebe im Gesetz.

»Marko Iljanowitsch, geboren 1986 in Grosny, Tschetschenien.«

»Herrgott«, murmelte Alexis, die auf das Foto starrte. »Das hier ist ein russisches Passfoto, stimmt's? Wie konnte es den Russen entgehen, dass es sich um denselben Typ handelt?«

»Waren Sie schon mal in Russland?«

Alexis schüttelte den Kopf.

»Verbringen Sie eine Woche da, dann werden Sie es verstehen. Mit zehntausend Dollar kriegen Sie dort alles. Einen Pass. Eine Frau. Einen Mord. Kein Hahn kräht danach, solange Sie keine Bahnhöfe in Wolgograd in die Luft sprengen.«

»Haben Sie das auch mit Hilfe der Gesichtserkennungssoftware bekommen?«

»Nein. Sobald wir eine Übereinstimmung bei zwei Namen hatten, haben wir mit seinen Fingerabdrücken gearbeitet. Seine waren aktenkundig bei der russischen FSB. Dem Inlandsgeheimdienst. Sie hatten keine direkten Treffer zu seinen Mafiaverbindungen, nur Kreuzverweise. Er ist entfernt mit Kriminellen verbunden, ist selbst aber keiner. Zumindest kann es niemand nachweisen.«

Alexis lehnte sich in ihrem Sessel zurück und stieß einen langen Atemzug aus. Garrett hatte mit allem genau richtig gelegen: jung, männlich, russisch, Studentenvisum, Programmierer, in jüngster Zeit eine Reiseroute durch Europa – sogar die Mafiaverbindungen hatten gestimmt. Und wenn Garrett damit recht gehabt hatte, dass der junge Mann in das Land einreisen würde, hatte er wahrscheinlich auch recht mit dem, was der junge Mann geplant hatte: ein systemisches Volatilitätsereignis. *Die amerikanische Volkswirtschaft abstürzen lassen.*

Alexis fröstelte in dem klimatisierten Büro. Sie hatte plötzlich das Gefühl, dass sich draußen eine Katastrophe zusammenbraute; ein allumfassendes Chaos, das auf sie zukam, sie zu verschlucken drohte, alles zu verschlucken drohte. Sie versuchte, die Vorstellung abzuschütteln, aber diese verharrte am Rand ihres Bewusstseins, lauerte dort, roh und erschreckend wie eine furchtbare Gewitterwolke, die am Horizont aufstieg.

»Ich muss mit ihm sprechen. Wo halten Sie ihn fest?« Alexis stand auf, klopfte ihre grüne Army-Jacke ab und überlegte sich, wie sie mit der Vernehmung beginnen sollte.

»Tun wir nicht.« Gunderson verzog das Gesicht »Ihn festhalten, meine ich.«

»Was?«

»Ihr Überwachungsersuchen kam heute Abend um halb sieben herein.« Gunderson hielt ein einzelnes Blatt Papier hoch. »Dieser Typ – wie immer, zum Teufel, er heißt – hat die Zollabfertigung um Viertel vor sechs passiert.« Die Mundwinkel des großen Mannes zogen sich nach unten, als wäre das alles an Entschuldigung, was er aufbringen konnte. »Ich habe keine Ahnung, wo er jetzt ist.«

Auf der verfassungsrechtlichen Ebene wusste Alexis, dass eine administrative Anordnung ein Witz war, ein offensichtliches Manöver, um den vierten Verfassungszusatz zu umgehen – die Garantie gegen ungerechtfertigte Durchsuchung und Beschlagnahmung –, eine Möglichkeit, das zu bekommen, was man wollte, ohne einen Richter je einen Blick auf den Antrag werfen zu lassen. Administrative Anordnungen erlaubten sanktionierten Regierungsorganisationen – die Defense Intelligence Agency war eine dieser Organisationen –, ohne richterlichen Beschluss die Benutzung von Abhörgeräten und das Rückverfolgen von Transaktionen zu beantragen. Die Presse hasste administrative Anordnungen. Eigentlich hasste Alexis sie auch. Sie hatte immer geglaubt, sie wäre nicht nur deshalb in der Army, um das Land zu schützen, sondern auch seine Gesetze, und der vierte Zusatzartikel zur Verfassung war ein ziemlich wichtiger Stein im Pantheon der amerikanischen Rechtsordnung.

Aber um halb drei Uhr nachts in Miami, Florida, trug die Zweckmäßigkeit den Sieg davon. Alexis wusste, dass es eine schwachsinnige Begründung war, aber sie würde ihren Zweck erfüllen. Bei Tageslicht würde sie sich etwas Besseres ausdenken.

Sie ging in ihr Hotelzimmer im Hilton direkt außerhalb des Flughafens, bestellte Kaffee beim Zimmerservice und verfasste das entsprechende Dokument: eine Seite, kurz, einfach und direkt. Auf ihre Essenz reduziert besagte die Anordnung: Sie müssen mir Ihre Kreditkarten-Transaktionen der letzten zwölf Stunden für die folgenden Namen (und ihre Variationen) im Gebiet Greater Miami/Fort Lauderdale geben, und ich brauche sie sofort.

Sie rief die DIA-Verbindungsleute in den vier größeren Kreditkarten-Gesellschaften an – Visa, MasterCard, American Express und Discover – und ließ die Anordnung von der Hotelrezeption dorthin faxen. Die DIA war bereits Teil des HotWatch-Programms, in dem Bundesbehörden die Echtzeit-Verfolgung finanzieller Transaktionen bei bestimmten Verdächtigen beantragen konnten. Informationen über HotWatch waren vor einigen Jahren an die Presse durchgesickert, aber darüber schien sich niemand aufgeregt zu haben. Alexis hielt das für merkwürdig. Sie hatte immer angenommen, die amerikanische Öffentlichkeit würde ausflippen, wenn sie wüsste, welchen Umfang die Überwachung im Leben eines jeden angenommen hatte, und sie war auch ein wenig ausgeflippt, besonders als es um das Abhören ihrer Telefongespräche durch die NSA ging. Aber die amerikanische Öffentlichkeit wusste nur die Hälfte von dem, was die Regierung tat. Sobald ihr auch der Rest klar wurde, wäre sicher die Hölle los.

Alexis trank ihren Kaffee und sah zu, wie die Sonne über dem vorstädtischen Florida aufging, eine spektakuläre orangefarbene Morgendämmerung über den Palmen und dem zersiedelten Gelände zwischen dem Flugplatz und dem Meer. Sie bestellte ein Frühstück mit Eiern und Toast und wünschte, sie hätte Wechselwäsche eingepackt. Um 7:30 Uhr rief sie die Außenstelle des FBI im Dade County an, erklärte ihnen, was sie hier tat, und bat um Unterstützung. Die Agenten waren skeptisch, sagten aber, sie könnten ihr vielleicht irgendwann im Lauf des Tages einen, möglicherweise zwei Agenten ausleihen.

Sie schaltete den Fernseher im Zimmer ein, schaute sich die Nachrichten-Talkshows an und wartete auf die Antworten der Kreditkarten-Gesellschaften. Die Fahndungsausschreibung für Garrett war immer noch ein Thema, das heftig diskutiert wurde – alle vier Sender nahmen sein Foto als Aufmacher und erörterten anschließend Theorien zum Thema, warum er einen Vorstandsvorsitzenden der Fed hatte umbringen wollen. Alexis hörte eine Weile gespannt zu, aber als ein Kommentator ein mögliches homosexuelles Dreiecksverhältnis erwähnte, schaltete sie den Fernseher angewidert aus.

MasterCard schrieb die erste E-Mail um 8:00 Uhr – nichts. Visa und Discover antworteten zwanzig Minuten später. Niemand mit irgendeinem dieser Namen – Ilja Markow, Ilja Markarow oder Marko Iljanowitsch – hatte seine Kreditkarte innerhalb der letzten zwölf Stunden in der Region Miami benutzt. Dann berichtete American Express um 9:14 Uhr eine einzelne Transaktion: Markow, Ilja, 15. Juni, 20:23 Uhr, Motel 6, Marina Mile Boulevard, Fort Lauderdale, Florida.

Sechzig Sekunden später sprintete Captain Alexis Truffant über den Motelparkplatz und verfluchte sich, weil sie auch keine Schusswaffe mitgenommen hatte.

13

PHILADELPHIA, PENNSYLVANIA, 16. JUNI, 9:30 UHR

Garrett wartete, bis sie tief im Stadtteil Walton Hill im Westen Phillys waren, bevor er die SIM-Karte wieder in sein Handy einsetzte. Er und Mitty hatten hinten in dem Ford Explorer geschlafen – oder wenigstens zu schlafen versucht –, der auf einer unbefestigten Straße außerhalb von Lancaster, Pennsylvania, geparkt war. Die Nacht war lang und ungemütlich gewesen, aber Garrett hatte sich gedacht, es sei besser, als verhaftet zu werden. Vielleicht auch nicht. Vielleicht war verhaftet besser. Er war erschöpft – auf der Flucht zu sein strengte an, und aus seiner Perspektive war er ohne guten Grund auf der Flucht. Aus seinem Büro bei Jenkins & Altshuler war er aus Angst und voller Panik weggerannt, aber jetzt, achtundvierzig Stunden später, musste er seine Situation überdenken.

Er war unschuldig, und die Leute – besonders das FBI – mussten das begreifen. Außerdem, und das behielt er für sich, hatten seine Hände angefangen zu zittern. Garrett hatte den Verdacht, dass es sich um ein Entzugssymptom handelte. Er war ein gottverdammter Süchtiger, genau wie ein dreckiger Meth-Junkie, der durch die South Bronx streifte. Schlimmer noch, sein Gehirn erlebte abwechselnd Phasen der Ruhe und rasender, chaotischer Schmerzexplosionen. Gestern wäre er in dem Motelzimmer fast ohnmächtig geworden. Seinen Kopf unter die Dusche zu halten war das Einzige, was ihn bei Bewusstsein gehalten hatte.

Er hatte noch eine Handvoll Tabletten in einer Plastiktüte bei sich, und sie brannten ihm ein Loch in die Tasche, aber er versuchte, sie aus seinen Gedanken zu verbannen. Er wollte Betäubungsmittel mehr als alles andere, was er je in seinem ganzen Leben gewollt hatte. Und eine Stimme in seinem Kopf flüsterte, dass Garrett, egal, wie sehr er dieses Verlangen rationalisieren wollte – es waren seine Kopfschmerzen, es war sein Kummer –, in Wahrheit darauf stand, high zu sein, und dass das schon immer so gewesen war. Drogen trennten ihn von der wirklichen Welt, sie schenkten ihm Abstand von seinen Problemen, und in diesem Moment war er von Problemen regelrecht umzingelt.

Er wählte die zentrale Vermittlung in seinem Büro und bat darum, mit Maria Dunlap verbunden zu werden, der Büroleiterin auf der dreiundzwanzigsten Etage. Er wartete darauf, durchgestellt zu werden, und schaute sich die Reihenhäuser an, die Philadelphias Market Street säumten. Kinder hingen in der frühmorgendlichen Hitze an den Ecken herum. Eine Gruppe junger Männer rauchte Zigaretten auf der Eingangstreppe eines Spirituosenladens. Ein paar Collegestudenten in Bermudashorts und Flip-Flops waren auf dem Weg nach Osten, Richtung Penn.

»Hier ist Maria«, zwitscherte die Stimme am anderen Ende der Leitung. Garrett kannte Dunlap nicht besonders gut. Sie war mittleren Alters und übereifrig, überprüfte ständig seine Arbeitsstunden – als ob die Zeit, die er vor seinem Bloomberg-Terminal verbrachte, irgendwas damit zu tun hatte, wie viel Geld er der Firma einbrachte.

»Maria, hier ist Garrett Reilly.« Er hörte, wie sie scharf Luft holte.

»Garrett, oh, hey, wo sind Sie gewesen?«, fragte Dunlap mit forcierter Beiläufigkeit.

»Lassen wir den Blödsinn. Sagen Sie den FBI-Leuten, die mithören, dass ich mit ihnen sprechen muss.«

»Garrett, ich weiß nicht, wovon Sie …«

»Ich werde in etwa einer halben Minute auflegen. Ich kann es wirklich nicht gebrauchen, dass sie meinen Standort ermitteln.«

Ein kurzes Schweigen entstand. Garrett ließ sich in den Rücksitz des Explorers sinken, konnte aber noch die Straße um ihn herum überblicken. Sie kamen an einer alten, aus Ziegeln gebauten öffentlichen Bücherei vorbei. Eine Mutter schob einen Kinderwagen die Zufahrtsrampe hoch.

Ein kurzer Piepton erklang an seinem Handy. »Hallo, Garrett, hier spricht Special Agent Chaudry.«

»Hören Sie, ich sage Ihnen gleich zu Anfang, dass ich in Philadelphia bin, aber ich werde schnell auflegen und die Handy-Batterie rausnehmen, also machen Sie sich bitte nicht die Mühe, eine Million Streifenwagen mit heulenden Sirenen loszuschicken.« Der Explorer, den Mitty fuhr, gehörte einem Freund eines entfernten Verwandten aus der Familie Rodriguez, einem Steuerberater aus Tampa. Irgendeine Strafverfolgungsbehörde irgendwo würde vielleicht die Verbindung zwischen dem Geländewagen und Mitty und dann Garrett herstellen, aber er war sich ziemlich sicher, dass sie es nicht in Echtzeit, nicht auf die Schnelle hinkriegen könnten. Nicht auf den Straßen von Walnut Hill.

»Okay, Garrett, wie wäre es damit? Was halten Sie davon, wenn Sie einfach in eines der Polizeireviere dort hineinmarschieren, sich stellen, und wir führen dieses Gespräch von Angesicht zu Angesicht?« Ihre Stimme hatte einen angenehmen, wohlklingenden Ton.

»Chaudry? Sind Sie indischer Herkunft? Und eine Frau? Im FBI? Das muss selten sein. Sie hören sich außerdem jung an.«

»Ein guter Grund dafür, dass wir uns persönlich treffen. Dann könnten Sie sehen, wie jung ich tatsächlich bin.«

Garrett lachte. Sie gefiel ihm schon. »Wenn ich Sie in fünf Minuten online ausfindig mache, werde ich genau wissen, wie jung oder alt Sie sind. Und wann Sie geboren wurden, Ihre Noten in der Highschool, und was Sie letzte Woche im Einkaufszentrum gekauft haben. Ich bin noch nie mit einer Inderin befreundet gewesen. Sind Sie unverheiratet?«

»Ist das der Grund, weshalb Sie angerufen haben? Um sich mit mir zu verabreden?«

»Ich hatte mit der Erschießung Phillip Steinkamps nichts zu tun. Ich habe nichts gegen die Fed, und ich habe Steinkamp nie kennengelernt. Ich bin ein stinknormaler Händler von festverzinslichen Werten.«

»Wenn Sie so unschuldig sind, warum sind Sie dann vor unseren Agenten geflüchtet?«

»Ich habe ein tief sitzendes Misstrauen gegenüber Strafvollzugsbehörden, mehrere schlechte Erfahrungen mit maßgeblichen Leuten gemacht und einen pathologischen Hass gegenüber der Regierungsgewalt.«

»Aber sie haben für das Verteidigungsministerium gearbeitet, die höchste Regierungsgewalt. Für etwas, das Programm Aszendent hieß. Das scheint ein Widerspruch zu sein.«

»Ich bin kompliziert.«

»Erzählen Sie mir was über Aszendent«, sagte Chaudry.

»Nein. Finden Sie das selbst raus. Hören Sie, ich sage Ihnen jetzt das, was ich weiß: Steinkamps Ermordung ist Teil eines Musters. Eines Musters ökonomischer Destabilisierung. Irgendjemand hat vor, einen Anschlag auf die amerikanische Volkswirtschaft zu verüben. Er will mich aus dem Weg schaffen, und deshalb versucht er, mir die Schuld an dem Mord in die Schuhe zu schieben.«

»Und wer steckt dahinter, Garrett?«

»Das weiß ich nicht. Ich bin hier draußen ganz auf mich selbst angewiesen. Aber Sie können mir glauben, dass ich versuche, es herauszubekommen. Wer erschießt schon jemanden und erzählt anschließend aller Welt, wer ihn dazu gebracht hat? Das ergibt keinen Sinn, Agent Chaudry, und das wissen Sie genauso gut wie ich.«

»Da ist was dran. Aber Sie müssen trotzdem in eine unserer Außenstellen kommen und eine Aussage machen. Wir werden Sie anständig behandeln. Wie einen Promi, von vorn bis hinten. Sie müssen nur ein paar Fragen beantworten. Wir beide können ein Verhältnis beginnen.«

Wieder lachte Garrett. Chaudry war eine FBI-Agentin nach seinem Geschmack. »Mit Ihnen? Super. Aber wenn wir zusammen ausgehen, müssen Sie mich einladen, weil ich in Handschellen sein werde, all meiner verfassungsmäßigen Rechte beraubt.«

Diesmal lachte Chaudry. Bei der plötzlichen Stille in der Leitung konnte Garrett in der Ferne Polizeisirenen hören. Die lauter wurden.

»Ach, Sie haben die Cops geschickt, obwohl ich Sie gebeten hatte, es bleiben zu lassen. So machen Sie keinen guten ersten Eindruck. Ich werde mich jetzt verziehen, aber ich möchte nur noch sagen, damit das klar ist – ich kannte die Frau nicht, die Steinkamp erschossen hat. Hab sie nie kennengelernt. Hab Steinkamp nie kennengelernt oder sonst jemanden, der bei der Fed arbeitet. Ich hatte nichts mit irgendwas davon zu tun. Und wenn Sie klug sind, werden Sie allmählich begreifen, dass hier etwas viel Größeres abläuft. Sie machen Jagd auf die falsche Person. Und wenn Ihnen allmählich die Scheiße um die Ohren fliegt, werden Sie begreifen, warum.«

Garrett wartete nicht auf eine Antwort. Er beendete das

Gespräch und entfernte schnell die Batterie aus dem Handy. Mitty kicherte, während sie weiterfuhr. »Hat sie wirklich gesagt, sie wollte mit dir ausgehen? Eine FBI-Agentin?«

»Ich besitze eine animalische Anziehungskraft.«

»Ich wette, FBI-Typen sind scharf«, sagte Mitty mit einem sehnsüchtigen Seufzen. »Mit den Knarren und den Anzügen. Wenn ich eine Bank überfallen würde, glaubst du, sie würden mich einer Leibesvisitation unterziehen?«

»Bieg hier links ab. Die Straße wird gleich von Cops wimmeln.« Damit legte sich Garrett wieder auf die Rückbank des Explorers und blieb dort liegen, bis sie Philadelphia verlassen hatten.

In der FBI-Außendienststelle im zweiundzwanzigsten Stock des Federal Building in Lower Manhattan nahm Agent Chaudry die Kopfhörer ab und atmete wütend aus.

»Die Polizei von Philly wird die Hauptverkehrsadern sperren«, sagte ein älterer Agent – Murray, aus D.C. hierher versetzt.

»Das weiß er. Sie werden ihn nicht erwischen.«

Murray ließ sich an einem Schreibtisch nieder. »Warum hat er angerufen?«

Darüber dachte Chaudry nach. Warum hatte er angerufen? Um herauszubekommen, wer den Fall auf Seiten des Bundes leitete? Was würde das für eine Rolle spielen? Nein, es musste einen Grund geben.

»Vielleicht ist er nur ein arroganter Idiot«, sagte Murray. »Er hörte sich ganz so an.«

Chaudry ging zum Fenster und schaute auf Lower Manhattan hinaus. Ja, Garrett Reilly war arrogant. Und er schien Gründe dafür zu haben. Er war außerdem vorsichtig, und trotzdem hatte er seine Deckung verlassen, um das FBI anzurufen. Dieser Widerspruch verlangte danach, untersucht zu werden. Aber er war kein Idiot.

»Paul« – sie nickte Special Agent Murray zu –, »würden Sie den Anruf noch einmal für mich abspielen?« Obwohl Murray beträchtlich älter war als sie, wusste Chaudry, dass er tun musste, was sie verlangte. Sie hatte die Leitung des Falls, und er war, zumindest im Moment, ihr Untergebener. Sie wusste auch, dass dies die meisten der älteren Männer in der Dienststelle Manhattan zur Weißglut brachte, aber das war ihr egal. Sie hatte wenig Freunde im Bureau und war nicht sonderlich daran interessiert, sich noch mehr zu schaffen. Für Omeletts musste man Eier aufschlagen.

Agent Murray legte die Aufzeichnung des Anrufs auf einen Lautsprecher in der Nachrichtenzentrale. Chaudry hörte ihn sich zwei Mal an, bevor sie ihn ein letztes Mal abspielte, wobei sie mitten im Gespräch begann. Dann hatte sie es. Sie hörte sich die Stelle noch mal an.

»Und wer steckt dahinter, Garrett?«, fragte Chaudry auf der Aufzeichnung.

»Das weiß ich nicht. Ich bin hier draußen ganz auf mich selbst angewiesen. Aber Sie können mir glauben, dass ich versuche, es herauszubekommen.«

Chaudry lächelte. »Das ist es.«

Murray schaute von seinem Computer hoch. »Das ist was?«

»Er sagt, dass er ganz auf sich selbst angewiesen sei. Und dass er es herausbekommen wolle. Er gibt uns ein Zeichen. Dass die DIA ihn nicht unterstützt. Sie lassen ihn im Regen stehen. Er macht uns ein Angebot.«

»Ein Angebot wozu?«

»Den Fall zu lösen«, sagte sie voller Überzeugung, nachdem sich der Gedanke bei ihr herauskristallisiert hatte. »Er will für uns arbeiten.«

14

FORT LAUDERDALE, FLORIDA, 16. JUNI, 9:45 UHR

Der junge Mann, in dessen Reisepass Ilja Markow stand, war ehrlich überrascht, als er die beiden Zivilfahrzeuge auf den Parkplatz des Motels einbiegen sah, in dem er die vergangene Nacht verbracht hatte. Eine junge Frau in einer Army-Uniform stieg aus dem ersten Wagen, und zwei wuchtige Männer in Anzügen kletterten aus dem nachfolgenden Fahrzeug. Die Männer waren höchstwahrscheinlich vom FBI, dachte der junge Mann, oder auch von der Homeland Security. Sie gaben sich keine Mühe, unbemerkt zu bleiben – sie stolzierten einfach zum Empfang.

Der junge Mann nippte an seinem Kaffee und packte sein Grill-Frühstückssandwich vorsichtig aus dem Wachspapier aus. Der Geruch von frisch gebackenen Brötchen und Speck mischte sich mit dem Kaffeearoma, während er auf dem Fensterplatz des Restaurants auf der anderen Straßenseite saß, gegenüber von seinem Motel. L'il Red's BBQ war der Name, und er musste zugeben, dass das Essen wunderbar schmeckte. Die Amerikaner konnten manche Dinge richtig gut machen, besser als fast jeder andere, und Frühstück war eines davon.

Er schaute wieder zu dem Motel hinüber. Kein Grund zur Eile. Sie würden nicht hier herüberkommen, dachte er. Aber trotzdem, vielleicht war es besser, kein Risiko einzugehen. Er nahm ein paar Bissen von dem Sandwich, drückte den Deckel auf seinem Kaffeebecher fest, schnappte sich den Rucksack zu seinen Füßen und ging nach draußen auf den Marina Mile Boulevard.

Der junge Mann – die meisten Leute, die ihn kannten, nannten ihn Ilja, weil das tatsächlich sein richtiger Vorname war, obwohl er oft Ilya, Elie, Elijah, Marko (wegen seines Nachnamens) und manchmal, wenn er sich in islamischen Gegenden des Kaukasus aufhielt, den Namen Ali benutzte – hatte nicht erwartet, so schnell entdeckt zu werden. Er hatte angenommen, er könne eine Woche herumlaufen und seinen russischen Pass und Namen benutzen, bevor die amerikanischen Behörden ihm auf die Schliche kamen. Wenn sie ihm auf die Schliche kamen, war er darauf vorbereitet, diese Identität abzulegen und unterzutauchen. Er hatte mit dieser Eventualität gerechnet, aber nicht schon so bald.

Spielte keine Rolle. Er würde einfach den Zeitpunkt seines Identitätswechsels vorziehen. Das war leicht. Und würde leicht bleiben. Normale Alltagsbürger mussten noch Nachhilfestunden nehmen, was die Realitäten des modernen Datendiebstahls betraf.

Trotzdem, dachte er, als er sich den Rucksack über die Schulter hängte, auf dem Marina Mile nach Norden ging und dabei eine SMS in sein neu erworbenes Handy tippte, passte irgendjemand dort draußen gut auf. Und er tat mehr als nur aufpassen – irgendjemand hatte herausbekommen, dass Ilja eine Bedrohung darstellte, und er hatte es aus einem Minimum an Hinweisen geschlossen.

Das war beeindruckend.

Er ging in Gedanken noch einmal durch, welche Informationen sie aus dem Reisepass gewonnen haben konnten, den er bei der Einreise vorgezeigt hatte. Hatten sie ihn mit einem anderen seiner Pässe in Verbindung gebracht? Oder mit Visumanträgen? Falls das zutraf, waren sie ihm voraus, und er würde sich überlegen müssen, welche Änderungen er in seinem Reiseplan vorzunehmen hatte. Nach seinen Berechnungen wären sie in der Lage, ihn als Achtundzwanzigjährigen aus Grosny zu identifizieren, als Software-Ingenieur mit amerikanischer Highschool- und Berufserfahrung und als Absolventen einer russischen Fachhochschule.

Abgesehen davon konnte er sich nichts Besonderes vorstellen, was sie über ihn wussten. Vielleicht noch, wer seine Eltern waren, auch wenn das keine Rolle spielte. Sein Vater war tot, mitten in der Nacht von tschetschenischen Rebellen aus dem Bett gezerrt, um niemals wieder gesehen zu werden, und Ilja bedauerte den Verlust nicht. Sein Vater war ein Säufer gewesen, aggressiv und selten zu Hause. Iljas Mutter war noch am Leben, aber sie war Rentnerin und lebte in einem Seniorenheim in Toljatti in Zentralrussland – in einem wahrhaft gottverlassenen Teil des Mutterlandes –, und sie wusste so gut wie nichts über Aufenthaltsort und Beruf ihres Sohnes, und das war Ilja auch lieber so. Er hatte vor langer Zeit jede Beziehung zu seiner leiblichen Familie aufgegeben. Und abgesehen davon wies ihr Nachname keine Ähnlichkeit mit seinem auf, und er bezweifelte, dass sie auf vielen offiziellen Dokumenten aufgeführt war. Der Krieg in Tschetschenien hatte eine exakte Dokumentation ad absurdum geführt. Das war einer der Hauptgründe dafür, dass er so viele Pässe besaß, die alle auf ihre Weise vollkommen legal waren. Ilja war jeder dieser Menschen, die auf seinen verschiedenen Dokumenten aufgeführt waren: Markow, Makarow, Iljanowitsch. Und auch keiner von ihnen. Jedermann und gleichzeitig ein Geist.

Er war niemand, und er war jeder.

Ilja warf einen Blick auf seine Uhr und musterte die Autos, die über die breite Straße rasten. Der Verkehr wurde dichter. Er warf einen schnellen Blick über die Schulter zurück zum

Motel 6. Die Army-Frau würde jeden Moment an seine Tür klopfen. Er hatte nicht ausgecheckt, er war einfach gegangen und nahm an, dass die Kreditkarte belastet werden würde. Das erinnerte ihn daran. Er zog die entsprechende American-Express-Karte aus seiner Brieftasche und warf sie in einen Abfalleimer. Die Karte war jetzt nutzlos für ihn. Schlimmer als nutzlos – gefährlich.

Sobald die Army-Frau die Tür seines Motelzimmers aufgebrochen hätte, würde sie praktisch nichts darin finden. Einen Rollkoffer, den er in Moskau gekauft hatte, mit ein paar Hosen, T-Shirts und Unterwäsche, eine zerlesene Ausgabe von *Cryptonomicon*. Nichts, was er nicht in den Staaten ersetzen könnte, aber den Stephenson-Roman würde er vermissen. Der Roman war komplex und anspruchsvoll, und sein Plot gewährte Iljas Gedanken einen Ort der Zuflucht und Ruhe.

Seine ganze Technologie und sein ganzes Bargeld – knapp tausend Dollar – und all seine Dokumente steckten in seinem Rucksack. Den er niemals aus den Augen ließ. Das war sein Handwerkszeug, sein Waffenarsenal. Er vermutete, sie würden seine Fingerabdrücke auf dem Schreibtisch in seinem Hotelzimmer und im Bad finden. Aber was würde ihnen das bringen? Er hatte sich seine Fingerabdrücke schon bei der Passkontrolle am Flughafen abnehmen lassen.

Was würden sie also außerdem noch wissen? Soweit er das sagen konnte: nichts. Ilja hatte es sich zu seiner Lebensaufgabe gemacht, beinahe unsichtbar zu bleiben, seinen Namen aus Dokumenten herauszuhalten, sein Geld auf Konten in mehreren Ländern zu verteilen, nach Möglichkeit bar zu bezahlen, seine Identität willkürlich und je nach Laune zu wechseln. Die Fähigkeit, sich seiner jeweiligen Umgebung anzupassen, war ein wesentlicher Bestandteil des Mannes, der er jeweils war, und der Art, wie er seinen Lebensunterhalt verdiente. Aber das ging im Grunde an der eigentlichen Frage vorbei: Wie hatten sie ihn so schnell entdeckt? Und wer war dafür verantwortlich?

Er bezweifelte sehr, dass die üblichen FBI-Alarmsignale von seiner Ankunft hätten ausgelöst werden können. Das war zuvor noch nie passiert, und er war in den letzten zehn Jahren vier Mal in das Land ein- und wieder ausgereist. Die Homeland Security hätte es vielleicht mitgekriegt haben können, aber das schien ihm angesichts ihrer mittelmäßigen Bilanz, was die Identifizierung potenzieller terroristischer Bedrohungen anging, ziemlich unwahrscheinlich. Die achteten auf Verbindungen zu Terrorgruppen, und er hatte keine. Er hatte nichts ausgefressen. Zumindest war er nicht dabei erwischt worden. Er hatte eine völlig saubere Weste.

Nein, der Mensch, der herausbekommen hatte, dass Ilja eine Person von besonderem Interesse war, musste klug sein. Und raffiniert. Dieser Mensch musste auf die Existenz von jemandem wie Ilja geschlossen haben und hatte sich dann bereitgehalten und die Grenzen beobachtet, bis ein wirklicher Ilja erschien. Sie hatten einen prognostischen Algorithmus verwendet, eine Datenabtastung, die ihnen gestattete, auf die statistische Wahrscheinlichkeit zu schließen, dass jemand, der seinem Background entsprach, auftauchen würde.

Aber warum hatten sie überhaupt nach jemandem wie ihm Ausschau gehalten? Woher wussten sie, dass eine Aktion geplant war? Das beunruhigte ihn. War er nachlässig gewesen? Er hatte im Web seine Fühler nach potenziellen Mitarbeitern ausgestreckt; er hatte im Darknet Bargeld ausgelobt, Leute angerufen, die illegal Hacker vermittelten, aber er war vorsichtig gewesen. Vielleicht hatten sie ihn mit den Cyberangriffen in Europa in Verbindung gebracht? Aber wie? Das Geld, mit dem diese Hackerangriffe bezahlt worden waren, kam aus einem Fonds, mit dem er absolut nichts zu tun hatte. Stattdessen hatte er sich mit den Kleckerbeträgen an Bargeld über Wasser halten müssen, die sich aus schmerzlich obskuren Quellen ihren Weg zu ihm bahnten: Schließfächern in deutschen Provinzbanken, Almosen in einem korrupten griechischen Regierungsbüro, gefälschte Erstattungsquittungen in einem Elektrogeschäft im Süden Frankreichs.

Vielleicht waren sie durch die Erschießung in New York alarmiert worden? Aber zahllose Mittelsmänner hatten zwischen ihm und der Attentäterin Bachew gestanden, endlose Schichten der Vernebelung und Irreführung. Das wäre entweder ein Zufallstreffer oder ein phänomenales Beispiel von Mustererkennung.

Er blieb auf dem Bürgersteig stehen und atmete die feuchte Floridaluft tief ein. Hier zu sein war so, als lebte man in einer Sauna. Einer Sauna mit Autoabgasen und Grillsauce. Vielleicht war es gar nicht so schlecht, dass er nicht mehr an seine Klamotten rankam; er konnte kurze Hosen und Hawaiihemden kaufen. Vielleicht sogar ein Paar Flip-Flops.

Muster. Ein prognostischer Algorithmus würde erklären, warum zwei Agenten in Anzügen und eine Army-Officer in das Motel 6 eingefallen waren und kein Sondereinsatzkommando. Sie hatten keinen Grund, ihn zu verhaften, und keine Ahnung, ob er gefährlich war. Von Rechts wegen konnten sie ihn vermutlich gar nicht verhaften. Sie sahen Ereignisse voraus und versuchten, ihn abzuschrecken. Oder wollten ihn einfach wissen lassen, dass sie auf der Hut waren.

Nun ja, das wusste er jetzt mit Sicherheit.

Ilja hatte eine Ahnung, wer dahintersteckte. Wie jeder zweite Hacker im weltweiten Untergrund hatte er die Heldentaten des Aszendent-Programms verfolgt, wie es China so clever angegriffen hatte, indem es den Goldenen Schild außer Gefecht setzte; wie es die Aktienbörse in Shanghai vergiftete und

Aufstände in chinesischen Städten auslöste. Er war sich nicht sicher, wie groß es war und wie gut finanziert, aber er war der gleichen Meinung wie die meisten anderen Hacker: nämlich dass Aszendent ein brillanter Streich war, ein modernes Werkzeug zur modernen Kriegsführung und eine gefährliche Waffe der amerikanischen Regierung.

Ilja glaubte inzwischen auch, dass er auf eigene Faust und durch unzählige mit Graben und Wühlen verbrachte Stunden die Person im Zentrum von Aszendent freigelegt hatte. Ein junger Börsenhändler von der Wall Street, ein Mathe-Freak, der in der Lage war, Muster zu erkennen, auch wenn er nur ganz schwache Anhaltspunkte hatte. Das würde zu der kurzen Zeitspanne passen, in der man Ilja auf die Spur gekommen war. Trotzdem war Ilja beinahe sicher gewesen, dass der junge Börsenhändler ausgeschaltet worden war. Die Ermordung Steinkamps hätte diesen Zweck erfüllen sollen … aber vielleicht war das nicht so geschickt gewesen, wie Ilja ursprünglich gedacht hatte. Vielleicht war der junge Wall-Street-Champ immer noch im Spiel.

»Garrett Reilly.«

Ilja flüsterte den Namen leise und respektvoll vor sich hin. Er wusste ziemlich viel über den Mann – seine Ausbildung, seinen beruflichen Werdegang –, und Ilja musste zugeben, dass er ein bisschen neidisch auf Reillys Talente war. Vielleicht hatte dieser Neid auf seine Einschätzung von Reillys Fähigkeiten abgefärbt. Ilja hatte in letzter Zeit eine Menge über Reilly nachgedacht und wusste, dass es merkwürdig war, aber er fühlte sich Reilly verbunden. Intellektuell verbunden. Emotional verbunden.

Und jetzt hatte Reilly möglicherweise Ilja in seinem Fadenkreuz. Falls das zutraf, wäre Reilly ein ernstes Hindernis. Ein Gegner wie Reilly würde Iljas Aufgabe erheblich erschweren.

Also, das ist okay, dachte er, während ein weißer Honda – seine Mitfahrgelegenheit, endlich – auf dem Marina Mile Boulevard langsamer wurde, um ihn einsteigen zu lassen. Falls Garrett Reilly sich auf die Jagd nach mir machen will …

Kann ich mich auch auf die Jagd nach Garrett Reilly machen.

15

NEWARK, NEW JERSEY, 16. JUNI, 16:58 UHR

Einer der Vorteile, die es hatte, wenn man für ein Wall-Street-Maklerunternehmen arbeitete, bestand darin, dass die Firma Kapitalanlagen aller Art in den gesamten Vereinigten Staaten besaß. Jenkins & Altshuler machte da keine Ausnahme. Das Unternehmen hatte Geld in Reedereien gesteckt, in Kleiderfabriken, Eisenbahnen und in Immobilien. Jede Menge Immobilien.

Garrett kannte jede Ecke des Immobilienbestands der Maklerfirma. Er wusste, welche Investitionen sich auszahlten und welche den Bach runtergingen. Eine der schlechtesten Investitionen von J&A war ein immer noch nicht fertig gestelltes Bürohochhaus unmittelbar neben dem Raymond Boulevard in der Innenstadt von Newark. Der Bauunternehmer hatte vor sechs Monaten Konkurs angemeldet; das Gebäude stand halb leer, die Klimaanlage funktionierte nur unregelmäßig, und vor die Fenster im unvollendeten sechzehnten Stock waren Plastikplanen gehängt worden. Für Garrett war am wichtigsten, dass die Eingangshalle des Gebäudes nicht bewacht wurde.

Mitty ließ Garrett einen Häuserblock vor dem Bürogebäude aussteigen und fuhr selbst zurück nach Queens. Garrett wies sie darauf hin, dass sie vermutlich von dem Moment an, in dem sie in ihrer Wohnung auftauchte, unter Beobachtung stünde, und sie solle sich entsprechend verhalten: Mit ihrem Leben weitermachen, als ob nichts Außergewöhnliches

120

geschehen wäre, darauf warten, dass Garrett sich mit ihr in Verbindung setzte, und falls sie verhaftet würde – nach einem Anwalt verlangen und dann den Mund halten.

Garrett betrat kurz vor fünf Uhr unbemerkt die Eingangshalle des Büroturms in Newark, weil er wusste, dass die Sicherheitsfirma gleich vorbeikam, um die Eingangstür abzuschließen. Er nahm den Aufzug in den fünfzehnten Stock, ging dann Stockwerk für Stockwerk nach unten und kontrollierte jedes Büro auf der Suche nach einer unverschlossenen Tür. Er fand drei Büros, die sowohl unverschlossen wie auch unbesetzt waren, und entschied sich für ein Eckbüro im sechsten Stock, weil es am Ende eines Flurs lag, aber auch, weil es sich einen Verteilerkasten mit einem IT-Startup-Unternehmen teilte. Garrett vermutete, er könnte sich in ihre Internetverbindung hacken, und das tat er auch. Ohne Probleme.

Er setzte sich mit seinem Laptop, einer Dose Tunfisch und einer Cola light in ein Eckzimmer der leeren Bürosuite mit ihren weißen Wänden. Als Erstes warf er zwei Percocet ein. Er war seit zwei Tagen zum ersten Mal allein, und das war seine Chance, sein Gleichgewicht wiederherzustellen. Er hatte noch ein halbes Dutzend Pillen übrig, also suchte er online nach Nachschub in lokalen Craigslist-Angeboten. Ein paar Leute behaupteten, sie hätten Schwarzmarkt-Medikamente zu verkaufen, aber sie wollten alle Bitcoins im Voraus haben, und Garrett wollte auf keinen Fall das Risiko eingehen, digital zu bezahlen und die Polizei zu alarmieren. Er würde seine Tabletten rationieren müssen, was schwierig werden könnte. Seine Gedanken wurden allmählich unkoordinierter, und das beunruhigte ihn sogar noch mehr als die Schmerzranken, die sich über sein Gehirn zogen. Er versuchte, sich mit einem Mantra zu beruhigen: Logik, Fakten, Muster. Halt dir das Chaos vom Leibe.

»Von A nach B nach C«, sagte er leise. »Von A nach B zum gottverdammten C.«

Er kontrollierte die Nachrichten. Der Markt war wieder rückläufig, weitere dreihundert Punkte, und Gerüchte über wankende Banken und wacklige Geldmarktfonds breiteten sich schnell aus. Er startete eine Google-Suche mit seinem eigenen Namen, und die Suchmaschine präsentierte ihm mehr als siebzehn Millionen Treffer in weniger als einer halben Sekunde. Garrett Reilly war überall im Web.

»Verdammte Superscheiße«, sagte er laut.

Garrett überflog ein paar der Geschichten, obwohl er wusste, dass das eine schlechte Idee war. Sie waren völlig chaotisch, was ihre Genauigkeit und die Kühnheit ihrer Verschwörungstheorien betraf. In einem Artikel stand, dass er vorhätte, die Federal Reserve zu berauben; ein anderer behauptete, er wäre insgeheim mit Anna Bachew verheiratet gewesen; ein Nachrichtenblog berichtete, er wäre in Afghanistan gewesen, zum Islam konvertiert, und inzwischen wäre er radikalisiert und versuchte, die Regierung zu stürzen. Der Blogger erwähnte auch seinen Bruder Brandon Reilly und schrieb, dass er ein Marineinfanterist gewesen sei, im Kampf gefallen, und dass Garretts Wut auf die Vereinigten Staaten zu seiner Konvertierung geführt hätte. Das musste Garrett dem Blogger lassen – seine Geschichte stimmte wenigstens zur Hälfte. Danach hörte er auf zu lesen, aber erst nachdem er den DNS-Host-Server der Website, die seinen Bruder erwähnte, aufgelöst, einen offenen Port in ihrem System gefunden und einen Dienstblockade-Angriff gegen sie gestartet hatte.

»Lutsch da dran, du Arschloch«, sagte er, als er bei seinem Low-Orbit-Ion-Cannon-Programm auf die Sendetaste drückte. Das Ion Cannon würde in den nächsten paar Sekunden zehntausend Anfragen an den Server des Blogs schicken und kurz darauf weitere fünfzigtausend, auf die noch mehr folgen würden. Die Webseite würde in wenigen Minuten zusammenbrechen. Er wusste, es war kindisch, trotzdem fühlte er sich besser, und obwohl er den Eindruck hatte, er sei im Lauf des letzten Jahres ein bisschen reifer geworden, schien es damit nicht so weit her zu sein.

Als Nächstes loggte er sich in seine verschiederen E-Mail-Konten ein, immer über einen anonymen Darknet-Router, damit er nicht gepingt wurde. Special Agent Chaudry hatte ihm eine kurze Notiz an seine J&A-Adresse geschickt, ihm für den Anruf gedankt und ihm versprochen, sie würde sich bald mit ihm in Verbindung setzen. Garrett fand das nett, antwortete aber nicht. Sie schien klug und kompetent zu sein, aber sie konnte eine Weile warten. Zum Teufel, sie konnte ewig warten. Er brauchte eine neue Nachricht von Alexis, und er hatte sie ein paar Minuten später, als er das Konto überprüfte, das er für Aszendent-Mitteilungen reserviert hatte.

Die E-Mail lautete einfach: *Er ist real. Er ist in den Staaten. Wir haben ihn verpasst.*

Alexis flog zum Newark Airport, mietete ein Auto und traf ihn im Riverbank Park, der sich eine halbe Meile am trüben Passaic River entlang erstreckte. Der Park war zum größten Teil menschenleer, als sie sich an diesem Abend um halb neun Uhr trafen. Ein Cop patrouillierte auf dem Pfad, der neben dem Fluss verlief, aber er schenkte ihnen keine Aufmerksamkeit. Er schien mehr an einem halben Dutzend Teenager interessiert zu sein, die an einer Schaukel herumalberten.

»Hat all deinen Kriterien entsprochen«, sagte Alexis, die Garrett zwei ausgedruckte Blätter über einen Picknicktisch aus Beton zuschob, der neben einem Softballfeld stand. »Er ist gestern Abend gelandet.«

Garrett starrte Alexis an. Sie trug zivile Kleidung – eine Jeans und ein kariertes Hemd, das Haar fiel ihr offen bis auf die Schultern –, und selbst im abnehmenden Licht des Abends dachte Garrett, dass sie schön war: hohe Wangenknochen, blaue Augen, dunkle Haut und lange, elegante Finger. Trotzdem, da er sie jetzt wiedersah und gestern eine Stunde in ihrer Wohnung verbracht und alte Erinnerungen aufgefrischt hatte, fand er, dass ihre Anziehungskraft auf ihn nachgelassen hatte. Warum war er so verrückt nach ihr gewesen? Er war sich nicht mehr sicher. Sie waren derart gegensätzlich. Vielleicht hatte er nur einen Freund gebraucht. Er hatte nur noch wenige Freunde.

Er klappte die zwei Blatt Papier auseinander, las erst das eine, dann das andere. Sie enthielten zwei farbige Passfotos und ein paar Zeilen mit Informationen – sonst nichts.

»Ilja Markow? Ist das sein richtiger Name?«

»Einer von vielen.«

»Und das ist alles, was wir wissen?«

»Bis jetzt«, sagte Alexis. »Das ist sein gesamtes bekanntes Profil.«

»Er ist auf die Staatliche Technische Universität Moskau gegangen. Die müssen Unterlagen haben.«

»Daran arbeite ich. Der Verwaltungsdirektor dort ist nicht besonders hilfreich.«

»Die russische Regierung hat ihm gesagt, dass er es nicht sein soll.«

»Möglich.«

»Freunde, Kollegen in der Bay Area?«

»Ich habe ein paar Leute angerufen. Bis jetzt sehr wenige Infos. Unauffälliger Typ, klug, ist für sich geblieben.«

»Englischkenntnisse?«

»Fließend. Niemand kann sich an einen Akzent erinnern.«

Alexis ließ ein dickes Taschenbuch auf den Tisch fallen. »Das hier haben wir in seinem Zimmer gefunden. Zusammen mit ein paar Klamotten. Sonst nichts.«

Garrett blätterte durch die Ausgabe von *Cryptonomicon*. Er las die Werbetexte auf der Rückseite. Das Buch schien vom Hacken und Codeknacken zu handeln. Es war ein Buch, das Garrett selbst auch gelesen hätte, was ihm zu denken gab.

»Könntest du dich irren?«, fragte Alexis. »Könnte das alles nur Zufall sein?«

»Klar. Er könnte ein weiterer Russe sein, der durch die Staaten wandert und jemand zum Flachlegen sucht. Aber das glaube ich nicht. Und die Tatsache, dass er nicht mehr in sein Motelzimmer zurückgekommen ist, nachdem ihr dort aufgetaucht seid, spricht nicht gerade für ihn.«

»Vielleicht will er länger bleiben, als sein Visum erlaubt. Er will in den Staaten leben. Als er uns sah, hat er durchgedreht.«

»Du willst nicht, dass es stimmt.«

»Nein. Das tu ich nicht. Ich meine …« Alexis zögerte. Sie schien sich zusammenzunehmen, während sie Garrett die ganze Zeit beobachtete. Das Misstrauen in ihren Augen war verschwunden. Garrett spürte, dass sie irgendeine Art Linie in ihrem Kopf überschritten hatte: Sie glaubte ihm, sie war auf seiner Seite. »Was hat er vor, Garrett? Wenn du eine Ahnung hast, musst du es mir sagen.«

Garrett dachte einen Moment darüber nach, bevor er sagte: »Ich möchte, dass du jemanden kennenlernst.«

Sie fuhr mit ihm durch den Holland Tunnel nach Manhattan hinein und hoffte, dass in der nächtlichen Dunkelheit und bei geschlossenen Fenstern niemand Garretts Gesicht erkennen würde. Sie fanden einen Parkplatz auf der Columbus Avenue in der Nähe der 94th Street und gingen zu Fuß zu einem kleinen

Stadthaus unmittelbar im Westen des Central Park. Garrett drückte auf die Türklingel, und nach etwa einer Minute ging die Tür auf, und eine gebrechlich aussehende Frau von Mitte siebzig erschien. Sie trug ein hellblaues wattiertes Nachthemd und eine Lesebrille auf dem Nasenrücken. Sie war winzig, deutlich weniger als ein Meter fünfzig groß, aber Alexis hatte sofort den Eindruck, dass diese Frau mal eine Naturgewalt gewesen war. Vielleicht war sie immer noch eine.

»Hallo, Garrett.« Sie lächelte warmherzig.

»Professor Wolinski.« Garretts Stimme hatte einen respektvollen und bescheidenen Tonfall, den Alexis sich nicht erinnern konnte schon mal gehört zu haben. »Es tut mir leid, dass ich so spät hier aufkreuze.«

»Ich habe Ihr Foto in den Nachrichten gesehen.« Die Frau hatte einen starken osteuropäischen Akzent. Polnisch, entschied Alexis. »Und auf den Märkten bricht die Hölle aus.«

»Das ist nicht meine Schuld«, sagte er.

Sie schaute ihn lange und streng mit ihren harten Augen an, bevor sie nickte und die Tür weit aufmachte. »Natürlich nicht. Aber Sie stehen trotzdem besser nicht auf der Straße herum.«

Sie führte die beiden in ein dunkles Wohnzimmer, ließ die Jalousien herunter und schaltete eine Lampe ein. An den Wänden standen Regale mit Tausenden von Büchern, Lehrwerke und Romane in einer Vielzahl von Sprachen, vom Boden bis zur Decke, so wie Alexis sich einen literarischen Salon im Paris der vorletzten Jahrhundertwende vorstellte.

»Professor Wolinski, das hier ist Alexis Truffant. Sie ist Captain in der US-Army. Und ein Mitglied des Teams, für das ich gearbeitet habe.«

»Ach ja, das Projekt Aszendent.« Wolinski musterte Alexis von oben bis unten. »Avery Bernstein hat mir alles darüber erzählt. Geheimnisse und Spione und das Militär. Aus dem

126

Grund eine dreiste Frage, wenn Sie nichts dagegen haben: Haben Ihre Leute Avery umgebracht?«

Alexis blinzelte überrascht. »Nein, Ma'am, wir hatten absolut nichts damit zu tun. Es war eine Tragödie.«

»Das war es«, sagte Wolinski langsam. »Ich habe Avery sehr geliebt.«

Garrett trat zwischen sie. »Alexis, das hier ist Professor Agata Meyer-Wolinski, Dekanin der Wirtschaftswissenschaftlichen Fakultät der Columbia University. Hat den maßgeblichen multidimensionalen Skalierungsalgorithmus für Wechselkursschwankungen geschrieben. Ist in der engeren Wahl für den Wirtschafts-Nobelpreis. Hat ihn noch nicht bekommen. Bis jetzt.«

Wolinski lächelte schief. »Ach, Schmeichelei. Sie wissen, dass Sie Averys liebster Schüler waren« – Alexis sah Garrett lächeln – »und sein am wenigsten lieber Angestellter.«

Alexis lachte. Obwohl Wolinski sie herausgefordert hatte, mochte Alexis sie. Wolinski vertrat klare Positionen, hatte aber auch Mitgefühl. Sie war gerissen und stellte Autoritäten infrage. Alexis konnte verstehen, warum eine Verbundenheit zwischen Wolinski und Garrett bestand.

Wolinski setzte sich in einen dunkelroten Sessel. »Aber das ist nicht der Grund, warum Sie hier sind. Mit einer Vertreterin des US-Militärs. Und dem FBI auf den Fersen. Was kann eine alte Frau für Sie tun, Mr Reilly?«

Garrett ließ den Blick durch den Raum schweifen, als machte er sich Gedanken darüber, was genau er von Wolinski wollte. »Wir haben globale Ereignisse verfolgt. Es hat Verbindungen gegeben. Ein bisschen dürftig, aber ...« Er stotterte einen Augenblick lang, riss sich zusammen und begann von vorn. »Könnte ein entschlossener Terrorist das amerikanische Finanzsystem zur Explosion bringen?«

Wolinski schien von der Frage nicht überrascht zu sein. Sie stieß ein leises Grunzen aus, eher neugierig als besorgt, bevor sie den Kopf einige Male hin und her bewegte, als ziehe sie die Idee in Betracht. Sie wandte sich an Garrett. »Würden Sie mir ein Glas Wein holen? Auf meiner Küchentheke steht eine Flasche Rotwein.«

Garrett nickte und verließ das Wohnzimmer. Wolinski polierte ihre Brille, setzte sie sich wieder auf die Nase und musterte Alexis. »Sind Sie ein Paar?«

»Nein, Ma'am.«

»Aber Sie waren mal eines«, sagte Wolinski, ohne zu zögern.

Alexis antwortete nicht. Sie beobachtete Wolinski, die im Dunkeln saß.

»Er ist ein guter Junge.« Die Professorin biss sich sanft auf die Unterlippe. »Aber er ist mit Sicherheit gefährlich. Er hat eine Fülle von Fehlern. Das könnte eine Beziehung erschweren, nehme ich an.«

Alexis wollte schon sagen »Ohne Scheiß«, ließ es dann aber bleiben.

Garrett kehrte mit einem Glas Rotwein zurück und gab es Wolinski.

»Danke.« Sie nippte an dem Wein. »Bitte, nehmen Sie Platz.«

Alexis und Garrett setzten sich auf die Couch der Professorin gegenüber.

»Dieser Terrorismus. Wird er jetzt kommen?«, fragte Wolinski.

»Ich glaube schon«, sagte Garrett.

»Wissen Sie, warum?«

»Nein.«

»Es wäre hilfreich zu wissen, warum.«

»Wir würden Vermutungen anstellen.«

Wolinski dachte darüber nach und nickte langsam. Alexis

konnte sehen, wie die Augen der alten Frau in der Dunkelheit von einem Punkt zum andern wanderten, als nähme sie die intellektuelle Herausforderung der Frage an.

»Wir müssen wissen, ob die Bedrohung real ist, Professor«, sagte Alexis. »Könnte es Ihrer Meinung nach tatsächlich dazu kommen?«

Wolinski richtete sich in ihrem Sessel auf und schaute Alexis an, fixierte sie mit ihrem Blick.

»2005 gab es zwei Milliarden angeschlossene Geräte«, begann Wolinski in einem langsamen, gleichmäßigen Tonfall, als spräche sie zu einem Raum voller Studenten. »2010 hatte sich diese Zahl verdreifacht. Im nächsten Jahr wird es sechzehn Milliarden angeschlossene Geräte auf der Welt geben. Wir erzeugen jeden Tag zwei Komma fünf Trillionen Datenbytes. Das sind Informationen, die in Millisekunden um die Welt geschickt werden. Das ist eine gute Sache. Ein Segen. Es steht für Offenheit und Wahrheit. Es steht für ein Wachstum an globalem Wissen und globaler Bildung. Als ich ein junges Mädchen in Warschau war, galt ein Nachbar, der eine Bibliothek von hundert Büchern hatte, als wohlhabend und gebildet. Heute speichert meine Enkelin tausend Bücher auf ihrem Handy. Für eine alte Frau wie mich ist das ein Wunder. Für meine Enkelin ist es normal.«

Alexis lächelte, schwieg aber. Wolinski strahlte eine Sicherheit, eine Klarheit aus. Sie schien zu wissen, nicht zu vermuten.

»Garretts Mentor Avery Bernstein machte sein Vermögen durch den Handel mit Daten. Er benutzte diese Daten, um Aktien und Obligationen zu seinem Vorteil – und dem seiner Kunden – zu kaufen und zu verkaufen. Informationen kamen in Sekundenbruchteilen zu ihm, und er gab sie Augenblicke später weiter. In den Sekunden dazwischen kaufte er billig und verkaufte teuer. Für Avery ein weiterer Segen. Aber er erkannte, was passiert, wenn diese Information gefährlich wird. Wenn ein Tröpfeln von Informationen zu einer wirklichen oder eingebildeten Datenflut anschwillt und unsere Fähigkeit überwältigt, Wahrheit von Fiktion zu unterscheiden. Das ist ein reales Phänomen.«

»Aufblähung von Vermögenswerten. Blitz-Crashs. Panikmache«, sagte Alexis.

»Genau.«

Alexis schaute zu Garrett hinüber, der ihren Blick erwiderte. Sie begriff, dass er ihre Reaktion hatte abschätzen wollen. Sie nahm an, dass Garrett genau wusste, was Wolinski sagen würde, und dass die gesamte Unterredung für Alexis inszeniert war.

»Wegen der wechselseitigen Vernetzung können sich finanzielle Turbulenzen innerhalb von Sekunden über den ganzen Erdball verbreiten«, fuhr Wolinski fort. »Und jedes Finanzinstitut ist auf die eine oder andere Weise mit jedem anderen Institut verbunden. Banken handeln mit Banken, die mit Hedgefonds handeln, die Versicherungspolicen gegen diese Banken abschließen, die auf Verbindlichkeit von Unternehmen setzen, die ihrerseits ihr Geld bei jener ersten Reihe von Banken unterbringen. Und sie alle gewähren sich gegenseitig Kreditlinien. Die Vorstandsvorsitzenden von all diesen Organisationen glauben, dass sie die Risiken eines finanziellen Zusammenbruchs schlau auf verschiedene Unternehmen verteilen und damit ihre eigene Anfälligkeit in Grenzen halten. Wenn ich ein kleines bisschen Risiko an viele Parteien verkaufe, dann lasse ich das Gesamtrisiko für die nationale oder globale Wirtschaft schrumpfen.«

»Aber Sie glauben, das Gegenteil ist richtig«, sagte Alexis.

Wolinski nickte. »Was wäre, wenn man durch die Verbreitung kleiner Stückchen Risiko im ganzen System in Wirklichkeit die Wahrscheinlichkeit einer totalen ökonomischen

Katastrophe erhöht? Was wäre, wenn Risiko nicht wie ein Flächenbrand funktioniert, wo Eindämmung das Entscheidende ist und kleine Feuer tatsächlich für das Ökosystem des Waldes segensreich sind, sondern eher wie eine Grippe? Wie ein Virus? Wo selbst die kleinste Anfälligkeit den gesamten Wirtskörper krank macht. Und möglicherweise umbringt.

Die Weltwirtschaft ist im Augenblick nicht gesund. Die Staatsverschuldung ist hoch. Das Engagement der Banken in exotischen Investitionsinstrumenten ist undurchsichtig, und ihre Kapitalanforderungen sind zu niedrig. Und innere Unruhen nehmen auf dem gesamten Planeten zu. Das weltweite System ist auf einen wirklichen Schock nicht vorbereitet. Ein kleiner Virus, eine normale Grippe können einen Patienten mit einem geschwächten Immunsystem töten. Meiner Ansicht nach ist unser System ernsthaft geschwächt.

Im modernen Wirtschaftssystem basiert augenblicklich so vieles auf Echtzeit-Ereignissen. Bedarfsorientierte Herstellung in Fabriken und Produktionsanlagen macht erforderlich, dass es zu keiner zeitlichen Verzögerung zwischen der Ankunft der Rohmaterialien und ihrer Montage in Endprodukte kommt. Aber dieses Fehlen von Verzögerungszeit erfordert Bargeld – oder im Fall großer Unternehmen: Kredite. Und Kredite erfordern gesunde Banken und ein Kreditsystem, das hervorragend funktioniert. Leicht zu erhaltender Kredit, schnell zu erhaltender Kredit. Supermärkte brauchen das auch, weil sie ihre landwirtschaftlichen Erzeugnisse, auch das Fleisch, exakt dann bekommen, wenn sie diese benötigen, und keinen Moment früher. Sie sind ebenfalls auf den schnellen Kreditfluss angewiesen.

Wenn es keinen Kredit mehr gibt, gibt es keine Arbeit mehr. Keine Produktion. Kein Essen. Und wie ein britischer Parlamentsabgeordneter einmal richtig gesagt hat: ›Jede Stadt auf dem Planeten ist knapp neun Mahlzeiten von der Anarchie entfernt.‹ Wenn wir eine Mahlzeit versäumen, werden wir gereizt. Nach zwei sind wir hungrig. Aber neun?«

Garrett ergriff das Wort und setzte Wolinskis Schilderung fort. »Wenn eine große Bank, eine richtig große Bank, den Bach runtergeht, wegen was auch immer – uneinbringliche Forderungen, Ausfallrisiko uneinbringlicher Forderungen, Verluste oder Inkompetenz –, dann würden sich die Investoren in Sicherheit bringen. Aber weil alle großen Banken so eng miteinander verknüpft sind, würde die Flucht weg von einer Bank das Gegenteil bewirken.«

»Garrett hat recht«, sagte Wolinski. »Statt diejenigen zu schützen, die vor dem Risiko fliehen, würden sie von dem Risiko wieder eingeholt werden. Wir sind alle zusammen in einem riesigen Theater. Wenn jemand ›Feuer‹ schreit, kann man sich nicht in Sicherheit bringen, indem man wegläuft. Indem man wegläuft, verbreitet man das Feuer im Rest der Welt.«

Ein kalter Schauer lief Alexis über den Rücken. Sie bemerkte, dass sie den Atem angehalten hatte, und atmete aus. »Und wenn es dazu käme?«

»Versorgungsketten würden zusammenbrechen. Kredite würden gesperrt, Unternehmen können ihre Angestellten nicht bezahlen. Nahrungsmittel und Wasser würden nicht geliefert. Strom und Gas würden abgestellt. Das Transportwesen käme zum Stillstand. Geldautomaten würden sich leeren. Man wäre auf das Geld beschränkt, das man zur Verfügung hat. Eine Kettenreaktion von Störungen und Defekten, die sich innerhalb von Tagen durch das ganze Land – oder um den Globus – ziehen könnte. In manchen Fällen innerhalb von Stunden. Denken Sie darüber nach, Ms Truffant. Kein Strom, kein Licht, kein Geld, kein Essen in Läden, kein Wasser aus Ihrer Leitung. Der ganze Betrieb kommt abrupt und knirschend zum Stehen.«

Wolinski machte eine kurze Pause. Alexis konnte eine Uhr im Flur ticken hören. Wolinski nahm einen letzten Schluck von ihrem Wein, und das Glas war leer.

»Sie möchten das vielleicht nicht hören, Ms Truffant, aber wir leben in einem ökonomischen Kartenhaus. Die Dollar, die Sie in Ihrem Portemonnaie haben, haben natürlich einen Wert, aber sie behalten diesen Wert nur so lange, wie Sie daran glauben. So lange wie jeder, der diese Dollar benutzt, an diese Währung glaubt. In dem Augenblick, wenn Sie das Vertrauen in Ihr Geld verlieren, dann ist es nur noch ein Stück Papier, nichts weiter.«

Alexis' Mund wurde trocken. Sie wollte einen Schluck vom Rotwein der Professorin. Nein, sie wollte die ganze Flasche.

»Es wäre nicht einfach«, sagte Wolinski. »Und es würde große Gerissenheit erfordern. Aber die Antwort lautet: Ja, ein ökonomischer Terrorist könnte die Weltwirtschaft zerstören. Er könnte uns alle in die Zeit der Tauschgeschäfte mit Naturalien zurückversetzen. Zurück ins Mittelalter.«

Alexis saß auf dem Fahrersitz des Mietwagens, als sie auf der Columbus Avenue nach Süden fuhren, und Garrett saß neben ihr. Sie starrte durch die Windschutzscheibe, während die City von einer düsteren, trüben Dunkelheit eingehüllt wurde. Sie versuchte, sich vorzustellen, was Professor Wolinski beschrieben hatte.

Supermärkte verschlossen. Kein elektrisches Licht. Kein fließendes Wasser. Der rasante Abstieg der Stadt ins Chaos. Die Menschen würden durch die Straßen marschieren. Oder schlimmer, die Straßen aufreißen. Sich gegenseitig auseinanderreißen. War diese Regierung – oder irgendeine Regierung – darauf vorbereitet, mit so etwas fertigzuwerden? Es wäre so ähnlich wie der Hurrikan Katrina, aber im großen

Stil. Der Lack der Zivilisation schien auf einmal nicht mehr als das zu sein – ein Anstrich, eine dünne Schicht von Regeln und gesellschaftlichen Nettigkeiten, die unsere niedrigeren Motive in Schach hielten. Aber konnte es wirklich so leicht sein, alles über den Rand des Abgrunds zu schieben?

Vielleicht war es ja schon so weit. Vielleicht war es zu spät.

»Ich werde dir alles besorgen, was du brauchst«, sagte Alexis, während die nächtliche City an ihrem Fenster vorbeirauschte.

»Das Aszendent-Team. Wir werden sie brauchen.«

»Das kann ermöglicht werden.«

»Was ist mit Kline? Wie wirst du es ihm erklären?«

»Ich hab ihm gesagt, ich würde nach der Ursache für Meldefehler bei der Zusammenführung nachrichtendienstlicher Erkenntnisse suchen. Als Grund für meinen Flug nach Miami. Und hierher. Ich habe mir einen Tag gekauft. Vielleicht zwei.«

»Und danach?«

Alexis fuhr einen Moment lang schweigend weiter. »Vielleicht muss ich ihn umgehen.«

Alexis konnte spüren, wie Garrett den Blick auf sie richtete, und sie konnte nur vermuten, dass Erstaunen darin lag. Wollte sie sich wirklich aus diesem bestimmten Fenster lehnen, auf eine Information hin, die zumindest im Augenblick auf Mutmaßungen beruhte? Ihren Boss täuschen und riskieren, entlassen zu werden, oder Schlimmeres?

Alexis konnte kaum glauben, dass die Worte aus ihrem Mund gekommen waren, aber das waren sie. Sie schaute zu Garrett auf dem Beifahrersitz hinüber. »Und?«

»Ich bin dabei.« Garretts Mund verzog sich zu einem schiefen Lächeln. »Soll die Jagd beginnen.«

TEIL 2

16

MINSK, WEISSRUSSLAND, 17. JUNI, 10:51 UHR (UTC +3)

Gennady Basanow sog schnuppernd die dicke Morgenluft ein. Rauchfahnen trieben über die Swyardlowa-Straße
im Zentrum von Minsk, und der Geruch von brennenden
Autoreifen mischte sich mit dem Gestank von altem Abfall.
Basanow konnte sogar einen Hauch von Schießpulver ausmachen. Das waren die Gerüche des Ungehorsams, und Basanow
kannte sie gut. Er kannte sie aus Kasachstan, aus Moldawien,
aus Ossetien im Norden von Georgien und in jüngster Zeit aus
der Ukraine; Ländern voller ruheloser Bürger, die glaubten,
sie wollten Demokratie, zügellosen Kapitalismus und Freiheit.
Aber sie irrten sich; was sie wollten, war eine Illusion, ein vo-
rübergehender Wahnsinn, und Basanows Aufgabe bestand
darin, dafür zu sorgen, dass sie das einsahen.

Nagi Uljanin, ein junger weißrussischer Staatssicherheitsoffizier, joggte an Basanows Seite, während dieser nach Norden
in Richtung Unabhängigkeitsplatz ging.

»*My ih skoro perevezem, polkovnik*«, sagte Uljanin nervös auf
Russisch, was ein Zeichen des Respekts vor Basanows Auto-
rität war. Uljanin würde es nicht wagen, seinem Vorgesetzten
gegenüber die weißrussische Sprache zu benutzen. *Wir werden
ihnen bald Beine machen, Oberst.*

»*Vozmozhno*«, antwortete Basanow. *Vielleicht.* Vielleicht
auch nicht, dachte Basanow bei sich. Vielleicht wird bald alles
am Arsch sein. Weil das der Lauf der Welt ist.

Basanow sah, wie der Staatssicherheitsoffizier unwillkürlich schauderte. Er hatte Angst vor Basanow, und so gefiel es Basanow auch. Die Leute sollten ihn fürchten. Sie sollten die Folgen des Ungehorsams fürchten. Sogar mit fünfzig Jahren gab Basanow eine bedrohliche Figur ab: Er war massig und muskulös wie der Weltergewichtsboxer, der er mal gewesen war, und er achtete darauf, dass sein Kopf glatt rasiert und seine dunklen Anzüge perfekt gebügelt waren. Basanow war ein Mann, der Probleme löste, ein Oberst der Hauptabteilung S des SWR, des russischen Auslandsnachrichtendienstes, der Nachfolgeorganisation des gefürchteten KGB. Er zog von einem Land zum andern, immer in der alten Einflusssphäre der Sowjetunion, und sorgte dafür, dass die Leute, die in diesen Ländern das Sagen hatten, die richtigen Entscheidungen trafen: Dass sie Mütterchen Russland und dem SWR gegenüber loyal blieben und dass ihre Wahlen – wenn man sie Wahlen nennen konnte – nach Plan verliefen.

Und in letzter Zeit war er ein viel beschäftigter Mann geworden. Zu viel beschäftigt. Aus Basanows Perspektive war die Welt inzwischen völlig am Arsch. Völlig. Am. Arsch.

Uljanin warf einen Blick auf seine Uhr und schaute zurück, den breiten Boulevard hinunter. Die Straßen waren leer, und die Geschäfte waren alle geschlossen, viele mit Brettern vernagelt, bei einigen waren die Fenster eingeschlagen und die Markisen verbrannt. Die Gewalttätigkeit in Weißrussland war verheerend gewesen. Minsk hatte dichtgemacht. Die Wirtschaft des Landes war zum Stillstand gekommen und befand sich am Rande des Ruins.

Wie war es dazu gekommen? Einfach, nach Basanows Denkweise. Ein Teil der Bevölkerung Weißrusslands – Träumer und Schurken, würde Basanow sagen – hatte bei den landesweiten Wahlen vor zwei Monaten für den Kandidaten der Opposition gestimmt. Siebenundvierzig Prozent, genug, um eine Stichwahl zu erzwingen. Der Kandidat der Opposition war eine Kandidatin, jung und hübsch, aber völlig unvorbereitet auf die Führung eines Landes und mit einer politischen Plattform unterwegs, die Beziehungen zur Europäischen Union, zur Nato und zu den Vereinigten Staaten anstrebte.

Aber glaubte sie tatsächlich, Russland würde zulassen, dass es dazu kam? Nach der Ukraine? Nach der Krim? War die Opposition derart naiv? Weißrussland mochte ja ein unabhängiges Land sein, aber es lag direkt zwischen Moskau und den historischen Feindstaaten Europas. Über alle Zeiten hinweg waren Armeen durch diese Waldprovinz von einem Land marschiert, um Russland mit Schwertern und Bajonetten, mit Panzern und Raketen anzugreifen. Das würde diesmal nicht passieren. Auf gar keinen Fall.

Und deshalb war dieses belanglose Drecksloch in einen Bürgerkrieg explodiert. Ein Bürgerkrieg, angestoßen von Russland und insbesondere Basanow, der das Land entzweiriss: separatistische Milizen im Osten, umherziehende Banden von prorussischen Gangstern in Minsk, zwei Divisionen russischer Bodentruppen unmittelbar jenseits der Grenze, die nur darauf warteten, nach Weißrussland hineinzurollen. Das war's, was sie verdient hatten. Erntet, was ihr sät.

»Wir beginnen in fünf Minuten mit der Operation«, sagte Uljanin. »Die motorisierten Panzer sollten hier sein. Die verabredete Zeit ist gekommen.«

»Und trotzdem sind sie nicht hier«, erwiderte Basanow. »Wie ungewöhnlich.«

Uljanin bekam den Sarkasmus mit und versuchte, sich zu einem schwachen Lächeln zu zwingen. »Sie werden nicht unzufrieden sein, Oberst Basanow. Wir werden uns rehabilitieren.«

Basanow stieß ein leises Grunzen aus und setzte seinen Weg

zum Unabhängigkeitsplatz fort. Der weißrussische Staatssicherheitsdienst hatte eine Menge wiedergutzumachen. Warum sie die landesweite Wahl hatten unzensiert ablaufen lassen, war jenseits von Basanows Vorstellungskraft. Wie hatten sie die Anzeichen eines Wählerputschs und die Unzufriedenheit in der Bevölkerung übersehen können? Das würde in Russland niemals passieren. Der FSB – der Inlandsgeheimdienst der Russischen Föderation – würde es nicht zulassen. Basanow selbst würde es nicht erlauben. Er hätte Funktionäre eingeschüchtert, Oppositionskandidaten verhaftet, Fernsehsender geschlossen und Mobilfunkmasten in die Luft gejagt. Und falls das nicht funktionierte, hätte er prorussische Separatisten angekarrt und sie auf die lokalen Wähler losgelassen. Das hatte auf der Krim Wunder gewirkt, und es würde auch in Weißrussland Wunder wirken.

»Ich höre LKWs«, sagte Basanow, als er die Swyardlowa-Straße überquerte. Das würden die OMON GAZ Tigr sein, das bevorzugte Panzerfahrzeug der weißrussischen Bereitschaftspolizei, graublau gespritzt und mit Tränengaskanonen ausgestattet.

»Ja, ja.« Uljanin nickte beflissen. »Sie sehen, wir sind nicht zu spät.«

»Vor zwei Monaten waren Sie zu spät«, sagte Basanow. »Und Sie sind es immer noch.«

Basanow dachte an den elenden Morgen im April zurück, als er von dem klingelnden Telefon in seiner Moskauer Wohnung geweckt wurde, von Arkady, der aus dem Kreml anrief: »Gennady, mach den beschissenen Fernseher an. Weißt du, was in Weißrussland passiert ist? Lukaschenka hat die beschissene Wahl mit sechs Punkten Unterschied verloren. Wie ist das möglich? Kümmert sich denn niemand um den gottverdammten Laden?« Und dann die endlosen Besprechungen im Jassenewo, der Zentrale des SWR, das Händeringen, die Schuldzuweisungen. Schließlich landete die Verantwortung für das Aufwischen bei Basanow, wie immer. Was okay war. Er war ein Mann, der Probleme löste, und er würde auch dieses erledigen.

Doch die Wahrheit sah so aus, dass alles, was heute hier passierte, ein Ablenkungsmanöver war, Rückzugsschwachsinn, dazu gedacht, die Blutung zu stoppen. Die gesamte Region war dabei zusammenzubrechen, ein Land nach dem anderen. Der Kreml konnte alle Panzer und Soldaten mobilisieren, die er hatte, und so lange, wie er es sich leisten konnte, aber Basanow wusste, dass das, was hier wirklich angesagt war, etwas viel Größeres war. Eine Aktion, mit der die Welt geändert werden konnte, nicht nur Weißrussland.

»Die Stichwahl ist in zwei Wochen, Oberst«, sagte Uljanin. Uljanin war ein Schleimer, und ein unfähiger noch dazu: Niemand sprach einen SWR-Agenten im Außendienst, wo jeder ihn hören konnte, der zufällig vorbeikam, mit seinem Dienstgrad an. »Die heutige Operation wird den Strolchen von der Opposition in Minsk das Rückgrat brechen. Der westliche Teil des Landes wird darauf reagieren – dort werden sie zittern vor Angst. Sie werden nicht wissen, wie sie wählen sollen. Und der Osten wird sich auf die Seite Moskaus stellen. Die Kombination wird überwältigend sein. Die Stichwahl wird Lukaschenka wieder vorn sehen. Es wird so ausgehen, wie Sie es sich wünschen.«

»Und wenn es nicht dazu kommt? Was dann? Werden Sie Ihren Rücktritt einreichen? Oder, was besser wäre, mir Ihren Kopf auf einem Tablett servieren? Kann ich Sie in den Wald außerhalb von Orscha abführen und dort erschießen lassen?«

Uljanin wurde blass und lachte unbehaglich.

»Ach, Sie glauben, wir machen das nicht mehr«, knurrte Basanow. »Führen Sie mich nicht in Versuchung.«

Er zündete sich eine Zigarette an und dachte darüber nach, wie sein Leben aussah: hierher und dorthin rennen, nach Chiçinău, Donezk, Minsk, und versuchen, all diese egozentrischen Kinder im Zaum zu halten, die alle ihre Freiheit forderten. Wenn man wirklich jeden Menschen genau das tun ließe, was ihm oder ihr gefällt, dann würde das Chaos herrschen, dann hätte man einen Globus voll mit schreienden Schulkindern am Hals, ohne Disziplin und Gesetz. Allein beim Gedanken daran drehte sich Basanow der Magen um.

Er verlangsamte seine Schritte, als sie an der Kirawa-Straße ankamen. Zwei Querstraßen weiter, vor dem Foyer des mittlerweile geschlossenen Crowne Plaza Hotels, bildete ein Wall aus umgekippten Autos und Stacheldraht die Barrikade der oppositionellen Banditen. Rauch stieg hinter der gezackten Mauer aus aufgerissenem Beton auf. Die Barrikaden waren hauptsächlich von Studenten, durchmischt mit arbeitslosen Hooligans, besetzt. Wenn sie keinen Ärger bei Fußballspielen machen konnten, reichte es zur Not dafür, auf der Straße zu marschieren.

Auf der Swyardlowa-Straße waren hinter Basanow die Einsatzwagen der Bereitschaftspolizei erschienen, die mit ihren schwarzen Kühlergrills aus Schmiedeeisen wirklich einen mittelalterlichen Eindruck machten. Aber das war auch der Sinn, oder? Basanow nickte zustimmend: Vielleicht würde der heutige Tag noch eine bessere Wendung nehmen, als er gedacht hatte.

»Treten Sie zurück, Oberst«, jammerte Uljanin. »Ich möchte nicht, dass Sie überfahren werden.«

»Doch, möchten Sie. Sie wünschen sich, dass ich überfahren werde. Dann wäre Ihr Albtraum vielleicht vorüber. Und hören

Sie auf, mich Oberst zu nennen, wo jeder Sie hören kann, Sie Idiot.«

Uljanin ließ den Kopf hängen und trat zurück auf den Bürgersteig, um die Einsatzwagen vorbeifahren zu lassen. Basanow sah die weißrussischen Soldaten in den Geschütztürmen auf den Dächern der Fahrzeuge hocken. Er wünschte ihnen Mut. Was er ihnen eigentlich wünschte, war eine wilde Bösartigkeit. Eine Bereitschaft, für die Sache zu sterben. Falls sie Russen gewesen wären, hätte er keinen Grund zur Sorge gehabt. Russische Sicherheitspolizisten waren wie Hunde – gezüchtet, bösartig zu sein bis in den Tod. Wenigstens die Nüchternen waren es auch.

Die Soldaten feuerten alle ihre Tränengaskanonen gleichzeitig ab, und Basanow beobachtete, wie Kondensstreifen aus weißem Rauch Bogen über die Kirawa-Straße bis zu den Barrikaden zogen. Uljanin reichte ihm ein mit Wasser getränktes Halstuch. »Gegen das Tränengas, für Ihr Gesicht.« Aber Basanow winkte ab. Er hatte im letzten Jahr mehr Tränengas in der Lunge gehabt, als der milchgesichtige Uljanin in seinem ganzen Leben an Sauerstoff eingeatmet hatte.

Eine Reihe weißrussischer Sondereinsatzkräfte lief im Sturmschritt die Straße hinter den Tigr-Panzerwagen her. Sie trugen schwarze Schlagstöcke und Milkor-Stopper-Polizeiflinten für Gummiwuchtgeschosse. Das erkannte Basanow sofort als Fehler. Im letzten Monat waren die Geschehnisse viel zu sehr ausgeartet, als dass man noch mit Gummigeschossen auf oppositionelle Straßenbanden hätte schießen können. Blei war es, was hier zum Einsatz kommen musste, weniger würde seinen Zweck nicht erfüllen: Blei in überwältigender Menge, das Herzen durchbohrte und Schädel zerschmetterte.

Dann, wie um diese Ansicht zu bestätigen, erklangen hinter der Barrikade Gewehrschüsse. Selbst zwei Häuserblocks entfernt konnte Basanow durch die Rauchfahnen des Tränengases das rote Mündungsfeuer von AK-47ern hinter der Barriere aus Autos und Beton erkennen. Geschosse durchzuckten die Luft um Basanow und Uljanin herum, schlugen in das Haus hinter ihnen ein, bliesen Fenster aus dem Rahmen und schlugen Pockennarben in die Fassade. Basanow spuckte seine Zigarette aus, ergriff Uljanins Hand und zerrte ihn hinter sich her in Sicherheit. Kein feuchtes Halstuch würde ihnen jetzt noch das Leben retten.

»Sie haben Gewehre!«, kreischte Uljanin, diesmal auf Weißrussisch, weil seine Panik ihn offensichtlich übermannte. Basanow verstand die weißrussische Sprache. Sie war mit dem Russischen verwandt, hatte dasselbe Alphabet, die gleichen Wörter, eine leicht verschiedene Aussprache. Zum Teufel, Weißrussland war im Wesentlichen das gleiche Land wie Russland, weshalb dieser Aufstand ein noch größerer Verrat war.

»Ja«, schrie Basanow zurück, »und Ihre Leute sollten besser auch Gewehre haben.«

»Natürlich, natürlich.« Uljanin war jetzt auf Händen und Knien unterwegs und kroch hinter ein geparktes Auto, während die Geschosse um sie herum in den Asphalt schlugen. Seine zittrige Stimme verriet seinen Mangel an Selbstvertrauen. Die Sicherheitspolizisten hatten keine Gewehre, und Basanow wusste es. Das hier war ein weiterer Fehlschlag.

»Wir brauchen Verstärkung«, sagte Basanow, der neben Uljanin hinter einem schwarzen BMW jüngeren Baujahrs kauerte. »Rufen Sie an und sagen Sie ihnen, die Zahl der Männer und die Feuerkraft muss verdoppelt werden. Und sagen Sie ihnen, sie sollen sich beeilen. Machen Sie den Anruf. Jetzt!«

Uljanin fummelte an seinem Handy herum. Basanow funkelte ihn wütend an und sprintete dann über die Straße, um einen besseren Blick auf die Kampfhandlungen zu bekommen.

Während Kugeln an seinem Kopf vorbeizischten, drückte er sich gegen die Tür einer verschlossenen Bäckerei. Schüsse ertönten mittlerweile von beiden Seiten, und Basanow hoffte, dass die OMON-Polizei zielsicher war. Aber ihm wurde das Herz schwer, als er das erste der Tigr-Einsatzfahrzeuge zurückfahren sah, weg von den Barrikaden. Ein Soldat, der die Tränengaskanone bedient hatte, war zusammengesackt, sein lebloser Körper lag mit ausgestreckten Armen auf dem schiefergrauen Wagendach aus Stahl.

»*Blyad*«, fluchte Basanow vor sich hin, als er nach seinem Handy griff. Es war Zeit, dass er selbst anrief und in Moskau Meldung machte. Der Tag hatte sich zu einer weiteren Katastrophe entwickelt, ganz wie er es vorhergesagt hatte. Bis zur Stichwahl waren es noch knapp zwei Wochen. Dreizehn Tage beim nächsten Morgengrauen. Er wusste, dass er darüber verärgerter sein sollte, frustriert angesichts der Unfähigkeit der weißrussischen Sicherheitskräfte, aber er stellte fest, dass er sich nicht in die notwendige Stimmung hineinsteigern konnte.

Im Kreml würden sie toben, die Panzer an der Grenze würden die Motoren aufheulen lassen, aber in Wahrheit begriff er trotz all seiner Beteuerungen des Gegenteils, dass die Bürger Weißrusslands recht damit hatten, sich gegen ihren Diktator mit seiner eisernen Faust zu erheben. Sie hatten recht damit, Demokratie zu fordern und all die Freiheiten, die sie versprach. Sie hatten recht, weil sie vom Westen mit einem ständigen Strom von Illusionen versorgt wurden. Illusionen vom Wohlstand und dem guten Leben. Den ganzen Tag und die ganze Nacht sahen sie im Fernsehen, in Zeitschriften und in Filmen die Dollars und Porsches und die vollbusigen Frauen. Ihnen wurde erzählt, sie könnten all diese Dinge haben, wenn sie dem Westen nacheiferten, wenn sie wie die hypnotisierten Narren von Paris und London und New York wären. Konsumenten, Lemminge, stumpfsinnige Klumpen aus Habsucht und Gier. Die Bürger Weißrusslands waren wie Motten vor einer Flamme. Sie konnten nicht aus ihrer Haut. Sie wollten die Dinge haben, die man ihnen vorgaukelte. Wer konnte da widerstehen?

Nein, dachte Basanow, als die Tigr-Einsatzwagen mit voller Fahrt zurück durch die Swyardlowa-Straße in Sicherheit fuhren, verjagt von einem Kugelhagel aus Schnellfeuergewehren, er würde die Motten nicht bestrafen. Was hatte das für einen Sinn? Stattdessen musste man an die Quelle des Problems gehen. Und alles war an Ort und Stelle, um genau das zu tun. Der Prozess hatte schon begonnen.

Was er jetzt tun würde? Er würde die Flamme löschen.

17

OAKLAND, KALIFORNIEN, 17. JUNI, 8:15 UHR

Was Bingo Clemens am meisten zu schaffen machte, war, dass er es tun wollte. Ganz gleich, wie sehr er dagegen protestierte, ganz gleich, wie sehr er sich über die Arbeit beklagte, die Überstunden, die dunklen, beengten Zimmer und die Gefahren für seine Gesundheit – Bingo wollte wieder dabei sein. Er wollte wieder ein Teil des Aszendent-Teams sein. Und das war einfach zu viel für ihn.

Der Anruf war um halb acht Uhr am Morgen gekommen, seine Mutter schrie nach oben, weil seine Tür geschlossen war: »Bingo, da ist ein Mann am Telefon für dich. Aus New York City. Er sagt, es ist wichtig. Top secret. Er will mir nicht sagen, wie er heißt.«

Bingo gefror das Blut in den Adern. Nur ein Mensch konnte aus New York City in einer Sache anrufen, die top secret war.

Garrett Reilly.

Er wollte Bingos Hilfe. Er wollte, dass Bingo sein Zimmer verließ, und Bingo hatte seit neun Monaten sein Zimmer nicht verlassen. Nicht, seitdem er Garrett Reilly das letzte Mal geholfen hatte. Und dabei wäre er fast umgebracht worden. Und trotzdem …

Er nahm das Gespräch entgegen.

»Bingo, ich brauche dich in New York«, sagte Garrett. »Das Team kommt wieder zusammen.«

Bingo murmelte etwas Unverständliches und fuhr sich mit

147

den dicken Fingern durch seine unordentliche Afrofrisur. Bingo war ein ehemaliger Analyst für die RAND Corporation, ein Experte in allen militärischen Fragen und derzeit ans Haus gefesselt.

»Es wartet ein Flugticket auf dich am San Francisco International.«

»Ich hab dein Gesicht im Fernsehen gesehen«, flüsterte Bingo. »Du bist in Schwierigkeiten.«

»Denk dran, dass jedes Telefongespräch aufgezeichnet wird«, sagte Garrett. »Und handle entsprechend. Und glaube nichts.«

»Was ist, wenn ich nicht mitmachen will?«

Schweigen entstand in der Leitung, ganz so, als ob Garrett die Frage nicht richtig verstanden hätte, dachte Bingo.

»Vielleicht sollte ich einfach hierbleiben.«

»Nein. Du kommst nach Osten.« Einfach so – als ob das, was Garrett dachte, das letzte Wort in der Frage wäre, was Bingo tatsächlich tun sollte. Der Typ hatte sich nicht geändert. Er war immer noch ein arroganter Huren…

»Und du musst auch noch Zwischenstation in Palo Alto einlegen«, fuhr Garrett fort. »Ich schicke dir die Adresse auf die übliche Weise.« In der Vergangenheit hatte Garrett mit Mitgliedern des Aszendent-Teams über Chatting-Applets in Online-Shooter-Spielen kommuniziert. Die Avatars, die sie benutzten, hatten nichts mit ihren richtigen Namen zu tun, und obwohl sie von Geheimdiensten beobachtet und gelesen werden konnten, war es unmöglich, sie zu richtigen Adressen zurückzuverfolgen. »Ich schicke dir auch ein paar Prepaid-Handynummern. Ruf mich von unterwegs an.« Dann legte Garrett auf.

Die Furcht begann sofort. Ein Klumpen aus Angst direkt in der Mitte von Bingos Magen. Aber trotz seiner Angst packte er eine Tasche, und es war fast so, als liefe er auf Autopilot. Warum machte er das, zwei Hemden – er hatte nur ein paar Hemden – und zwei beigefarbene Khakihosen in eine Reisetasche packen? Warum machte er genau das, was Garrett ihm gesagt hatte, als ob er Garretts Zombiesklave wäre? Er kannte die Antwort. Sie war einfach. Die anderthalb Monate, die er letztes Jahr mit dem Aszendent-Team verbracht hatte, waren die aufregendste Zeit in seinem Leben gewesen. In diesen paar Wochen war mehr passiert als in allen anderen Wochen seines Lebens zusammengenommen. Ganz gleich, wie sehr er sich darüber beklagt und wie sehr ihn das erschreckt hatte, was passiert war – das waren die Erinnerungen, die er vor seinem geistigen Auge immer wieder ablaufen ließ, bevor er abends ins Bett ging.

Er hatte ein Abenteuer erlebt, und tief in seinem Innern wollte er noch eines erleben.

Als er fertig mit Packen war, sagte er seiner Mutter, er müsse für ein paar Tage nach New York fahren. Sie sorgte sich und bohrte nach, aber er sagte, es sei geheime Arbeit für die Regierung. Das veranlasste sie, sich noch mehr zu sorgen und nachzubohren. Seine Mutter war in der Blüte ihrer Jahre eine hundertprozentige Hippiebraut gewesen, die in null Komma nichts durch die Straßen von Berkeley marschierte. Ziviler Ungehorsam und Misstrauen gegenüber der Regierung waren ihr Lebensinhalt gewesen, und die Vorstellung, dass ihr kleiner Junge – obwohl Bingo nicht klein war, er war ein Meter achtundachtzig, und er war mit knapp siebenundzwanzig Jahren auch kein Junge mehr – für die Regierung arbeiten würde, versetzte sie anfallsweise in Sorge und Entrüstung.

»Begreifst du eigentlich, was du tust? Was das bedeutet? Als politisches Statement?«, krächzte sie, als er seine Reisetasche die Stufen vor ihrem Bungalow in South Oakland hinunter zu dem wartenden Taxi zog. »Verstehst du, worauf du dich einlässt?«

»Ja, das tue ich.«

Das schien sie vorerst zum Schweigen zu bringen. »Sei vorsichtig!«, rief sie, als das Taxi sich vor ihrem Haus in Bewegung setzte und auf dem Martin Luther King in Richtung Freeway und zur Halbinsel fuhr. »Lass dich von ihnen nicht in den Arsch ficken!« Seine Mutter hatte schon immer eine ungewöhnliche Art gehabt, sich auszudrücken.

Bingo rief Garrett von der Mitte der Dumbarton Bridge an, und Garrett erklärte, was er von ihm wollte. Das vergrößerte sein Unbehagen noch, aber er war jetzt engagiert – obwohl er immer noch nicht vollständig erfassen konnte, wie es dazu gekommen war –, und er sagte dem Taxifahrer, dass er warten solle, bevor er die Klingel an der Eingangstür zu dem Wohngebäude an der High Street in Palo Alto drückte, direkt im Osten der Stanford University. Als ihm die Tür geöffnet wurde, ging er hoch in den dritten Stock. Die Wohnungstür stand einen Spalt offen, und Bingo klopfte zögernd an, und als er daraufhin nichts hörte, trat er ein.

Celeste Chen saß auf der Couch und schaute sich das Tagesprogramm im Fernsehen an – irgendeine Selbsthilfesendung mit unverheirateten Müttern –, wobei sie Popcorn aus einer Tüte aß. Sie sah schlimm aus: Mit ungekämmtem Haar hockte sie da in einer alten Shorts und einem beschmutzten Sweatshirt, das ihr lose um die Schultern hing. Die Wohnung sah ebenfalls schrecklich aus. Pappteller mit Essensresten waren in der Küche verstreut, leere Ginflaschen lagen unter dem Sofa, und schmutzige Wäsche stapelte sich im Wohnzimmer. Die Bude stank, vielleicht nach Katzenpisse, obwohl Bingo keine Katze sehen konnte.

Bingo wusste, dass Celeste – eine achtundzwanzigjährige

Linguistin und Codeknackerin – bis vor Kurzem in China gewesen war und mit einer revolutionären Sekte im Untergrund gelebt hatte. Sie war dort sechs Monate lang auf der Flucht gewesen, krank und Hunger leidend, bis die CIA sie gegen ihren Willen herausgeholt und nach Hause gebracht hatte. Bingo hatte das von Alexis Truffant erfahren, aber sie hatte ihm die Operation nur in Grundzügen geschildert, obwohl er mehr hatte wissen wollen. Alexis hatte Bingo auch vor ein paar Monaten gebeten, Celeste mal zu besuchen und nachzusehen, wie es ihr ging – aber das hatte er nicht getan. Er wollte nicht mit ihrer Verzweiflung konfrontiert werden, nicht aus der Nähe und persönlich. Außerdem wollte er sein Zimmer nicht verlassen.

»Garrett möchte, dass du mit mir nach New York kommst«, sagte Bingo.

»Garrett kann mich mal«, erwiderte sie.

»Heißt das nein?«

Sie schaute wieder zum Fernseher hin, ohne zu antworten. Bingo rief Garrett an und berichtete ihm, was Celeste gesagt hatte.

»Hol sie ans Telefon«, sagte Garrett.

Bingo gab ihr sein Handy. Er konnte hören, dass Garrett mit ihr redete, konnte aber nicht verstehen, was er sagte. Celeste grunzte ihre Antworten – »Ja« und »Nein«, gelegentlich ein dazwischengeschobenes »Leck mich« –, und schließlich sagte sie: »Friss Scheiße«, und warf Bingo das Handy wieder zu.

»Wenn sie nicht mit dir kommen will, dann fessle sie und schleif sie in das Taxi«, sagte Garrett zu ihm.

»Du weißt, das kann ich nicht.«

»Okay, prima. Sag ihr einfach, es ist zu ihrem eigenen Besten.«

»Und wenn das nicht funktioniert?«

»Es muss funktionieren. Die Kacke ist am Dampfen. Ihr müsst beide diesen Flug nach New York kriegen. Das ist das letzte Gespräch, das wir über diese Nummer führen. Ruf sie nicht noch mal an.« Dann legte Garrett auf.

Bingo dachte darüber nach. Er ging nach unten und teilte dem Taxifahrer mit, dass es noch eine Weile dauern könne. Dem Taxifahrer schien das nichts auszumachen – er sagte, seine Uhr müsse weiterlaufen. Bingo ging wieder nach oben und schaute sich um. Bei näherem Hinsehen war die Wohnung wirklich ekelerregend. Zusammen mit dem riesigen Sortiment halbleerer Dosen zuckerfreier Limo lag haufenweise nicht geöffnete Post auf Stühlen und dem Küchentisch – zwei Umschläge hatten rote Ränder und sahen verdächtig nach letzten Mahnungen aus. Celeste schien völlig am Leben verzweifelt zu sein.

Bingo zog sich einen Stuhl ins Wohnzimmer, stellte ihn ein kurzes Stück von Celeste entfernt hin und setzte sich darauf. Sie wandte die Augen nicht vom Fernseher ab. Er konnte Celeste gut leiden, hatte aber auch ein bisschen Angst vor ihr: Sie war klug und knallhart, und sie hatte eine spitze Zunge, die sie gern zum Einsatz brachte.

»Alexis hat mir erzählt, was in China passiert ist«, sagte Bingo vorsichtig, weil er nicht sicher war, wie er das Gespräch wieder in Gang bringen sollte. »Wie du auf der Flucht warst und so. Und dass die CIA dich aus dem Land rausgeholt hat. Hörte sich brutal an.«

»Du hast keine Ahnung, Bingo. Nicht die geringste. Verzieh dich.«

Bingo seufzte. Er stützte die Ellbogen auf die Knie und versuchte, so mitfühlend und fürsorglich auszusehen, wie er nur konnte. Er war von Natur aus äußerst schüchtern.

»Für mich war es auch nicht einfach. Was ich sagen will: Als ich nach Hause kam, wusste ich nicht, was ich mit mir anfangen sollte. Ich bin die meiste Zeit im Zimmer geblieben. Hab gelesen. Und vielleicht ein bisschen Xbox gespielt. Eine Menge Xbox. Und ich bin zu dem Entschluss gekommen, dass ich mir nicht sicher bin, ob es eine gute Idee ist, zu Hause rumzusitzen. Irgendwie ruiniere ich mir so mein Leben. Vielleicht ruinierst du dir deines auch damit.« Bingo verzog das Gesicht. »Ist nicht böse gemeint.«

Celeste wandte sich vom Fernsehen ab und schaute Bingo lange an. »Wie ich mir mein Leben ruiniere, geht dich nichts an. Und du hast zugenommen.«

Bingo seufzte. Das stimmte. Er hatte zugenommen, vielleicht fünf Kilo. Oder zehn. Oder mehr. Er hasste es, über sein Gewicht zu sprechen. Sein Dad hatte auf der Highschool zu den besten Footballspielern im ganzen Staat gehört. Er war ein Riese gewesen. Leider hatte Bingo seine Größe, aber nicht seine Sportlichkeit geerbt.

»Ich arbeite daran«, sagte er. »Ich gehe ins Fitnessstudio.«

»Du hast gesagt, du gingst nicht aus dem Haus.«

»Ich hab gesagt, ich wäre die meiste Zeit zu Hause geblieben.«

»Warum machst du das, Bingo?« Ihre Augen verengten sich. »Ernsthaft. Warum, zum Teufel, machst du, worum dieses Arschloch dich gebeten hat? Aszendent wieder zum Leben erwecken? Er ist ein egoistischer Trottel, der dir nur Kummer machen wird. Nenn mir einen guten Grund, warum du dir das antust, und ich komme mit dir. Versprochen. Ich packe meine Sachen und gehe direkt zur Tür raus. Aber es muss gut sein, und es muss die Wahrheit sein.«

Davon fühlte sich Bingo überrumpelt. Er wollte schon antworten, hielt rechtzeitig inne und schüttelte den großen Kopf, bevor er von Neuem anfing und noch einmal stockte. Ihn ergriff Panik. Er spürte, wie sich Schweißtropfen auf seiner Stirn und in seinem Nacken bildeten. Das war seine beste Chance, Celeste nach unten und in das wartende Taxi zu bekommen – wenigstens ohne Gewalt –, und er war dabei, sie zu vermasseln. Dann fiel ihm die Antwort blitzartig ein.

»Ich mache das, weil es das ist, wofür ich bestimmt bin. Und es ist auch das, wofür du bestimmt bist.«

Alexis flog mit einem Shuttle vom LaGuardia zum Reagan National, nahm ein Taxi zu ihrer Wohnung und fuhr anschließend selbst zum Stützpunkt des Marine Corps in Quantico im Nordosten Virginias. Sie versuchte, Ausschau nach jemandem zu halten, der ihr folgte oder hinter ihrem Auto herfuhr, aber soweit sie sehen konnte, war da niemand. Das FBI hatte die Beziehung zwischen ihr und Garrett bisher noch nicht herausgefunden. Oder falls sie doch dahintergekommen waren, hielten sie sich jedenfalls bedeckt und warteten auf einen besseren Zeitpunkt, um zuzuschlagen. In Quantico meldete sie sich beim Unteroffizier vom Dienst bei der Embassy Security Group des Marine Corps, einem Sergeant mit verkniffenem Gesicht namens Holmes, und bat darum, mit Private John Patmore sprechen zu dürfen. Als sie Patmore zum letzten Mal besucht hatte, war er Lance Corporal gewesen, aber man hatte ihn vor Kurzem zu einem E-1 Private degradiert. In seiner Akte stand als Grund Insubordination, was Alexis nicht überraschte. Patmore war ein sehr engagierter Marine, aber er hatte ein flexibles – manche würden sagen erratisches – Verständnis von militärischer Hierarchie. Für Patmore schien das Befolgen von Befehlen freiwillig zu sein.

Als sie ihn fand, saß er an einem leeren Schreibtisch in der hintersten Ecke eines ungenutzten Archivs. Sie trat ein, ohne zu klopfen, und vermutete, dass er geschlafen hatte. Sie räusperte sich.

»Captain Truffant«, grunzte Patmore und riss den Kopf hoch. Er schoss hinter seinem Schreibtisch hervor. »Was machen Sie hier? Ich meine – Sie müssen sich nicht rechtfertigen, Ma'am. Captain, Ma'am.« Er riss sich zusammen, richtete sich auf und salutierte neben dem Tisch, wobei er eine Reihe von Papierbechern umwarf.

»Ich bin auf der Suche nach Ihnen, Private.« Alexis schaute sich in dem staubigen Raum um. Aktenschränke standen an einer Wand. An einer anderen waren Klappstühle gestapelt. Abgesehen davon war das Zimmer leer. »Was machen Sie hier?«

»Ma'am, ich hefte Berichte ab. In den Aktenschränken dort. Und wenn irgendjemand sie noch mal sehen möchte, hole ich sie wieder heraus und gebe ihnen die Berichte zurück.«

Alexis konnte oben auf den Aktenschränken eine Staubschicht sehen. »Und wie oft kommt das vor?«

Patmore gestikulierte kurz mit der rechten Hand, als wollte er auf eine imaginäre Zahl in der Luft zeigen. Aber er brach die Bewegung ab, mit offenem Mund, und legte die Hand wieder an seine Hosennaht. »Einmal die Woche, Ma'am. Im Höchstfall. Ich glaube nicht, dass sie mich zur Belohnung hierhergesteckt haben.«

»Warum hat man Sie wieder zum Private gemacht?«

Patmore zuckte zusammen und wackelte mit dem Kopf hin und her. »Ich habe irgendwas zu den falschen Leuten gesagt, Ma'am. Hätte ich besser nicht getan. Ich sollte wohl besser die meiste Zeit den Mund halten.« Er stieß einen langen Seufzer aus, und seine Schultern sackten leicht nach unten. »Mir war langweilig.«

Alexis lächelte. »Na ja, langweilig wird Ihnen nicht mehr sein. Ich will Sie versetzen lassen. Sie kommen mit mir. Sie sind wieder bei Aszendent. Aber den letzten Teil halten wir geheim.«

Alexis glaubte zu sehen, dass sich Patmore auf die Zehenspitzen erhob. »Ma'am, dieser Private ist sehr glücklich, diese Neuigkeit zu hören. Sehr, äußerst glücklich.«

18

NEWARK, NEW JERSEY, 17. JUNI, 12:09 UHR

Als Erstes hackte sich Garrett in das System zur Ressourcen-
planung bei Jenkins & Altshuler ein. Das war nur ein Phanta-
siename für die Firmenseite zur Bestellung des Nachschubs,
und eingehackt war auch eine Übertreibung: Garrett kannte
alle Passwörter für das Planungssystem, sodass er sich nur
noch als Administrator einloggen und einen falschen Konten-
namen angeben musste. Die Typen im Einkauf änderten die
Passwörter jeden Monat, aber Garrett legte Wert darauf, alle
paar Wochen einen neuen Stuhl oder Drucker zu bestellen,
nur um auf dem Laufenden zu bleiben. Er wusste nie, wann er
es nötig hatte, J&A für etwas bezahlen zu lassen.

Es war hilfreich, dass Garrett ein Sammler von Passwörtern
war. Er hielt nicht viel von computergenerierten – sie waren
per definitionem ein willkürliches Durcheinander von Zahlen
und Buchstaben –, aber von Menschen generierte Passwörter
fand er faszinierend. Er konnte sich praktisch an jedes Passwort erinnern, das er je gehört oder gelesen hatte, und nachts,
wenn er nicht schlafen konnte, sortierte er sie im Kopf, arran-
gierte sie in Kategorien: Passwörter, die nur aus Zahlen bestanden (selten), Passwörter, die hauptsächlich aus Buchstaben
bestanden (häufiger), eine anständige Mischung aus den beiden (am häufigsten) oder solche, die aus Zahlen, Buchstaben
und Symbolen bestanden (am seltensten). Schrecklich gern
versuchte er die Etymologie der Chiffren von Leuten zu ana-

lysieren, obwohl er immer wieder mit Erstaunen feststellte, wie viele noch immer 12345678 benutzten oder dass fast genauso viele einfach das Wort *Passwort* verwendeten. Die Menschen waren solche Gewohnheitstiere.

Als Nächstes bestellte er Sofas, Schreibtische, Stühle und Computer für die Büroräume von Aszendent in Newark. Garrett wusste, dass die Einkaufsabteilung von J&A zwei Mal im Monat die neuen Bestellungen überprüfte, am ersten und am fünfzehnten, und dass jede Bestellung unter zehntausend Dollar ungelesen durchgewinkt wurde, besonders wenn es sich um Möbel handelte, die für einen der Immobilienbestände der Firma bestimmt waren. Die Typen im Einkauf waren nicht die Hellsten; sie verbrachten eine übertriebene Menge Zeit damit, *Magic: The Gathering* zu spielen und einander Peniswitze zu erzählen. Garrett achtete auch darauf, die Möbel zu mieten, anstatt sie zu kaufen, wodurch es mehr danach aussah, als ob es um die Inszenierung eines Verkaufs und nicht um eine Anschaffung für ein in Dienst genommenes Büro ginge. Das Bürobedarfsgeschäft in Hoboken teilte mit, dass ihre Auslieferung in ein paar Stunden erfolgen würde.

Garrett ging nach unten, um den Wachmann am Empfang auf die Lieferung aufmerksam zu machen. Er beschloss, das Problem, erkannt zu werden, durch arrogantes Auftreten aus der Welt zu schaffen. Der Wachmann war alt, wenigstens fünfundsechzig, und sein hagerer Körper machte in seiner schlotterigen dunkelblauen Uniform einen verlorenen Eindruck. Garrett begann in dem Moment, als er den Aufzug verließ, laut zu reden. Er sagte, er komme von dem neugegründeten Unternehmen im sechsten Stock – AltaTech Partners war der erste Name, der ihm in den Sinn kam – und dass eine Möbellieferung am Ende des Tages erwartet würde und ob der Wachmann den Möbelträgern bitte zeigen könne, wie sie zu seinen

Büroräumen kämen? Der Wachmann sagte: Klar, verblüfft und ein bisschen eingeschüchtert von Garretts Auftreten, aber dann schien er verwirrt zu sein, als er keinen Eintrag von einer Firma namens AltaTech Partners im Gebäude finden konnte.

»Wir haben den Mietvertrag erst gestern unterschrieben«, erklärte Garrett. »Wir werden das gesamte Stockwerk übernehmen. Aber nicht diesen Monat. Nächsten Monat. Und den siebten Stock auch, aber erst im Herbst. Wenigstens ist das der Plan.« Garrett zwinkerte dem alten Wachmann zu; er dachte sich, wenn du schon Lügen erzählst, dann besser große. »Vielleicht sind wir vorher völlig pleite. Man kann nie wissen, nicht wahr?«

»Yeah. Das kenne ich«, sagte der Wachmann.

Garrett hörte auf zu reden und schaute dem alten Mann ins Gesicht, das von Falten und Altersflecken und einer rosafarbenen Narbe gezeichnet war, die von seinem Kinn bis knapp hinter sein Ohr verlief. Was immer er getan hatte, bevor er Sicherheitswachmann wurde, es war ein hartes Leben gewesen, und Garrett konnte die Folgen an seiner Haut ablesen.

»Danke«, sagte Garrett, der sich ein wenig schämte, weil er den alten Mann und seinen beschissenen Jobstatus ausgenutzt hatte, und eilte nach oben.

Zurück im Büro überlegte Garrett, welche Fakten er über Steinkamps Ermordung kannte und was er gern noch gewusst hätte. Er hatte versucht, etwas über die Täterin Anna Bachew herauszufinden, aber sie war ein virtuelles Nichts: kein digitaler Fußabdruck, keine Suchreferenz, keine Präsenz in den sozialen Medien. Sie hatte auch keine finanziellen Unterlagen oder Gerichtsdokumente. Bachews geisterhafte Vorgeschichte war vermutlich der Grund dafür, warum sie überhaupt für diesen Job engagiert worden war. Ihm wurde klar, dass engagiert der falsche Begriff war. Er vermutete, dass Bachew vermutlich dazu erpresst worden war, den Vorstandsvorsitzenden der Fed zu erschießen. Schließlich hatte sie sich selbst umgebracht – nichts anderes ergab Sinn.

Aber wer hatte das getan? Ilja Markow? Und was war die geopolitische Verbindungslinie zwischen Markow, einem in Tschetschenien geborenen Russen, und Bachew, einer Bulgarin? Die ganze Sache bekam allmählich einen entschieden osteuropäischen Geschmack.

Garrett recherchierte Ereignisse in Osteuropa. Er surfte direkt durch die übliche Ansammlung von Korruptionsgeschichten und Drohungen von Rubelentwertungen und landete sofort bei Weißrussland. Er wusste zwar, dass Weißrussland ein Staat war, aber viel mehr als das wusste er nicht. Es war ein Teil der Sowjetunion gewesen und lag zwischen Moskau und dem Großteil der westeuropäischen Nationen; es war ein trostloser, russischer Vasallenstaat – zumindest war er das bis vor ein paar Monaten gewesen. Das war der Zeitpunkt, als die Bürger Weißrusslands irgendwie eine Mehrheit ihrer Stimmen einer jungen Reformkandidatin für den Präsidentenposten gaben, wodurch sie eine Stichwahl erzwangen. Die meisten Analysten vermuteten, dass Wahlen in diesem Land immer zugunsten ihres langjährigen Diktators Aljaksandr Lukaschenka manipuliert waren, aber die Regierung war selbstgefällig geworden. Sie glaubten, sie würden niemals abgewählt werden, aber da hatten sie die Rechnung ohne den Wirt gemacht.

Natürlich würden die Machthaber nicht kampflos aufgeben. Ein Bürgerkrieg war in dem Land ausgebrochen – ein von Russland und seinen großen Sicherheits- und Geheimdiensten geschürter Bürgerkrieg. Die Stichwahl war von heute an gerechnet in elf Tagen angesetzt, und beide Seiten – die prorussische und die proreformerische – waren dabei, einen

Wahlkampf zu führen und sich gegenseitig mit halsbrecheri-
scher Geschwindigkeit umzubringen.

Garrett dachte darüber nach. Konnte der Bürgerkrieg in
Weißrussland mit dem Tod von Phillip Steinkamp in Manhattan zusammenhängen? Das schien ziemlich weit hergeholt
zu sein, aber Garrett glaubte, Spuren von Verbindungen zwischen den beiden Ereignissen entdecken zu können. Muster
sprangen ihm nicht immer ins Gesicht – manchmal mussten
sie sachte an die Oberfläche gelockt werden.

Er überprüfte eine letzte Sache, solange er noch Zeit hatte:
kleine Wellen gekaufter und verkaufter Aktien und Obligationen in dem Dark Pool, den er gefunden hatte. Ihm fiel nichts
Bestimmtes auf, aber er sah einige ungewöhnliche Schwingun-
gen im Verhalten jüngster technischer Börseneinführungen
an der NASDAQ, insbesondere bei der Erstemission eines in
Brooklyn ansässigen Unternehmens namens Crowd Analytics.
Auf der Webseite der Firma stand, sie mache sich die Kraft
des Crowdsourcing nutzbar, um bei der Lösung von Problemen bei der Unternehmensplanung zu helfen. Garrett fand
einen reißerischen Feuilletonartikel über den Firmenchef
von Crowd Analytics, einen bärtigen Harvard-Absolventen
namens Kenny Levinson, der noch keine dreißig Jahre alt war.
Die Firma war seine Idee, und sie war auf dreißig Milliarden
geschätzt worden. Garrett musste seinen Abscheu – und seinen Neid – in Schach halten, als er auf das Foto von Levinson auf der Eingangstreppe seines Stadthauses in Brooklyn
starrte, eine erstaunlich hübsche Frau und ein perfektes Kind
an seiner Seite. Garrett wollte nicht haben, was Levinson hatte – aber irgendwie hasste er ihn trotzdem dafür, dass er es
hatte.

Er verdrängte diesen Gedanken. Er konnte das Muster, das
die Firma umgab, nicht ganz erkennen, aber es gab dort mit

Sicherheit eines, und sobald es völlig sichtbar wurde, würde er es entdecken.

Die Möbel wurden nachmittags um vier Uhr geliefert. Er quittierte den Empfang als Earl Erglittry – sein bevorzugtes Anagramm von Garrett Reilly –, und die Möbelpacker schenkten weder ihm noch seiner Unterschrift einen zweiten Blick. Der alte Wachmann kam auch hoch, um einen Blick in die Büroräume zu werfen, und Garrett gab ihm eine Cola light für seine Mühe. Garrett nahm noch eine Percocet und starrte aus dem Fenster auf den Ballungsraum von Jersey mit Manhattan im Hintergrund. Das sommerliche Licht war diesig und dicht, und versprengte weiße Wolken trieben über den Himmel.

Wo war Ilja Markow, und was für ein Muster webte er bei seinen Reisen? Garrett wusste es nicht, und die Drogen begannen zu wirken. Die Instinkte, auf die er angewiesen war, um Ordnung aus dem weißen Rauschen des Alltagslebens herauszulesen, verließen ihn allmählich. Er setzte sich auf eines der neuen schwarzen Sofas und starrte auf das weite Land hinaus, auf die Vereinigten Staaten von Amerika. Es gab so viele Orte, wo man sich verstecken konnte: So viele Wohnungen, in die man sich verkriechen, so viele Parks, in denen man verschwinden, so viele Nebenstraßen, die man zur Flucht benutzen konnte.

Als die Schmerzen in seinem Kopf nachließen, legte sich Garrett auf die Couch, und einige glückselige Augenblicke lang ließ er die Probleme der Welt Probleme sein und holte ein wenig Schlaf nach.

19

ORLANDO, FLORIDA, 17. JUNI, 13:09 UHR

Ilja Markows Fahrer brachte ihn von Fort Lauderdale nach Orlando. Ilja hatte den Mann auf Craigslist gefunden, einen Studenten der University of Florida namens Jim, der Geld brauchte. Die Kosten betrugen fünfundzwanzig Dollar plus Benzin. Ilja ließ sich von Jim an einem Motel knapp südlich von Orlando absetzen, wo Ilja die Nacht damit verbrachte, verschlüsselte E-Mails zu verschicken und seinen amerikanischen Kontaktpersonen auf Prepaid-Handys, die er in Miami gekauft hatte, Nachrichten zu simsen.

Ilja brauchte mehr Geld, das ihm in die Staaten überwiesen wurde. Er hatte tausend Dollar durch den Zoll gebracht, um Bargeld in der Tasche zu haben, und er hatte vorgehabt, seinen Ausweis zu benutzen, um weiteres Geld in Zweigstellen von Western Union in Florida und Atlanta abzuheben, aber die Durchsuchung seines Motelzimmers schloss diese Möglichkeit aus. Auf seinen Namen wäre ein umfassender digitaler Sweep eingerichtet; überall, wo er seinen derzeitigen Ausweis einsetzte, würde ein Alarm ausgelöst werden, und deshalb benötigte er eine neue Identität. Er hätte James Delacourts Namen benutzen können, aber den wollte er sich für später aufheben. Er hatte Delacourts wichtigste Daten bereits zu einem Kollegen in Moskau geschickt. Der Kollege würde den Rest übernehmen und die Ergebnisse wieder in die Staaten schicken, wenn Ilja ihn darum bat.

Er nahm ein Taxi zu einem Starbucks in der Innenstadt von Orlando zwischen den Nullachtfünfzehn-Bürotürmen und den typischen Parks, holte sich einen Kaffee und setzte sich neben einen jungen Mann mit Spitzbart, der auf seinem Laptop arbeitete. Ilja wartete zehn Minuten, bevor er den jungen Mann fragte, ob er auf seinen Laptop achten könne, während er auf die Toilette gehe. Der junge Mann war einverstanden, und Ilja ließ sich Zeit auf der Herrentoilette. Er wollte, dass der junge Mann mit dem Spitzbart begriff, wie sehr Ilja ihm vertraute, wie bereitwillig Ilja ihm einen wertvollen Besitz überließ. Gegenseitiges Vertrauen war eine wichtige Waffe im Arsenal des Sozialtechnikers. Ilja setzte sich fünf Minuten später wieder auf seinen Platz und dankte dem jungen Mann, bevor er seinen Laptop aufklappte und eine Weile im Internet surfte.

Und tatsächlich stand der junge Mann mit dem Spitzbart fünf Minuten später auf und fragte Ilja, ob er ihm den Gefallen erwidern könne. Ilja stimmte zu und bot sogar an, zur Sicherheit den Rucksack des jungen Mannes unter seinen Stuhl zu stellen. Als der junge Mann auf der Toilette verschwunden war, überzeugte Ilja sich, dass niemand ihn beobachtete, und durchsuchte den Rucksack unter seinem Stuhl. Er fand einen Führerschein aus Florida, eine Debitkarte der Bank of America, eine Kundenkarte von Winn-Dixie, einen Ausweis des Community College und eine überfällige Stromrechnung. Damit hatte er alles, was er brauchte: Namen, Geburtsdatum, Adresse, Nummer des College-Ausweises und sogar den Anfang einer Bankkontonummer. Er nahm keine der Karten an sich – das hätte den jungen Mann alarmiert und Iljas Absicht zunichtegemacht. Stattdessen fotografierte er alle Dokumente mit seinem Handy und schob alles genauso wieder in den Rucksack, wie er es vorgefunden hatte.

Als der junge Mann zurückkam – sein Name war Robert Jacob Mullins –, dankte er Ilja, nahm seinen Rucksack wieder an sich und arbeitete weiter an seinem Laptop. Ilja schickte alle Mullins betreffenden Informationen zu einem Speicherordner im Darknet. Sein Partner in Moskau würde die Information aus dem Ordner herunterladen und das fertige Produkt über Nacht an eine vereinbarte Adresse in Atlanta ausliefern. Ilja packte und ging, ohne ein weiteres Wort zu sagen.

Viele Ausweise waren auf dem Schwarzmarkt zu haben, aber Ilja traute ihnen nicht. Jede Stadt in den Vereinigten Staaten hatte Fälscher in irgendwelchen Hinterzimmern, die bereit waren, für den angemessenen Geldbetrag dutzendweise Führerscheine und Reisepässe unterschiedlicher Qualität auszudrucken, und Ilja wusste, dass er im Lauf der nächsten zehn Tage vermutlich die Dienste einer dieser Hinterhofdruckereien in Anspruch nehmen würde. Aber bis auf Weiteres zog er es vor, sich die notwendigen Informationen selbst zu besorgen und sie von ihm bekannten Handwerkern in hochwertige, brauchbare Ausweispapiere verwandeln zu lassen.

Er hatte noch siebenhundert Dollar Bargeld in seiner Brieftasche, was für die nächsten vierundzwanzig Stunden mehr als genug war. Er bezahlte zwanzig Dollar für ein Taxi, das ihn zum Valencia College brachte, einem weitläufigen Hochschulgelände westlich der Innenstadt, das mehr wie ein Gewerbegebiet als wie eine Uni aussah; dann schlenderte er in das Studentenwerk, loggte sich in die Online-Informationstafel ein und suchte nach einer Mitfahrgelegenheit nach Atlanta.

Innerhalb von fünf Minuten fand er zwei Frauen, die in einer halben Stunde abfuhren. Eliza und Sarah waren einverstanden, ihn mitzunehmen, wenn er die Hälfte des Sprits bezahlte, vermutlich ungefähr zwanzig Dollar, und wenn sie ein Vetorecht hinsichtlich der Musikauswahl erhielten. Kein Rap, kein Phish. Er stimmte sofort zu. Auf dem ersten Teil der Fahrt nach Norden plauderten Eliza und Sarah vorn im Wagen, und Ilja saß schweigend auf dem Rücksitz. An der Grenze zwischen Florida und Georgia spürte Ilja jedoch, dass sein Schweigen die Frauen nervös machte – Eliza warf ihm schnelle Blicke im Rückspiegel zu –, und begann deshalb ein Gespräch über College-Football, dann über Fastfood und Partnersuche, alles Dinge, die ihm komplett egal waren.

In Macon, Georgia, waren sie die besten Freunde. Um neun Uhr an diesem Abend lag er in einem halbdunklen Motelzimmer in East Point, Georgia, unmittelbar südlich von Atlanta, auf einem Bett. Zwei Stunden später klopfte sie an die Tür.

Sie war eine wahre Gläubige oder behauptete es zumindest, aber das reichte Ilja nicht. Sie musste von Leuten, denen er vertraute, empfohlen worden sein, und das war sie: drei unterschiedliche Gewährsleute, einer in Europa, zwei in Kalifornien. Sie sagten, sie sei klug, diskret und gut in ihrem Job. Sie war ungefähr ein Meter fünfundsechzig groß und hatte schulterlanges braunes Haar, das sich in dichten Ringellocken kräuselte.

»Können Sie es blond machen?«, fragte Ilja und zeigte auf ihr Haar.

»Ich kann es so färben, wie Sie wollen.«

Sie hatte ein schmales Gesicht, eher sexy als hübsch. Man schaute auf ihre Lippen, bevor man auf irgendetwas anderes schaute; sie waren rund und voll, und sie betonte sie mit knallrotem Lippenstift.

»Der Lippenstift ist zu rot«, sagte Ilja. »Zu offensichtlich. Sie wollen keine Aufmerksamkeit erregen.«

»Der Lippenstift ist zu rot«, wiederholte sie, als machte sie sich Notizen.

Sie hatte eine kurvenreiche Figur, und sie trug ein hauch-
dünnes Top über einer Jeansshorts und Sandalen. Bei der
Hitze klebte die Kleidung an ihrem Körper und betonte ihre
Brüste und ihre Hüften. Sie schien eher zu gleiten, als zu gehen, und mehr zu schleichen als sich zu bewegen. Während sie
miteinander sprachen, wandte sie die Augen nicht von Ilja ab.

»Sind Sie gut im Bett?«

Sie begann, sich die Bluse aufzuknöpfen. »Wenn Sie die
Hose ausziehen, zeige ich es Ihnen.«

»Ich will keinen Geschlechtsverkehr mit Ihnen haben.«

»Warum nicht? Sind Sie schwul?«, fragte sie, anscheinend
ohne in der Sache eine Meinung zu haben.

»Was würde das für eine Rolle spielen? Keinen Sex.«

»Okay.« Sie zog die Bluse wieder über die Schultern. »Aber
die Antwort lautet – es hat sich anschließend noch niemand
beschwert.«

Ilja schätzte ihr Alter auf fünfundzwanzig. »Sie werden
zunächst zurückhaltend sein. Sie sind an flüchtige Begegnun-
gen nicht gewöhnt. Aber sobald die Dinge in Gang kommen,
werden Sie zu einer Tigerin. Sie gehen in dem Moment auf.«

Sie nickte. »Das kann ich machen.«

»Rachel Brown? Sind Sie Jüdin?«

»Ich kann eine Jüdin sein. Oder Halbjüdin. Oder gar keine.«

Ilja begriff, dass er so viel nach Rachel Browns Herkunft
oder ihrem wirklichen Namen fragen konnte, wie er wollte,
aber er würde nie eine Antwort bekommen, die er glaubte.
Oder zumindest völlig glaubte. Sie lebte – wie er – in einer
grauen Unterwelt, wo die Wahrheit das war, was du zu ihr
machtest. Was auch immer sie entschieden, war real, war nur
heute Abend real, in einem Motelzimmer in einer Vorstadt
von Atlanta.

»Sie sind Christin«, sagte er. »Eine wiedergeborene. In der

Nachttischschublade liegt eine Bibel. Lernen Sie ein paar nützliche Stellen auswendig. Wir werden eine passende Kirche für Sie finden. Wir werden morgen daran vorbeifahren, damit Sie wissen, wie sie aussieht. Sie sollten auch andere Sachen anziehen. Schlichtere. Aber nicht zu schlicht. Wir werden ins Einkaufszentrum gehen und Ihnen ein paar neue Sachen kaufen.«

»Ich sollte ein Kruzifix haben. Wiedergeborene tragen Kreuze. Und sie sorgen dafür, dass man hier hinschaut.« Sie fuhr sich mit dem Zeigefinger übers Dekolleté. »Das funktioniert immer.«

Ilja sah zu, wie ihr Finger langsam in ihren Halsausschnitt glitt und dann wieder hoch, und er musste ihr beipflichten – das würde gut funktionieren.

»Sie waren auf dem College?«

»Zwei Jahre«, sagte Rachel Brown. »Hat mir nicht gefallen.«

„Was haben Sie studiert?«

»Kommunikationswissenschaft. Ein bisschen Betriebswirtschaft. Hauptsächlich englische Literatur. Chaucer und Melville, und ob Moby-Dick eine Metapher für das Unbehagen am Kapitalismus ist. Ich dachte das nicht. Ich dachte, der Roman handele einfach von einem großen Fisch. Mein Professor war anderer Ansicht.«

Ilja blinzelte und schaute sich Rachel Brown oder die Frau, die sich so nannte, noch einmal genauer an. Vielleicht hatte er sie unterschätzt. Vielleicht war sie deutlich klüger, als er angenommen hatte. Sie hatte Sinn für Humor, und das sprach für psychologische Flexibilität, und psychologische Flexibilität war für Iljas Pläne wichtig.

»Haben Sie das hier schon mal gemacht?«, fragte Ilja.

»Nun ja, Sie haben mir noch nicht gesagt, was das hier ist, also kann ich mir nicht ganz sicher sein.« Sie streckte sich auf dem Einzelbett aus, das dem Motelfenster am nächsten war, schleuderte die Sandalen von den Füßen und streckte die Arme nach oben über den Kopf wie eine Katze, die sich zusammenrollen und schlafen will. »Aber wenn Sie mich fragen, ob ich jemals dafür gesorgt habe, dass jemand etwas glaubt, was nicht der Wahrheit entspricht, würde ich sagen – an jedem einzelnen Tag meines Lebens.«

Ilja beobachtete sie und spürte eine unwillkürliche Regung. Sie war außerordentlich sexy, fühlte sich wohl in ihrem Körper, war vertraut mit seinen geheimen Stellen. Nach Iljas Ansicht konnte sie sich einen Mann angeln und ihn einholen, bevor er überhaupt bemerkte, dass er am Haken hing.

Ja, dachte Ilja, ohne es zu sagen: Rachel Brown wird sich ziemlich gut machen.

20

NEWARK, NEW JERSEY, 17. JUNI, 21:55 UHR

Während ihr Flugzeug quer über das Land und in die Nacht hineinflog, war Celeste Chen von einer bangen Ahnung erfüllt. Eine bange Ahnung vermischt mit einem giftigen Hauch Wut. Erschwerend kam noch hinzu, dass Bingo, der neben ihr saß, seinem Herzen mit sporadischen, unzusammenhängenden Bemerkungen über Garrett oder Aszendent oder seine Mutter Luft machte. Celeste hatte es geschafft, sich weitgehend unter Kontrolle zu halten, indem sie Weißwein getrunken und sich Wiederholungen von *Parks & Rec* auf den Bildschirmen in den Rückenlehnen angeschaut hatte, aber als sie zum Landeanflug auf den Newark's Liberty Airport ansetzten und über eine schwarze ländliche Gegend schwebten, die mit Highways und Fabriken gesprenkelt war, konnte sie spüren, wie ihre Wut in ihr die Oberhand gewann.

Warum, zum Teufel, hatte sie zugestimmt mitzukommen? Sie war nicht bereit, wieder in dem Spiel mitzumachen. Nicht annähernd bereit. Sie wollte aussteigen. *Sofort.*

Sie war noch nie in Newark gewesen, aber als sie gelandet waren, gefiel ihr nicht, was sie sah: Limousinenfahrer, die sich um Kunden stritten, Busfahrer, die Zigaretten rauchten, während ihre Fahrgäste auf dem Bürgersteig warteten. Aus dem Fenster des SuperShuttle wirkte die Stadt dunkel, düster, kaputt, und sie roch auch schlecht, wie schlickiges Ebbewasser vermischt mit altem Abfall. Sie stiegen in den Bus zu einem

Hilton in der Innenstadt und nahmen dann ein Taxi hinaus zum Einkaufszentrum Valley Mall Plaza, das ziemlich leer war. Dort mieteten sie sich einen Uber-Fahrer, der sie wieder in die Innenstadt brachte – alles gemäß Garretts Instruktionen.

»Vergewissert euch, dass euch niemand folgt«, hatte er gesagt. »Fahrt, bis ihr völlig allein seid. Ihr könnt nicht vorsichtig genug sein.«

Vorsichtig? Bei dieser Vorstellung musste sie lachen. Als ob Garrett auch nur einen blassen Schimmer davon hatte, wie es war, gejagt zu werden – richtig gejagt.

Sie steigerte sich in die Vorstellung hinein, was sie zu ihm sagen würde, wenn sie sich schließlich gegenüberständen. Ihre Wut auf ihn glühte direkt unter der Oberfläche. Sie hatte sechs Monate auf der Flucht in China verbracht, auf seine Anweisung hin, und überlebt, indem sie von einem Versteck zum nächsten gekrochen war und um Schalen mit fauligem Reis gebettelt hatte, dabei jede Stunde jedes Tages von der Angst geschüttelt, dass die chinesische Regierung sie aufspüren, ins Gefängnis stecken und hinrichten lassen würde. Die Erinnerung an ihre Erlebnisse plagte sie, tauchte immer wieder blitzartig in ihren Gedanken auf: in einem überraschten Aufschrei, wenn in Palo Alto eine Polizeisirene ertönte oder der Hund eines Nachbarn bellte; in Heulkrämpfen, die sie überfielen, wenn sie nackt allein in ihrem Badezimmer stand; in schlaflosen Nächten, wenn sie von Visionen mit Hu Mei, der Frau, zu deren Unterstützung sie nach China gegangen war, gequält wurde, falls sie es wagte, die Augen zu schließen. Ein Army-Psychiater der Veterans Health Administration hatte ihr mitgeteilt, es sei eine posttraumatische Belastungsstörung, die behandelt werden müsse, aber Celeste hatte ihm gesagt, er solle sich zum Teufel scheren. Sie würde mit ihren seelischen Schmerzen genauso umgehen wie mit allen anderen Rückschlägen: Gin, Death Metal und Onlinepornographie.

Als der Uber-Fahrer sie vor dem halb fertigen Bürohochhaus in der Innenstadt von Newark aussteigen ließ, musterten sie und Bingo den leeren Platz, bevor sie ihre Taschen zu der Laderampe auf der Rückseite des Gebäudes zogen, wo Alexis Truffant eine Stahltür aufschob und sie begrüßte. Trotz ihrer düsteren Stimmung war Celeste froh, Alexis zu sehen. Alexis gefiel ihr; sie würde nie lügen oder ihr ein X für ein U vormachen. Außerdem war Celeste sich ziemlich sicher, dass Alexis dafür gesorgt hatte, dass man sie aus Südchina herausholte, und deshalb ging sie davon aus, dass sie der Frau ihr Leben verdankte – sofern sie es überhaupt irgendjemandem verdankte, der mit Aszendent zu tun hatte.

Alexis war effizient und sachlich, umarmte Celeste und Bingo kurz, bevor sie beide, ohne viel zu sagen, hereinwinkte und zu den Aufzügen brachte. Bingo zottelte hinter ihnen her, die Augen weit aufgerissen vor Misstrauen und, wie Celeste vermutete, schlicht vor Angst. Sie wusste, dass Bingo nicht der Mutigste unter der Sonne war und dass es den heldenhaften Teil seiner Persönlichkeit fast bis zur Grenze seiner Belastbarkeit beanspruchte, hierherzukommen und wieder ein Teil des Aszendent-Teams zu werden. Als der Lastenaufzug nach oben fuhr, ergriff sie Bingos Hand und drückte sie fest, sowohl um sich selbst als auch um ihn zu beruhigen.

»Ist das als Bürogebäude in Betrieb?«, fragte Celeste Alexis. Sie hatte noch keine Menschenseele gesehen. Allerdings war es auch fast elf Uhr abends.

»Zur Hälfte belegt. Die Eigentümer haben Konkurs angemeldet. Falls Sie vom Sicherheitsdienst angehalten oder gefragt werden, was Sie hier machen, sagen Sie einfach, dass sie zu dem neugegründeten Unternehmen im sechsten Stock gehören. Unser Name ist AltaTech Partners. Das sollte eine Zeit lang als Deckung reichen.«

Celeste dachte, das höre sich bestenfalls improvisiert an, aber improvisiert schien zur DNS von Aszendent zu gehören, und deshalb erwiderte sie nichts. Aber sie fand es nicht besonders vertrauenerweckend. Nichts hiervon fand sie vertrauenerweckend.

Sie schloss die Augen und stellte sich eine Landschaft in China vor: die üppig bewachsenen tropischen Hügel vor Guangzhou, die Regenschauer, die vom Südchinesischen Meer hineingeweht wurden, die Kinder, die im matschigen Westfluss planschten. Sie hasste China nicht, so hart ihre Zeit dort auch gewesen war, und Visionen seiner grünen Wälder besänftigten ihre angegriffenen Nerven immer noch. In wenigen Augenblicken würde sie Garrett Reilly wiedersehen, und sie brauchte dafür alle Gelassenheit, die sie aufbringen konnte.

Der Aufzug hielt an. Alexis schaute prüfend in den Flur und trieb Bingo und Celeste dann zum letzten Büro vor der Treppe. Sie klopfte zwei Mal, und die Tür ging auf.

»Hey.« Mitty Rodriguez lächelte Celeste kurz an. »Mitty. Schön, dich kennenzulernen.«

»Yeah.« Celeste gab Mitty die Hand. »Ganz meinerseits.« Celeste war Mitty tatsächlich nie persönlich begegnet, hatte aber vom Rest des Teams eine Menge über sie gehört.

Mitty wandte sich von Celeste ab und starrte Bingo lange und nachdrücklich an. »Hey, Bingo. Lang ist's her. Wirklich lang.«

Bingo ließ den Kopf entschlossen sinken. Celeste vermutete, dass die beiden in der Vergangenheit irgendeine Art von Beziehung gehabt haben mussten, und, falls das zutraf, in die Ruhmeshalle der seltsamen Paare Einzug halten würden. Aus Mittys zornigem Blick schloss Celeste, dass sie sauer auf Bingo war und dass er seinerseits große Angst vor ihr zu haben schien. Nicht dass Celeste ihm das zum Vorwurf machte: Soweit sie es mitbekommen hatte, schien Mitty ein Prachtstück ganz besonderer Art zu sein. Trotzdem war Celeste froh, sie zu sehen; sie schien exzentrisch und voller Leben zu sein. Celeste brauchte Menschen, die voller Leben waren.

Alexis führte sie in die Büroräume. Sie waren groß – fünf separate Einzelbüros, ein Treffpunkt, eine Küche, ein Konferenzzimmer – und karg ausgestattet, die Wände frisch weiß gestrichen, und in einem Abschnitt des Empfangsbereichs schauten noch Rigipsplatten durch. Ein paar Möbelstücke waren wahllos in dem großen mittleren Raum verteilt – einige Stühle, Sofas, Schreibtische und Computer –, nur wenig anderes. Eine Reihe von Fenstern bot einen Blick auf, wie Celeste annahm, den New Jersey Turnpike; die glitzernden Türme von Manhattan lagen in weiter Ferne – dicke Blöcke gelben Lichts in der Nachtluft. Celeste stieß ein kurzes freudloses Lachen aus; sie war quer durch das ganze Land geflogen, und statt sich in Manhattan niederzulassen und von sagenhaften Restaurants zu exklusiven Nachtclubs zu hüpfen, saß sie in Newark, New Jersey, in einem halb leeren Bürohochhaus fest, umgeben von einer Truppe halb autistischer Freaks.

Die Geschichte ihres Lebens.

Ihre Gedanken wurden von einem Marinesoldat unterbrochen, einem großen, gut aussehenden Mann, der allerdings einen Anflug von Wildheit in den Augen hatte. Er trug einen grünbraunen Kampfanzug, und sein Haar war extrem kurz geschnitten. Er grinste Celeste breit an und grüßte sie militärisch. »Private John Patmore, Ma'am. Wir sind uns letztes Jahr kurz in D.C. begegnet. Sie erinnern sich vielleicht nicht an mich.«

»Klar.« Celeste nickte. Aber sie erinnerte sich tatsächlich

nicht an ihn. Alle Militärtypen sahen für sie gleich aus, und Patmore entsprach dem Modell: Er sah eher wie eine G.I.-Joe-Puppe aus als wie ein menschliches Wesen. Aber eine leicht verrückte G.I.-Joe-Puppe – eine, mit der man seine Kinder nicht spielen ließ. Zumindest nicht unbeaufsichtigt. »Schön, Sie wiederzusehen.«

»Hey, Celeste.«

Sie drehte sich beim Klang dieser Stimme um, und ihr Puls schlug schneller. Garrett Reilly stand in der Türöffnung des zentralen Raums. Er sah anders aus: Älter auf jeden Fall und ein bisschen fertig, als wäre das Leben in den letzten zwölf Monaten nicht nett zu ihm gewesen. Er war dünner, als er zu der Zeit gewesen war, in der sie zusammen in D.C. waren, und auch nicht so angeberisch; diese arrogante Ausstrahlung war verschwunden. Er sah nicht mehr wie ein Hai auf Beutezug aus. Nein, Celeste hatte den Eindruck, dass Haie dort draußen Jagd auf ihn machten. Trotzdem war sie wütend auf ihn. Sie ballte ihre Hände zu Fäusten und spürte, wie sie sich unwillkürlich in Bewegung setzte, um quer durch den Raum auf ihn zuzugehen und mit diesen Fäusten auf seinen Kopf und seine Brust einzutrommeln, damit er ihren Schmerz fühlte. Aber Garrett kam seinerseits auf sie zu und traf sie auf halbem Weg.

»Ich bin so froh, dass du gekommen bist«, sagte Garrett schnell und legte ihr die Hände sacht auf die Schultern. »Ich brauche dich wirklich hier.«

Das warf Celeste ein wenig zurück. Sie setzte zu einer Erwiderung an, um ihm zu sagen, dass er nicht lang mit ihr rechnen könne und dass er ein beschissener Hurensohn sei.

Aber er legte die Arme zu einer festen Umarmung um sie, zog sie nahe zu sich heran und flüsterte ihr ins Ohr: »Das mit China tut mir sehr leid. Was passiert ist. Wie schwer es für dich gewesen sein muss. Ich habe jeden Tag an dich gedacht.

Ich hab versucht, dich aufzuspüren, und mir große Sorgen gemacht.« Er ließ sie los und sah ihr eindringlich in die Augen. »Ich war völlig am Boden zerstört vor Schuldgefühlen. Und ich bin so froh, dass du okay bist.«

Celeste war vollkommen fassungslos. Das war nicht so gelaufen, wie sie es sich vorgestellt hatte. Sie grunzte etwas Unverständliches, ihr war schwindelig; dann wankte sie zu einem staubigen Schreibtisch in einer Ecke des Raums und setzte sich auf die Kante. Die Wut strömte aus ihrem Körper wie Eiter, der aus einer infizierten Wunde abfließt. Sie hatte das Gefühl, würgen zu müssen, so stark war die Wirkung.

War das wirklich alles, was dazu nötig war, sie gesund zu machen? Ein paar Worte der Zerknirschung? Das Wissen, dass Garrett sich Sorgen gemacht und ein schlechtes Gewissen wegen der Dinge hatte, die passiert waren? Bin ich dermaßen beschissen labil? Nein. Sie war immer noch sauer – es wäre mehr nötig als eine Umarmung und ein paar einschmeichelnde Worte, um sechs Monate im Untergrund von China wettzumachen –, aber sie musste zugeben, dass diese paar Sätze nicht geschadet hatten.

Vielleicht hatte Bingo recht. Vielleicht musste sie wieder am Spiel teilnehmen.

Garrett hatte eine Rede geplant und sie immer wieder geübt, aber als er Celeste im Büro stehen sah, erschöpft und verängstigt, konnte er sich nicht mehr an seine wohlgesetzten Worte erinnern, und er sagte ihr, was er wirklich empfand: Er war froh, dass sie hier war, schlicht und einfach. Falls sie immer noch wütend auf ihn war, dann war sie es eben; falls sie ihn wegen seiner früheren Verfehlungen beschimpfen wollte, dann war das ebenfalls in Ordnung. Er hatte sie nach China geschickt, wo sie fast ihr Leben verloren hätte. Er würde den

Mund halten, sich alle Beleidigungen gefallen lassen, die sie für ihn auf Lager hatte, und nicht die Fassung verlieren. Das war der neue Garrett Reilly oder zumindest der Garrett Reilly, der er sein wollte.

Er ging in die Mitte des Raums und berichtete dem wieder versammelten Team alles, was er über Ilja Markow wusste, was, wie er von Anfang an zugab, nicht viel war. Er erzählte ihnen von Markows Pässen und Decknamen, seinem technischen Background, seiner Beschäftigung in den Vereinigten Staaten, von seiner fast fehlerlosen Beherrschung der englischen Sprache. Er projizierte ein Bild von Markow auf eine weiße Wand, und der junge Russe starrte das Team mit einer flachgesichtigen Gleichgültigkeit an.

»Irgendwie nett. Aber meine Maßstäbe sind nicht sehr hoch.« Mitty starrte Bingo an, als sie das sagte, und Bingo wandte sich schnell ab, um aus dem Fenster zu schauen.

Garrett beschloss, daran zu denken, dass er Mitty anwies, auf diesen Liebeskummerquatsch zu verzichten. Genug ist genug.

Er informierte sie über Markows aktuelles Bewegungsprofil, seine Ankunft im Flughafen Miami, seine Fahrt nach Fort Lauderdale und sein Verschwinden aus seinem Motelzimmer. Garrett berichtete ihnen, wen Markow seiner Ansicht nach engagieren würde – Sozialtechniker, Hacker und Feld-Wald-und-Wiesen-Verbrecher –, und sprach von dem Geld, das Markow seiner Vermutung nach zur Verfügung hatte.

Dann erzählte er ihnen, was Markow seiner Ansicht nach zu erreichen versuchte: Chaos zu säen. Anarchie zu ernten. Das Finanzsystem der Vereinigten Staaten zu zerstören. Das Wirtschaftssystem zu Fall zu bringen.

»Ist das überhaupt möglich?«, fragte Celeste.

»Ich weiß es nicht«, sagte Garrett. »Aber er wird es versuchen.«

»Warum tut er das?«, fragte Bingo.

»Das ist ein Teil davon, was wir rauskriegen müssen«, sagte Garrett. »Ein großer Teil.«

Er erzählte ihnen von seinem Verdacht, was Russland betraf, und von den Ereignissen in Weißrussland. Als sich in dem Raum bedrücktes Schweigen ausbreitete, musterte Garrett das erneut zusammengetrommelte Aszendent-Team. Sowohl Bingo als auch Celeste sahen müde und vom Flug erschöpft aus. Celeste machte immer noch einen zornigen Eindruck, aber sie schien ihre Wut unter Kontrolle zu haben; falls Garrett dafür sorgen konnte, dass Celeste sich auf die anstehende Aufgabe konzentrierte, würde sich ihre Wut vielleicht verflüchtigen. Und Bingo – na ja, Bingo schien einfach verloren und ein bisschen verängstigt zu sein. Aber wie Garrett sich an ihn erinnerte, schien Bingo immer verloren und ein bisschen verängstigt zu sein.

Mitty, die neben den beiden saß, war gelassen und hielt eine Cola light fest in einer Hand. Garrett nahm das als Zeichen dafür, dass sie immer noch an ihrem unausgegorenen Diätprogramm arbeitete; er hatte schon zwei Behälter mit fettarmem Hüttenkäse im Minikühlschrank in der Küche gefunden. Sie hatte den Tag damit verbracht, sich auf verschlungenen Wegen nach Newark durchzuschlagen und dabei sicherzustellen, dass ihr niemand folgte: U-Bahn, Bus, Taxi, zu Fuß. Garrett wusste, dass er sich mit ihren zahllosen Verschrobenheiten abfinden musste, aber er war trotzdem dankbar dafür, dass sie hier war. Sie hatte sich schließlich auch mit zahlreichen seiner Eigenarten abgefunden.

Private Patmore, der breitschultrig in einer Ecke stand, lächelte strahlend. Garrett konnte den Griff einer Waffe aus seinem Gürtel hervorragen sehen. Obwohl Garrett Schusswaffen nicht ausstehen konnte – er dachte, sie könnten die

Wurzel allen Übels sein –, war er froh zu wissen, dass Patmore eine hatte. Und dass er sie benutzen konnte. Garrett hatte auch einen besonderen Plan für Patmore im Hinterkopf, und der hatte nichts damit zu tun, Ilja Markow aufzuspüren.

Schließlich drehte er sich zu Alexis um. Sie schien angespannt zu sein. Garrett wusste, dass sie sich völlig fehl am Platze fühlte; sie hatte sich weit über die Maßgaben der DIA hinweggesetzt, und das Traurige, zumindest aus ihrer Sicht, war der Umstand, dass sie wahrscheinlich noch gegen weitere Regeln verstoßen musste. Ihr war das noch nicht klar, Garrett aber schon. Sie würde sogar noch tiefer in unbekanntes Terrain vordringen müssen, bevor diese ganze Geschichte vorüber war, und sie würde es auf Garretts Anweisung hin tun. Diese Operation war kein von der Regierung gesponsertes Projekt mehr, in das er hineingezogen worden war – diesmal hatte er das Sagen. Wenn es verrückt war, war es seine Verrücktheit.

»Irgendwelche Vorstrafen?«, fragte Celeste aus der Ecke des Raums.

»Keine«, sagte Alexis. »Und falls doch, wäre er sofort abgeschoben worden. Aber bei der Einreise vor zwei Tagen wurde er überprüft, und es gab schwache Schnittpunkte zwischen Markow und der russischen Mafia. Aber er ist nie wegen irgendwas verhaftet oder angeklagt worden.«

»Warum geben wir nicht einfach diese ganze Angelegenheit an das FBI weiter?«, fragte Patmore. »Sollen die ihn doch finden.«

Garrett warf Alexis einen Blick zu, die die Hände hochhielt, als wollte sie um Geduld bitten. »Die ressortübergreifende Zusammenarbeit wird in diesem Fall begrenzt sein. Ich habe einen kleinen, frei verfügbaren Fonds, aber die Wahrheit lautet, dass selbst die DIA von dieser Mission nichts weiß.«

»Okay«, sagte Mitty, »das ist ernsthaft abgefuckt.«

Schweigen senkte sich auf den Raum. Celeste stand auf, ging zu der Wand, auf die Markows Bild projiziert war, und studierte es einen Augenblick lang, bevor sie sich zum Team umdrehte. »Können wir über den weißen Elefanten in diesem Raum reden? Als ich vor zwei Nächten meinen Fernseher eingeschaltet habe, war dein Gesicht zu sehen.« Sie zeigte auf Garrett. »Gesucht im Zusammenhang mit der Ermordung des Vorstandsvorsitzenden der New York Fed. Willst du uns aufklären?«

»Irgendjemand versucht, mich reinzulegen.«

Celeste neigte ihren Kopf ein wenig nach links, ein amüsiertes Lächeln auf dem Gesicht. »Das ist es? Das ist alles, was du sagen wirst? Du wirst wegen eines beschissenen Mordes gesucht.«

»Das Attentat ist verbunden mit Markow und dem, was er plant«, sagte Garrett. »Sie wollen mich – sie wollen uns – aus dem Weg haben. Mich vom FBI jagen zu lassen ist die beste Methode, das zu erreichen.«

»Na ja, bevor du angerufen hast, war ich von ihren Bildschirmen verschwunden«, sagte Celeste. »Ich hab auf meiner Couch gesessen, Boodles getrunken und frittierte Speckkrusten gegessen. Deshalb würde ich sagen, die Person, die sie aus dem Weg haben wollen, bist du. Aus meiner Perspektive hast du uns alle hierhergeschafft, um deinen Namen reinzuwaschen. Stimmt's oder hab ich recht?«

»Ja. Du hast recht. Ich muss meinen Namen reinwaschen, und ich brauche eure Hilfe dabei. Aber Markow zu finden ist Teil eines größeren Problems. Viel größer als die Frage, ob ich in den Knast gehe oder nicht.«

»Wow, wow, wow. Du bittest uns darum zu glauben, dass du an das Wohl des Landes denkst? Vor deiner eigenen Sicherheit?«, fragte Celeste. »Weil der Garrett Reilly aus meiner Erinnerung ein Typ war, dem jeder andere scheißegal war. Der ein Riesengeschäft auf dem Markt machen, reich werden und gevögelt werden wollte, und das war's. Alle anderen konnten zum Teufel gehen. Willst du mir sagen, dass du jetzt ein anderer Mensch bist? Dass du dich geändert hast?«

Garrett wollte sich verteidigen, verfiel dann aber in Schweigen. Er versuchte, seine Argumentation im Kopf vorzuformulieren – dass er zwar kein anderer Mensch geworden war, dass sich aber seine Werte geändert hatten. Vielleicht nicht generell, aber sie hatten sich leicht verschoben, hin zu einer großzügigeren Sicht auf die Welt. Er versuchte nicht, irgendjemanden zum Narren zu halten; er hatte sich nicht über Nacht in Mutter Teresa verwandelt, aber er spürte das Bedürfnis, sich mehr in der Welt zu engagieren. Und überhaupt, wenn er für die Sicherheit des amerikanischen Finanzsystems sorgte, bedeutete das für ihn die Möglichkeit, auf lange Sicht mehr Geld zu verdienen, weshalb das, was gut für das Land war, auch für Garrett gut war. Er wollte gerade mit genau dieser Überlegung argumentieren, als Mitty das Wort ergriff.

»Er hat sich geändert. Er macht längst nicht mehr so viel Party. Ich glaube, er hat nicht mal mit einer Chica geschlafen, seitdem du ihn zuletzt gesehen hast. Wenigstens hat er mir nichts davon erzählt. Ich weiß nicht, ob er daran interessiert ist, die Welt zu retten oder so was, aber ich würde sagen, er macht sich mehr Gedanken über andere Leute.« Sie zögerte einen Moment. »Ein bisschen mehr.«

»Danke, Mitty«, sagte Garrett, unsicher, ob das, was sie gesagt hatte, ein Kompliment war.

»Er nimmt allerdings immer noch eine Menge Drogen«, fügte Mitty hinzu.

»Machen wir weiter«, sagte Garrett.

»'ne Menge Leute haben Suchtprobleme«, fuhr sie fort. »Aber er hat ernsthafte.«

»Sie haben's kapiert«, sagte Garrett nachdrücklich.

Patmore brach in Gelächter aus. Garrett funkelte ihn an.

»Ist schon nicht ohne Ironie, stimmt's?« Celeste begann, auf und ab zu gehen. »Ich meine, beim letzten Mal wurdest du gegen deinen Willen in Aszendent hineingezogen, und alles, was du wolltest, war rauszukommen. Dieses Mal ziehst du uns hinein, wir zögern, und du bist der weiße Ritter und wirst das Land retten.«

»Wenn das deine Art ist, Ironie zu definieren, dann ist es vermutlich auch Ironie«, sagte Garrett. Celeste war offensichtlich darauf aus, einen Streit mit ihm anzufangen; sie blieb an der Tür stehen und legte eine Hand auf den Türknauf. Auf Garrett machte sie den Eindruck, als wolle sie abhauen. »Hört mal, das hier wird nicht einfach sein, und ja, es ist nicht ohne Risiken. Ich werde im Zusammenhang mit einem Mord gesucht. Ich bin auf der Flucht, und allein dadurch, dass ihr hier seid, werdet ihr alle zu Komplizen, die mich verstecken. Aber ich bin vollkommen unschuldig, und das wird der Polizei irgendwann klar werden.« Garrett starrte Celeste an. »Das ist beängstigend – ich hab's begriffen. Wenn also jemand von euch raus, will, okay – kein Problem. Sag es mir jetzt, und wir besorgen dir ein Ticket für den Rückflug.«

Celestes Hand spielte mit dem Türknauf. Offen, geschlossen, offen, geschlossen; die Tür schien ihre Gefühlslage widerzuspiegeln.

»Aber du sollst wissen, dass ich dich hier dabeihaben will.« Garrett starrte sie immer noch an. »Jeden von euch. Was wir zu tun versuchen, das ist wichtig. Nicht nur für mich.«

Jeder in dem Raum schaute jetzt Celeste an. Sie fummelte noch ein wenig an dem Türknauf herum, bevor sie ihn losließ und an den Schreibtisch zurückkehrte. »Meinetwegen. Scheiße. Du kannst mich mal. Ihr könnt mich alle mal.« Sie überkreuzte die Beine und starrte wütend auf den Teppich hinunter. »Schnappen wir den Kerl und gehen nach Hause.«

Bingo hob die Hand wie ein schüchterner Student in der letzten Reihe des Seminars. Garrett nickte in seine Richtung. »Du musst die Hand nicht heben, Bingo.«

»Und wie sollen wir ihn schnappen?«

»Einfach«, sagte Garrett mit all dem Selbstbewusstsein, das er in seine Stimme legen konnte. »Wir schnappen ihn mit Hilfe von Daten.«

21

NEWARK, NEW JERSEY, 18. JUNI, 6:00 UHR

Sie schliefen in der Nacht auf den Sofas, zugedeckt mit billigen Fleecedecken, und als Garrett sie um sechs Uhr weckte, damit sie in Europa während der Geschäftszeit anrufen konnten, machten sie eher den Eindruck schlecht gelaunter Schüler als den eines hochqualifizierten Geheimdienstteams. Er brühte ihnen Pulverkaffee auf und schickte Patmore los, Frühstück zu holen, bevor er jedem eine Aufgabe zuwies.

Celeste gab er den schwersten Job: herauszufinden, wie Markow den Zusammenbruch der Bank auf Malta bewerkstelligt hatte. Garrett ließ sie Internet-Protokoll-Telefonie benutzen, damit die Telefongespräche schwerer zurückzuverfolgen waren, und sie begann damit, dass sie die Interpolzentrale in Lyon anrief. Sie informierte den Interpolagenten, dass sie vom Projekt Aszendent sei, einem Ableger der Defense Intelligence Agency, aber der Agent reichte sie sofort an eine andere Abteilung weiter, wo ein interessierter Amerikaner vor allem anderen ihren Standort wissen wollte, sodass Garrett ihr sagte, sie solle das Gespräch beenden. Sofort.

»Wir stehen auf der Beobachtungsliste«, sagte Garrett, leise vor sich hin fluchend. »Aszendent ist markiert worden. Wir dürfen den Namen nicht noch mal erwähnen.«

»Okay. Ich nehme an, dann sind wir fertig hier, oder?«, sagte Celeste. »Wir können jetzt alle nach Hause gehen und weiter *Wheel of Fortune* gucken.«

Garrett versuchte, die Ruhe zu bewahren, und ließ sie die IT-Abteilung der mittlerweile stillgelegten Bank anrufen. Er schaute ihr über die Schulter, während sie zehn verschiedene Namen und Nummern ausfindig machte, die meisten davon auf der Insel Malta, ein paar in Italien und eine in Frankreich. Sie rief sie alle an und sagte ihnen, sie sei von einer amerikanischen Internetsicherheitsfirma – Reilly Pattern Insight nannte sie die Firma, was Garrett ein Lächeln entlockte –, die darauf spezialisiert sei, Schwachstellen in ihren Betriebssystemen zu beheben. Garrett gab ihr ein Wort-für-Wort-Skript, das sie benutzen sollte, weil Celeste in Wahrheit so gut wie nichts von Computern verstand. Zwei Angestellte legten direkt wieder auf, zwei sagten, ihre Anwälte hätten ihnen geraten, mit niemandem zu sprechen, einer behauptete, kein Englisch zu sprechen, und bei vier weiteren Nummern ging niemand an den Apparat. Aber mit dem letzten Anruf landete sie einen Volltreffer. Der IT-Angestellte – inzwischen ein ehemaliger Angestellter – war wütend auf die Bank und auf die Aufsichtsbehörde und im Grunde auf die ganze Welt. Er sagte, die IT-Abteilung habe mit der Infiltration nichts zu tun, aber sie hätten alle den Verdacht, dass dieser britische Trottel Leone in der Personalabteilung das System infiziert habe, indem er einen USB-Stick in einen Netzwerkcomputer steckte, der anschließend unternehmensweit Bankkonten geleert hätte.

Celeste dankte ihm, und dann verbrachten sie und Garrett die nächsten beiden Stunden mit dem Versuch, Matthew Leone aufzuspüren, den Assistenten des stellvertretenden Leiters der Personalabteilung an der First European Bank of Malta. Celeste fand ihn schließlich über sein Handy in einem Hotelzimmer in Bern, und er hatte eindeutig Alkohol getrunken. Sie legte ihn auf Lautsprecher, damit Garrett mithören konnte, weil er seine Wörter verschliff und sich wiederholte, aber sobald sie ihn nach der Bank auf Malta fragte, legte er einfach auf. Sie rief drei Mal zurück, aber er meldete sich nicht mehr.

»Sackgasse; wir sind fertig«, sagte Celeste mit einem winzigen Hauch von Genugtuung in der Stimme.

Garrett holte tief Luft und bat sie, mit einer Recherche über Leone zu beginnen. »Er war der Zugang in die Bank. Markow hat ihn benutzt. Denk wie ein Betrüger. So knacken wir diesen Fall.«

Sie starrte Garrett an, ohne ein Wort zu sagen.

»Gibt es ein Problem?«, fragte Garrett.

»Ich hasse dich immer noch.«

»Dann sagen wir die Hochzeit wohl besser ab.» Garrett machte sich auf den Weg, um Bingo zu finden.

Bingo hatte den Vormittag damit verbracht, Technologiefirmen im Silicon Valley anzurufen, obwohl es dort früher Morgen war. Er kannte ein paar Angestellte von Planetary Software, dem Unternehmen, für das Markow 2010 gearbeitet hatte. Einige waren weitergezogen, aber einer arbeitete noch in der Konstruktionsabteilung und konnte sich an Markow erinnern.

Der Ingenieur beschrieb ihn als ruhigen fleißigen Arbeiter, der in seiner Freizeit gern einen über den Durst trank. Kein Frauenheld, aber auch nicht schwul. Zumindest glaubte er nicht, dass er schwul war. Nicht leicht festzunageln.

Garrett drängte Bingo, nach weiteren Details zu fragen. Religiosität? Programmierungsmarotten? Sexualfetische? War er politisch?

Der Ingenieur schien von den Fragen verblüfft zu sein. »Na ja, nicht direkt politisch. Aber eine Art von, vielleicht, ich weiß nicht – Nihilist. Ich glaube, seine Familie war ziemlich abgefuckt. Das System wird dich bescheißen, also wischst du dem System besser vorher eins aus. Er hat das nur ein Mal gesagt, als er betrunken war, aber ich hatte eindeutig das Gefühl, dass er nicht unglücklich wäre zu sehen, wie alles aus den Fugen gerät. Dabei zusehen zu können, wie alles den Bach runtergeht. Als wäre es vielleicht das, was mit ihm geschehen ist, als er ein Kind war.«

Garrett dachte an seine eigenen Gefühle, was »das System« betraf, und dass er bei vielen Gelegenheiten ebenfalls glücklich gewesen wäre, das Ganze zugrunde gehen zu sehen: die Regierung, das Militär, die Banken und die Bankiers. Gab es eine Überschneidung zwischen Markows Vorstellung von der Welt und seiner eigenen? Oder war Überschneidung zu milde ausgedrückt – gab es eine Synchronizität? Er koppelte diese Idee vom Rest seiner Gedanken ab. Das war keine Möglichkeit, die er jetzt untersuchen wollte. Oder überhaupt je.

»Keine Blogs, keine Webseiten?«, fragte Garrett.

»Keine«, antwortete Bingo. »Keine digitale Spur.«

»Hobbys? Perversionen? Was hat er in seiner Freizeit angefangen?«

»Der Typ sagt, Markow hätte gern Spiele gespielt. Hauptsächlich Schach. Aber auch andere Spiele. Brettspiele, Wortspiele, Zahlenspiele. Er hat das Schachturnier der Firma gewonnen. Aber jeder sagte, seine Teilnahme wäre unfair gewesen, weil er Russe war.«

Garrett wies Bingo an, den Radius von Markows Bekanntenkreis weiter auszudehnen: jeder, der irgendjemanden kannte, der ihn gekannt haben oder in Kontakt mit ihm gestanden oder ihn an einem Tag im Bus gesehen haben könnte.

»Keine Information ist zu geringfügig«, sagte Garrett. »Alles spielt eine Rolle.«

»Kapiert.« Garrett glaubte, eine Spur von jungenhafter Begeisterung in Bingos Stimme entdeckt zu haben, als würde der sich großartig amüsieren.

Weil er erschöpft war und Schmerzen hatte, nahm Garrett seine letzten beiden Meperidin und ging weiter zu Mitty, die eine nicht-relationale Datenbank erstellte. Die Datenbank war ein digitaler Eimer, den sie mit anscheinend unzusammenhängenden Informationen beladen und dann prüfen konnten, ob diese Informationen tatsächlich etwas miteinander zu tun hatten. Was Garrett wissen wollte, war, wie Ilja Markow Leute reinlegte. Wann er es tat. Wie er es tat. Wen er hinzuzog, damit er oder sie ihm half.

Mitty hatte die Datenbank so eingerichtet, dass sie alle ihre Antworten als Histogramme und geclusterte Dendrogramme – grafische Darstellungen von Daten – gab, und das machte Garrett benommen vor Freude. Für Garrett war die Visualisierung von Daten Zahlenporno und aktivierte ein primitives Vergnügungszentrum in seinem Gehirn; er ließ sich in die Daten hineinfallen, war kein Beobachter mehr. *Er wurde zu den Zahlen.*

Mitty kicherte, als Garrett sich in die Daten vertiefte. Seine Pupillen weiteten sich, seine Atmung wurde langsamer. Sie hatte noch nicht mal genug Informationen über Markow erfasst, um ein echtes Schaubild erstellen zu können – das meiste von dem, was der Computer ihnen zur Verfügung stellte, war einfach Kodierungsrauschen, aber das spielte für Garrett keine Rolle; Rauschen war eine Stufe unter den Fakten und viele Stufen über dem wirklichen Leben.

»Du kannst ein bisschen unheimlich sein – das weißt du, oder?«, sagte Mitty.

Garrett zeigte ihr den Mittelfinger und ging weiter in einen anderen Bereich ihrer großen, leeren Bürosuite. Er entdeckte Patmore in einem hinteren Zimmer, dessen Fenster auf die Innenstadt von Newark hinausführte, wo er eine Internet-Einspeisung von vier verschiedenen Kabelnachrichten-Netzwerken überwachte.

Patmore stand auf und nahm zackig Haltung an, als Garrett in das Zimmer kam. »Köchelt leise dort draußen, Sir.«

»Wieso?«

»Viel Geplapper über Steinkamp, Sir. Wer hat ihn umgebracht? War das ein Terroranschlag auf die US-Wirtschaft? Und warum sollte jemand von der Wall Street wie Sie irgendwas damit zu tun haben? Eine Menge Verschwörungstheorien. Auch über Russland. Zum Beispiel, dass die Russen vielleicht nach Weißrussland einmarschieren. Und was für einen Shitstorm das auslösen würde.«

Jede Erwähnung von Russland sorgte dafür, dass ein Schauer über Garretts Rücken lief. »Hat irgendjemand gesagt, dass die beiden was miteinander zu tun haben? Steinkamp und Russland?«

Patmore kratzte sich am Kinn. »Nein, ich glaube nicht.«

»Nun, ich glaube schon. Halten Sie die Augen offen, ob es irgendwelche Schnittpunkte gibt.«

»Wird gemacht, Sir.«

»Nennen Sie mich nicht Sir.« Garrett nickte Patmore zu und dann zu seinem Stuhl. »Und Sie können es sich bequem machen – oder was man in solchen Fällen sagt.«

Patmore setzte sich wieder.

Garrett schloss die Tür zu dem Büro und holte einen Hundertdollarschein aus seiner Brieftasche. »Hören Sie, ich hab noch einen andern Job für Sie. Wenn Sie nur … na ja, auf die Craigslist schauen könnten.« Garrett schlich um das Thema herum. »Und vielleicht etwas finden könnten. Mein Kopf. Sie wissen, ich hatte diesen Schädelbruch. Und es tut schrecklich …«

»Bin schon dran.« Patmore schnappte sich den Schein aus Garretts Hand. »Schmerzmittel. Ein Schwarzmarktverkäufer. Keine digitale Spur.«

Garrett nickte überrascht, dann erleichtert. Er hatte angenommen, seine Bitte würde längere Erklärungen erforderlich machen. »Ich nehme sie wahrscheinlich gar nicht. Ich brauche sie nur in meiner Nähe, falls …«

»Ich bin in Kandahar aus einem Humvee gepustet worden. Wir sind über eine Art Mine gefahren, der Humvee hat sich überschlagen, und als ich wieder wach wurde, lag ich im Feldlazarett. Geht kein Tag vorbei, an dem sich mein Rücken nicht anfühlt, als wollte er auseinanderbrechen. Betrachten Sie es als erledigt.«

Garrett wurde von einer Welle der Dankbarkeit erfasst, und er war kurz davor, in Tränen auszubrechen, als Celeste ins Zimmer kam.

»Ich hab was gefunden.« Sie warf einen Blick auf Patmore und studierte dann den merkwürdigen Ausdruck auf Garretts Gesicht. »Störe ich? Wolltet ihr zwei euch gerade küssen?«

Garrett schüttelte verwundert den Kopf. »Du bist so ein Arschloch. Du bist mir ähnlicher geworden als ich mir selber.«

»Ich dachte, das würde dir gefallen«, sagte Celeste.

»Es verliert mit der Zeit seinen Reiz.«

»Stell dir vor, wie es uns anderen geht.«

Garrett wandte sich an Patmore. »Vielen Dank, Private.«

Garrett und Celeste verließen das Zimmer und gingen zum leeren Empfangsbereich. Celestes Laptop stand offen auf einem Schreibtisch.

»Ich habe Leones Vorgeschichte überprüft. Nichts Außergewöhnliches. Ist außerhalb von London aufgewachsen, mittlere Hochschulen. Hat ein bisschen Personalverwaltung in der City gemacht. Dann hat er den Job in Malta bekommen. Ist dort drei Jahre geblieben, hat eine Wohnung gemietet. Mittleres Gehalt. Normaler Typ. Normales Leben.«

190

»Okay.«

»Dann hab ich daran gedacht, was du gesagt hast – denk wie ein Betrüger –, und deshalb hab ich mir seine sozialen Medien angeschaut. Tumblr, Instagram, Facebook. Sieh dir das an.«

Sie tippte auf das Mousepad, woraufhin ein Browser auf dem Computerbildschirm erschien. Sie klickte durch jeden der drei Tabs. Alle drei Seiten der sozialen Medien waren mit Bildern von Frauen gefüllt – hübsch und jung –, denen eines gemeinsam war.

»Er hat ein Faible für Rothaarige«, sagte Garrett.

»Ein ziemlich offensichtliches Faible. Ein Schrei-es-von-den-Dächern-Faible.«

»Wissen wir, ob er …«

»Ich hab den IT-Typ noch mal angerufen und ihn gefragt, ob Leone irgendwelche Fetische gehabt hätte, aber der IT-Typ kannte ihn nicht so gut. Er sagte, Leone hätte einen Freund in der Bank gehabt, einen Italiener namens Luigi Abela von der Rechtsabteilung. Er lebt immer noch auf Malta. Ich hab mit ihm geredet. Er meinte, Leone hätte sehr auf Rothaarige gestanden und hätte tatsächlich eine in der Nacht vor dem Zusammenbruch an der Theke einer Bar kennengelernt.«

»Ich glaub's ja nicht.«

»Ich vermute mal, dass Markow diesen Leone ausgekundschaftet und mitbekommen hat, dass er für Rothaarige schwärmt, dann hat er eine nach Malta gebracht und sie auf ihn angesetzt. In Spionagekreisen nennt man das Honigfalle.«

Garrett scrollte durch die Bilder auf Leones Instagram-Konto. Leones Manie trat dort offen zutage; Markow musste nur danach Ausschau halten. »Er findet die Schwächen von Leuten heraus und nutzt sie aus.«

»Dann hoffe ich bei Gott, dass du nicht allzu viele hast.« Celeste lächelte Garrett finster an. »Weil er sie ansonsten finden und dich an die Wand nageln wird.« Sie klappte ihren Laptop zu und ging zur Tür. »Ich werde ein Nickerchen machen.« Damit verließ sie das Büro.

Garrett dachte über diese neue Information nach. Das Bild, das sich allmählich von Markow ergab, war noch unausgereift, aber hilfreich: Er war vorsichtig, zwanghaft, klug und bislang in moralischer Hinsicht ein unbeschriebenes Blatt. Garrett dachte auch an die letzte spitze Bemerkung, die Celeste an ihn gerichtet hatte. Er hatte Schwächen, obwohl er sie nach Möglichkeit überspielte, und er hatte es nicht besonders eilig damit, sie anderen mitzuteilen. Er schüttelte diese Gedanken ab und machte sich auf die Suche nach Alexis. Ihr hatte er die merkwürdigste Aufgabe des Teams zugewiesen – ein spekulativer Schuss ins Blaue, der die Dinge vielleicht ein wenig vorantreiben konnte.

»Fertig«, sagte Alexis in dem Augenblick, als er in ihr Zimmer kam. Sie drehte ihren Stuhl so, dass Garrett den Bildschirm vor ihr sehen konnte. Darauf war ein sorgfältig formuliertes Dokument mit einem Polizeifoto und einem Logo des New York State Department of Justice zu sehen.

Garrett las es zweimal. »Das gefällt mir. Ich meine, ich hab noch nie eine AMBER-Alarmmeldung gelesen, aber sie kommt mir echt vor.« Er wies am Bildschirm auf einen Absatz direkt unterhalb von Ilja Markows Foto. »Besonders gefällt mir der Teil, wo es heißt, dass er einen fünfjährigen Jungen entführt hat. Du behauptest zwar nicht direkt, er sei ein Kinderschänder, aber es ist ziemlich klar, dass er einer ist.«

Garrett wusste, dass ein falscher AMBER-Alarm eine gemeine Medienmanipulation war, aber er wollte Markow auf dieselbe Art und Weise zwingen, an die Oberfläche zu kommen, wie das FBI versucht hatte, Garrett dazu zu bringen, sein Gesicht zu zeigen. Und es war ihm egal, wenn er dabei gegen

192

irgendwelche Regeln verstieß. Soweit es ihn betraf, konnte er gar nicht gegen zu viele Regeln verstoßen.

»Wenn das die richtigen Leute hören, reißen sie Markow in Stücke«, sagte Garrett.

Missfallen überzog blitzartig Alexis' Gesicht.

»Was? Das erspart uns die Mühe.« Garrett wusste, dass Alexis nicht immer begeistert über seine Moralvorstellungen war, aber andererseits – er war auch nicht von ihren begeistert. In dieser Hinsicht ergänzten sie sich gut.

»Wie sollen wir die TV-Sender dazu bringen, das auszustrahlen? AMBER-Meldungen müssen von der Polizei bestätigt werden.«

»Es ist eine Neuigkeit. Eine sensationelle Neuigkeit«, sagte Garrett. »Wir schicken sie an jede Fernsehstation von hier bis Miami. Und an jede Zeitung und jede Nachrichtenwebsite. Falls nur ein Viertel von ihnen damit live auf Sendung geht, könnte das Markow zwingen, seine Pläne zu ändern. Das ist es, was wir wollen. Wir wollen, dass er sich gejagt fühlt. Wir wollen, dass er aus dem Gleichgewicht gerät und zum Improvisieren gezwungen ist.«

»Okay.« Sie drehte sich wieder zu ihrem Computer um. »Du bist der Boss.«

Garrett beobachtete sie einen Moment.

»Noch etwas?«, fragte Alexis, ohne hochzusehen.

»Brauchen sie dich wieder in D.C.?«

»Ich werde bald zurückgehen müssen. Es gibt nicht so viele Ausflüchte, die ich erfinden kann, um vom Büro fernbleiben zu können.«

»Wir werden mehr Hilfe brauchen. Institutionelle Hilfe.«

Alexis drehte sich in ihrem Stuhl wieder zu Garrett um. »Angesichts dessen, dass das FBI dich gern in Handschellen sähe, bin ich mir nicht ganz sicher, wen wir fragen könnten.«

»Die DIA könnte uns alles besorgen, was wir brauchen: Passagierlisten, Kreditkarten-Tracking, einen sicheren Daten-Sweep.«

Alexis' Augen verengten sich. »Kline will nichts mit dir zu tun haben.«

»Du kannst ihn davon überzeugen, dass ich recht habe. Dass wir recht haben. Du hast die Beweise.«

»Ich habe Hypothesen. Ich habe Wahrscheinlichkeit. Und ich habe einen einzelnen russischen Studenten, der durch die Vereinigten Staaten wandert. Aber ich habe keinen Beweis. Jedenfalls keinen, den Kline akzeptieren wird. Er ist ein Sturkopf, und es gefällt ihm nicht, unrecht zu haben.«

»Du könntest andere Methoden anwenden. Damit er tut, was für uns nötig ist.«

Im Zimmer schien es kälter zu werden. Alexis legte den Kopf schief, ihr Gesicht wurde auf einmal ausdruckslos. Auf Garrett machte sie den Eindruck, als versuche sie, sich zum ersten Mal über seinen Charakter klar zu werden, als hätten sie sich gerade erst kennengelernt – als wäre er für sie ein Fremder.

»Was willst du vorschlagen?«

»Mein Name ist mit Aszendent verbunden. Aszendent ist mit ihm verbunden. Und mit dir verbunden. Wenn du ihm damit drohst …«

»Erpressung? Wenn ich drohen würde, ihn mit mir nach unten zu reißen? Willst du das damit sagen?«

Garrett zog die Schultern hoch, als wolle er sagen: Na ja, jetzt wo du es erwähnst, vermute ich, dass das eine Möglichkeit wäre.

»Du verlangst eine Menge. Eine verdammte Menge.«

Das tat Garrett, und er wusste es auch. Aber sie steckte bereits tief drin, warum sollte sie also nicht bis zum Anschlag reingehen?

Ihre Augen brannten sich in seine, kalt und forschend, und er musste sich innerlich zusammennehmen, um ihrem Blick standzuhalten. Er konnte nicht in ihr lesen, aber das konnte er selten – sie war ein Geheimnis für ihn, und das blieb sie auch weiterhin. War sie wütend auf ihn? Hatte sie womöglich genug? Hatte sie einen flüchtigen Blick auf seine wahre Natur geworfen und festgestellt, dass diese bedauerliche Mängel aufwies? Spielte das überhaupt eine Rolle?

Alexis blinzelte ein Mal langsam, drehte sich zu ihrem Computer zurück und machte sich wieder an die Arbeit. Garrett schaute auf ihren Rücken, auf ihr schwarzes Haar, das über ihre Schultern fiel, aber sie wandte sich ihm nicht wieder zu und sagte kein weiteres Wort. Und Garrett gewann den deutlichen Eindruck, dass ihre Beziehung gerade in eine neue – und vielleicht nicht so wohlwollende – Phase eingetreten war.

22

ATLANTA, GEORGIA, 18. JUNI, 11:01 UHR

Ein Summen finanzieller Besorgnis lag in der Luft. Leonard Harris (Republikaner – Marietta, GA) konnte es gestern in dem gedämpften Flüstern seiner Referenten in Washington, D.C., hören, als der Kongress seine Sitzungsperiode beendete, und er konnte es heute Morgen in den ausdruckslos starren Blicken der Geschäftsleute am Flughafen sehen, als er in Atlanta aus dem Flugzeug stieg. Es war so, als hätte das gesamte Land seine Antidepressiva abgesetzt und als ob jedes scherzhafte Gerücht, das man sich nur ausdenken konnte, allmählich aus dem Sumpf der öffentlichen Meinung heraussickerte: Das Ende war nahe; kauft Gold. Es gibt kein Öl mehr; lass deinen Wagen stehen. Der Dollar ist morgen nichts mehr wert; nimm dir eine Flinte und lauf in die Berge.

Mein Gott, dachte Harris, während er seinen grauen Lincoln MKZ durch den grässlichen Verkehr in Atlanta manövrierte, die Leute lieben es wirklich, sich in etwas hineinzusteigern.

Er schaute auf seine Uhr und beschloss, dass er gerade noch genug Zeit hätte, eine Kleinigkeit zu essen. Er fuhr vom Freeway herunter und machte sich auf den Weg nach Osten zu Atlantas Old Fourth Ward und einem unbebauten Grundstück hinter einem Piggly Wiggly. Denn dort lag eine kulinarische Goldmine, Food Trucks aus ganz Atlanta trafen sich hier – Barbecue Food Trucks, vietnamesische Food Trucks, Burger-Trucks, Fish-and-Chips-Wagen und sogar ein veganer Food Truck.

Harris aß für sein Leben gern: chinesisch, italienisch, französisch, thailändische Satai-Spieße, koreanischer Kimchi, äthiopisches Fladenbrot, bestrichen mit Doro Wot. Alles gut in seinen Augen. Er würde an sieben Tagen in der Woche in Restaurants essen, wenn sein Arzt ihm nicht gesagt hätte, dass es sein Tod wäre; deshalb beschränkte er es auf vier Mittag- und drei Abendessen. Schließlich war er siebenundfünfzig Jahre alt, in seiner achten Amtsperiode, und wenn er auf seine Gesundheit achtete, konnte er wahrscheinlich seine vierzehnte oder fünfzehnte noch erleben.

Harris parkte seinen Wagen einen Häuserblock vor dem Piggly Wiggly und ging zu Fuß zu der Karawane von Food Trucks. Die Sonne Georgias brannte herab, und die Luft war schwer und feucht. Er hatte für das Interview ein weißes Ersatzhemd hinten im Auto hängen, was eine verdammt gute Idee war, weil das blaue, das er anhatte, schon durchgeschwitzt war.

Harris sah gut aus und war telegen. Er hatte noch die meisten seiner Haare und brauchte keine Brille, was einer der Gründe dafür war, dass er den Vorsitz des Unterausschusses für die Bankenaufsicht an Land gezogen hatte, einer der mächtigsten Ausschüsse in ganz Washington. Er hatte lange und hart um den Posten gekämpft – sich die zahllosen Kränkungen seines Parteibosses gefallen lassen, die ganze Drecksarbeit eines braven politischen Fußsoldaten geleistet –, und jetzt war er der Boss. Ein großer Sieg. Aber der Job war nicht ohne Pflichten, und Interviews standen ganz oben auf der Liste: Er war auf dem Weg in die Innenstadt zum CNN-Turm, wo eine anderthalbstündige Frage-Antwort-Runde mit Wolf Blitzer anstand. Anschließend war um vier Uhr ein Beitrag in einem Übertragungswagen des Public Broadcasting Service angesetzt und um halb fünf ein Gespräch mit einem Sprecher von einem Radiosender in San Antonio, Texas. Und alle würden sie eine

Sache mit ihm diskutieren wollen und nur eine Sache: die Ermordung Phillip Steinkamps.

Harris kannte Steinkamp – hatte ihn ein paar Mal getroffen, sogar ein Mal mit ihm zu Mittag gegessen – und hielt ihn für einen netten Kerl. Eine Riesenschande, was mit ihm passiert war. Aber Harris konnte nicht irgendwelche neuen Theorien darüber anbieten, warum er erschossen worden war oder wer es getan hatte. Das FBI hatte ihn vor zwei Tagen informiert, aber seitdem hatte er nichts mehr gehört. Nicht dass das eine Rolle gespielt hätte: die Kabel-Nachrichtensender waren erbarmungslos auf der Suche nach Klatschgeschichten – ein Hauch von Drama war Grund für ein neues Interview, weitere atemlose Analysen, noch eine Runde dümmlicher Vorhersagen.

Harris betrat das Grundstück mit den Food Trucks und dachte darüber nach, was er essen sollte. Er kam so oft hierher, dass alle Fahrer und Köche ihn kannten. Heute entschied Harris sich für Joses Bandito Wagon. Jose war alt und gebückt und saß hinten im Wagen, während seine Frau – Sofia – das Essen zubereitete. Und, Herrgott noch mal, Sofia war ein Genie. Ihr Chicken Mole Burrito war eine Sünde wert, und ihr Steak carnitas, das mit frischem Koriander bestreut war, ließ Harris' Herz höherschlagen.

Harris bestellte zwei Garnelen-Tacos, als Beilage Guacamole und hausgemachte Paprikachips und eine Pepsi light, um alles hinunterzuspülen. Er plauderte kurz mit Jose, während er geduldig auf seine Bestellung wartete, aber sogar Jose wollte heute über den Zustand des Landes reden.

»Gestern ich nehme mein Geld und schicke nach Mexiko«, erzählte er Harris. »Sicherer dort. Ich war in Mexiko, als der Peso puff machte. Einfach so verschwunden. Einen Tag hast du Menge Geld, den nächsten Tag hast du nichts. Vielleicht das passiert hier.«

Harris wollte Jose schon sagen, dass der amerikanische Dollar völlig stabil war und um einiges sicherer als der mexikanische Peso, aber er stellte fest, dass er einfach nicht die Energie hatte, und überhaupt wurde seine Bestellung gerade in ihrer ganzen aromatischen Pracht und Herrlichkeit gebracht, also schnappte er sich ein paar Servietten und einen kleinen Behälter Pico de gallo und setzte sich auf eine Picknickbank aus Holz in der Mitte des unbebauten Grundstücks. Diese Tacos zu essen war wie Sex. In Wirklichkeit besser als Sex, weil, na ja, er hatte nicht mehr oft Sex. Er sah seine Frau nur selten, da sie in Marietta wohnte, wo sie als Ärztin arbeitete, und er war die meiste Zeit in der Hauptstadt, wo er sich ein schäbiges kleines Apartment mit drei anderen Kongressabgeordneten teilte. Selbst wenn der Kongress eine Sitzungspause hatte, schliefen er und seine Frau nicht miteinander. Sie schienen einfach nicht die richtige Zeit finden zu können. Oder die Leidenschaft. Was vielleicht erklärte, warum ihm das Essen einen solchen Spaß machte. Er war kein Amateurpsychologe, aber selbst er hatte den Verdacht, dass er unbefriedigtes erotisches Verlangen durch Essen kompensierte.

Er schaute hinüber zu dem halben Dutzend anderer Esser an verschiedenen Tischen. Die Sonne verschwand hinter einer Wolke, und Harris tupfte an seinem verschwitzten Gesicht herum. Dreißig Minuten bis zu dem CNN-Interview. Was sollte er sagen? War da wirklich eine Art Verschwörung im Gange? Harris hatte Schwierigkeiten, das Ganze zu erfassen, aber er musste zugeben, dass es ein bisschen verrückt zuging in der Welt: die Erschießung eines Vorstandsvorsitzenden der Fed, ein Sturm auf eine Bank im Süden Europas, gezielte Cyberattacken, der ausufernde Bürgerkrieg in Weißrussland, während die Russen ihre Panzer an den Grenzen früherer Ostblockstaaten auf und ab fahren ließen, als wäre der Kalte Krieg wieder ausgebrochen.

Eine Mauer der Sorge. So nannten sie es an der Wall Street. Und die Sorge breitete sich aus. Der Markt hatte gestern einen herben Rückschlag erlitten. Der Dow war um fünfhundert Punkte gesunken und lag heute Morgen weitere dreihundertfünfzig Punkte tiefer. Gerüchte kursierten. Waren amerikanische Banken in Schwierigkeiten geraten? Hatten Maklerfirmen schon wieder falsche Entscheidungen getroffen? Harris hatte gestern irgendeinen Wichtigtuer auf Fox sagen hören, es gäbe draußen ein Derivat, das ein großes Handelshaus mit sich reißen würde. Was für ein unverantwortlicher Idiot würde auf Sendung gehen und so was behaupten? Das gesamte Gebäude, das die amerikanische Wirtschaft darstellte, beruhte auf dem Vertrauen der Öffentlichkeit darin, dass seine Struktur intakt war. Wenn die Leute an diese Idee nicht mehr glaubten, würde alles in Flammen aufgehen. Das wusste sogar Harris.

Jetzt musste er ins Fernsehstudio gehen und der Nation erzählen, dass alles gut wäre, die Weltmärkte stabil wären, die Banken stabil wären und dass die Ermordung Steinkamps nur einer dieser merkwürdigen Zufälle wäre. Hier gibt's nichts zu sehen, Leute, macht, dass ihr weiterkommt, geht weiter.

Aber nicht mal er glaubte das so ganz. Irgendwas war im Busch. Irgendwas Seltsames.

Harris verdrängte das Wort Finanz aus seinen Gedanken und schaute den Tisch entlang. Am anderen Ende der Bank saß eine junge Frau und legte eine Papierserviette in ihren Schoß. Sie war jung, hübsch, hatte dunkelblonde Haare und volle Lippen. Harris liebte volle Lippen. Oder hatte sie geliebt, als er noch Single war. Weil Harris ein guter Christ und übertrieben tugendhaft war, bewunderte er diese Lippen inzwischen aus der Ferne. Die junge Frau schaute von ihrem Teller hoch – sie hatte die Fish and Chips vom Seafood Trucker genommen, eine gute Wahl, aber nicht in derselben Liga wie die

Tacos – und sah rasch weg. Er hatte sie angestarrt. Sie nahm ihre Handtasche und ihren Teller mit dem Fisch und den Pommes und ging zu einem anderen Tisch.

Trottel, dachte Harris, wie ein lüsterner alter Mann eine hübsche junge Frau anzustarren. Natürlich war sie woanders hingegangen. Harris spürte, wie sich die Sünde in allen Formen und Größen zeigte, und manchmal reichte es schon, den Blick schweifen zu lassen. Das war ein hoher Maßstab, wenn er sich daran halten wollte, aber es war schließlich schön, bei irgendetwas hohe Maßstäbe zu haben. Durch den Gestank amerikanischer Politik zu waten verlangte ihm eine Menge ab, und er legte Wert darauf, dass seine Moral unversehrt blieb.

Er aß seine Tacos auf, trank seine Pepsi Light aus und wischte alle Spuren der scharfen Sauce von seinen Lippen. Er stand auf, schaute auf seine Uhr, ging dann an der jungen blonden Frau vorbei, ohne sie noch einmal anzustarren, und winkte Jose zu, der gerade einen Teller mit Käse bedeckter Enchiladas ausgab. Dann blieb Harris stehen und schüttelte den Kopf.

Falls du sündigst, dachte er bei sich, und wenn es nur ein bisschen ist, dann bring es am besten auf der Stelle wieder in Ordnung. Er ging zu der jungen Frau zurück. »Gestatten Sie, dass ich mich entschuldige.«

Die junge Frau schaute ihn überrascht an.

»Weil ich Sie angestarrt habe. Ich war geistesabwesend, aber ich bin sicher, es hat einschüchternd gewirkt. Eine Belästigung. Bitte, verzeihen Sie.« Er verbeugte sich leicht und machte sich wieder auf den Weg.

»Kenne ich Sie von irgendwoher?«

Harris blieb stehen. Das war einer der Vorzüge – oder Nachteile – des Kongressabgeordneten-Daseins. Man war eine Berühmtheit, wenn auch eine kleine. »Ich bin Len Harris. Ich bin Kongressmann. Vom elften Bezirk.«

»Oh«, sagte die junge Frau mit einem Anflug von Enttäuschung in der Stimme. »Ich dachte …«

»Sie dachten, ich wäre wirklich wichtig?« Harris lächelte. »Nicht nur Politiker?«

Die junge Frau lachte. »Nein. Sie haben mich an jemand anderen erinnert. Von vor einiger Zeit. Aber derjenige sind Sie nicht.« Sie errötete ein bisschen, das Blut stieg ihr in die Wangen, als ob der Gedanke an diese Person, diese Erinnerung, ihr etwas bedeutete, etwas ganz minimal Sinnliches. Vielleicht ein Liebhaber? Ein ehemaliger Schwarm?

Ein erotischer Impuls lief durch Harris' ganzen Körper, vom Kopf bis zu den Zehen. Ich wünschte, der wäre ich, dachte Harris. Er muss ein glücklicher Mann gewesen sein. »Tut mir leid, Sie enttäuscht zu haben.«

»Haben Sie nicht.« Die junge Frau lächelte – ein offenes, vertrauensvolles Lächeln, mitfühlend und dennoch ein kleines bisschen einladend. »Sie haben sich als Gentleman erwiesen. Das war sehr nett von Ihnen. Man erlebt das nicht alle Tage.«

Harris strahlte. Versuch immer das Richtige zu tun, ermahnte er sich. Immer. »Vielen Dank.« Er bemerkte ihr Taschenbuch, das auf dem Tisch neben ihrem Teller lag. Ein Science-Fiction-Roman, *Ender's Game* von Orson Scott Card. Harris lächelte. *Ender's Game* war mit großem Abstand sein liebster SF-Roman aller Zeiten, und Harris mochte Science Fiction fast so gern, wie er Essen mochte. Er war ein ziemlicher Freak und scheute sich nicht, es zuzugeben. Tatsächlich ließ er sich auf seinem Twitter-Account, den er für seine Wählerschaft eingerichtet hatte, unaufhörlich über *Ender's Game* aus. Nun ja, eigentlich hatten seine Kongresshelfer ihn eingerichtet. Harris hatte nicht genug Zeit, Tweets über irgendwas zu posten und definitiv nicht über Science-Fiction-Romane.

»Tolles Buch.« Harris wies auf das Taschenbuch. »Ich habe

es mindestens zehn Mal von der ersten bis zur letzten Seite gelesen.«

Die junge Frau schaute Harris ins Gesicht, als versuche sie, etwas darin zu erkennen. Seine Aufrichtigkeit? Ernsthaftigkeit? Versuchte er, sie abzuschleppen? »Für mich die Nummer drei.«

»Dann sind Sie ein unglaublich vielseitiger Mensch. Sie kennen die besten Esslokale und die besten Bücher.«

»Das ist ein großartiger Ort hier. Das Essen ist eine Sünde wert.«

»Ich verbringe viel zu viel Zeit hier.« Harris klopfte sich auf den Bauch. »Viel zu viel Zeit.«

Sie lachte. »War nett, Sie kennenzulernen, Mr Congressman. Vielleicht bis demnächst.«

»Ja, vielleicht.«

Er nickte ihr zum Abschied noch einmal zu, bevor er mit einem breiten Lächeln auf dem Gesicht zu seinem Auto zurückeilte. Diese Worte – »Vielleicht bis demnächst« – blieben ihm während des gesamten Interviews beim CNN im Gedächtnis haften. Und beim PBS. Und bei dem Rundfunksender aus San Antonio. Er konnte nicht sagen, warum genau das so war – etwas in ihrem Tonfall, der Ausdruck auf ihrem Gesicht. Sie schien in seinem Gehirn verankert zu sein. Als er an diesem Abend ins Bett ging, wo seine Frau Barbara tief und fest an seiner Seite schlief, schossen ihm immer wieder Gedanken durch den Kopf, allerdings nicht an Finanzdinge oder Phillip Steinkamp oder Verschwörungen und die Geldmenge, sondern Gedanken an die hübsche Blondine bei den Food Trucks.

Er fasste den Entschluss, direkt am nächsten Tag wieder dorthin zu gehen. Nicht, um irgendwas Besonderes zu tun. Nur um einen Blick auf ihr Gesicht zu werfen. Das war alles. Keine Sünde. Nur um eine Freundin zu haben.

Mit diesem Gedanken schlief einer der mächtigsten Politiker im Kongress der Vereinigten Staaten friedlich und glücklich ein – der Mann, der fast im Alleingang die Finanzindustrie regulierte.

23

MIDTOWN MANHATTAN, 18. JUNI, 16:31 UHR

Sir, das Büro in Charlotte ist wieder am Apparat.«

Robert Andrew Wells jun., Vorstandsvorsitzender der Vanderbilt Frink Trust and Guaranty – bei den meisten Leuten im Land als Vanderbilt und bei allen an der Wall Street als Vandy bekannt –, bekundete grunzend sein Missfallen, während er durch den Flur im neunundzwanzigsten Stock der Hauptgeschäftsstelle seiner Bank marschierte, auf dem Weg zum Treppenhaus. Sein Assistent Thomason, der in seinem Kielwasser folgte, hielt ein Mobiltelefon in die Höhe. »Sie wollen wissen ...«

»Ich weiß, was sie wollen, zum Teufel.« Wells stieß die Tür zum Treppenhaus auf und sprintete nach oben, zwei Stufen auf einmal nehmend. »Sie wollen meine Genehmigung. Alle wollen immer meine Genehmigung.«

Wells glaubte an Unternehmergeist: Man ging nach draußen und tat etwas. Man bat nicht um Almosen. Er glaubte daran, dass man sich selbst helfen musste: Egal, wo man in dieses Leben gestartet war, in einer Hütte in der hintersten Provinz oder in einer rattenverseuchten Mietskaserne, wenn man hart arbeitete – sich dem widmete, was ein Herzenswunsch war –, würde man es schließlich bekommen. Ob man es Willenskraft nannte, Persönlichkeitskult oder nur die einfache gute amerikanische Selbsthilfe, Wells hatte die Vorstellung vom Selfmademan geschluckt, mit Haut und Haaren.

Er hatte keine Zeit und keine Geduld für Leute, die herumsaßen und darauf warteten, dass ihnen jemand anderer die Leiter hinaufhalf – Sozialhilfeempfänger oder Bürokraten, die von der Muttermilch des Staates abhängig waren, oder wehleidige Niederlassungsleiter, die ihren Arsch absichern wollten, bevor sie etwas Neues ausprobierten. Sie würden nie Größe erreichen, diese Leute, weil sie nicht begriffen, dass Größe von innen kam und einem nie gegeben wurde. Man musste um sie kämpfen. Man musste sie sich verdienen.

Während er durch den Flur im dreißigsten Stock schritt, sonnte sich Wells in dieser Vorstellung. Er war vom Erdgeschoss aufgestiegen, hatte sich seinen Weg durch das Unternehmen erkämpft und war mittlerweile der King, stand an der Spitze der größten Bank der Nation. Er war ein Meister des Universums, ein Mann mit unsagbarem Reichtum und fast unbeschränkter Macht – er war das eine Prozent von einem Prozent, und alle Welt wusste es.

Dass Wells' Vater – Robert Andrew Wells sen. – ebenfalls Banker gewesen war, tat Wells' philosophischem Gerüst keinen Abbruch. Wells sen. hatte keine Institution wie Vandy geleitet. Er war ein mittlerer Angestellter in einer kleinen Spar- und Darlehenskasse im Mittleren Westen gewesen, und das war kaum ein Sprungbrett für die Führungsposition eines internationalen Unternehmens. Nach Wells' Ansicht war der Abstand zwischen der Position seines Vaters und seiner eigenen gleichwertig mit der Strecke, die ein Obdachloser zurücklegen musste, um etwas aus seinem Leben zu machen – beispielsweise einen Job als Kassierer in einer ihrer fünfzehnhundert Filialen im ganzen Land zu bekommen.

Ja, die Regierung hatte Vandy 2008 tatsächlich aus der Patsche geholfen, indem sie die Kapitalanforderungen der Bank mit einem gewaltigen Darlehen vom Schatzamt absicherte, aber Wells hatte dafür gesorgt, dass das Darlehen schnell und mit sämtlichen Zinsen zurückgezahlt worden war. Vandy schuldete der amerikanischen Regierung nichts. Zumindest im Moment nicht. Und auch nie wieder.

Jedenfalls waren diese Argumente Spitzfindigkeiten, und Wells hatte sie alle schon mal gehört. Die Presse konnte Wells nicht leiden, und die politische Linke auch nicht. Sie waren neidisch, seiner Ansicht nach, und sie hatten keine Vorstellung davon, was Wells und seine Bank für Amerika taten – die Anstrengungen, die sie unternahmen, um dafür zu sorgen, dass sich die Räder des Kapitalismus weiter drehten. Das war kein kleines Unterfangen. Die Presse und die Linke hassten den Kapitalismus, hassten Banken, und sie hassten Vandy. Die letzten drei Tage hatten dies jenseits aller Zweifel bewiesen. Alles, was Wells im Lauf der vergangenen zweiundsiebzig Stunden gelesen hatte, handelte davon, wie bedrohlich der Zustand seiner Bank war – dass ihre Kapitalreserven niedrig, ihre Kredite notleidend, ihre Investitionen Scheiße waren. Und natürlich, dass ihr Vorstandsvorsitzender die Sache durch seine Arroganz und seine Gehässigkeit nur noch schlimmer machte.

Wells atmete zischend aus und stieß die Tür zu dem Stockwerk auf, in dem der Börsenhandel der Bank stattfand. Thomason hielt mit ihm Schritt und Stephens, die junge Frau aus Boston, ebenfalls. Diese beiden Assistenten kümmerten sich um seinen Terminplan, bedienten seine Telefone und sorgten dafür, dass er über alles informiert wurde, was in der Welt geschah. Wells konnte ohne seine Assistenten nicht überleben, obwohl einer wahrscheinlich reichen würde für den Job – aber ein zweiter war schön. Er gab mehr Leuten Arbeitsplätze, und das konnte man doch kaum als verkehrt bezeichnen.

»Gehen Sie mir nicht noch mal wegen Charlotte auf die Nerven«, bellte Wells.

»Jawohl, Sir«, sagte Thomason kleinlaut.

Wells betrachtete zufrieden den Börsensaal. Der Raum war riesengroß und erstreckte sich fast über die ganze Länge des Gebäudes, gerammelt voll mit geschäftigen Angestellten, die Anteile an den größten und besten Gesellschaften der Nation – und der Welt – kauften und verkauften. Telefone klingelten, Gespräche wurden schreiend geführt, Kauf- und Verkaufsaufträge blinkten auf zahllosen Computerbildschirmen. Der Raum brummte vor Aktivität, dröhnte vor Kommerz und strotzte vor Wohlstand – auch wenn die Schwarzmaler anderes behaupteten. Der Ort gab ihm Kraft und bewies ihm, dass die amerikanische Wirtschaft immer noch Beine hatte, auf denen sie stabil stehen konnte. Die Zukunft war glänzend. Er brauchte dieses Gefühl, weil er während der letzten Tage, egal, wie sehr er an sich glaubte, eine ungute Vorahnung verspürt hatte. Wells marschierte quer durch den Raum und bekam aus dem Augenwinkel mit, dass alle Trader und Analysten einen schnellen Blick auf ihn riskierten. Er war kaum zu übersehen mit seinen breiten Schultern, seinem vollen weißen Haarschopf und seiner Truppe, die sich hinter ihm drängelte wie eine Hundemeute. Er mochte das Gefühl, dass Leute wussten, wer er war, und einen flüchtigen Blick auf ihn erhaschen wollten. Und das nicht nur, weil es ihm ein Gefühl von Bedeutung vermittelte – es bewies auch, dass es immer noch eine Hierarchie in der Bank gab, dass sogar der kleinste Aktienverkäufer sich Hoffnung darauf machen konnte, eines Tages Vorstandsvorsitzender zu sein. Sich Hoffnung darauf machen konnte, der nächste Robert Andrew Wells jun. zu sein.

Wells klopfte gegen den metallenen Türrahmen eines Büros, das vor dem Börsensaal lag. Aldous Mackenzie, der Chief Investment Officer der Bank, schaute von seinem Computerbildschirm hoch. Hinter ihm waren durch das Flachglasfenster

Midtown Manhattan und der East River in der Nachmittags-
sonne zu sehen.

»Was gibt's Neues?«, fragte Wells, während er in das Zimmer trat und seinen Assistenten zu verstehen gab, sie sollten
draußen warten.

Mackenzie zuckte mit den Schultern. »Mehr Besorgnis. Gerüchte über ein toxisches Derivat, das aus unserem Börsensaal
kommt.«

»Ist das möglich? Könnten wir das übersehen haben?«

»Alles ist möglich. Aber, Herrgott, wir haben zwanzig Millionen Dollar für diese Software zur Risikoanalyse bezahlt.
Das Ding sollte jede schlechte Entscheidung irgendwo in der
Firma erkennen. Deshalb ... sage ich Nein. Wir könnten es
nicht übersehen.«

Wells schloss die Tür hinter sich, bevor er einen jungen
Mann bemerkte, der auf der Couch gegenüber von Mackenzie
saß – Mackenzies Assistent. Wells konnte sich nicht an seinen
Namen erinnern, Benny Soundso, aber er blieb in der Nähe,
so wie Wells' Assistenten in seiner Nähe blieben. »Könnten Sie
uns einen Moment allein lassen?«

Der junge Mann sprang auf die Beine und floh praktisch
aus dem Raum.

»Unsere Aktie steht heftig unter Druck, Mac. Heute schon
wieder fünf Punkte weniger. Das sind fünfzig Milliarden an
Börsenwert.«

»Ich bin mir darüber im Klaren.« Mackenzie war ein großer Mann, hatte ein rotes Gesicht und nicht mehr viele Haare
auf dem Kopf. »Sie hat in zwei Jahren nicht mehr als dreißig
gebracht. Ein weiterer Rückgang von fünf Punkten wird niemanden umbringen.«

»Er könnte mich umbringen. Oder die Presse könnte mich
umbringen. Oder irgendeine Verrückte mit einer Pistole

209

könnte auf mich zukommen und mir den verdammten Kopf wegschießen.«

Mackenzie lachte nicht. Er schob sich vom Schreibtisch zurück. »Deshalb hast du einen Bodyguard. Und Steinkamp hätte seinen dabeihaben sollen.«

»Wer erschießt einen Vorstandsvorsitzenden der Fed? Was, zum Teufel, ist nur los mit der Welt?«

»Bist du deshalb hier, Robert? Um über Steinkamp zu reden?«

»Ich bin hier, weil die Kursschwankungen durch die Decke gehen, Aktien abstürzen, Banken in Europa tot umfallen, und ich will, dass mein Chief Investment Officer mir sagt, dass Vanderbilt Frink zu verdammt groß ist, um Bankrott zu machen.«

»Komm schon. Du weißt es. Ich weiß es.« Mackenzie legte Wells eine Hand auf die Schulter. »Uns geht's prima, Robert. Alle unsere Geschäfte schreiben schwarze Zahlen. Wir sind eine Festung, uneinnehmbar.«

»Zu groß, um Bankrott zu machen?« Ein ironisches Lächeln trat auf Wells' Gesicht.

»Zu klug, um Bankrott zu machen«, sagte Mackenzie, diesmal ohne Ironie.

Wells nickte dankbar und blieb an der Tür stehen, bevor er sie öffnete. »Dieses Wochenende in den Hamptons. Sally macht Braten. Sollte gut schmecken. Wir trinken einen Bourbon am Strand.«

»Abgemacht«, sagte Mackenzie. »Bourbon am Strand.«

24

NEWARK, NEW JERSEY, 18. JUNI, 18:42 UHR

Patmore kam am Abend mit einer Tüte neuer Tabletten zurück. Er überreichte sie Garrett wortlos und ohne eine Spur von Verachtung, wofür Garrett äußerst dankbar war. Er gab Garrett auch neunzehn Dollar Wechselgeld zurück. Garrett dachte daran, Patmore Trinkgeld zu geben, aber er war nicht sicher, wie er es tun konnte, ohne ihn zu beleidigen. Außerdem brauchte er das Geld.

Später, gegen Mitternacht, als einige Mitglieder des Teams sich in den Ecken des Büros zum Schlafen hingelegt hatten, beschloss Garrett, die neuen Medikamente auszuprobieren. Die Tabletten sahen aus wie Percodan, aber bei Schwarzmarktprodukten konnte man nie wissen. Er nahm eine und wartete zwanzig Minuten, spürte jedoch nichts, und deshalb nahm er noch eine, und dann, eine halbe Stunde danach, zwei weitere. Um zwei Uhr morgens konnte er sich nicht mehr erinnern, wie viele er genommen hatte, aber er wusste, dass sein Kopf nicht wehtat, und die Wände des Büroraums machten nicht mehr den Eindruck, als kämen sie langsam, schrittweise, immer näher auf ihn zu.

Es ging ihm wieder gut.

Um 2:30 Uhr schlenderte Avery Bernstein unaufgefordert mit einem kläffenden weißen Bichon Frisé an der Seite in die Bürosuite. Er gab Garrett das Zeichen, mit ihm zu kommen, und ging in ein leeres Eckzimmer. Garrett warf einen prüfenden Blick in die Runde, um zu sehen, ob noch jemand wach war – alle schliefen –, trottete hinter Avery her und machte die Tür hinter sich zu. Er schaltete eine einzelne Schreibtischlampe ein und blieb daneben stehen, möglichst weit von seinem ehemaligen Boss entfernt, der mit hinter dem Rücken verschränkten Händen aus dem Fenster schaute wie ein General, der ein in der Ferne liegendes Schlachtfeld überblickt.

»Irgendwas stimmt nicht«, sagte Avery.

»Yeah, in dem Gebäude sind keine Haustiere erlaubt.« Garrett kicherte über seinen eigenen Witz.

»Eine flinke Zunge hilft dir nicht weiter, Garrett. Sarkasmus ist ein Persönlichkeitsdefekt. Du übersiehst etwas. Du bedenkst nicht alle Möglichkeiten. Ich bin von dir enttäuscht.«

Garrett seufzte. Er gab es nicht gern zu, aber er war glücklich, dass seine Halluzination von Avery wieder erschienen war. Einen Moment lang zog er in Erwägung, dass er das Percodan lediglich deshalb genommen hatte – um Avery wiederzusehen. Vielleicht aber auch nicht …

»Fang nicht wieder mit dem Mist an.« Garrett fuhr sich mit den Fingern durch die Haare. »Das ist so ermüdend.«

Avery wandte sich vom Fenster ab, um Garrett anzusehen. Sein weißer Hund saß hechelnd zu seinen Füßen. »Du verschwendest dein Leben, Garrett. Deine gottgegebenen Talente.«

»An dieser Stelle muss ich Blödsinn rufen – der richtige Avery würde das nie sagen.«

»Ich treibe dich an, damit du so wirkungsvoll bist wie möglich. Wie ich es auch gemacht habe, als ich noch am Leben war.«

Garrett musste die Lippen fest zusammenpressen, um nicht in Tränen auszubrechen. Das war genau das, was Avery gemacht hatte, als er am Leben war, und Garrett vermisste Averys väterlichen Rat. Avery glaubte an Garrett, mehr als beinahe jeder andere auf dem Planeten, und er hatte Garretts chaotische Energie dorthin gelenkt, wo sie konstruktiv sein konnte, anstatt eine Katastrophe auszulösen. Tag für Tag hatten sie miteinander gesprochen, zunächst in Yale, wo Avery versucht hatte, Garretts fieberhaften Scharfsinn auf Kurs zu halten, und dann ein paar Jahre später in Averys Eckbüro bei Jenkins & Altshuler, wo Avery versuchte, Garrett davon abzuhalten, dass er seine Karriere auf spektakuläre Weise in den Sand setzte.

»Ich versuche einen Mann aufzuspüren, der die amerikanische Wirtschaft attackieren wird. Was hat das mit Verschwendung zu tun?«

»Du führst ein Gespräch mit einer Wahnvorstellung, was bedeutet, dass du sehr high bist. Ergo verschwendest du dein Leben.«

»Leck mich. Im Ernst. Ich scheiße auf dein Urteil, dein Geld, deine Privilegien – und auf deinen Hund. Ich hab diesen Hund schon immer gehasst.«

»Meine Eltern hatten eine Apotheke in East Flatbush. Das würde ich kaum als Privileg bezeichnen. Und mein Hund hat nie jemanden gebissen.«

Garrett starrte den Hund an. Er saß in der Ecke und schaute zu Garrett hoch, wobei ihm seine rote Zunge aus der weißen Schnauze hing. »Was willst du von mir?«

»Ich will, dass du konzentriert über das große Bild nachdenkst. Das große Bild deines Lebens. Ich will, dass du dich zusammenreißt und härter arbeitest. Wende dein Genie auf das Chaos an und bring Ordnung hinein. Das ist es, weshalb du auf diese Erde geschickt worden bist. Das ist es, was du tust.«

»Ich versuch's doch.« Garretts Worte kamen fast als Entschuldigung heraus.

»Nein, tust du nicht. Nicht richtig. Du tust nur so als ob. Du bist nicht du selbst.«

Avery ging durch das Zimmer auf Garrett zu, und Garretts Herz klopfte laut. Er zeigte mit einem Finger auf Avery. »Du bist nicht du selbst. Du bist ein Geist, ergo nicht du selbst.« Avery war ihm so nahe, dass Garrett ihn riechen konnte – das Rasierwasser, das er benutzte, und den schwachen Hauch von Altmännerschweiß an seinem Hemdkragen.

»Ist das Kifferlogik? Weil es schwachsinnig ist.«

»Chinesisches Essen«, sagte Garrett, der Averys Entgegnung ignorierte. »Das Lokal an der Tenth Avenue. Wir sind an jedem Sonntag hingegangen. Erinnerst du dich? Das war ein schönes Ritual.«

»Mit Kummer erreichst du gar nichts. Komm darüber hinweg.«

»Kann ich nicht.«

»Warum?«

»Weil ich niemanden habe.« Garretts Stimme brach ein wenig. »Du hast mich verlassen.«

»Sei nicht melodramatisch. Ich habe niemanden verlassen. Ich bin ermordet worden.«

Garrett zuckte zusammen. Avery war ermordet worden – höchstwahrscheinlich deshalb, weil er mit Garrett in Verbindung gestanden hatte und Garrett mit Aszendent. Eine direkte Linie der Schuld verlief von Garrett Reilly zu Avery Bernsteins Tod, eine Linie, die direkt zu Garretts zerbrochenem Herzen führte. All seine Probleme – seine Schmerzen und seine Verwirrung und seine Drogenabhängigkeit – konnten zu dem Tag zurückgeführt werden, an dem Avery gestorben war, zu dem klaffenden Loch, das sein Tod in Garretts Seele hinterlassen hatte.

»Meinetwegen«, sagte Garrett. »Was ich getan habe, war der Grund dafür, dass du ermordet worden bist.«

»Jetzt das Selbstmitleid? Lass es gut sein. Ich bin ermordet worden, weil es da draußen böse Leute gibt, denen es egal ist, welche Konsequenzen ihre Aktionen haben und wie viele Menschenleben sie fordern. Diese Leute verlangen deine ganze Aufmerksamkeit, und sie verlangen deine Aufmerksamkeit jetzt.«

»Es gibt nichts Böses. Es gibt nur Leute, die tun, was für sie am besten ist.«

»Das glaubst du nicht wirklich.«

»Vielleicht doch.« Garrett erhob seine Stimme. »Vielleicht glaube ich, dass Egoismus die Moral jederzeit aussticht. Vielleicht will ich nur in Ruhe gelassen werden.«

»Werde endlich erwachsen. Werde erwachsen und tu das, was man von dir erwartet, damit die Welt besser wird.«

»Wenn ich von irgendwem ein bisschen Mitleid erwarte, dann von meinem verdammten Unbewussten!«, schrie Garrett.

»Garrett?«

Garretts Kopf wirbelte herum. Die Tür war einen Spalt geöffnet. Bingo steckte den Kopf in das Büro. Seine Augen suchten den Raum ab. »Alles in Ordnung?«

Garrett fand keine Worte. Er stand schweigend da.

»Mit wem redest du?« Bingos Augen landeten wieder auf Garrett, der die Arme noch über dem Kopf erhoben hatte, mitten in der Bewegung erstarrt.

Er ließ die Hände sinken. »Mit niemandem.«

»Ich dachte, ich hätte jemanden schreien hören.« Bingo schaute auf sein Handy. »Es ist drei Uhr früh.«

Garrett warf einen Blick zu der Stelle, wo Avery Bernstein gestanden hatte. Er war verschwunden, keine Spur war von ihm zurückgeblieben, nichts als leerer Raum im Büro. Garrett wurde schwer ums Herz. »Ziemlich schwer zu erklären.«

»Okay. Vielleicht solltest du ein bisschen schlafen. Oder wenigstens leiser reden.«

Nachdem Bingo das Zimmer verlassen und die Tür hinter sich zugezogen hatte, sank Garrett in einer Ecke auf die Knie. Er verfluchte sich, seine Drogensucht und seine Bedürftigkeit, und er hoffte, dass er lang genug bei Verstand bliebe, um sich aus dem Loch herauszuziehen, in das er zu versinken drohte. Er schloss die Augen und begann, Passwörter zu sortieren, weil er hoffte, eines zu finden, das zu Ilja Markow führte.

25

NEWARK, NEW JERSEY, 19. JUNI, 5:12 UHR

Bingo weckte das Team um fünf Uhr morgens. Sie versammelten sich verschlafen im Konferenzzimmer, wo sie sich auf den Boden setzten und sich an die weißen Wände lehnten. Bingo machte die Tür zu, und sie sprachen leise. Garrett schlief zwei Zimmer weiter, und Bingo legte Wert darauf, dass er nicht wach wurde.

»Ich habe ihn um drei Uhr früh gehört, weil er ein Selbstgespräch führte. Ich glaube, er hatte eine Wahnvorstellung.«

»Ich führe die ganze Zeit Selbstgespräche«, sagte Mitty. »Das bedeutet nicht, dass ich Wahnvorstellungen habe.«

»Er hat mit jemandem geredet. Und dieser Jemand hat nicht geantwortet. Ich habe etwa fünf Minuten lang zugehört.«

»Als Sie in das Zimmer gegangen sind, hat er da einen merkwürdigen Eindruck auf Sie gemacht, Bingo?«, fragte Alexis.

»Er schien …« Bingo dachte einen Moment lang über seine Wortwahl nach. »Er schien Angst zu haben. Er schien high zu sein.«

»Wissen Sie, was für eine Art von Drogen er genommen haben könnte?«, fragte Alexis.

Bingo schüttelte den Kopf, aber dann antwortete Patmore zackig: »Percodan.«

Alle im Konferenzzimmer Versammelten starrten den Marinesoldaten an, und in ihren Gesichtern standen Überraschung und Empörung.

»Er hat gesagt, er hätte Kopfschmerzen«, erklärte Patmore. »Er hat mir Geld gegeben. Also bin ich losgezogen und hab sie für ihn gekauft.«

»Wann?«, fragte Celeste wütend. »Wann hast du das getan?«

»Gestern. Ich habe auf Craigslist nachgesehen. Es gab eine Menge Verkäufer. Ich bin zu Fuß gegangen. Nicht weit. Ein Typ in einem Markt an der Ecke. Netter Bursche. Ein Hindu. Oder ein Sikh oder so was. Er hat mir eine Tüte verkauft.«

»Wie konntest du so was tun? Du hast einem Drogensüchtigen seinen Stoff verschafft«, sagte Celeste. »Du bist genauso schlimm wie der Typ, der die Drogen verkauft.«

Patmore zuckte mit den Schultern. »Ich glaube nicht, dass Drogen illegal sein sollten. Die Leute werden tun, was sie tun. Wer bin ich denn, ihnen Steine in den Weg zu legen?«

»Hab ich das Zeichen an der Tür übersehen? Ist das hier ein beschissener Ayn-Rand-Kongress?«, sagte Celeste.

»Ich verstehe nur nicht, was das Problem daran ist«, sagte Patmore. »Und ich habe keine Ahnung, wovon du redest.«

»Das Problem ist, dass Garrett unter Drogeneinfluss steht und vielleicht nicht klar denken kann«, sagte Alexis. »Besonders wenn er Wahnvorstellungen hat. Das können wir nicht brauchen. Dazu ist die Situation zu gefährlich.«

»Seht mal, Garrett hat immer Drogen genommen«, sagte Mitty. »Die ganze Zeit, die ich ihn kenne. Er hat immer mehr Haschisch geraucht als jeder andere, den ich kenne. Drei, vier Mal am Tag, und das jeden Tag. Jetzt ist er bei Medikamenten gelandet, was alles andere als ideal oder so ist, wie ich gern zugebe, aber er macht immer noch seinen Job. Ich finde einfach, wir sollten es ignorieren.«

»Das ist bescheuert, Mitty«, sagte Celeste. »Wenn du so high bist, dass du Wahnvorstellungen hast, dann machst du deinen Job nicht, und ich will nichts mit dir zu tun haben. Und ich will mit Sicherheit nicht, dass du lebenswichtige Entscheidungen für mich oder irgendjemanden triffst, der mir nahesteht.«

»Sei nicht so eine verklemmte Ziege«, sagte Mitty.

»Leck mich, du reflexhafte Helferin deines drogensüchtigen Freundes«, schoss Celeste zurück.

»Okay, okay.« Alexis streckte die Hände zum Zeichen der Beruhigung aus. »Schalten wir einen Gang zurück.«

Als das Team ruhig dasaß, wandte sich Alexis an Mitty. »Wir verstehen, dass du Garrett gegenüber loyal bist, und das ist auch schön so, aber es ist keine gute Idee, einen Teamchef zu haben, der völlig kaputt ist. Ich meine, er muss in der Lage sein, zwischen Einbildung und Wirklichkeit zu unterscheiden …«

»Glauben Sie wirklich«, begann Mitty, »er kann den Unterschied zwischen …«

»Ich will nur sagen, dass wir in der Lage sein müssen, ihm zu vertrauen«, erwiderte Alexis. »Das ist ein Mordfall. Und möglicherweise ein Terroranschlag. Garrett muss klar erkennen können, was in der Welt um ihn herum vor sich geht. Andernfalls ist er für uns nutzlos.«

»Was schlagen Sie also vor?«, fragte Mitty. »Sollen wir ihn im Stich lassen? Weggehen? Weil, hören Sie gut zu, Garrett vom FBI gesucht wird, und ich glaube nicht, dass er es getan hat. Und Sie glauben es auch nicht, stimmt's, weil Sie ansonsten nicht hier wären. Wenn wir gehen, ist er auf sich selbst gestellt und wird wahrscheinlich geschnappt. Und was auch immer wir zu verhindern versuchen, das wird bestimmt passieren.«

»Stichhaltiges Argument«, sagte Alexis.

»Scheiße, yeah, stichhaltig«, sagte Mitty.

»Wir sollten darüber abstimmen«, sagte Bingo minimal lauter als im Flüsterton. »Ob wir hierbleiben, oder ob wir gehen.«

»Nein. Das ist Blödsinn«, sagte Mitty. »Das hier ist keine Demokratie.«

»Ich halte es für eine gute Idee«, sagte Celeste. »Wir treffen eine Entscheidung als Team. Sie ist bindend. Bleiben oder gehen. Wir halten uns alle an das Ergebnis.«

»Ich bin einverstanden mit einer Abstimmung«, sagte Patmore.

»Dito«, sagte Alexis.

Jeder schaute Mitty an, die das Gesicht verzog und sagte: »Schön«, aber sie sah nicht glücklich dabei aus. »Falls ihr Zicken für Gehen stimmt und dieses russische Arschloch dann irgendeinen hässlichen Scheiß anrichtet, na ja, dann geht das auf eure Kappe. Will ich nur gesagt haben.«

Alexis schaute jedes Mitglied des Teams kurz an. »Handzeichen. Wer meint, wir sollten den Laden dichtmachen, Aszendent aufgeben?«

Celestes Hand flog hoch. Einen Moment später hob Bingo ebenfalls seine Hand.

Mitty starrte ihn an, die Augen zu Schlitzen verengt. »Wirklich? Wirklich?«

»Wenn du gesehen hättest, wie er in diesem Zimmer jemanden angeschrien hat, der nicht da war«, sagte Bingo, »wärst du auch meiner Meinung.«

Mitty zischte durch die Zähne und schaute zur Seite.

»Okay, wer möchte dableiben?«, fragte Alexis.

Mitty hob die Hand, Patmore ebenfalls. Sie hielten sie noch hoch, als Celeste sich zu Alexis umdrehte. »Zwei zu zwei. Es hängt von Ihnen ab, Captain.«

Alexis runzelte die Stirn. Die Morgendämmerung vor dem Fenster färbte allmählich den Himmel hellblau. Sie konnte die Silhouetten der Türme von Manhattan in der Ferne erkennen, die gegen den ungeheuren Himmel über ihnen winzig aussahen.

»Ihre Entscheidung«, sagte Mitty.

Alexis atmete langsam aus, als hätte sie sich tatsächlich bis zu diesem Zeitpunkt nicht entschieden. Die Sonne erschien als gelber Splitter über New York City. Sie nickte Mitty kurz zu, während sie ihre Hand hob. »Noch eine Chance. Er erhält noch eine Chance.« Dann stand Alexis auf und verließ das Konferenzzimmer.

26

CHARLOTTE, NORTH CAROLINA, 19. JUNI, 9:42

Ilja Markow las seine letzte SMS, bevor er sie zufrieden löschte und einen Spirituosenladen am Wilkinson Boulevard im
Westen von Charlottes Innenstadt betrat. Die SMS war von
Rachel Brown gewesen, eine Aktualisierung ihrer Begegnung
in Atlanta, und bisher war alles in Butter, jedenfalls soweit
Ilja es beurteilen konnte. Rachel war rätselhaft gewesen, hatte
mitgeteilt, dass sie und Harris miteinander in Kontakt getre-
ten seien und dass der Kongressabgeordnete fasziniert gewirkt
habe, aber sie war nicht ins Detail gegangen.

Das war Ilja recht. Er vertraute Rachel, auch wenn er nicht
genau sagen konnte, warum – es hatte etwas mit der glatten,
fast leidenschaftslosen Art ihrer Persönlichkeit zu tun. Wenn
man solchen Leuten einen Auftrag erteilte, erledigten sie ihn
und stellten nicht zu viele Fragen. Sie hatte etwas von einer
Soziopathin, und das war ihm ganz recht. In seiner Branche
waren Soziopathen ausgezeichnete Mitarbeiter.

In dem heruntergekommenen Getränkemarkt – EDDIE'S
JUNIOR MARKET stand auf dem zerbrochenen Plastik-
schild – holte Ilja einen Eistee aus dem Kühlregal und blieb
am Zeitungsständer stehen, wo er die Schlagzeilen des Charlotte Observer und der USA Today überflog. Der Mord an
Steinkamp stand immer noch auf der ersten Seite, aber auch
kleinere Artikel über die Wirtschaftslage. Der Dow war gestern weitere dreihundert Punkte gefallen, womit es in der

letzten Woche tausend Punkte waren, und es waren Gerüchte von dem einen oder anderen Sturm auf eine Bank und bevorstehende Kreditschocks im Umlauf. Ilja nahm sich einen Moment Zeit, um die Nachrichten zu genießen; er hatte einen Stein an einer Bergflanke ins Rollen gebracht, und dieser Stein würde bald Gesellschaft bekommen und zu einer Lawine werden.

Ilja verzichtete auf die Zeitungen – er bekam all seine Nachrichten online – und näherte sich der Kasse. Er hatte den Eistee in einer Hand, und in der anderen hielt er ein blaues Arbeitshemd und eine blaue Arbeitshose, die beide auf Kleiderbügeln aus Metall hingen. Er hatte sie vor zwanzig Minuten in einem Goodwill weiter unten an der Straße gekauft, und zusammen bildeten sie eine passende Arbeitsuniform, die genau das war, was Ilja brauchte. Mit Nadel und Faden und einer Stunde Zeit für die Änderung hätte er für morgen früh ein Kostüm für eine neue Rolle fertig.

Er stellte den Eistee auf die Theke und schaute zu dem großen unrasierten Angestellten hinter der Kasse. Er hatte Koteletten, trug das lange Haar zu einem Pferdeschwanz zurückgebunden und roch nach Kaffee und Zigaretten. Ein kleiner Fernseher lief neben seinem Ellbogen, eine Nachrichten-Talkshow am Morgen, und Ilja konnte die beiden Moderatoren – einen Mann und eine Frau – mit ernsten Stimmen über etwas Abscheuliches plaudern hören, oder über etwas, was sie ihrem Publikum als abscheulich verkaufen wollten, obwohl er den Bildschirm nicht sehen konnte, weil dieser von der Theke abgewandt war.

»Und ein Päckchen Camel ohne Filter«, sagte Ilja, als er seine Brieftasche hervorzog. Er legte einen Zwanzigdollarschein auf die Theke.

Der Angestellte nahm ein Päckchen Zigaretten aus dem Regal, legte sie auf die Theke, schaute in Iljas Gesicht und starrte ihn an. Und starrte ihn unverwandt an.

Seine Augen glitten zum Fernseher und dann zurück zu Ilja.

Ilja lächelte, überrascht von dem konzentrierten Blick des Mannes, und klopfte auf die Theke. »Was schulde ich Ihnen?«

Der Angestellte tippte langsam, systematisch die Waren ein und sagte dann: »Acht fünfzig.«

Ilja nickte hin zu dem Zwanziger auf der Theke, und als der Mann das Geld an sich nahm, spürte Ilja eine Leere in seinem Magen, ein instinktiver Druckabfall in seinem Bauch, der ihm verriet, dass hier irgendetwas nicht stimmte. Ilja verließ sich darauf, dass seine Instinkte ihn von Gefahren fernhielten; sie hatten ihm bei zahlreichen Gelegenheiten das Leben gerettet – oder ihn zumindest vor dem Gefängnis bewahrt –, und im Augenblick heulten sie laut auf.

»Auf der Durchreise?«, fragte der Mann hinter der Theke.

Ilja schüttelte den Kopf. »Nein. Ich wohne ein Stück die Straße runter. Gerade eingezogen.« Er lächelte, während er die Lüge aussprach, und versuchte, mit freundlicher Stimme zu sprechen. Mit Freundlichkeit bekam man das, was man wollte, viel schneller als durch Konfrontation, hatte Ilja während seiner Jahre in dem Job gelernt, und jetzt wollte er nur sein Wechselgeld haben und so schnell wie möglich aus dem Laden raus.

»Tatsächlich? Ein Stück die Straße runter? Hier in der Gegend wohnen nicht viele Leute. Vielleicht sogar niemand.« Der Angestellte warf Ilja einen neugierigen Blick zu, holte Geld aus der Kasse und legte es auf den Tresen. Als Ilja nach seinem Geld griff, klatschte der Mann eine fleischige Hand auf Iljas, legte die Finger um Iljas Handgelenk und presste seine Hand auf die Resopalplatte.

»AMBER-Alarm, Arschloch«, bellte der Angestellte, aus dessen Stimme alle Freundlichkeit verschwunden war.

Ilja versuchte, seine Hand zurückzuziehen, aber der Mann war erstaunlich stark. Ilja durchforstete sein Gehirn, während er langsam in Panik geriet, und versuchte, sich zu erinnern, wo er den Ausdruck AMBER-Alarm schon mal gehört hatte. War das eine Art Warnmeldung der Polizei? Ilja war nicht besonders kräftig, und wenn es darum ging, in einer bestimmten Situation brutale Gewalt anzuwenden, fühlte er sich immer benachteiligt. Mit der linken Hand hielt er noch die Uniform.

»Wo ist der Junge?«, knurrte der Angestellte.

»Welcher Junge? Wovon reden Sie?«

»Du weißt, wovon ich rede, verdammte Scheiße. Von dem Jungen, den du entführt hast. Du bewegst dich nicht aus diesem Laden hier, bis die Polizei eintrifft. Beschissener Kinderschänder.«

Ilja verzog das Gesicht. Er ließ die Kleiderbügel mit der Hose und dem Hemd fallen und versuchte, mit der freien Hand die dicken Finger des Angestellten von seinem Handgelenk loszumachen. Aber der Griff des Mannes war so fest wie ein Schraubstock. Der Angestellte nahm ein Telefon und wollte gerade mit der linken Hand eine Nummer eingeben, als Ilja beschloss: Er hatte nur noch Sekunden, die Situation in Ordnung zu bringen.

Er grunzte schwer und hielt den Atem an, zwang das Blut in seinen Kopf und begann dann am ganzen Körper zu zittern. Er bekam Krämpfe. Speichel sprühte von seinen Lippen. Er wusste aus Erfahrung, dass er erschreckend aussah, wie ein Mann, der einen epileptischen Anfall erleidet, mit dunkelrotem Gesicht und einem Kopf, der sich schnell auf und ab bewegte. Und tatsächlich starrte der Mann Ilja mit offenem Mund an. Er lockerte den Druck auf Iljas Hand nur einen Moment und stieß hervor: »Was, zum Teufel …«, und das war sein letzter Fehler. Ilja würde ihm keine zweite Chance geben.

Mit einer fließenden Bewegung befreite Ilja seine Hand aus dem Griff des Angestellten, packte die Flasche Eistee und schlug damit gegen die Schläfe des Mannes, direkt über seinen Augen. Die Flasche zersplitterte, schickte Glas und Eistee zu Boden, und das gezackte, zerbrochene Ende der Flasche, das in Iljas Hand blieb, fuhr wie eine Harke über Augen und Stirn des Mannes. Er schrie auf, ließ das Telefon fallen und hob die Hand an sein blutüberströmtes Gesicht. Ilja holte mit demselben gezackten Flaschenrest aus und rammte ihn dem Mann in die Kehle, drehte ihn und zerschnitt Adamsapfel und Luftröhre.

Das Geräusch, mit dem das Fleisch zerriss, war grauenhaft. Der Mann ließ noch einen gurgelnden Schmerzens- und Schreckensschrei hören, bevor er hinter der Kasse auf den Boden fiel und nach Luft schnappte. Ilja beobachtete ihn und versuchte festzustellen, ob der Mann sterben würde, bevor er entschied, dass er wohl am Leben bliebe. Vorerst zumindest.

Ilja griff über die Theke und legte den Telefonhörer auf, dann packte er den kleinen Fernseher und drehte ihn zu sich her. Auf dem Bildschirm saßen zwei Moderatoren, eine junge Frau und ein älterer Mann, auf Hockern und plauderten in einem sorgfältig eingerichteten Sendestudio miteinander, während auf dem unteren Drittel des Bildschirms der Titel Charlotte Today zu lesen war. Ilja schenkte dem, was sie sagten, keine Beachtung, weil hinter ihnen auf einem Monitor vor der Rückwand des Studios sein vergrößertes Passfoto abgebildet war, das vom Boden bis halb zur Decke reichte. Der Name Ilja Markow stand unter dem Foto, auf dem er in die Kamera starrte, in einer den Most-Wanted-Plakaten nachempfundenen Schrift. Die Wörter *AMBER-Alarm* standen neben seinem Namen.

»*Sukin syn.*« Ilja presste die Lippen zusammen und wischte schnell seine Fingerabdrücke von dem Plastik des Fernsehers und des Telefons ab. *Hurensohn.* Eine sengend heiße Wut durchschoss seinen Körper. Er wusste sofort, wer das hier getan hatte, und er konnte sich sogar denken, wie es zustande gekommen war. Sein erster Gedanke war der an blutige Vergeltung. Aber jetzt war nicht der richtige Zeitpunkt, um an Rache zu denken. Seine Situation war zu gefährlich. Erst musste alles in Ordnung gebracht werden, und zwar schnell, bevor die Vergeltung geplant werden konnte.

Er schaute nach unten auf den Mann, der auf dem Boden rollte und krampfhaft versuchte, Luft in die Lunge zu bekommen, und fasste einen spontanen Entschluss. Er schwang sich über die Theke, nahm eine große gezackte Glasscherbe der Eisteeflasche und brachte die Arbeit zu Ende, die er vor einer Minute begonnen hatte, indem er dem Mann am Boden mit aller Kraft die Kehle durchsägte.

Der Mann versuchte zu brüllen, aber es entstand kein Geräusch, weil es durch das Blut und die aus seiner durchgeschnittenen Kehle strömende Luft erstickt wurde. Ilja sah zu, wie er starb, wobei er alle paar Sekunden einen Blick zum Eingang des Getränkemarkts warf. Er erinnerte sich an das erste Mal, als er jemanden hatte sterben sehen, während des Tschetschenien-Kriegs, als er noch ein Kind gewesen war. Mit einer Bande von Freunden hatte er einen verwundeten russischen Soldaten gefunden, der sich in einem ausgebombten Keller versteckte, unbewaffnet und um Hilfe bittend. Anstatt ihm zu helfen, hatte Ilja seine Freunde dazu überredet, den Soldaten mit Zementbrocken zu bedecken, Stück für Stück, während der Soldat um sein Leben flehte, bis das Gewicht der Trümmer ihn erdrückte. Der russische Soldat war in Iljas Heimatland eingedrungen und hatte unschuldige Menschen umgebracht, und deshalb hatte Ilja ihn im Gegenzug für seine Verbrechen getötet.

Er hatte kein Vergnügen daran gehabt, genauso wenig wie es ihm Vergnügen machte, diesen Mann hier umzubringen, aber er stellte fest, dass er einen Teil seines Gehirns abschalten konnte, wenn er schreckliche Dinge tat, sodass das Wesen dessen, was er getan hatte, ihn nicht fassungslos – oder langsamer – machte. Dieser Ein/Aus-Schalter in seinem Denken war ein nützliches Werkzeug, und der Schalter befand sich derzeit in der Aus-Stellung. Ilja hatte den Verdacht, dass er vielleicht noch eine Zeit lang in dieser Stellung bleiben müsse.

Als der Mann am Boden aufhörte zu atmen, sprang Ilja wieder über die Theke, verschloss die Eingangstür und wischte alle Oberflächen ab, von denen er annahm, er könne sie berührt haben. Als er damit fertig war, entdeckte er eine Überwachungskamera in einem Deckenwinkel, fand den Festplattenrecorder der Kamera im Hinterzimmer und löschte jedes Bild darauf, das in der letzten Stunde aufgezeichnet worden war. Als er feststellte, dass das Gerät nicht mit dem Internet verbunden war – und dass keine anderen Bilder irgendwo im Getränkemarkt gespeichert waren –, ging er einen Schritt weiter und öffnete das Gerät mit einem Schraubenzieher, den er unter der Kasse gefunden hatte, nahm die Festplatte heraus und steckte sie sich zur späteren Vernichtung in die Tasche.

Als er fertig war, nahm er sich eine neue Flasche Eistee und zwei Päckchen filterlose Camel, legte sich Arbeitshemd und -hose wieder über die Schulter und schlüpfte aus der Hintertür des Ladens, um nach Norden zu gehen und so weit und so schnell wie möglich von Charlotte, North Carolina, wegzukommen und um Garrett Reilly den Gefallen heimzuzahlen, den er ihm gerade erwiesen hatte.

27

HUNTS POINT, BRONX, 19. JUNI, 11:15 UHR

Celeste Chen verfluchte ihre Arroganz, während sie die Adressen an den Häusern der Lafayette Avenue in der Bronx überprüfte. Sie war davon überzeugt gewesen, dass jeder von Aszendent ihrer Meinung war – dass Garrett drogensüchtig sei und dass sie diese Wahnsinnsmission unverzüglich aufgeben müssten. Sie war sogar diejenige gewesen, die vorgeschlagen hatte, dass das Abstimmungsergebnis bindend sein sollte. Es bestand ja keine Möglichkeit, dass sie verlieren könnte. Hatte sie aber. Und jetzt war sie am Arsch, weil sie ihrer Ansicht nach wirklich wieder in ein Flugzeug steigen und zurück an die Westküste fliegen sollte.

Stattdessen war sie in der Bronx und suchte nach Anna Bachews Wohnung.

»Das FBI hat das alles schon untersucht«, hatte sie an diesem Morgen zu Garrett gesagt. »Es gibt nichts, was wir über Anna Bachew herausfinden werden, das sie nicht schon wissen.«

Garrett hatte ruhig genickt, als wäre er ein erfahrener Staatsmann, was Celeste wahnsinnig machte. »Das stimmt, aber weil das FBI uns nicht an seinen Erkenntnissen teilhaben lässt, müssen wir es selbst herausfinden.«

Also brach sie in die Bronx auf. Sie war noch nie dort gewesen, und sie hatte mit turmhohen Sozialbauten und auf den Straßen kämpfenden Bandenmitgliedern gerechnet. Aber Hunts Point, ein armes Viertel, entsprach überhaupt nicht ihren Erwartungen. Es gab Märkte und Büros, ordentliche Mietshäuser und anscheinend glückliche Frauen, die Kinderwagen vor sich herschoben. Es sah aus wie ein ganz normales Arbeiterviertel in einer großen Stadt.

»Achte auf Details«, hatte Garrett in Newark gesagt. »Vergiss nicht – er nutzt menschliche Schwächen aus.«

Celeste fand Bachews Haus – Bryant Avenue 764 – und klopfte an die Tür der Hausverwalterin. Die Verwalterin, eine verdrießlich aussehende Hispanoamerikanerin Mitte fünfzig, hörte sich an, wie Celeste behauptete, von einer Rechtshilfestiftung zu kommen, die für Anna Bachews Familie arbeitete, bevor sie ihr die Tür vor der Nase zuschlug. Celeste konnte sie auf Spanisch schimpfen hören, während sie abschloss und den Fernseher lauter stellte.

Celeste ging nach draußen und rief Garrett auf dem Prepaid-Handy an, das er ihr gegeben hatte. Sie waren übereingekommen, keine Namen zu benutzen, während sie miteinander sprachen, und genaue Angaben von Zeit und Ort zu vermeiden.

»Die Hausverwalterin hat mir gesagt, ich solle mich verziehen«, sagte sie. »Und noch andere Sachen, aber auf Spanisch.«

»War nicht anders zu erwarten. Überprüf die Läden in der Umgebung, Märkte, egal was. Frag nach, ob man sie kennt und irgendwas von ihr weiß.«

Celeste seufzte. Sie konnte sich keine Aufgabe vorstellen, die sie mehr hasste, als mit Fremden ins Gespräch zu kommen und ihnen Informationen abzuringen. Garrett schien das am anderen Ende der Leitung zu spüren. »Du hast es schon mal hervorragend gemacht. Du kannst es wieder machen.« Er bezog sich auf China und die Detektivarbeit, die sie dort geleistet hatte. Er hatte recht; sie war gut darin gewesen, dachte Celeste, aber das machte es trotzdem nicht einfacher.

Sie fand einen Starbucks ein Stück weiter an der Lafayette Avenue, holte sich einen Latte und versuchte, mit zwei Baristas Konversation zu machen, aber keiner von beiden hatte auch nur von Anna Bachew gehört.

»Interessieren euch die Nachrichten nicht?«, fragte Celeste, obwohl sie wusste, dass es nichts brachte. Es erstaunte sie manchmal, wie schlecht informiert Amerikaner waren.

Die Baristas, eine junge Frau mit purpurfarbenem Haar und ein Junge mit Dreadlocks, starrten Celeste mit ausdruckslosen Gesichtern an, und sie zog sich schnell aus dem Coffeeshop zurück. Sie ging in einen Lebensmittelmarkt, aber der koreanische Besitzer sprach kaum Englisch; dann steckte sie den Kopf in eine chemische Reinigung und in eine Pfandleihe, aber die entpuppten sich auch als Sackgassen.

Sie rief Garrett wieder an. »Nichts.«

»Okay, komm zurück«, sagte er enttäuscht und legte auf.

Celeste war sofort von Selbsthass erfüllt, weil es ihr etwas ausmachte, was er dachte. Sie stand an der Ecke der Hunts Point Avenue und versuchte, sich auf andere Ermittlungsansätze zu besinnen, die sie ausprobieren könnte. Alte Klapperkisten rollten an ihr vorbei, und ein junger Mann in einem goldlackierten Camry pfiff hinter ihr her. An der Ecke war ein chinesisches Restaurant, und am Seiteneingang saß eine alte Chinesin auf einem umgedrehten Plastikeimer und zog die Blätter von einem Haufen Pak Choi ab.

Celeste ging zu der alten Frau hin. »Nín hăo.« Hallo.

»*Nín hăo.*« Die alte Frau schaute nicht hoch.

»*Wŏ shi jĭngchá*«, sagte Celeste. I*ch arbeite für die Polizei.*

Die alte Frau starrte sie an, und dann musterte sie Celeste von Kopf bis Fuß, ohne ein Wort zu sagen. Ihrem Gesichtsausdruck konnte Celeste entnehmen, dass die alte Frau ihr kein

Wort glaubte. Aber sie zuckte mit den Schultern und fuhr auf Mandarin fort: »Was wollen Sie?«

»Ich versuche, etwas über die Frau herauszufinden, die hier gewohnt hat, die Frau, die den Bankier in Manhattan erschossen hat. Sie hieß Anna Bachew.«

Die alte Frau fing wieder an, die Blätter von dem Pak Choi abzuziehen.

»Kannten Sie sie?«

Die alte Frau zuckte mit den Schultern.

Celeste hielt das für ein Ja. Ihr Puls ging schneller. »Kam sie manchmal hierher? In das Restaurant?«

Wieder zuckte die Frau mit den Schultern.

»Wie oft ist sie zum Essen hierhergekommen?«

Die alte Frau hörte auf, Kohlblätter abzuziehen, und schaute einen Augenblick in den Himmel. »In letzter Zeit nicht so oft.«

Celeste lächelte. Die alte Frau redete. Das war gut. »Warum nicht in letzter Zeit? Wissen Sie das?«

»Sehr traurig.«

»Deprimiert?«

»Ja.« Die alte Frau nickte. »Sehr deprimiert. Dieses Land macht Leute deprimiert.«

Celeste nickte. In diesem Satz lag Wahrheit. Besonders dann, wenn man an einem heißen Sommertag auf einem Bürgersteig mitten in der Bronx Gemüse putzte. Aber da war noch etwas, was die alte Frau ihr nicht erzählte. »Ja, das tut es. Macht mich manchmal auch deprimiert.« Celeste wartete einen Moment. »War da noch etwas?«

Die alte Frau kniff die Augen in der Mittagssonne leicht zusammen. »Hat ihr Baby verloren.«

»Hatte sie eine Fehlgeburt?«

Die alte Frau schüttelte den Kopf. »Nein, sie hatte ein Baby.

Aber sie haben es weggenommen. Weil sie drogensüchtig war. Sie haben es aus dem Land gebracht.«

Celeste blinzelte überrascht. »Wer hat das getan? Wer hat es ihr weggenommen?« Sie begriff sofort, dass sie ihre Stimme zu schnell erhoben und zu schnell gesprochen hatte. Die alte Frau neigte den Kopf und widmete sich wieder ihrem Pak Choi.

Celeste atmete tief ein und versuchte es noch einmal, langsam und voller Respekt. »Könnten Sie mir vielleicht sagen, wo das Baby hingekommen ist? Bitte.«

Die alte Frau sagte nichts. Celeste wartete. Die Sonne knallte auf sie herab. Sie zählte ihre Atemzüge. Wenn sie irgendetwas von ihrer Zeit in China gelernt hatte, war es Geduld, immer Geduld. Schließlich, nach vollen zwei Minuten schweigsamen Gemüseputzens, machte die alte Frau eine fast unmerkliche Kopfbewegung in Richtung der Hunts Point Avenue. Wenn Celeste nicht gut aufgepasst hätte, wäre ihr die Bewegung entgangen, aber das war sie nicht. Sie drehte sich um und schaute in die Richtung. Die alte Frau hatte zu einer Medicaid-Praxis hinübergenickt, die einen Block entfernt war. Celeste hatte nicht daran gedacht, dort nachzusehen.

»*Xièxiè, xièxiè.*« *Vielen Dank, vielen Dank.* Celeste eilte zurück über die Hunts Point Avenue und zur Eingangstür der Gemeinschaftspraxis. Sie sah von außen wie tausend andere Arztpraxen im ganzen Land aus. Auf einem laminierten Schild im Fenster stand WIR AKZEPTIEREN MEDICARE UND MEDICAID und SE HABLA ESPANOL. Sie öffnete die Eingangstür, ging hinein und wusste sofort, dass sie das große Los gezogen hatte.

Ein halbes Dutzend schwarze und lateinamerikanische Patienten saßen auf Stühlen in dem vorderen Raum. Ein Mann stützte seinen bandagierten Ellbogen mit der Hand ab. Aber das war nicht die Offenbarung. Die Offenbarung war, dass alle hinter dem Empfang der Praxis – die beiden Schwestern, die Angestellte am Telefon und der Arzt, der seinen Kopf hereinsteckte – Russisch sprachen.

Zehn Minuten später, als sie auf ihrem Weg zu der U-Bahn-Haltestelle an der Longwood Avenue war, rief Celeste Garrett ein letztes Mal an. »Ich weiß, wie man sie dazu gebracht hat, es zu tun.«

»Yeah?«

»Sie hatte ein Baby. Sie haben es zurück nach Russland gebracht. Ich nehme an, sie haben es als Geisel benutzt.«

»Kein Scheiß.« Es entstand ein langes Schweigen. »Ich vermute, das würde reichen.«

Celeste stimmte ihm zu, stieg dann in die U-Bahn und fuhr den ganzen Weg zurück nach Manhattan, und als sie mit dem PATH-Train hinaus nach New Jersey unterwegs war, spürte sie einen leisen Hauch innerer Zufriedenheit. Es hatte ein Rätsel gegeben, und sie hatte es gelöst. Getan und erledigt.

Sie war zurück.

28

ROCK CREEK PARK, WASHINGTON, D.C., 19. JUNI, 12:15 UHR

Alexis beobachtete, wie General Kline aus einer Baumgruppe am Rand des Parks, knapp hundert Yards von dem Grundstück an der Military Road entfernt, in das blendende Licht der Mittagssonne trat. Diese Helligkeit gestattete es Alexis, den Gesichtsausdruck ihres Vorgesetzten erkennen zu können, und er war nicht glücklich. Andererseits war sie es auch nicht; sie war müde, da sie gerade den ganzen Weg von Newark hierher in vier Stunden am Stück gefahren war, und sie war hungrig und ängstlich.

»Haben Sie den Verstand verloren?«, brüllte Kline. »Nach allem, worüber wir geredet haben?«

Sie hatte um sechs Uhr am Morgen – nachdem das Aszendent-Team seine improvisierte Belegschaftsversammlung beendet hatte – Kline am Telefon erklärt, mit wem sie während der letzten paar Tage zusammen gewesen war und was sie getan hatten. Kline hatte verstanden, worum es ging. Er sagte ihr, wo sie ihn treffen solle, und hängte auf, ohne ein weiteres Wort zu sagen. Den Rest des Vormittags war sie den Tränen nahe gewesen. Jetzt, wo sie ihm im Park von Angesicht zu Angesicht gegenüberstand, fühlte sie sich sogar noch schlechter, wie ein widerspenstiges Kind, das gerade ihren liebevollen Vater enttäuscht hatte.

Sie erzählte ihm in einem leisen, gehetzten Flüstern von Markow, den Pässen und seiner Vorgeschichte, davon, wie

Garrett es vorhergesagt hatte und was nach Garretts Ansicht vielleicht passieren würde, aber Kline schnitt ihr das Wort ab, bevor sie alles berichtet hatte.

»Dies ist nicht unser Kampf. Er ist kein Mitglied des Programms. Aber das spielt auch keine Rolle – er wird in einem Mordfall gesucht. Davor können Sie ihn nicht beschützen.«

»Ihm ist genau aus diesem Grund die Schuld in die Schuhe geschoben worden. Damit er nicht beim Aufspüren Markows helfen kann.«

»Sie begünstigen einen Justizflüchtling.«

»Sir, es ist komplizierter. Ich glaube, es ist höchste Eile geboten, und das FBI begreift das noch nicht …«

Kline wedelte mit der Hand durch die Luft, als wollte er ihre Argumente abwehren. »Sie wollen meine Hilfe? Sie wollen, dass die DIA hierbei mitmacht?«

»Ich glaube nicht, dass wir Markow ohne ausgeklügelte Technologie aufhalten können. Wir brauchen Echtzeit-Tracking, Zugang zu Unternehmensnetzwerken. Dinge, von denen Sie und ich wissen, dass die DIA sie bekommen kann.«

»Für eine paranoide Phantasie?«

Alexis brauchte einen Moment Zeit, nachdem Kline das gesagt hatte. Bingos Worte, seine Beschreibung von Garrett, der in dem leeren Büro mit jemandem redete, hallten in ihrem Kopf wider. Sie setzte ihr Plädoyer fort. »Der Mann ist ein Terrorist. Er hat vor, das amerikanische Finanzsystem zu zerstören.«

»Und von was für einem Mann reden wir? Von diesem Russen oder von Garrett Reilly?«

Auf einem Weg hörte sie zwei Jogger beim Laufen miteinander sprechen, konnte sie aber nicht sehen. Sie hoffte, dass die beiden sie ebenfalls nicht sehen konnten.

»Woher wollen Sie wissen, dass Reilly kein falsches Spiel

mit Ihnen treibt? Dass er Sie nicht benutzt, um seine eigenen Ziele zu erreichen? Das ergäbe sicher einen Sinn, wenn man bedenkt, dass er jemanden dafür bezahlt hat, einen Banker der Federal Reserve umzubringen.«

»Ich weiß, dass Sie wütend auf Reilly sind, weil er Aszendent verlassen hat, aber …«

»Analysieren Sie mich nicht, Truffant.«

»Er hat bis jetzt mit allem, was mit Markow zu tun hat, goldrichtig gelegen. Ich sehe keinen Grund dafür, jetzt damit aufzuhören, ihm zu glauben.« Das war eine Lüge. Sie sah Gründe dafür, Garrett nicht mehr zu glauben. Aber sie würde diese Gründe bis auf Weiteres nicht zur Kenntnis nehmen.

Kline schüttelte vehement den Kopf. »Nein, nein und nein. Das nehme ich Ihnen nicht ab. Keine Sekunde lang. Und die Sache liegt ohnehin inzwischen weit außerhalb unseres Zuständigkeitsbereichs.« Er holte sein Handy aus seiner Tasche und hielt es Alexis hin. »Rufen Sie das FBI an. Sagen Sie ihnen alles. Ihre Verwicklung in die Sache, Reillys Aufenthaltsort. Das volle Programm. Falls Reilly die Wahrheit sagt, wird das FBI dahinterkommen und diesen Russen verfolgen. Falls er lügt, haben Sie ihn wenigstens angezeigt.«

Alexis atmete tief ein. »Nein«, stieß sie aus.

Auf Klines Gesicht blitzte Enttäuschung auf. Er nickte schnell, als habe er diese Reaktion erwartet, bevor er das Handy herumdrehte und begann, eine Nummer zu wählen. »Dann lassen Sie mir keine andere Wahl, als selbst dort anzurufen und Sie alle anzuzeigen.«

»Ich werde Sie mit hineinziehen«, sagte Alexis.

Kline erstarrte. Alexis konnte spüren, wie ihr Leben auf sie einstürmte; alles, wofür sie gearbeitet hatte, all die Befehle, die sie befolgt, all die Regeln, die sie respektiert hatte – sie war dabei, all das in die Luft zu jagen. Sie konnte kaum ihre Lippen bewegen oder ein Wort herausbringen. Sie hatte fast all ihre achtundzwanzig Jahre im Rahmen militärischer Richtlinien oder innerhalb einer Familie verbracht, die tief im Militär verwurzelt war. Die Truffants waren amerikanische Patrioten und taten, was ihnen befohlen wurde und wann es ihnen befohlen wurde. Und jetzt erpresste sie ihren Vorgesetzten.

Alexis wollte so schnell wegrennen, wie sie konnte, wollte alles tun, um nicht den Schmerz und den Vorwurf des Verrats auf dem Gesicht ihres Mentors zu sehen.

»Das würden Sie nicht wagen«, schaffte Kline zu sagen.

Alexis nickte. Doch, das würde sie. Sie würde es durchaus wagen.

»Ihnen ist klar, dass dies das Ende unserer Beziehung ist. Von allem, was wir gemeinsam erreicht haben.«

Wieder nickte sie. Ja, das war ihr klar; sie wusste es nur zu gut. Sie saß mit Garrett Reilly in einem Boot, und das Boot würde entweder mit ihr zum Erfolg treiben oder mit ihr in unermessliche Tiefen des Misserfolgs und der Schande versinken.

Sie standen schweigend in der zunehmenden Hitze des Tages da, während die Vögel sangen und das Geräusch von Verkehr in der Ferne zu hören war. Alexis wartete auf irgendein Zeichen von ihrem Boss, irgendeine Gefühlsregung oder einen anderen Hinweis darauf, was er tun oder sagen würde.

Schließlich steckte Kline sein Handy in die Tasche. »So sei es«, sagte er und ging.

29

LOWER MANHATTAN, 19. JUNI, 13:58 UHR

Special Agent Jayanti Chaudry saß auf der Couch in Garrett Reillys Wohnung und versuchte, die Frustration und die Erschöpfung, die der Fall mit sich brachte, von sich abtropfen zu lassen. Sie versuchte zu meditieren, wie es ihr Vater ihr mal im Haus ihrer Kindheit in Elizabeth, New Jersey, beigebracht hatte, aber das half auch nicht. Meditation war, soweit sie das sagen konnte, ausnahmslos indisch geprägter Bullshit.

So vieles von der Geschichte um Phillip Steinkamps Ermordung entzog sich ihrem Zugriff, und der Druck, seinen Mörder zu finden, stieg sprunghaft an. Alle paar Stunden riefen sie vom Hoover Building in D.C. an, meistens leitende stellvertretende Direktoren, aber der letzte Anruf war vom Vizedirektor persönlich gekommen und hatte keinen großen Spaß gemacht. Der Vizedirektor war kurz angebunden und voller Erwartung gewesen, und er hielt offenbar nicht besonders viel von den bisherigen Ergebnisse ihrer Arbeit. Wenn man die andauernden Spekulationen der Medien und den Stress der täglichen Pressekonferenzen hinzunahm, war Chaudry am Boden zerstört. Außerdem hatte sie kaum geschlafen.

Nachdem ihre kurze Bemühung um Transzendenz durch den Ansturm der Gedanken in ihrem Kopf zunichtegemacht war, stand Chaudry auf und ging ein letztes Mal durch Reillys Apartment. Sie hatte es bereits ein Mal vor fünf Tagen inspiziert, als das FBI seine Tür aufgebrochen hatte, aber bei der

Gelegenheit hatte sie dem Team der Spurensicherer die meiste Ermittlungsarbeit überlassen. Sie hatten ihre Ergebnisse in vier verschiedenen Berichten dargelegt, und Chaudry hatte sie gelesen, jedes einzelne Wort, aber sie hatte immer noch den Eindruck, etwas übersehen zu haben. Die Wohnung verriet ihr etwas über Reilly, aber was?

Während sie nun von Zimmer zu Zimmer ging, kamen Chaudry die Räumlichkeiten so vor, wie sie sich daran erinnerte: eine spartanische Junggesellenbude mit ein paar Möbeln, einigen schicken Anzügen und stapelweise Büchern über Statistik und das Finanzwesen. Abgesehen von Reillys Sicherheitsfimmel – das FBI hatte sechs Onlinekameras, zwei Bewegungsmelder und Bolzenschlösser an jedem Fenster gefunden –, schienen ihr ein paar Dinge bemerkenswert zu sein.

Erstens die unmäßige Anzahl verschreibungspflichtiger Medikamente, die in der ganzen Wohnung verteilt waren. Es gab Flaschen in seinem Badezimmerschrank, drei neben seinem Bett und noch ein halbes Dutzend in der Küche. Reilly schien irgendwelche Schmerzen zu haben, und wenn er nicht schon suchtkrank war, dann war er auf dem besten Weg, es zu werden. Einige der Rezepte waren offensichtlich Schwarzmarktfälschungen, aber andere waren legal. Ein Agent in der Außendienststelle hatte bereits eine Untersuchung begonnen, bei der festgestellt werden sollte, welche Ärzte ihm so leichtfertig Schmerztabletten verschrieben hatten.

Zweitens hatte Reilly Geld, aber er schien nicht daran interessiert zu sein, es auszugeben. Die Ermittler hatten in seinem Schreibtisch zahlreiche Kontoauszüge von Maklerfirmen aus der ganzen Welt gefunden. Reilly war beinahe Millionär, und der Kerl hatte immer noch drei Jahre bis zu seinem dreißigsten Geburtstag. Er hatte mehr Geld als Chaudrys ganze Familie, aber sein Apartment war trotzdem spärlich eingerichtet mit

Möbeln unterhalb der üblichen IKEA-Qualität: Ein rampo-
nierter Fernsehsessel, eine Couch, die aussah, als hätte er sie an
einer Straßenecke gefunden, und ein Fernseher, der mindestens fünf Jahre alt war. Nur seine Computertechnik schien sich
auf dem neuesten Stand zu befinden, und auch sie beschränkte
sich auf zwei schnittige Laptops, drei LED-Monitore und einen Laserdrucker. Wenn er sich selbst durch seinen Reichtum
bestätigen wollte, ging es ihm nicht darum, Eindruck auf die
Welt um ihn herum zu machen – kein demonstrativer Kon-
sum war zu erkennen. Chaudry dachte, dass er sich vielleicht
vor sich selbst bestätigen wollte. Als wollte er damit sagen: Ich
kann es. Ich kann es wirklich. Das war zwar merkwürdig, aber
irgendwie gefiel es ihr.

Und schließlich war Reilly ein Besessener, aber er war nicht
von Phillip Steinkamp besessen. Von seinen beiden Laptops
war der erste von einem Passwort geschützt und praktisch nicht
zu knacken. Sie hatten ihn nach D.C. geschickt, ins technische
Labor, aber die Festplatte hatte sich selbst gelöscht, sobald die
Techniker der Entschlüsselung näherkamen. Aber sein zweiter
Laptop, den er ausschließlich für seine E-Mails zu benutzen
schien und der nicht geschützt war, quoll über vor Hinweisen
auf die vielen Menschen, die ihn im Internet belästigten. Er
hatte Links zu zahllosen Chatrooms und Informationstafeln,
die es sich zur Aufgabe gemacht hatten herauszufinden, wer
zum Aszendent-Team gehört hatte. Mögliche Mitglieder waren aufgeführt – Makler, Mathematiker, Programmierer und
Finanzprofessoren –, und Reillys Name wurde öfter genannt.
In einer Datei hatte er Hate-Mails gespeichert – locker fünfhundert Stück, die meisten mit Todesdrohungen gewürzt. Keine von ihnen war ausschließlich an ihn geschickt worden – es
waren an Gruppen gerichtete Hassexplosionen –, aber beunruhigend waren sie trotzdem.

Aszendent sind Nazis. Findet sie, tötet sie. Schlitzt ihnen die Kehle auf, lautete eine. *Verreckt, ihr Arschgesichter,* war ein weiterer beliebter E-Mail-Header. Ein mit Handkamera aufgenommenes Video, verschwommen und nachts von Reillys Wohnzimmerfenster aus gefilmt, zeigte eine Gruppe junger Männer, die an der Straßenecke standen, zur Kamera hinaufzeigten, lachten und Obszönitäten schrien. Chaudry konnte nicht erkennen, ob die Belästigung Reilly galt oder ob es sich nur um eine betrunkene Clique handelte, aber so oder so ergaben die Kameras und die Fensterschlösser plötzlich eine Menge Sinn. Niemand schien sich auf Reilly als Anführer des Aszendent-Teams konzentriert zu haben, aber die Leute kamen ihm eindeutig näher.

Auf jeden Fall gab es nirgendwo in Reillys Apartment auch nur einen Hinweis auf Steinkamp oder Anna Bachew oder die New York Fed. Kein Link, kein Zeitungsausschnitt, keine Referenz in der Chronik seines Webbrowsers. Nichts. Der FBI-Techniker meinte, Reilly hätte sie vielleicht alle gelöscht, aber Chaudry bezweifelte das. Man konnte die meisten Beweise für sein Verbrechen aus seinem Leben wegputzen, aber irgendwann würde das FBI irgendwo, irgendwie eine Spur davon finden: einen Fingerabdruck, eine E-Mail, eine Verbindung um drei Ecken zu einer Faustfeuerwaffe, einem Auftragskiller oder einer Zahlung an diesen Killer.

Chaudry ging in die Küche und klopfte mit den Fingernägeln auf die billige Resopal-Arbeitsplatte. Sie zapfte sich ein Glas Wasser aus dem Hahn am Spülbecken und ließ die Augen durch den Wohnraum wandern. Er sah wie irgendein beliebiges Wohnzimmer in New York aus, und trotzdem – was war es nur? Es war anders. Reilly war anders. Sie glaubte immer noch, dass er mit ihr in Kontakt treten wollte und dies auch weiterhin tun würde, aber vielleicht hatte sie seine Angebote übersehen. Sie könnten sich direkt vor ihrer Nase befinden, und sie war einfach blind dafür. Sie ging zum Fenster und bewunderte die farblichen Abstufungen auf dem Schild des Nagelstudios – Pinkie's – auf der anderen Straßenseite: Glutrot löste sich in ein Tieforange auf, das sich zum zartesten Rosa verjüngte.

Da begriff sie es. *Muster.*

Das Schild des Nagelstudios hatte ein Muster. Reillys Apartment bestand aus einer Reihe von Mustern. Warum war ihr das nicht schon früher aufgefallen? Sie riss sich vom Fenster los und unterzog den Raum einer analytischen Betrachtung. Nichts war willkürlich. Das Mobiliar, so ramponiert es auch war, begann schwarz und groß in einer Ecke, und dann wurden die Stücke heller und kleiner, wenn man das Zimmer durchquerte. Die Bücher, die wie willkürlich verstreut aussahen, waren tatsächlich perfekt nach dem Autorenalphabet angeordnet, von A bis Z. Sie eilte in die Küche, um nach den Gläsern zu schauen: Sie waren alle nach Höhe und Durchmesser aufgereiht, von hoch und schmal zu niedrig und breit. Sie lief zurück ins Wohnzimmer: Die Kontoauszüge der Maklerfirmen waren nach den Geldbeträgen angeordnet, die sie auswiesen, vom niedrigsten bis zum höchsten. Je genauer sie hinschaute, desto mehr Muster fielen ihr auf. Die Schlösser an der Wohnungstür: ein Riegel bis zu fünf Riegeln, von oben nach unten; die Anzüge: nach Herkunftsland, von den USA über Europa nach Asien; die Medikamente: die stärkste Dosierung neben dem Bett, die mittlere in der Küche, die schwächste neben der Tür.

Das Apartment war nicht aufgeräumt – es war ein Chaos –, aber überall, wo man hinsah, konnte man ein Muster, ein System erkennen. Reilly war gezwungen, sein Leben so zu arrangieren, dass es einen Sinn ergab, aber das Einzige, was für ihn einen Sinn ergab, waren Muster. Absolut alles, was er sah, ergab ein Muster.

Chaudry ließ sich wieder auf die Couch fallen, umspült von Wellen der Zufriedenheit. Sie hatte ihn geknackt, nicht völlig, aber ein wenig, und jedes noch so kleine Stück war hilfreich. Aber wie sollte sie dieses Wissen jetzt umsetzen? Sie wollte sich gerade dieser Aufgabe widmen, als ihr Handy klingelte. Es war die Dienststelle Manhattan.

»Hier Agent Chaudry.«

»Wir haben einen Treffer bei dieser Rodriguez-Frau gelandet.« Agent Murrays schroffe Stimme knisterte. »PATH-Kameras haben sie beim Besteigen des Zugs am World Trade Center aufgenommen. Der Film ist zwei Tage alt.«

»Gibt's eine Videoaufnahme von einem Ausstieg?«

»Noch nicht. Wird noch gecheckt.«

»Schicken Sie jemanden los, der alle Bahnhöfe an der Strecke kontrolliert.«

»Wird gemacht.« Murray legte auf.

Also hatte Mitty Rodriguez den Port-Authority-Trans-Hudson-Train genommen? Chaudry kannte den Zug gut – sie war im Süden von Newark aufgewachsen –, und es gab nicht viele Stationen, nur eine Handvoll in Hoboken, Jersey City und Newark. War Garrett Reilly in der Nähe, irgendwo in New Jersey? Und falls ja, warum gerade dort? Ihre Augen glitten über das fast leere Zimmer, und sie lächelte, weil sie die Antwort schon kannte.

Wo immer er auch war, wie auch immer er in Kontakt mit ihr treten wollte, sie würde die Muster benutzen, die er geschaffen hatte, um ihn zu finden. Weil Reilly nicht in der Lage zu sein schien, sein Leben auf andere Weise zu führen.

30

NEWARK, NEW JERSEY, 19. JUNI, 16:42 UHR

Sein Prepaid-Handy klingelte, und Garrett schaute nach der Anruferkennung. Es war ein Münzfernsprecher, Vorwahlbereich 202, Washington, D.C.

Er ging sofort dran. »Was gibt's.«

»Wir sind drin«, sagte Alexis schnell und legte auf.

Garrett versammelte das Team – zumindest drei von ihnen, denn Celeste war noch nicht aus der Bronx zurück – und unterrichtete sie von dem Plan. Sie würden sich die Passagierliste des Lufthansaflugs 462 vom fünfzehnten Juni vornehmen. Sie würden sich als von der Fluglinie beauftragte Telefonverkäufer ausgeben, die anriefen, um Passagiere der letzten Zeit nach ihren Erfahrungen mit dem Service in der Touristenklasse auf Transatlantikflügen zu befragen.

»Es handelt sich um eine Umfrage zur Kundenzufriedenheit«, sagte Garrett. »Wenn sie nicht mit euch reden wollen, sagt ihr ihnen, dass wir ihnen Gutscheine für Flüge anbieten.«

Patmore schaute ihn misstrauisch an. »Wir haben Gutscheine für sie?«

»Wir lügen, Patmore«, sagte Garrett. »Wir sind auch keine Telefonverkäufer.«

Patmore nickte, als ob ihm dieser Gedanke noch nicht gekommen wäre.

»Fragt nach dem Flug, dem Service, dann fragt ihr sie nach

den Sitznachbarn. Haben sie ihnen gefallen? Mit ihnen geredet? Erklärt ihnen, dass die Lufthansa daran denkt, ein neues Protokoll einzurichten – man kann seinen Sitznachbarn aus einer Liste aussuchen. Würden Sie sich wieder für diese Person entscheiden? Bringt sie dazu, aus sich herauszugehen, ihre Sitznachbarn zu beschreiben – was war er oder sie für ein Mensch?«

Die Passagierliste kam zehn Minuten später herein, und Garrett teilte sie in Abschnitte auf, sodass jedes Mitglied des Aszendent-Teams eine Handvoll Namen erhielt. Niemand hatte Glück. Keiner der Passagiere, die einen Sitz in der Umgebung von Ilja Markow erhalten hatten – 27H in der Touristenklasse –, erinnerte sich an einen jungen Mann, der in ihrer Nähe gesessen hätte, ob nun Russe oder nicht. Patmore und Bingo veränderten ihre Stimmen sorgfältig, damit sie sich wie schlecht bezahlte Callcenter-Beschäftigte anhörten, und die meisten Leute waren hilfsbereit – nur ein Mann beschimpfte sie und legte auf, aber er war die Ausnahme. Garrett spürte leise Gewissensbisse, weil er Gutscheine für Flüge ausgelobt hatte, die nie eintreffen würden, aber schließlich beraubte er sie allenfalls um ein paar Minuten. Und überhaupt, es ging um eine gute Sache. Das war es auch, was er sich selbst immer wieder vorsagte: Alles in seinem Leben war inzwischen für eine gute Sache. Das war absoluter Quatsch, sorgte aber dafür, dass er weitermachte.

Celeste tauchte ein paar Minuten später auf, erhitzt und müde; sie gab ihm einen kurzen Überblick über ihre Begegnung mit der alten Frau vor dem chinesischen Restaurant und die Gemeinschaftspraxis in Hunts Point. Sie hatte die Schwester am Empfang nach Anna Bachew gefragt, die erklärt hatte, sie hätte den Namen nie zuvor gehört. Da sie Celeste aber überrascht angesehen hatte und fluchtartig in den hinteren

Bereich der Praxis verschwunden war, glaubte Celeste ihr nicht, hatte aber auch keine Möglichkeit, die Wahrheit aus ihr herauszupressen.

»Wir werden uns ihre Computersysteme später vornehmen«, sagte Garrett. »Auf jeden Fall ist das hier eine weitere Verbindung zwischen Steinkamp, Markow und Russland. Gute Arbeit und vielen Dank.«

Celeste starrte ihn ausdruckslos an, aber da sie weder fluchte noch zu einem Schwinger gegen sein Kinn ausholte, entschied Garrett, dass ihre Beziehung Fortschritte machte. Eigentlich ganz schöne Fortschritte.

Um neun Uhr abends brach Garrett den Einsatz ab; er dachte sich, später würde niemand mehr in einer Umfrage zur Kundenzufriedenheit angerufen werden, und sein Team schien erschöpft zu sein. Patmore brachte mexikanisches Essen mit mexikanischem Bier, und Garrett gewann den deutlichen Eindruck, dass Mitty prüfte, wie viel er trank. Er versuchte, in die Server der Hunts Point Medicaid Clinic einzubrechen, aber er konnte nichts finden, was zu hacken sich gelohnt hätte. Er vermutete, dass sie ihre Unterlagen dort weitgehend handschriftlich führten – auf diese Weise waren die Leute leichter zu betrügen. Er kontrollierte die Geschäftsabschlüsse in dem Black Pool, der ihm vor einer Woche aufgefallen war, und glaubte, noch eine Wellenbewegung von Kaufbewegungen um Crowd Analytics herum zu erkennen. Der Name war jetzt zwei Mal aufgetaucht – das war eine Grundlage für ein Muster, und er wusste es.

Um Mitternacht schlüpfte er in das Badezimmer und nahm noch ein paar Percodan, stapfte dann in eine Ecke und schlief auf einem Haufen alter Handtücher ein. Er wälzte sich die ganze Nacht hin und her.

Um sechs Uhr am nächsten Morgen weckte Mitty ihn, indem sie ihn gegen den Knöchel trat. Die Sonne strömte durch das Fenster herein, und Garrett brauchte etwa fünfzehn Minuten, bis sich seine Augen an das Licht gewöhnt hatten. Sie nahmen ein Frühstück aus altbackenen Bagels zu sich und machten sich wieder an die Arbeit. Nach ungefähr einem Dutzend Anrufen landete Celeste einen Treffer: Eine Frau aus Fort Lauderdale erinnerte sich, einen jungen Mann gesehen zu haben, der seinen Rucksack auf Sitz 27H abstellen wollte, dann aber seine Meinung änderte und weiterging. Als ob er sich mit seiner Bordkarte vertan hätte.

»Er hat seinen Sitz gewechselt«, sagte Garrett, als Celeste ihm die Neuigkeit berichtete. »Er wusste, dass uns die Passagierliste verraten würde, neben wem er gesessen hat, aber wenn er sich auf einen anderen Platz setzte, würde es schwieriger sein herauszufinden, wen er betrogen hat. Und er muss irgendjemanden betrogen haben.«

»Er könnte überall hingegangen sein«, sagte Celeste. »Es würde Tage dauern, jeden zu kontaktieren, der mit diesem Flugzeug unterwegs war.«

»Nein. Das ist nicht nötig.« Garrett schloss die Augen, um sich das Innere des Flugzeugs vorzustellen: ziemlich voll, mürrische Passagiere, geduldige Stewardessen. Lärm, weinende Kinder, Menschen, die versuchten, Rollkoffer in den Gepäckfächern zu verstauen. Er durchsuchte seine Vorstellung nach irgendeinem Hinweis auf eine Spur, die Markow hinterlassen haben könnte.

»Er ist zu dem Sitz gegangen, der ihm zugewiesen worden war. Auf beiden Seiten von ihm saßen Frauen. Das ist keine Hilfe für ihn, wenn er einen Identitätsdiebstahl plant«, sagte Garrett mit immer noch geschlossenen Augen. »Mit dem Namen einer Frau kann er nichts anfangen. Also ist er umgezogen. Aber es war Boarding-Time. Durcheinander. Die Leute schieben Taschen in die Gepäckfächer über ihren Sitzen. Er wäre nicht gegen den Strom in den vorderen Teil des Flugzeugs gegangen – zu viel Ärger. Und er hätte wahrscheinlich nicht den Gang gewechselt. Es war ein Airbus A340.«

Bingo rief seatguru.com auf, eine Webseite zur Platzsuche, um den Übersichtsplan der Lufthansa-Flüge nach Florida einsehen zu können. Bingo fuhr mit dem Zeigefinger auf einer Linie über den Grundriss des Flugzeugs. »Wir könnten die Leute in den Reihen achtundzwanzig bis fünfundvierzig anrufen, Sitze D, E, H und F. Das sind ziemlich viele, ist aber nicht unmöglich.«

»Nein, ist nicht nötig«, sagte Garrett. »Nur die Passagiere mit leeren Sitzen neben sich.«

Zehn Minuten später rief Bingo aus einer Ecke des Büros: »Hab ihn!«

Das Team versammelte sich um Bingos Schreibtisch.

»Vierunddreißig H und J«, sagte Bingo. »James Delacourt, aus Bethesda in Maryland, hatte Sitz H, und neben ihm saß ein junger Typ namens Ilja.«

Garretts Mund verzog sich zu einem breiten Grinsen.

»Delacourt hat es nicht direkt zugegeben, aber ich glaube, sie haben beide zu viel getrunken. Sie haben lang miteinander geredet, und dann ist er eingeschlafen. Er hat gesagt, er hätte ›das Bewusstsein verloren‹. Er ist unmittelbar vor der Landung wach geworden. Er hat gesagt, seiner Ansicht nach hätte Ilja erwähnt, dass er aus Russland kommt.«

»Markow hat ihn betrunken gemacht«, sagte Celeste, »und dann hat er die Situation ausgenutzt. Identitätsvergewaltigung.«

»Zehn zu eins, dass Delacourt ein Alkoholproblem hat. Markow hat seine Schwäche entdeckt und sie ins Visier genommen.« Garrett wandte sich an Bingo. »Sonst noch was?«

»Yeah. Sein Handy funktionierte nicht, nachdem er das Flugzeug verlassen hatte. Er hat es nach ein paar Tagen mit zum Verizon-Laden genommen, und da hat man ihm gesagt, dass seine SIM-Karte fehlte. Sie haben ihm eine neue gegeben, die sie ihm aber in Rechnung gestellt haben, und er war angepisst.«

»Gut«, sagte Garrett. »Wir können die Nummer verfolgen.«

»Es gibt noch mehr«, sagte Bingo. »Delacourt meinte, er hätte merkwürdige Probleme mit seiner Kreditkarte. Er dachte, das wäre der Grund für meinen Anruf. Es hat ein paar kleinere Belastungen gegeben – für politische Aktionen –, die er nicht veranlasst hat. Er konnte sich nicht zusammenreimen, wie es dazu gekommen war.«

»Was hat das zu bedeuten?«, fragte Patmore. »Warum politische Aktionen?«

»Das ist ein Trick von Kreditkartenbetrügern«, sagte Garrett. »Man sondiert das Terrain. Markow überprüft, ob Delacourt aufpasst. Macht ein bisschen Umsatz, stellt fest, ob die Karte gesperrt wird. Dann macht er einen größeren. Wenn die Karte intakt bleibt, kauft man die Sache, an der man wirklich interessiert ist.«

»Also sollten wir Delacourt anrufen und ihm sagen, dass er die Karte sperren soll«, sagte Celeste.

»Nein, wir machen das Gegenteil«, sagte Garrett. »Wir ermutigen ihn, die Karte zu behalten, und wir verfolgen, wo Markow sie benutzt. Wir wollen sehen, was er vorhat.«

Celeste schüttelte energisch den Kopf. »Delacourt war nur ein Trottel auf einer Geschäftsreise. Wir würden ihn im Stich lassen. Alles, was er sich leisten konnte, war Touristenklasse, und er hat neben dem falschen Mann gesessen. Markow wird ihm eine Menge Geld abknöpfen, das können wir verhindern.«

Garrett zuckte mit den Schultern. »Er tut es zum Wohle des Landes.«

»Das ist eine Rationalisierung«, sagte Celeste.

»Na und?«

»Ich hatte fast vergessen, wie du wirklich tickst.«

Garrett lächelte. Er sagte Mitty, sie solle eine Kreditkartenüberwachung unter DIA-Leitung einrichten. Eine halbe Stunde später bekamen sie per weitergeleiteter E-Mail die Meldung über das HotWatch-Programm der Regierung: James Delacourt hatte Computerausrüstung im Wert von zehntausend Dollar bei Best Buy in Arlington, Virginia, gekauft.

Der Kauf hatte vor siebzehn Minuten stattgefunden.

Alexis traf um 11:10 Uhr bei Best Buy ein, siebenundzwanzig Minuten nach Markows Einkauf. Der Sprint von ihrem Büro zu ihrem Wagen hatte zwei Minuten gedauert und die Fahrt von der DIA-Zentrale über den Fluss nach Pentagon City weitere acht. Sie stellte ihren Honda zwischen zwei Autos auf dem Parkplatz des Einkaufzentrums ab und schaute sich um. Eine Mutter diskutierte mit ihren drei Kindern vor einem geparkten Volvo. Ein Mann mittleren Alters warf eine Plastiktüte in den Kofferraum seines Hyundai und fuhr weg. Zwei Frauen in Arbeitsuniform schlenderten quer über die Straße zum Haupteingang. Von Markow war weit und breit nichts zu sehen.

Alexis fand es schwer zu glauben, dass Markow seine Computerausrüstung so nahe beim Sitz des US-Militärs – das Pentagon war einen Fußweg von zehn Minuten entfernt, fünf, wenn man sich beeilte – kaufen würde, aber sie war auch nicht völlig davon überzeugt, dass der Einkauf mit Delacourts Kreditkarte tatsächlich von Markow getätigt worden war. Vielleicht war Delacourt selbst in den Laden gegangen. Vielleicht war er der Mann mittleren Alters mit dem Hyundai gewesen. Irgendwas stimmte bei der ganzen Sache nicht. Eine Alarmglocke begann in ihrem Kopf zu läuten.

Die beiden Verkäufer in der Computerabteilung berichteten ihr, die einzigen Leute, die im Lauf der letzten Stunde Laptops gekauft hätten, seien ein junges Paar gewesen, ein Mann und eine Frau – eindeutig eine attraktive junge Frau, nach dem verschmitzten Lächeln auf den Gesichtern der beiden Verkäufer –, und sie hatten eine Wagenladung Material gekauft: vier Laptops, zwei Drucker, ein Dutzend Speicherkarten, zehn Handys, zusätzliche Kabel, WLAN-Router und einen Haufen kleinerer Sachen, an die sie sich nicht erinnern konnten. Chris, der ältere Verkäufer, schien sich hauptsächlich auf die Frau konzentriert zu haben, weil er zugab, sich den Mann nicht besonders gut angesehen zu haben, als Alexis ihm den Ausdruck von Markows Passfoto zeigte.

Alexis seufzte schweigend. Männer waren solche Idioten, wenn es um das andere Geschlecht ging, und so leicht abzulenken. Der Trick mit der hübschen jungen Frau schien in Markows Instrumentarium von Betrügereien normal zu sein, und Alexis konnte verstehen, warum: Er funktionierte.

»Sonst noch etwas, woran Sie sich im Zusammenhang mit ihm erinnern können? Oder ihr?«

Chris nickte schnell, als sei er begierig, die Niete, die er beim Gesicht des Mannes gezogen hatte, wieder wettzumachen. »Er hat eine Lunchbox aus Metall dabeigehabt. Wie sie von Bauarbeitern benutzt werden, wissen Sie? Rot, ungefähr so groß.«

Das Blut wich aus Alexis' Gesicht. Sie zeigte mit der Hand auf etwas im Rücken des Verkäufers. »Wie die dort?« Die Alarmglocke in ihrem Kopf schrillte mittlerweile laut.

Chris warf einen Blick über die Schulter. Auf dem Boden unter dem Präsentationsständer für die Laptops stand eine

Lunchbox aus rotem Metall. Chris nickte und wollte hingehen. »Yeah. Er muss sie vergessen ha…«

Alexis packte den Verkäufer am Arm und riss ihn zurück. »Lassen Sie das stehen.«

»Es ist eine Lunchbox.

»Sie haben keine Ahnung, was es ist.« In dem Moment, als Alexis das sagte, begann einer der Computer an ihrer Seite zu piepen. Ein eingehender Skype-Anruf auf dem Bildschirm wollte angenommen werden. Alexis starrte darauf. Alles passierte gleichzeitig. »Installieren Sie Skype auf Ihren Ausstellungsmodellen?«

»Eigentlich nicht.« Chris sah verwirrt aus. »Nie.«

Der Skype-Anruf kam von HappyToSeeYou. »Der Mann, der die Computer gekauft hat – hat er dieses Gerät berührt?«

»Jetzt, wo Sie es erwähnen, yeah, hat er. Er hat ein paar Minuten damit gespielt.« Chris starrte misstrauisch auf das piepende Gerät. »Aber das ist irgendwie unheimlich. Ich bin mir nicht mal sicher, wie das eigentlich passieren kann.«

Alexis klickte den Verbindungsknopf der Skype-App an. Das Bild war einen Moment lang unscharf; dann erschien ein Gesicht auf dem Bildschirm.

Ilja Markows Gesicht.

Alexis zögerte nicht. Drei Jahre in Irak, umgeben von improvisierten explosiven Apparaten und gejagt von Scharfschützen, hatten sie konditioniert: Wenn es eine Bedrohung gab, schütztest du dich und die Menschen in deiner Umgebung, und du tatest es, ohne nachzudenken. Jede Millisekunde Reaktionszeit spielte eine Rolle. Wer zögerte, starb.

Sie stürmte auf Chris, den Verkäufer, zu und schob ihn zehn Yards nach hinten, weg von der Lunchbox aus rotem Metall. Er stolperte, versuchte, das Gleichgewicht zu bewahren, und grunzte überrascht. Alexis stampfte weiter, links, rechts, links, rechts, und schob ihn so weit von der Lunchbox weg, wie sie konnte.

»Was zum Teu…«, schrie er.

Sie gab ihm einen letzten Schubs, legte ihr volles Gewicht hinein, und konnte spüren, wie seine Beine unter ihm nachgaben. Zusammen knallten sie mit einem dumpfen Geräusch auf den Boden, und unmittelbar bevor sie fielen, wurde ihr Gesichtsfeld von weißem Licht erfüllt, und sie fühlte sich von reiner Explosionskraft weggetragen.

31

SOUTHEAST WASHINGTON, D.C., 20. JUNI, 12:42 UHR

Ilja saß ruhig in der Ecke des Motelzimmers, während Thad mit der jungen Frau vögelte, die Ilja für ihn besorgt hatte. Aus Thads Energie und aus seiner Begeisterung schloss Ilja, dass er eine ganze Weile nicht mehr mit einer Frau geschlafen hatte. Er schloss dies auch daraus, dass Thad blass war, lange, strähnige, ungewaschene Haare und schlechte Haut hatte und ekelhaft roch. Aber Thad hatte bei all seiner Unattraktivität drei Eigenschaften, die Ilja nützlich fand.

Erstens war er sogleich verfügbar; Ilja hatte erst gestern Abend mit ihm Kontakt aufgenommen, und Thad hatte sich sofort bereit erklärt zu helfen. Ilja hatte Thad auf einer früheren Reise in die Staaten kennengelernt, auf einem Spielekongress, und er hatte sich seinen Namen und seine Telefonnummer aufgeschrieben, falls er mal in einer Notlage steckte und jemanden brauchte. Gestern war diese Notlage eingetreten.

Zweitens war er leicht zu manipulieren. Thad wollte unbedingt zu einer Gruppe gehören, die er als angesagte Szene betrachtete, und er war bereit, so gut wie alles zu tun, um das zu erreichen. Entfremdete und vereinsamte Menschen, die bemüht waren, gesellschaftlich akzeptiert zu werden, waren die perfekte Zielgruppe für Ilja, und er hatte vor langer Zeit gelernt, wie man diesen Teil ihres Charakters auf einen Blick erkannte: die allzu eifrige Antwort, die unterwürfige Haltung, die Besessenheit von der Meinung anderer. In Thads Fall hatte

Ilja als Köder die Teilnahme an einem Zirkel von Untergrund-Hackern ausgelegt – eine Clique von hippen, anarchischen Unruhestiftern, deren Internetunfug eine Art Aktionskunst war. Thad betrachtete sich als angehenden Revolutionär, aber als einsamen, und die romantische Vorstellung, Arm in Arm mit Genossen zu marschieren, schien in seinen Phantasien eine große Rolle zu spielen.

Thads dritte Qualität war bei Weitem die wichtigste: seine Liebe zu Sprengstoffen. Nicht nur Sprengstoffe, sondern Bewaffnung aller Art. Er war ein klassischer Waffenfreak; vor zwei Jahren hatte er Ilja gegenüber damit geprahlt, dass er ein ganzes Arsenal an Waffen in seinem Keller in Baltimore untergebracht habe, und als Ilja ihn gestern angerufen und gesagt hatte, er würde für zwei Rohrbomben bezahlen, war Thad ihm zu Hilfe gekommen. Thad hatte sich dagegen gesperrt, eine der Bomben im Best Buy in Arlington abzuliefern, sodass Ilja das Angebot von Sex mit einem Callgirl als Lockmittel obendrauf legen musste, und damit war der Deal perfekt gewesen.

Ilja glitt leise von seinem Stuhl herab und beobachtete, wie Thad unter den Laken grunzte und schnaufte. Der junge Sprengstoffenthusiast schien kein Problem damit zu haben, den Geschlechtsakt zu vollziehen, während ein Dritter im Zimmer war; sobald er Thad gesagt hatte, dass er sich verhalten solle, als ob Ilja nicht da wäre, schien er alle Hemmungen verloren zu haben. Für Ilja bedeutete das, dass Thad nicht nur leicht zu manipulieren war, sondern auch beeinflusst werden konnte.

Ilja durchsuchte die Taschen von Thads zerknautschter Blue Jeans – sie lag neben dem Bett –, bis er seine Schlüssel gefunden hatte. An der Tür räusperte Ilja sich. »Ich schnappe nur ein bisschen Luft.« Weder Thad noch das Callgirl – sie sagte, ihr Name sei Natasha – schauten vom Bett herüber, sodass Ilja das Zimmer ohne ein weiteres Wort verließ.

Thad hatte seinen verrosteten Nissan Sentra auf der dem Motel gegenüberliegenden Straßenseite geparkt. Ilja drückte auf den Entriegelungsknopf und durchsuchte dann den Kofferraum. Er war leer, weshalb er auf den vorderen und hinteren Sitzen nachsah, wo er aber nichts außer ein paar alten Decken fand.

Er überlegte, wo Thad seine Schusswaffen versteckt haben mochte – Schusswaffen, die mitgebracht zu haben Thad zuvor eingeräumt hatte –, bevor er noch einmal den Kofferraum öffnete und ein Stück schwarze Gummimatte zurückschlug, die den Reservereifen verdeckte. Es gab keinen Reservereifen, sondern eine Sporttasche aus blauem Segeltuch, in der sich Pistolen befanden, vielleicht insgesamt ein halbes Dutzend. Er suchte sich die kleinste aus, zog den Schlitten zurück, um nachzusehen, ob sie geladen war – war sie –, und steckte sich die Pistole hinten in den Gürtel.

Die Pistole war eine .22er. Ilja wusste, wie man eine Pistole benutzte. Er hatte Freunde in Moskau, die überall, wo sie hingingen, eine Selbstladewaffe mitnahmen, und oft, nachdem sie einige Tage pausenlos getrunken hatten, fuhren sie hinaus in den Wald in der Nähe des Nationalparks Lossiny Ostrow und schossen damit auf Bäume oder Abfalltonnen oder was sie noch für ein geeignetes Ziel hielten. Das war keine großartige Schusswaffenausbildung, aber Ilja musste kein Experte sein. Er musste nur gut genug sein.

Als Ilja zu dem Motelzimmer im ersten Stock zurückkam, war Natasha verschwunden – er konnte die Dusche laufen hören –, und Thad saß auf dem Bett, ohne Hemd und in Unterwäsche, und trank ein Bier.

»Hey.« Thad sah leicht benommen aus. »Hab vergessen, dass du hier warst.«

»Hast du dich amüsiert?«

Thad senkte den Kopf, als sei er verlegen. »Sie ist phantastisch.«

»Ein Multitalent.« Ilja musste daran denken, ihr ein großzügiges Trinkgeld zu geben.

Thad griff nach der Fernbedienung des Fernsehers, aber Ilja wackelte mit dem Finger. »Jetzt nicht.«

»Ich möchte nachsehen, ob es Nachrichten gibt. Du weißt schon, über diese Sache.«

»Es gibt Nachrichten. Glaub mir. Aber du brauchst sie nicht zu sehen. Noch nicht.«

Thad legte die Fernbedienung wieder hin. »Okay. Was kommt als Nächstes?«

»Es muss eine Menge getan werden.«

Thad biss sich auf die Lippen, als nähme er all seinen Mut zusammen. Dann spuckte er es aus. »Ich möchte die anderen kennenlernen. Ich habe Schusswaffen für euch. Aber erst möchte ich die anderen Leute kennenlernen.«

Ilja sah den jungen Mann, der da in seiner Unterwäsche auf dem Bett saß, breit lächelnd an. Erstaunlich, was ein bisschen Sex für das Selbstbewusstsein eines Mannes tun konnte. Der Wurm hatte sich gewunden.

»Und ich bin ganz auf deiner Seite«, sagte Thad. »Das weißt du.«

»Natürlich weiß ich das.«

»Ich will dich nicht verarschen oder so; es ist nur – ich hab mich für dich ins Zeug gelegt und möchte wissen, worauf ich mich einlasse. Ich bin echt aufgeregt.«

Ilja setzte sich auf das Einzelbett Thad gegenüber und erwiderte nichts, weil er der Ansicht war, Schweigen sei die beste Reaktion. Thad senkte nach einer Weile den Kopf, als wäre ihm seine Bedürftigkeit selbst unangenehm und als schämte er sich dafür, seine Wünsche ausgesprochen zu haben. Ilja hatte festgestellt, dass die Scham normalerweise so groß war wie das Verlangen, wenn jemand seine Bedürfnisse unverhüllt äußerte. Diese Gefühle ergaben einen tödlichen Cocktail, wenn man sie vermischte, und das war ein weiteres Werkzeug für Ilja.

Natasha kam aus dem Bad, trug jetzt ein knappes T-Shirt und eine hautenge Blue Jeans. Sie hatte platinblondes Haar und verschleierte, schläfrige Augen. Sie war sehr schön und ganz bestimmt ein Profi: Ihr Körper war eindeutig ihr Geschäftsvermögen, und ihre dürftige Kleidung war bestens dafür geeignet, die Ware zur Schau zu stellen.

Ilja winkte sie zu sich herüber, und sie beugte sich vor zu ihm, ihr Ohr an seinem Mund. »Nimm dir ein paar Tage frei. Ich werde dir noch mal tausend Dollar schicken, als Urlaubsgeld. Amüsier dich, geh an den Strand. Aber lass dich nicht hier in der Gegend blicken.«

Sie lächelte erfreut. Natasha – oder wie immer sie auch wirklich hieß – hatte keine Ahnung, was hinten im Best Buy geschehen war. Ilja hatte sie als Thads Callgirl engagiert und ihr gesagt, sie solle sich mit Thad im Einkaufszentrum von Arlington treffen, ihn dann zurück in dieses Motelzimmer bringen und mit ihm ficken. Sie hatte nicht gesehen, wie Thad die Rohrbombe platzierte, hatte keine Ahnung, dass irgendwas passiert war, und würde auch wahrscheinlich keine Ahnung haben, bis die Polizei sie holte oder sie sich die Mühe machte, die Fernsehnachrichten einzuschalten. So oder so würde das kein erfreulicher Moment in ihrem Leben sein.

Sie schnappte sich eine Baseballkappe von der Kommode, setzte eine breite Sonnenbrille auf, warf Thad eine Kusshand zu und schlenderte zur Tür hinaus. Sobald sie gegangen war, schien Thad in sich zusammenzufallen.

Ilja stand auf und legte ihm eine Hand auf die Schulter. »Du hast deine Sache gut gemacht, und das haben gewisse Leute bemerkt.«

»Haben sie das?«

»Absolut.« Ilja klopfte Thad sanft auf die Schulter. »Sie sind sehr zufrieden und wollen dich kennenlernen. Aber wir werden zunächst zusammen ein Gedankenexperiment machen.«

»Ein Gedankenexperiment? Was für eins?«

»Schließ mit mir die Augen.« Ilja ließ seine Hand auf Thads Schulter liegen und sah zu, wie Thad tief Luft holte und dann gehorsam die Augen zumachte. Thad war ein Devoter, ein Sub, ein Beta. Ilja schloss ebenfalls die Augen. »Stell dir eine Stadt vor«, sagte er und senkte die Stimme. »Eine moderne Stadt voller Gebäude und Autos und Ampeln. Es gibt Männer in Anzügen, die durch die Straßen eilen. Es gibt Polizisten. Menschenmengen. Frauen mit ihren Handys. Kannst du diese Stadt sehen?«

»Mehr oder weniger.« Thad klang unsicher. »Ja, jetzt kann ich sie sehen.«

»Diese Stadt hat Regeln. Dinge, die du tun kannst, und Dinge, die du nicht tun darfst. Verbotene Dinge. Manche Leute dürfen sie tun. Reiche Leute, mächtige Leute. Aber du nicht. Du musst tun, was man dir sagt, musst den Herrschern dieser Stadt zu Diensten sein.«

»Okay«, sagte Thad schnell, »das sehe ich.«

»Wie denkst du über diese Leute? Über diese Stadt und ihre Regeln?«

»Sie gefällt mir nicht. Die Regeln gefallen mir nicht.«

»Was würdest du mit den Männern in den Anzügen machen? Mit den Polizisten?«

»Nichts. Ich habe Angst vor ihnen.«

»Musst du nicht. Sie können dir jetzt nichts tun. Du bist

sicher. Ich bin mit dir in der Stadt. Was würdest du mit ihnen machen, wenn du keine Angst vor ihnen hättest?«

»Treten würde ich sie. Schlagen. Vielleicht … erschießen.«

»Gut. Das ist gut. Und wenn ich dir sagen würde, dass ich das auch gern tun würde, würde dich das glücklich machen?«

»Ja.«

»Dann sind wir beide in dieser Sache zusammen, du und ich. Wir gehören zu einem Team. Zerstören ihre Stadt, machen uns selbst glücklich. Bist du bei mir?«

Thad zögerte, und Ilja schlug die Augen auf und schaute auf den jungen Mann hinunter, der auf dem Bett saß. Ilja konnte sehen, dass Thad die Augen fest zupresste, angestrengt nachdachte, sich darum bemühte, ihm eine Antwort zu geben.

»Ja«, sagte Thad, »ich bin bei dir.«

»Gut. Jetzt möchte ich, dass du etwas für mich tust.«

Ilja nahm die Hand von Thads Schulter, griff hinter seinen Rücken und zog die Pistole aus seinem Gürtel. Er holte ein blaues Taschentuch aus seiner Hosentasche und wischte den Griff damit ab, wobei er darauf achtete, die ganze Oberfläche der Schusswaffe mit dem Baumwollstoff abzureiben. Er redete weiter, während er das tat. »Das ist eine wichtige Sache, Thad, und es wird uns beide bei der Zerstörung dieser Stadt vereinigen. Es ist eine gewaltige Sache, von der ich möchte, dass du sie tust, Thad. Die Leute, die uns beobachtet haben, werden sehr zufrieden sein, wenn du es tust. Sehr zufrieden.« Ilja senkte die Stimme, sprach langsam, verfiel in einen einfachen, hypnotischen Rhythmus. »Du wirst es schaffen. An allem teilhaben. Du wirst akzeptiert werden.«

»Okay.« Das Selbstvertrauen in Thads Stimme nahm zu.

»Heb deine rechte Hand hoch, Thad, aber lass die Augen geschlossen.«

Thad hob die rechte Hand.

»Lass die Augen geschlossen und pack dann dieses Ding, das ich dir in die Hand legen werde. Pack es und halt es fest und denk daran, dass das, was du tust, die wichtigste Sache ist, die du jemals tun könntest, und dass ich stolz auf dich sein werde, für immer und ewig.«

Thad öffnete seine Hand, und Ilja drückte schnell die Pistole hinein, den Griff in die Handfläche, während er Thads Zeigefinger um den Abzug legte. Thads Augen klappten überrascht auf, aber es war zu spät. Ilja schob die Mündung der Waffe gegen Thads Schläfe und drückte – sein Finger lag auf dem von Thad – den Abzug.

Der Knall des Schusses war laut, aber nicht ganz so laut, wie Ilja erwartet hatte. Das Geschoss hatte ein kleines Kaliber und trat auf der anderen Seite von Thads Kopf in einem Hagel von Schädelknochen, Haar und Blut wieder aus. Ilja ließ Thads Hand los, und der junge Mann sackte auf dem Bett zusammen, wobei sein Blut die Laken tränkte. Die Pistole hielt er immer noch in der Hand.

Ilja schaute auf die Leiche und überlegte, dass dies der zweite Mensch war, den er innerhalb ebenso vieler Tage getötet hatte. Was das über ihn verriet, dass er, anstatt Schuld oder sogar Vergnügen angesichts der Tötung zu empfinden, eher ein Gefühl von Dynamik spürte? Für beide Todesfälle, beschloss er, war Garrett Reilly verantwortlich. Der Mann im Getränkemarkt war wegen Reillys Einmischung gestorben, und Thad, weil es nötig geworden war, Reilly zu bestrafen. Garrett Reilly und Ilja Markow wurden allmählich miteinander verbunden, ihre Schicksale miteinander verflochten.

Es würde mehr Tote geben, und sie würden jetzt immer schneller kommen, einer nach dem anderen, bis alles erledigt und perfekt war. Das war Ilja recht. Es war schließlich genau das, was er wollte.

32

MIDTOWN MANHATTAN, 20. JUNI, 14:52 UHR

Der Verkehr im Zentrum von Manhattan versetzte Robert
Andrew Wells jun. in schlechte Laune. Vielleicht war es auch
nicht der Verkehr, sondern die Sonne und die Hitze. Vielleicht
lag es auch an der Stunde, die er damit verbracht hatte, auf
Zehenspitzen durch Phillip Steinkamps stickige Wohnung zu
gehen, Steinkamps Witwe sein Beileid auszusprechen und die
selbst gemachten Weißbrotschnittchen und Appetithappen
zu essen. *Schiwe sizn* war eine derart seltsame Art und Weise,
der Toten zu gedenken – konnten die Juden nicht einfach ein
Leichenbegängnis haben und die Leute in die Erde legen?

Er zuckte angesichts seiner irrationalen Vorurteile ein wenig
zusammen und schaute aus dem Fenster, während die Park
Avenue an seiner Limousine vorbeirauschte. Thomason, sein
Assistent, saß neben ihm; Dov, sein israelischer Bodyguard,
saß vorn neben dem Fahrer. Thomason kümmerte sich um
Anrufe, und Dov präsentierte der Welt seinen üblichen finsteren Leg-dich-nicht-mit-mir-an-Gesichtsausdruck.

Wells hatte Steinkamp nicht besonders gut gekannt. Er hatte ein paar Mal mit ihm zu Abend gegessen und ihn bei ein
paar Konferenzen getroffen, aber Steinkamp lebte in einem
anderen gesellschaftlichen Umfeld als Wells. Steinkamp war
ein Regierungsbeamter, wenn auch ein hochrangiger – und
seine leicht schäbige Wohnung spiegelte das wider. Wells war
ein Unternehmer-Titan. Seine zweistöckige Wohnung an der

Madison Avenue im Wert von vierzig Millionen Dollar spiegelte das ebenfalls wider.

»Sir, hier ist wieder Peters von Operations.« Thomasons Stimme riss Wells aus seinem Tagtraum. Sein junger Assistent hielt eines seiner vielen Handys hoch.

»Was will er? Und könnten Sie sich wohl einen anderen Ton angewöhnen?« Was war es bloß an Thomasons unterwürfigem Verhalten, das Wells so aufbrachte? Hatte es etwas mit der Diskrepanz ihrer Stellung und den ungleichmäßigen Wechselfällen der Gesellschaftsschicht zu tun? Oder lag es einfach daran, dass Wells Leute nicht mochte, die jammerten?

»Tut mir leid, Sir.« Thomason wartete einen Augenblick, bevor er fortfuhr: »Peters möchte über die Umstellung der Geldautomaten reden.«

»Richtig.« Wells nahm das Handy an sich. Das Team vom Bereich Technologie und Operations wollte seine Genehmigung dafür einholen, die Hälfte der Geldautomaten in Manhattan offline zu schalten, um ihre Betriebssysteme auszutauschen – die Geldautomaten liefen auf alten Microsoft-XP-Plattformen, und der Programmierung merkte man allmählich ihr Alter an. Die Leute von Operations wollten alle Geräte mit einem raffinierten neuen System ausstatten, mit dem sie alles von einer zentralen Stelle aus kontrollieren konnten, was die Arbeit der Bankfilialen um die Hälfte reduzieren würde. Das würde Geld einsparen und eine bessere Echtzeit-Überwachung ermöglichen, was, jedenfalls den Operations-Leuten zufolge, eine gute Sache war.

Wells war da nicht so sicher. Jetzt schien dafür nicht der richtige Zeitpunkt zu sein. War der Bank-Run in Malta nicht zum Teil durch einen Hackeranschlag auf die Geldautomaten der Bank verursacht worden?

Wells fummelte an dem gerippten Gehäuse des Handys herum. »Stellen Sie mir die Sache noch ein letztes Mal vor.«

»Sir, wir werden um Mitternacht die Hälfte der Geldautomaten in Manhattan abschalten«, sagte Peters schnell. »Und die ganze Software zentral mit unverzüglichen Follow-ups vor Ort upgraden. Wir haben dreiundfünfzig verschiedene Teams, um das zu erledigen.«

»Unsere Leute?«

»In der Hauptsache. Mit einigen unabhängigen Auftragnehmern.«

Wells runzelte die Stirn. Auftragnehmer mussten überprüft werden. Seine Sicherheitsleute sagten ihm das jeden Tag. Trauen Sie niemandem. »Diese Auftragnehmer sind überprüft?«

»Jeder einzelne. Und nach der Umstellung werden wir einen viel robusteren Meldealgorithmus in der ganzen Stadt haben.«

Wells seufzte. Robust. Er hasste diesen Ausdruck. Dies war ein robustes System, das war eine robuste Reaktion. Scheiß auf robust, dachte er. Hatte robust diesen Idioten in Malta geholfen, als die Kontoinhaber angerannt kamen, um ihr Geld abzuheben?

»Wenn wir heute Nacht damit anfangen, Sir, muss ich unseren Teams bis heute Abend sechs Uhr Bescheid sagen.«

Wells schaute auf seine Piaget. Es war 14:58 Uhr. »Was könnte schiefgehen?«

»Nichts«, antwortete Peters, ohne zu zögern.

Eine Weile sagte niemand etwas. Wells wartete länger als sein Direktor für den Bereich Technologie und Operations, beobachtete die vorbeigleitende Stadt, Taxis und Lieferfahrzeuge, Gruppen von Studenten und Scharen von Touristen, das blendende Sonnenlicht auf der Glasfassade eines Wolkenkratzers.

»Einige Bankkunden könnten in Verlegenheit gebracht werden«, meldete sich Peters schließlich wieder zu Wort, um zuzugeben, dass es so etwas wie eine narrensichere Lösung nicht gab. »Aber Leute, die um drei Uhr nachts an Bankautomaten Geld ziehen wollen, sind nicht unsere demographische Spitzengruppe. Und wie es heißt, hat JPMorgan Chase bereits all diese Änderungen an ihren Geldautomaten installiert. Nichts für ungut, aber mit so einem Vorsprung können sie uns in Sachen Leistungsfähigkeit in die Pfanne hauen.«

Wells schüttelte den Kopf. Aha, das war also sein Trick. Die Konkurrenz wird uns in die Pfanne hauen. Appelliere an den Siegeswillen deines Chefs, an seinen Wunsch, den Aktienkurs hochzuhalten und nicht von einem verärgerten Aufsichtsrat in die Wüste geschickt zu werden.

»Sir?«, sagte Peters.

Wells berührte das glatte Glas des hinteren Fensters. Es war heiß von der Sonne. In New York war es unerträglich heiß, und das erst Ende Juni. Wie würde es im August werden?

»Kann ich allen sagen, wir sind startklar?«

Tu das, was richtig für dich, für dein Unternehmen, für deine Aktionäre ist, dachte Wells. Ignoriere die Schwarzseher und die Jammerer wie Thomason. Sei stark, sei kühn, vertraue deinen Instinkten.

»Ja«, sagte er, »wir sind startklar.«

33

NEWARK, NEW JERSEY, 20. JUNI, 15:01 UHR

In dem Moment, als Garrett die Nachricht von der Rohrbombe hörte, schnappte er sich seine Brieftasche und lief zum Aufzug, weil er sich dachte, der Versuch, einen Pendelflug nach D.C. zu erwischen, sei das Risiko wert. Aber Patmore schlang seine Arme um Garrett und zerrte ihn durch den Gang zurück. Garrett befahl Patmore, ihn loszulassen, und drohte damit, ihm die Nase mit einem Kopfstoß zu brechen.

Celeste lief in den Korridor und bat Garrett, sich zu beruhigen. »Du wirst es nie ins Flugzeug schaffen. Sie würden am Sicherheitscheck auf dich warten.« Eine Frau von der Immobilienfirma auf demselben Gang schaute zur Tür heraus. »Komm bitte wieder ins Büro. Bitte.«

Er wusste, dass Celeste recht hatte. Er würde es vielleicht nicht mal zum Flughafen schaffen. Die Überwachung könnte ihn an zahllosen Orten aufgabeln: der Tunnel, der PATH-Zug, Penn Station. Mit dem Auto fahren war eine Möglichkeit, aber das Team hatte kein Auto, und es gab keine Chance, eines zu mieten, ohne dass man beobachtet wurde. Es gab immer Greyhounds, aber Überwachung wäre auch hier ein Problem. Er würde verhaftet werden, bevor er einen Fuß auf den Boden von Washington, D.C., gesetzt hätte.

Er machte sich von Patmore los und stapfte wütend zurück ins Büro.

»Keine Toten«, sagte Mitty, die aus einem anderen Zimmer

hereinkam. Sie hatte als Erste den AP-Bericht online gefunden: ein Bombenanschlag in einem Best Buy in einer D.C.-Vorstadt. Inzwischen verfolgte sie jede neue Information. »So heißt es in den Nachrichten. Das bedeutet, sie ist am Leben. Sie ist okay.«

Garrett atmete tief durch und nickte erleichtert, aber nicht zufrieden. »Hast du es auf ihrem Handy versucht?«

Mitty schüttelte den Kopf. »Es ist ein Bombenanschlag, Gare. Sie wird von FBI-Agenten umgeben sein. Sie werden sie nicht aus den Augen lassen. Wenn wir anrufen, gehen sie an den Apparat.«

Celeste nahm Garrett bei der Hand. »Sie ist im Krankenhaus. Mit Ärzten. Sie werden sich um sie kümmern. Im Moment gibt es nichts, was wir für sie tun können. Das weißt du.«

Das wusste er, aber das machte es kein bisschen leichter.

»Ilja wusste, dass wir ihm direkt auf den Fersen sind«, sagte Garrett, der in dem Raum auf und ab ging, während der Rest des Teams zuschaute. Patmore stand neben der Eingangstür, falls Garrett noch mal versuchte, sich aus dem Staub zu machen. »Er wusste, dass wir diese Kreditkarte verfolgen würden, und er wollte, dass wir hinter ihm herkommen.« Garrett blieb am Fenster stehen und starrte hinaus auf die Innenstadt von Newark. »Er ist klüger, als ich ihm zugetraut habe.«

»Und erschreckender«, fügte Bingo hinzu.

»Aber er weiß nicht, wo wir jetzt sind. Wo du bist. Also sind wir hier sicher, zumindest im Moment«, sagte Celeste. »Er ist nicht allwissend.«

Garrett starrte nach unten auf den Platz. Sein Kopf hatte zu pochen begonnen – die Schmerzen flammten auf, wenn der Stress zunahm. Er massierte seine Kopfhaut und versuchte, die Schmerzen zu lindern. Dann sah er es: zwei schwarze Geländewagen der Newark Police hielten auf dem Platz vor dem

Gebäude, gefolgt von einem halben Dutzend Streifenwagen. SWAT-Beamte in schwarzer Montur, Sturmgewehre über die Schulter gehängt, stürzten aus den Geländewagen und rannten auf die Eingangshalle des Gebäudes zu. Der Rest der Polizisten, insgesamt zwei Dutzend, bildete die Nachhut, und weitere Wagen hielten am Bürgersteig, während er hinsah.

»Doch, ist er«, sagte Garrett.

»Was ist er?« Celeste.

»Allwissend.«

Sie hatten sechzig Sekunden, um sich vorzubereiten. Sechzig Sekunden, um E-Mails und Festplatten zu löschen, alles zu schreddern, was auch nur von Weitem verdächtig aussah. Mitty übernahm die Verantwortung, weil sie die meiste Computererfahrung und außerdem die meisten illegalen Programme auf ihrem Laptop hatte. Patmore verstaute seine Glock in einem Wandschrank, und Celeste saß an einem Schreibtisch und hielt sich mit den Fingernägeln an dem laminierten Holz fest.

Bingo legte die Hände oben auf seinen Kopf, um zu gewährleisten, dass nicht versehentlich auf ihn geschossen wurde. »Wo ich herkomme, erschießen sie einen manchmal einfach aus Scheiß.«

Celeste fand das tragisch, aber ihr Herz schlug so wild, dass sie nichts sagen konnte. Sie hatte Angst – Todesangst, um genau zu sein –, versuchte aber, sich zusammenzureißen. Sie hatte keine Ahnung, ob sie verhaftet, zusammengeschlagen oder erschossen würden. Sie wusste nur, dass ein SWAT-Team auf dem Weg in das Gebäude war, und jeder in dem Büro vermutete, sie würden in den sechsten Stock kommen.

Sechzig Sekunden verstrichen, und es geschah nichts. Celeste bemühte sich, auf irgendwelche außergewöhnlichen Geräusche zu achten. Das Klingeln des Aufzugs. Ein gedämpfter Schrei. Schritte. Aber da war nichts, und dann, ganz plötzlich, war auf einmal alles da. Eine Mauer von Geräuschen.

Celeste war nicht sicher, wie sie es fertiggebracht hatten – es geschafft hatten, bis zu ihrem Stockwerk zu kommen und sich vor dem Eingang zum Büro zu versammeln, ohne auch nur das geringste Geräusch zu machen –, aber das hatten sie. Die Tür flog auf, und in wenigen Augenblicken war die Bürosuite mit SWAT-Beamten gefüllt, die mit Gewehren im Anschlag Befehle brüllten und von dem zentralen Raum in jedes angrenzende Büro rannten.

»Newark Tactical! Runter! Runter!«, schrien die ersten Beamten. Zwei von ihnen packten Patmore und drückten ihn zu Boden. Celeste, Mitty und Bingo hatten es jeweils mit einem Polizisten zu tun, und sie wurden ebenfalls mit erstaunlicher Geschwindigkeit auf den Boden gelegt. Der Raum hallte wider von dem Stampfen der Stiefel und den Befehlen der Beamten.

»Wo ist der Bewaffnete? Wo ist der Bewaffnete?«

»Welcher Bewaffnete?«, presste Celeste hervor, während ihr Kopf von einem Lederhandschuh auf den Boden gepresst wurde. »Welcher Bewaffnete?«, sagte sie noch mal, war sich aber nicht sicher, ob irgendjemand zuhörte. Sie bemühte sich, etwas zu sehen, aber alles, was sie erkennen konnte, waren schwarze Stiefel und ein paar Gewehrmündungen. Sie hörte das dumpfe Geräusch von Schuhen auf Holz und das Krachen von weiteren Türen.

»Raum eins, sauber!«

»Raum zwei, sauber!«

»Küche, sauber!«

Ein Beamter stellte seinen Fuß neben Celestes Kopf und brüllte sie an: »Wo, zum Teufel, ist der Bewaffnete? Wo ist er?«

»Von was für einem Bewaffneten reden Sie?«, sagte Celeste. »Ich weiß nicht, wovon Sie reden.«

»Wir haben einen Anruf aus diesem Büro erhalten«, schrie der SWAT-Beamte, anzüglich grinsend. »Weißer, mit einer Schusswaffe, der Geiseln genommen hat und droht, sie umzubringen. Wo ist der Bewaffnete?«

Celeste blinzelte und versuchte, einen klaren Kopf zu bekommen. Geiseln? Droht sie umzubringen? Sie stieß ein kurzes Lachen aus und sagte leise. »Es gibt keinen Bewaffneten.« Und dann laut, länger lachend: »Der einzige Bewaffnete hier sind Sie.«

Das Swat-Team brauchte fünfundvierzig Minuten, um Aszendents Bürosuite im sechsten Stock wieder zu räumen. Die meiste Zeit verbrachten sie damit, miteinander zu reden, sich, soweit Celeste es verstehen konnte, über ihren Befehlshaber und über neue Verfahrensregeln zu beklagen, die sie alle hassten. Sie schienen sich keine Gedanken über Mitty, Patmore, Bingo oder Celeste zu machen, obwohl jeder von ihnen oberflächlich abgetastet wurde und ein Beamter die Schreibtischschubladen daraufhin überprüfte, ob sich irgendetwas Ungewöhnliches darin befand. Niemand schaute in das oberste Fach des hinteren Wandschranks, wo Patmore seine Pistole versteckt hatte, und keiner der Beamten schien von der ganzen Sache wirklich überrascht zu sein.

»Sie sind Opfer eines Witzbolds geworden«, erklärte ein Polizist Celeste. »Passiert in letzter Zeit häufig.« Er war älter und hatte ein von der Sonne gegerbtes Gesicht, und mit seiner ganzen Kampfausrüstung und seinem Helm wirkte er sogar noch größer, als er tatsächlich war. Er überragte Celeste. »Zwei verschiedene Anrufe. Einer von einem Mann, einer von einer Frau; beide sagten, da wäre ein Mann mit einer Schusswaffe bei Ihnen in den Büroräumen, und er würde Leute umbringen.«

Celeste versuchte, sich über die Vorstellung lustig zu machen. »Na ja, ich nehme an, wir haben überlebt.« Aber ihre Gedanken rasten. Wer immer sie verarscht hatte, wusste genau, welches Büro in welchem Gebäude in welcher Stadt er ins Visier nehmen musste. Er wusste, wo Aszendent sich versteckte. *Er wusste alles.*

»Wir kriegen ungefähr einen dieser Anrufe im Monat. Mal ist es ein Raubüberfall, mal eine Vergewaltigung, mal ein tätlicher Angriff. Wir tauchen auf, aber es ist nichts los. Teenager. Kiffer. Leute, die einen Groll gegen jemanden hegen. Eines Tages wird jemand aus Versehen erschossen, und dann ist die Kacke wirklich am Dampfen«, sagte der Polizist. »Entschuldigen Sie meine Ausdrucksweise.«

Celeste zuckte mit den Schultern, als wäre alles ein großer Witz, aber ihre Hände zitterten.

»Fällt Ihnen jemand ein, der Lust hätte, Ihnen einen solchen Streich zu spielen? Jemand, der ein Hühnchen mit Ihrer Firma zu rupfen hat?«

Celeste blickte durch den Raum zu Bingo und Mitty hinüber, die dem Gespräch interessiert zuhörten. Mitty schüttelte kaum merklich den Kopf.

»Nein, eigentlich nicht«, sagte Celeste. »Wir sind eine große, glückliche Familie.«

Der Polizist schaute sich im Büro um. »Technologiefirma?«

»Ein Start-up«, sagte Celeste. »Brandneu.«

Der Beamte zeigte auf eine Couch in der Ecke, über die eine Decke drapiert war. »Schlafen Sie hier?«

»Technologie ist ein brutales Geschäft. Wir dürfen uns nicht abhängen lassen.«

Das schien er als vernünftige Antwort zu akzeptieren, und

seine Kollegen rüsteten sich zum Aufbruch. Er gab Celeste seine Karte, bevor das SWAT-Team zur Tür hinausstampfte.

»Ich möchte Ihnen nur dafür danken, dass Sie Ihr Geschäft nach Newark gebracht haben. Die Stadt kann es brauchen.«

»Klar.« Celeste versuchte, die Tür hinter ihm zu schließen. Sie hing nur noch in einer Angel, und das Schloss und der Türknauf waren völlig kaputt. Sie blieb einen Moment lang stehen, um wieder zu Atem zu kommen, als es noch einmal klopfte. Sie machte die Tür auf. »Yeah?«

Es war wieder der ältere SWAT-Beamte. »Einem von meinen Jungs ist aufgefallen, dass Sie fünf Schreibtische, fünf Computer haben, aber es gibt hier nur vier von euch. Fehlt irgendjemand?«

»Nein. Nur ein Extraschreibtisch. Wir hoffen, bald noch jemanden einstellen zu können.« Celeste lächelte den Beamten breit an. »Falls Sie jemanden mit Programmiererfahrung kennen, schicken Sie ihn oder sie zu uns.«

»Okay, klar.« Er warf einen letzten Blick in das Büro. »Wird gemacht.«

34

NEWARK, NEW JERSEY, 20. JUNI, 15:15 UHR

Garrett rannte.

Er rannte die Hintertreppe hinunter, während das SWAT-Team mit den Aufzügen hochkam. Er rannte durch die Tür zur Laderampe, als sie die Tür zum Büro eintraten. Er rannte nach Osten auf dem Raymond Boulevard, bis er das oberste Stockwerk des Bürogebäudes, in dem sie sich versteckt hatten, nicht mehr sehen konnte, dann blieb er stehen.

Er hatte nicht wegrennen wollen, aber das Team hatte ihm gesagt, er müsse unbedingt verschwinden. Sie hatten nur Sekunden, um sich zu entscheiden, und Celeste war unnachgiebig gewesen: Falls die Polizei kam, um jemanden mitzunehmen, kam sie seinetwegen, denn es gab keinen Grund, jemand anderen zu verhaften – also würde der Rest von ihnen sicher sein. Sie schoben ihn buchstäblich zur Tür hinaus.

Er dachte an nichts, während er rannte. Er rannte einfach, bis er zu erschöpft war, um weiterzurennen. Dann ging er langsamer und bog auf der Chapel, einer Straße voller Lagerhäuser aus Backsteinen und leeren Ladenfronten, nach rechts. Er schwitzte und war durstig, und das Pochen seines Herzens entsprach dem Pochen in seinem Kopf. Er hielt an einem Eckladen an und kaufte eine Flasche Wasser, die er mit ein paar Schlucken leer trank, und ging dann weiter, bis er zu einem anderen Eckladen kam. Dort kaufte er eine Flasche billigen Blended Whiskey – nur um seine Nerven zu beruhigen, sagte

er sich – und ging weiter, die Flasche in einer braunen Papier-
tüte in seiner Gesäßtasche. Er bog noch einmal rechts ab und
kam zum Gerüst einer Bahnbrücke. Niemand sonst war in der
Nähe; nur ein paar rostige Autos leisteten ihm Gesellschaft. Er
setzte sich unter die Bahnbrücke und versuchte, seine Gedanken zu ordnen.

Aber zuerst schluckte er eine Handvoll von den Percodan,
die Patmore auf dem Schwarzmarkt für ihn besorgt hatte. Er
hatte nicht vorgehabt, sie mitzunehmen, aber als er aus der Tür
eilen wollte, erinnerte er sich daran, dass er sie in eine Schreib-
tischschublade gesteckt hatte, und ließ sie beim Verlassen des
Büros mitgehen. Jetzt war er froh, weil sie das Einzige waren,
was zwischen ihm und lähmenden Kopfschmerzen stand. Er
achtete nicht darauf, wie viele er nahm; er schluckte sie einfach
runter und spülte Whiskey nach.

Ein Obdachloser tauchte aus dem Schatten auf, einen alten
Einkaufswagen vor sich herschiebend, in dem sich Tüten und
Kleidungsstücke stapelten. Der Mann wirkte ausgemergelt,
ein speckiges Jackett hing über seinen schmalen Schultern. Er
starrte Garrett an, aber Garrett nahm ihn nicht zur Kenntnis.
Er versuchte nachzudenken.

Wer hatte die Cops alarmiert? War es Ilja Markow gewesen? Und falls ja, woher, zum Teufel, wusste er, wo Garrett
sich versteckte? Es schien nicht möglich zu sein, aber das Timing passte zu dem AMBER-Alarm und dem anschließenden
Bombenanschlag in D.C. Irgendwie hatte Ilja Garretts Versteck, die improvisierte Zentrale des gesamten Aszendent-
Teams, entdeckt und sie angegriffen. Als Garrett darüber
nachdachte, wurde ihm klar, dass Markow zwei verschiedene
Abteilungen von Aszendent – D.C. und Newark – zur gleichen Zeit angegriffen hatte. Und er hatte sich dabei nicht ex-
poniert. Markow attackierte Garrett, und Garrett war einer

Chance, den Mann zu fangen, kein bisschen näher gekommen.

Markow war ein Meister darin, Angst zu verbreiten, aber er blieb ein Schatten.

Dieser Gedanke löste bei Garrett unmittelbare Panik aus. Er versuchte, rückwärts zu schlussfolgern, warum er diese Aufgabe überhaupt auf sich genommen hatte. Er nahm noch einen Schluck des billigen Whiskeys, der furchtbar schmeckte und für ein mulmiges Gefühl in seinem Magen sorgte. Er hatte ein Problem am Horizont gesehen – ein Muster bildete sich, das wirtschaftlichen Terror verkündete –, und er hatte Alexis auf dieses Problem aufmerksam gemacht. Als sie die Idee verspottete, schien diese Reaktion Garrett noch mehr anzutreiben, etwas zu unternehmen. Aber warum hatte er es getan?

Mitty hatte ihn beschuldigt, er wolle Alexis beeindrucken, und da war etwas dran, aber das Ganze hatte noch eine tiefere Ebene. Ja, er versuchte, das Land zu retten, auf seine verdrehte Weise, aber Garrett glaubte nicht an Altruismus; alle hatten ein Motiv für ihre selbstlosen Taten, sogar dann, wenn sie es nicht verstanden. Garrett hatte auch ein Motiv für das, was er tat – aber er war weit davon entfernt zu begreifen, was, zum Teufel, es war.

Eine Stimme unterbrach seine Träumerei. »Kannst du einem Bruder helfen, etwas zu essen zu bekommen?« Der Obdachlose war zu Garrett hinübergeschlurft und hatte eine Hand ausgestreckt.

Garretts erste Reaktion war, ihm zu sagen, dass er sich verpissen solle. Aber dann starrte er in das Gesicht des Mannes, sah seine eingeschlagene Nase, die fehlenden Zähne, den Schorf, der seine Wangen und seinen Hals fleckig machte, und wurde von Ekel und Mitleid zugleich überwältigt. Das Leben hatte diesem alten Dreckskerl so übel mitgespielt, dass

Garrett sein Alter oder auch seine ethnische Herkunft nicht mehr erkennen konnte. Er erinnerte Garrett an den alten Sicherheitsmann in dem Bürogebäude am Raymond Boulevard, nur tragischer. Garrett zog seine Brieftasche hervor und warf ihm einen Zwanzigdollarschein hin.

»Gott segne Sie.«

»Meinetwegen«, sagte Garrett schnell und wandte sich von dem verwüsteten Gesicht des Mannes ab. Er nahm einen weiteren Schluck Whiskey und stellte fest, dass die Flasche fast leer war. Hatte er wirklich so viel so schnell getrunken? Und was war mit den Schmerztabletten – wie viele hatte er genommen? Alkohol und Tabletten zu mischen war vermutlich keine so tolle Idee.

Er verdrängte das alles aus seinen Gedanken und versuchte, sich auf Ilja Markow zu konzentrieren. Garrett hatte zuerst zugeschlagen. Er hatte Markow als Bedrohung identifiziert, hatte ihn anhand seiner Kreditkarten verfolgt und ihn dann mit einem AMBER-Alarm aus seinem Versteck getrieben. Er hatte Markow provoziert, und Markow hatte zurückgeschlagen, und zwar hart.

Aber wie hatte er das gemacht? Wie? Wie? Wie? Und warum verschwendete er seine Zeit und Energie damit, auf Garrett loszugehen, anstatt sich auf das zu konzentrieren, was Garrett für sein größeres Ziel hielt – die US-Wirtschaft zu attackieren?

Garrett schloss die Augen, und als er sie aufschlug, fielen Sonnenstrahlen durch die Träger der Trestle-Brücke und beleuchteten Haufen schwarzer Erde, die mit Flaschen und Kartons und weggeworfenen Kleidungsstücken übersät waren. Es war auf eine kaputte Weise ein schöner Anblick, und Garrett staunte darüber – die Üppigkeit des Verfalls, die markanten Formen, die von den alten Hemden und Hosen angelegt waren. Da wurde ihm klar, dass die Drogen wirkten.

Auf einmal konnte sich Garrett nicht mehr richtig erinnern, worüber er sich solche Sorgen gemacht hatte. Ja schon, Ilja Markow war geheimnisvoll und klug, aber war er wirklich eine Gefahr für Garretts Existenz? Vielleicht. Vielleicht war er aber das Problem von jemand anderem. Garrett grinste. Das war das Geniale an Percodan und Whiskey: Wenn man die beiden vermischt hatte, war alles das Problem von jemand anderem.

Er trank den Rest der Flasche aus, dann stand er auf, wischte sich die Erde von der Hose und bemerkte, dass sein Telefon klingelte. Er hatte sich ein Wegwerfhandy in die Tasche gesteckt, und jetzt wartete eine SMS auf ihn. Er warf einen Blick darauf.

Polizei weg. War nur ein Streich. Alles klar.

Garrett las die SMS noch einmal und lachte. Ein Streich? Also waren es keine FBI-Agenten, die eine Razzia in seinem Büro machten? Es waren gewöhnliche Newark-Cops?

Er tippte eine schnelle Erwiderung: *Nicht auf der Suche nach mir?*

Die Antwort erfolgte unmittelbar: *Nein. Irrer mit Knarre.*

»Verdammte heilige Scheiße«, murmelte Garrett vor sich hin. Markow hatte ihm die Polizei auf den Hals gehetzt – hatte genau gewusst, wohin er sie schicken musste –, aber er hatte nicht gewollt, dass Garrett verhaftet wurde. Die Ränder seines Blickfelds waren plötzlich verschwommen. Er blinzelte zwei Mal, um besser sehen zu können, aber das brachte nichts. Er nahm sich wieder das Handy vor.

Wurde jemand verhaftet?, schrieb Garrett. Hatte er das richtig geschrieben? Verhaftet mit einem oder zwei f? Er hatte Schwierigkeiten, sich zu erinnern, was seltsam war, weil Garrett sich an so ziemlich alles erinnerte.

Nein. Und dann: *Wo bist du?*

Garrett schaute sich um. Auf seiner linken Seite war ein

unbebautes Grundstück, und weiter hinten unter dem Brückengerüst lag ein Betriebshof, jetzt eine Brache, auf dem sich Gleise mit geschlossenen Güterwagen und Flachwagen weit in die Ferne erstreckten. Aber er war nicht sicher, wo er wirklich war. Irgendwo in Newark. Und auch nicht in einem schönen Teil der Stadt. Er hatte nicht darauf geachtet, als er gerannt war. Sein Handy hatte keine Karten-App, und es gab zwar ein Straßenschild ein Stück weiter weg, aber Garrett stellte fest, dass er Schwierigkeiten hatte, sich auf die Buchstaben zu konzentrieren.

Besser, du schaust nach, und dann schickst du eine SMS, dachte er. Er machte einen vorsichtigen Schritt nach vorn, aber sein Fuß konnte keinen festen Untergrund finden, und auf einmal bemerkte er, dass er im Fallen begriffen war, auf das weiche, angenehme Erdreich zu, und zwar schnell. Die Welt um ihn herum drehte sich, oben wurde plötzlich unten und unten oben. Er versuchte, die Hände auszustrecken, um den Fall abzubremsen, aber die Erde hob sich zu schnell seinem Gesicht entgegen, und ehe er es sich versah, überflutete ihn Dunkelheit.

35

WASHINGTON, D.C., 20. JUNI, 20:30 UHR

Egal, wie viele Argumente er auch vorbrachte, das FBI – unterstützt von zwei Beamten des Metropolitan Police Department – wollte General Kline nicht in Alexis Truffants Krankenhauszimmer lassen. Er hatte es geschafft, in das Traumazentrum im zweiten Stock der George Washington Universitätsklinik zu kommen, indem er seinen DIA-Ausweis vorzeigte und den Krankenschwestern drohte, aber durch diese letzte verschlossene Tür zu gelangen war, zumindest vorerst, unmöglich: keine Familie erlaubt, keine Kollegen, keine Presse.

Nach seinem dritten Versuch, sich durch gutes Zureden Zugang zu ihrem Zimmer zu verschaffen, bat ihn einer der Metro Cops, das Stockwerk zu verlassen, und als er das nicht tun wollte, brachte er ihn höflich, aber bestimmt zum Aufzug und dann hinunter zur Cafeteria im Untergeschoss.

»Bitte warten Sie hier, Sir«, sagte der Cop. »Jemand wird kommen und mit Ihnen reden. Irgendwann.«

Kline schritt zwischen den erschöpften Ärzten und den besorgten Besuchern auf und ab, führte murmelnd Selbstgespräche, kaufte sich dann einen Becher Kaffee und einen Apfel und setzte sich in eine Ecke. Er rührte weder Apfel noch Kaffee an. Stattdessen verfluchte er seine Dummheit.

Wie hatte er Alexis die Ereignisse in die Hand nehmen lassen können, indem er einwilligte, dass sie DIA-Ressourcen benutzte, um Reilly bei seiner wahnsinnigen Suche zu unterstützen? Er hätte sagen sollen, dass inneramerikanischer Terror immer von inneramerikanischer Polizei bearbeitet würde, dass dieses ganze Konzept – ein Wirtschaftsterrorist reist in die Vereinigten Staaten ein, um Anarchie zu säen – direkt in den Zuständigkeitsbereich des FBI fiele, nicht in den der DIA.

»Wir sind eine verflixte Analysegruppe«, flüsterte er vor sich hin. »Wir analysieren. Das ist es, was wir tun.« Er bemerkte, dass ein älteres Ehepaar ihn von einem anderen Tisch aus anstarrte. Er warf ihnen einen finsteren Blick zu, und sie schauten rasch weg.

»Verdammt, verdammt, verdammt«, sagte er und stand auf, um noch ein wenig auf und ab zu gehen.

»General Kline?«

Kline drehte sich um und sah sich zwei FBI-Agenten gegenüber. Der eine war ein älterer Mann mit grauem Haar und einem Bauch, der aus seinem aufgeknöpften Jackett hervorquoll. Sein Gesicht war fleischig, und er wirkte ein wenig abgelenkt – vielleicht war er nicht besonders glücklich, hier zu sein. Der andere Agent war eine jüngere dunkelhäutige Frau – Inderin oder Pakistanerin, vermutete Kline –, die einen aufgeweckten Eindruck machte, als ob sie die Situation bereits taxiert hätte und alle Antworten wüsste.

Sie streckte eine Hand aus. »Special Agent Jayanti Chaudry. Das hier ist Special Agent Murray. Wir würden Ihnen gern ein paar Fragen stellen, wenn Sie nichts dagegen haben, General.«

»Yeah, klar, natürlich.« Kline zeigte auf den Tisch, wo der Becher mit seinem inzwischen kalten Kaffee stand, daneben sein Apfel.

Chaudry und Kline setzten sich hin, während Murray wegging, um zwei Becher mit frischem Kaffee zu holen.

»Wir sind gerade mit dem Flieger aus New York eingetroffen«, sagte die Agentin.

»Aus New York?«

»Wir bearbeiten den Fall Steinkamp.«

Kline warf ihr einen scharfen Blick zu und nickte energisch. »Ich habe letzte Woche schon mit zwei Ihrer Agentenpaare darüber gesprochen. Und über Garrett Reilly.«

»Das weiß ich. Und ich bin Ihnen dafür dankbar. Aber jetzt frage ich mich angesichts dessen, was Ihrem Captain zugestoßen ist …«

»Geht es ihr gut?«

Chaudry starrte Kline an, schaute ihm prüfend in die Augen. »Es geht ihr gut, Sir. Man wird sie in einer Stunde oder so entlassen. Ein paar Schnittwunden, ein paar Blutergüsse. Man untersucht sie noch auf Symptome einer Gehirnerschütterung.«

»Gut. Okay. Gut.«

Agent Murray setzte sich neben Chaudry, schob ihr einen Kaffeebecher hin und nahm einen Schluck von seinem Kaffee.

»Tut mir leid, dass ich Sie unterbrochen habe«, sagte Kline und war sofort wütend auf sich, weil er sich entschuldigt hatte. Diese Arschlöcher hatten ihn stundenlang warten lassen; er hatte jedes Recht der Welt zu erfahren, wie es Alexis ging. Aber er war nervös. Nervös, weil er jetzt ein Geheimnis hatte, und das FBI würde zweifellos in diesem Geheimnis herumstochern wollen. Aber wie viel hatte Alexis ihnen gesagt?

»General, wissen Sie, warum Captain Truffant heute Morgen in diesem Best Buy war?«, fragte Chaudry.

»Keine Ahnung.«

»Erstattet sie Ihnen keinen Bericht?«

»Doch. Aber nicht von Stunde zu Stunde. Manchmal nicht einmal von Tag zu Tag. Was hat sie Ihnen gesagt?«

»Das soll jetzt nicht unsere Sorge sein. An was für Projekten hat sie gearbeitet?«

»Das ist geheim«, sagte Kline mit so viel Entschiedenheit, wie er aufbringen konnte.

»Dann wollen Sie es uns nicht sagen?«, fragte der ältere Agent überrascht.

»Ich kann es Ihnen nicht sagen.«

»Wir könnten Sie zur FBI-Zentrale mitnehmen und Sie dort zwei Tage festhalten. Den Staatsanwalt bitten, Sie wegen Behinderung der Justiz zu belangen, und Ihnen dieselbe Frage noch einmal stellen«, erklärte Chaudry. »Würde Ihnen dann die Antwort auf meine Frage leichterfallen?«

Kline erwiderte nichts, während er über diese Drohung nachdachte. Er war ziemlich sicher, dass die nationale Sicherheit eine Anklage wegen Behinderung der Justiz übertrumpfen würde, falls es zu einem Auftritt vor Gericht käme, aber er war auch ziemlich sicher, dass eine Auseinandersetzung vor Gericht in dieser Sache das Ende seiner Karriere bedeuten würde – nicht dass er noch eine große Karriere vor sich hätte.

»Ein internes Projekt in Sachen Berichterstattung«, sagte Kline. »Wie Informationen sich innerhalb der Organisation verbreiten.«

»Das ist es?«

»Sie hat noch an etwas anderem gearbeitet. Aber ich kenne nicht die Details.«

»Etwas, das mit Garrett Reilly zu tun hat?«

Kline starrte auf den Kaffeebecher hinab, der vor ihm stand, auf die winzigen Wellen an der Oberfläche, die sich in der Tasse hin und her bewegten. Er dachte an das Gefangenendilemma, das Problem in der Spieltheorie, wo Verbrecher von der Polizei gegeneinander ausgespielt werden, aufgefordert werden, sich gegenseitig zu verraten, um für sich selbst das Beste herauszuholen. Wenn beide Gefangenen gestanden, würden sie gleichermaßen hohe Gefängnisstrafen, aber nicht die Höchststrafe erhalten. Wenn beide Gefangenen den Mund hielten, wäre das die Rettung. Aber wenn nur ein Gefangener den anderen verpfiff, würde er eine leichte Strafe bekommen, und der andere Gefangene würde den Rest seines Lebens hinter Gittern verbringen.

Hatte Alexis ihnen alles gesagt, was sie wusste? Hatte sie Kline ausgeliefert, ihn als Rädelsführer dieser Katastrophe geopfert?

Das war möglich, aber Kline hielt es nicht für wahrscheinlich. Alexis war stur – stur und loyal –, weshalb ihr Versuch, Kline zu erpressen, für ihn so überaus schmerzlich gewesen war. Nein, dachte er, vielleicht ist dies der richtige Moment für etwas vollkommen anderes.

»General Kline?«, sagte die Agentin. »Hat sie mit Garrett Reilly zusammengearbeitet?«

Vielleicht war dies der Moment, sich langsam wieder wie ein General zu verhalten, nicht wie ein eingeschnapptes Kind, dem man sein Lieblingsspielzeug weggenommen hatte.

»Das hat sie.« Kline beobachtete, wie sich Chaudrys Augen weiteten. »Aber sie hat es mit meiner Genehmigung getan. Alles, was geschehen ist, geschah auf meine Veranlassung.«

Als sie ihn zu Alexis ins Zimmer ließen, saß sie auf der Bettkante und trank ein Glas Wasser; sie trug ein weißes Krankenhaushemd, das auf dem Rücken geschlossen war, und hatte eine Reihe dunkelblauer Flecken und gezackte Schnittwunden auf den Wangen und der Stirn. Sie sah furchtbar aus, aber Kline versuchte, sich seinen Schrecken nicht anmerken zu lassen. Ihr Gesicht hellte sich auf, als sie ihn erblickte, und er nickte zu dem Platz neben ihr auf dem Bett hin, eine unausgesprochene Frage, ob er sich dorthin setzen dürfe. Sie nickte zustimmend, und er setzte sich auf die Kante des Krankenbetts, wobei sein linkes Bein ihr rechtes streifte. Sie stellte ihr Glas Wasser auf ein Stahltablett an der Seite des Betts und wandte sich ihm zu, das Gesicht emotionsgeladen.

»Was haben Sie dem FBI erzählt?«, fragte Kline.

»Nichts.« Alexis schluckte. »Und Sie?«

»Alles. Die Wahrheit.« Kline dachte darüber nach. »Nun ja, ich habe ihnen gesagt, es wäre alles meine Idee gewesen.«

Alexis zuckte zusammen und holte tief Luft. »Es tut mir leid. Es tut mir so leid.«

»Yeah, mir auch.« Kline griff nach ihrer Hand und hielt sie fest. »Aber wir halten jetzt in dieser Sache zusammen. Wir stecken tief drin. Und jemand dort draußen versucht, uns alle in die Knie zu zwingen.«

36

SILVER SPRING, MARYLAND, 21. JUNI, 9:15

Die Firma AmeriCool Environmental Services bildete sich etwas darauf ein, in Sachen Computer ausgebufft zu sein. Sie hatte ihr internes IT-Team, und wenn sie HLK-Systeme installierte – riesige Klimaanlagen, die ganze Gebäude mitten in einem Virginia-Sommer kühlen konnten, oder Wärmepumpen, die Lagerhäuser in South Boston während eines brutalen Januars in Neuengland warm halten konnten –, dann garantierte sie ihren Kunden, dass neunzig Prozent der Probleme, mit denen sie es zu tun bekämen, aus der Ferne behoben werden könnten, durch Online-Kontrollsysteme in der Zentrale der Firma in Maryland. Diese Zusicherung moderner technischer Lösungen hatte es AmeriCool ermöglicht, sich – mit einer erstaunlichen Zuwachsrate – neue Kunden an der gesamten Ostküste zu krallen. AmeriCool war im Begriff, unter den HLK-Unternehmen in den Vereinigten Staaten die Nummer eins zu werden. Sie machten rasante Fortschritte.

Außer wenn ihr Internet den Geist aufgab.

Wenn das Internet versagte, hörte man Stöhnen aus der IT-Abteilung, Flüche aus der Terminplanung, und in der Vorstandssuite im ersten Stock ihrer immer weiter expandierenden Büroräume im vorstädtischen Silver Spring brachte die Wut die Fenster zum Vibrieren. AmeriCool hatte ihren eigenen Garantievertrag mit der örtlichen Kabelgesellschaft, was sofortige technische Reaktion und schnellstmöglichen Reparaturservice betraf, aber in Wirklichkeit dauerte es an den meisten Tagen Stunden, bis der Kundendienst online wieder zur Verfügung stand, egal, wie viel Aufmerksamkeit ihr Internetprovider versprochen hatte. Und Stunden bedeuteten verlorene Einnahmen und angepisste Kunden.

Aber nicht heute.

Heute geschah ein Wunder. Um 9:05 Uhr fiel AmeriCools Internetdienst aus. Vollständig aus: keine E-Mails, keine Webseiten, kein Skype, keine Verbindung zur Cloud, kein Back-up, kein Chatten mit Kunden, keine Fernüberwachung von HLK-Einheiten in New York oder Philadelphia. Um 9:06 Uhr bemühte sich die IT-Abteilung darum, die Ursache des Problems herauszufinden. Um 9:11 Uhr teilte IT dem für die Technologie zuständigen Direktor Todd Michaels mit, dass das Problem höchstwahrscheinlich außerhalb ihrer Büroräume liege. Um 9:12 Uhr meldete sich Michaels bei der Empfangsdame und bat sie, bei dem für AmeriCool zuständigen Kundenberater der Kabelgesellschaft anzurufen, damit ihre Internetverbindung wiederhergestellt würde. Um 9:13 Uhr, acht Minuten nach der anfänglichen Unterbrechung, schaute Jenny, die Empfangsdame, nach der Direktverbindung zum Infinity Cable Service und war gerade dabei, die Nummer zu wählen, als der Techniker in die Eingangshalle kam.

Sie hatte ihn noch nie gesehen, obwohl sie die meisten Techniker von Infinity kannte. Aber er hatte die übliche blaue Arbeitsuniform mit dem kunststoffkaschierten Firmenabzeichen an, und er trug eine ramponierte Werkzeugkiste in der rechten und eine Laptop-Tasche in der linken Hand. Der Name auf dem Abzeichen lautete Robert Jacob Mullins, und der Techniker stellte sich als Bobby vor. Er war jung, und Jenny fand, dass er gut aussah – ein bisschen schüchtern, mit einem breiten Grinsen und dichtem schwarzem Haar. Er erkundigte

sich nach ihrer Halskette – ihr Dad hatte sie ihr zum College-
abschluss geschenkt –, und sie errötete. Sie wusste nicht recht,
warum.

»Wir haben noch nicht mal angerufen«, sagte Jenny. »Woher wussten Sie, dass unsere Internetverbindung ausgefallen
ist?«

»Das Büro hat mich vor fünf Minuten angepiept, und ich
war in der Nähe. Sie hatten eine Notfallmeldung von unserem
System bekommen. Sie sagten, Ihre Firma hätte eine Service-
garantie. Damit stehen Sie ganz oben auf der Liste.«

»Wow. Krass.«

»Ich bin allerdings neu. Können Sie mir zeigen, wo der
Uplink-Kasten ist?«

Jenny rief die IT-Abteilung an, und Luke – Witzbolde in
der Firma nannten ihn den Großen Bärtigen – tapste von
hinten heran, um Mullins den kleinen Serverfarm- und In-
ternetverbindungskasten zu zeigen. Luke brachte Mullins zu
einem Wartungskämmerchen, das mit Regalen von Com-
puterservern vollgestopft war und in dem Koaxialkabel aus
einem großen schwarzen Verteilerkasten kamen und in alle
möglichen Richtungen verliefen. Aus einem Loch in der Decke
wurde kühle Luft in einem beständigen Schwall nach unten
geblasen, und LED-Lampen überzogen den Raum mit einem
kristallweißen blendenden Licht.

»Ich brauche mich wahrscheinlich nicht in das System ein-
zuloggen«, sagte Robert Jacob Mullins. »Alles sollte außerhalb
eurer Firewall liegen. Aber falls dem nicht so ist und ich doch
einloggen muss, könnten Sie mir einfach ein temporäres Ad-
min-Passwort geben?«

Luke starrte den Infinity-Techniker an. »Wieso hab ich Sie
noch nie gesehen?«

»Ich hab erst letzte Woche angefangen.«

»Und Sie müssen vielleicht auf unser Netzwerk zugreifen? Das hab ich noch nie gemacht.«

»Nur ein temporäres Passwort. Um zu gewährleisten, dass Ihre Geschwindigkeiten maximal sind. Sie können mich fünf Minuten später wieder rauswerfen.«

Luke strich über seinen roten struppigen Bart.

Mullins zuckte mit den Schultern. »Wissen Sie was, ich mache Ihnen keinen Vorwurf. Sicherheit geht vor. Kein Problem. Ich kann das vom Büro aus erledigen – ich brauche dann nur ein bisschen mehr Zeit. Ich bin in fünfundvierzig Minuten wieder zurück.« Mullins packte seine Werkzeugkiste und ging auf die Tür zu, aber der bärtige Luke hielt seine fleischige Hand hoch.

»Ich besorge Ihnen ein temporäres Passwort. Bringen Sie uns nur wieder online. Jeder ist im Moment völlig am Durchdrehen.«

»Okay, mach ich«, sagte Mullins mit einem großzügigen Lächeln. »Bin Ihnen sehr dankbar.«

Luke zog ab, um ein temporäres Passwort zu generieren, und der Mann, der behauptete, Robert Jacob Mullins zu sein, klappte den Uplink-Kasten für die Internetverbindung der Firma auf. Anstatt an den Kabeln zu arbeiten, schaltete er einfach die Stoppuhr an seiner Armbanduhr ein und starrte ins Leere. Er dachte daran, wie nervtötend es wäre, in einem Büro wie dem von AmeriCool zu arbeiten, umgeben von dumpfen Karrieremachern und strebsamen Managern. Diese Leute waren seiner Beachtung nicht wert. Seine Gedanken wanderten zu Garrett Reilly und den gestrigen Ereignissen. Die Bombe hatte die junge Army-Offizierin nicht getötet, so viel hatte er aus den Fernsehnachrichten erfahren, aber die Explosion hatte – zusammen mit der Razzia der Polizei von Newark – eine eindringliche Botschaft ausgesendet: Ich kenne dich, weiß alles über dich und kann dich überall finden.

Er fragte sich, wie Garrett Reilly sich in diesem Moment wohl fühlte, während ihn Ereignisse umzingelten und seine Möglichkeiten im Keim zu ersticken begannen. Er hoffte, dass Reilly auch an ihn dachte. Er hoffte, dass Reilly besessen von ihm war, all seine wachen Stunden damit verbrachte, sich auszudenken, wie er ihm das Handwerk legen könnte. Und während Reilly sich darum bemühte, in Freiheit zu bleiben, ja, am Leben zu bleiben, würde der Hauptzweck des Plans an Tempo gewinnen und bald nicht mehr aufzuhalten sein. Das würde eine zufriedenstellende Symmetrie haben. Mit diesem erfreulichen Gedanken und nach dem Verstreichen von hundertachtzig Sekunden trat er aus dem Wartungskämmerchen und spürte Luke auf.

»Ich brauche tatsächlich Zugriff auf Ihr System. Ich muss unser Überwachungsprogramm für die Download-Geschwindigkeit neu starten.«

Luke gab dem Techniker einen Ausdruck mit einem Benutzernamen und einem Log-in-Passwort. Dann zeigte er auf einen unbenutzten Port an der Rückseite eines Servercomputers. »Benutzen Sie den Port da an dem Switch.«

»Fünf Minuten, höchstens«, sagte Mullins.

Luke grunzte irgendwas Unverständliches und verschwand wieder in den IT-Büros. Mullins holte seinen Laptop aus dessen Transportkoffer, steckte ein Ethernetkabel in den Server und loggte sich in das Computernetzwerk von AmeriCool ein. Er machte sich nicht die Mühe, so zu tun, als nähme er irgendwelche Reparaturarbeiten vor; jetzt brauchte er nur Passwörter und Zugangscodes. Er startete eine Suche nach einer bestimmten Kundenfirma – Advanced Worldwide Credit Processors –, für die AmeriCool das Klima ihrer Serverfarm in Hoboken,

New Jersey, regulierte. AWCP – wie die Firma von Insidern der Industrie genannt wurde – war für siebenundzwanzig Prozent aller Kreditkartentransaktionen an der Ostküste der Vereinigten Staaten zuständig. Jeder, der sich Zugang zu den Servern von AWCP verschaffen konnte, war potenziell in der Lage, all diese Transaktionen lahmzulegen – jede einzelne von ihnen.

Mullins fand alles, was er brauchte, in einer Datei mit dem Namen »AWCP – PSSWDS+USRNMS« und kopierte die Informationen auf seinen Laptop. Der ganze Vorgang dauerte drei Minuten. Dann stöpselte er seinen Computer wieder aus dem Netzwerk aus und winkte Luke zum Abschied zu.

»Alles klar«, sagte er, als er zum Empfang ging. »Sie sind in zwei Minuten wieder online. Ich muss nur draußen einen Schalter umlegen.«

Er blieb kurz am Schreibtisch der Empfangsdame stehen und fragte Jenny, ob sie Single sei. Sie sagte in traurigem Tonfall, sie habe einen Freund, und sie errötete wieder ein ganz kleines bisschen. Mullins zuckte mit den Schultern, sagte: »Okay, vielleicht beim nächsten Mal«, und schlenderte hinaus.

Ilja Markow verließ die Geschäftsräume von AmeriCool, nahm den Aufzug ins Erdgeschoss und ging dann über den Parkplatz zum Verteilerkasten, einem ein Meter achtzig hohen grünen Stahlquader, den man auf einen beigefarbenen Sockel aus Beton gestellt hatte. Er öffnete den Kasten – das Vorhängeschloss hatte er vor einer halben Stunde mit einem Bolzenschneider aufgeschnitten – und steckte einfach ein einzelnes Koaxialkabel wieder mit der Leitung zusammen, die AmeriCool versorgte. Das war der Grund dafür, dass ihr Internet nicht mehr funktioniert hatte, und das war alles, was nötig war, um die Verbindung wiederherzustellen. Sie würden sofort wieder den Betrieb aufnehmen können.

Ilja war es lieber, dass niemand bei der Kabelgesellschaft von einer Beeinträchtigung ihres Systems erfuhr, und deshalb riss er eine Handvoll Kupferverkabelung heraus, die eine Telefonverbindung zu einem anderen Gebäude in dem Gewerbegebiet herzustellen schien. Kupferdraht war immer noch beliebt bei Dieben, und ein Diebstahl würde eine Erklärung dafür liefern, warum das Vorhängeschloss des Verteilerkastens geknackt worden war, was die Aufmerksamkeit von dem ablenken würde, was er tatsächlich getan hatte.

Er stopfte sich den Kupferdraht in die Tasche, machte die Tür des Verteilerkastens zu und schlenderte zurück über den Parkplatz, wobei er sich eine Zigarette anzündete. Der Rauch schmeckte gut und kratzte leicht in seinem Hals. Er fühlte sich ruhig und befriedigt. Jetzt musste er woanders ins Internet gehen und sich in diese Server in Hoboken einloggen.

Die einzelnen Aktivitäten des Plans fügten sich allmählich zusammen und würden sich bald in Orten an der ganzen Ostküste der Vereinigten Staaten entfalten, an allen zur gleichen Zeit in einer fein abgestimmten Choreographie. Er verharrte einen Moment lang und hoffte, dass Garrett Reilly diese Choreographie genauso zu schätzen wissen würde wie er.

Im Firmensitz von AmeriCool waren Jubelrufe in der IT-Abteilung und von der Terminplanung zu hören, während man in der Vorstandsetage erleichterte Seufzer ausstieß. Direktor Michaels sagte allen, sie sollten die Kunden anrufen und sich davon überzeugen, dass all ihre Systeme funktionierten, und er schaute sogar in Lukes Büro vorbei, um ihm auf die Schulter zu klopfen und ihm zu gratulieren, dass er so schnell wieder für einen reibungslosen Betrieb gesorgt hätte.

»Kein Problem«, sagte Luke. »War kinderleicht.«

37

GRANT PARK, ATLANTA, 21. JUNI, 13:11 UHR

Kongressabgeordneter Leonard Harris hatte den Eindruck, als hätte er den Autopilot eingeschaltet: Er schien die Kontrolle über seine Arme oder Beine zu verlieren. Er ging über die Straße, setzte einen Fuß vor den anderen, während ihm die heiße Sonne Georgias auf die Schultern knallte, gleichzeitig aber schwebte er über dem Bürgersteig, vorangetrieben von einer Kraft, die er nicht verstand. Es war ein äußerst merkwürdiges Gefühl. Natürlich verstand er die Kraft, die dahintersteckte, aber sein Gehirn weigerte sich, sie anzuerkennen. Sein Gehirn sagte ihm, dass er sich ihre Science-Fiction-Sammlung ansehen würde. Das war alles. Nur die Bücher anschauen. Daran war nichts auszusetzen.

Sie hatten sich gestern getroffen, an den Food Trucks, genau wie am Tag zuvor und an dem davor. Zuerst hatte Harris aus den Augenwinkeln nach der jungen Frau mit den wundervollen Lippen Ausschau gehalten und so getan, als suche er nach einem freien Sitzplatz, wo er sein Mittagessen ungestört zu sich nehmen könnte. Er hatte sie über die Tische hinweg entdeckt und dann überrascht getan, als er von seinem Essen aufsah und wie zufällig in ihr lächelndes Gesicht starrte. Sie hatten hauptsächlich über Bücher geredet, ein bisschen über Politik und wo sie zur Uni gegangen war – Emory University – und sogar über die Braves und ihr erbärmliches Pitcher-Team.

Er hatte den Eindruck, bei diesem zweiten Treffen charmant gewesen zu sein, weil sie über jeden Scherz lachte, den er machte. Als er gegangen war, hatte er sich besser gefühlt als in den letzten zehn Jahren. Natürlich ging er am nächsten Tag wieder hin und gab auch nicht vor, überrascht zu sein, als er sich mit einem Tablett voller Spareribs neben sie setzte. Sie redeten und redeten – er konnte sich nicht mal erinnern, worüber –, und sie vereinbarten, sich heute wieder zu treffen, selber Ort, selbe Zeit.

Rachel Brown sagte, sie sei neunundzwanzig Jahre alt, sei in Florida in einem zerrütteten Elternhaus aufgewachsen, ihr Vater habe die Familie verlassen und ihre Mutter mit drei anderen Kindern zu viel zu tun gehabt, um darauf zu achten, was Rachel tat. Harris war von ihrer Geschichte gerührt – sie war genau die Art von Mensch, die sich am eigenen Schopf aus der Armut ziehen und etwas aus ihrem Leben machen konnte. Sie war eine beispielhafte Wählerin, obwohl er festgestellt hatte, dass sie nicht in seinem Wahlkreis wohnte. Das war eine Schande.

Er hatte an diesem Morgen beim Duschen besonders auf seine Achselhöhlen geachtet, und er hatte sich sorgfältig rasiert, langsam die über Nacht nachgewachsene Gesichtsbehaarung abgekratzt. Er hatte sich auch lässiger angezogen, ein kurzärmliges Hemd, das seiner Taille schmeichelte. Er war stolz, dass er im Alter keinen Bauch bekommen hatte. Er hatte den Vormittag damit verbracht, darüber nachzudenken, worüber sie reden würden, sich mögliche Themen zurechtgelegt und überlegt, ob sie zu etwas Neuem führen könnten – zu ihrer Vergangenheit, seinem familiären Hintergrund, zu Orten, an denen sie beide gewesen waren.

Er hatte nicht das Gefühl, dass an ihrer Beziehung irgendwas nicht in Ordnung war. Sie war eine alleinstehende Frau, und er war ein verheirateter Mann, und so würde es auch bleiben. Er war seiner Frau treu, ein guter Ehemann und Vater, und sie würde zweifellos bald einen jungen Mann finden, mit dem sie ihr Leben verbringen könnte. Sie hatte gestern nebenbei einfließen lassen, dass sie sich beziehungsmäßig gerade über eine Enttäuschung hinwegtröste und von all den Jungs, die mit ihr zusammen sein wollten, nicht viel halte.

»So verdammt unreif«, hatte Rachel Brown gesagt. »Wie Kinder.«

Darauf hatte er wissend genickt. »In Ihrer Gesellschaft verlieren sie wahrscheinlich ihren Sinn für Anstand.«

Sie murmelte leise, als er das sagte, und dieses Geräusch hatte in seiner Lendengegend für ziemlichen Aufruhr gesorgt. Er hatte sich alle Mühe gegeben, diese Vorstellung aus seinem Gehirn zu verbannen, aber sobald das Gespräch diese Richtung eingeschlagen hatte, schien alles, was sie sagte, zweideutig zu sein. Bildete er sich das ein, oder war Sex der Gedanke hinter jedem Satz?

»Nachmittags langweile ich mich, wenn ich nur in meiner Wohnung herumliege«, sagte sie.

»Sie sollten mehr aus dem Haus gehen, sich mit Leuten treffen.«

»Ich treffe mich mit Ihnen.« Sie lächelte dieses erstaunliche Lächeln. »Zählt das?«

Noch mehr regte sich dort, wo sich eindeutig nichts hätte regen sollen.

»Wenn es so heiß ist, kann ich einfach nicht schlafen«, sagte sie. »Ich wälze mich im Bett herum.«

Er stellte sie sich nackt im Bett vor. »Ich auch.« Das war gelogen. Er ließ den ganzen Sommer die Klimaanlage eingeschaltet, volle Kanne.

»Mitten in der Nacht lese ich meine Science-Fiction-Romane. Es kommt mir so vor, als würde ich in eine andere Welt fliehen.«

»Verstehe ich.«

»Was haben Sie heute Nachmittag vor?«

»Ich habe eine Mitarbeiterbesprechung um vier Uhr. Bis dahin nichts.«

»Haben Sie Lust auf einen Spaziergang? Meine Wohnung liegt fünf Blocks von hier entfernt. Ich könnte Ihnen meine Sammlung zeigen.«

In genau diesem Moment setzte sein Autopilot ein. Ein Teil seines Gehirns, ein erwachsener, verheirateter, verstaubter Teil seines frontalen Cortex, sagte: »Nein, mach keinen Spaziergang mit Rachel Brown, sieh dir nicht ihre Science-Fiction-Sammlung in ihrer Wohnung fünf Blocks von den Food Trucks entfernt an. Das ist ein Fehler. Ein Riesenfehler.«

Aber ein anderer Teil seines Gehirns – eine primitive, hungrige, aggressive Region, deren Namen er nicht mal kannte – kuppelte seinen frontalen Cortex aus, schaltete ihn völlig ab. Ganz egal, wie offensichtlich die Auswirkungen dessen sein würden, was er tat, er tat es trotzdem. Er verließ den Platz mit den Food Trucks, folgte dieser jungen Frau, redete mit ihr über das Wetter, dass der Stadtteil Grant Park sich verändert habe, wie sehr er Krawatten hasste. Es war, als hätte sie ihm ein unsichtbares Lasso um den Hals geworfen und würde ihn wie ein Rind zur Schlachtbank zerren – nur dass die Schlachtbank in ihrer Wohnung stand.

Er wusste, was als Nächstes kam, und er wollte es, womöglich mehr, als er irgendetwas anderes in seinem ganzen Leben gewollt hatte. Es erinnerte ihn an den alten Witz, den er mal von einem anderen Science-Fiction-Freak gehört hatte – die Vagina war die fünfte fundamentale Kraft des Universums. Man kam nicht dagegen an.

Sie wohnte im ersten Stock in einer Zweizimmerwohnung, in der kaum etwas an den Wänden hing. Harris hielt das für seltsam, aber er war mit seinen Gedanken zu sehr anderweitig beschäftigt, um irgendwas zu sagen, und außerdem wollte er sie nicht beleidigen. Es gab ein paar Möbel, eine billige Couch und einen Esszimmertisch, und natürlich ein Bücherregal, das von einem Ende bis zum andern mit Taschenbuchausgaben von Science-Fiction-Romanen vollgepackt war. Sie zeigte ihm ihre Lieblingstitel – ein paar Asimovs, einen klassischen Bradbury, zwei Zelaznys, weitere Bücher von Orson Scott Card und ein ganzes Regal voll mit Neil Gaiman. Und dann, als sie ihm eine eselsohrige Ausgabe von Frank Herberts *Wüstenplanet* zeigte, berührten sich ihre Hände. Er starrte sie an, das Kaninchen vor der Schlange, und sie ließ das Buch fallen und hielt seine Hand in ihrer.

Ohne ein weiteres Wort führte sie ihn in ihr Schlafzimmer. Es gab einen Futon in der Ecke, direkt unter dem Fenster und mit einem einzelnen Laken bedeckt. Sie küsste ihn einmal kurz, dann noch einmal, und er erwiderte ihren Kuss leidenschaftlich. Ehe er es sich versah, hatte sie ihn ausgezogen und kniete vor ihm, und sein Penis war in ihrem Mund. Das Gefühl war grandios. Sie fielen auf das Bett und liebten sich eine Stunde lang, und jede Minute davon war für Harris pure Ekstase.

Als sie fertig waren, lag er auf dem Futon in dem winzigen, leeren Schlafzimmer, streichelte ihre junge Haut, wie ein Hündchen die Hand seines Herrchens leckt. Ein bisschen fühlte er sich auch so – als wäre er ein Hund, und Rachel Brown wäre sein Herrchen. Wie konnte er ansonsten sein Verhalten erklären?

Sie sagte nicht viel, schaute ihn nur mit bewundernden Blicken an, und dann klingelte sein Handy, sein Büro rief an, aber er ging nicht dran, und die Wirklichkeit der Welt brach wieder über ihn herein. Es war drei Uhr nachmittags, und er hatte gerade außerehelichen Geschlechtsverkehr mit einer jungen Frau gehabt, die fast halb so alt war wie er. Er sprang schwer atmend aus dem Bett. Er hatte in einer Stunde eine Mitarbeiterbesprechung und konnte nicht verschwitzt und nach Sex riechend dort auftauchen. Er entschuldigte sich, wobei er fast über seine eigenen Füße stolperte, und fragte, ob er ihre Dusche benutzen könne.

»Natürlich«, sagte sie, und er eilte ins Bad, wo er aber weder Seife noch Handtücher fand. Er spülte sich schnell ab, schüttelte letzte Tropfen von sich und schlüpfte in seine Sachen. Rachel Brown lag noch nackt auf dem Bett, zu einer sexy Kugel zusammengerollt, und beobachtete jede seiner Bewegungen. Sie schien seltsam amüsiert zu sein.

»Ich muss mich beeilen«, sagte er. »Leute warten auf mich.«

»Okay.«

»Tut mir leid.«

»Das muss dir nicht leidtun.« Sie stand vom Bett auf und schlang die Arme um ihn, wobei ihre Brüste sich gegen seine Brust pressten. Sie küsste ihn lang und langsam, und er konnte spüren, wie er wieder hart wurde und sein Gehirn sich vor Leidenschaft verkrampfte. Sie stöhnte leise auf vor Vergnügen, und er dachte, dass er vielleicht noch einen Orgasmus hier an Ort und Stelle haben würde, nur wegen diesem Geräusch, aber er machte sich von ihr frei, gewann endlich wieder die Kontrolle über seinen Körper zurück und stolperte zur Tür.

Sie folgte ihm wie eine Katze und sah zu, wie er die Schlösser entriegelte und in den Flur trat.

Er blieb auf halbem Weg stehen und schaute zu ihr zurück. »Das war …«

»Erstaunlich. Dachte ich auch.«

Er lächelte unwillkürlich und eilte aus der Wohnung hinaus.

Als er die Treppe hinunterlief, so schnell er konnte in sein altes Leben zurückrannte, glaubte er, das Gelächter einer Frau hinter sich zu hören, und ein plötzliches Frösteln kühlte den Schweiß auf seinem völlig überhitzten Körper.

38

IRVINGTON, NEW JERSEY, 21. JUNI, 19:19 UHR

Garrett erwachte auf einem Bett, das er nicht kannte, in einem Zimmer, das er nicht wiedererkannte. Er war sich nicht mal vollkommen sicher, ob er wach war. Im Zimmer war es dunkel, aber ein Micky-Maus-Nachtlicht in einer gegenüberliegenden Ecke warf einen gelblichen Schein an die Wände. Das Zimmer schien trotz des Nachtlichts kein Kinderzimmer zu sein – es gab kein Spielzeug oder Decken oder Poster von Boygroups. Stattdessen war alles von einem deprimierenden Braun, und die gestreifte Tapete löste sich neben der Tür bereits ab.

Garrett hatte schlimme Kopfschmerzen, und Schultern und Kinn taten ihm auch weh. Er fühlte sich, als wäre er auf den Mund geboxt worden und jemand hätte ihm den Arm auf den Rücken gedreht. Vielleicht hatte jemand das getan – er war sich nicht sicher. Außerdem war er durstig und desorientiert, und ihm war schlecht. Seine Kehle war rau, als hätte er sich mehrfach übergeben, aber auch daran konnte er sich nicht erinnern. Er erinnerte sich nicht an vieles. Nur an einen dunklen Ort unter irgendwelchen Bahngleisen und an einen alten Obdachlosen. Garrett versuchte, nach seiner Brieftasche zu tasten, stellte aber fest, dass er die rechte Hand nicht bewegen konnte, um nach unten in seine Hose zu greifen.

Er blinzelte in die Dunkelheit. Seine Hand war irgendwie an einem Heizkörper befestigt, der neben dem Bett stand, direkt unter einem geschlossenen Fenster.

»Was, zum Teufel?«, murmelte er. Er versuchte, seine Hand wegzuziehen, konnte es aber nicht. Als er sich zur Seite drehte, um besser hinsehen zu können, erkannte er, dass sein Handgelenk mit einem Stück rotem Kabelbinder an ein Leitungsrohr festgebunden worden war. Er zerrte hart an dem Kabelbinder, aber der wollte nicht nachgeben und schnitt in sein Fleisch. Er wollte lauter schreien, aber stattdessen wurde er von Müdigkeit überschwemmt. Sein Gehirn war immer noch benebelt, und dieses traumähnliche Gefühl jagte durch seine Gedanken.

Vielleicht war er gar nicht in einem fremden Zimmer an ein Bett gefesselt. Vielleicht war er ganz woanders. Aber wo? Er war sich nicht sicher. Er hatte nicht die Kraft, diese Frage zu klären. Die Augen fielen ihm zu, und er schlief wieder ein.

Nach einer Weile wachte er erneut auf, und es war eindeutig Zeit vergangen. Vor dem Fenster kündigte sich der Sonnenaufgang an: eine Tönung rosafarbenen Lichts, eine Andeutung von Blau im Himmel. Er befand sich im ersten Stock, so viel konnte er erkennen, mit einer eingezäunten Grasfläche jenseits des Fensters. Mehr als das konnte er nicht sehen.

Garretts Kopf tat immer noch weh, aber auf andere Weise – inzwischen war es weniger ein allgemeiner Schmerz in seinem Schädel als vielmehr ein scharfer punktueller. Er kannte diesen Schmerz – es war der Schmerz, mit dem die Drogen sein System verließen. Es war der Schmerz des wirklichen Lebens, das sich wieder auf seine Schultern senkte. Er versuchte erneut, seine Hand zu bewegen, stellte aber fest, dass sie immer noch am Heizkörper befestigt war, und es kam ihm der Gedanke, dass sie absichtlich auf diese Weise dort befestigt war. Um ihn bewegungsunfähig zu machen. Aber warum? War er gefangen genommen worden? Hatte Ilja Markow ihn aufgespürt?

»Hey!«, rief er. »Was, zum Teufel, ist hier los?«

Er lauschte und konnte hören, dass jemand eine Treppe hochging, nicht besonders schnell, und dann direkt vor der Tür zu dem Zimmer wartete.

»Hallo?«, sagte er. »Ist da jemand?«

Der Türknauf drehte sich, die Tür ging auf, und Mitty kam ins Zimmer. Garrett starrte sie überrascht an. Sie kniff im Halbdunkel die Augen zusammen und schüttelte den Kopf. »Würdest du bitte den Mund halten, verdammt noch mal? Hier schlafen Leute.«

»Wer schläft? Wo bin ich? Und warum ist meine Hand an der verdammten Heizung festgebunden?«

»Du bist in einem Haus in New Jersey, wo, das spielt keine Rolle. Die Leute, die schlafen, sind der Rest vom Team, obwohl sie inzwischen vermutlich wach sind. Und du weißt, warum du an der verdammten Heizung festgebunden bist. Du weißt genau, warum.«

»Wovon redest du?« Garrett riss heftig an dem Kabelbinder, aber sein Handgelenk ließ sich nicht bewegen. Der Heizkörper rührte sich auch nicht vom Fleck – er war fest im Boden verankert.

»Wie geht's deinem Kopf.«

»Er tut scheiße weh.«

»Willst du ein bisschen Wasser?«

»Was ich will, ist, dass du mir diesen Binder von meinem verdammten Handgelenk abschneidest.«

Mitty beugte sich über Garrett, sodass ihr Gesicht knapp über seinem war. »Nein.« Dann ging sie aus dem Zimmer, machte die Tür hinter sich zu und schloss sie von außen ab.

»Hey! Was zum …? Mitty! Komm wieder hier rein! Mitty! Hörst du mich? Komm wieder hier rein und sag mir, was, zum Teufel, hier los ist!« So schrie er noch ein paar Minuten weiter, bis sich seine Kehle wieder rau anfühlte und sein Magen anfing, Saltos zu schlagen, als müsse er sich übergeben. Also hielt er die Klappe. Er atmete gleichmäßig durch die Nase und bedauerte, dass er Mittys Angebot, ihm ein Glas Wasser zu bringen, nicht angenommen hatte.

Er drehte seinen Kopf und schaute zu dem roten Stück Plastik hoch, das seine Hand am Heizkörper festhielt. Er griff mit der linken Hand hinüber und versuchte, es aufzukriegen, aber er wusste aus Erfahrung, dass es unmöglich war. Die einzige Möglichkeit, das Ding runterzukriegen, war mit einer Zange oder mit einem sehr scharfen Messer.

Er murmelte Flüche vor sich hin, weil er seit dem Moment, als Mitty es gesagt hatte, wusste, warum er in einem Haus, das eine Million Meilen von jeder menschlichen Behausung entfernt zu sein schien, an ein Bett gefesselt worden war. Er wusste es, und er hasste es. Hasste sie, weil sie es getan hatten, und sich selbst, weil er in der Falle saß.

Er schrie wieder die verschlossene Tür an. »Falls das hier eure dilettantische Vorstellung von einer Behandlung ist: Die wird nichts bringen! Ihr werdet mich nicht ändern. Ich werde kein anderer Mensch werden, nur weil ihr die Drogen aus meinem Kreislauf treibt. Ihr könnt euch ins Knie ficken! Ihr könnt euch alle ins Knie ficken, hört ihr mich? Ich tue alles, was ich will, zum Teufel!«

Ihm drehte sich der Magen um. Er stöhnte, legte sich auf die Seite und übergab sich vom Bett auf den Boden. Was er erbrach, verbrannte ihm auf dem Weg nach oben die Kehle, und das Brennen ließ nicht nach, während er dalag und nach Luft schnappte.

Anschließend drehte er sich aufs Bett zurück, schloss die Augen und schlief sofort wieder ein.

Als er wach wurde, war helllichter Tag. Die Sonne schien durch das einzige Fenster in das Zimmer auf eine kahle, deprimierende Wand und eine völlig heruntergekommene Kommode. Garrett fühlte kalte Schauer über seinen Körper laufen. Ihm war schlecht, und er war erschöpft, und er konnte immer noch die Kotze in seinen Nasenlöchern riechen, obwohl er, als er auf den Boden schaute, feststellte, dass jemand im Zimmer gewesen war, während er schlief, und sein Erbrochenes aufgewischt hatte. Er hatte keine Ahnung, wie lange er weg gewesen war.

Ohne Vorwarnung überfiel ihn Traurigkeit, und er war den Tränen nahe. Er war allein. Ganz allein in diesem gottverlassenen Zimmer, Meilen von irgendeinem Ort entfernt, den er kannte oder der ihm etwas bedeutete. Die Traurigkeit hatte mit Kummer zu tun. Er vermisste Alexis, und er vermisste seine Mutter, aber sie waren am Leben, und er hatte Grund zu der Hoffnung, sie wiedersehen zu können. Schmerzhafter war, dass er seinen Vater vermisste, den er nie kennengelernt hatte; er vermisste seinen Bruder, den hell leuchtenden Marinesoldaten. Aber am meisten vermisste er Avery Bernstein, der nie wieder mit ihm lachen oder ihn wegen seiner unausstehlichen Art aufziehen oder ihn trösten würde, wenn die Welt sich gegen ihn verschwor. Avery war Garretts Ersatzvater gewesen – und jetzt war Avery verschwunden, und das war der schrecklichste Streich des Lebens. Wie hatte es nur dazu kommen können? Verschwunden, für immer verschwunden.

Garrett heulte vor Schmerzen, heulte wegen seines Verlusts, heulte wegen der schwarzen Realität eines weiteren Tags ohne die Männer in seinem Leben, die er geliebt hatte. Wie konnte er ohne sie weitermachen? Und jetzt war er an ein beschissenes Bett in irgendeinem Drecksloch gefesselt ohne irgendwelche Drogen, um diesen Schmerz zu lindern. *Wie konnten sie ihm das antun?*

Er heulte so lange, wie sein Körper mitmachte, bis er noch einmal das Bewusstsein verlor.

Als er wach wurde, war es Nachmittag, und Celeste Chen saß auf der Bettkante.

»Hey«, sagte sie.

Er zog eine Grimasse, richtete sich auf und bemerkte nach einem Augenblick, dass seine Hand frei war. Er tastete danach – eine rote Linie zog sich um sein ganzes Handgelenk, wo Haut eingerissen und Blut getrocknet war.

Er sah Celeste an. »Yeah. Hey.«

»Brauchst du irgendwas?«

Sein Gehirn war matschig und arbeitete langsam, aber die Drogen waren verschwunden, und sein Magen fühlte sich zwar roh an, aber nicht ganz so furchtbar. »Kaffee?« Er betastete weiter sein Handgelenk.

»Kann ich machen.« Sie stand auf, ging zur Tür und blieb dort stehen. »Du kannst zum Fenster rausspringen, wenn du wirklich willst, aber wir haben dir die Brieftasche abgenommen, und ich glaube nicht, dass du sehr weit kommst. Außerdem ist es ein tiefer Fall. Du würdest dir wahrscheinlich den Knöchel brechen.«

»Vielen Dank für die Warnung. Wirklich nett von dir.«

Sie zuckte mit den Schultern und verließ das Zimmer. Er stand schwankend auf. Er trug immer noch seine Jeans, aber er erkannte das T-Shirt nicht, das er anhatte, ein graues Hemd der New Jersey Devils. Er schaute aus dem Fenster und musste Celeste zustimmen: Es gab nicht viel in der Nähe, wohin er rennen konnte. Er konnte in der Ferne ein Lagerhaus sehen, und irgendeine qualmende Fabrik auf der anderen Seite eines von Unkraut überwucherten Feldes, aber das war es auch schon.

Celeste kam mit einer Tasse Kaffee und einem Teller mit

einem Stück ungetoasteten Brot darauf zurück. »Kein Toaster. Deshalb musst du es so essen.«

Sie gab ihm das Brot und den Kaffee und ging dann wieder zur Tür. »Wir sind unten, wenn du bereit zum Reden bist.« Sie ging und ließ die Tür unverschlossen.

Wut blitzte in Garretts Kopf auf. Reden?

Sie wollten, verdammt noch mal, reden? Als wäre er ein unartiges Kind, und sie wären seine gemeinsamen Eltern? Als wäre er nach der von ihnen festgelegten Zeit noch draußen geblieben oder hätte eine Bierparty in ihrem Wohnzimmer veranstaltet, und jetzt müssten sie darüber reden, was für eine Art Erwachsener aus ihm werden sollte? Sie konnten sich alle zum Teufel scheren mit ihrem selbstgerechten Schwachsinn. Sie hatten keine Ahnung, was es hieß, Garrett Reilly zu sein. Und wie er mit den Höhen und Tiefen seines Daseins umging, das war seine eigene verdammte Sache.

Und trotzdem …

Er wusste, dass sie recht hatten. Und das machte ihn fertig, machte ihn einfach verdammt fertig. Er trank den Kaffee und torkelte dann nach unten. Mitty, Bingo, Celeste und Patmore saßen in einem staubigen Wohnzimmer auf einer eingerissenen Couch und zwei wackeligen Stühlen. Die Vorhänge vor den Fenstern waren zugezogen, und der Raum war weitgehend dunkel, von einer Bodenlampe in der Ecke abgesehen. Eine Reproduktion von Washington bei der Durchquerung des Delaware hing an der Wand.

Garrett zog sich einen Sessel heran und setzte sich. »Wo bin ich?«

»In Irvington, New Jersey«, sagte Mitty. »Scheideweg der Welt.«

Wo war das? Er hatte keine Ahnung, aber andererseits war es ihm echt egal. »Wie habt ihr mich gefunden?«

»Ein Obdachloser«, sagte Mitty. »Als du bewusstlos warst, hat er sich dein Handy genommen und uns eine SMS geschickt.«

Garrett erinnerte sich, dem alten Mann Geld gegeben zu haben. War das ein kluger Schachzug gewesen? Vielleicht verdankte er dem Typ sein Leben.

»Alexis geht es übrigens gut«, sagte Celeste. »Sie ist wieder bei der DIA. Wir haben nicht mit ihr gesprochen, aber wir haben E-Mails von Kline bekommen. Das FBI lässt sie nicht aus den Augen, aber sie ist nicht im Gefängnis und nicht im Krankenhaus.«

»Ilja Markow ist nicht wieder gesehen worden«, sagte Bingo. »Die Fernsehnachrichten sind voll von dem Bombenanschlag. Nationaler Terrorangriff. Es gibt ein Überwachungsvideo von dem Attentäter, wie er in den Laden kommt. Der Typ hatte eine Frau dabei. Aber der Typ war nicht Markow.«

Garrett blinzelte überrascht. Er setzte an zu widersprechen und zu fragen, ob sie absolut sicher waren, dass es nicht Markow war, aber dann begriff er, dass das durchaus einen Sinn ergab. Markow hatte ein Team zusammengestellt, und er würde seine eigene Sicherheit nicht dadurch gefährden, dass er selbst eine Bombe legte. Er hatte jemand anderen dazu gebracht, die Bombe zu deponieren – aber wer würde das tun? Wer würde seine Freiheit für Ilja Markow riskieren?

»Ist der Mann auf dem Video identifiziert?«, fragte er.

»Ja«, sagte Bingo. »Thad White, vierundzwanzig Jahre alt, aus Baltimore in Maryland. Möchtegernterrorist und Sprengstofffan.«

»Das ist toll«, sagt Garrett schnell. »Er kann uns zu Markow führen.«

»Sie haben ihn in einem Motel in D.C. gefunden«, sagte Celeste. »Selbst beigebrachte Schusswunde in den Kopf.«

»Verdammter Mist«, murmelte Garrett. Noch ein Killer, noch ein Selbstmord. Was hatte Markow gegen diese Leute in der Hand? Garrett starrte in die Gesichter der Mitglieder des Aszendent-Teams. In ihren Blicken lag alles andere als Mitgefühl. Sie schienen wütend zu sein, entschlossen und hart, als wollten sie ihn gleich in Stücke reißen. Er versuchte, es nicht persönlich zu nehmen und sich ihren Blicken zu entziehen, aber das war nicht einfach.

»Er ist klug, glaubst du nicht?«, fragte Patmore.

»Markow?«, sagte Garrett.

»Er weiß, was vor sich geht«, sagte Patmore. »Er hat einen Plan. Er ist uns an jeder Ecke zwei Schritt voraus. Das ist es, was ich glaube.«

Garrett nickte. Das schien vernünftig. »Yeah, bestimmt.«

»Klüger als du«, sagte Celeste.

Garrett zuckte mit den Schultern, neigte den Kopf zur Seite. »Vielleicht.«

»Sehr viel klüger als du, wenn du high bist«, sagte sie.

Garrett atmete aus. Richtig. Okay. »Wenn das der Punkt ist, wo ihr mir sagt, ich soll mich zusammenreißen und geradeaus fliegen, ein braver kleiner Junge sein, könnt ihr euch das gleich sparen, weil ich Lektionen nicht besonders mag …«

»Du hast einen Fehler gemacht«, unterbrach Celeste ihn.

Garrett hörte auf zu reden, die Worte blieben ihm im Hals stecken.

»Du hast einen Fehler mit dem AMBER-Alarm gemacht«, fuhr Celeste fort. »Du hast ihn zu früh in deine Karten sehen lassen. Du hast versucht, Ilja Markow auszutricksen, aber das war ein Fehler, und der hätte Alexis fast das Leben gekostet.«

»Schwachsinn«, sagte Garrett.

»Du hast ihn provoziert«, sagte Celeste. »Du hast es getan,

weil du nicht klar gedacht hast. Du hast dich in falscher Sicherheit gewiegt. Du hast gedacht, er könnte uns nicht finden, könnte dich nicht finden. Du hast nicht lange und gründlich genug nachgedacht. Weil Alexis nicht sicher war, oder? Sie war nicht untergetaucht. Du hast einen Fehler gemacht und ihr Leben in Gefahr gebracht.«

Celeste verstummte, und im ganzen Raum wurde es still. Garrett setzte zu einer Antwort an, schwieg dann aber. Er dachte darüber nach. Hatte er einen Fehler gemacht? Einen AMBER-Alarm herauszugeben war ihm als gute Methode erschienen, um Markow auszuräuchern, ganz so, wie es das FBI für eine gute Methode gehalten hatte, den Medien mitzuteilen, dass Garrett polizeilich gesucht werde, um seiner habhaft zu werden. Es waren gleichermaßen gute Strategien, dachte Garrett, aber ihm wurde klar, dass keine von beiden funktioniert hatte.

»Du musst damit aufhören, Pillen zu schlucken«, sagte Celeste.

Garrett spürte, wie ihn wieder eine Welle der Wut erfasste und mit sich riss. Er wollte etwas sagen, aber Celeste schnitt ihm das Wort ab.

»Du hörst damit auf, oder wir gehen. Wir alle. Wir stehen auf und nehmen den Zug nach Hause, fliegen zur Westküste zurück, was auch immer. Wir gehen nach Hause. Wenn FBI-Leute kommen, um uns zu vernehmen, werden wir ihnen die Wahrheit sagen. Weil du Menschenleben aufs Spiel setzt. Unser Leben.«

Garrett sagte nichts. Er konnte nicht glauben, dass sie das hier abzogen. Es war kindisch. Wen, zum Teufel, kümmerte es, wenn er Drogen nahm? Er hatte seine Gründe, wenn er sie nahm, und diese Gründe waren privat und gingen sie nichts an. Er schaute Mitty an. »Du auch?«

Sie nickte. »Tut mir leid, Gare. Ich liebe dich und alles, und ich will helfen. Aber ich will auch am Leben bleiben.«

Er schaute sie böse an. Mitty wich seinem Blick aus.

»Das ist der Deal«, sagte Celeste. »Nimm ihn an oder lass es bleiben. Was ist dir lieber?«

Er grunzte wortlos und sank tiefer in seinen schäbigen Sessel. Er konnte den Schimmel riechen, der durch die Bodendielen drang. Seine Gedanken tobten, Wut und Schmerzen wirbelten in einem Gewittersturm umeinander. Celeste stand von der Couch auf und wechselte Blicke mit den drei anderen Mitgliedern des Teams. Sie erhoben sich alle mit ihr. Sie warf Garrett einen letzten Blick zu, bevor sie die Haustür aufmachte. Garrett bekam kurz einen Hof voller Müllsäcke und alter Klamotten zu sehen. Einer nach dem anderen verließen die Mitglieder des Aszendent-Teams das Haus.

Plötzlich verkrampfte sich Garretts Magen vor Schmerzen. Geschah das hier gerade wirklich? Er hatte sie zusammengebracht. Sie waren ein Team. Sie waren nicht perfekt, aber ihre Fähigkeiten griffen ineinander, sie ergänzten sich gegenseitig; sie konnten nicht gehen. Warum nicht? Weil sie ... Er suchte nach dem Wort. Sie waren eine ...

... Familie.

Und auf einmal begriff er, warum er das alles tat, was er in den letzten zwei Wochen getan hatte: Warum er Alexis benachrichtigt und darum gebeten hatte, dass das Team wieder zusammenkam, warum er daran gearbeitet hatte, dass sie engagiert und motiviert blieben. Er begriff, warum er sich so große Mühe gab, das Land zu retten. Er tat es, weil er eine Familie um sich haben wollte. Und Aszendent war alles an Familie, was er noch hatte.

»Okay«, schrie er.

Bingo, der als Letzter durch die Tür ging, blieb im Eingang

stehen. Mitty, Patmore und Celeste schauten zu ihm zurück.

Garrett spürte, wie der ganze Stolz seinen Körper verließ – die Rechtfertigungen, sein Ego, seine Arroganz. In diesem Augenblick war er ein Kind, das sich sehnlichst wünschte, nicht allein gelassen zu werden.

»Ich werde alles tun, was ihr wollt«, sagte Garrett. »Wenn ihr bloß nicht geht.«

39

LJADY, WEISSRUSSLAND, 23. JUNI, 8:17 UHR (UTC +3)

Gennady Basanow eilte durch den Birkenbestand und versuchte, dem Rascheln der Blätter in der morgendlichen Brise zu lauschen. Die Sommersonne schnitt zwischen den Birkenzweigen hindurch und besprenkelte den Boden zu seinen Füßen. Basanow konnte sogar den Ruf der Singvögel über ihm hören, das heißt, er konnte sie hören, wenn das Knirschen und Dröhnen der Panzermotoren in einer Entfernung von weniger als einem halben Kilometer erstarb.

Die Panzer sollten weißrussischen Separatisten gehören, die gegen die Faschisten in Minsk kämpften und versuchten, eine Gewaltherrschaft in ihrem Land zu errichten, obwohl Basanow sehr wohl wusste, dass es sich um russische T-90er der Fünfundzwanzigsten Motorisierten Schützenbrigade handelte, die unmittelbar im Westen von Moskau stationiert waren. Die Separatistenmasche war eine zweckdienliche Fiktion, ein Deckmantel, hinter dem sich der Kreml verstecken konnte, während er versuchte, das zunichtezumachen, was von der demokratischen Bewegung Weißrusslands übrig war. Und die Panzer waren eine wirksame Methode, die weißrussische Armee zu zerschlagen – oder das, was von ihr noch übrig war.

Basanow schaute auf seine Uhr und zündete sich eine Zigarette an. Er hatte ein paar hundert Meter südlich von hier geparkt, in Ljady, einer kümmerlichen Kleinstadt im Osten Weißrusslands, deren geographischer Fluch es war, an der russischen Grenze zu liegen. Er hatte sein Auto neben einer verlassenen Schule abgestellt – niemand wagte es, seit Eintreffen der Separatisten in Ljady zu leben – und war durch die leere Stadt nach Norden in das Birkenwäldchen gegangen, wie man es ihm gesagt hatte.

Der Mann vom SWR hatte spät am gestrigen Abend angerufen und sich selbst nur als Luka vorgestellt. Er war nicht Basanows üblicher Betreuer, was bedeutete, dass alles, was er zu sagen hatte, wichtig war. Äußerst wichtig. Er klang jung und so, als hätte er absolut keinen Humor – oder Mitgefühl. »Halb neun, zweihundert Meter nördlich von der alten Kirche.« Seine Stimme war kalt und präzise – die Stimme genau des Typs brutaler Funktionär, den der SWR derzeit zu begünstigen schien. Basanow lief bei der Erinnerung daran ein kalter Schauer den Rücken hinunter, obwohl der Junitag heiß war und noch heißer zu werden versprach. Der Rauch des unregelmäßigen Beschusses und der Brände, die er auslöste, trug nicht dazu bei, die Sonne oder die Hitze auszublenden – er schien alles nur noch schlimmer zu machen.

Basanow nahm einen kräftigen Zug von seiner Zigarette und ging weiter. Er war nervös, und er hasste sich deswegen. Schließlich war er Oberst im ruhmreichen russischen Geheimdienst, ein dekorierter Offizier in der russischen Armee und ein langjähriger Patriot. Er hatte keinen Grund, sich Sorgen zu machen. Aber wenn sie aus dem Jassenewo anriefen, machte man sich Sorgen, selbst wenn man den Eindruck hatte, es gäbe keinen Grund; sie bekamen ihre Befehle vom Kreml, und der Kreml konnte jeden unter die Erde bringen.

»*Polkownik* Basanow.« *Oberst* Basanow. Die Stimme schien aus dem Nichts zu kommen, und Basanow zuckte überrascht zusammen. Er wirbelte herum, und ein schwarzhaariger Mann in einem glänzenden Anzug trat hinter einem Baum hervor. Er war hohlwangig und hatte schwarze Augen, die zu seinem Anzug passten. Hochgewachsen und dünn glich er einer schlecht gezeichneten Comicfigur, die nur aus Armen und Beinen bestand. Basanow blinzelte überrascht: Wie, zum Teufel, hatte er ihn übersehen können? Basanow war direkt an ihm vorbeigelaufen.

Der dünne Mann im Anzug trat einen Schritt vor und nickte, ohne die Hand auszustrecken. »Guten Morgen.« Ein ganz kurzes Lächeln erschien auf seinen Lippen.

»Luka?« Basanow vermutete, der Name sei eine Form von Begrüßungscode. Basanow hatte kaum eine Chance, Lukas wirklichen Namen zu erfahren.

Der dünne Mann zuckte mit den Schultern, halb ja, halb nein. Basanow holte tief Luft. Luka war ein klassischer Botenjunge des SWR: Sag nicht mehr als absolut notwendig, verbreite Angst durch Mehrdeutigkeit. Er war jung, nicht älter als dreißig Jahre, und trotzdem besaß er die Anmaßung, Gennady Basanow einschüchtern zu wollen? Basanow machte ein finsteres Gesicht und versuchte, seinen Zorn zu kaschieren.

»Wir haben die Ereignisse in den Vereinigten Staaten verfolgt«, sagte Luka. »Sie auch? Stehen Sie mit Ihrem Mann in Verbindung?«

Basanow nahm einen tiefen Zug von seiner Zigarette und überlegte, wie er mit diesem Botenjungen umspringen sollte. Natürlich verfolgte er die Ereignisse in den Vereinigten Staaten. Er hatte das ganze Unternehmen koordiniert. Wie hätte er darauf verzichten können, die Ereignissen dort zu verfolgen? Es war sein verdammter Job. Trotzdem, um die Wahrheit zu sagen, stand er nicht in ständiger Verbindung mit Ilja Markow. Markow hatte vor ein paar Tagen den Kontakt zu ihm abgebrochen und war seitdem nicht wieder aufgetaucht, was er auch nicht mehr tun würde. Das kam nicht unerwartet; er hatte

Markow auf den Job angesetzt, weil er in dem Ruf stand, zu jeder Zeit und überall ohne Vorwarnung erscheinen zu können – selbst wenn man ihn an einem bestimmten Ort entdeckt hatte, hätte er einen eine Woche später derart umgedreht, dass man überzeugt davon wäre, ihn an einem völlig anderen Ort gesehen zu haben. Derart gut war er.

Aber das konnte Basanow unmöglich sagen. Der Kreml wollte vor allem Kontrolle – und sie schickten diesen SWR-Jungen, um sie wiederzuerlangen. Wenn Basanow zugab, dass er die Kontrolle verloren hatte – na ja, das könnte ein rasches Ende für Gennady Basanow bedeuten, und das wusste er.

Basanow warf seine Zigarette auf den Boden und trat die glühende Kippe in die Erde. »Ja, ich verfolge die Ereignisse«, sagte er, sich für vorgetäuschte Allwissenheit entscheidend. »Und stehe in Verbindung.«

»Wann war das letzte Mal, dass Sie mit ihm gesprochen haben?«

Diesmal entschied Basanow sich dafür, derjenige zu sein, der einen auf spröde und mehrdeutig machte. »Warum ist das wichtig.«

Der dünne Mann vom SWR schwieg. In der Ferne prasselte das Knattern von Maschinengewehrfeuer durch das Schweigen. Basanow lauschte sorgfältig und versuchte zu berechnen, aus welcher Richtung die Schüsse kamen und wie weit entfernt sie waren. Er machte sich keine Sorgen um seine eigene Sicherheit, sondern eher um die Straße, auf der er zurück nach Minsk fahren müsste. Falls die Separatisten und die Regierungstruppen ihr Geplänkel zu weit im Süden der M30 austrugen, würde er einen beträchtlichen Umweg machen müssen, um zurückzukommen, und das würde seinen Tag um Stunden verlängern.

»Es ist wichtig, weil es wichtig ist.«

»Treiben Sie keine Spielchen mit mir«, schnaubte Basanow, der von seinem Zorn übermannt wurde. »Sie jagen mir keine Angst ein, und Sie werden mich nicht unter Druck setzen, alles zu tun, was Sie sagen. Die beste Methode, mich dazu zu kriegen, dass ich meine Arbeit erledige, besteht darin, mir einfach zu sagen, was, zum Teufel, ich für Sie tun soll, und es hinter sich zu bringen.«

Der dünne Mann starrte Basanow an, ohne eine Spur von Gefühl zu verraten. Kein Aufflackern von Zorn – oder von Sorge oder Mitgefühl – trat auf sein Gesicht. Er zog ein Handy aus der Tasche und tippte mit seinen Daumen eine SMS. Basanow beobachtete ihn neugierig, plötzlich von dem Gedanken durchzuckt, dass er seine Karten vielleicht falsch ausgespielt hätte. Vielleicht war dieser Botenjunge gar kein Botenjunge, sondern ein Angehöriger des Führungskreises, ein gefürchteter Kumpan des Großen Dunklen Herrn persönlich. Falls das so war, hatte Basanow einen entscheidenden und möglicherweise tödlichen Fehler begangen.

Als er die SMS abgeschickt hatte, wandte der junge dünne Mann seine Aufmerksamkeit wieder Basanow zu, sagte aber immer noch nichts. Die Stille war eindringlich und beängstigend, und Basanow bemühte sich darum, seine Angst im Griff zu behalten. Dann konnte Basanow über der Schulter des dünnen Mannes ein Trio von Soldaten erkennen, das aus einem Feld kam und in das helle Birkenwäldchen trat. Auf den ersten Blick hätte Basanow gesagt, dass es Separatisten waren, die Jeans und Turnschuhe anhatten und über ihren T-Shirts grüne Flakwesten trugen. Aber ihre Haare waren extrem kurz, und sie bewegten sich mit geübten, katzenähnlichen Schritten über den Waldboden wie Kommandosoldaten russischer Spezialeinheiten – Spetsnaz-Männer –, langsam und mit Bedacht. Und sie trugen ihre Sturmgewehre AN-94, als wären sie mit den Waffen in den Händen geboren worden. Der Anführer der drei ließ sich auf ein Knie nieder und brachte die Waffe in Anschlag, während die beiden anderen sich umdrehten und ihn deckten, indem sie die Bäume und die Felder hinter dem Wäldchen abcheckten. Der erste Soldat neigte den Kopf gegen den Kolben der AN-94 und schaute durch das Visier.

Er zielte mit dem Gewehr direkt auf Basanows Brust.

»*Derr'mo*«, grunzte Basanow. *Scheiße*.

»Stehen Sie mit Ihrem Agenten in den Staaten in Verbindung?«, fragte Luka wieder in genau dem blutleeren Tonfall, den er zu Beginn des Treffens eingesetzt hatte.

Basanow schaute hoch in den vom braunen Rauch der Artilleriegeschosse bewölkten Himmel, bevor er dem SWR-Mann zunickte. »Stand ich. Vor einer Weile.«

»Haben Sie gehört, dass es einen AMBER-Alarm gegeben hat? An der Ostküste? Vor vier Tagen?«

»Einen AMBER-Alarm?«, wiederholte Basanow überrascht. Was, zum Teufel, war ein AMBER-Alarm? Er hatte irgendwas mit der Strafverfolgung in den Vereinigten Staaten zu tun, aber was genau, daran konnte er sich nicht erinnern. Seine Augen zuckten von dem Mann namens Luka zu dem Spetsnaz-Gorilla, der mit seinem Gewehr auf Basanows Herz zielte. Wenn sie ihn erschießen wollten, erhielte er keine Vorwarnung. In einer Sekunde wäre er am Leben, in der nächsten wäre er tot; er würde den Schuss nicht hören oder auch nur das Schießpulverwölkchen sehen, das signalisierte, dass das Geschoss auf dem Weg in seinen Körper war. Er beschloss zu lügen.

»Ja, natürlich habe ich das gehört«, sagte Basanow.

»Haben Sie sich keine Sorgen gemacht, dass ihn der amerikanische Geheimdienst möglicherweise aufgespürt hat?«

»Ja, ja, ich hab mir Sorgen gemacht«, sagte Basanow schnell, bemüht, mit dem Gespräch Schritt zu halten. »Aber ich vertraue ihm. Er ist in der Nähe des Zielobjekts, und deshalb ist er völlig unsichtbar.«

Der Kreml-Mann atmete in langen, gleichmäßigen Zügen.

»Wir sind kurz vor dem Ziel«, sagte Basanow mit hoffnungsvoller Stimme. »Die ganze Sache ist fast erledigt.«

»Wenn er entdeckt worden ist, wird es echten Ärger geben«, begann Luka langsam. »Wenn es Verbindungen nach Russland gibt – zum Kreml –, dann könnte es ein internationaler Zwischenfall werden. Und beim Stand der Beziehungen zwischen den Weltmächten könnten die Ereignisse außer Kontrolle geraten.«

Kontrolle, dachte Basanow, immer Kontrolle. »Nein, nein, nein, dazu wird es nicht kommen.«

»Falls Ihr Mann in Amerika geschnappt wird, würde er zu uns zurückverfolgt werden.«

»Auf gar keinen Fall. Ich habe darüber nachgedacht, und es gibt keine Verbindung, keinen Beweis. Ein einsamer Wolf, ein Einzelgänger, der seinen Instinkten folgt. Wie es im Kreml disku…«

»Es gab keine Diskussionen. Nicht eine.«

Basanow zuckte zusammen. Richtig, richtig, nichts war besprochen worden, gar nichts, in keiner Weise, Art oder Form. »Natürlich. Entschuldigung.« Basanow warf einen Blick auf den Spetsnaz-Mann, der unbeweglich weiterhin dort kniete und das Gewehr auf Basanow richtete. In der Ferne wurde eine Haubitze abgefeuert, was die Blätter an den Birken zum Zittern brachte, während der Boden rumpelte. »Womit kann ich Ihnen behilflich sein?«

»Es darf nichts auf uns zurückfallen.«

»Es wird nichts auf Sie zurück…«

»Sie sind persönlich dafür verantwortlich.«

»Natürlich bin ich das. Ich werde dafür sorgen.« Basanow

suchte nach einer angemesseneren Art zu katzbuckeln, seine
Haut zu retten. »Ich bin ein Patriot. Jetzt. Für immer.«

Luka zog sein Handy heraus und tippte noch eine SMS. Basanow hielt den Atem an. In fünfzig Meter Entfernung konnte
er sehen, wie der zweite Spetsnaz-Soldat in seine Tasche griff
und sein eigenes Handy herausholte. Er las die SMS – Basanow
nahm an, es war die von Luka – und sagte dann leise etwas zu
dem Soldaten, dessen Gewehr auf Basanows Brust gerichtet
war. Der Soldat zielte weiterhin auf Basanow, und Basanow
spannte die Muskeln in seiner Brust an, als ob ihn das irgendwie vor dem großkalibrigen Geschoss bewahren würde, das
ihm den Körper zu zerreißen drohte.

Dann stand der Soldat ohne Ankündigung auf, richtete seine Waffe auf den Boden und verließ den Wald. Die beiden
anderen Soldaten folgten ihm.

»Wir sind alle stolz auf Sie, *Polkownik* Basanow«, sagte Luka.
»Auf Ihren Einsatz für Ihr Land. Es ist unser aufrichtigster
Wunsch, dass unser Stolz mit der Zeit größer wird.« Dann
drehte Luka sich um und ging ebenfalls weg.

Basanow beobachtete, wie er sich bewegte, zum ersten Mal
seit fünfzehn Minuten sicher, dass er den Nachmittag erleben würde. Ein großer Stein fiel ihm vom Herzen. Aber dann
wurde ihm klar, dass er noch viel mehr zu tun hatte. Er musste
dafür sorgen, dass Ilja Markow nie zu Basanow zurückverfolgt
werden konnte, zum SWR, zum Kreml oder irgendjemandem
sonst im Mütterchen Russland. Aber das war keine so leichte
Aufgabe, mit Sicherheit nicht vom gottverlassenen Weißrussland aus. Er ging langsam zurück zu seinem Auto, das neben
der verlassenen Schule in Ljady geparkt war, und fasste einen
Entschluss: Er würde nicht in westlicher Richtung nach Minsk
fahren. Nein, er würde in die entgegengesetzte Richtung fahren, nach Moskau, sich ein Flugticket in die Vereinigten Staa-

ten besorgen und sich selbst darum kümmern, dass alles nach Plan verlief, weil es seit diesem Morgen unter den Birken eines weißrussischen Waldes klar für ihn war, dass sein Leben davon abhing.

40

BEACH HAVEN PARK, NEW JERSEY, 23. JUNI, 12:22 UHR

Das Haus war groß und für die Zahl der Gäste, die er eingeplant hatte, perfekt geeignet: sechs Schlafzimmer, vier Badezimmer, eine riesige Küche mit Esszimmer und eine Veranda, die das Erdgeschoss umgab und auf den Strand hinausführte. Ilja buchte das Haus über eine Ferienhaus-Webseite, und es war teuer – sechs Riesen die Woche –, aber er wusste, dass ein Haufen gemeiner Hacker nichts lieber mochte, als in einem Strandhaus herumzulungern, während sie in der Bevölkerung Chaos und Verwüstung anrichteten. Außerdem würde niemand mit der Wimper zucken, wenn eine Bande zwielichtiger Zwanzigjähriger eine Woche lang in ein Haus am Strand von Jersey einfiel. War das nicht der Grund dafür, warum die Jersey Shore überhaupt erfunden worden war?

Die letzten Gäste schlenderten gegen ein Uhr mittags ins Haus. Er versammelte sie im Billardzimmer im Keller, dessen Wände die Farbe von Orangensorbet hatten und das schwach nach Bier und Bongwasser roch. An einer Wand hing ein Flachbildfernseher von zweiundsiebzig Zoll, an der daneben ein gerahmtes Ölgemälde der Piazza San Marco und ein signiertes Poster von Snooki an der dritten. Das schien Ilja eine angemessene Troika zu sein.

Insgesamt waren es fünfzehn; Ilja kannte sechs von ihnen vom Hörensagen, vier, weil sie Zeit im Gefängnis verbracht hatten, zwei vom Hackerkollektiv Anonymous und die letzten drei kannte er persönlich, weil sie osteuropäische Einwanderer waren. Elf Männer, vier Frauen; niemand war älter als fünfunddreißig Jahre. Die meisten trugen T-Shirts und kurze Hosen, zwei hatten Badekleidung und Flip-Flops an, und einer trug einen schmuddeligen weißen Leinenanzug, der offensichtlich in einem Trödelladen gekauft worden war. Alle behaupteten, wahre Gläubige zu sein, aber Ilja vermutete, dass sie mehr an Geld glaubten als an irgendetwas anderes. Es war ihm egal: Verrat, wenn es denn dazu kam, würde zu spät kommen, um irgendwas zu ändern.

Er zog einen dicken schwarzen Sharpie aus der Brusttasche seines Hemds und schrieb in großen Druckbuchstaben direkt auf die einzige Wand ohne Gemälde, Poster oder Fernseher.

»Erster Punkt der Tagesordnung: CR Logistics«, sagte Ilja, während er schrieb. »Firmensitz in Louisville, Kentucky. Das viertgrößte Speditionsunternehmen in den Vereinigten Staaten und die Nummer eins der Lieferanten von Nahrungsmitteln nach New York City. Sie transportieren LKW-Ladungen mit Rindfleisch, Limonade, Gemüse, Pasta, Speiseeis. Sie füllen Supermarktregale in der gesamten Stadt auf.«

Ilja schrieb weiter auf die Wand. »Das hier ist ihre Webseite. Und das hier ist der Name ihres Backend-IT-Subunternehmers.« Er schrieb ein Akronym auf die Wand. Die Hacker hatten alle ihre Laptops auf den Knien, und Ilja konnte das Klick-Klack hören, das ihre Finger machten, während sie eifrig abtippten, was er notierte. Er hoffte, dass die Besten von ihnen bereits die Webseiten der Firma sondierten.

»Willst du, dass wir sie hacken?«, fragte ein junger Mann mit blond gebleichtem Haar, der unter dem Namen ClarKent bekannt war.

»Will ich«, erwiderte Ilja.

»Sie lahmlegen? Dienstblockade?«, fragte eine Frau namens

Uni. Sie trug dickes Make-up, ebenso sehr, dachte Ilja, um die Ringe unter ihren Augen zu verbergen, wie um ein Modestatement abzugeben. Hacker neigten dazu, nicht viel zu schlafen.

»Nein. Legt sie nicht lahm.«

»Industriegeheimnisse stehlen? Ihre Konten leer räumen?«, rief ein langgliedriger Teenager aus Pittsburgh. Wie Ärmel bedeckten grün-rote Tattoos seine beiden Arme von der Schulter bis zum Handgelenk. Ilja glaubte, Einhörner erkennen zu können. Und Schlangen.

»Nein.« Ilja schleppte einen großen FedEx-Karton auf den Billardtisch und öffnete ihn mit einem Küchenmesser. Darin lag ein kleiner dunkelgrüner Koffer. Er zog den Reißverschluss auf und nahm von oben eine Lage T-Shirts, Socken und Unterwäsche heraus. Er wartete einen Moment, bevor er den Rest des Inhalts ausleerte. Im Raum wurde es still.

»Was ich will, ist komplizierter als all diese Dinge. Ich will, dass ihr jede Verbindung zu CR Logistics im Netz verfolgt. Jedes Konto, jedes Lagerhaus, jeden Auftraggeber und Kunden, jede Bank oder Kreditgenossenschaft. Ich will, dass ihr all ihre Arbeiter, Angestellten, Direktoren, Fahrer findet. Ich will die Einzelheiten, von oben bis unten, von der Art und Weise, wie sie ihr Geschäft betreiben. Und dann« – Ilja lächelte – »will ich, dass ihr ihr Kredit-Rating zerstört.«

Ein paar von den Hackern lachten. Ein paar blinzelten überrascht. Ein junger Mann mit Jesusfrisur und dazu passendem Bart sagte mit einem starken ukrainischen Akzent: »Das ist alles? Nur Kredit hacken?«

»Ja, das ist alles.« Ilja kippte den kleinen Koffer um, und ein Haufen von Hundertdollarscheinen fiel auf den Billardtisch. Sie waren zusammengerollt und mit Gummibändern umwickelt und landeten mit einem befriedigenden dumpfen Geräusch auf dem grünen Filz.

»Einhundertfünfzigtausend Dollar«, sagte Ilja, nachdem er die staunenden Hacker einen Augenblick hungrig hatte auf das Geld starren lassen. »Wer es als Erster schafft, bekommt alles.«

Ilja ließ das Geld auf dem Tisch liegen und ging nach oben; er wusste, dass die anderen Hacker jeden in Stücke reißen würden, der versuchte, ein Bündel Bargeld zu stehlen. Gier war das beste Sicherheitssystem, das er sich wünschen konnte. Er goss sich ein Glas Wodka ein, zündete sich eine Zigarette an, ging nach draußen auf die Veranda und setzte sich in den Schatten. Die Hitze war intensiv, drückend und feucht, und Ilja sah zu, wie Sonnenbadende und Schwimmer in die Wellen des atlantischen Ozeans wateten, auf Boogiebrettern planschten und dahintrieben.

Er trank ein zweites Glas Wodka, dann ein drittes, rauchte eine Zigarette nach der anderen. Eine Stunde verging, dann noch eine, und Ilja bewegte sich nur, um sein Glas nachzufüllen. Die Menge am Strand lichtete sich ein wenig, während die Sonne am Himmel tiefer sank, aber die Temperatur änderte sich nicht, es blieb heiß und feucht. Iljas T-Shirt war schweißnass, aber das machte ihm nichts aus. Die Feuchtigkeit kühlte ihn.

Um zwei Minuten vor sechs Uhr erschien Uni auf der Veranda, ihren Laptop unter dem Arm. »Erledigt«, sagte sie.

Ilja war überrascht: Das war schneller gegangen, als er es für möglich gehalten hätte. Sie setzte sich neben ihn auf einen Faltstuhl und zeigte ihm ihr Werk. Sie scrollten durch gehackte Datenbanken, geleerte Bankkonten, geänderte Steuererklärungen, eine Reihe gefälschter Briefe – einschließlich eines halben Dutzend, die die unverzügliche Rückzahlung offener Darlehen verlangten – und eine Presseerklärung, in der konstatiert wurde, dass das Unternehmen Insolvenz nach Chapter 11 beantragt habe.

»Und das Ergebnis?«

Sie zeigte Ilja ein Memorandum, das von einer Kreditrating-Agentur herausgegeben worden war. Der Zeitstempel auf dem Bericht lautete 17:52 Uhr. CR Logistics war zu einem extremen Kreditrisiko herabgestuft worden.

Ilja lächelte. Er sah die junge Frau an, die sich Uni nannte. Sie war hübscher, als er ursprünglich dachte – oder vielleicht lag das bloß an ihrer Kompetenz.

»Warte hier.« Er ging nach unten in das Billardzimmer, schaufelte das ganze Geld zurück in den Koffer und hob ihn von dem Billardtisch herunter. »Ihr habt alle verloren«, sagte er zu den unten gebliebenen Hackern. Sie stießen Flüche und enttäuschte Grunzlaute aus. Ilja schrieb den Namen einer anderen Firma an die Wand und darunter eine Reihe von Benutzernamen und Passwörtern.

»Hier ist das nächste Ziel. Eine Kreditkartenverarbeitungsfirma. Hier sind Benutzernamen und Passwörter für ihre Server. Ein Zugang durch die Hintertür. Greift die Firma an. Deaktiviert all ihre Server. Das ist eure nächste Gewinnchance. In ein paar Stunden bin ich mit mehr Geld zurück. Und wieder bekommt der Gewinner alles.«

Damit nahm er den Koffer wieder mit nach oben und gab ihn Uni. Sie strahlte vor Freude.

»Hast du ein Auto?«, fragte er.

Sie nickte.

»Ich möchte, dass du mich irgendwohin fährst.«

Sie war einverstanden, und sie gingen hinaus zu ihrem klapprigen grünen Hyundai, der neben einem Maschendrahtzaun geparkt war. Sie legte den Koffer in den Kofferraum und fuhr ihn dann auf dem Garden State Parkway nach Norden.

Sie sprachen wenig während der Fahrt, und da kein starker Verkehr herrschte, kamen sie gut voran. Ilja betrachtete die Landschaft und fragte sich, wo Garrett Reilly sein mochte; er konnte in irgendeiner der Städte sein, an denen sie vorbeikamen, in irgendeinem der Gebäude oder Häuser. Es spielte wirklich keine Rolle; wohin er auch gerannt war, seit Ilja Newarks Polizei auf ihn losgelassen hatte, er würde ihn finden.

Er leitete Uni weg von der Jersey-Küste auf den Jersey Turnpike. Als sie sich New York City näherten und die Sonne untergegangen war, ließ er sie auf Landstraßen nach Hoboken fahren. Sie parkten in der Nähe des Wassers am Frank Sinatra Drive und stiegen aus, um sich die Skyline von Manhattan auf der anderen Seite des Flusses anzuschauen. Am Battery Park im Süden leuchteten die riesigen Türme, in Midtown im Norden ebenfalls. Der Hudson River bewegte sich träge und schwarz, während Schleppboote und Fähren der Circle Line gegen seine Strömung ankämpften.

»Ist es zu schaffen?«, fragte Ilja, der auf die Stadt jenseits des Flusses zeigte.

»Die ganze Stadt?«

Er nickte.

»Warum denn alles?«

»Warum nicht?«

»Es gibt Unschuldige.«

Er stieß ein kurzes, empörtes Zischen aus. »Stört es dich nicht?«

»Was?«

»Das Geld, die Macht, die Verschwendung. All diese Leute, die auf den Schutz ihrer Interessen bedacht sind. Sie horten Schätze, und dann zwingen sie den Rest von uns, um Abfälle zu betteln und ihnen zu dienen. Und du und ich, wir sind draußen und schauen rein. Wir sind immer draußen.«

»Ich vermute, es stört mich.«

»Also schicken wir eine Botschaft: Ich existiere. Außerhalb deines Königreichs. Und ich willige in deine Regeln nicht ein. Ich willige nicht ein, dass mir Fingerabdrücke abgenommen werden, dass ich fotografiert und verfolgt werde, meine Gespräche aufgezeichnet werden. Ich werde kein System unterstützen, das die Wohlhabenden speist, nicht die Armen. Das sich nur um sich selbst kümmert. Obwohl die meisten Leute auf dem Planeten in Hütten und von einigen Pennys leben müssen, und ein paar wenige leben in Penthäusern mit Dienstmädchen und Butlern und Meerblick. Wir schicken ihnen eine Botschaft: Wir können das alles zu Fall bringen. Seht mal, wie leicht wir es zu Fall bringen können.«

Sie schaute ihn an. »Das ist es, was wir sagen?«

»Ja. Das ist es, was wir sagen.«

Uni schien darüber nachzudenken. »Ich dachte, du kämst aus Russland.«

»In Russland ist es noch schlimmer. Da gibt's Leute, die die Macht haben, und dann kommen alle anderen. Das Problem gibt es auf dem ganzen Planeten. Aber hier ist sein Ursprung. In dieser Stadt. In diesem Land.« Ilja schaute sie an. »Also noch mal – ist es zu schaffen?«

»Vielleicht. Mit Unterstützung.«

»Die Unterstützung kommt von allen Seiten. Dafür hab ich gesorgt.«

Sie lächelte. »Dann, yeah, warum nicht? Es ist zu schaffen.«

Er schaute zu ihr hinüber und streichelte ihr Gesicht mit der Hand. Er konnte im sanften Dämmerlicht sehen, dass das Make-up, das sie aufgelegt hatte, außer Erschöpfung auch Pocken- und Aknenarben verdeckte. Das war ihm egal; es machte sie sogar noch attraktiver. Für Ilja war ihr zerstörtes Gesicht verführerisch und sprach für ein Leben voller Kampf und Isolierung. Kampf gab dem Leben einen Sinn.

Er küsste sie, und sie erwiderte den Kuss. Dann kletterten sie auf den Rücksitz ihres Hyundai und hatten Sex unter einen alten Decke, während die Lichter von Manhattan im Hintergrund schimmerten, und als sein Körper mit ihrem verflochten war, hatte Ilja das Gefühl, dass er ein mittelalterlicher Kreuzritter sei, der eine letzte Nacht der Vergnügungen unmittelbar vor den Toren der Burg verbringt, die er am Morgen stürmen wird.

41

IRVINGTON, NEW JERSEY, 23. JUNI, 19:01 UHR

Nüchternheit fühlte sich nicht gut an. Wenigstens nicht für Garrett. Nüchternheit fühlte sich heiß und beklemmend an; sie fühlte sich an wie eine dünne Schicht Normalität, die seinen Körper einschloss. Aber unter dieser Normalität schlug ein zittriger, knisternder Puls der Bedürftigkeit. Verlangen drohte, durch die Haut des Normalen zu brechen, alles zu zerschlagen, Amok zu laufen. Er versuchte, dieses Gefühl abzuschütteln und sich auf die vorliegende Aufgabe zu konzentrieren.

»Wenn er wusste, wo wir waren«, sagte Garrett und wischte sich mit dem Saum seines T-Shirts den Schweiß von der Stirn, »warum hat er dann die Polizei von Newark zu einer Razzia in unsere Büroräume geschickt und nicht das FBI?«

Sie saßen auf der vorderen Veranda des verlassenen Hauses, Sonnenstrahlen streiften über das Gras und fielen auf das Öldepot im Hintergrund. Der Tag war heiß gewesen, und der Abend war kein bisschen kühler. Drückende, feuchte Luft hatte sich über die Ostküste gesenkt und bedeckte sie mit einer Schicht sommerlicher Trübsal. »Die FBI-Leute hätten euch alle verhaftet und hätten mich gefunden. Aber stattdessen hat er uns reingelegt.«

Garrett schaute das Team an, das mit ihm auf der Veranda saß; Patmore stand ein Stück weit entfernt im Gras. Keiner von ihnen schien wieder ganz an Bord zu sein; keiner von ihnen schien Garrett zu trauen. Aber daran konnte er im

Moment nicht viel ändern. Er musste es einfach weiter versuchen.

»Warum?«, fragte er das Team. »Es ergibt keinen Sinn.«

»Er hat uns verarscht«, sagte Mitty, »uns zum Narren gehalten.«

»Aber das macht er nicht«, sagte Garrett. »Er macht keine Witze.«

»Woher weißt du, dass er keine Witze macht?«, fragte Mitty. »Kennst du ihn inzwischen so gut?«

»Er hat versucht, Alexis umzubringen«, sagte Garrett. »Das ist nicht dasselbe, wie jemanden zum Narren zu halten. Und, ja, ich kenne ihn so gut.«

»Willst du erklären, wieso?«, fragte Mitty.

»Ich kenne ihn, weil wir uns ähnlich sind.«

Sie starrten ihn überrascht an. Garrett zuckte mit den Schultern. Obwohl er der Erste wäre, der zugab, dass er nicht besonders selbstkritisch war – so viel konnte nach den letzten vierundzwanzig Stunden, während er an den verdammten Heizkörper angebunden war, als gesicherte Erkenntnis gelten –, dachte er dennoch, dass er und Markow sich bemerkenswert ähnlich waren. Ähnliche Biographien, ähnliche Talente, vielleicht sogar ähnliche Ziele. Das war der Beginn eines Besorgnis erregenden Musters, und Garrett zögerte, diesem Muster bis zu seinem logischen Ergebnis zu folgen. Aber er wusste, dass er zu irgendeinem Zeitpunkt genau das würde tun müssen: Er würde ihre Ähnlichkeit ergründen und sie sich erklären müssen.

Patmore wandte sich von der niedrigstehenden Sonne ab. »Er war nicht sicher, dass du dich in dem Büro aufgehalten hast. Er hatte gewisse Informationen, aber nicht alle, und ist deshalb auf Nummer sicher gegangen. Ein Schuss ins Blaue.«

Garrett schluckte einen Mundvoll Wasser aus einer Plastikflasche. Sein Kopf platzte fast vor Schmerzen, aber er würde es keinem sagen, und er würde auch niemanden wissen lassen, wie er sich fühlte. Er hatte beschlossen, seine Last zu tragen, ohne sich zu beklagen. Er würde alles opfern, um Aszendent zusammen und an seiner Seite zu halten. Er schämte sich wegen dieses Bedürfnisses – wegen dieser Verletzlichkeit –, aber sein Bedürfnis wog schwerer als seine Scham, und er hatte sich mit diesem Gedanken versöhnt.

»Woher wusste er, wo wir waren?«, fragte Garrett laut. »Wie konnte er das in Erfahrung bringen?«

»Vielleicht hat es ihm einer von uns erzählt.« Celeste schaute die anderen der Reihe nach an. »Vielleicht ist einer von uns ein Verräter.«

Mitty lachte kurz auf, aber sonst keiner. »Ein Doppelagent? Cool.«

»Besteht das die Plausibilitätsprüfung?«, fragte Garrett. »Warum sollte jemand bis zu diesem Moment warten, um uns zu verraten? Und abgesehen davon, wie wäre Markow an jemanden von uns herangekommen, um ihn zum Verräter zu machen? Wann sollte er das getan haben?«

»Vielleicht hat einer von uns ihn kontaktiert«, sagte Celeste. »Das wäre plausibel.«

Garrett ging auf und ab. Die Holzdielen des verlassenen Hauses waren verrottet und schwarz gestreift und stöhnten unter seinem Gewicht. »Wer von uns würde das tun, und warum?«

»Geld«, sagte Bingo. »Er hat Geld angeboten. Du hast gesagt, er hätte eine Menge. Vielleicht wollte einer von uns etwas davon haben.«

Garrett schaute von einem Gesicht zum nächsten – Mitty, Bingo, Patmore, Celeste – und zog die Möglichkeit in Betracht.

Mitty war draußen; sie würde Garrett nicht verraten, egal, wie viel Geld auf dem Spiel stünde. Abgesehen davon war ihr Geld scheißegal, und das war immer schon so.

Bingo war eine Möglichkeit, aber eine abwegige. Leute zu verraten erforderte ein Maß an Willenskraft und Mut, das Bingo einfach nicht aufbrachte.

Patmore war undurchschaubar, aber er hatte auch zahllose Möglichkeiten, das Büro zu verlassen, einen Streifenwagen anzuhalten und sie alle anzuzeigen. Und wenn man sie festnähme, würde er vor ein Militärgericht gestellt, und das wusste er. Womit nur eine übrig blieb.

Garrett musterte Celestes Gesicht. Sie war nicht verrückt nach Garrett – das wusste er. Sie gab ihm die Schuld an ihrem Aufenthalt in China und hatte nichts Besonderes zu verlieren, wenn sie verhaftet würde. Bingo hatte Garrett erzählt, dass er Mahnungen in ihrem Apartment in Palo Alto hatte herumliegen sehen, also brauchte sie vermutlich das Geld.

»Das kannst du dir sparen«, sagte Celeste abweisend. »Wenn ich dich hätte fertigmachen wollen, Garrett, hätte ich das vor langer Zeit getan. Und die Wahrheit ist: Ich will dich nicht mehr fertigmachen. Ich bin nicht nachtragend – ich gebe mich nur der Verzweiflung hin.«

Garrett lächelte über den selbstironischen Scherz. Er spürte instinktiv, dass sie die Wahrheit sagte.

»Ich weiß, dass ich es war, der die Möglichkeit erwähnte, aber ich glaube nicht, dass einer von uns ihn kontaktiert hat«, sagte Celeste. »Ich glaube, er hat es auf andere Weise rausgefunden.«

Zu wissen, dass die von ihm ausgewählte Familie ihn nicht verraten hatte, bedeutete für Garrett eine erhebliche Erleichterung. »Stimmt wahrscheinlich. Aber wir sollten wissen, wie diese andere Weise aussieht, weil er uns andernfalls erneut finden und uns nachstellen wird. Und irgendwann wird er uns kriegen.«

Bingo hob die Hand, was er immer tat, wenn er eine Frage stellte. »Aber das bringt uns zurück zu der Frage: Warum hat er nicht dem FBI gesagt, wo wir uns aufhalten? Wenn uns das FBI verhaftet, dann sind wir aus dem Weg, und Markow muss sich nicht mehr mit uns herumschlagen.«

Schweigen senkte sich über das Team. Die Sonne war im Westen in einem rosafarbenen Dunst verschwunden, und die Dunkelheit begann hinter dem Haus zu wachsen, im Osten über New York City und dem Atlantik.

»Es gibt einen Grund dafür«, sagte Garrett. »Wir sehen ihn bloß nicht. Aber er ist direkt vor unserer Nase.«

»Wir übersehen den Grund, weil er nichts mit ihm zu tun hat«, sagte Celeste, die die Treppe hinunterging und gegen das braune Unkraut vor dem Haus trat. »Er hat mit uns zu tun.«

»Wieso?«, fragte Garrett.

»Du hast ihn als Sozialtechniker bezeichnet.«

»Ja, und?«

»Ein Betrüger. Und was machen Betrüger?«

»Leute austricksen«, sagte Bingo.

»Und wie machen sie das?«, fragte Celeste.

»Durch Taschenspielertricks«, sagte Garrett. »Irreführung.«

»Richtig, aber um dich irreführen zu können, müssen sie zuerst deine Aufmerksamkeit gewinnen. Sie müssen mit dir reden. Eine Beziehung zu dir herstellen.«

Garrett blinzelte in die Dämmerung. Celeste steuerte auf einen Punkt zu, und ihm wurde das Ganze langsam klarer. »Du willst sagen, er redet mit uns.«

»Nein. Ich will sagen, er redet mit dir«, erwiderte Celeste. »Er stellt eine Beziehung zu dir her. Weil er ein Betrüger ist – und du bist Teil des Betrugs.«

Garrett zog sich nach dieser Enthüllung ins Haus zurück. Ihre Wahrheit hatte ihn derart erschreckt, dass er Zeit brauchte, um die Vorstellung zu verarbeiten. Er war Teil des Betrugs. Durch das Objektiv dieser Vorstellung gesehen, ergab das, was in den letzten Tagen geschehen war, allmählich einen Sinn. Er schaltete ein Licht an – eine nackte Glühbirne an der Wohnzimmerdecke – und stapfte auf dem schmutzigen Boden hin und her. Der Rest des Teams lungerte auf der Veranda und der Wiese herum. Die Sonne war untergegangen. Die Nacht um sie herum wurde dichter.

Garrett kam auf seine ersten Grundsätze zurück. Von A nach B nach C. Die Logik war seine Freundin. Was wusste er?

Markow war höchst intelligent.

Markow hatte einen Plan, aber der war Garrett unbekannt.

Markow war diese ganze Zeit Garrett einen Schritt voraus.

Markow stellte eine Beziehung zu Garrett her, auf weite Entfernung, durch Vertreter. Es war eine gefährliche, beängstigende Beziehung, aber es war trotzdem eine Beziehung.

Ilja Markow wollte nicht, dass er verhaftet wurde. Ein Garrett Reilly hinter Gittern entsprach irgendwie nicht seinem Plan.

Garrett blieb mitten im Zimmer stehen, schloss die Augen und versuchte, das Muster in all diesen Informationen zu finden. Er wartete, in der Hoffnung, nicht so viele Gehirnzellen abgetötet zu haben, dass sein einziges wahres Talent – seine Fähigkeit, das weiße Rauschen des täglichen Lebens zu durchdringen – ihn im Stich gelassen hatte. Er versuchte, das ununterbrochene Summen in seinem Kopf zu beruhigen, das Rattern von Gedanken und Meinungen, die in diese und jene Richtung schlugen, von Nervenzelle zu Funken sprühender Nervenzelle.

Markow trieb ein Spiel mit Garrett. Das war es, was Markow

tat. Er dachte einen Schritt weiter als sein Gegner. Wenn Alexis und die DIA die auf Garrett ausgestellten Rezepte online nachverfolgen konnten, warum sollte dann ein begabter Hacker wie Markow nicht dasselbe tun können? Er hatte Garretts Schwäche entdeckt – seine Sucht – und sie benutzt, um Garrett in die Flucht zu jagen. Was bedeutete, dass …

Im Nu wusste Garrett, was er tun musste. Er ging vom Wohnzimmer auf die Veranda. Das Team, mitten in einem Gespräch, verstummte.

»Er spielt ein Spiel. Er errät unseren nächsten Zug, indem er uns in Zugzwang bringt. Er rechnet damit, dass wir eine ganz bestimmte Sache tun« – Garrett schüttelte den Kopf, erstaunt, dass er nicht früher zu diesem Schluss gekommen war –, »also müssen wir das Gegenteil tun.«

42

MIDTOWN MANHATTAN, 23. JUNI, 19:41 UHR

Hans Metternich betrachtete sich selbst als Kriegstheoretiker. Zugegeben, er war Amateurtheoretiker, sicherlich kein Dr. phil. zu dem Thema, aber den größten Teil seines Erwachsenenlebens hatte er in den Schützengräben der modernen Kriegsführung verbracht, und deshalb war er der Ansicht, das verleihe ihm einen Einblick, den die meisten Akademiker nicht hätten. Und obwohl Metternich nie an einem Feuergefecht teilgenommen hatte, nie mit einem Fallschirm hinter den feindlichen Linien abgesprungen war und nie eine lasergelenkte Rakete explodieren sah, glaubte er nicht, dass die Zukunft der Kriegskunst von irgendeinem dieser Punkte abhinge.

Die Zukunft der modernen Kriegskunst, überlegte Metternich, als er sich seinen Weg durch die Scharen von Touristen auf der Fifth Avenue bahnte, würde von Informationen abhängen: Wer sie hatte, wer sie brauchte, wie man sie erwarb und was man damit machte, wenn man sie besaß. Informationen waren nicht nur Macht, sie waren eine Waffe – eine rasiermesserscharfe Waffe, die man dazu benutzen konnte, seine Feinde zu entwaffnen, zu verwirren und zu terrorisieren. Informationen oder der Mangel an ihnen konnten eine Armee außer Gefecht setzen. Sie konnten, dachte er – vielleicht ein bisschen melodramatisch, wie er zugeben musste –, sogar ein ganzes Land außer Gefecht setzen.

Aus all diesen Gründen waren Garrett Reilly und sein ardauernder Kampf gegen Ilja Markow so faszinierend für Meternich. Beide Männer waren Informationssoldaten. Sie waren die Krieger der Zukunft, trugen unsichtbare Kämpfe aus, während der Rest der Welt Sport im Fernsehen schaute oder sich zu Tode trank. Metternich fieberte nicht unbedingt mit einem der beiden Männer, Reilly oder Markow, mit – obwohl er einen stärkeren emotionalen Bezug zu Reilly verspürte –, aber er begriff, dass ihr Kampf ein Vorbote von Geschehnissen war, die kommen würden. Außerdem war es eine gute Methode, Geld zu verdienen.

Metternich war kein Informationssoldat – er war eher ein Informationskaufmann. Er kaufte Daten billig und verkaufte sie teuer, was der Grund dafür war, dass er an der Ecke 36th Street und Fifth Avenue stehen blieb und in das Schaufenster von NYC Gifts schaute, einem kleinen Souvenirladen, der zwischen ein Dessousgeschäft und einen Burger King gequetscht war. Farbenfrohe Gepäckstücke waren in einem Fenster gestapelt, T-Shirts, Baseballmützen und Wegwerfhandys wurden in dem anderen angeboten.

Er trat ein und spürte, wie der Luftstrom der Klimaanlage den Schweiß auf seiner Stirn und seinem Nacken kühlte. Eine italienische Familie drängte sich um eine Ladentheke, zeigte auf Digitalkameras und plapperte in gebrochenem Englisch Ein Paar mittleren Alters durchstöberte im hinteren Bereich T-Shirts. Verschiedene Angestellte halfen ihnen, während eine Frau – jung, mit kurzem platinblondem Haar und einem Totenkopfohrring – Metternich anlächelte. »Willkommen bei New York City Gifts. Würden Sie gern einige von unseren Armbanduhren sehen? Sie sind alle echt, direkt aus der Fabrik. Angefangen mit fünfundzwanzig Dollar.«

Metternich warf einen Blick auf die Uhren in der Vitrine

und tippte mit dem Finger auf eine. »Ja. Diese vielleicht. Die goldene. Ist das eine Rolex?«

Die junge Frau öffnete die Vitrine und zog die goldene Uhr heraus, während sie die ganze Zeit schnell weitersprach. »Absolut, eine Rolex, direkt aus der Schweiz, fünfzig Dollar. Wir haben auch die Schachtel, wasserdicht, mit lebenslanger Garantie ...«

Während sie sprach, schaute sich Metternich in dem Laden um. Seine Augen landeten auf der jungen Angestellten, die der italienischen Familie half. Sie hatte auch kurz geschnittenes platinblondes Haar und einen Totenkopfohrring im linken Ohr. Sie war, soweit Metternich das sagen konnte, ein eineiiger Zwilling der Frau, die ihn bediente.

Diese reichte ihm die Armbanduhr, und er legte sie sorgfältig um sein Handgelenk. Er bemerkte, dass die Frau ein langes, schmales Tattoo am Unterarm hatte, eine Kette von Einsern und Nullen. Binärer Code. Jetzt war er sicher: Das hier war die Person, nach der er Ausschau hielt. »Zwillinge?«

Die Frau, die ihn bediente, nickte fröhlich. »Ich bin Jan. Sie heißt Jen.«

Metternich nickte. Die Namen waren ein weiterer Treffer. »Ich hoffte eigentlich, Sie könnten mir helfen. Ich suche jemanden. Vielleicht kennen Sie ihn.«

Jan starrte Metternich an, das breite Lächeln verschwand aus ihrem Gesicht. »Das hier ist ein Geschenkartikelladen. Vielleicht müssen Sie woanders hingehen.«

»Mir gefällt diese Uhr sehr gut.« Metternich zog seine Brieftasche heraus und schob fünf Hundertdollarscheine über den Tresen, wobei er darauf achtete, dass die Angestellte sie sah und dass sie von seiner Hand bedeckt waren. Er hatte einen Mann, der wie der Inhaber des Ladens aussah, weiter hinten stehen sehen, wo er sich in einer anderen Sprache, nach Metternichs Ansicht Armenisch, laut am Telefon unterhielt. Der Mann war abgelenkt und in das Gespräch vertieft.

Jan starrte auf das Geld.

»Ich wäre bereit, einen hohen Preis für die Uhr zu bezahlen.«

»Wie kommen Sie darauf, dass ich weiß, nach wem Sie suchen?«, fragte Jan.

»Sie wurden online angeworben. Für einen Job. Sie und Ihre Schwester. Aber Sie haben ihn nicht bekommen. Sie waren darüber nicht glücklich. Es gab ein Schwarzes Brett im Darknet. Sie sollten sich besser überlegen, was Sie online posten. Jeder kann diese Dinger lesen.«

Jan runzelte die Stirn. Sie warf einen Blick durch den Laden zu ihrer Schwester – einen ängstlichen Blick –, aber Metternich konnte sehen, dass ihre Zwillingsschwester damit beschäftigt war, Kamerataschen aus einem Regal zu ziehen. »Ich glaube, ich kann Ihnen nicht helfen.«

»Er heißt Markow.«

»Den kenne ich nicht.«

»Aber Sie standen in Kontakt mit jemandem, der den Job angeboten hat. Ich würde übrigens mehr für die Uhr bezahlen, falls es eine gute Uhr wäre. Nachweisbar authentisch.« Er schob zwei weitere Hundertdollarscheine unter seine Hand.

Jan zuckte mit den Schultern. »Ich glaube, ich stand in Kontakt mit ihm.«

»Wie haben Sie sich verständigt?«

»Per E-Mail.«

»Keine Telefonnummern?«

Jan schüttelte den Kopf. Im hinteren Teil des Ladens legte der Armenier das Telefon auf und schaute nach, wie sein Geschäft lief. Sein Blick fiel auf Metternich – und blieb auf ihm ruhen.

»Das ist alles, was ich weiß«, sagte Jan. »Nehmen Sie die Uhr oder nicht? Mein Boss beobachtet Sie.«

»Ja, bitte.« Metternich schob die siebenhundert Dollar über das Glas zu Jan hin.

Das Geld verschwand blitzschnell in ihrer Tasche. »Viel Vergnügen.«

»Noch eine Frage: Hat irgendjemand, den Sie kennen, den Job bekommen?«

Jans Boss beobachtete sie immer noch und war anscheinend kurz davor, durch den Laden zu ihnen zu kommen.

»Würden Sie sich gern einige unserer Handys anschauen?«, fragte Jan.

Metternich lachte leise auf. Das wurde zu einem teuren Gespräch. Aber wenn es ein zufriedenstellendes Ergebnis hatte, würde es sich auszahlen.

»Zum gleichen Preis?« Metternich zeigte auf ein Klapphandy unter der Glasscheibe.

»Zum gleichen.«

»Ich brauche mehr als einen Namen. Ich brauche eine Telefonnummer.« Er ließ weitere fünfhundert Dollar in seiner Hand verschwinden und legte die Hand – und das Geld – auf die Glastheke.

Der Armenier kam mit großen Schritten auf sie zu. Er sah misstrauisch aus – und angespannt. Jan zog ein Klapphandy aus Plastik aus der Vitrine, öffnete es und tippte eine Nummer in die winzige Tastatur. Dann gab sie Metternich das Handy.

»Name?«

Jan zögerte. Der Inhaber war fünf Schritte entfernt. »Uni. Programmiert besser als ich. Aber ich bin hübscher.« Sie riss die Geldscheine unter Metternichs Hand hervor und steckte sie sich in die Tasche, als ihr Boss bei ihnen ankam.

»Alles gut?« Der Ladeninhaber starrte Metternich an. »Wir können behilflich sein?«

»Sie haben einen wunderbaren Laden. Und Ihre Angestellten sind äußerst hilfreich.« Metternich hielt die Uhr und das Handy hoch. »Ich habe gerade zwei Sachen gekauft. Und zu einem fairen Preis.« Er lächelte den Inhaber an und nickte der jungen Angestellten anerkennend zu. »Ich werde Sie auf Yelp empfehlen.«

Metternich verließ den Laden, ging auf der Fifth Avenue nach rechts und bog in die 36th Street ein. Er rief die Nummer auf, die Jan in das Handy eingegeben hatte, und tippte sie dann zufrieden in sein eigenes Mobiltelefon. Die Information hatte ihn tausendzweihundert Dollar gekostet, aber das war vergleichsweise billig. Sobald er mit seinem Verbindungsmann bei der Telefongesellschaft gesprochen, ihn ebenfalls bezahlt und dann den Aufenthaltsort der Inhaberin dieses Handys ermittelt hatte, würden ihm diese zehn Ziffern das Fünfzigfache jenes Geldbetrags einbringen.

Zufriedenheit machte sich in ihm breit. Er hatte vielleicht nie Kugeln an seinem Kopf vorbeipfeifen hören oder junge Männer in Schützengräben sterben sehen, aber so, wie er es sah, hatte er gerade an einem Gefecht in einem Krieg der Zukunft teilgenommen.

Und er hatte gewonnen.

43

NEWARK, NEW JERSEY, 23. JUNI, 22:15 UHR

Agent Chaudry versuchte, ihre tiefe Enttäuschung in den Griff zu bekommen, während sie im Dunklen auf dem betonierten Platz in der Innenstadt von Newark stand. Sie hatte es wieder nicht geschafft, Garrett Reilly zu erwischen, und diesmal war sie so sicher gewesen, dass sie ihn finden würde. Alles hatte ihr in die Hände gespielt – sie hatte die DIA auf ihrer Seite, Links von Captain Truffants Telefon und von ihrem E-Mail-Konto sowie Quittungen für Flugtickets und Mietwagen während der vergangenen Woche. General Kline hatte seiner Untergebenen befohlen, all ihre Unterlagen dem FBI offenzulegen, und diese Informationen hatten sie zum sechsten Stock des zur Hälfte fertiggestellten Büroturms Ecke Raymond und Market geführt.

Allerdings waren sie verschwunden.

Garrett Reilly und Aszendent waren geflohen, bevor Chaudry und das Bureau dort ankamen. Noch eine verpasste Chance. Und der Druck wuchs ständig. Das Bureau war im Kriegszustand: Der Fall, der inzwischen außer dem Mord an einem Bundesbeamten auch einen terroristischen Bombenanschlag im District of Columbia umfasste, prangte mittlerweile auf den Titelseiten jeder Zeitung im ganzen Land. Als der Direktor des FBI sie heute Morgen persönlich angerufen hatte, sprudelte seine Stimme vor Ungeduld über, während er erklärte, dass der Stabschef des Präsidenten ihn nur zehn

Minuten früher angerufen habe, weil er wissen wollte, was, zum Teufel, los sei. Sie hatten drei verschiedene Teams auf das Bombenattentat in D.C. angesetzt, mit einer Kontaktperson, die für die Koordination der beteiligten Teams sorgen sollte. Man hatte ihr zwei Dutzend zusätzliche Agenten in Manhattan zur Verfügung gestellt sowie ein neues Spurensicherungsteam vom NYPD.

Und trotzdem bekam sie den Job nicht erledigt. Am Fuß des Gebäudes stehend, wo Garrett Reilly bis vor Kurzem Unterschlupf gefunden hatte, konnte sie sich nur die Beine auf dem Beton in den Bauch stehen und sich fragen, wohin er gegangen war. Sie gab sich so gottverdammt viel Mühe.

Um so zu denken, wie Reilly dachte, hatte Chaudry sich in die Welt der Muster vertieft: Innerhalb der letzten vierundzwanzig Stunden hatte sie überall dort, wo sie möglicherweise eines finden konnte, dieses Muster aufgespürt, niedergeschrieben und es dann studiert und analysiert.

Zum Beispiel arbeiteten in der FBI-Niederlassung Manhattans siebzehn Agenten im Außendienst; dreizehn waren Männer, vier Frauen. Aber die Männer waren im Durchschnitt sieben Jahre älter als die Frauen, und von den letzten vier Neueinstellungen waren zwei weiblich und zwei männlich. Als sie sich das durchschnittliche Pensionsalter eines FBI-Agenten ansah – achtundfünfzig Jahre –, wurde ihr klar, dass es angesichts der derzeitigen Geschlechterverteilung bei der Einstellung in neun Jahren mehr Frauen als Männer in der Geschäftsstelle Manhattan gäbe.

Diese Erkenntnis machte sie überaus glücklich. Ein Punkt für Muster.

Sie kategorisierte die letzten vier Ziffern der Telefonnummern auf ihrer Liste von Kontaktpersonen, fand dabei aber nichts, sodass sie sich den Beträgen zuwandte, die sie laut den unten in ihrer Handtasche gefundenen Quittungen ausgegeben hatte. Ein hübsches Muster ergab sich aus diesen Belegen: Sie gab am Morgen rund sieben Dollar aus für Kaffee und Snacks, kam dann auf durchschnittlich dreiundzwanzig am Nachmittag, bevor sie auf acht fünfzig zurückfiel, wenn sie bei dem koreanischen Feinkostladen in der Nähe ihrer Wohnung einkehrte. Diese Information gefiel ihr auch, und sie nahm sich vor, ihre Kreditkarte um die Mittagszeit etwas zurückhaltender einzusetzen.

Alles in allem machte es ihr Spaß, die Welt durch Zahlen zu sehen; sie war immer gut in Mathematik gewesen, und das kam ihr richtig vor, obwohl sie damit genau dem Klischee der Inderin entsprach, die ein Zahlenfreak war. Sei's drum.

Trotzdem hatte es nichts gebracht. Reillys Freundschaft mit Michaela Rodriguez wies kein Muster auf, seine Beziehung zu Aszendent auch nicht. Seine Flucht nach New Jersey hatte kein Muster. Und was sie völlig fertigmachte, war der Umstand, dass die Polizei von Newark vor drei Tagen eine Durchsuchungsaktion in genau diesem Büro durchgeführt hatte. Sie waren reingelegt worden, hatten die Tür eingetreten, die Waffen im Anschlag, hatten jedes Mitglied von Aszendent gesehen – und waren wieder abgezogen. Wieso waren sie nur so blind gewesen?

Sie wusste, wieso. Wenn man nicht aktiv nach einem Verdächtigen suchte, konnte sich die betreffende Person direkt vor einem aufhalten, und man würde sie nicht bemerken. Die Polizei von Newark war nicht in Sachen Garrett Reilly unterwegs, und deshalb war er ihrem Zugriff entkommen. Und um die Wahrheit zu sagen: Als sie den Bericht über die Aktion las, war niemandem ein Mann in diesem Büro aufgefallen, der die geringste Ähnlichkeit mit Reilly hatte. Vielleicht hatte er die Geschäftsräume verlassen, bevor sie dort eingetroffen waren.

Aber das alles führte zu einer weiteren Frage: Wer hatte überhaupt diese Verarschungsaktion in die Wege geleitet? War es dieser Ilja Markow, von dem Captain Truffant dauernd geredet hatte? Es gab keine Beweise dafür, dass er irgendwas mit dem Bombenanschlag im Best Buy in Arlington oder mit der Erschießung des Fed-Vorstandsvorsitzenden zu tun hatte. Trotzdem schien Alexis Truffant davon überzeugt zu sein, dass er hinter alldem steckte. War Truffant paranoid? Sie schien nicht dieser Typ zu sein, aber sie war Geheimdienstoffizier, und die hatten von Haus aus Angst vor ihrem eigenen Schatten.

Es war alles unerträglich komplex, ein dunkles Geheimnis, dessen Schleier Chaudry nicht durchdrang. Wie konnte das sein? Sie war eine Koryphäe der Verbrecherjagd. Sie versagte nicht. Niemals.

Agent Murray kam kopfschüttelnd aus der Eingangshalle des Gebäudes, gefolgt von einer Phalanx anderer Agenten. »In keinem der anderen Büros ist irgendwas zu finden. Wir haben alle überprüft.« Er blieb zwei Schritte vor Chaudry stehen und schaute sie erwartungsvoll an. Sie war immer noch der Boss, aber ihre Position wurde allmählich schwächer. Der Direktor der Außendienststelle Manhattan konnte jederzeit beschließen, sie zu ersetzen, und wenn das geschah, konnte es gut sein, dass Murray an ihre Stelle trat. »Was machen wir jetzt?«

Chaudry biss die Zähne zusammen, und ihre Augen glitten über die Landschaft von Newark und New Jersey. In der Ferne war ein Fußballstadion beleuchtet.

»Zurück nach Manhattan fahren. Wir werden noch mal durchgehen, was uns vorliegt.«

Murray nickte anscheinend loyal, aber Chaudry konnte erkennen, dass seine Augen zu funkeln begannen. Sie gab auf, machte Feierabend, abgewürgt, und das bedeutete, dass er der

Übernahme des Falls einen Schritt näher gekommen war. Sie machte ihm keinen Vorwurf daraus, dass er so scharf auf ihren Job war; er hatte alles Recht dazu, genauso ehrgeizig zu sein wie sie.

Sie stiegen in den weißen Chevy Malibu und fuhren nach Osten auf die Route 9 nach New York, auf dem Highway vorbei an Schornsteinen und im Sumpf verrottenden Stützpfeilern. Chaudry betrachtete die vorbeirauschende Szenerie voller Abscheu: Sie hasste New Jersey, hasste es, dort zu sein, hasste es, von dort zu sein.

»Wir kriegen sie morgen«, sagte Murray, als sie in den Holland Tunnel einfuhren. »Niemals aufgeben, stimmt's?«

Sie schaute hinüber zu ihrem Partner, dessen Hände das Lenkrad gepackt hielten, die Augen nach vorn gerichtet. Würde er bessere Arbeit leisten als sie? Vielleicht sah sie den Wald vor lauter Bäumen nicht mehr – vielleicht musste der Fall aus einem anderen Blickwinkel betrachtet werden.

»Yeah, morgen«, sagte sie halbherzig.

Sie fuhren aus dem Tunnel hinaus in die künstliche Nacht von Manhattan und krochen durch den Verkehr auf der Canal Street. Murray bog nach rechts auf den Broadway ab und fuhr nach Süden auf das Federal Building und die Außendienststelle des FBI zu.

Chaudrys Handy klingelte, eine SMS kam an. Sie rief sie auf.

Wo sind Sie?

Sie tippte eine Antwort. *Wer ist da?*

Ihr Kumpel Garrett.

Sie warf einen Blick zu Murray, um zu sehen, ob er sie beobachtete, aber seine Augen waren auf die Straße geheftet. Sie tippte: *Woher haben Sie diese Nummer?*

Sie haben sie mir gegeben. In einer E-Mail. Erinnern Sie sich?

Ja, sie erinnerte sich. Natürlich. Aber warum, zum Teufel, simste er ihr jetzt?

Wo sind Sie?, schrieb er wieder. *Ich dachte, Sie stehen auf mich.*

Chaudry verkrampfte sich. Trieb er ein Spiel mit ihr? Oder versuchte er tatsächlich, mit ihr in Kontakt zu treten, wie sie es prophezeit hatte? Sie durfte ihn diesmal nicht entwischen lassen. Ihr Herz klopfte wie wild, während sie versuchte herauszufinden, wie sie in dieser Situation vorgehen sollte. Sie musste dafür sorgen, dass er am Apparat blieb.

Auf dem Weg ins Büro. Wo sind Sie?

Die Antwort kam sofort. *Was für ein Auto?*

Weißer Chevy Malibu, schrieb sie. Sie wartete einen Moment und schrieb dann: *Brauchen Sie ein neues Auto?*

Sie presste die Lippen zusammen, und ihr Körper war vor Erwartung total angespannt. War das der richtige Ton gewesen? Sie musste Murray sagen, er solle das Büro anrufen und Agenten damit beauftragen, Reillys Handy anzupeilen, aber damit würde Reilly rechnen; dafür war er zu intelligent. Sie musste ihre Beziehung auf die nächste Ebene heben. Sie musste …

»Heilige Scheiße«, schrie Murray plötzlich und trat die Bremse durch. Chaudrys Kopf knickte nach vorn, ihr Sicherheitsgurt straffte sich, und ihre Brust und ihre Schultern wurden hart gegen den Gurt gepresst.

Jemand klatschte mit den Händen auf die Motorhaube des Wagens. Chaudry schaute überrascht hoch, und ihre Hand griff instinktiv nach dem Knauf der Glock in ihrem Holster.

Aber dort stand Garrett Reilly und starrte durch die Windschutzscheibe des Malibu, die Spur eines Lächelns auf den Lippen und die Hände auf der Motorhaube. Der Ausdruck auf seinem Gesicht zeugte von äußerster Gelassenheit, als ob das hier alles nach Plan verliefe und als ob er noch irgendeinen kleinen Unfug im Sinn hätte. Unfug, den er nicht abwarten konnte, Chaudry mitzuteilen.

»Ich ergebe mich«, sagte Garrett Reilly. »Verhaften Sie mich.«

TEIL 3

44

DOWNTOWN MANHATTAN, 24. JUNI, 7:53 UHR

Anthony Marsh war seit drei Jahren Geschäftsführer des D'Agostino's Supermarket an der Ecke Third Avenue und 26th Street. Davor war er Stellvertreter des Geschäftsführers im selben Laden gewesen und davor Leiter der Obst- und Gemüseabteilung des D'Ag in Greenwich Village – der ganz weit drüben auf der West Side lag. Marsh, der siebenunddreißig Jahre alt war, einen kurzen Schnurrbart trug und ein Faible für Fliegen hatte, gefiel die Arbeit. Sie war anspruchsvoll, aber nicht zu sehr, und erforderte sowohl seine organisatorische als auch seine soziale Kompetenz. Er schätzte seine Arbeitszeiten, seine Mitarbeiter, sogar seine Arbeitgeber – die Familie D'Agostino –, die normalerweise alle zwei Wochen vorbeikamen, um zu sehen, wie der Laden geführt wurde. Aber am meisten liebte er seine Kunden: Leute aus der Nachbarschaft, die hereinkamen, um sich einen Sechserpack Bier, eine Schachtel Müsli mit Zimtrosinen oder eine Packung ausgelöste Schweinekoteletts zu schnappen.

Seine Kunden liebten es, in seinen Laden zu kommen, und Marsh liebte sie, weil sie glücklich waren. Es war eine für beide Seiten vorteilhafte Beziehung.

Aber heute ... der heutige Tag stellte alles für ihn infrage und war eine Katastrophe, und anstatt besser zu werden, wurde es von einer Minute zur nächsten beträchtlich schlimmer.

Seine Schicht hatte schlecht begonnen wegen der Nachricht, dass die Onlineabwicklung der Kreditkartenzahlungen nicht funktionierte. Das war auch in der Vergangenheit schon passiert, aber dieser Ausfall schien ernster zu sein – und es dauerte länger, ihn zu beheben. Normalerweise bestand der Ausweichplan des Ladens darin, die gesamte Kreditkartenabwicklung einer anderen Gesellschaft zu übertragen, aber diese Ausweichgesellschaft schien auch nicht mehr online zu sein.

»Kein Problem«, hatte Marsh seinen Kassiererinnen gesagt. »Wir machen es auf die altmodische Weise. Von Hand. Schreibt die Kreditkartennummern auf, und wir wickeln die Zahlungen später am Tag ab.«

Die Kassiererinnen waren darüber nicht glücklich, da sie jedoch keine andere Wahl hatten, wurden Stifte und Notizbücher zu jeder Ladenkasse gebracht. Aber es verlangsamte die Abfertigung erheblich, und Kunden wurden gereizt, wenn sie in der Schlange warten mussten, um bezahlen und ihre Einkäufe mitnehmen zu können. Und als Marsh versuchte, an den Kassen beruhigend auf seine Kunden einzuwirken, erfuhr er, dass sie an diesem Morgen noch einen Grund hatten, gereizt zu sein.

»Die gottverdammten Geldautomaten funktionieren nicht«, knurrte ein junger Mann, während er seine Milch und den gemahlenen Kaffee mit seinem letzten Zwanzigdollarschein bezahlte. »In ganz Manhattan. Niemand kriegt Bargeld.«

Ein älterer Mann in derselben Kassenschlange sagte, er hätte im Radio gehört, dass Bankautomaten in Brooklyn das Geld anderer Leute ausspuckten und dass die Konten mancher Bankkunden leer geräumt seien.

Als er das hörte, kratzte sich Marsh am Kopf. Die Kreditkartenabwicklung funktionierte zur gleichen Zeit nicht, in der Geldautomaten kaputt waren? Wie groß war die Wahrscheinlichkeit, dass es dazu kam? Das musste ungefähr so selten sein wie ein Meteoriteneinschlag. Er wies seine Kassiererinnen an, einige Kunden – solche, die den Kassiererinnen bekannt waren – auf Kredit einkaufen zu lassen und ihre Namen, Adressen und Telefonnummern aufzuschreiben. Er nahm an, dass die meisten von ihnen ehrlich sein würden und dass in diesem Moment des Notstands die Idee dem Supermarkt vermutlich etwas Wohlwollen einbringen würde. Aber er hatte nicht mit anderen Kunden gerechnet, die den Kassiererinnen nicht bekannt waren, die aber die gleiche Behandlung verlangten und ärgerlich wurden, als man ihnen die Möglichkeit verweigerte, ebenfalls erst später zu bezahlen.

»Sie lassen weiße Leute später bezahlen«, zischte ihn eine ältere Afroamerikanerin in der Brotabteilung an. »Aber Schwarze müssen bar bezahlen.«

»Nein, nein, nein«, versuchte Marsh zu erklären, »so ist es ganz und gar nicht. Es ist nur so, dass wir diese Leute kennen. Sie sind aus der Nachbarschaft. Und viele von ihnen sind zufällig Angloamerikaner. Nein, was ich meine, ist ...« Er verstummte stotternd, weil er spürte, dass seine Worte nicht besonders hilfreich waren, und die ältere Frau schob sich mit ihrem Einkaufswagen an ihm vorbei.

Er legte das ganze Konzept, dreißig Minuten nachdem er es abgesegnet hatte, ad acta, aber der Schaden war angerichtet worden, und er hörte, wie sich eine Menge Leute in den Gängen über die diskriminierende Behandlung beklagten. Dann fiel Marsh auf, dass die Brotregale nur zur Hälfte mit Ware ausgestattet waren, und er eilte in den beengten Lagerraum im hinteren Bereich des Ladens, um das zu überprüfen. Marsh fand seine drei Regalbetreuer beim Kaffeetrinken vor, während sie von den Frauen redeten, mit denen sie gestern Abend verabredet gewesen waren.

»Jungs? Was soll das? Warum ist die Brotabteilung halb

leer?« Marsh schnappte sich die Warenbestandsliste und ließ seinen Blick auf der Suche nach Transportpaletten durch den Raum schweifen.

Juan, der älteste der drei, schüttelte traurig den Kopf. »Keine Lieferungen, Boss. Seit gestern ist nichts gekommen.«

»Nicht möglich.« Marsh überprüfte den Lieferplan. »Uns sind fünf verschiedene für heute Morgen angekündigt. Habt ihr angerufen?«

»Nee, Mann«, sagte Juan, »ich dachte, Sie machen das.«

Marsh grunzte verärgert: Die Jungs vom Lagerraum waren der gähnende Abgrund seines Jobs. »Ihr müsst mir Bescheid sagen, wenn wir knapp an Ware sind, damit ich anrufen kann. Woher soll ich das sonst wissen?«

»Es ist nur – Sie sind heute Morgen ziemlich beschäftigt gewesen, Boss.« Alberto und Michael, die anderen beiden Regalbetreuer, nickten eifrig. »Mit dem Krawall bei den Banken und allem.«

»Krawall bei Banken?«

»Das hab ich gehört«, sagte Juan. »Vielleicht nur ein Gerücht. Aber – es ist verrückt da draußen.«

Marsh hatte plötzlich das Gefühl, als hätte er Schwierigkeiten beim Atmen. »Macht einfach sauber hier – oder sonst was.«

Die Regalauffüller verteilten sich im Lager.

Marsh griff sich das Festnetztelefon und suchte die Telefonnummern der Speditionsgesellschaften heraus, die heute auf dem Plan standen. Er versuchte es bei der ersten, CR Logistics, aber da hörte er das Besetztzeichen, was merkwürdig war. Dieser Anschluss war nie besetzt. Das war die eigentliche Existenzberechtigung einer Speditionsgesellschaft – rund um die Uhr für ihre Kunden erreichbar zu sein. Er versuchte es beim nächsten Spediteur, aber deren Anschluss war ebenfalls besetzt, und der dritte Anschluss, der von Brown & Franklin Freight Lines, war völlig außer Betrieb. Verblüfft versuchte er, ins Netz zu gehen, um die Büros für das Lieferkettenmanagement der einzelnen Gesellschaften zu erreichen, aber der Internetserver von D'Agostino funktionierte nicht.

»Was ist hier los?«, sagte Marsh vor sich hin, während sein Herz schneller zu schlagen begann. Bevor er Zeit hatte, genauer nachzuforschen, knisterte eine leicht hysterische Frauenstimme über die Lautsprecheranlage des Ladens.

»Manager zur Milchabteilung! Manager zur Milchabteilung!«

Das war vermutlich Rosario vorn im Laden. Falls es einen wirklichen Notfall gab – ein Feuer oder eine Bombendrohung –, hatten sie Codewörter, rot und blau, die über die Anlage gerufen werden sollten. Marsh bläute den Angestellten diese Codes seit Jahren ein. Bloß zu sagen, Manager zur Milchabteilung, bedeutete nicht viel, aber ihr Tonfall veranlasste Marsh, von seinem Stuhl hochzuspringen und zurück in den Laden zu laufen.

Er eilte an der Obst- und Gemüseabteilung vorbei, begann auf Höhe der Kartoffeln zu rennen und bemerkte, dass Bananen und Beeren knapp wurden. Er wollte stehen bleiben, um die übrigen Obstsorten zu überprüfen, aber es hatte sich eine Gruppe von Leuten vor den Äpfeln und Pfirsichen versammelt und blockierte seinen Weg. Die Gänge im D'Agostino waren schmal, und der Laden war, wie alle Lebensmittelgeschäfte in Manhattan, gerammelt voll. Warum waren so viele Menschen beim Obst und Gemüse? Wurden alle Lebensmittel knapp?

»Manager zur Milchabteilung!« Rosarios Stimme ertönte wieder, und Marsh vergaß Obst und Gemüse und rannte mit Volldampf zur Milchabteilung. Er schlitterte um die Tortilla-Regale herum – auch nicht mehr gut bestückt, wie er bemerkte – und entdeckte ein halbes Dutzend Kunden und drei D'Agostino-Angestellte in einem Gedränge vor der Milchabteilung versammelt. Eine Frau mittleren Alters in Jeans und Sweatshirt hielt vier Halbliterkartons Milch in den Armen, und eine zweite Kundin – eine junge Frau in kurzer Hose und ärmellosem Hemd – versuchte, ihr diese mit Gewalt abzunehmen. Ein älterer Mann und ein Junge im Teenageralter standen auf beiden Seiten der ringenden Frauen und griffen in die Mitte der Schlacht, wo sie entweder versuchten, die Milch zu befreien oder den Kampf zu beenden – Marsh konnte nicht sagen, was genau sie taten. Zwei weitere Kundinnen wurden von zwei Angestellten Marshs, Jerome von der Delikatessenabteilung und Suzie, einer Teilzeiteinpackerin, zurückgehalten. Die dritte D'Agostino-Angestellte, Alicia aus dem Back Office, tanzte um das Gedränge herum und versuchte verzweifelt, Leute auseinanderzutreiben, hatte aber wenig Glück damit.

Sie redeten alle durcheinander, nicht laut – Marsh vermutete, weil sie ihre Energie zum größten Teil in das Handgemenge steckten –, aber so schnell, dass Marsh nicht ausmachen konnte, worum sie stritten. Er zögerte einen Moment, bevor er die Frau in dem ärmellosen Hemd an der Schulter packte und begann, sie nach hinten zu ziehen.

»Hey! Hey! Leute! Kommt schon, lasst los. Lasst los.« Marsh zog hart an der Frau in dem ärmellosen Hemd, aber sie hatte den Unterarm der Milch tragenden Frau in einem eisernen Griff und war nicht gewillt, sie freizugeben.

»Sie will sich die ganze Milch nehmen«, rief die Frau in dem ärmellosen Hemd. Sie drehte sich zu Marsh um und schnappte mit den Zähnen nach seiner Hand, die sie knapp verfehlte.

»Herrgott noch mal«, schrie Marsh und zog seine Hand weg. »Es besteht kein Grund, um die Milch zu kämpfen. Wir bekommen heute Nachmittag Nachschub.«

»Nein, bekommen Sie nicht«, sagte die Frau mit den Milchkartons im Arm. »Niemand in der ganzen Stadt hat noch Milch. Ich hab drei Kinder.«

»Ich hab auch Kinder«, kreischte die Frau im ärmellosen Hemd. »Du verdammte Schlampe! Gib uns von dieser gottverdammten Milch ab!«

»Hey, das muss doch nicht sein.« Marsh hatte sich inzwischen ein Stück von dem Gedränge entfernt und hielt die Hand fest, die fast gebissen worden wäre. Das Ganze erinnerte ihn an seinen einmaligen Versuch, kämpfende Hunde zu trennen: Damals, in einem Hundezwinger im Riverside Park, hatten sich ein Deutscher Schäferhund und ein Bullterrier ineinander verbissen, und er hatte fast einen Finger verloren. »Es ist nicht nötig, solche Ausdrücke zu benutzen.«

»Fick dich!«, sagte die Frau in dem ärmellosen Hemd jetzt viel lauter, sodass Leute in den anderen Gängen sie hören konnten. Marsh bemerkte, dass sich Kunden an beiden Enden der Milchabteilung sammelten und die Hälse reckten, um das Handgemenge zu beobachten.

»Hier ist alles klar«, sagte Marsh zu den Grüppchen von Kunden. »Alles in Ordnung. Bitte gehen Sie weiter.«

Aber niemand bewegte sich. Zwei Jungen im Teenageralter kamen näher, und ein alter Mann griff sich einen Armvoll Behälter mit Hüttenkäse. »Nirgendwo auf der Third Avenue gibt es noch Lebensmittel«, sagte der alte Mann. »Ich bin in drei Läden gewesen. In der ganzen Stadt gibt's nichts mehr zu essen.«

»Das ist nicht wahr«, sagte Marsh. »Das Gristedes ist offen. Und ich bin sicher, das Whole Foods hat noch viel Milch.«

Aber die Worte des alten Mannes schienen der Menge neue Energie zu verleihen, und bevor Marsh sich umdrehen konnte, stürmte noch ein Dutzend Kunden in die Milchabteilung.

Männer und Frauen aller Altersstufen griffen sich wahllos Behälter mit Frischkäse, griechischem Joghurt, Becher Margarine und Plastikbeutel mit Mozzarella in Scheiben. Das Erste, was Marsh in den Sinn kam, war, dass keiner dieser Käufer in der Lage wäre, für die Waren zu bezahlen. Was sie da taten, war so gut wie Plündern.

»Aufhören! Beruhigt euch alle mal!«, schrie Marsh. Er rempelte gegen einen Mann in einem Mets-Trikot, aber der Mann raunzte ihn an: »Fass mich nicht an, du Trottel«, und schlug ihm mit der Faust ins Gesicht.

Marshs Kopf flog nach hinten, und der Raum drehte sich um seine Achse. Marsh sah tatsächlich Sterne – goldene und weiße Blitze vor den Augen –, aber nur einen Moment lang; dann packte er Jeromes Schulter, um sich abzustützen. Er spürte, dass er kurz davor war zusammenzubrechen.

»Ich habe Sie, Boss«, sagte Jerome, der Marsh den Arm um die Brust gelegt hatte und versuchte, ihn von dem Kampf wegzuziehen.

»Muss sie aufhalten«, sagte Marsh, aber der Raum drehte sich noch um ihn, und die Seite seines Kopfs begann zu schmerzen.

»Können wir nicht«, sagte Jerome. »Sie sind verrückt geworden.«

Marsh legte einen Arm um Jeromes Nacken. Jerome war ein Teenager, nicht älter als siebzehn, hochgewachsen und schlank, und Marsh zog ihn nahe zu sich heran, zum Teil, weil er wollte, dass Jerome ihn verstand, und zum Teil, weil er nicht vollständig die Kontrolle über seine Arme und Beine zu haben schien. »Jerome. Wir müssen die Polizei rufen. Jetzt sofort.«

»Hab ich schon gemacht«, rief Jerome. Er zog Marsh weiter den Gang hinunter, weg von dem Kampf, aber es strömten immer mehr Kunden in die Milchabteilung und verstopften den Fluchtweg.

»Wann kommen sie?«

»Kommen nicht«, sagte Jerome.

»Warum nicht?« Marsh schob sich weg von Jerome, denn er hatte sein Gleichgewicht zurückgewonnen. Aber er wusste im selben Moment, warum die Polizei nicht kam: Wenn das hier in seinem D'Agostino passierte, geschah es wahrscheinlich in Supermärkten in der ganzen Stadt. Wie um diesen Gedanken zu bestätigen, steuerte eine große Frau, die einen leeren Einkaufswagen vor sich herschob, auf ihn zu, und es schien ihr egal zu sein, dass er direkt in ihrem Weg war; er schrie erschrocken auf, als sie gegen seine Knie knallte und ihn mit ausgebreiteten Armen zu Boden schickte.

Dann begannen die Kunden, die er so sehr geliebt hatte, über ihn drüberzulaufen, wobei sie ihm auf die Arme und in die Bauchgegend traten, und Marsh dachte bei sich: Warum tut ihr mir das an? Aber er kannte die Antwort auf diese Frage.

Seine Kunden hatten Angst. Und sie hatten Hunger.

45

LOWER MANHATTAN, 24. JUNI, 8:30

Agent Chaudry ließ Garrett Reilly die ganze Nacht in einem Haftraum im zweiundzwanzigsten Stock des Federal Building sitzen. Sie hatte ihm als Vorsichtsmaßnahme den Gürtel abgenommen – obwohl das Risiko, dass er Selbstmord beging, gering zu sein schien –, und seine Brieftasche und drei Handys hatte sie ebenfalls konfisziert. Sie veranlasste, dass ihm von einem Agenten eine Plastikflasche Wasser und zwei Müsliriegel mit Kokosnuss und Mandeln gebracht wurden, und ließ Reilly dann bis zum Morgen allein dort sitzen, ohne Kontakt zur Außenwelt.

Sie wollte, dass er sich Sorgen machte. Sie wollte ihn zum Schwitzen bringen.

Aber sie war sich nicht sicher, ob sie damit Erfolg hatte. Sie hatte durch einen Einwegspiegel zugesehen, wie Reilly das Wasser trank, einen der beiden Riegel aß, dann den Kopf gegen eine Betonwand lehnte und einschlief. Er wurde ein paar Mal wach, ging kurz in der Zelle auf und ab und schlief dann noch ein bisschen.

Um halb neun am Morgen hatte sie genug. Sie ließ Reilly von Agent Murray aufscheuchen und in einen Vernehmungsraum bringen. Murray setzte Reilly hinter einen Schreibtisch in das Fadenkreuz zweier versteckter Kameras, fesselte ihn mit einer Handschelle an einen Metallring auf dem Tisch und ging in einen Beobachtungsraum nebenan, in dem sich Chaudry befand.

»So bereit, wie er nur sein kann, schätze ich«, sagte Murray.

Chaudry war sich nicht so sicher, aber die Zeit war nicht ihr Freund – der Direktor des Bureau würde in einer Stunde ins Hoover Building rollen. Sein erster Anruf würde der Außendienststelle New York gelten. Würde *ihr* gelten. Sie rief in D.C. an und verband die Kollegen mit dem Video-Feed; dann ging sie zur Toilette, spritzte sich Wasser ins Gesicht, legte wieder etwas Lippenstift auf und ging in den Vernehmungsraum.

»Guten Morgen, Agent Chaudry«, sagte Reilly lächelnd, als sie ihm gegenüber Platz nahm. Er sah sich in dem kleinen, fensterlosen Zimmer um. »Zumindest nehme ich an, es ist Morgen. Sie sehen müde aus. Nicht geschlafen?«

Chaudry legte einen gelben Notizblock und einen Aktenordner vor sich auf den Schreibtisch und nahm ihren Stift in die Hand. »Warum haben Sie das Gebäude in Newark ausgesucht?«

Reilly schien von der Frage überrascht zu sein. Er klopfte ein paar Mal auf den Schreibtisch. »Ich kannte es von dem Immobilienbestand bei J&A. Newark ist ein bisschen heruntergekommen, liegt aber im Aufwind. Ein Haufen Freaks würde nicht auffallen.«

»Aber warum dieses Gebäude?«

»Unvollendet und in einer Konkursmasse, weshalb es nicht viele Wachmänner oder Sicherheitsleute geben würde. Und ich wusste, dass wir einige Büros an ein paar neu gegründete Technologieunternehmen vermietet hatten, deren Internet ich benutzen konnte.«

»Woher wussten Sie das?«

»Ich hatte vor ein paar Monaten die Berichte von J&A gelesen. Darin steht, wer Büroraum angemietet hat.«

»Und Sie haben sich an dieses bestimmte Gebäude mit diesen bestimmten Mietern erinnert. Obwohl Sie auf der Flucht waren?«

»Ich erinnere mich an alles. Zum Beispiel an Ihr Zitat in Ihrem Highschool-Jahrbuch. ›Ungerechtigkeit irgendwo ist eine Bedrohung der Gerechtigkeit überall.‹ Martin Luther King jun. Das ist nett. Vielleicht ein bisschen klischeehaft. Aber Sie waren ja noch auf der Highschool, also lasse ich das durchgehen.«

Chaudry holte tief Luft. Sie wusste, dass mindestens ein halbes Dutzend FBI-Agenten sich die Vernehmung im New Yorker Büro ansahen, und wahrscheinlich schaute noch einmal ein halbes Dutzend in Washington der Übertragung zu. Sie würde langsam vorgehen und sich nicht von Reilly aus dem Konzept bringen lassen.

»Wo waren Sie, als die Polizei von Newark das Büro durchsuchte?«

»Ich bin die Hintertreppe runtergelaufen.«

»Wo wollten Sie danach hingehen? Hatten Sie einen Plan?«

Seine Augen wurden schmal, und er lächelte. »Versuchen Sie herauszubekommen, wie ich Entscheidungen treffe? Welchen Mustern ich folgen könnte?«

»Wie wär's, wenn ich die Fragen stelle?«

»Okay, klar. Aber sollten wir nicht ein bisschen scherzen? Damit ich entspannt bin und mich wohlfühle?«

»Ich bin daran interessiert, wie Sie die Welt sehen. Wir geben solche Details in unsere Täterdatenbank ein. Die Informationen erweisen sich in zukünftigen Fällen als hilfreich.«

»Mir gefällt, wie Sie das Wort *Täter* in dem Zusammenhang einfließen lassen. Bin ich ein Täter? *Täter, Täter, Täter.* Komisches Wort. Aber es gefällt mir, wie es klingt.«

»Sie tragen Handschellen; deshalb sind Sie ein potenzieller Täter.«

Garrett zog an seiner Kette. »Das vergesse ich immer wieder.«

»Macht Ihnen das etwas aus, Handschellen zu tragen?«

»Es wäre besser, wenn ich gar nichts trüge, mit einer Frau. Aber es ist okay. Vorerst.«

Chaudry notierte sich das auf ihrem Block. »Wo sind Sie gelandet? Nachdem Sie weggelaufen sind.«

»Ich hab's ein bisschen mit dem Alkohol übertrieben. Vielleicht auch mit Percodan. Ich habe das Bewusstsein verloren.«

»Machen Sie das oft? Zu viel trinken? Verschreibungspflichtige Medikamente nehmen?«

Reilly zuckte mit den Schultern. »Früher mochte ich wirklich gern Gras. Das war meine erste Wahl, was Drogen zur Stimmungsänderung betraf. Das habe ich für verschreibungspflichtige Medikamente aufgegeben – wie Sie bei der Durchsuchung meiner Wohnung festgestellt haben.«

»Woher wissen Sie das? Haben Sie zugesehen?«

»Ich habe Video-Alarmmeldungen geschickt bekommen, als Sie in meine Wohnung eingebrochen sind. Ich fand, dass Sie süß aussahen, wie Sie da herumgewandert sind und versucht haben rauszufinden, wer ich bin. Obwohl ich Sie zu einem bestimmten Zeitpunkt umbringen wollte, weil Sie in meinen Sachen rumgestöbert haben. Das war eine Verletzung meiner Privatsphäre. Menschen haben immer noch Rechte in diesem Land. Vielleicht aber auch nicht mehr. Es wird langsam unübersichtlich.«

»Wollen Sie oft Menschen umbringen?«

»Das ist ein bisschen platt, finden Sie nicht? Ich meine, wenn Sie mir ein Beinchen stellen und mich dazu bringen wollen, dass ich gestehe, könnten Sie ein bisschen subtiler sein.«

»Was gestehen, Garrett?«

Er lächelte breit. »Das ist viel besser.«

»Gibt es etwas, das Sie mir sagen wollen?«

»Ich finde, Sie haben ein bezauberndes Lächeln «

Chaudry atmete aus. »Reden wir über Steinkamp.«

Garrett beugte sich auf seinem Stuhl vor. »Vielleicht finden Sie das beleidigend, aber wären Ihre Eltern sauer, wenn Sie jemanden heiraten würden, der, Sie wissen schon, nicht Ihrer Religionsgemeinschaft angehört? Sie sind hinduistisch, stimmt's? Wenn Sie einen Halbmexikaner wie mich mit nach Hause bringen würden? Wäre das ein Problem?«

»Mein Vater hat keine Vorurteile. Es wäre ihm recht, wenn ich Sie mit nach Hause brächte. Sie sind nur ein bisschen jung. Und Sie sind ein Verbrecher.«

Garrett lachte. »Mein Dad ist katholisch erzogen worden, aber ich vermute, es wäre ihm egal gewesen, wenn ich außerhalb der Kirche geheiratet hätte. Meine Mom hat gesagt, er hätte die ganze Sache gehasst – den Papst, Rom, Priester. Er meinte, sie wären ein Haufen geschlechtsloser Widerlinge. Sie hat sich nach seinem Tod eine Menge Sorgen gemacht, dass er in der Hölle landen könnte, wissen Sie, weil er vom Glauben abgefallen war. Natürlich hat sie das nicht davon abgehalten, ihr eigenes Leben total zu vermasseln. Ich bin mir nicht sicher, wohin ich ihrer Ansicht nach unterwegs bin.« Garrett schaute Chaudry wieder an. »Ich hab meinen Dad nie kennengelernt. Ist gestorben, als ich ein Baby war. Aber meine Mom gibt's noch. Das wissen Sie vermutlich auch. Steht es in meiner Akte? Ich habe eine Akte, oder? Das hoffe ich doch.«

Chaudry beobachtete ihn genau. Sie war darauf vorbereitet gewesen, dass Reilly aggressiv oder möglicherweise stumm auftrat, aber nicht so – so ungezwungen. Sie hatte sich ausgemalt, dass er sich ihr gegenüber ausweichend verhalten würde – dass er bestimmte Themen vermeiden und versuchen würde, ihre Aufmerksamkeit abzulenken. Aber das hier war anders. Das hier kam ihr – sie bemühte sich darum, das richtige Wort zu finden – gelassen vor.

»Garrett, Sie haben sich von mir gefangen nehmen lassen. Dafür müssen Sie einen Grund gehabt haben. Sie wollten darüber reden, was Sie getan haben ...«

»Ich war es leid, auf der Flucht zu sein.«

»Nicht weil Sie ein Verbrechen begangen haben?«

»Weil ein Mann namens Ilja Markow will, dass ich gejagt werde, und die Verfolgung durch Sie allmählich meinen Bewegungsspielraum auffraß. Ich hab mir gedacht, es sei produktiver, wenn ich mich stelle und neu anfange.«

»Leute stellen sich der Polizei, weil sie sich strafbar gemacht haben.«

»Hören Sie, wenn Sie wollen, dass ich gestehe, tu ich das; Sie müssen mich nur fragen.«

Das erwischte Chaudry kalt.

Er lächelte sie mit einem breiten, entwaffnenden Lächeln an, wobei Fältchen an seinen Augenwinkeln sichtbar wurden. »Fragen Sie einfach, und ich erzähle Ihnen alles, was Sie wissen wollen.«

Chaudry überschlug im Kopf kurz die Rechtslage. Wenn sie ihn aufforderte, seine Schuld einzugestehen, war das dann ein Zwangsmittel in den Augen des Gesetzes? War das sein Plan? Vielleicht war das ein juristischer Trick für später, für den Prozess oder für einen schlauen Anwalt, der daraus eine Anklage wegen ungerechtfertigter Festnahme zimmerte. Sie zerbrach sich den Kopf nach einer Antwort, aber sie erhielt keine. Sie konnte die Augen spüren, die auf sie gerichtet waren, von all diesen älteren weißen FBI-Agenten sowohl in New York wie auch in Washington, die sie im Nachhinein kritisieren würden, die sich wünschten, dass sie scheiterte.

»Okay, Garrett Reilly, wie wäre es, wenn Sie den Mord an Phillip Steinkamp gestehen?«

»Klar.« Er schaute hoch in die Kamera, die hinter einem

365

Spiegel in einer Ecke des Zimmers versteckt war. »Ich habe Phillip Steinkamp umgebracht.«

Sie notierte die Zeit auf ihrem Notizblock: 8:52 Uhr. »Wie haben Sie das eingefädelt?«

»Das weiß ich wirklich nicht, aber ich kann irgendwas erfinden, wenn Sie möchten.«

Als Chaudry ihn anschaute, zeigte sich die Frustration in ihren heruntergezogenen Mundwinkeln. »Dann wird das hier kein richtiges Geständnis, nicht wahr?«

»Ich versuche, den Vorgang zu beschleunigen, Agent Chaudry. Ich bin bereits seit einer Weile hier, und Sie vergeuden meine Zeit. Wenn ich Ihnen erzähle, ich hätte es getan, dann können Sie das untersuchen, feststellen, dass das nicht stimmt, und wir können weitermachen.«

»Ihnen ist klar, dass Ihr Geständnis vor einem Gericht stichhaltig sein muss.«

»Sie werden mich nie vor Gericht stellen, weil Sie – irgendwann – begreifen werden, wer der wirkliche Mörder ist, und Sie werden mich freilassen, und ich hoffe tatsächlich, dass Sie sich dann bei mir entschuldigen werden, weil mir diese ganze Sache echt auf den Sack gegangen ist. Und wenn Sie mich freilassen, wird mir das erlauben, den wichtigeren Job, der anliegt, zu Ende zu bringen.«

Chaudry hörte auf, sich auf den Tisch zu stützen, setzte sich aufrecht hin und verschränkte die Arme. »Und was für ein wichtiger Job ist das?«

»Ilja Markow aufzuspüren und ihn davon abzuhalten, die amerikanische Wirtschaft zu zerstören.«

»Erzählen Sie mir von diesem Markow.«

Das tat Reilly. Er sprach schnell und präzise, beschrieb den Mann und seine Taten sowie seine eigenen Versuche, Markow ausfindig zu machen und vorherzusagen, was er als Nächstes tun würde. Wenn sie es nicht besser wüsste, hätte sie geschworen, dass Reilly jedes Wort davon glaubte, bis hin zu dem letzten Detail des Lufthansaflugs, den Markow seiner Behauptung nach genommen, und dem Platz, auf dem er gesessen hatte.

Ungefähr fünf Minuten nach Beginn seiner Geschichte öffnete sich die Tür des Vernehmungszimmers, und Murray steckte den Kopf herein. Chaudry versuchte, sich die Verärgerung nicht anmerken zu lassen. Murray zuckte zusammen, er machte einen verstörten Eindruck.

»Können wir reden?«, flüsterte er.

Garrett war überrascht, es zuzugeben, aber er stellte fest, dass es ihm Spaß machte, Zeit mit Agent Chaudry zu verbringen. Mehr als das, sie gefiel ihm ganz einfach. Er versuchte, sich darüber klar zu werden, warum das so war.

Sie war hübsch, und das war immer hilfreich, soweit es Garrett und seine Beziehung zum weiblichen Geschlecht betraf. Er wusste, dass das unreif und einfältig war, aber ihm gefiel es, ihre dichten schwarzen Haare anzuschauen, und ihm gefiel die Art, wie ihre roten Lippen sich von ihrer braunen Haut abhoben. Er hatte sie aufgezogen, als er sie fragte, ob ihre Eltern es missbilligen würden, wenn sie mit einem Halbmexikaner wie ihm zusammen wäre, aber er war trotzdem an ihrer Antwort interessiert. In seinem ersten Jahr auf dem College hatte er alles versucht, um eine indische Politologiestudentin aus Artesia ins Bett zu bekommen, aber sie hatte ihm jedes Mal einen Korb gegeben. Sie zog die »Mein Daddy würde es missbilligen«-Karte, aber er hatte den Verdacht, dass es ihre Missbilligung, nicht die ihres Vaters war, die verhindert hatte, dass sie zusammen in die Kiste gingen.

Allerdings war Chaudrys Aussehen nur ein Teil der Geschichte für Garrett. Sie war ihm mittlerweile seit zehn Tagen ununterbrochen auf den Fersen. Ihm gefiel ihre Zielstrebigkeit, die ihn an seinen eigenen Tunnelblick erinnerte. Sie war außerdem ehrgeizig – das konnte er an der Art erkennen, wie sie sich hielt: aufrecht, Kinn nach oben und Augen, die einen in dem Moment einschätzten, in dem sie den Raum betrat. Sie war immer auf der Suche nach einem Vorteil.

Alles in allem war das eine gute Kombination für Garrett. Aber es gab noch etwas an Chaudry, das er nicht genauer bestimmen konnte, etwas, das sie doppelt attraktiv für ihn machte. Er ließ ihr Gespräch noch einmal in Gedanken Revue passieren, dachte über die Art und Weise nach, wie sie es gesteuert hatte, und über die strenge Haltung ihm gegenüber. Und dann erkannte er die Antwort: Sie präsentierte eine Position. Das war nicht die Person, die sie war; Agent Chaudry täuschte eine Person vor. Sie hatte eine andere Seite, und die hielt sie vor Garrett verborgen.

Garrett überlegte, was sie vortäuschte, was sie vor ihm verbergen würde, und dann fiel es ihm ein, und er wusste genau, warum er sie so sehr mochte.

Sie glaubte im Grunde ihres Herzens nicht daran, dass er schuldig war.

Sie tat so, als ob, und versuchte, Garretts angebliche Schuld in ihre Sicht der Welt einzufügen, aber sie wusste, dass es nicht passte.

In dem Augenblick, als ihm diese Erkenntnis kam, ging die Tür zum Vernehmungszimmer auf, und Chaudry trat wieder ein, gefolgt von dem älteren Agenten, Murray, und zwei jüngeren Agenten, die an der Wand neben der Tür stehen blieben. Chaudry marschierte wortlos zu Garrett. Ihr Gesicht zeigte eine Anspannung, die Garrett zuvor nicht gesehen hatte.

Sie zog einen kleinen Schlüssel hervor und schloss abrupt

seine Handschellen auf. »Ihre Geschichte hat sich als zutreffend erwiesen. Die ganze Geschichte.«

»Hat sie das?«

»Sind Sie erstaunt? Nach alledem?«

»Nein, ich bin … ich bin erfreut.«

»Wie schön für Sie. Jetzt kommt's, Reilly – seit ungefähr zwanzig Minuten geht die Welt vor die Hunde.« Sie gab ihm durch Gesten zu verstehen, er solle sich von seinem Stuhl erheben, und zwar unverzüglich. »Also stehen Sie, zum Teufel noch mal, auf, weil sie ab jetzt für mich arbeiten.«

46

WASHINGTON, D.C., 24. JUNI, 9:08 UHR

Der Anruf kam auf Alexis' Handy an, als sie die Tür ihrer Eigentumswohnung hinter sich schloss, wie üblich einen Kaffeebecher zum Mitnehmen in der Hand. Der Mann am anderen Ende der Leitung forderte sie auf, heute in die FBI-Außendienststelle in New York City zu kommen. Der Anrufer, ein Sekretär – Alexis konnte sich nicht an seinen Namen erinnern –, ließ keinen Spielraum für Diskussionen.

»Sie werden bis Mittag erwartet.« Er legte auf.

Sie rief Kline an, und er genehmigte die Dienstreise. Er wies sie an, alles zu tun, was sie von ihr verlangten. Er sagte, er würde zu verifizieren versuchen, was sie wollten, und sie dann nach Möglichkeit auf den neuesten Stand bringen, noch bevor sie abflog. Sie ging zurück in ihre Wohnung, packte eine Reisetasche und rief ein Taxi, um sich zum Reagan National bringen zu lassen. Sie schaute sich ihr Gesicht im Spiegel an: Ihr Make-up bedeckte den größten Teil der blauen Flecken auf der linken Seite und die Kratzer an Kinn und Wange. Sie hatte immer noch Schmerzen von der Explosion; ihre Schulter schmerzte, als würde sie jeden Moment aus der Gelenkpfanne springen, und die Muskeln in Hüfte und Oberschenkel fühlten sich nackt und wund an. Sie nahm zwei Motrin, dachte mit ein bisschen mehr Mitgefühl an Garrett und seine verschreibungspflichtigen Medikamente und hoffte, der Flug würde nicht zu turbulent sein.

Im Taxi kaufte sie ein Shuttle-Ticket mit ihrem Handy, aber sie brauchte sieben Versuche, bis der Kauf schließlich bestätigt war. Das kam ihr merkwürdig vor. Als sie anschließend auf den Abflug um halb elf Uhr nach LaGuardia wartete, blieb sie an einem Gate für einen Flug nach Phoenix stehen und schaute sich zusammen mit einer Gruppe von etwa einem Dutzend erschöpft aussehender Geschäftsreisender die Nachrichten in einem Fernseher an, der über einer Reihe von Sitzen hing. Die Aufmacher waren alle ähnlich. In allen ging es um die Panik, die allmählich die Ostküste der Vereinigten Staaten ergriff. Die erste Meldung handelte von einem Zusammenbruch der Kreditkartenabwicklung entlang der Atlantikküste. Jemand hatte vier Finanzdienstleistungsunternehmen gehackt und alle ihre Transaktionen unterbrochen. Manche Geschäfte schrieben Kreditkartennummern auf, um die Karten später zu belasten, aber andere akzeptierten nur Bargeld. Schlangen hatten sich vor Supermärkten gebildet.

Auf einmal wurde ihr klar, warum sie Schwierigkeiten beim Kauf des Shuttle-Tickets mit ihrem Handy gehabt hatte.

Aber das war erst der Anfang. Bei der zweiten Meldung ging es darum, dass Geldautomaten, die einigen der größten Banken des Landes gehörten, seit der vorangegangenen Nacht nicht mehr richtig funktionierten. Ein paar spuckten Bargeld aus, das den Benutzern nicht gehörte, Tausende von Dollar in Zwanzigern und Fünfzigern. Aber die meisten Geldautomaten – besonders die in Manhattan – hatten ganz aufgehört, Geld auszuzahlen. Einige Bankkunden hatten sich mit Gewalt ihren Weg in einige Zweigstellen gebahnt und ihr Geld verlangt. Niemand von einer der betroffenen Banken hatte sich öffentlich dazu geäußert.

Schließlich waren drei verschiedene Speditionsunternehmen, die Nahrungsmittel und Treibstoff nach New York City lieferten, alle im Lauf der letzten vierundzwanzig Stunden bankrottgegangen – oder hatten zumindest den Eindruck erweckt, vor der Pleite zu stehen. Direktoren der Unternehmen stritten das ab, sagten, ihre Bücher seien manipuliert worden, aber Subunternehmer hatten aufgehört, mit den Firmen zusammenzuarbeiten, bis das Durcheinander aus der Welt geschafft war, und Fahrer weigerten sich, in ihre Sattelschlepper zu steigen, bevor sie bezahlt wurden – mit Bargeld. Die Bankkonten der Unternehmen waren plötzlich leer, und ihre Kreditwürdigkeit war im Keller. Als Folge davon waren alle Lieferungen der betroffenen Speditionsfirmen eingestellt worden, und wenn man bedachte, dass diese drei Firmen sechzig Prozent von allem Fleisch sowie Obst und Gemüse transportierten, das nach New York kam, kamen nicht viel neue Lebensmittel in der Stadt an.

Manhattan, sagte einer der Moderatoren in einem Kommentar, war eine Insel, auf der so gut wie nichts für den eigenen Verbrauch hergestellt oder angebaut wurde. Falls sie vom Rest des Landes abgeschnitten werden würde, würde diese Insel verkümmern und zugrunde gehen, und das ziemlich schnell.

In Alexis' Magengrube bildete sich ein Knoten. Ein paar der Geschäftsleute, die zusahen, holten ihre Handys heraus. Alexis hörte, wie einer von ihnen seine Frau anrief und ihr sagte, sie solle so viel Bargeld von der Bank holen, wie sie abheben konnte, während ein anderer in seinem Büro anrief, um Bescheid zu geben, dass er seinen Flug nach New York stornieren würde. Ein dritter, ein beunruhigt aussehender, dickbäuchiger Mann in einem grauen Anzug, wandte sich mit großen Augen an Alexis.

»Was, zum Teufel, soll das alles?«, fragte er nicht nur Alexis, sondern die Welt im Allgemeinen. Er entfernte sich, um zu telefonieren, bevor Alexis ihm antworten konnte, aber sie hatte den Eindruck, dass sie ihm auch mit dem, was sie wusste, nicht helfen konnte.

Ihr Flug wurde aufgerufen, und sie stand in der Schlange, um die Maschine zu besteigen, als Kline auf ihrem Handy anrief. Soweit er es sagen könne, habe sich Garrett Reilly in New York vom FBI gefangen nehmen lassen und werde in ihrer Zentrale in Lower Manhattan festgehalten.

»Hat er sich geschlagen gegeben?«, fragte Alexis, die ihn nicht ganz verstanden hatte. »Warum?«

»Weiß ich nicht. Er wird dort verhört.«

Sie näherte sich der Flugbegleiterin, die Bordkarten einsammelte. Ihre Gedanken rasten. Was hatte Garrett veranlasst, sich zu ergeben? Und was war mit den anderen Mitgliedern des Teams? Wo waren sie?

»Was immer er getan hat, er hat es aus eigenem Entschluss getan«, sagte Kline. »Arbeiten Sie mit ihnen zusammen und versuchen Sie, das Beste daraus zu machen. Ich gebe Ihnen Rückendeckung.«

»Okay.« Ihre Gedanken sprangen von den Fernsehnachrichten zu Garrett und dann zu der Frage, was, zum Teufel, die Leute beim FBI wohl von ihr wollten. »Haben Sie die Nachrichten gesehen?«

»Nein, ich bin gerade ins Büro gekommen.«

»Hackerangriffe auf das Finanzsystem in New York. Geldautomaten und Kreditkartenabwicklung. Die Leute drehen durch.«

»Mist«, sagte er leise, und Alexis konnte hören, wie er aus seinem quietschenden Bürostuhl aufstand, höchstwahrscheinlich, um seinen Fernseher einzuschalten. »Rufen Sie mich an, wenn Sie gelandet sind.«

Sie legte auf, bestieg das Flugzeug und nahm einen Platz am Gang, falls sie sich strecken musste. Die Flugzeit war kurz, aber sie stand trotzdem alle paar Minuten auf und schüttelte die Knoten aus ihren Muskeln. Als sie durch das Flughafengebäude des LaGuardia ging, war eine beklommene Stille unter den Passagieren zu spüren, die darauf warteten, in ihre Maschinen einsteigen zu können. Aber vielleicht bildete sie sich das nur ein. Sie schnappte im Fernsehen dreißig Sekunden von einem Livebericht aus einer Bankfiliale am Columbus Circle auf, etwas über ein Fenster, das von einem wütenden Kunden eingeschlagen worden war, aber sie dachte, sie mache sich besser auf den Weg in die Außenstelle des FBI.

Sie nahm ein Taxi nach Manhattan, und der untersetzte slawische Fahrer raste über den FDR Drive. Der Taxifahrer bellte während der Fahrt ununterbrochen in einer Sprache, die sie nicht kannte, in sein Handy, bis sie ihn wegen ihrer Kopfschmerzen bat, damit aufzuhören. Er schaute sie wütend in dem Rückspiegel an, legte aber auf und fragte ein paar Minuten später: »Sie Air-Force-Lady?«

»Nein. Army.« Sie trug ihre Arbeitsuniform.

»Tut mir leid wegen Krach. War mit meinem Onkel am Reden. Er kauft Gold für mich.«

»Gold?«

»In Fall ... Sie wissen ...« Der Fahrer machte mit seinem Zeigefinger eine imaginäre Schusswaffe und betätigte den Abzug. »Die Schießerei kommt.«

»Es wird keine Schießerei geben«, sagte Alexis entschieden.

»Okay, Army-Lady. Wenn Sie das sagen.«

Als sie den East River Drive verließen, kam das Taxi an einer Bankfiliale vorbei, vor der sich eine Menschenmenge versammelte, sowie an einem Supermarkt, vor dem sich eine Schlange bildete. Diese Szenen ließen Alexis' Herz schneller schlagen.

Der Taxifahrer lächelte. »Sehen Sie? Ich sage Ihnen. Kaufen Gold, kaufen Waffe, bleiben zu Hause.«

Sie kamen kurz vor zwölf Uhr am Federal Building in Lower Manhattan an, wo sie an einem Metalldetektor vorbeiging und sich kurz abtasten ließ. Sie war überrascht, als Agent Chaudry ein paar Minuten später erschien. Alexis hatte sie bereits in dem Krankenzimmer im Medical Center der George Washington University kennengelernt. Chaudry hatte ihr Fragen gestellt, deren Beantwortung Alexis unter Berufung auf Gründe der nationalen Sicherheit fast alle verweigerte. Das hatte Chaudry anscheinend ausgesprochen wütend gemacht, und Alexis gewann den Eindruck, dass die FBI-Agentin es gewohnt war, ihren Willen zu bekommen – in allen Dingen.

»So sehen wir uns wieder«, sagte Chaudry.

Alexis stand unter Schmerzen auf und nahm Haltung an, so steif und gerade, wie ihr Körper es zuließ. »Ma'am, Ihr Büro hat mich aufgefordert zu kommen.«

»Sie wissen, dass Garrett Reilly sich gestellt hat?«

»Das weiß ich.« Alexis' Blick war auf eine Wand hinter Chaudry gerichtet.

»Und dass er mit uns zusammenarbeitet?«

»Das wusste ich nicht.«

»Soweit er überhaupt mit irgendjemandem zusammenarbeitet, würde ich sagen.« Alexis schaute die FBI-Agentin an. Chaudry sah nachdenklich aus, hatte die Augen halb geschlossen. Sie verschränkte die Arme vor der Brust. »Er hat nach Ihnen gefragt.«

»Hat er das?« Alexis hatte nicht erstaunt klingen wollen, tat es aber.

»Er hat gesagt, Sie wären von entscheidender Bedeutung für das Unternehmen.«

Alexis wollte etwas erwidern, hielt dann aber den Mund.

»Glauben Sie ihm? All dieses Zeug über Ilja Markow? Ein Anschlag auf die Wirtschaft?«

Alexis ließ die Schultern leicht sacken – es tat ihr in der Hüfte weh, in Habtachtstellung zu stehen. »Allerdings. Deshalb habe ich ihn unterstützt. Weil ich ihm glaube. Und die Ereignisse dieses Vormittags …« Sie wusste nicht recht, wie sie den Satz beenden sollte.

Chaudry ging noch einen Schritt auf Alexis zu und flüsterte ihr ins Ohr: »Er arbeitet jetzt für mich. Nicht für Sie. Er tut, was ich sage, ansonsten werfe ich ihn wieder ins Gefängnis. Ich denke mir Anklagepunkte aus: Verschwörung, Mord, Flucht vor der Justiz. Ist mir vollkommen egal. Selbst wenn sie sich nicht als stichhaltig erweisen sollten, sitzt er zwei Jahre in einem Bundesgefängnis und wartet auf seinen Prozess. Das Gleiche gilt für Sie. Ich weiß, dass Sie ihn am Tag des Mordes aus D.C. angerufen haben. Es gibt Tonbandaufnahmen bei der NSA – Begünstigung eines Flüchtigen in einem Mordfall. Lebenslange Freiheitsstrafe. Deshalb gehören Sie mir, genau wie er. Sie tun, zum Teufel noch mal, alles, was ich sage. Verstanden?«

Chaudry stand nur eine Handbreit von Alexis' Gesicht entfernt. Die beiden Frauen hatten ungefähr die gleiche Größe, und Alexis konnte den Atem der Agentin an ihrer Wange und ihrem Ohr spüren. Sie konnte Kaffee und einen Anflug von Parfüm riechen – kein teures, aber auch nicht aufdringlich. Alexis hatte keine Angst vor Chaudry, aber sie ließ sich auch nicht gern drohen.

»Was soll ich für Sie tun?« Alexis' Stimme klang hart und kalt.

»Ich muss den Fall Steinkamp lösen. Und verhindern, dass die Wirtschaft zusammenbricht.«

»Ich weiß nicht, wie ich Ihnen bei diesen Dingen helfen kann.«

»Sie können dafür sorgen, dass Garrett Reilly nicht aus der Reihe tanzt.«

47

CITY HALL, NEW YORK CITY, 24. JUNI, 12:06 UHR

Der stellvertretende Bürgermeister für öffentliche Angele-
genheiten, John Sankey, schob die Tür zu Raum neun auf und
wurde mit dem überwältigenden Geruch von zwei Dutzend
Männern und Frauen mittleren Alters konfrontiert, die alle in
einem Zimmer zusammengedrängt waren: Körpergeruch und
Parfüm, Kaffee und Sandwichs mit Eiersalat, Pfefferminzbon-
bons und billiges Aftershave. Die Gerüche vermischten sich
mit dem Lärm von Scherzen und Telefongesprächen; das Ergebnis war ein Ort, den Sankey auf eine Stufe mit einem nicht
nummerierten Höllenkreis stellte. Er stieß ein angewidertes
Grunzen aus und hielt einen Stapel von Presseerklärungen
hoch.

»Stellungnahme des Bürgermeisters, Pressekonferenz in
einer Stunde im Blue Room«, brüllte Sankey, um den Lärm
zu übertönen.

Ein paar Reporter schnappten sich Kopien der Presseerklärung, während die meisten anderen Sankey nicht zur Kenntnis
nahmen. Sie wussten, vorgefertigte Stellungnahmen des Bürgermeisters waren als Sondermeldungen wertlos; sie wollten
ihn mit Fragen bombardieren. Sie wollten Fleisch und Blut.
Wie Sankey aus Erfahrung wusste, wollten sie meistens nur
das Blut.

»Seine Ehren bittet Sie darum, über die derzeitige Situation
ruhig und rational zu berichten.« Sankey rief mit leicht er-

höhter Stimme, versuchte aber, nicht verzweifelt zu klingen. »Dass Sie sich an die Fakten halten und keine Gerüchte in die Welt setzen.«

Die Pressemeute lachte höhnisch.

»Haben Sie in letzter Zeit in Twitter reingeguckt, John?«, fragte Stan O'Keefe von den Nachrichten auf Channel 7.

»Ich habe einen Twitter-Account, ja, und ich checke ihn regelmäßig.« In Wahrheit schaute Sankey wie besessen auf Twitter nach, hatte sein Konto gerade erst vor drei Minuten überflogen, und er wusste, dass er einen PR-Albtraum am Hals hatte. #NYCzusammenbruch war *das* Thema, mit Tausenden – vielleicht Zehn- oder Hunderttausenden – von Tweets und Bildern von Supermärkten und Banken aus allen fünf Stadt- bezirken: Schlangen von wartenden Menschen, zerbrochene Fenster, leere Regale.

Knappheit, Besorgnis, Panik.

»Seine Ehren kann um all die Ruhe bitten, die er haben will«, sagte O'Keefe, »aber die sozialen Medien sprechen eine andere Sprache. Twitter sagt, renn um dein Scheißleben.«

Brüllendes Gelächter erfüllte den Raum.

Mannomann, dachte Sankey. Reporter waren zynische Mistkerle. »Wir lenken die Geschicke dieser Stadt nicht nach Twitter-Launen. Kommt schon, ihr seid doch alle Profis. Ihr bringt Nachrichten, nicht Verleumdungen und Gerüchte. Tut mir, dem Bürgermeister und den Menschen in dieser Stadt einen Gefallen und erledigt euren Job.«

DiMatteo von der New York Post warf eine Cola Zero in einen Papierkorb. »Unser Job ist es zu berichten, was, zum Teufel, vor sich geht, und Ihr Job scheint zu sein, es nicht wahrhaben zu wollen.«

»Das ist ungerecht.«

»Wirklich? Der Dow ist heute Morgen um zweitausend

Punkte gefallen. Der Handel musste eingestellt werden. Als er wieder aufgenommen wurde, fiel er um weitere tausend Punkte. Und fällt weiter.«

Sankey wischte sich mit dem Ärmel seines Jacketts den Schweiß vom Gesicht.

Lorraine Chu von der New York Times hielt die Presseerklärung hoch und las laut daraus vor: »›Es stehen eine Menge Bargeld in Banken und Nahrungsmittel in den Geschäften zur Verfügung.‹« Sie schaute von dem Papier hoch. »Ist der Bürgermeister in letzter Zeit vor der Tür gewesen?«

Eine Mischung aus zustimmendem Grunzen und leisem Gelächter machte sich breit.

»Er hat vor, direkt nach der Pressekonferenz einen Supermarkt zu besuchen«, sagte Sankey.

»Sagen Sie ihm, er soll seine Boxhandschuhe mitnehmen«, rief DiMatteo.

»Das ist genau die Art von Scherz, aus der ein Gerücht wird, und die Art von Gerücht, die von den Leuten als Tatsache angesehen wird«, sagte Sankey, der allmählich ärgerlich wurde. »Das verstärkt die Stimmung von Chaos und Angst und wird sich selbst bewahrheiten.«

»Vielen Dank für die Vorlesung«, sagte O'Keefe. »Sehr informativ.«

Sankey stöhnte angewidert und ging zur Tür. Leigh Anderson vom National Public Radio, eine der wenigen Journalisten, die Sankey mochte und denen er zugleich vertraute, wartete dort auf ihn. Sie war jünger als der Rest der Medienbande und weit weniger zynisch.

»John.« Ihre Lautstärke lag knapp über einem Flüstern. »Auf ein Wort?«

Sankey nickte und blieb an der Tür stehen.

Sie trat näher an ihn heran. »Wir arbeiten an einer Story.

Die Kernaussage: Dies ist ein geplanter Angriff auf unsere Wirtschaft. Eine Form von Terrorismus.«

»Das ist nur ein Gerücht. Und dazu kann ich sowieso nicht Stellung nehmen.«

»Weil Sie es nicht wissen? Oder weil man Ihnen gesagt hat, Sie sollten keine Stellung nehmen.«

»Dazu kann ich mich nicht äußern.«

Anderson nickte, während sie auf ihrem Spiralnotizblock kritzelte. »Ich hab's. Man hat Ihnen gesagt, Sie sollten keine Stellung nehmen.«

»Das ist nicht das, was ich ge…«

»Hier kommt der wahre Grund, John. Bei dem Terroranschlag beziehen wir uns auf einen Tipp, der besagt, dass es sich hierbei nur um den Anfang handelt. Dass etwas Größeres in der Mache ist. Etwas in der Größenordnung von spektakulär beängstigend und Katastrophen produzierend. Das darauf abzielt, das ganze Land in die Knie zu zwingen. Wir haben Gewährsleute im Geheimdienst. Wissen Sie irgendetwas darüber?«

Sankey presste die Lippen unwillig zusammen, bevor er einen Finger wütend vor Andersons Gesicht hin und her bewegte. »Das ist genau die Art unverantwortlicher Journalismus, von der ich spreche. Das ist spekulativ und Verbreitung von Gerüchten …«

Wieder schnitt Anderson dem stellvertretenden Bürgermeister das Wort mit einer abrupten Handbewegung ab. »Nein, John, wir reden von einem Terrorangriff. Der Zweck des Terrors ist, Angst einzuflößen. Das ist es, worum es bei einer Terrorattacke geht – es ist untrennbar mit dem Begriff verbunden: Terror. Sie können jetzt zwar alles abstreiten, aber das wird uns nicht davon abhalten, um vier Uhr mit der Geschichte an die Öffentlichkeit zu gehen. Deshalb will ich Sie noch einmal fragen: Wissen Sie irgendwas über einen bevorstehenden Terroranschlag auf die Stadt?«

Sankey schüttelte einen Krampf aus seinem Bein, indem er mit dem Fuß wiederholt gegen einen Schreibtisch trat. Er atmete tief durch. »Anonym?«

»Wenn das Ihre Bedingung ist.«

»Wir haben das Gleiche gehört.«

»Muslimische Extremisten?«

»Keine Ahnung. Möglicherweise.«

Anderson kritzelte auf ihrem Block herum. »Was tut die Stadt, um es zu verhindern?«

»Alles, was sie kann. Ohne Kompromisse.«

»Und die Reaktion im Bürgermeisteramt?«

Sankey blickte hinüber zur Meute der Reporter, von denen die meisten wieder dazu übergegangen waren zu telefonieren oder eine Aktualisierung ihrer Berichte abzuspeichern. Es war erneut laut und hektisch in dem Raum. Sankey wollte schnell hier raus. Er wandte sich wieder der NPR-Reporterin zu. »Unter uns?«

Anderson nickte.

»Wir haben eine Scheißangst.«

48

FBI-AUSSENSTELLE, LOWER MANHATTAN, 24. JUNI, 12:15 UHR

Soweit Garrett das sagen konnte, gab es Massenhysterie, seitdem es Menschen gab, die in Gruppen zusammenkamen. Im antiken Rom versammelten sich zahlreiche Bürger spontan mitten in der Nacht, von Gerüchten oder von Angst getrieben, überzeugt davon, dass Jupiter persönlich auf dem Kapitol erblickt worden wäre oder dass Horden exotischer wilder Tiere vor den Toren der Stadt lauern würden, kurz davor, sie zu überrennen. Im 16. Jahrhundert wurden in Frankreich Frauenklöster von Nonnen besetzt, die wie Katzen miauten und keine richtigen Wörter benutzten. 1630 gelangte die gesamte Bevölkerung von Mailand zu der Überzeugung, dass irgendjemand die Lebensmittel- und Wasserversorgung vergiftet hatte. Der Pöbel zerrte einen Apotheker aus seiner Offizin, und dieser legte ein Geständnis ab – auf der Folterbank –, dass er für die Vergiftung verantwortlich wäre und mit dem Teufel und ungenannten Fremden im Bunde gestanden hätte.

Dieses Informationshäppchen fand Garrett faszinierend: Fremde wurden oft beschuldigt, aber nur wenige der Beschuldigten wurden tatsächlich je gefunden.

1835 waren Londoner auf einmal überglücklich wegen der Nachricht, dass jüngst erfundene Hochleistungsteleskope es Astronomen gestattet hätten, Zebras und Affen auf dem Mond zu erkennen. Die Nachricht verbreitete sich über den Erdball und führte zu Massenfeierlichkeiten, bevor sie widerrufen wurde, weil es absolut keine verifizierbaren Tatsachen gab. In einer Oktobernacht des Jahres 1938 kam ein großer Teil der Menschen an der Ostküste der Vereinigten Staaten zu der Überzeugung, dass Außerirdische in New Jersey gelandet wären und bald den Planeten übernähmen. Orson Welles' Radiosendung wurde ein klassisches Beispiel für eine von den Medien ausgelöste Massenpanik. Aber das war nicht der letzte Fall. Im Zweiten Weltkrieg kam es zur Internierung japanischer US-Bürger, in den Fünfzigerjahren zur Kommunistenhatz, in den Achtzigern gab es Kinderbetreuungsskandale und so weiter und so fort.

Das Muster war für Garrett klar zu erkennen. Bestimmte Zutaten wurden benötigt. Ein Zeitraum echter Gefahr: Krieg oder Hungersnot oder Arbeitslosigkeit oder innere Unruhen. Eine Gruppe von Außenseitern, die in der Vergangenheit für Probleme verantwortlich gewesen waren: Fremde, Wilde, Verbrecher. Eine Bevölkerung, die auf engstem Raum zusammengedrängt lebte, wo Gerüchte und Klatsch sich ungehindert verbreiten konnten. Große Städte waren oft der Ausgangspunkt der Hysterie, aber manchmal waren es in Schulen zusammengepferchte Teenager oder in Klöstern versteckte religiöse Anhänger. Dieser letzte Teil schien wichtig zu sein: Bevölkerungsgruppen waren am empfänglichsten für Panik und Wahnvorstellungen, wenn die sie umgebende Kultur durch Strenge und Disziplin geprägt war, mit bestimmten Regeln darüber, was man glauben durfte. Wenn die Gesellschaft rigide Vorstellungen davon hatte, was als normal galt, und alles außerhalb der Normalität als verpönt galt – das erzeugte Hysterie. Es schien fast so, als sei Massenhysterie eine Form der Rebellion gegen die bestehende Ordnung.

Garrett dachte darüber nach. Was waren die restriktiven Bedingungen in den Vereinigten Staaten, die Hysterie erzeugten?

Political Correctness? Angst vor Terroranschlägen? Oder war es das Gegenteil, eine gewaltige Verschiebung dessen, was als normal angesehen wurde: die Akzeptanz gleichgeschlechtlicher Ehen oder die schnelle Legalisierung von Drogen? Er saß in einem kleinen Raum im hinteren Bereich der FBI-Außenstelle in Lower Manhattan, ein Trio von aufgeklappten Laptops vor sich auf einem Schreibtisch, und las einen Artikel nach dem andern über den Wahnsinn von Menschenmengen. Sobald unter einer Massenhysterie ein Feuer gelegt war, verselbstständigte diese sich, resistent gegen Fakten und Vernunft, und breitete sich aus wie ein Virus. In mancher Hinsicht, dachte Garrett, war dieser Wahn ein Virus – er infizierte einen Wirt, brannte sich durch sein Immunsystem und zog weiter zum nächsten Opfer.

Er las eine Theorie, die den Standpunkt vertrat, Angst und unsere panischen Reaktionen auf Angst seien in unserer DNS fest verankert. Wenn man als frühzeitlicher Mensch in der afrikanischen Steppe lebte und ein geheimnisvolles Rascheln in der Nacht hörte, war man gut beraten, schnell und entschlossen auf dieses Geräusch zu reagieren. In neun von zehn Fällen mochte das eine Überreaktion sein, aber wenn man auf jede mögliche Gefahr überreagierte, blieb man am Leben. Die Menschen, die nicht überreagierten, wurden irgendwann gefressen. Deshalb gaben nur die paranoidesten Exemplare unserer Gattung ihre Gene an die nächste Generation weiter.

Das bedeutete, dass Menschen genetisch zu Panikreaktionen programmiert waren. Ilja Markow schien das schon vor langer Zeit herausbekommen zu haben. Wie er das erfahren hatte, wusste Garrett nicht, aber der Mann hatte Wahnvorstellungen studiert und war ein Meister darin, Hysterie zu entfachen. In Garretts Umgebung, auf den Straßen von New York City, waren allenthalben Beweise für Markows Genie zu sehen.

Garrett fiel auf, dass Massenhysterie das Gegenteil eines Musters war. Zu weitverbreiteten Wahnvorstellungen kam es, wenn Menschen Ereignissen und Dingen, die in Wirklichkeit nicht existierten, Kausalität zuschrieben, während Garrett in demselben Chaos nach Mustern – oder in seinem Fall: einen Sinn – suchte. In gewisser Weise war Massenhysterie das Gegenstück seines Lebens; sie war der Grund dafür, dass er Muster ausfindig machte. Hysterie erzeugte Angst; Muster unterdrückten sie – das waren zwei Seiten derselben Medaille. Plötzlich begriff er, dass Massenhysterie das dunkle Ding war, das er hatte kommen spüren, das ihn in der Nacht, bevor Phillip Steinkamp erschossen wurde, zu Tode erschreckt hatte. Er wusste auch, dass es nicht dort draußen war, ein Gewitter, das er am Horizont wüten sehen konnte. Nein, Wahnvorstellung und Hysterie wohnten in Garrett Reilly, und das hatten sie immer getan. Er weidete sich an ihnen; sie verliehen ihm Macht.

Das dunkle Ding war nicht im Begriff zu kommen. Es war schon hier.

Er war das dunkle Ding.

Celeste und Mitty tauchten als Erste in der FBI-Außenstelle auf. Sie hatten die Nacht in Mittys Wohnung in Queens verbracht, und Celeste sagte – anstatt sich zu beklagen, womit Garrett durchaus gerechnet hatte –, es sei gemütlich gewesen und habe sogar Spaß gemacht, dass sie Wein getrunken und bis um drei Uhr früh geredet hätten und dass die Dusche in Mittys Badezimmer, unter die sie sich heute Morgen gestellt habe, das Beste gewesen sei, was sie seit Tagen erlebt habe. Garrett fand es amüsant, dass sie Freundinnen geworden waren, aber es ergab einen Sinn – sie waren beide durch und durch Außenseiter.

Alexis kam als Nächste – sie war heute Morgen mit dem Flugzeug aus D.C. eingetroffen. Garrett war überrascht darüber, wie unversehrt sie aussah, wenn man bedachte, dass sie einen Bombenanschlag miterlebt hatte, aber als er in dem hellen Leuchtstofflicht des Büros genauer hinschaute, konnte er die blauen Flecken unter ihrem Make-up und die roten Kratzer und Schnitte an ihrem Kinn erkennen.

»War es unheimlich?« Er streckte die Hand aus, um ihr Gesicht zu berühren, verharrte aber kurz davor.

»Nein. Ich hatte keine Zeit zum Denken.«

»Als ich es erfuhr …« Er konnte den Satz nicht zu Ende sprechen. Was er empfand, als er dachte, Alexis könnte getötet worden sein, war eine Mischung aus Furcht und Wut, die zum Ausdruck zu bringen, vor allem Alexis gegenüber, seine Fähigkeiten zu übersteigen schien. »Ich bin nur froh, dass es dir gut geht.«

Sie nickte und erwiderte nichts, und damit war die Zeit abgelaufen, die ihnen für eine private Unterhaltung zur Verfügung stand.

Agent Chaudry trat zwischen sie und packte Garrett am Arm. »Sie hat überlebt. Genug geplaudert. Wir haben noch einiges zu tun.«

Da begriff Garrett, dass zwischen der Agentin und Alexis etwas vor sich ging, irgendein Tauziehen, bei dem Regierungspolitik und Polizeigewalt eine Rolle spielten. Er vermutete, dass Chaudry ihren Status als Alphaweibchen geltend machen wollte und dass Alexis keine andere Wahl hatte, als zu gehorchen, aber trotzdem – es würde interessant sein, ihre Beziehung zu beobachten.

Bingo und Patmore trafen ein paar Minuten nach Alexis ein. Sie hatten sich ein Motelzimmer in der Innenstadt von Newark genommen, sich in einem Comfort Inn einquartiert, aber sie schienen einander in dieser zusammen verbrachten Nacht nicht nähergekommen zu sein.

»Was geschieht denn als Nächstes?«, fragte Agent Chaudry, sobald alle in dem Hinterzimmer der Außenstelle versammelt waren. »Wie sieht die brillante Idee aus?«

Alle Anwesenden blickten auf Garrett.

»Er legt Brände. Überall. Man kann das Feuer nicht sehen, aber man kann den Rauch sehen, und in psychologischer Hinsicht ist das schlimmer als das tatsächliche Feuer.« Garrett drückte auf eine Fernbedienung, und auf einem Fernseher in der Ecke erschienen Nachrichten eines Kabelkanals. Ein atemloser TV-Sprecher ließ sich über volkswirtschaftliche Erschütterungen aus, was sie bedeuteten, warum es dazu kam und was die Zukunft für die Bürger der Vereinigten Staaten bereithielt. »Die Angst ist schlimmer als die eigentliche Sache. Die Angst geht allen auf die Nerven. Die Angst bereitet uns auf den nächsten Schock vor.«

»Aber was ist das für ein Schock?«, fragte Chaudry. »Worauf will er hinaus?«

Garrett fingerte wieder an der Fernbedienung herum und schaltete auf einen lokalen Sender um, wo ein Reporter einen Livebericht vom gespenstisch leeren Times Square lieferte. Ein paar versprengte Bereitschaftspolizisten waren hinter dem Reporter zu sehen, die den Zugang zur 42nd Street absperrten.

»Die Leute drehen durch«, sagte Mitty. »Alle werden total wahnsinnig.«

»Und ›alle‹ lautet die Antwort«, sagte Garrett.

»Wieso?«, fragte Chaudry.

»Große Zahlen. Menschenmengen. Mob. Virale Konzepte. Wir drehen sie um. Machen sie zu unseren Verbündeten.«

»Crowdsourcing.« Mitty stieß einen Laut aus, der zwischen einem empörten Grunzen und einem Freudenschrei lag. »Ich kann nicht glauben, dass ich darauf nicht selber gekommen bin.«

»Reddit?«, sagte Bingo. »Twitter?«

»Auf jeden Fall«, sagte Garrett. »Vielleicht starten wir unsere eigene Website.«

»Alle drei«, sagte Mitty. »Scheiß drauf. An so vielen Stellen wie möglich.«

»Ich bin mir nicht sicher, ob ich das verstehe«, sagte Chaudry.

Garrett drehte sich zu Chaudry um. »Die Leute beobachten, was passiert, aber sie tappen im Dunklen, und deshalb lassen sie ihrer Einbildungskraft freien Lauf. Als Konsequenz haben wir die Hysterie. Das ist Markows Strategie – er operiert aus dem Schatten heraus. So schürt er die Flammen. Aber wenn wir den Menschen gegenüber transparent bleiben – wenn wir ihnen sagen, was wir wissen –, dann werden sie über den Tellerrand hinausschauen. Dann werden sie sich eigene Ideen zu dem einfallen lassen, was geschieht und warum.«

Chaudry schüttelte den Kopf. »Aber sie werden kein bisschen richtiger liegen als wir. Oder schlauer sein.«

»Individuell sind sie nicht schlauer. Aber im Kollektiv sind sie brillant. Wenn wir genug Menschen eine Frage stellen, werden einige von ihnen sie richtig beantworten. Sie werden vorhersagen, was Markow als Nächstes tut. Und falls genug von ihnen sich für die eine oder andere Richtung entscheiden, haben wir eine crowdgesourcte Antwort.«

»Einen starken prädiktiven Algorithmus, der von Millionen Menschen erzeugt wurde«, sagte Alexis zufrieden.

Chaudry musterte die Gesichter im Zimmer und landete schließlich auf Garretts. »Und? Worauf, zum Teufel, warten Sie noch?«

49

BEACH HAVEN PARK, NEW JERSEY, 24. JUNI, 13:28 UHR

Die erste Warnung kam von ClarKent, dem jungen blonden Hacker.

»Da geht irgendwas vor sich«, sagte er zu Ilja, der auf der Veranda eine Zigarette rauchte. Der Tag hatte sogar größere Fortschritte gebracht, als er erwartet hatte: New York City – und darüber hinaus ein großer Teil der Nordostküste des Landes – war ins Chaos gestürzt. Ilja hatte vierundzwanzig Stunden nicht geschlafen, aber das lag hauptsächlich daran, dass er jeden wachen Moment genoss. Wach bedeutete jetzt lebendig, und die Belohnung wartete dort draußen auf ihn, knapp außerhalb seiner Reichweite, aber er kam ihr näher.

»Da gehen eine Menge Dinge vor sich«, sagte Ilja. »Und so sollte es auch sein.«

»Nein, dein Name. Wir. Was wir hier machen.« ClarKent klappte seinen Laptop auf und stellte ihn auf einen kleinen Tisch. »Crowdsourcing.«

Ilja schaute auf den Bildschirm. Im geöffneten Fenster sah man einen Reddit-Thread mit dem Titel »*Was würdet ihr machen?*« – der mehr als siebzigtausend Kommentare hatte. Der Thread war Thema Nummer eins auf der gesamten Website und zeigte einen Trend, der weit über die aller anderen Fragen hinausging. Iljas Bild, sein Passfoto, stand oben auf dem Thread, und darunter war der Hauptteil der Frage:

*Stellt euch das vor: Ilja Markow ist ein Wirtschaftsterrorist,
der versucht, die amerikanische Wirtschaft zu Fall zu bringen. Er hat einen Vorstandsvorsitzenden der Federal Reserve
umgebracht, die Abwicklung von Kreditkarten und Geldautomaten gehackt, drei Speditionsfirmen in den Bankrott
getrieben, und jetzt schießt er sich auf New York City ein.
Wenn ihr Markow wärt und das Finanzzentrum dieses Landes zugrunde richten wollt, was würdet ihr als Nächstes tun?*

Ilja verkrampfte sich, als er den Absatz las, und scrollte nach
unten, um auf die riesige Zahl der Antworten zu schauen.
Sie liefen in verschiedene Unterkategorien auseinander, und
begleitende Antworten fächerten sich auf wie die Äste eines
gewaltigen Baums. Er klickte sie schnell durch, las einige,
überflog andere, ignorierte eine ganze Menge weiterer. Manche Antworten waren naheliegend und grob: den Präsidenten
erschießen; die Federal Reserve Bank überfallen; die New Yorker Börse in die Luft jagen. Die Rechtschreibung war schlecht
und die Logik oft nicht vorhanden. Andere Antworten waren
ein wenig spezifischer, aber gleichermaßen unwahrscheinlich:
Citibank-Aktien leerverkaufen; alles Gold aufkaufen, um den
Preis zu bestimmen; eine Erdölraffinerie zerstören. Aber während Ilja durch die Antworten scrollte, begannen sich gezielte
Ideen herauszuheben, und diese Ideen waren gut. Nicht nur
gut: Manche streiften das, was Ilja tatsächlich vorhatte, und
andere trafen den Nagel genau auf den Kopf. Er schob den
Laptop in einem Ausbruch wütender Energie von sich.

»Gibt es mehr Threads wie diesen hier? Auf anderen Web-
sites?«

»Eine Menge«, sagte ClarKent. »Eine Website, die sich nur
dieser Frage widmet. Soweit ich sehen kann, wurde sie vor
einer Stunde aufgemacht. Eine Facebook-Seite ebenfalls. Au-

ßerdem zwei Darknet-Threads. Es gibt wahrscheinlich mehr – ich habe sie nur noch nicht alle gefunden. Aber dein Bild ist überall zu sehen. Du bist scheißberühmt.«

Ilja ging von dem Laptop weg und setzte sich einen Augenblick in einen Liegestuhl. Er starrte über den Strand und das Meer dahinter bis an den Horizont und hörte, wie die Wellen sich auf dem Sand brachen.

Das war ein Rückschlag. Mehr als ein Rückschlag: Das hier war ein ausgewachsener Gegenangriff. Reilly machte sich die Macht des Internets gegen Ilja zunutze, so wie Ilja sich die Macht des Hackings gegen Reilly zunutze gemacht hatte. Es war ein kluger Schachzug, und wenn er sich jede einzelne Antwort ansah, würde Reilly mit Sicherheit eine finden, die genau das beschrieb, was Ilja plante. Aber das bedeutete nicht, dass er eingeschränkt war. Bei fünfundsiebzigtausend Antworten allein auf Reddit, und jede Sekunde kamen weitere hinzu, wäre Reilly nicht in der Lage, sie alle in einem akzeptablen Zeitaufwand zu lesen oder zu sortieren und einzustufen – mit Sicherheit nicht schnell genug, um das aufzuhalten, was Ilja jetzt vorhatte.

Aber das war das Problem. Mit ausreichend Zeit würde Reilly die Möglichkeiten einengen und herausbekommen, was genau Iljas Ziel war. Ohne genügend Zeit hatte er nur ungeprüfte Hypothesen.

»Wir machen weiter«, sagte Ilja, während er sich aus dem Liegestuhl erhob. »Aber wir verdoppeln unsere Geschwindigkeit. Sag allen, sie sollen weiterhin Druck machen. Mehr Hacks. Mehr Unternehmen. Schneller. Viel schneller.«

»Okay. Werd ich ihnen sagen.« ClarKent eilte zurück ins Haus.

Ilja fand Uni dösend auf einer Couch. Er weckte sie sanft und sagte ihr, sie solle sich fertig machen, bevor er einen der osteuropäischen Hacker namens Yuri S. zur Seite zog. Ilja hatte Yuri S. vor zwei Jahren in einer Disco in Kiew kennengelernt. Er hatte den Ruf, sowohl ein ausgezeichneter Programmierer als auch eine Borderline-Persönlichkeit zu sein; er war wütend gewesen, als Uni sich den ersten Geldkoffer geschnappt hatte, aber er hatte seine Anstrengungen verdoppelt und den zweiten Koffer locker gewonnen, indem er die Server zweier kleinerer Gesellschaften zur Kreditabwicklung außer Gefecht gesetzt hatte, was ihn anscheinend von einem unkontrollierbaren Wutausbruch abgehalten hatte.

»Wir brechen auf«, sagte Ilja zu ihm. »Jetzt ist der richtige Zeitpunkt.«

»Ich dachte, morgen. Ich dachte, alles wäre für morgen angesetzt.«

»Ich habe umdisponiert. Die Zeitschiene ist vorverlegt worden.«

Yuri S. sagte nichts. Er starrte auf seinen Computerbildschirm, der voller hysterischer, panischer Tweets und manipulierter Fotos von geplünderten Regalen in Lebensmittelläden war. Ilja konnte sich vorstellen, was Yuri S. in Betracht zog. Er und Yuri S. standen auf derselben Seite, aber sie waren nur zu genau diesem Zeitpunkt Partner. Ilja kannte die Welt der freischaffenden Hacker gut genug, um zu begreifen, dass Yuri S. in wenigen Sekunden seine Loyalität um hundertachtzig Grad drehen konnte und Ilja es dann mit einem abgebrühten Gegner zu tun hätte.

»Vielleicht wird das mehr Geld kosten«, sagte Yuri S. »In Eile zu sein. Was sagen die Spediteure dazu? Du musst zahlen, um die Lieferung zu beschleunigen.«

Ilja überflog das Billardzimmer: Zwei Hacker arbeiteten ruhig in einer hinteren Ecke, gerade außer Hörweite; ein dritter saß in einem Sessel und rauchte eine Zigarette. »*Da*«, sagte Ilja,

ins Russische wechselnd. »*No ja ne hochu eto seichas obsujdat'.*«
Ja, aber ich will das jetzt nicht besprechen.

Yuri S. überdachte die Antwort gründlich, und Ilja war wieder einmal erstaunt, wie unverfroren Hacker sein konnten, wenn es um ihren Eigennutz ging. Sie wogen schamlos das Für und Wider eines Angebots direkt vor dem Auftraggeber gegeneinander ab, während sie insgeheim überlegten, wie sie das meiste aus einem Auftrag, egal, ob rechtmäßig oder nicht, herausholen konnten. Sie waren im Grunde Betrüger und Verbrecher, doch andererseits dachte auch der Rest der Welt von Ilja Markow, er wäre wenig mehr als das. Aber der Rest der Welt lag falsch: Ilja Markow hatte etwas viel Großartigeres vor Augen als einen armseligen Geldbetrag. Markow hatte Pläne für eine Veränderung. Pläne und Ambitionen. Markow konnte in die Zukunft sehen.

Yuri S. seufzte, als wolle er klarmachen, dass für ihn die Verhandlungen noch nicht abgeschlossen seien. Ilja presste frustriert die Lippen zusammen.

»Vertrau mir«, sagte Ilja wieder auf Russisch. »Ich werde dir mehr geben, als wir besprochen haben. Du wirst bekommen, was du für deinen Einsatz verdienst.«

»Okay. Dann ist alles klar.«

Ilja stieß erleichtert einen leisen Seufzer aus. Er brauchte Yuri S., und das wusste Yuri S., und deshalb hatte Ilja keine große Wahl. Aber drei Schritt weiter plante Ilja bereits, wie er dieses egoistische Arschloch loswerden könnte. Ilja wartete, bis Uni sich aufraffte, und dann drängten sich die drei in Unis Hyundai und brachen nach Norden auf, in die Stadt.

Sie fuhren eine Stunde, bevor sie den New Jersey Turnpike in der Nähe von Edison verließen und neben einem LKW-Betriebshof direkt am Lincoln Highway den Wagen abstellten, gegenüber einer Chemiefabrik von Exxon. Rauchfahnen stiegen aus zylindrischen Schornsteinen auf. Ein Seitentor zu dem Betriebshof stand offen, wofür Geld den Besitzer gewechselt hatte, und Ilja, Yuri S. und Uni gingen hindurch. Ilja überprüfte die Nummernschilder der gigantischen Sattelzüge, die auf dem Betriebshof geparkt waren. Er fand den Lastzug, den er bestellt hatte, und zog die Schlüssel unter der Strebe direkt hinter dem linken Hinterrad hervor.

Während Yuri S. und Uni in das Führerhaus kletterten, zog Ilja die zweite Rohrbombe, die Thad White für ihn gemacht hatte, aus seinem Rucksack heraus und schob sie vorsichtig in ein Scharnier zwischen dem Führerhaus und dem Sattelzug, unmittelbar über einem der Benzintanks des Lastwagens. Die Bombe hatte einen innen liegenden Zünder, der mit einem Handy verbunden war, und nur Ilja kannte die Nummer des Handys.

Ilja stieg in das Führerhaus ein. Yuri S. saß auf dem Fahrersitz, während Uni hinter ihm auf einer Schlafliege hockte.

Ilja zog den Sitzgurt quer über seine Brust. »Zur George Washington Bridge, bitte.«

Yuri S. startete den Motor des Sattelschleppers, und dieser brummte böse, als wolle er Ilja antworten.

50

WASHINGTON, D.C., 24. JUNI, 15:05 UHR

Kongressabgeordneter Harris hatte seit sechsunddreißig Stunden kein Auge zugemacht. Die ganze Nacht war er in seinem winzigen Schlafzimmer in dem beengten Apartment im vierten Stock, das er sich mit drei anderen Kongressabgeordneten teilte, auf und ab gegangen und gelegentlich am Fenster stehen geblieben, wo er nach unten auf die R Street geschaut und einen Blick auf den Himmel im Osten geworfen hatte, um nachzusehen, ob die Sonne denn noch immer nicht aufgehen wollte. Er hatte darum gebetet, dass sie sich heute beeilte, damit der Tag begann, damit er seine Gedanken geschäftlichen oder politischen Fragen oder auch nur Telefonanrufen widmen konnte. Alles Mögliche, das ihn davon abhielt, über sie nachzudenken. Und daran, was sie getan hatten.

Jedes Mal wenn die Erinnerung ihn überkam, spürte er, wie sein Gesicht vor Scham errötete. Aber auch vor Erregung. Sexueller Erregung. Gott, war sie herrlich. Und jung. Und willig. Er konnte es kaum ertragen, daran zu denken. Trotzdem blitzten die Bilder immer wieder in seinem Kopf auf, immer wieder, in einer permanenten Endlosschleife.

Aber jetzt, da er in Washington, D.C., war, weit entfernt von Rachel Brown, würde er widerstehen können. Er war gestolpert, sogar gefallen, aber er konnte die Verfehlung überwinden. Er würde heute Abend nach Atlanta zurückfliegen, seiner Frau alles gestehen und versuchen, sein Leben wieder auf die rechte Bahn zu bringen. Aber zuerst musste er sich am Riemen reißen; er musste duschen, sich rasieren und anziehen. Es war schon Nachmittag, und er hatte immer noch seinen Schlafanzug an, um Himmels willen.

Er hatte um sechzehn Uhr einen Termin im Eccles Building an der Constitution Avenue. Das Direktorium der Federal Reserve hatte eine Krisensitzung einberufen, und Harris war als Vorsitzender des Unterausschusses für die Bankenaufsicht dazugebeten worden. Die Direktoren der Fed luden selten einen Politiker zu einem ihrer Treffen ein, aber die Ereignisse der letzten vierundzwanzig Stunden waren außergewöhnlich gewesen – und sie verlangten außergewöhnliche Reaktionen. Die Welt schien in Flammen aufzugehen – sowohl die größere als auch Harris' persönliche Welt.

Also würde er warten. Er würde bis zum Ende der Fed-Sitzung durchhalten, alle Anforderungen, die sie an ihn stellten, absegnen und versprechen, im Kongress nichts unversucht zu lassen, um irgendwelche Gesetze zu ändern oder alle Gelder zu bewegen, die bewegt werden mussten. Er war mächtig genug, das in die Wege zu leiten – wahrscheinlich der einzige Kongressabgeordnete, der mächtig genug war, das in die Wege zu leiten –, und er wusste, dass das seine Pflicht war. Zuerst kamen Land und Wirtschaft, dann Frau und Ehe.

Und Rachel Brown? Sie war der physische Ausdruck seiner Schwäche. Seiner Lust. Und dennoch … ihr Körper, ihre Haut, ihre Lippen. Gott helfe ihm. Er beschloss, an Ort und Stelle, zu tun, was getan werden musste. Er würde diese Frau nie wiedersehen.

Rachel. Nicht seine Frau.

Dann klingelte sein Handy, weil eine SMS eintraf. Die Nummer war aus Atlanta, aber er kannte sie nicht. Er tippte auf das Display.

Hey, sehen wir uns heute wieder?

Oh, Herrgott, es war sie. Es konnte nur sie sein.

Er gab eine Antwort ein, mit zitternden Fingern. *Rachel?*

Die einzig wahre.

Harris' Körper verkrampfte sich von Kopf bis Fuß. Er überlegte, was er schreiben sollte, aber sein Gehirn schien erstarrt zu sein. Er musste ihr sagen: Nein, er würde sie nicht treffen, es wäre vollkommen falsch und unschicklich, und sie würden sich niemals wieder begegnen.

Ich bin nicht in Atlanta. Zurück in D.C., schrieb er.

Ich weiß. Ich auch.

Harris gefror das Blut in den Adern. Sie war in D.C.? Wie war das möglich? War sie ihm hierher gefolgt? Als er zu tippen begann, kam noch eine SMS an.

Hab eine Leckerei für dich.

Er las die Wörter und spürte, wie das Blut in seine Lenden schoss. Noch mehr Scham überflutete seinen Verstand. Er war einer von Pawlows Hunden, der Speichel bei der bloßen Aussicht auf Nahrung absonderte. Oder in diesem Fall Sex.

Check deine E-Mails, schrieb sie.

Harris fuhr seinen Computer hoch, loggte sich in sein öffentliches Kongresskonto ein und fand die E-Mail sofort, Absender Rachel Brown, mit der Überschrift *Das wird dir gefallen*. Die E-Mail hatte einen Link, und Harris atmete lang und tief ein, bevor er ihn anklickte.

Er wurde zu einer Videoseite geführt, von der er noch nie gehört hatte, und sofort öffnete sich ein Wiedergabeprogramm, und ein Film lief, zunächst verschwommen. Harris kniff die Augen zusammen, um herauszufinden, was er sah. Er schien das Zimmer zu kennen, aber nur ungefähr – ein Futon, ein Fenster, eine Kommode. Dann wurde es ihm zu seinem Entsetzen klar. Er kannte dieses Zimmer. Es war in Grant

Park, Atlanta. Er war dort vor Kurzem gewesen. Erst vor drei Tagen.

In dem Video kam Harris selbst in das Zimmer. Rachel Brown folgte ihm. Sie ergriff seine Hand und begann, ihn zu küssen. Und er erwiderte ihre Küsse. Dann entkleidete sie ihn mit erstaunlicher Geschwindigkeit und zog sich selbst fast genauso schnell aus. Noch bevor Harris blinzeln konnte, war er nackt, hatte eine Erektion und war eindeutig als Leonard Harris zu erkennen, Kongressabgeordneter vom elften Bezirk aus Marietta, Georgia.

Harris schaute das Video wie gebannt an, starr vor Scham. Auf dem Bildschirm machte Rachel schreckliche Dinge mit ihm: wundervolle, schreckliche Dinge, die er inzwischen zutiefst bedauerte, aber dort waren sie, auf Video und, wie er vermutete, abrufbar, sodass die ganze Welt es sehen konnte.

Sein Telefon klingelte wieder.

Hübsch, oder?

Er antwortete nicht. Er konnte seine Finger nicht dazu bringen, sich zu bewegen.

Triff dich hier mit mir. Eine Adresse folgte. Sie schien mitten in Virginia zu liegen. *Fahrt von zwei Stunden. Erwarte dich gegen zehn. Wird ein Superspaß. Küsse. R.*

Kongressabgeordneter Leonard Harris legte sein Handy hin, und in demselben tranceähnlichen Zustand, in dem er das erste Mal zu Rachel Browns Wohnung gegangen war, wie auf Autopilot, zog er sich eine Hose und ein Hemd an, nahm seine Brieftasche und seine Armbanduhr, schlüpfte in seine Schuhe und griff nach den Schlüsseln für seinen Mietwagen. Dann googelte er die Adresse, die Rachel ihm angegeben hatte, arbeitete eine Route auf seinem Computer aus und versuchte, sich zu erinnern, ob er irgendjemanden in der Nähe kannte, der schnell und problemlos an eine Schusswaffe herankam.

Alles an dem Eccles Building an der Constitution Avenue – der weiße Georgia-Marmor, die klassische Fassade, der stattliche Schwung der Eingangstreppe – sprach für seine Stabilität, seine dauerhafte Bestimmung und sein konservatives Wesen. Das war der eigentliche Sinn des Bauwerks: Es war der Sitz des Direktoriums der Federal Reserve der Vereinigten Staaten, der Zentralbank, die die monetäre Politik des Landes überwachte, und das Gebäude sagte zu jedem, der es sah: Du kannst darauf zählen, dass wir unser Geld beschützen. Wir sind sorgfältig, umsichtig, bewegen uns langsam und sind von Dauer. Wir gehen nirgendwohin. Dasselbe konnte vom Sitzungssaal des Gebäudes mit seinem Konferenztisch aus massivem Holz, seiner hohen Decke, seinen mit Gardinen verhängten Fenstern und dem gold-weißen Fresko des weißköpfigen Seeadlers über dem Kamin gesagt werden.

Das heißt, an den meisten Tagen. Aber nicht heute.

Das hastig einberufene Treffen der Direktoren der Federal Reserve war bereits hektisch, noch bevor die Mitglieder Platz genommen hatten oder diejenigen, die telefonisch zugeschaltet waren, am Apparat waren. Caroline Hummels, die neu ernannte Vorsitzende, hatte kaum einen Fuß in den Saal gesetzt, als Gottfried, der Direktor der Bank in Atlanta, mit erhobenem Zeigefinger auf sie zukam.

»Was, zum Teufel, ist denn in New York los?« Er folgte ihr durch den Raum. »Meine Leute sagen mir, wir stünden am Rand einer Liquiditätskrise. Dass es ganz wie 2008 wäre. Wir sähen einer Kreditknappheit entgegen. Oder schlimmer. Einem Sturm auf die Bank. Einem Zusammenbruch.«

Hummels schob sich an Gottfried vorbei und nickte den sieben anderen Direktoriumsmitgliedern und Bankdirektoren zu, die um den Tisch herumsaßen: Sanchez aus Minneapolis, Higgins aus Philadelphia, Dan Stark aus Richmond, und Chen,

Lattimore und Cohen vom D.C.-Vorstand. Und natürlich Larry Franklin aus St. Louis, der tief in seinem gepolsterten Ledersessel versunken war, grimmig und finster dreinblickend. Alle anderen würden am Telefon sitzen.

Lattimore nickte energisch, er war Gottfrieds Meinung. »Ich höre genau das Gleiche, Caroline. Die Gerüchte nehmen seit einer Woche zu. Dass New York verdammt nicht mehr richtig tickt.«

Hummels warf Lattimore einen Blick zu. »Möchten Sie das im Protokoll stehen haben, Jack? Dass New York verdammt nicht mehr richtig tickt?«

Lattimore hob die Hände. »In diesem Moment ist mir scheißegal, was im Protokoll steht.«

Hummels wandte sich an Adelaide, ihre Assistentin, die ihr mit ein paar Schritten Abstand folgte. »Sind alle am Telefon?«

Ihre Assistentin nickte und drückte auf die Konferenzgesprächsknöpfe an den Telefonen, die auf dem Tisch verteilt waren. »Alle sind hier«, sagte Adelaide und setzte sich hin, um sich Notizen zu machen. Das Treffen würde aufgezeichnet werden, aber die Assistenten der Vorsitzenden machten sich aus Gewohnheit und der Tradition zuliebe auch Notizen.

Eine Person fehlte natürlich bei diesem Treffen, und Hummels war von seiner Abwesenheit schmerzlich berührt: Phillip Steinkamp von der New York Fed. Er war der alte Profi des Haufens gewesen, der Ruhepol. Allein bei dem Gedanken an ihn und an das, was auf jener Straße in Manhattan geschehen war, lief Hummels ein kalter Schauer über den Rücken. Sie fragte sich unwillkürlich, ob nicht ein Zusammenhang zwischen seinem Tod und dem bestand, was im Moment geschah: die Panik in New York, der Zusammenbruch des Finanzsektors. Sie wischte die Erinnerung beiseite – dafür war jetzt keine Zeit – und beugte sich zu dem nächsten Mikrofon vor.

»Guten Tag, alle miteinander. Vielen Dank dafür, dass Sie alle so kurzfristig an den Apparat – oder hierher – gekommen sind. Ich glaube, alle wissen, warum wir hier sind – wegen der jüngsten Ereignisse in New York City, sowohl in der letzten Woche als auch in den letzten vierundzwanzig Stunden. Und natürlich trauern wir alle um den Verlust unseres Kollegen Dr. Steinkamp – Phil für einige von uns –, aber leider scheint das nur der Beginn des Problems gewesen zu sein.«

»Haben Sie etwas vom FBI gehört?«, unterbrach Lattimore.

»Jack, lassen Sie mich bitte ausreden.« Hummels funkelte Lattimore an. Sie wusste instinktiv, dass er Ben Bernanke nicht unterbrochen hätte, wenn Ben eine Ansprache vor dem Direktorium gehalten hätte. Wenn man ein Mann war, trampelten sie einen nicht gleich nieder; sie ließen einem so viel Zeit, wie man brauchte, ließen einen zumindest seine Meinung sagen. Aber nicht, wenn man eine Frau war – eine Frau im Finanzwesen musste sich jeden Moment Sprechzeit erkämpfen, musste ihre Ideen schreiend verkünden, um den Lärm männlicher Egos zu übertönen.

»Wir haben keine Zeit für schöne Ansprachen«, sagte Lattimore. »Sie können ausreden, aber Rom brennt.«

»Ich habe heute nicht mit dem FBI geredet«, sagte Hummel. »Und wenn Rom brennt ...«

»Aber warum nicht?«, platzte Sanchez heraus. »Sollten Sie nicht von ihnen auf dem Laufenden gehalten werden?«

»Im Augenblick müssen wir über das Bankgeschäft reden«, sagte Hummels. »Über die Bonität des Finanzsystems. Ich habe die Gerüchte gehört, genau wie Sie. Gerüchte von einer Unterdeckung bei Vanderbilt, Gerüchte von faulen Krediten, von einer Kreditkrise ...«

»Und was ist mit dieser Verzögerung bei der Kreditkartenabwicklung?«, warf Gottfried dazwischen. »Das muss irgendwas zu bedeuten haben. Es betraf die ganze Ostküste und ist bis jetzt nicht behoben, soweit ich sehen kann.«

»Mir ist durchaus bewusst, was gerade bei AWCP vor sich geht«, beharrte Hummels. »Ich habe mit ihrem Vorstandsvorsitzenden gesprochen, und er sagt, sie arbeiten an dem Problem. Er hat gesagt, es ließe sich unter Kontrolle ...«

»Unter Kontrolle?«, fragte Gottfried mit aufgeblasener Ungläubigkeit. »Sie sind fast vollständig offline. Das sind dreißig Prozent des Kreditkartengeschäfts in der Metropolregion New York City.«

»Das kann aufgeklärt werden.« Hummels versuchte, ihr Temperament unter Kontrolle zu halten. Der Präsident persönlich hatte sie gewarnt, bevor er sie für den Job nominiert hatte: Es wird da draußen Leute geben, die unglaublich eifersüchtig sind, weil Sie den Gipfel Ihrer beruflichen Laufbahn erreicht haben und sie nicht. »Sind Sie dafür bereit?«, hatte er gefragt. Als sie im Oval Office saß, umgeben von den Insignien amerikanischer Macht, während strahlendes Sonnenlicht durch die Fenster hinter dem Schreibtisch des Präsidenten hereinströmte, hatte sie natürlich mit Ja geantwortet. Aber jetzt, wo sie auf sich gestellt und der Präsident nirgendwo zu sehen war, während eine Krise über sie hereinbrach, war sie sich nicht mehr so sicher.

»Die Situation kann in ihrer Gesamtheit aufgeklärt werden. Aber wir werden uns vorwärtsbewegen müssen, als Gremium, mit Einstimmigkeit und Beharrlichkeit. Wir müssen die Märkte beruhigen. Wir müssen das Kreditfenster den Banken gegenüber öffnen, wenn sie sich unter Druck fühlen. Der Geldhahn der Bundesregierung muss aufgedreht werden, mit voller Kraft ...«

»Nein.«

Hummels' Kopf fuhr hoch, und sie blickte nach rechts, wo

Larry-»Lass sie fallen«-Franklin in seinem Sessel nach vorn gerückt war, sein spitzes Kinn aus dem Kragen seines weißen Button-down-Hemds vorreckte und mit seinen grauen Augen starr die von Hummels fixierte. Seine Lippen waren wütend verzerrt, und er schien seine Finger durch das Mahagoniholz des Konferenztischs drücken zu wollen. »Die Bundesregierung darf es nicht weiter zu ihrer Aufgabe machen, scheiternde Institutionen abzustützen. Das steht nicht in unserer Satzung, es ist moralisch falsch, und es ist schlecht für die Wirtschaft.«

»Schlecht für die Wirtschaft?« Hummels' Augen weiteten sich. »Es ist das Einzige, das zwischen einer funktionierenden Wirtschaft und einer ausgesprochenen Katastrophe steht.«

»Scheitern ist ein natürlicher Bestandteil des Kapitalismus, und die Natur muss ihren Lauf nehmen«, sagte Franklin scharf. »Und überhaupt, nennen Sie diese Wirtschaft funktionierend? Die Wirtschaft ist im Keller.«

»Sie hinkt vorwärts«, sagte Hummels. »Und wir müssen dafür sorgen, dass sie weiterhinkt, und sie nicht zusammenbrechen lassen.«

»Sie wird nicht zusammenbrechen. Manche Dinge werden kaputtgehen, aber andere werden an ihrer Stelle entstehen. Wir haben Fäulnis im System, und wir sorgen für den Fortbestand dieser Fäulnis, indem wir Institutionen unterstützen, die zum Scheitern bestimmt ...«

»Sparen Sie sich die Predigt für die Lesereise, Larry«, sagte Gottfried verärgert. »Wir haben es hier mit ernsten Problemen zu tun.«

Franklin stemmte sich aus seinem Sessel hoch und hielt sich dabei am Tisch fest. »Unser Problem ist, dass wir keine moralische Grundlage ...«

»Hören Sie doch auf mit dem Scheiß!«, brüllte Gottfried. »Wir tun doch alles, was wir können ...«

Franklin wedelte mit einem verkrümmten Finger durch die Luft. »Sie wollen eine Regierungsübernahme des Finanzdienstleistungsbereichs! Das würde Ihnen gut in den Kram passen!«

»Sie leiden an Verfolgungswahn!«

»Wir verschwenden unsere Zeit!«, bellte Sanchez von der Seite des Tischs. »Wir verschwenden alle Zeit …«

»Nein«, sagte Franklin, »das ist der springende Punkt an der Sache. Und wenn Sie das nicht sehen, sind Sie ein kompletter Idiot!«

Auf einmal schrien sie alle durcheinander und gestikulierten mit den Händen in der Luft herum. Irgendjemand schlug mit der Faust auf den Tisch; Hummels dachte, es sei Franklin, aber er stand nur da und schrie und wurde rot im Gesicht. Zwei der anderen Direktoren – und bis auf Hummels waren alle Männer – standen ebenfalls da, und einer von ihnen zeigte wütend mit einem Finger auf Franklin, während der andere mit Hummels zu reden schien, aber sie konnte ihn nicht verstehen.

»Wie bitte?« Hummels versuchte, den Lärm zu übertönen. »Was haben Sie gesagt?«

Es war Chen von der Zentrale in Washington, eine Stimme der Vernunft, aber sie konnte ihn nicht verstehen, und Franklin bewegte sich durch den Raum auf Lattimore zu, wobei er noch lauter schrie. Hummels dachte, sie sollte vielleicht den Sicherheitsdienst rufen, aber das war Wahnsinn – Mitglieder des Direktoriums der Federal Reserve brauchten nicht die Polizei, um eine ihrer Auseinandersetzungen zu beenden, oder?

»Meine Herren!«, schrie Hummels. »Meine Herren!« Aber niemand hörte zu. Hummels konnte spüren, wie ihr die Tränen in die Augen traten, aber sie wusste, dass Tränen die Männer im Raum nur noch verrückter machen würden – Tränen wären wie Blut im Wasser bei hungrigen Haien. Stattdessen griff sie sich die Wasserkaraffe aus Kristall, die vor ihr auf dem Tisch stand, hob sie mit einer schnellen Bewegung in die Höhe und ließ sie dann mit einem lauten Krachen auf dem Konferenztisch landen. Das Glas zersplitterte mit einem scharfen Knall, und Scherben und Wasser und Eiswürfel flogen in alle Richtungen.

Jeder im Raum erstarrte und wurde still. Franklin, der Bauch an Bauch mit Lattimore dastand, trat einen Schritt zurück und starrte Hummels überrascht an. Lattimore wischte mit einer Hand Glassplitter von seinem Jackett. Wasser tröpfelte vom Tisch auf den Teppich hinab.

»Heilige Scheiße«, flüsterte Lattimore.

Hummels schaute allen in die Augen, einem nach dem anderen, während ihre Atemzüge wieder ruhiger wurden. »Das hier ist kein Schulhof, und wir sind keine Kinder. Wir sind das Direktorium der Federal Reserve, und wir werden uns mit dem Respekt anderen gegenüber benehmen, der unserer Stellung gebührt. Wir sind erwachsene Menschen und dienen der Bevölkerung dieses Landes, weil uns der Präsident dazu bestimmt hat. Vergessen Sie das nicht.«

Sie wandte sich an Lattimore und Franklin. »Meine Herren, gehen Sie zurück auf Ihre Plätze.«

Lattimore, der einen erschrockenen Eindruck machte, setzte sich sofort hin, aber Franklin blieb an der Tischkante stehen, immer noch einen Anflug von Renitenz im Blick.

»Larry« – Hummels' Stimme überschlug sich –, »setzen Sie sich, zum Teufel, oder ich rufe die Bankpolizei und lasse Sie aus dem Raum entfernen. Und dann werde ich dem Präsidenten eindringlich nahelegen, Sie auch aus dem Direktorium zu entfernen. Für immer.«

Franklin machte den Mund auf, um etwas zu erwidern,

schien es sich dann aber anders zu überlegen und ging zurück an seinen Platz.

Hummels holte noch einmal Luft und spürte, wie ihre Kraft und ihre Energie wieder zurückkehrten. »Also« – ihre Stimme nahm wieder einen normalen Tonfall an – »ich glaube, der Kongress muss Mittel für den Notfall bereitstellen, um irgendwelche Institutionen – Banken oder Maklerfirmen oder Versicherungsgesellschaften – abzusichern, die mit der drohenden Gefahr eines Zusammenbruchs konfrontiert sind. Zu diesem Zweck habe ich Leonard Harris, den Vorsitzenden des Unterausschusses für die Bankenaufsicht, gebeten, sich für den Rest unserer Sitzung …«

»Madam Chairwoman«, wurde sie von einer schwachen Stimme unterbrochen.

Hummels drehte sich überrascht um, einen Anflug von Zorn auf dem Gesicht. Adelaide saß hinter und ein wenig links von ihr, und ihr Gesicht rötete sich bereits. »Adelaide, ich bin gerade dabei …«

»Der Kongressabgeordnete Harris …«

»… zum Direktorium zu sprechen, und ich lasse mich nicht …«

»… ist verschwunden«, brachte Adelaide piepsend heraus.

Hummels starrte ihre Assistentin verblüfft an.

»Ich habe es überall versucht. Niemand weiß, wo er ist. Er ist ohne Entschuldigung abwesend. Hat niemandem ein Wort gesagt. Nirgendwo.«

»Ich habe gestern Abend mit ihm gesprochen«, erklärte Hummels. »Er sagte, er würde hier sein.« Sie spürte Panik in sich aufsteigen: Harris war die Schlüsselfigur, wenn man während einer Krise vom Kongress Geld bewilligt haben wollte. Ohne seine Mitwirkung würde dieser Vorgang mehrere Tage dauern. Vielleicht Wochen. Sogar Monate. Oder es würde gar nichts passieren.

Ihre Assistentin schüttelte heftig den Kopf, und während sie das tat, legte sie ihr Smartphone auf den Tisch, um es Hummels zu zeigen. »Da ist noch etwas.« Adelaide tippte auf das Handy, und eine Nachrichten-App erschien auf dem Bildschirm. »Ein LKW ist gerade auf der George Washington Bridge hochgegangen. Der ganze Verkehr in die Stadt und aus ihr heraus ist gestoppt worden. Das reine Chaos.«

Alle im Raum rangen nach Luft. Hummels spürte, wie ihre Knie zitterten, und plötzlich fing Lattimore wieder an zu schreien, und Franklin war aufgesprungen, und Chen und Cohen, auf deren Gesichtern sich Angst zeigte, wiesen beide auf Hummels. Der Sitzungssaal war erneut von Lärm erfüllt. Adelaide schaute Hummels an, während der Raum in Raserei versank, und sagte leise und mit angstgeweiteten Augen: »Was ist los?«

Caroline Hummels, neu ernannte Vorsitzende der Federal Reserve Bank der Vereinigten Staaten von Amerika, schüttelte den Kopf. »Ich habe keine Ahnung.«

51

FBI-AUSSENSTELLE, LOWER MANHATTAN, 24. JUNI, 16:15 UHR

Garrett sah die ersten Berichte über den Unfall auf Twitter, während schnelle und wütende Aktualisierungen von News-Seiten kamen. Ein LKW hatte sich auf der oberen Ebene der George Washington Bridge quergestellt, seine Benzintanks waren explodiert und hatten das gesamte Fahrzeug und seine unbekannte Ladung in der Mitte der Fahrbahn in Brand gesteckt. Rettungskräfte und Feuerwehrleute waren bislang nicht in der Lage gewesen, an den Flammen vorbeizukommen, und deshalb war die Zahl der Toten unbekannt, aber man ging davon aus, dass der Fahrer des LKWs getötet worden war. Berichten von Augenzeugen zufolge waren zwei Menschen aus dem Fahrzeug entkommen und auf der Brücke in Richtung Osten gelaufen, nach Manhattan hinein.

Die Brücke war gesperrt. Der Verkehr nach Manhattan und der aus Manhattan heraus war an allen Tunneln und den anderen Brücken zum Stillstand gekommen. Die Angst, von der die Stadt am Morgen ergriffen worden war, explodierte allmählich zur Panik, und das mitzuerleben war verblüffend. Den Medien nach zu urteilen war der Weltuntergang nahe. Alles Mögliche konnte als Nächstes passieren – Bomben, Schießereien, Wirbelstürme. Alles. Die ganze Insel Manhattan konnte im Atlantik versinken.

Garrett beobachtete mit Erstaunen, wie sich das Chaos entfaltete. Er stellte fest, dass er zwischendurch Vergnügen bei diesem Anblick empfand. Immer noch gab es einen kleinen wütenden Jungen in seinem Kopf, der großen Spaß daran hatte, mit Dingen zu werfen und Dinge kaputt zu machen und die Welt in winzige Stücke zu zerschmettern. Er fragte sich, ob Ilja Markow einen ähnlichen kleinen Jungen in seinem Gehirn beherbergte. Garrett hatte den Verdacht, dass es sich so verhielt. Die Verbindung zwischen ihnen beiden wuchs in Garretts Gedanken, das Muster ihrer Beziehung verdrehte sich ineinander wie die faserigen Stränge eines Seils, die immer verwickelter, immer komplizierter wurden. Garrett fragte sich, ob Markow irgendwo dort draußen das ebenfalls fühlen konnte. Er fragte sich, was Markow für ihn empfand. Er fragte sich und hatte Angst.

Chaudry überwachte die Fortschritte, indem sie Agenten im Außendienst anrief, und Alexis machte das Gleiche, rief aber Washington, D.C. an. Beide schrien von Zeit zu Zeit Aktualisierungen durch den Raum, sich gegenseitig damit überbietend, was sie von ihren Gewährsleuten erfahren hatten. Garrett fand es amüsant, dass die beiden eine Art bürokratisches Geheimdienst-Kräftemessen veranstalteten – wer konnte die Welt der Daten schneller und besser in den Griff bekommen. Natürlich hatte Garrett mehr Informationen an seinen Fingerspitzen als beide zusammen, aber er hatte nicht vor, etwas zu sagen. Er hatte einen anderen Gedanken – vielleicht war es gar kein Machtgerangel zwischen den beiden. Vielleicht kämpften sie um ihn.

Garrett hielt das ebenfalls für amüsant, wenn es denn zuträfe, aber er vermutete, dass diese Idee eher einer privaten Phantasie entsprang als objektiver Wirklichkeit, und er hatte nicht die Zeit, die Idee genauer zu analysieren. Er und der Rest des Teams waren zu sehr damit beschäftigt, die crowdgesourcten Antworten durchzusehen, nach denen sie im Internet gefragt hatten. Die Ergebnisse waren sowohl informativ gewesen – sogar inspirierend – als auch gelegentlich idiotisch. Mehr als 160 000 Antworten gab es allein auf Reddit, und weitere 25 000 erschienen auf der hastig konstruierten Website, die Mitty vor drei Stunden zum Laufen gebracht hatte.

»Ich bekomme eine Menge ›Verübt ein Attentat auf den Präsidenten‹-Vorschläge«, rief Mitty von ihrem Computer herüber.

»Ich auch«, sagte Patmore. »Und ›Bombardiert den Kongress‹.«

»Entsorgt sie«, sagte Garrett. »Ohne weiteres Nachdenken. Genauso wie alles andere, das zu weit außerhalb der Glockenkurve der Wahrscheinlichkeitsdichtefunktion liegt. Es muss machbar sein.«

Celeste rief zur Gruppe hinüber: »Es gibt eine Menge bankbezogener Treffer. Versuchen, einen Bankensturm auszulösen.«

»Aber wie macht man das?«, fragte Garrett.

Celeste scrollte durch ihren Bildschirm. »Fünfundzwanzig Prozent erwähnen den Geldautomaten-Hack.«

»Originell«, sagte Garrett. »Wenn man bedenkt, dass es schon dazu gekommen ist.«

»Vierzehn Prozent sagen, erschießt den Vorstandssprecher der Bank. Sieben Prozent sagen, setzt Gerüchte über einen Zusammenbruch in die Welt.«

Bingo rief von seinem Laptop: »Ich habe zwanzig Prozent, die vorschlagen, wir sollen den amerikanischen Dollar abwerten.«

»Machen sie irgendwelche Vorschläge, wie man das tun kann?«, fragte Garrett. »Weil ich mit der Information einen Arsch voll Geld verdienen könnte.«

Es wurde schnell klar, dass es keine originelle Idee war, einen Lastwagen in der Mitte der George Washington Bridge zur Explosion zu bringen: 6447 andere Leute hatten so viel von der Idee gehalten, dass sie sie online gepostet hatten. Das war ein vielversprechendes Zeichen; es bedeutete, dass sie auf der richtigen Spur waren. Garrett begann, etwas zu sehen, ein schmales Rohr von einem Muster, einen Argumentationsstrang, der immer wieder von den fachspezifischen Beiträgen ins Spiel gebracht wurde, von den Leuten, die die Finanzwirtschaft besser verstanden als alle anderen. Er fragte sich, warum er nicht selbst daran gedacht hatte, begriff dann aber, dass das der größte Vorzug des Crowdsourcing war: Du musstest nicht an alles denken. Es gab andere, die für dich die Arbeit machen würden.

Einen Moment lang kam ihm die IPO-Aktie Crowd Analytics in den Sinn. Hatte es mehr Bewegung bei dieser Aktie gegeben? Hatte das Geld in dem Dark Pool wieder zugeschlagen? Er überprüfte das und entdeckte, dass die Aktie sich im Gleichschritt mit dem weiteren Markt bewegte, und die Richtung war abwärts, aber nicht unabhängig abwärts. Doch die Idee ließ ihn nicht los: Wie hing Crowd Analytics damit zusammen? Er ging zurück zu Reddit. Leute, die sich im Finanzwesen auszukennen schienen, zeigten immer wieder auf eine Institution und auf eine Person, und das war nicht Crowd Analytics. Nach ihrer Ansicht waren Macht und Größe keine gute Sache: Sie waren das Gegenteil. Sie waren eine Schwachstelle, und Garrett war ihrer Meinung.

»Ich glaube, ich weiß, was er tun wird«, sagte Garrett.

»Okay, erzählen Sie es mir«, sagte Chaudry schnell. »Falls wir eine Aktion planen sollten, muss ich es jetzt wissen. Die Außenstelle ist überfordert. Fast jeder Agent ist im Außendienst.«

»Nicht Sie.« Garrett schüttelte den Kopf. »Sie sind nicht diejenige, die es wissen muss.«

»Ich muss es auf jeden Fall wissen«, sagte Chaudry lauter. Sie warf Alexis einen Blick zu, die durch den Raum auf Garrett zukam.

»Zu groß, um zu scheitern«, sagte Garrett. »Wir sagen es dem Mann, der zu groß ist, um zu scheitern.«

Robert Andrew Wells jun., Präsident und Vorstandsvorsitzender von Vanderbilt Frink, rief vom Büro aus seine Frau an und sagte ihr, sie solle eine Tasche für sich, eine für ihn und zwei für die Kinder packen. Er wies sie an, so viel unverderbliche Lebensmittel aus den Küchenschränken einzupacken, wie ihrer Ansicht nach auf den Rücksitz ihrer Limousine passte, und als sie ihn fragte, warum, antwortete er, es handele sich »um eine Sicherheitsmaßnahme«.

»Geht es um diesen LKW-Unfall auf der Brücke? Und die Hungerkrawalle?«

»Nein. Na ja, vielleicht. Nur zur Vorsicht. Und es gibt keine Hungerkrawalle. Nur Leute, die überreagieren. Jedenfalls wäre es mir einfach lieber, wenn ich euch drei im Landhaus wüsste. Ich habe dafür gesorgt, dass ein Hubschrauber auf dem Heliport an der 34th Street auf euch wartet. Ich werde versuchen, es bis zum Ende des Tages nach draußen zu schaffen. Vielleicht morgen Vormittag.«

Wells hatte sieben Morgen Land am Strand in den Hamptons mit einem weitläufigen Haus und einer Garage, die hinter der Straße versteckt lagen und zur zusätzlichen Sicherheit eingezäunt waren. Wenn er und seine Familie sich dort aufhielten, beauftragte Wells eine private Sicherheitsfirma damit, das Grundstück zu bewachen, weil er sich dachte, dass man nicht vorsichtig genug sein konnte, wenn man so viel Geld hatte wie er.

Er beendete das Telefongespräch mit seiner Frau und traf

letzte Vorbereitungen für die Pressekonferenz. In einer halben Stunde würde er im Scheinwerferlicht stehen. Sein Stab hatte bereits eine Erklärung zur derzeitigen Stabilität von Vanderbilt Frink und eine Liste von Gesprächsthemen aufgesetzt, falls die Journalisten irgendwelche Fangfragen riefen. Er würde versuchen, nach außen Selbstvertrauen und Gelassenheit zu vermitteln und eine Aura zukünftigen Erfolgs auszustrahlen, aber er wusste, die Medien würden ihn herunterputzen. Sie würden alles sagen oder schreiben, um ihn fertigzumachen, und hätten kein Problem damit, ihm die Schuld am derzeitigen Zustand der Wirtschaft in die Schuhe zu schieben. Das war es, was die Medien mit reichen Leuten machten.

Wells schickte seinem Fahrer eine SMS, er solle ihn in vier Minuten am Seiteneingang des Gebäudes erwarten, und traf seinen Bodyguard Dov vor den Aufzügen.

Wells' Assistent Thomason war bereits an seiner Seite und flüsterte ihm eine Litanei von Aktualisierungen zu den derzeitigen Nachrichten und dem Zustand der Wirtschaft ins Ohr. »Die Polizei hat die Ursache des Unfalls noch nicht genau bestimmen können, schließt Terrorismus nicht aus; die Brücke ist geschlossen; der Verkehr nach oder aus Manhattan heraus staut sich.«

»Haben Sie den Hubschrauber für Sally und die Kinder organisiert?«

»Aufgetankt und bereit.« Thomason zögerte keine Sekunde. »Die Vandy-Aktie ist noch einmal sieben Punkte gefallen, Stand von vor zehn Minuten, zwei weitere Analysten stufen sie als Verkauf ein, und der weitere Markt ist bei der Schlussglocke noch einmal um dreißig Punkte gefallen ...«

Wells hob eine Hand, um Thomason zu unterbrechen, als sie in den Aufzug traten. »Ich muss zur Ruhe kommen.«

»Ja, Sir.«

Sie fuhren bis zum Erdgeschoss hinunter. Die hinteren Aufzüge führten zum Eingang der leitenden Angestellten, eine
nicht gekennzeichnete Tür, die auf die 47th Street hinausging.
Wells benutzte sie meistens, um das Gebäude zu verlassen,
weil er fand, er dürfe nicht zu vorhersehbar sein, was sein
Kommen und Gehen betraf. Er war sich darüber im Klaren,
dass die Chance, jemand könnte ihn entführen oder ermorden
wollen, nicht besonders groß war, aber Vorsicht war geboten,
und überhaupt war die letzte Woche für einen Bankmanager
keine normale Zeit gewesen.

Der Aufzug machte ping, bevor sich im Erdgeschoss die
Tür öffnete, und Dov verließ ihn zuerst, wie er es immer tat,
und überprüfte den Flur nach möglichen Gefahren. Er winkte
Wells und Thomason nach draußen, und die drei verließen das
Gebäude durch eine Sicherheitstür.

Auf der Straße sah sich Wells mit einer Mauer aus Lärm
konfrontiert. Es war ein wildes Durcheinander: dröhnende
Hupen, schreiende Menschen, Motoren im Leerlauf. Der
Verkehr war auf der 47th Street zum Stillstand gekommen,
und große Mengen von Fußgängern schienen auf den Bürgersteigen vor und zurück zu laufen. Wells erkannte sofort,
dass es nicht leicht sein würde, zu der Pressekonferenz zu gelangen – sie hatten ein Zimmer in einem NBC-Studio an der
Rockefeller Plaza gebucht.

»Wir müssen vielleicht zu Fuß gehen, Sir«, sagte Thomason,
nach einem Blick auf die Straße, und Wells nickte zustimmend.

Dov machte den Mund auf, um etwas zu sagen – vermutlich
um zu widersprechen, um zu erklären, wie gefährlich es sei,
dachte Wells –, als Wells aus dem Augenwinkel eine Dreier-
gruppe näher kommen sah, direkt auf ihn zu, und eine der drei
Personen hielt etwas hoch, als wolle sie ihm etwas zeigen. Sie
schrie ihm etwas zu, aber Wells konnte bei dem Lärm nichts

verstehen. Dov bemerkte die drei ebenfalls und stellte sich blitzschnell vor Wells, während seine Hand in seinem blauen Blazer verschwand, vermutlich bereits den Griff seiner Glock .23 umfasste.

»Stehen bleiben!«, sagte Dov mit seinem starken israelischen Akzent, aber die drei Leute kamen unbeirrt weiter auf sie zu, was Wells für eine schlechte, vielleicht sogar gefährliche Idee hielt, aber bevor er irgendetwas sagen konnte, tauchte eine vierte Gestalt an Wells' linker Seite auf, ein großer Kerl im Tarnanzug, und legte seine Arme um Dov, bevor der Israeli reagieren konnte.

»Nicht so schnell, Kumpel«, sagte der Kerl in Tarnkleidung, der Dov umfasst hielt. Dov versuchte, ihn abzuschütteln, aber die zwei verloren das Gleichgewicht und landeten auf der Motorhaube eines geparkten Wagens, krachten gegen das Blech und prallten ab und fielen auf den Boden wie zwei Wrestler in einem getürkten Ringkampf.

»Was, zum Teufel …«, bellte Wells, aber die Frau war jetzt nur noch drei Schritt entfernt und schrie Wells an.

»Special Agent Jayanti Chaudry, FBI!«, rief sie, und jetzt konnte Wells sehen, dass das Ding, was sie ihm entgegenstreckte, eine FBI-Marke war. »Robert Andrew Wells? Wir müssen mit Ihnen reden.«

Wells glaubte ihr kein Wort. Diese Frau sah nicht wie eine FBI-Agentin aus, und wenn sie eine war, warum war sie dann nicht von anderen Agenten umgeben, anstatt von einem Schläger, der einen Arbeitsanzug trug, und noch einem jungen Mann in Jeans und T-Shirt. Nichts davon ergab einen Sinn.

»Ich habe keine Ahnung, wer, zum Teufel, Sie sind, aber ich werde die Polizei rufen – und Sie müssen meinen Bodyguard loslassen.« Als Wells auf Dov zuging, um nach dem Soldaten zu greifen, der ihn gepackt hielt, trat ihm eine junge Frau in den

Weg. Sie war kraushaarig und pummelig und hatte einen Behälter mit Pfefferspray in der Hand – direkt auf Wells gerichtet.

»Na, na, na, auf keinen Fall.« Sie klang so, als wäre sie gerade mit dem D-Train aus der Bronx gekommen. »Geh zurück, Kumpel. Wird alles wieder gut.«

Wells wich zurück und hielt nach Thomason Ausschau, aber sein Assistent lief bereits die Straße hinunter, entfernte sich von dem Ärger, so schnell ihn seine Beine tragen konnten. Wells verfluchte ihn im Stillen und schwor sich, ihn zu feuern, sobald er aus dieser Bredouille heraus war.

»Sie stecken in ernsthaften Schwierigkeiten«, fuhr ihn jemand an. Als Wells sich umdrehte, sah er den jungen Mann in Jeans auf sich zukommen. Er strahlte ein fast arrogantes Selbstbewusstsein aus. »Und wenn Sie sich nicht darum kümmern, sind Sie am Arsch.«

»Wer, zum Teufel, sind Sie?«

»Garrett Reilly. Ich bin bei Jenkins & Altshuler für die Wertpapieranalyse zuständig.«

Wells blinzelte überrascht. Was, zum Teufel, sollte das hier alles? Trotzdem kam ihm der Name bekannt vor. Irgendwo in seinem Hinterkopf wusste er, wer Garrett Reilly war.

»Irgendjemand ist darauf aus, Vandy den Garaus zu machen«, sagte Reilly. »Die größte der Banken, die zu groß zum Scheitern sind, in die Knie zu zwingen und die Wirtschaft zugrunde zu richten.«

Wells schüttelte vehement den Kopf. »Das ist Schwachsinn. Das ist nicht zu schaffen.«

»Wirklich? Haben Sie sich heute schon mal umgesehen?« Reilly machte eine umfassende Geste, die den gestauten Verkehr und die Kakophonie der Hupen einschloss. »Sieht das für Sie normal aus?«

»Das hat nichts mit Vandy zu tun.«

»Es hat alles mit Vandy zu tun. Seien Sie kein Idiot.«

Wells machte wütend einen Schritt auf Reilly zu. Wenn diese Leute ein Attentat auf ihn geplant hatten, okay, bitte sehr, sollten sie ihn erschießen, aber er würde sich von niemandem etwas über das Finanzbusiness erzählen lassen, und ganz bestimmt nicht von so einem jungen Arschgesicht. »Ich weiß nicht, für wen, zum Teufel, Sie sich halten, aber Sie haben nicht die beschissenste Ahnung von meinem Geschäft, also lassen Sie meinen verdammten Bodyguard los, weil ich an einer Pressekonferenz teilnehmen muss. Ich muss tatsächlich versuchen, diese Stadt zu beruhigen, anstatt mir verrückte Verschwörungstheorien anzuhören.«

»Sie haben einen Maulwurf in Ihrem Unternehmen. Irgendwo in der Bank. Und der Maulwurf ist kurz davor, Sie aus Ihrem Geschäft rauszuhebeln.«

Wells erstarrte. Seine Gedanken überschlugen sich. Wenn es eine Sache gab, vor der er wirklich Angst hatte, dann war es genau das: Ein Angestellter tief im Innern seines Unternehmens, jemand mit Zugang zu Fonds und Transaktionen und Derivaten, der mit ihm ein Hühnchen zu rupfen hatte oder auch nur völlig inkompetent war und der, indem er schreckliche, grauenhaft dumme Risiken einging, die Finanzen von Vandy aushöhlte und die Bank in den Abgrund trieb. Wells hatte zu genau diesem Thema zahllose Meetings einberufen und sich von unzähligen Beratern sagen lassen, wie man so etwas verhindern könne, aber trotzdem verfolgte ihn diese Vorstellung: ein Mann an irgendeinem Schreibtisch, der langsam bei hochspekulativen Anlagen ein Risiko nach dem anderen einging. Investitionen, die alle zum gleichen Zeitpunkt fällig werden und eine solche Flutwelle von Schulden erzeugen würden, dass Vandy in sich zusammenfiele, ohne dass irgendjemand das verhindern konnte.

Es würde einen Sturm auf die Bank auslösen, nach dem es keinen weiteren mehr gäbe.

»Woher wissen Sie das?«

»Crowdsourcing«, sagte der junge Mann.

Wells stieß ein erstauntes Schnauben aus. War das ein Witz? »Sie haben die Idioten, die sich im Netz in den Kommentarbereichen rumtreiben, um ihre Meinung gebeten, und das Ergebnis wollen Sie mir als eine Art Katastrophenwarnung verticken? Sind Sie bescheuert?« Bevor Reilly antworten konnte, fiel es Wells plötzlich ein, wo er den Namen schon mal gehört hatte. Er war – »Avery Bernsteins Junge. Sie sind einer von seinen selbst gezogenen, quantitativen Analysten. Ein Muster-Freak.«

Reilly gab nicht zu erkennen, ob das zutraf, aber es gab noch etwas über Reilly, etwas, das er nicht genau ausmachen konnte – ein Gerücht vielleicht oder ein Skandal. Die Erinnerung daran existierte irgendwo in seinem Kopf, knapp außerhalb seiner Reichweite.

»Wenn Sie diesen Maulwurf nicht finden, werden Sie abstürzen, und Sie werden alle anderen mit sich reißen«, sagte Reilly gleichmütig.

»Wir haben Schutzmaßnahmen eingebaut. Rechnungsprüfer, Dienstvorgesetzte, Buchhalter. Einen Algorithmus zum Risikomanagement. Jede Transaktion wird überprüft, jedes bisschen Leverage wird in Betracht gezogen.«

»Das ist Quatsch, und das wissen Sie auch. Sie wissen nicht mal die Hälfte von dem, was in Ihrer Bank vor sich geht.«

Wells zeigte mit dem Finger auf Reillys Gesicht. »Ich habe keine Zeit hierfür. New York hat keine Zeit hierfür.« Wells wandte sich den beiden Männern zu, die immer noch miteinander auf dem Bürgersteig rangelten. »Lassen Sie ihn los, oder ich schwöre bei Gott, ich werde Sie alle verhaften lassen.«

Er wandte sich an die Frau, die behauptete, beim FBI zu sein. »Und falls Sie wirklich vom FBI sind, und das bezweifle ich ernsthaft, werde ich Sie so schnell rausschmeißen lassen, dass Ihnen Hören und Sehen vergeht. Sie können von Glück reden, wenn Sie einen Job bei der Passagierkontrolle in Duluth, Minnesota, bekommen.«

Die Frau vom FBI nickte dem Marinesoldaten auf dem Bürgersteig zu. »Lassen Sie ihn los.«

Der Mann im Tarnanzug gab Dov frei, und der große Israeli sprang auf die Füße und riss die Pistole aus seinem Jackett. Er richtete sie auf den Mann, der ihn festgehalten hatte, und schrie: »Wenn du mich noch einmal anfasst, bring ich dich um!«

»Hey, war nicht persönlich gemeint«, sagte der Marine lächelnd. »Nur ein freundliches Gerangel.«

Wells wollte gehen. Er konnte Thomason an der nächsten Ecke stehen sehen, der angeregt in sein Handy sprach. Vermutlich rief der die Polizei an, dachte Wells, was genau das war, was er hätte tun sollen. Vielleicht würde er Thomason doch nicht feuern – zumindest noch nicht.

»Sie glauben, Ihre Bank ist zu groß zum Scheitern«, rief Reilly hinter Wells her. »Sie glauben, Worst-Case-Scenario ist: Die Regierung schaltet sich ein und holt uns aus der Patsche. Die Regierung kann einfach mehr Geld drucken.«

Wells blieb stehen. Das glaubte er. Er drehte sich um und schaute sich die Ansammlung von Keystone Kops an, die ihn überfallen hatten. Sie standen in einer Gruppe zusammen, jung und ziemlich abgerissen, ganz und gar nicht die Leute, von denen Wells erwartet hätte, dass sie ihm die Vorzeichen einer Katastrophe präsentieren würden.

»Aber was Sie nicht verstehen, ist, dass die Leute, die das anrichten, daran schon gedacht haben«, sagte Reilly. »Sie sind

Ihnen einen Schritt voraus. Und sie sorgen dafür, jetzt im Moment, dass die Regierung Ihnen keine Beachtung schenkt, wenn Sie um Hilfe rufen.«

Wells spürte den Stich eines Zweifels in der Magengegend. Um ihn herum würgte und brummte die Stadt voller Panik; die Juniluft war erfüllt von Angst und Stress, von besorgten Rufen und hektischen Bewegungen der Ungewissheit.

Reilly starrte ihn an. »Ich verspreche Ihnen – Sie werden es nicht kommen sehen.«

52

MANHATTAN, 24. JUNI, 17:07 UHR

Nachdem der LKW explodiert war, gingen Ilja und Uni den Rest der Strecke auf der George Washington Bridge zu Fuß nach Manhattan. Das war nicht schwierig, auch nicht bei dem heißen Wind, der über den Hudson River blies, weil das Chaos der Explosion die obere Ebene der Brücke leer geräumt hatte, und als Rettungsmannschaften und Streifenwagen aus Manhattan zum Feuer strömten, ignorierten sie die Fußgänger, die vor der Katastrophe flohen, genau wie Ilja es erwartet hatte.

Yuri S. war nicht so glücklich, und sein Missgeschick war ebenfalls beabsichtigt. Ilja hatte an diesem Nachmittag beschlossen, dass der junge Ukrainer heroisch sein Leben für die Sache opfern müsse, und das tat er auch, obwohl das mit dem Heroismus Interpretationssache war.

Yuri S. hatte den LKW wie geplant genau auf Höhe der Brückenmitte quer in den Nachmittagsverkehr gestellt, dabei einen Hyundai zerquetscht und einen Geländewagen gegen die Leitplanke gedrückt. Der Sattelzug war über drei Spuren gerutscht und drohte umzukippen, was er aber nicht tat, weil Yuri S. seine Aufgabe meisterhaft erledigte. Es hatte sich nämlich herausgestellt, dass er während seines Studiums kurze Zeit Sattelschlepper auf der Strecke zwischen Kiew und Donezk gefahren hatte. Er war ein Mann mit vielen Begabungen, und es war traurig – ein bisschen wenigstens –, ihn zu verlieren. Als der LKW mit kreischenden Bremsen zum Stehen kam, umarmte Ilja Yuri S.

»Ein gut gemachter Job«, hatte Ilja gesagt und Yuri S. dann ohne Warnung einen angespitzten Schraubenzieher in den Unterleib gerammt. Ilja musste hart gegen das Werkzeug drücken, um die Haut zu durchstoßen, aber sobald die erste Schicht gerissen war, traf der Schraubenzieher nicht mehr auf großen Widerstand, und Ilja bewegte ihn mehrmals in den weichen Eingeweiden des Ukrainers hin und her. Ilja hatte sich gedacht, dass ein angespitzter Schraubenzieher dem Gerichtsmediziner, der die Autopsie bei Yuri S. vornehmen würde, etwas mehr Erklärungsarbeit abverlangen würde als eine Schusswunde. Yuri S. hatte vor Überraschung aufgeschrien, aber als er begriff, was mit ihm geschah, hatten Ilja und Uni das Führerhaus verlassen, und Ilja hatte das Handy angewählt, das an der Rohrbombe befestigt war.

Die Bombe explodierte sofort und hüllte den LKW in Flammen ein. Das Feuer brannte schonungslos, aber Uni und Ilja schauten nicht zurück. Ilja hatte geschätzt, dass sie fünfzehn Minuten Zeit hätten, um den Schauplatz zu verlassen, bevor die Polizei damit begann, Augenzeugen aufzutreiben. Und er hatte recht.

Fünfzehn Minuten nach der Explosion, genau in dem Moment, als die beiden Manhattan erreichten, riegelte das NYPD alle Zugänge und Ausgänge der Brücke ab, und jeder, der sich noch auf ihr befand, würde eine Polizeikontrolle passieren müssen, um die Brücke verlassen zu können. Ungehindert und unbeobachtet gingen Ilja und Uni zur 175th Street und bestiegen den A-Train in Richtung Downtown. Die U-Bahn war voll mit Fahrgästen, die auf ihre Handys starrten und die neuesten Nachrichten verschlangen. Sie sahen erschrocken aus, und das gefiel Ilja. Ein Mann rief sogar »Ach, du Scheiße« aus, als er eine Nachricht auf seinem iPhone las. Ilja und Uni stiegen an der 42nd Street aus, und Ilja kam sich vor wie ein Kind, das gleich seine Weihnachtsgeschenke auspacken würde – er konnte es fast nicht abwarten, die Wirkung zu beobachten, die sein Einsatz auf die Stadt hatte.

Als sie durch das Port Authority Bus Terminal gingen, war Ilja nicht enttäuscht. New Yorker standen in Schlangen von vierzig bis fünfzig Leuten an, um Busse zu besteigen, die die Stadt verließen. Dutzende von Polizisten versuchten, für Ordnung zu sorgen, aber die Busreisenden – oder Möchtegern-Busreisenden – wollten nichts davon wissen und schubsten sich gegenseitig aus dem Weg, um an die Spitze ihrer jeweiligen Schlange zu gelangen, zerrten Koffer und Kartons hinter sich her, um sie in die Gepäckfächer ihrer Busse zu stopfen, und benahmen sich überhaupt wie erschrockene Tiere. Die Lautsprecheranlage spuckte eine lange Litanei von verspäteten Abfahrten aus, unterbrochen von Aufrufen an die Leute, Ruhe zu bewahren.

»Schafe«, sagte Ilja zu Uni, während sie beobachteten, wie sich das Chaos ausbreitete. »Ein Mensch sucht Schutz, und dann tun es alle. Als ob es einem Sicherheit garantiert, wenn man Teil der Menge ist. Eine Gruppe kann genauso leicht in die Gaskammer geschickt werden wie ein Individuum.«

Uni drückte ihm glücklich die Hand, und Ilja spürte einen Stich des Unbehagens; physische Nähe war schwierig für ihn, besonders wenn sie nicht direkt mit sexueller Befriedigung verbunden war. Aber er hielt ihre Hand trotzdem fest, weil er wusste, dass ab jetzt alles, was die Zukunft betraf, ungewiss war und dass er vielleicht eine Zeit lang mit menschlichem Kontakt experimentieren wollte. Er könnte morgen tot sein. Das Gleiche könnte für Uni gelten.

»Wenn ich mit dir zusammen bin, habe ich den Eindruck, die Welt klarer zu sehen«, sagte Uni.

Das gefiel Ilja. Schon früh in seinem Leben hatte er gedacht, dass er die Dinge sah, wie sie waren, nicht wie sie nach dem Willen von Leuten in Machtpositionen gesehen werden sollten. Das hatte ihn immer zu einem Außenseiter gemacht. Vielleicht wurde er mit Uni zusammen zum Teil einer Gruppe. Vielleicht.

Sie gingen zu einem kleinen Lebensmittelladen im Erdgeschoss des Busbahnhofs, weil Ilja durstig war und weder er noch Uni seit dem gestrigen Abend etwas gegessen hatten. Aber die Regale des Ladens waren fast leer, und der Koreaner hinter der Registrierkasse beobachtete die vielen Menschen nervös, die Hände unter dem Tresen versteckt. Ilja nahm sich zwei Schokoriegel und eine Flasche Wasser und legte sie auf den Tresen.

»Fünfundzwanzig Dollar«, sagte der Angestellte.

»Für zwei Schokoladenriegel und ein Wasser?«, fragte Ilja.

»Fünfundzwanzig Dollar.« Die nervösen Augen des Angestellten blieben auf Ilja ruhen.

Ilja lachte. »Das ist Wucher.«

Der Angestellte sagte nichts, aber er legte schnell seine Hände auf die Schokoriegel, um zu verhindern, dass Ilja sich mit ihnen aus dem Staub machte.

»Nein, nein. Verstehen Sie mich nicht falsch. Ich bin ganz auf Ihrer Seite.« Ilja holte einen Zwanziger und einen Fünfer aus seiner Brieftasche und legte sie auf den Tresen. »Erpressen Sie alle. Und machen Sie weiter so. Das Ende kommt schneller, wenn jeder seinen Teil dazu beiträgt.«

Als sie sich umdrehten, stellte sich ihnen ein kahlköpfiger Mann mit einem engelsgleichen Gesicht in den Weg und lächelte sie breit an. Der Mann schien Ilja wiederzuerkennen, er nickte und grinste, aber Ilja hatte keine Ahnung, wer er war.

»Kann ich Ihnen helfen?«, fragte Ilja, der sich innerlich darauf vorbereitete zu kämpfen oder vielleicht zu fliehen.

»Die Stadt steht um uns herum in voller Blüte.« Der kahlköpfige Mann nickte zu dem Chaos hinter ihm in der riesigen Halle des Port Authority. »Eindrucksvolle Arbeit von Ihnen.«

Er hatte einen leichten Akzent, für Iljas Ohren deutsch, obwohl er nicht sicher sein konnte. Da Englisch Iljas dritte Sprache war, war es für ihn nicht einfach, die Feinheiten ausländischer Akzente herauszuhören. Wie dem auch sei, Ilja wollte nichts mit ihm zu tun haben. Er ergriff Unis Hand und wollte um den Mann herumgehen.

»Jemand ist auf der Suche nach Ihnen, Mr Markow.«

Ilja erstarrte.

»Nein, nein, nicht Garrett Reilly, obwohl er auch nach Ihnen Ausschau hält. Aber Mr Reilly bezahlt mich nicht.« Der Mann mit dem freundlichen Gesicht neigte leicht den Kopf, als ob er vor seinem inneren Auge ein Bild von Garrett Reilly aufriefe. »Obwohl mir Mr Reilly ziemlich gut gefällt. Mir gefällt seine Tatkraft. Ich glaube, er wird eines Tages großartige Dinge vollbringen. Ich würde ihm fast umsonst sagen, wo Sie sind.« Der Mann lächelte. »Fast.«

Iljas Gedanken überschlugen sich. Wer war dieser Mann? Könnte er das Verbindungsglied zwischen dem SWR und dem Hacker-Untergrund sein, die Kontaktperson, die Ilja mit seinen Auftraggebern in Russland zusammengebracht hatte? Der Name, den Ilja kannte, war Metternich, aber er bezweifelte, dass es sein richtiger Name war – oder dass irgendein lebender Mensch den richtigen Namen des Mannes kannte. Er war allerdings berüchtigt – ein Spion und ein Händler in Informationsdingen, eine Gefahr für jeden und alle, die ihm begegneten, ein Mann, dem man nicht trauen konnte.

»Sind Sie …«

»Namen sind nicht nötig«, zischte der Mann, wenn auch mit einem Lächeln.

»Wissen Sie, wo Reilly jetzt ist?«, fragte Ilja, der von seiner Neugierde überwältigt wurde.

»Ich habe die eine oder andere Idee, aber die sind teuer, und ich glaube nicht, dass Sie genug Geld dabeihaben.«

Ilja starrte ihn verblüfft an. Wie hatte er ihn in der Mitte dieses Chaos gefunden?

»Ich will Ihnen sagen, was mein derzeitiger Job ist. Ihnen mitzuteilen, dass Ihr Boss in New York City angekommen ist und dringend mit Ihnen sprechen möchte.«

»Mein Boss? Ich habe keinen Boss.«

Der Mann zuckte mit den Schultern und gab Ilja ein Handy. »Er wird sich bald mit Ihnen in Verbindung setzen.«

Ilja starrte das Telefon an, als wäre es ein Gerät aus der Zukunft, fremd und potenziell gefährlich. »Wie haben Sie mich gefunden?« Das musste er wissen. Der Zukunft wegen; seiner Sicherheit wegen.

»Um ein altes Sprichwort zu paraphrasieren – man ist nur so lange unsichtbar wie die Leute, mit denen man verkehrt.« Der Mann lachte und warf einen schnellen Blick auf Uni, um dann wieder Ilja anzuschauen, und Ilja begriff sofort, dass seine Beziehung zu der jungen Frau ein Fehler gewesen war. Dieser Mann hier, Metternich, hatte Ilja durch Uni aufgespürt, weil sie sein schwacher Moment war, denn niemand verbarg seine Spuren besser als Ilja. Nun ja, dachte er, was geschehen ist, ist geschehen. Er würde mit den Folgen seines emotionalen Missgeschicks leben. Er runzelte die Stirn und sah auf das billige Handy in seiner Hand.

»Sie denken gerade, dass Garrett Reilly Sie genauso finden kann wie ich«, sagte Metternich. »Das kann er allerdings. Und das wird er auch, also richten Sie sich darauf ein.«

Der kahlköpfige Mann zwinkerte ihm zu – in einer fast beleidigend vertraulichen Art –, bevor er sich abrupt umdrehte und wegging. Ilja wollte ihm gerade etwas zurufen, als das Handy in seiner Hand gleichzeitig klingelte und vibrierte. Ilja las die SMS auf dem Display.

Ya v New Yorke. Nam nato vstretit'sya. Ich bin in New York. Wir müssen uns treffen.

»Hurensohn«, sagte Ilja laut, aber zu niemand Bestimmtem. Wie war es dazu gekommen? Er war entdeckt worden, und jetzt wurde er zu einem Treffen beordert, alles innerhalb weniger Augenblicke. Er schaute hoch, um dem kahlköpfigen Mann – dem Mann, den er für Hans Metternich hielt – genau diese Frage zu stellen.

Aber der Mann war verschwunden.

53

FBI-AUSSENSTELLE, LOWER MANHATTAN, 24. JUNI, 19:43 UHR

Alexis musste den Bericht des Außenministeriums auf ihrem Handy lesen, weil das Internet in der FBI-Außenstelle nur mit der Geschwindigkeit analoger Verbindungen funktionierte. Bingo sagte, Verbindungen liefen in der ganzen Stadt im Schneckentempo, was wahrscheinlich eine Folge massiver Dienstblockadeangriffe auf Internetprovider überall in Manhattan sei. Ein kalter Schauer lief ihr über den Rücken. Als der Rest des Teams aus Uptown – von der Vandy-Hauptstelle – zurückgekommen war, suchte sie sofort nach Garrett, um ihm die Bekanntmachung zu zeigen, aber er war nirgendwo zu finden.

»Was, zum Teufel, soll das?«, sagte Chaudry. »Er ist in einem Zivilfahrzeug mit uns zurück nach Downtown gekommen. Wo ist er, verdammt noch mal?« Sie richtete ihren Zorn gegen Agent Murray, der sich den Schweiß von seinem Nacken wischte. Der Abend war heiß und schwül, selbst im FBI-Büro. »Sie sollten auf ihn achtgeben.«

Alexis trat zwischen die beiden Agenten. »Ich gehe ihn suchen. Ich bin sicher, er ist nicht weit weg.«

Sie schaute in den Toiletten auf dem zweiundzwanzigsten Stock und in den leeren Zimmern vorn im Büro nach, bevor sie nach unten ging, um auf der Straße nachzusehen. Sie entdeckte ihn einen halben Block entfernt auf den Knien am Bordstein vornübergebeugt, die Stirn an die Seitenverkleidung eines Volvo-Kombis gepresst.

»Bist du okay?«

Er drehte den Kopf, um sie ansehen zu können, und schaute dann wieder auf den Boden. »Yeah. Nur – du weißt schon …« Er stieß einen langen erschöpften Seufzer aus.

»Kann ich dir irgendwelche …«

»Ist schon okay.« Er stand schwankend auf, wobei er die Motorhaube des Volvo benutzte, um sich abzustützen.

»Du solltest nicht weggehen, ohne Chaudry Bescheid zu sagen. Sie ist sauer.«

»Sie kann mich am Arsch lecken.«

»Sie kann dich ins Gefängnis stecken«, sagte Alexis sanft. »Für lange Zeit. Das weißt du. Ich weiß es. Du musst dich benehmen.«

Er gestikulierte mit einer Hand, aber die Bewegung war schwach. Dann schloss er die Augen, als wolle er sich selbst die notwendige Kraft einflößen weiterzumachen. Alexis wartete. Um sie herum fuhren ein paar Wagen schnell über den Broadway. Lower Manhattan hatte sich geleert. Alexis vermutete, das liege daran, dass es so weit im Süden keine Möglichkeit gab, die Stadt zu verlassen. Alle klugen Passagiere hatten das sinkende Schiff bereits verlassen.

Als Garrett die Augen wieder aufschlug, gab sie ihm ihr Handy. Der Bericht des Außenministeriums stand auf dem Display. »Gennady Basanow ist vor drei Stunden am JFK in den Vereinigten Staaten eingetroffen.«

»Wer ist das?«

»Ein SWR-Agent. Der SWR ist der für die Auslandsaufklärung zuständige Arm des früheren KGB. Er ist ein Spion.« Garrett sah blass und ungesund aus. Vielleicht lag es nur an dem gelben Licht der Laternen, aber Alexis begann, sich Sorgen zu machen. »Ein Spion, der die letzten zwei Monate in Weißrussland stationiert war.«

Garretts Augen verengten sich, als er aus dem Bericht vorlas: »›Zu seinen primären Verantwortungsbereichen gehörten Sabotage und das Erzeugen politischer Instabilität.‹« Er schaute hoch. »Ein Spion und Trickbetrüger?«

»Der Unheil anrichtet. So ähnlich wie Markow.«

»Und du glaubst …«

»Dass das Timing kein Zufall sein kann. Ich glaube, er ist hier, um Markow zu suchen.«

Garrett starrte auf die Straße. »Aber warum? Falls er mit Markow Kontakt aufnehmen wollte, warum hat er ihn nicht einfach aus Russland angerufen?«

»Vielleicht macht er sich Sorgen, sein Anruf könnte verfolgt werden. Oder Markow hat vielleicht sein Handy ausgeschaltet und sein E-Mail-Konto aufgelöst. Basanow kann ihn nicht auf normale Weise finden. Deshalb kommt er hierher, um physischen Kontakt herzustellen. Um ihn im wirklichen Leben zu sehen.«

»Oder er will ihn vielleicht mit nach Hause nehmen«, sagte Garrett. »Ihn zurück nach Russland bringen.«

»Was bedeuten könnte, dass irgendwas schiefgegangen ist.«

Als Garrett sich umdrehte, um sie anzuschauen, leuchteten seine Augen auf, und die Freude, dass es ein Rätsel zu lösen gab, huschte über sein Gesicht. Das vertrieb einen Teil ihrer Sorgen. Falls Garrett Reillys graue Zellen Beschäftigung fanden, würde er überleben. Wenn sein Verstand nichts zu tun hatte, wusste nur Gott, was als Nächstes passierte.

»Glaubst du, den Russen gefällt nicht, was sie hier sehen?«, fragte er schnell. »Glaubst du, Markow hat eine Richtung eingeschlagen, die sie nicht unter Kontrolle haben? Dass er etwas tut, was sie ihm nicht zu tun befohlen haben?«

»Vielleicht. Aber ich bin mir nicht sicher, dass das unsere Lage verbessert. Könnte sie verschlechtern. Falls die russische

Regierung bestimmt hat, was geschieht, wüssten wir wenigstens, dass sie ihre nationalen Interessen im Auge hatten. Wenn Markow auf eigene Faust handelt, dann könnte er fast alles planen.«

Garrett schaute hinaus in die Nacht. Er schüttelte skeptisch den Kopf. »Eine Menge Spekulation. Wir glauben, Basanow ist ein Spion, wissen es aber nicht genau. Wir wissen nicht, ob er irgendwas mit Markow zu tun hat. Und falls er etwas mit Markow zu tun hat, haben wir keine Ahnung, ob er hier ist, um Kontakt aufzunehmen oder zu beobachten oder sich Notizen zu machen oder nur einen Vorrat an Bagels anzulegen. Zu sagen, dass all diese Dinge zutreffen und die russische Regierung nicht glücklich ist, kommt mir wie ein riesiger logischer Sprung vor. Und der krönende Abschluss ist, dass wir immer noch nicht wissen, warum die russische Regierung in genau diesem Moment Unruhe in den Vereinigten Staaten stiften möchte.«

»Aber wir wissen es vielleicht. Du hast es selbst vor ein paar Tagen erwähnt. In achtundvierzig Stunden finden Stichwahlen in Weißrussland statt. Zwischen dem prorussischen Diktator und der westlich orientierten Reformerin. Falls es im Westen zu einem Crash kommt, für wen würdest du stimmen? Für die Reformerin? Oder für den Autokraten? Diese ganze Kiste könnte damit erklärt werden, dass die Russen Unheil anrichten, um die Wahl zu beeinflussen. Es ist ein Sprung – aber es ist nicht außerhalb der denkbaren Möglichkeiten.«

»Auf einer Wahrscheinlichkeitskurve …«

»… bedeutet es ungefähr eine Chance von fünfundsiebzig Prozent.« Alexis dachte an seine weitschweifende und mit Statistik beladene E-Mail an sie, und wie unglaublich vorausschauend sie gewesen war. Garrett blickte sie an und grinste. Dieses Grinsen hatte ihn für Alexis überhaupt erst attraktiv gemacht – draufgängerisch und charmant, voller Arroganz und Selbstvertrauen, aber zugleich voller intellektueller Neugier. Sein Grinsen besagte, dass er in all die Informationen verliebt war, die die Welt zu bieten hatte. Je mehr er wusste, umso glücklicher war er. Und sie hatte ihn gerade mit einer Antwort versorgt.

»Gehen wir nach oben, oder?«, sagte er.

»Klingt gut.«

Sobald Chaudry Garrett erblickte, sagte sie: »Wenn Sie noch mal verschwinden, dann schwöre ich bei Gott, dass ich Sie erschießen werde.« Sie zeigte auf Agent Murray. »Oder ich lasse ihn das machen.«

Garrett entschuldigte sich – wozu Alexis ihn im Aufzug gedrängt hatte –, und das schien Chaudry zu besänftigen. Dann erklärten er und Alexis, was ihrer Ansicht nach vermutlich geschehen würde. Der Rest des Aszendent-Teams beobachtete, wie Chaudry, deren Zorn anscheinend verraucht war, in Betracht zog, was ihr gerade mitgeteilt worden war. Sie warf Alexis einen Blick zu, als wollte sie ihr schweigend die Frage stellen, ob das alles ernst zu nehmen sei, und Alexis nickte.

»Lassen Sie Gennady Basanow zur Fahndung ausschreiben«, sagte Chaudry zu Murray.

»Wir haben niemanden übrig«, erwiderte Murray. »Alle sind auf der Straße.«

»Mir doch egal«, sagte Chaudry beim Hinausgehen. »Und mir ist auch egal, wie die Anklage lautet. Lassen Sie sich was einfallen. Schnappen wir ihn und fragen ihn, was er weiß.«

54

MIDTOWN MANHATTAN, 24. JUNI, 21:07 UHR

Gennady Basanow staunte über die Angst, die Manhattan lähmte. Sie war überall zu erkennen – in der unberechenbaren Fahrweise und dem Hupen der Taxis und der Autos auf den Straßen, in den verzerrten Gesichtern der Fußgänger, an denen er in Lower Manhattan vorbeiging, in den mit Rollläden verschlossenen Geschäften und bei den zahllosen Polizisten, die vor seinen Augen an mehreren Straßenecken stationiert wurden. Dies hier war eine Stadt, die von den Zuckungen reiner Panik geschüttelt wurde.

Basanow hatte nicht geglaubt, dass Markow das schaffen könnte. Er hatte nicht geglaubt, dass irgendjemand das schaffen könnte. Als seine Bosse im Jassenewo vor Monaten zum ersten Mal mit der Idee zu ihm gekommen waren, dem westlichen Bankensystem einen psychologischen Schock zu versetzen, hatte er dieses Konzept als lächerlich abgetan. Natürlich hatte er zu diesem Zeitpunkt nichts gesagt; dazu war er zu intelligent und politisch zu erfahren. Aber innerlich hatte er gebrüllt vor Lachen, als seine SWR-Bosse die Möglichkeiten erörterten. Der KGB und seine Nachfolgeorganisationen waren berühmt – oder vielleicht berüchtigt – für ihre schwachsinnigen Spionagepläne. Sie arbeiteten mit Hellseherinnen und Möchtegern-Gedankenkontrolleuren, mit Hypnotiseuren und Betrügern zusammen. Unter Wladimirowitsch Andropow hatten sie sogar ausländische Staatsoberhäupter vor

Gipfeltreffen von einer Hexe mit einem Zauber belegen lassen.

Aber langjährige SWR-Funktionäre wussten, dass man dadurch solche Unternehmungen auf eigene Gefahr lächerlich machte. Doch wer konnte schon sagen, dass sie nicht erfolgreich waren: Schließlich hatten ausländische Staatsoberhäupter unerwartete Herzinfarkte erlitten, und diplomatische Kehrtwendungen waren an den unwahrscheinlichsten Orten eingeleitet worden. Vielleicht waren die Hexen ein Geniestreich gewesen. Man konnte nie wissen.

Und in den Vereinigten Staaten konnte man es auch nicht wissen. Ein Land, das derart überempfindlich auf jeden Fehltritt des Markts reagierte und davon überzeugt war, dass jeder falsche Prophet mit seiner eigenen Fernsehshow die Zukunft vorhersagen konnte – ein solches Land konnte sich bei der leichtesten Provokation in sich selbst verheddern. Ilja Markow hatte das erkannt – und war nach dieser Erkenntnis verfahren.

Nichts davon spielte jetzt eine Rolle. Basanow musste einen Job erledigen, und das hatte er zur Hälfte getan. Er hatte endlich Verbindung zu Markow aufgenommen – obwohl ihn das eine ziemliche Menge Geld gekostet hatte –, und er würde ihn in einer Stunde treffen. Aber wie sollte er innerhalb von einer Stunde den Treffpunkt – unter der Manhattan Bridge – erreichen? Ein Taxi kam nicht in Betracht. Der Verkehr hatte sich festgefahren, ein Stau aus Autos, Bussen und Lastwagen. Die U-Bahn war eine Möglichkeit, aber Basanow fuhr wegen seiner Klaustrophobie nicht gern mit der U-Bahn; und angesichts der panikartigen Stimmung in der Bevölkerung ließ allein der Gedanke an eine Menge Menschen, die ihn in einem beengten Wagen bedrängten, sein Herz schneller schlagen.

Deshalb ging er zu Fuß. Er war in ausgezeichneter Verfassung und würde nicht auffallen, das stand fest; New Yorker liefen bereits in allen Richtungen durch die Straßen. Ein weiterer zur Glatze neigender Mann mittleren Alters, der nach Downtown sprintete, würde keinen Alarm auslösen.

Er lief auf der Madison nach Süden, wechselte dann zur Park Avenue hinüber. Er blieb alle paar Häuserblocks stehen, um zu verschnaufen. An der 14th Street war er schweißbedeckt, aber das war ihm inzwischen egal. Er beschränkte sich eine halbe Meile lang auf schnelles Gehen, weil seine Beine von der Anstrengung gummiweich geworden waren und das Adrenalin in seinen Adern kreiste.

Basanow hatte auf dem langen Flug von Moskau nach New York immer wieder darüber nachgedacht, wie er mit Markow umgehen solle, wenn er ihn schließlich traf. Er war sich nicht sicher, was er zu ihm sagen würde, aber er kannte den Tenor der Information, die er dem jungen Mann weitergeben wollte: Du hast deine Arbeit erledigt. In den Straßen herrschen Panik und Chaos. Die Welt hat es gesehen und wird dementsprechend reagieren; jetzt wollen wir beide dieses Land verlassen und die Mission für beendet erklären.

Ein normaler Agent wäre damit einverstanden, und sie würden den ersten Flug nach Hause nehmen, vielleicht sogar nebeneinander in der Businessclass sitzen und an einem Cabernet nippen. Aber Markow war kein normaler Agent. Basanow hegte in seinem tiefsten Innern die Befürchtung, dass Ilja Markow andere Pläne hatte – etwas, das nichts damit zu tun hatte, in Amerika oder im Westen finanzielles Chaos anzurichten. Basanow hegte die Befürchtung, dass Ilja Markow ein Ziel hatte, und dass es sein höchsteigenes Ziel war, von niemandem sonst – weder das Ziel von Basanow noch das des Kreml oder gar das des Großen Dunklen Herrn persönlich.

Basanow kam um 21:54 Uhr am Ende der Bowery und dem Beginn der Manhattan Bridge an. Er hatte die Strecke in fünfundvierzig Minuten zurückgelegt. Er blieb stehen, um tief durchzuatmen und sich zu überlegen, was er als Nächstes tun sollte. Falls er früher als Markow hier war, müsste er einen Platz finden, um den jungen Mann zu beobachten und vielleicht zu überraschen.

Das Problem war, dass Markow keinen genauen Treffpunkt angegeben hatte. Er hatte einfach geschrieben: unter der M-Brücke. Basanow ging eine Seitenstraße im Norden der Brückenauffahrt hinunter und suchte nach irgendeiner Stelle, die es ihm erlaubte, unter die Brückenkonstruktion zu gelangen. Er fand sie in der Cherry Street, eine kleine zweispurige Straße, die in einem bogenförmigen Tunnel direkt unter die Brücke führte. In der Straße herrschte wenig Verkehr, und Fußgänger gab es keine. Über dem Tunnel hupten Personen- und Lastwagen und bewegten sich langsam auf dem Weg nach Brooklyn aus Manhattan hinaus. Der Verkehr in der Stadt hatte mit Beginn des Abends nicht nachgelassen, er schien eher schlimmer geworden zu sein.

Der Tunnel unter der Brücke war feucht; gelbliche Straßenleuchten flackerten und warfen schwaches Licht in die Schwärze. Ein in Decken gehüllter Obdachloser schlief in einer kleinen Nische. Basanow konnte sein Gesicht sehen – er hatte einen dicken Bart, und seine Stirn war von monatealtem Dreck verkrustet. Das war nicht Markow; so realistisch konnte keine Verkleidung sein.

Einen Moment überlegte Basanow, ob er sich mit seitlich herabhängenden Armen in die Mitte des Tunnels stellen sollte, damit Markow sehen konnte, dass er unbewaffnet war und keine bösen Absichten hegte, aber als er dann tiefer in die Dunkelheit trat, bemerkte er eine Öffnung gegenüber dem schlafenden Obdachlosen. Ein Torbogen schien zu einem Parkplatz und einem Spielfeld und Park dahinter zu führen.

Ein Maschendrahtzaun versperrte den Zugang, der mit einem kleinen, nicht sehr stabilen Vorhängeschloss gesichert war. Basanow hob einen Pflasterstein auf, zerschmetterte das Schloss mit einem geübten Schwung und öffnete das Tor.

Er behielt den Stein vorsichtshalber in der Hand, schlüpfte an dem Tor vorbei, machte es wieder zu und wandte sich dem Tunnel zu, weil er auf Markows Auftauchen warten wollte. Ihm kam die Idee, dass er sich gar nicht erst die Mühe machen würde, mit Markow zu verhandeln, wenn dieser sich zeigte. Basanow würde ihm einfach den Kopf mit dem Stein einschlagen, seine Leiche hinter das Tor zerren, sie in ein Stück Plastikplane einwickeln – er hatte eine Rolle davon am Rand des Parkplatzes liegen sehen –, sie mit Steinen beschweren und das Ganze in den East River werfen. Auftrag ausgeführt.

Er war gerade dabei, die mentale Kraft zu entwickeln, die zur Ausführung eines solch gewalttätigen Plans erforderlich war, als er hinter sich einen scharfen Knall hörte. Das Geräusch war laut und überraschend, und es schien den ganzen Tunnel zu erfüllen. Ein Sekundenbruchteil verstrich, während Basanow in Gedanken zu klären versuchte, was dieses Geräusch zu bedeuten hatte, aber dann spürte er einen stechenden Schmerz im Rücken, unmittelbar unter der Schulter, und wusste sofort, was das Problem war: Er war angeschossen worden.

Er drehte sich schnell um, damit er dem Schützen die Stirn bieten konnte, aber noch in der Bewegung ertönte ein zweiter Schuss, lauter als der erste, und Basanow spürte, wie das zweite Geschoss in seinen Körper eindrang, wieder in die Brust, direkt rechts neben seinem Herzen. Die Wucht des Geschosses trieb ihm alle Luft aus der Lunge – oder vielleicht, dachte er, war die Lunge kollabiert. Er stolperte rückwärts und schlug mit den Händen um sich, um irgendwas zu packen, woran er sich festhalten konnte, bevor er zu Boden fiel. Er blinzelte in der Dunkelheit und erkannte eine knapp drei Schritt entfernte Gestalt: einen Mann, der eine Schusswaffe auf ihn richtete, aus deren Mündung noch eine Rauchfahne aufstieg und der Basanow interessiert und mit durchdringenden Augen anstarrte. Es war Markow; das wusste Basanow sofort, und er hätte es sogar gewusst, ohne hinzusehen.

Markow machte einen zögernden Schritt nach vorn und starrte den älteren Mann weiter mit einem Blick an, der darauf schließen ließ, dass er gleich eine Frage stellen wollte. Basanow wusste auch, wie die Frage lauten würde: Stirbst du? Muss ich noch einmal auf dich schießen?

»*Sukin syn*!«, knurrte Basanow, der sich verzweifelt mit der Hand an dem Maschendrahtzaun festklammerte. *Hurensohn!*

»*Prosti*«, flüsterte Markow. *Tut mir leid*. Aber sein Gesichtsausdruck gab kein Anzeichen von Reue zu erkennen. Er war hart und kalt. Basanow mobilisierte jedes bisschen Kraft in seinem Körper; er wusste, dass seine einzige Hoffnung darin bestand, einen Passanten oder einen Wagen anzuhalten und schnell in ein Krankenhaus zu kommen. Er riss das Tor auf, dessen Schloss er zerschmettert hatte, und stolperte auf die Cherry Street. Die Straßenleuchten flackerten immer noch, aber es fuhren keine Wagen unter der Brücke hindurch. Basanow versuchte loszulaufen, stellte aber fest, dass er keine Kraft in den Beinen hatte. Er sank auf dem feuchten Straßenpflaster in die Knie.

Er sackte in sich zusammen, stützte sich auf dem Ellbogen ab und verdrehte den Kopf, um über die Schulter zurückzuschauen. Markow war ihm mit der Waffe in der Hand hinaus auf die Cherry Street gefolgt und beobachtete Basanow mit diesen leblosen Augen. Eine Frau hatte sich zu Markow gesellt. Klein und elfengleich stand sie direkt hinter Markow und sah ebenfalls zu, wie Basanow darum kämpfte, am Leben zu bleiben.

»Du solltest ihm noch einen Schuss verpassen«, sagte sie auf Englisch mit einem Anflug erotischer Erregung in der Stimme. »Noch ein Mal, um zu gewährleisten, dass er tot ist.«

»*Ya ne umer, blyad!*«, zischte Basanow. *Ich bin nicht tot, du Hure!*

Markow kniff die Augen in dem Halbdunkel zusammen. »Warum bist du hierhergekommen?«

Basanow schnappte keuchend nach Luft, während er spürte, wie seine Lunge sich mit Flüssigkeit füllte. Er wusste, dass es Blut war, hatte es viele Male zuvor in seinem Leben gesehen – ein Soldat, der in die Brust getroffen worden war und langsam in seinem eigenen Blut ertrank. Er brauchte ein Krankenhaus. Er brauchte einen Arzt. Aber diesem Hurensohn Markow musste auch eine Lektion erteilt werden …

»Um dich umzubringen, du kleine Fotze«, sagte Basanow auf Englisch und schlug verzweifelt mit der rechten Hand zur Seite, um Markows Fuß zu packen. Basanow hatte sich schnell bewegt, er war bereit und geschickt, aber sein Arm hatte nicht mit der Geschwindigkeit reagiert, die sein Gehirn verlangt hatte. Seine Hand war schwach und langsam.

Markow trat behutsam zur Seite. Er hob die Waffe wieder. »Ich schätze, es hat nicht geklappt.« Er richtete die Waffe auf Basanows Kopf. »Zu dumm.«

55

CHERRY STREET, LOWER MANHATTAN, 25. JUNI, 1:01 UHR

Bingo hatte schon mal eine Leiche gesehen – einen Junkie, der eine Überdosis genommen hatte, in einer Gasse in Oakland –, aber noch nie eine, deren Gehirn in hellroten Streifen über den Bürgersteig gespritzt war. Als der Detective vom NYPD ihm gesagt hatte, er solle sich auf einen grausigen Tatort vorbereiten, hatte Bingo damit gerechnet, dass ihm bei dem Anblick schlecht würde, aber seine Reaktion, als Gennady Basanows Leiche in dem Tunnel unter der Manhattan Bridge aufgedeckt wurde, war eine völlig andere. Als Bingo Basanow auf dem Straßenpflaster liegen sah, verspürte er einen verborgenen Kitzel: Basanow war tot, und er war am Leben. Diese Tatsache allein stellte Bingo seltsam zufrieden.

Es gab nicht viele Augenblicke im Leben, in denen Bingo das Gefühl hatte, jemand anderem gegenüber im Vorteil zu sein, aber das hier war einer davon. Er ist tot; ich nicht, dachte Bingo. Das ist unter dem Strich positiv.

Die Straßenleuchten in dem Tunnel unter der Brücke waren so stark, dass sie Bingo und dem Rest des Aszendent-Teams gestatteten, die Details des Tatorts zu erkennen, aber wenig mehr. Celeste stand in der Nähe, Agent Chaudry ebenfalls. Alexis und Garrett liefen vor und zurück über die Straße. Basanows Jackett lag perfekt über seinen Schultern und seinem Oberkörper; es machte den Eindruck, als wäre er von einem Leichenbestatter für eine Totenfeier hergerichtet worden. Blutspritzer besudelten, vermischt mit etwas, das wie Knochensplitter mit Haarklumpen aussah, den Beton. Bingo konnte sich nicht abwenden, so gruselig es auch war. Er wollte wissen, warum Basanow tot war. Und wie es passiert war

Detective Samuelson – jung und adrett in kurzärmeligem Hemd und beigefarbener Hose – richtete den Strahl einer Maglite-Taschenlampe auf Basanows Schultern und Arme.

»Hatte er irgendeinen Ausweis bei sich?«, fragte Chaudry, die hinter Bingo stand und auf die Leiche hinabstarrte.

»Russischer Pass, Diplomatenpapiere. Darin heißt es, er wäre ein …« Samuelson zog einen Notizblock aus seiner Anzugjacke und las laut vor: »›Kommerzieller Verkaufsberater‹ von etwas namens Oblast Kirow. Was immer das heißt.«

»Oblast ist so was wie ein Staat«, sagte Bingo. »Kirow liegt nordöstlich von Moskau.«

»Die Verkaufsberaternummer ist seine Tarnung«, sagte Chaudry. »Spione reisen nicht ohne einen Diplomatenjob ins Land ein.«

»Außerdem hatte er eine Brieftasche, ein paar Rubel, zweihundert US-Dollar, zwei Kreditkarten. Und ein Mobiltelefon.«

»Haben Sie das Anrufprotokoll auf dem Telefon überprüft?«, fragte Chaudry.

»Es ist auf Russisch. Wir werden es im Revier übersetzen lassen.«

Celeste trat in den Lichtkreis, die Augen auf die Leiche gerichtet. Sie schien genau wie Bingo nicht in der Lage zu sein, den Blick von dem Toten abzuwenden. Bingo hatte den Verdacht, dass der Schrecken ihr die gleiche Art von merkwürdigem Vergnügen vermittelte, die er ihm zu geben schien – psychische Erleichterung von ihren inneren Schmerzen. »Könnte ich das Handy sehen? Ich bin Linguistin. Ich beherrsche es nicht fließend, aber ich kann ein wenig Russisch.«

»Es liegt auf dem Rücksitz des Streifenwagens«, sagte der Detective. »Tragen Sie auf jeden Fall Handschuhe, wenn Sie es berühren. Holen Sie sich ein Paar von meinem Partner.« Er zeigte auf einen anderen NYPD-Detective im Anzug, der neben einem Polizeiauto stand und mit einem uniformierten Streifenpolizisten plauderte. Celeste schaute die Leiche ein letztes Mal liebevoll an, bevor sie davoneilte, um sich das Handy vorzunehmen. Bingo machte sich in Gedanken eine Notiz, später mit ihr darüber zu reden – er wollte sich vergewissern, dass er nicht zu makaber reagiert hatte. Oder falls doch, dass er mit diesen Gefühlen nicht allein war.

»Sie haben gesagt, dass er Ihrer Ansicht nach dort drüben angeschossen wurde. Hinter dem Tor.« Garrett zeigte auf ein offenes Tor in der Mitte des Tunnels. »Warum?«

»Der erste Schuss traf ihn vermutlich im Rücken, Eintrittswunde direkt über der Lunge«, sagte Samuelson. »Keine Austrittswunde. Der nächste Schuss erwischte ihn in der Brust, weswegen ich annehme, dass er sich umgedreht hat, um einen Blick auf den Schützen zu werfen, der dann zum zweiten Mal auf ihn schoss. Wir haben zwei Patronenhülsen hinter dem Tor gefunden. Neun Millimeter, normale Patronen. Und eine dritte Hülse auf der Straße.«

Bingo sah zu, wie der Detective den Strahl seiner Stablampe über den Maschendrahtzaun, das Tor, das geknackte Schloss und dann über den Parkplatz und das Spielfeld hinter dem Tunnel gleiten ließ. Das Spielfeld war leer und nicht beleuchtet, was ihm eine verlassene, geisterhafte Atmosphäre verlieh. In der Stadt war es etwas ruhiger geworden, was um ein Uhr nachts auch angemessen war; allerdings hatte Bingo während der Fahrt zur Brücke an einigen Straßenecken brennende Mülltonnen und die eingeschlagenen Fenster von einem Dutzend geplünderter Elektrogeschäfte gesehen. Der

Klang von Polizeisirenen hallte immer noch in der Nachtluft wider.

»Okay, Sie hatten also recht«, sagte Chaudry. »Basanow hielt nach Markow Ausschau.«

»Und Markow hat ihn umgebracht«, sagte Alexis, die über die Straße zurückkam.

»Demnach ergibt auch Ihre Annahme, dass Markow einen Alleingang durchzieht, einen Sinn«, sagte Chaudry.

»Sie wissen, wer der Mörder war?« Samuelsons Stimme klang weniger neugierig als wütend.

»Wahrscheinlich«, sagte Garrett. »Aber vielleicht auch nicht.«

Der Detective funkelte Garrett und Alexis an. »Wer, zum Teufel, seid ihr noch mal?«

Bingo glaubte, ein winziges Lächeln auf Garretts Gesicht zu erkennen. Bingo hatte diesen Gesichtsausdruck schon früher gesehen, wenn Garrett wusste, dass er jemanden verärgerte, und es ihm egal war – oder eher, wenn er jemanden verärgerte und es genoss. Bingo musste zugeben, dass es ziemlich schön war, diesen Ausdruck wieder auf Garretts Gesicht zu erblicken – es bedeutete, dass er wieder stabil war. Er hatte seine Schärfe zurückgewonnen.

»Was ist mit dem Stück Beton da?« Garrett zeigte auf einen Pflasterstein, der drei Schritt von der ausgestreckten Hand des Toten entfernt lag.

»Vielleicht hat er ihn in der Hand gehalten, um sich damit zur Wehr zu setzen«, sagte Alexis.

»Unmöglich, von Stein Fingerabdrücke abzunehmen«, sagte Samuelson.

»Es könnte auch eine Waffe gewesen sein, die Basanow in der Hand hatte, um den anderen Mann damit zu schlagen«, sagte Garrett. »Nur ist der Mann ihm mit der Pistole zuvorgekommen.« Garrett ging ein paar Schritte den Bürgersteig hinunter und zeigte auf ein Loch. »Da hat er ihn herausgezogen.«

Chaudry beäugte das Loch. »Er wartete hinter dem Zaun, beobachtete den Tunnel, dachte, der Mann, mit dem er verabredet war, würde vorbeigehen. Aber der Mann war schon hier, erriet, wo Basanow sich verstecken würde, und näherte sich ihm von hinten.«

Bingo dachte über dieses Szenario nach und hielt dann die Hand hoch, um sich zu melden, wie er es immer tat. Garrett nickte ihm zu wie ein Lehrer seinem Schüler.

»Diese Geschichte würde Markows Muster entsprechen. Der Schachspieler. Er lockt seine Gegner an, lässt sie in dem Glauben, dass sie weiterdenken als er, aber in Wirklichkeit sind sie zwei Schritte hinter ihm. Markow kannte Basanows Schwäche.«

»Und die war?«, fragte Chaudry.

Bingo dachte über die Frage nach. Was war das Muster in Basanows Benehmen, das Markow erkannt hatte? Er war nicht so geübt im Entdecken von Mustern wie Garrett, aber wenn er das hier erkennen könnte, wäre das ein Geniestreich.

»Arroganz«, sagte Celeste Chen, die von dem Streifenwagen mit einem Handy in der behandschuhten Hand zurück in den Tunnel kam.

»Erklären Sie das«, sagte Chaudry.

»Basanow hat innerhalb der letzten vierundzwanzig Stunden an fünf Nummern im Grunde genommen die gleiche Kurznachricht geschickt. ›Kontakt aufnehmen. Wir müssen reden.‹ Diese Nachricht hat er zwanzig Mal abgesetzt. Nie eine Antwort bekommen. Dann hat er gestern Nachmittag um sechs Uhr dreizehn eine leicht abgeänderte Nachricht an eine neue Nummer geschickt. ›Ich bin in New York. Wir müssen uns treffen.‹ Drei Stunden später bekommt er die Antwort, um eine Minute nach neun. ›Unter der M-Brücke.‹ Das alles auf Russisch übrigens.«

»Das erklärt nicht Ihre These«, sagte Chaudry.

»Tut es doch«, widersprach Garrett. »Basanow und Ilja Markow kannten sich. Das beweisen die ersten zwanzig SMS. Basanow hat eine Reihe von Nummern für Markow und probiert sie alle aus. Er ist fordernd, aggressiv. Er ist das Alphatier. Basanow ist ausgebildeter Agent. Markow, vermute ich, ist nicht ausgebildet. Er ist das Gegenteil von Basanow: ruhig, lauernd. Die SMS verraten Basanows Geisteshaltung: überheblich, der Boss. Dann landet Basanow in den Vereinigten Staaten und benutzt eine andere Nummer, um an Markow ranzukommen. Irgendwie hat er eine Möglichkeit gefunden, Kontakt mit ihm aufzunehmen, und sie funktioniert. Vielleicht durch einen Mittelsmann. Basanow glaubt, er hat die Oberhand.«

Celeste nahm den roten Faden der Geschichte auf. »Die Antwort kommt um neun Uhr abends. Ich bin nicht sicher, wo die beiden sind, aber wir können wahrscheinlich Informationen von Mobilfunkmasten verfolgen. Basanow eilt hierher. Vielleicht war er schon in der Nähe. Er denkt sich, er ist vor Markow hier, hat einen Vorsprung vor ihm …«

»Er schnappt sich diesen Stein als Waffe«, fuhr Garrett fort, »und versteckt sich in diesem Durchgang. Er hat den Stein benutzt, um das Schloss aufzubrechen. Wieder aggressiv, selbstsicher.«

»Er war arrogant, weil er meinte, es wäre leicht, Markow fertigzumachen«, sagte Bingo. Er spürte, wie ihn eine Welle der Freude ergriff, als er sich am Gespräch beteiligte. »Leicht im physischen Sinn. Der Mangel an Vorsichtsmaßnahmen beweist das. Und es wäre leicht gewesen, aber Markow war die ganze Zeit schon da. Und er hatte eine Pistole.«

Garrett und Alexis nickten zustimmend. Bingo musste ein

freudiges Schnauben unterdrücken. Sie hatten die Antworten herausgekitzelt – sie wussten, wie Basanow umgebracht worden war.

»Aber das Warum«, sagte Garrett, als hätte er Bingos Gedanken gehört. »Wir haben den Grund dafür nicht rausgekriegt. Und ohne diesen werden die Dinge nicht besser werden, sondern immer schlimmer.«

56

EAST RIVER, 25. JUNI, 4:47 UHR

Exoplaneten.

Garrett spürte, dass sie den Schlüssel enthielten – das Schlingern und Trudeln des Sichtbaren, das Licht auf das Unsichtbare warf. Irgendwie war das die Antwort auf alles, was passierte.

Aber wie?

Er stand auf dem Radweg, der zwischen dem Streifen Park und der aufgewühlten Schwärze des East River verlief. Brooklyn lag auf der anderen Seite des Flusses, seine Gebäude und Lagerhäuser waren gefleckt mit gelben und weißen Lichtern, und Manhattan lag hinter ihm mit seinen in der schwachen Morgendämmerung aufragenden Türmen. Garrett lehnte sich gegen das Geländer, das Radfahrer auf Abwegen davor bewahrte, in den Fluss zu stürzen, auch wenn um fünf Uhr morgens keine Radfahrer zu sehen waren. Nur Garrett stand da, während das Aszendent-Team ihn aus einer Entfernung von knapp hundert Metern beobachtete und darauf wartete, dass ihm eine Antwort einfiel.

Geh zurück zu den ersten Grundsätzen, dachte er. Von A nach B nach C.

Ein Astronom.

Das war's, was Garrett war. Er war ein Astronom der unnatürlichen Phänomene, starrte nach oben in den Himmel und versuchte, die Geheimnisse des Universums zusammenzufügen. Das Geld-Universum. Das Terror-Universum. Aber die Geheimnisse offenbarten sich ihm nicht. Sie blieben unsichtbar.

Sein Kopf tat weh. Pulsierte. Der Riss in seinem Schädel teilte ihm mit, dass er ein palliatives Heilmittel brauchte. Drogen. Verschreibungspflichtige Drogen. Eigentlich wäre ihm jede Droge recht. Aber er durfte nicht. Jetzt nicht und vielleicht nie mehr. Er erhielt durch seine Schmerzen geistige Klarheit, und das war die eine Sache, die ihm die ganze Zeit gefehlt hatte. Die konnte er nicht preisgeben. Durfte er nicht preisgeben.

Noch ein Gedanke kam ihm in den Sinn. Schwerkraft.

Geld erzeugte seine eigene Schwerkraft – das hatte Avery ihm vor langer Zeit gesagt. Geld verzerrte die Welt in seinem Umkreis, genauso wie ein massereicher Stern Licht beugte, das an ihm vorbeifiel. Aber was beugte das Geld jetzt? Garrett versuchte, einen Weg durch die wirbelnden Daten in seinem Kopf freizulegen. Er starrte frustriert hoch in den grau werdenden Himmel über Brooklyn. Keine Sterne – wegen der Lichtverschmutzung waren sie selten zu sehen. Dort draußen war Brooklyn, ein Stadtbezirk in der Umlaufbahn von Manhattan.

Was war mit Zeit? Oder Entfernung? Vielleicht waren das die Schlüssel. Zum Beispiel – warum Lower Manhattan? Warum hatten sich Basanow und Markow am Fuß der Manhattan Bridge getroffen, am East River direkt gegenüber von … Brooklyn?

Brooklyn war nur Minuten entfernt. Plötzlich begann das Muster einen Sinn zu ergeben. Garrett spürte ihn, diesen Pulsschlag des Wissens, ein glühendes Holzstückchen in seinem Nervensystem, das allmählich heißer wurde. Er blinzelte schnell, versuchte, sich zu konzentrieren, während er sich zur gleichen Zeit ganz und gar nicht konzentrierte – das komplizierte Gleichgewicht von Wissen und Nichtwissen, das immer einer Erkenntnis vorausging.

Was wäre, wenn Crowd Analytics das nächste Unternehmen war, das von dem aus jenem kriminellen Dark Room strömenden Geld aufs Korn genommen wurde? Kenny Levinson, der junge Vorstandsvorsitzende, der auf der anderen Seite des East River in Brooklyn wohnte. Garrett hatte sein traumhaft schönes Sandsteinhaus in dem Onlinemagazin gesehen. Wenn Garrett Levinson finden wollte, wäre das nicht schwierig. Das bedeutete, dass Markow ihn ebenfalls finden konnte.

Garrett wandte den Blick nach Süden. Er konnte Brooklyn Heights sehen, das Stadtviertel, in dem Levinson wohnte, niedrige Häuser und Anlegestellen unmittelbar über dem Wasser, eine Enklave des Reichtums und der Privilegien an der westlichsten Spitze des Bezirks.

Aber warum würde Markow Levinson finden wollen? Es passte nicht ins Muster. Bis jetzt war das Muster gewesen, Aktien zu kaufen und zu verkaufen und dann ein Verbrechen mit dem Geld zu begehen, das mit diesem Kauf und Verkauf verdient worden war. Aber bislang war es nicht zu Käufen und Verkäufen gekommen. Es gab nur Panik. Wo war das Verbrechen?

Aber vielleicht, dachte Garrett, irrte er sich in der Reihenfolge. Vielleicht würde es in Kürze ein Verbrechen geben. Vielleicht war das der Grund dafür, dass Basanow nach Amerika gekommen war – weil er wusste, dass ein abschließendes Verbrechen unmittelbar bevorstand. Das Muster war umgekehrt worden. Das abschließende Verbrechen wäre das Stück, das das wahre Chaos in Bewegung setzte. Das ergab einen Sinn. Es würde auch die Turbulenzen im Aktienbestand von Crowd Analytics erklären – es wären keine Käufe und Verkäufe um des Profits willen. Es ging um die Aufstellung von Positionen im Aktienbestand des Unternehmens. Vielleicht ein Blankoverkauf. Irgendjemand bereitete sich darauf vor, von einem Ereignis in der wirklichen Welt zu profitieren – einem Verbrechen.

Das kurz bevorstand. Vielleicht sogar … genau in diesem Moment geschah.

Mit diesem Gedanken rannte Garrett über den Radweg und den Grasstreifen zurück und schrie: »Wir müssen los. Wir müssen *jetzt* los.«

57

BROOKLYN HEIGHTS, 25. JUNI, 6:01 UHR

Garrett mochte Kenny Levinson von dem Moment an nicht, als er ihn fröhlich die Eingangsstufen seines Sandsteinhauses in der Joralemon Street herunterspringen sah. Levinson trug eine Jeans und ein verblasstes T-Shirt von Animal Collective und an den Füßen ein Paar grüne Converse All Stars, der Inbegriff von betucht und angesagt in Brooklyn. Aber Garrett fand, dass er aussah, als gebe er sich zu große Mühe. Garrett fand, dass er wie ein Idiot aussah.

Chaudry hatte Levinsons Adresse herausgesucht, als Garrett erkannt hatte, dass das Verbrechen dieses Mal zuerst käme. Das Verbrechen würde den Absturz der Aktie auslösen – und war vermutlich Mord: die Ermordung eines jungen, gut aussehenden Vorstandsvorsitzenden.

Levinson war zwei Milliarden Dollar schwer, so viel wusste Garrett. Mit neunundzwanzig Jahren war er einer der fünf reichsten Menschen unter dreißig Jahren auf dem Planeten, nachdem sich Mark Zuckerberg gerade aus Altersgründen von der Liste verabschiedet hatte. Levinson sah gut aus, war in den Medien präsent, überschwänglich – und bekanntermaßen – in seine hinreißende Frau und seine junge Tochter vernarrt, und ihm gehörte dieses eindrucksvolle Sandsteinhaus in Brooklyn Heights. Er war das volle Paket.

Garrett missgönnte ihm seinen Erfolg nicht – er wollte ihn nur nicht vor der Nase haben.

Ein Streifenwagen des NYPD aus dem 84. Revier traf unmittelbar vor Garrett und dem FBI an Levinsons Häuserblock ein. Ein Paar Streifenpolizisten liefen die Stufen hinauf und führten einen überraschten – und leicht beunruhigten – Levinson zurück ins Haus, während Garrett, Alexis und Agent Chaudry die Nachhut bildeten. Garrett hätte fast laut aufgelacht, als das selbstzufriedene Lächeln auf Levinsons Gesicht einer ängstlichen Grimasse Platz machte, aber er ermahnte sich, dranzubleiben und sich nicht wie ein Arschloch aufzuführen, was nie leicht für ihn war.

Patmore stand auf der Eingangstreppe Wache, Mitty und Celeste folgten Garrett ins Haus. Bingo hatte sich dafür entschieden, in der FBI-Limousine in einiger Entfernung vom Haus zu bleiben und die ganze Aufregung vom Rücksitz aus zu beobachten. Er sagte, er hätte für einen Tag genug Stress gehabt.

Das Haus war ganz so, wie Garrett erwartet hatte: hell und luftig, mit einem Panoramafenster, das auf die Straße hinausging, und moderner Kunst an den meisten Wänden, die Garrett nichts sagte und die er nicht besonders mochte. Levinsons Frau, die ihr Töchterchen umklammerte, wirkte leicht panisch und genauso verwirrt wie ihr Mann, aber Garrett bemerkte, dass sie sogar in Pyjamas und einem alten T-Shirt bildschön aussah.

»Worum geht es?«, fragte Levinson gleich drei Mal hintereinander. Die beiden NYPD-Cops führten ihn vom Fenster weg. Garrett ging selbst zum Fenster, warf einen Blick auf die Straße und dachte, er hätte vielleicht einen Moment lang den Hauch eines Schattens gesehen, der sich auf die Clinton Street zurückzog, konnte es aber nicht mit Sicherheit sagen.

»Wir gehen davon aus, dass ein Anschlag auf Sie verübt werden soll«, sagte Chaudry. »Heute Morgen. Und wir wollen nicht, dass Sie nach draußen auf die Straße gehen, bevor wir Sie schützen können.«

Garrett beobachtete, wie zwei weitere Streifenwagen in der schmalen Straße hielten und diese absperrten. Die Polizeibeamten sprangen heraus und nahmen ihre Positionen auf dem Bürgersteig auf beiden Seiten des Sandsteinhauses ein. Ein Zivilfahrzeug bremste hinter den Streifenwagen, und zwei Männer, die Garrett für FBI-Agenten hielt, begannen damit, die Straße auf und ab zu gehen.

»Er wird es jetzt nicht auf einen Versuch ankommen lassen«, sagte Garrett zu dem älteren der beiden Polizisten im Wohnzimmer. »Sie könnten Ihren Kollegen draußen sagen, dass sie vielleicht die Nachbarschaft überprüfen sollten. Nachsehen, ob sich jemand Verdächtiges herumtreibt. Bloß ein Vorschlag.«

Die NYPD-Cops starrten Garrett an und sagten nichts. Sie schienen es nicht zu mögen, von einem Zivilisten Anweisungen zu bekommen.

Garrett zuckte mit den Schultern und wandte sich an Levinson. »Haben Sie in letzter Zeit Morddrohungen erhalten?«

»Niemand versucht, mich umzubringen«, beharrte Levinson. »Niemand hat gedroht, mich umzubringen. Und könnten wir bitte in Gegenwart meiner Frau und meiner Tochter nicht darüber reden?«

»Ma'am, vielleicht könnten wir Sie nach oben begleiten«, sagte der jüngere Cop. »Haben Sie ein Schlafzimmer nach hinten raus?«

Levinsons Frau nickte und ging mit dem Kind die Treppe hinauf. Der jüngere Cop folgte ihnen.

»Süßes Kind«, sagte Garrett. »Sie sollten mehr davon haben. Sie wissen schon, mehr Freude in die Welt bringen. Scheiß dieser Art.«

»Wer sind Sie noch mal?« Ein Ausdruck von Verärgerung war auf Levinsons Gesicht zu erkennen.

»Ich bin der Typ, der Ihnen gerade das Leben gerettet hat. Ich bin Ihr beschissener Schutzengel.« Garrett zwinkerte Levinson zu. Garrett hasste Zwinkern, wusste aber, dass es dem Jungunternehmer unangenehm sein würde, was Garrett erreichen wollte. Es war ein Juckreiz, den er befriedigen musste.

Levinson warf Garrett einen bösen Blick zu und wandte sich ab.

»Wie steht die Aktie Ihrer Gesellschaft?«, fragte Garrett. »Ihr Börsengang war vor sieben Monaten.«

»Und?«

»Ist irgendetwas ungewöhnlich daran? Auffallend viel kurzfristiges Interesse?«

»Nein. Nichts in der Art.«

»Ihnen sind keine Fluktuationen bei den Kursen aufgefallen? Ein Muster beim Kaufen oder Verkaufen? Ungewohnte Restmengen?«

»Ich beobachte die Aktie nicht allzu genau. Geld ist nicht der Grund dafür, dass ich das hier tue.«

»Tun Sie's für die Miezen?«, fragte Garrett.

»Was ist Ihr Problem?« Levinsons perfekte Augenbrauen wölbten sich wütend nach oben.

»Wie sieht es mit Drohungen gegen das Unternehmen aus? Gibt's welche?«

»Wir kriegen manchmal Beschwerden. Von unzufriedenen Kunden.«

»Was genau ist es noch mal, das Ihr Unternehmen macht?«, fragte Agent Chaudry.

»Wir liefern aggregierte Crowdsourcing-Lösungen für die Unternehmensbereiche Informationstechnologie und strategische Planung«, antwortete Levinson wie aus der Pistole geschossen. Diese Erklärung hatte er mit Sicherheit mehr als tausend Mal von sich gegeben.

»Dafür kriegen Sie zwei Milliarden Dollar?«, fragte Chaudry. »Ich habe den falschen Beruf.«

Garrett lachte.

»Wir sind eigentlich mit dreißig Milliarden bewertet«, sagte Levinson. »Zwei Milliarden sind mein Anteil.«

»Richtig.« Garrett seufzte. »Ihr Anteil.« Er ließ sich auf eine elegante weiße Couch sinken. Er wusste, er sollte nicht neidisch auf Levinson sein – aber er konnte einfach nichts dagegen machen. Garrett litt nicht an Geldmangel, aber Levinson schien mit einer Leichtigkeit über Garrett – und seiner Klasse – zu schweben, die auf Garrett wie ein rotes Tuch wirkte. Zwei Milliarden Dollar waren eine Scheißmenge Geld. Aus welchem Grund hatte Levinson sie mehr verdient als Garrett? Oder dieses Haus? Oder die Frau und die Familie? Garrett wollte diese Dinge haben – wollte sie unbedingt, vielleicht die glückliche Familie am meisten –, aber er würde das so schnell nicht zugeben. Nicht laut.

Levinson trat in die Mitte des Zimmers. »Kann mir jemand bitte sagen, wer mich Ihrer Ansicht nach umbringen will? Und warum?«

Alexis kam aus der Küche – Garrett glaubte gesehen zu haben, wie sie den riesigen Viking-Herd inspizierte – und zeigte aus dem Fenster. »Irgendjemand erzeugt Chaos. Manipuliert die amerikanische Wirtschaft. Wir haben das gestern gesehen.« Als Nächstes zeigte sie auf Garrett. »Er hat Zeichen dieser Verwüstung an der Wertpapierbörse entdeckt. Wellenbewegungen von Käufen und Verkäufen, die mit Ereignissen in der wirklichen Welt zusammenhingen. Verbrechen. Hacks, Bankenstürme und Erschießungen. Morde.«

»Und Sie glauben, dass ich als Nächster an der Reihe bin?«, fragte Levinson.

»Sie waren der Nächste. Es wird jetzt nur nicht mehr dazu kommen. Der Augenblick ist vorbei.« Garrett zog sein Handy aus der Tasche und checkte die Zeit. »Halb sieben. In drei Stunden machen die Börsen auf.«

»Moment mal, wollen Sie sagen, meine Ermordung würde einen Börsensturz auslösen?«

»Bei der Aktie von Crowd Analytics würde sie das«, erwiderte Garrett. »Sie sind der Gründer, der Vorstandssprecher, das Gesicht der Gesellschaft. Wenn Sie sterben, gerät die Firma in Aufruhr, und die Aktie stürzt ab. Ich bin mir noch nicht sicher, was der Aktiensturz ausgelöst hätte, aber Ihr Tod wäre der Auftakt dafür gewesen. Weil wir Sie beschützen, werden Sie nicht mehr hinter Ihnen her sein. Es würde ihnen nichts mehr bringen. Sie gehen weiter zur nächsten Phase. Was ich wissen muss, ist: wo?«

Levinson fuhr sich mit den Händen durch sein schulterlanges Haar, als ob ihm gerade ein beunruhigender Gedanke gekommen wäre. »Da ist etwas gewesen.« Ein Schatten von Sorge zog über sein Gesicht. »Unsere Emissionsgesellschaft – Goldman Sachs – meinte, es kursierten Gerüchte …«

Garrett erhob sich plötzlich von der Couch. »Von einem Derivat? Das mit Ihrer Aktie verbunden ist?«

»Wussten Sie das?« Levinson lehnte sich gegen eine weiße Wand, direkt unterhalb eines farbenfrohen Gemäldes von Müllfahrzeugen. Er sah so aus, als sei ihm schlecht.

»Lautete das Gerücht, dass das Derivat sich rentiert, wenn Ihre Aktie unter einen bestimmten Kurs fiele?«, fragte Garrett nachdrücklich, während alles Spielerische längst aus seiner Stimme verschwunden war.

Levinson nickte. »Unter fünfundfünfzig. Aber ich habe es

nicht geglaubt. Wer würde Geld in ein solches Derivat stecken? Unser Kurs ist nur gestiegen.«

Garrett ging zu Levinson, lehnte sich gegen die Wand und sah dem Jungunternehmer ins Gesicht. »Kenny. Kumpel«, sagte Garrett mit mehr als nur einem Anflug von Sarkasmus in der Stimme, »ich muss etwas wissen. Die Gerüchte. Haben sie was davon gesagt, aus welcher Bank die Derivate kamen?«

Kenny Levinson schloss die Augen und massierte sich die Schläfen. Garrett fand, dass er ungeheuer müde aussah, als ob er in den letzten zehn Minuten zehn Jahre älter geworden wäre. Die Schadenfreude, die Garrett dabei empfand, veranlasste ihn, sein moralisches Verhalten zu hinterfragen; er konnte schon ein gemeiner Hurensohn sein.

»Yeah«, sagte Levinson, »Vanderbilt Frink.«

58

MIDTOWN MANHATTAN, 25. JUNI, 8:58 UHR

Das Foyer der Vanderbilt Frink Trust and Guaranty war grandios: Die Wände zierten Fliesen mit modernistischen Fresken, während an der Decke kunstvolle Kronleuchter aus Stahl hingen. Chaudry zeigte ihren FBI-Ausweis den Sicherheitsleuten hinter der Rezeption und plauderte mit ihnen außerhalb von Garretts Hörweite. Der Rest des Aszendent-Teams – Alexis, Mitty, Celeste, Bingo und Patmore – eilte Momente später ins Foyer.

»Sie und Sie«, bellte Chaudry, während sie vom Empfang zurückkam und auf Patmore und Alexis zeigte. »Achten Sie auf die Seitenausgänge zur 47th und 46th Street. Ich will Militär an diesen Türen stehen haben. Sie halten jeden fest, der rauskommt.« Sie wandte sich an Agent Murray. »Sie fordern Verstärkung an und warten im Foyer. Wenn Agenten eintreffen, will ich sie an den Seitenausgängen mit den Leuten vom Militär haben.« Chaudry wandte sich an Mitty, Celeste und Bingo. »Sie warten ebenfalls hier, aber rufen Sie Murray, falls jemand abhaut. Versuchen Sie nicht selbst, denjenigen aufzuhalten, kapiert? Agent Murray ist der Muskelmann, nicht Sie.«

Mitty nickte ein bisschen enttäuscht, aber Celeste und Bingo schienen mit den Anweisungen zufrieden zu sein. Chaudry winkte Garrett zu, und die beiden marschierten an dem Empfang vorbei zu den Aufzügen. Sie fuhren schweigend in die neunte Etage, und Garrett beobachtete, wie Chaudrys Anspannung ihr Gesicht veränderte.

»Hören Sie auf, mich anzustarren«, sagte sie.

»Dürfen Sie mir sagen, wo ich hinschauen soll?«

»Das ist richtig«, grunzte sie. »Sie gehören mir, verdammte Scheiße.«

»Wann hört das auf?«

»Wenn ich es sage.«

Garrett lachte leise. »Ich muss nachverhandeln.«

Sie stiegen in der neunten Etage aus, wo sie von einer ängstlich aussehenden Assistentin erwartet wurden. Sie streckte eine Hand aus, als hätte sie vor, sie aufzuhalten. »Mr Wells ist in einem Meeting mit der Geschäftsleitung, und ich kann Sie wirklich nicht …«

Chaudry stieß die Assistentin mit der Hand gegen die Schulter, wodurch sie sich um die eigene Achse drehte und gegen eine Wand prallte. »Verpissen Sie sich«, sagte Chaudry und ging weiter. Garrett folgte ihr und bemerkte, dass ihm dies hier mit jeder verstreichenden Sekunde immer besser gefiel. Sie kamen zu einer Tür aus Holz, und Chaudry öffnete sie, ohne zu zögern. Garrett stellte sich vor, dass sie ein solches Benehmen bei Drogenrazzien an den Tag gelegt hatte, und er bedauerte, nie gesehen zu haben, wie sie eine Waffe zog, obwohl das hier auch nicht schlecht war.

Sie betrat den Raum, und er folgte ihr. Ein gewaltiger Tisch von zehn Metern Länge nahm den größten Teil der Raummitte ein. Um den Tisch herum saßen ein Dutzend leitende Bankleute, bis auf eine einsame Frau nur Männer und außer einem Asiaten auf der anderen Seite ausschließlich Weiße. Wells saß in einem schwarzen Aeron-Bürostuhl am Kopf des Tisches. Er machte einen erschöpften Eindruck; sein Haar war ungekämmt, und unter seinen Augen lagen dunkle Schatten.

Als Garrett die Gesichter der Angestellten musterte, konnte er sehen, dass sie alle angegriffen aussahen, als hätte seit Tagen, vielleicht seit Wochen, keiner von ihnen geschlafen.

Wells sprang in dem Moment aus seinem Stuhl auf, als er Garrett erkannte. »Sie können nicht hier reinplatzen! Herrgott noch mal, was ist los mit Ihnen?« Er fletschte die Zähne wie ein knurrender Hund. »Haben wir nicht schon miteinander geredet?«

Garrett grinste. Es gefiel ihm, dass Wells wütend war. Dieser emotionale Aufruhr machte ihn selbst ruhiger; ihm gefiel der Konflikt. Er gab ihm ein Ziel, zwang ihn, sich zu entscheiden.

»Es kommen Derivate aus Ihrer Bank«, sagte Garrett, während er um den Tisch herumging. »Und die werden Sie und Ihre Aktionäre unglaublich schnell unglaublich arm machen.«

»Das haben Sie schon beim letzten Mal gesagt, und es ist nicht dazu gekommen. Und jetzt machen Sie, zum Teufel noch mal, dass Sie von hier verschwinden!« Wells lief in der anderen Richtung um den Tisch herum, Garrett entgegen. Garrett ließ sich auf einen leeren Stuhl fallen, noch bevor Wells ihn erreicht hatte.

»Dieser Raum hat eine schöne Atmosphäre.« Garrett legte die Füße auf den Konferenztisch. »Luftig. Weitläufig.«

Wells ging mit wütendem Gesicht auf Garrett los und streckte die Hände aus, um ihn zu packen, aber Chaudry versperrte ihm den Weg, ihren Ausweis immer noch in der linken Hand.

»Wenn Sie ihn berühren, ist das eine Behinderung von FBI-Ermittlungen«, zischte sie. »Darauf stehen fünf Jahre in einem Bundesgefängnis. Ist es das, was Sie wollen?«

Wells erstarrte. Garrett gefiel das ungemein; er könnte sich daran gewöhnen, eine FBI-Agentin als Bodyguard zu haben.

»Begreifen Sie, in welcher Situation wir uns befinden?«,

fragte Wells. »Die Gefahr, mit der wir konfrontiert sind? Was soll ich in so einem Moment für euch tun können?«

»Schließen Sie Ihre Bank«, sagte Garrett. »Von A bis Z. Bis zum letzten Angestellten, zum letzten Terminal und zur letzten Transaktion. Sagen Sie Ihren Leuten, sie sollen nach Hause gehen. Sie sollen aufhören zu arbeiten. Machen Sie dicht. Schließen Sie die Türen, bis der Moment vorbei ist.«

Wells blinzelte erstaunt. »Haben Sie den Verstand verloren?«

»Entweder das, oder Sie werden als der Manager in die Geschichte eingehen, der die amerikanische Wirtschaft zum Absturz gebracht hat.«

Die anderen Banker im Raum schwiegen, fassungslos angesichts dieser Konfrontation.

»Ich kann nicht die ganze Bank schließen. Das ist nicht möglich.« Wells' Stimme war ein kaum beherrschtes Flüstern. Er ragte drohend über Garrett auf, die Adern an seinem Hals traten hervor. »Wo kommt dieses Derivat her? Von welchem Tisch? Welcher Trader?« Wells schüttelte den Kopf. »Sie raten nur. Fordern mich auf, die Bank dichtzumachen, weil Sie keine Ahnung haben, wie eine Antwort auf diese Fragen aussieht.«

Garrett betrachtete das bösartige Funkeln in Wells' Augen, seine geballten Fäuste, die angespannte Körperhaltung.

»Sie haben gesagt, es gäbe einen Maulwurf in meiner Bank, aber Sie haben gesucht und gesucht und können niemanden finden. Sie haben keine Ahnung, wer es sein könnte. Sie wollen, dass ich die Schuld für Sie auf mich nehme. Sie wollen, dass Vandy zum Stillstand kommt, aber ich und meine Bank und alle Leute, die hier arbeiten, sind Ihnen wirklich scheißegal. Sie trampeln einfach unkontrolliert herum, weil Sie nicht wissen, was hier vor sich geht.«

Garrett zog sein Handy heraus und checkte die Zeit. »Es

ist achtzehn Minuten nach neun. Die Märkte öffnen in zwölf Minuten.«

Wells stieß mit einem Finger in Richtung von Garretts Gesicht. »Es gibt keinen Maulwurf in meiner Bank, weil es keinen Maulwurf in meiner Bank geben kann. Wir sind zu zuverlässig, zu vorsichtig, und ich weiß alles, was in diesem Gebäude vor sich geht. Jedes einzelne gottverdammte Ding!« Wells sagte diese letzten Worte mit einer siegessicheren Endgültigkeit, als ob die Tatsache, dass er sie aussprach, sie wahr machte und diesen ganzen Streit beendete.

Garrett holte tief Luft, bevor er die Hand hob und Wells' Finger behutsam von seinem Gesicht wegschob. »Und das ist die Antwort«, sagte er, während er die Füße von dem Konferenztisch herunternahm und sich von dem Stuhl erhob, um Wells ins Gesicht zu sehen. Der Vorstandsvorsitzende der Bank war größer als Garrett, hatte breite Schultern und muskulöse Arme, und Garrett dachte einen winzigen Moment lang daran, ihn mit einem Kopfstoß zu Boden zu schicken. Dann erinnerte er sich daran, dass er das letzte Mal, als er jemandem einen Kopfstoß verpasst hatte, schließlich mit einem Schädelbruch am Boden gelegen hatte. »Sie wissen alles, kontrollieren alles. Sie sind der allmächtige Manager. Herr des Universums. Sie sind der Einzige, der einen Maulwurf schützen könnte.«

Wells stand schweigend da, und Garrett konnte fast sehen, wie es im Gehirn des älteren Mannes arbeitete.

»Deshalb sitzt der Maulwurf im Innern von Vandy entweder in Ihrem Büro, oder Sie sind es selbst.«

59
VANDERBILT FRINK, 25. JUNI, 9:25 UHR

Jeffrey Thomason konnte sich noch genau an den Augenblick erinnern, als sein Abscheu vor der Finanzindustrie seine Besessenheit von ihr in den Schatten stellte. Er war Assistent am Tisch eines Derivatehändlers bei Vanderbilt – ein grausamer, egozentrischer Mann mittleren Alters, bei dem jedes zweite Wort Motherfucker zu sein schien –, und Thomason war zum vierten Mal in zwei Stunden zum Starbucks im Foyer des Gebäudes geschickt worden, um dem Trader noch einen Kaffee zu holen. Thomason bekam einen Anruf auf seinem Handy, während er in der Schlange auf den Kaffee wartete. Seine Mutter erzählte ihm, dass sein Vater einen Schlaganfall gehabt habe und im Krankenhaus sei, aber Thomason konnte nur eine Minute am Telefon bleiben, weil zu spät abgelieferter Kaffee als Kündigungsgrund angesehen würde, genauso wie wenn man während der Arbeitszeit mit einem Handy telefonierte.

Aber als er seinem Boss den Kaffee sieben Minuten später gab, machte sich der Derivatehändler nicht mal die Mühe, ihn zu probieren; er nahm den Deckel ab, schüttete Thomason den Kaffee ins Gesicht und brüllte ihn vor dem gesamten Börsenparkett an, dass er seinen Kaffee hätte kalt werden lassen. Aber der Kaffee war nicht kalt; er war brühheiß, und Thomason musste zur Toilette sprinten und sich kaltes Wasser über Kinn und Hals laufen lassen, um zu verhindern, dass seine Haut Blasen warf.

Er hätte in jenem Moment kündigen sollen. Einfach zur Tür hinausgehen. Aber er brauchte das Geld, brauchte den Job, und ganz ehrlich, er hatte nicht den Mumm zu gehen. Ein Teil von ihm wollte immer noch bei Vandy Erfolg haben. Aber das glühende Stückchen Kohle der Wut und Erniedrigung war angefacht worden, und es wurde mit jeder Minute jedes Tages heißer.

Sein Vater starb nicht. Er wurde eine Woche später aus dem Krankenhaus entlassen. Thomason wurde entgegenkommender, unterwürfiger, schneller und schlauer. Er bekam eine Gehaltserhöhung – wenn auch eine kleine – und wurde zuerst einem Vizepräsidenten zugeteilt und dann ganz nach oben an die Spitze versetzt, in das Vorzimmer von Robert Andrew Wells jun. in den dreißigsten Stock. In den zwei Jahren, die er brauchte, um dorthin zu gelangen, plante Thomason seine Rache. Er arbeitete Möglichkeiten aus, das Unternehmen zu attackieren, Vandy zu bestehlen, die Trader im Börsensaal zu ruinieren. Er heckte Intrigen und Pläne aus, aber er bekam nie richtig heraus, wie er sie durchziehen könnte.

Bis Ilja Markow in seinem Leben auftauchte.

Ihre Begegnung hatte online stattgefunden, im Darknet. Sie war nicht völlig zufällig, weil Thomason seit mehr als einem Jahr auf der Suche nach jemandem wie Markow gewesen war, der Thomason mit der Sachkenntnis und der Planung versorgte, ihm aber auch Mut machte, tatsächlich seine Ideen zu Ende zu führen. Sie tasteten einander ab, sondierten gegenseitig ihre Motive, bis Thomason ziemlich überzeugt davon war, dass er mit Markow keinen Fehlgriff gemacht hatte. Er hatte ihn nie gesehen und nie mit ihm telefoniert, er kannte bis vor ein paar Wochen nicht mal seinen richtigen Namen. Aber er hatte mitgekriegt, dass Markow klug, sogar brillant und in der Lage war, richtigen Schaden anzurichten – mit verheerenden

Folgen für die Trader, für Vandy, vielleicht sogar für die ganze Welt.

Im Lauf mehrerer Monate hatte Markow Thomason geholfen, einen Plan zu entwickeln. Markow hatte ihn darin trainiert, Verbündete für die Sache anzuwerben, hatte ihm geholfen, Konten bei Offshore-Banken einzurichten, und ihm sogar rudimentäre Tricks in Sozialtechnik beigebracht: Wie man persönliche Daten stahl, wie man Kontonamen und -nummern erriet und, was am wichtigsten war, wie man einen unschuldigen Eindruck machte, obwohl man in Wahrheit furchtbar schuldig war.

Hinter Thomasons Plänen steckte mehr als bloße Rache. Er war der Auffassung, dass er die Welt rettete. Ihm war klar geworden, dass Handelshäuser Spiegelbilder von Mafiafamilien waren. Sie hatten Paten (oder Vorstandsvorsitzende), Leutnants (oder Trader); sie bewegten Wirtschaftsgüter (Drogen oder Aktien), beide pressten Geld ab (von Stripteaseklubbesitzern oder Fortune-500-Firmen); sie waren habgierig und paranoid und überzeugt davon, dass die Regierung es auf sie abgesehen hatte, was in beiden Fällen tatsächlich zutraf.

Aber die wirkliche Parallele war, dass sowohl Mob-Familien als auch Handelshäuser Parasiten waren, die sich ans Fleisch der Öffentlichkeit gehängt hatten. Sie zehrten von dem Vertrauen und der Integrität ehrlicher, hart arbeitender Amerikaner, und sie hatten es nie bereut. Niemand bei Vanderbilt Frink hatte ein Gewissen, und Thomason konnte nur vermuten, dass das Gleiche für die Gambino- oder die Trafficante-Familie galt. Beide Organisationen mussten für das Wohl der Nation und der Menschheit zerstört werden, dessen war sich Jeffrey Thomason absolut sicher. Thomason konnte wenig gegen die Mafia unternehmen, und deshalb konzentrierte er sich auf Vandy.

Er war nicht ohne Hilfe. Ähnlich gesinnte Assistenten arbeiteten im ganzen Haus – eine erstaunliche Anzahl von ihnen. Sie hatten vor Händlern und Analysten und Vizepräsidenten gekuscht, Kaffee geholt und Kleidung in die Reinigung gebracht, bis Mitternacht und während der Ferien gearbeitet, sexuelle Gefälligkeiten erwiesen, falls sie Frauen oder ihre Bosse schwul waren – ihre Bosse waren alle Männer –, und sich im Grunde genommen auf den Rücken gelegt und tot gestellt, wenn man ihnen sagte, es wäre wichtig, dass sie es täten. Für all das erhielten sie weder Lob noch mehr Geld noch eine Beförderung.

Thomasons hauptsächliche Verbündeten waren Benny Barnett, der Assistent von Aldous Mackenzie, dem Vorstand des Investitionsgeschäfts im dreißigsten Stock, und Matt Raillot, der Assistent des größten Derivatemaklers im Haus, Otto Beardsley, ein Stockwerk tiefer. Zusammen arbeiteten die drei Assistenten in drei der vier mächtigsten Geschäftsbereiche von Vandy. Nur die firmeninterne Kontrolle war nicht involviert, und das war auch gut so, weil die Kontrolle den ganzen Plan in einem Moment zunichtemachen konnte.

Was sie hatten, war Zugang. Zugang zu den Handelsplattformen, zu Konten, zu Überwachungssoftware. Sie hatten Links, Passwörter, Kontonamen und -nummern. An einige kamen sie auf ehrliche Weise dran, aber die meisten klauten sie einfach. Mit ihnen konnten Thomason und seine Helfer genau das sehen, was ihre Bosse sehen konnten. Und wichtiger noch, sobald sie diese Passwörter und Kontonummern kannten, konnten sie Geld genauso schnell, genauso unsichtbar bewegen wie ihre Bosse. Thomason selbst konnte nicht handeln – der Vorstandsvorsitzende einer Firma wie Vandy kaufte und verkaufte nicht viel –, aber er konnte anderen Abteilungen vorschreiben, wie sie sich verhalten sollten, und sie davon abbringen, die Dinge zu beobachten, die direkt vor ihren Augen abliefen.

Und das tat er.

Raillot, der Assistent des wichtigsten Derivatehändlers, hatte während der letzten zwei Monate vorsichtig und methodisch Positionen in wahnsinnig riskanten Kreditderivaten aufgebaut. Die Algorithmen, mit denen diese Derivate bewertet wurden, waren derart dicht, und die Positionen waren derart kompliziert, dass nur ein paar Leute in der Bank hätten herausfinden können, wie die Schuldverhältnisse aussahen. Aber Thomason hatte dafür gesorgt, dass niemand die Chance dazu bekam. Er hatte vor sechs Wochen eine E-Mail an die Techniker im Bereich Echtzeit-Risikoanalyse geschickt, in der er sie aufforderte, sich ausschließlich auf die Aktienpositionen des Unternehmens zu konzentrieren; die Derivatehändler, hatte Thomason geschrieben – von Wells' Konto –, würden auf Bargeld umschalten und sich eine Zeit lang zurückhalten.

Barnett, der Assistent des Vorstands im Investitionsgeschäft, hatte daraufhin einen Korb kleinerer Aktien leerverkauft. Der Auslöser zur Deckung dieser Leerverkäufe war ein Sprung in ihrem Aktienkurs. Ihr Aktienkurs würde ansteigen, wenn sich die Derivate auflösten, die Raillot auf genau diese Aktien platziert hatte. Das Ganze war eine finanzielle Kettenreaktion – man lässt hier drüben eine Kugel in eine Rinne fallen, woraufhin sie einen Schalter dort drüben umlegt, der einen Käfig über eine Ratte darunter fallen lässt. Bing, bang, kabumm.

Vielleicht, dachte Thomason, während er das Bloomberg-Terminal auf seinem Schreibtisch draußen vor Wells' riesigem Eckbüro beobachtete, war das hier aber auch eher eine Zeitbombe als eine notdürftige Falle. Er hatte vor fünf Minuten eine E-Mail an seine Verbündeten geschickt. Das hatte die Lunte gezündet. Die erste Sprengladung würde in weiteren fünf Minuten hochgehen, wenn die Uhr auf 9:31 umsprang, eine Minute nach Eröffnung des Markts, die Ausführungszeit, zu der der erste Satz Derivate fällig wurde. Geld würde geschuldet werden. Keine große Menge, jedenfalls nicht nach Vandy-Maßstäben, aber genug – zweiundvierzig Millionen Dollar.

Eine Handvoll anderer Derivate war mit diesem ersten Schritt verbunden, jedes mit einem Auszahlungskurs von einhundert zu eins. Jedes dieser anderen Derivate war im Hundert-Millionen-Dollar-Bereich bewertet worden, und jedes war mit Kontrahenten in anderen großen Handelsfirmen gezeichnet. Firmen, die Todfeinde von Vanderbilt Frink waren und die sich, ohne eine Sekunde zu zögern, zu diesen Geschäften verpflichtet hatten. Bei hundert zu eins bedeutete jedes Derivat eine Haftbarkeit in der Größenordnung von zehn Milliarden. Und es gab ein Dutzend davon.

Und das war erst der Anfang.

Die Konsequenzen all dieser Transaktionen würden Vandy in ein tiefes Loch werfen, und sie würden Vandy so schnell in dieses Loch werfen, dass die Bank um 10:30 Uhr ihren Verpflichtungen nicht mehr würde nachkommen können. Vandy würde sich festfressen wie ein Motor ohne Öl. Nachrichten des potenziellen Zusammenbruchs würden über die Fernseher der Nation verbreitet werden, und jeder einzelne Kontoinhaber im ganzen Land würde angerannt kommen, um sein Geld von seinem Konto bei Vanderbilt Frink abzuheben. Wenn man bedachte, wie launisch Amerikaner innerhalb der letzten vierundzwanzig Stunden hinsichtlich ihres Finanzsystems geworden waren, würde dieser Bankensturm alle bisherigen Bankenstürme in den Schatten stellen.

Bei Sonnenuntergang würde Weltuntergangsstimmung herrschen.

Thomason schloss die Augen, um den Moment zu genießen, während er das Klingeln der Telefone und das leise Plaudern von Leuten hörte, die von den Fluren hereinkamen. Er schaute auf die Uhr – 9:28. Zwei Minuten, bis die Märkte den Betrieb aufnahmen. Die gesamte Führungsspitze der Bank befand sich im neunten Stock, wo sich die Manager mit Wells im Konferenzraum versammelt hatten. Das war gut; sie waren aus dem Weg. Jetzt musste sich Thomason seine Papiere schnappen, alle Daten auf seinem Computer löschen, dann zum Flughafen fahren und den Flug antreten, den Ilja Markow für ihn gebucht hatte. Thomason würde – wie Edward Snowden vor ihm – aus dem Land fliehen, bevor die Kacke anfing zu dampfen. Markow hatte für ihn und seine Mitverschwörer einen sicheren Platz in Caracas besorgt, mit Visa und vorübergehenden Wohnungen.

Wollte Thomason wirklich den Rest seiner Tage in Venezuela verbringen? Nein, wollte er nicht. Aber es würde eine beträchtliche Menge Geld auf ihn warten, wenn er dort eintraf, und sobald der Druck der Ermittlungsbehörden nachgelassen hatte, würde er wohl alle möglichen exotischen Länder besuchen und die Art geruhsamer Existenz führen können, auf die er sein ganzes Leben hingearbeitet hatte. Ja, dieser Weg war eine Abkürzung zu Reichtum und Ruhm, aber ein Weg war es trotzdem.

Er überprüfte noch einmal sein Terminal, um zu sehen, ob es irgendetwas Wichtiges von den Nachrichtenagenturen gäbe, und begann dann, eine letzte E-Mail an Raillot bei den Derivaten zu schreiben, um dafür zu sorgen, dass all die anderen Auslöser ebenfalls aktiviert werden würden. Markow hatte ihm erzählt, dass es heute Morgen als Erstes eine spektakuläre Entwicklung im Geschäftsbereich geben würde, aber Thomason wusste nicht, was diese Entwicklung – oder diese

Aktie – war. Es war ihm auch ziemlich egal. Er brauchte nur genug Zeit, um sich ein Taxi zum JFK zu nehmen.

Und dann, wie ein Licht, das erlosch, erstarrte sein Computer. Ging einfach aus. Keine E-Mails gingen raus, keine neuen Fenster öffneten sich, wenn er sie anklickte. Er überprüfte sein Bloomberg-Terminal, aber auch das war ausgegangen. Der Scroll war tot, sein Nachrichten-RSS war geschlossen, und der winzige Video-Feed in der Ecke war auf einem Einzelbild von Maria Bartiromos offenem Mund stehen geblieben.

Thomason stand irritiert auf und ging schnell zu Jessica Bortles' Schreibtisch drei Schritte neben seinem. Bortles war überkorrekt und hielt immer noch viel von der Vandy-Lebensart, aber sie war ein Computerfreak durch und durch, und wenn irgendjemand eine Erklärung dafür hätte, was hier vor sich ging, wäre sie es.

»Hey, funktioniert Ihr Computer auch nicht?«, fragte er, wobei er sich bemühte, beiläufig zu klingen. Die Minuten bis zu seinem Flug und seiner Flucht aus dem Land hatten inzwischen zu ticken begonnen.

Bortles schaute hoch zu Thomason, und er erkannte im selben Moment Feindseligkeit. Da war eine Kälte, eine Distanz in ihren Augen, und die Art, wie sie ihre Lippen zusammenpresste, hatte etwas Verschlossenes, Grimmiges. Sie rang sich ein Lächeln ab, aber es war bestenfalls bemüht. »Haben Sie die E-Mail nicht bekommen?« Sie rückte sich die Brille auf der Nase zurecht.

»Nein. Was für eine E-Mail?«

Bortles stand auf und nahm ihre Handtasche von der Rückenlehne ihres Stuhls. »Ich glaube, es gibt ein kleines Problem.« Sie versperrte mit ihrem Körper die Tür der Bürosuite in den Flur. »Und Sie sind offenbar ein Teil davon.«

Sie hielten zuerst in der Abteilung für Informationstechnologie an. Wells eilte fluchend voraus, und Garrett folgte ihm, Chaudry an seiner Seite. Der Vorstandvorsitzende des Unternehmens hatte die IT-Nerds noch nie mit seiner persönlichen Anwesenheit in ihrer Bürosuite beehrt. Ein paar von ihnen hatten Wells tatsächlich noch nie leibhaftig gesehen; einer wusste nicht mal, dass er der Chef des Unternehmens war.

»Schalten Sie das ganze System ab«, sagte Wells, während er an den Arbeitsplätzen mit den Computerbildschirmen vorbei in das nicht aufgeräumte Büro des IT-Direktors ging.

Gutierrez, die Leiterin der Informationstechnologie, eine nachlässig gekleidete Frau von vielleicht fünfunddreißig Jahren, konnte sich keinen Reim darauf machen, dass man Informationssysteme im gesamten Gebäude abschaltete, aber als Wells sich über ihren Schreibtisch beugte und sie aus einer Handbreit Entfernung anbellte, sodass Speichelflocken auf ihren Brillengläsern landeten, sagte sie mit hoher Stimme, dass sie ihr Bestes tun würde.

»Wir könnten den Strom für das Gebäude abschalten, nehme ich an«, sagte Gutierrez. »Vielleicht.«

Sie tat Garrett leid. »Sie müssen eine Hauptleitung für das Internet haben, stimmt's?«

»Haben wir«, sagte Gutierrez. Garrett dachte, sie würde in Tränen ausbrechen.

»Ziehen Sie deren Stecker raus. Sperren Sie sie einfach ab.«

»Ich bin mir nicht sicher, ob wir das können.«

Garrett hielt grinsend die Handflächen nach oben. »Kommen Sie schon, seien Sie kreativ. Das macht Spaß.« Er schaute aus ihrer Tür zu den IT-Freaks, die sich um einen einzelnen Schreibtisch zu versammeln begannen. »Sagen Sie Ihrem Team, sie sollen zuerst das E-Mail-System abschalten. Dann schließen Sie den Bloomberg-Feed. Ich weiß, dass das geht, weil das in meinem Büro ein Mal in der Woche passiert. Dann nehmen Sie sich ein Stockwerk nach dem andern vor. Isolieren Sie nacheinander alle Tische, wo Trader sitzen.«

Sie marschierten aus ihrem Büro, bevor sie antworten konnte, wieder mit Wells an der Spitze und diesmal in Richtung der Aufzüge. Vor fünf Minuten hatte er Bortles auf dem dreißigsten Stock angerufen – er sagte, er vertraue ihr mit seinem Leben – und sie gebeten, dafür zu sorgen, dass alle auf ihren Plätzen blieben. Niemand verlässt den Saal.

Garrett sagte, das halte er für eine schlechte Idee, aber Wells hatte – sobald seine Entscheidung gefallen war, Garretts Plan durchzuziehen – die Führung übernommen und wollte sie nicht mehr aus der Hand geben.

»Das ist es, was ich tue«, schrie er Garrett an. »Mein Unternehmen.«

Als sie im dreißigsten Stock ankamen, war ein halbes Dutzend Angestellte über eine Frau gebeugt, die mit blutender Nase und zerschmetterter Brille auf dem Boden lag.

»Was ist passiert?«, fragte Wells, als er sich neben Jessica Bortles hinkniete und ihren Kopf abstützte.

»Ich habe versucht, ihn aufzuhalten«, sagte sie unter Tränen. »Aber er hat mir den Arm verdreht und mich ins Gesicht geboxt.«

»Der Hurensohn«, sagte Wells.

Garrett schaute sich im Büro um. Ein Flur führte zu einer Reihe von Aufzügen und dahinter zu weiteren Bürosuiten. Garrett zeigte in die Richtung. »Was liegt dort hinten?«

»Büros des Finanzvorstands«, sagte Wells, »des Vizepräsidenten und Public Relations.«

Garrett schüttelte den Kopf. Dahin wäre Thomason nicht gegangen. Aber wohin würde er gehen? Nach unten ins Foyer? Garrett wählte Mittys Nummer. Sie reagierte sofort.

»Hat jemand das Gebäude verlassen?«

»Niemand. Und einige von diesen Ziegen sind sauer deswegen.«

»Haltet sie fest.« Garrett legte auf.

Chaudry kam an seine Seite. »Die Nebenausgänge?«

»Alexis und Patmore hätten angerufen. Und an ihnen kommt niemand vorbei.«

Chaudry und Garrett standen da und versuchten herauszufinden, wo sich Thomason aufhielt. Chaudry runzelte die Stirn und schaute Garrett an, und Garrett vermutete, dass sie zu demselben Schluss gekommen war wie er. »Das Dach?«, fragte sie.

Während sie die Treppe zum dreiunddreißigsten Stock hinaufrannten, konnten sie einen Alarm plärren hören, und zwei Stockwerke später fanden sie die Tür zum Dach offen vor. Garrett lief als Erster hinaus. Vierunddreißig Stockwerke über der Straße vermischten sich der Wind und die Alarmsirene zu einem leisen Grollen. Garretts Blick schweifte über das unordentlich wirkende Dach. Zwei Stahlhütten, Kühlgebläse und Entlüftungsöffnungen, aus denen Luft in den Himmel geblasen wurde, umgaben einen erhöhten Hubschrauberlandeplatz in der Mitte. Garrett polterte eine Treppe zu dem Landeplatz hoch.

Jeffrey Thomason stand am anderen Ende der Plattform und starrte auf den Horizont. Das Dach bot einen ungehinderten Blick über den East River und bis nach Queens. Das Gebäude war nicht so hoch, dass es einen Blick über die Stadtbezirke hinaus erlaubt hätte, aber man konnte einen Streifen Wohnhäuser, Fabriken und erhöhte Highways sehen, die in die Ferne führten. Ein komplizierter Tanz von Düsenflugzeugen und Hubschraubern richtete sich am Himmel aus, und Thomason schien in ihre Richtung zu starren.

Garrett wurde langsamer, als er die Landefläche überquerte. »Hey«, rief er, während Chaudry zu ihm aufholte, »sind Sie Jeffrey?«

Thomason drehte sich um. Sein Gesicht war ohne Leben, blutleer und weiß. Seine Augen sahen wässrig aus, als hätte er geweint. »Wer sind Sie?«

»FBI, Special Agent Jayanti Chaudry«, schrie Chaudry. »Sie müssen Ihre Hände über den Kopf halten.« Sie zeigte ihre Marke vor – Garrett kam es so vor, als mache sie das oft – und zog dann ihre Waffe aus dem Schulterholster.

»Nein«, sagte Thomason ohne weitere Erklärung. Er machte einen Schritt rückwärts zum Rand des Landeplatzes. »Nein, das tue ich nicht.«

»Wo ist Ilja Markow?«, fragte Garrett.

»Keine Ahnung.« Thomason machte noch einen Schritt nach hinten.

»Hände über den Kopf«, schrie Chaudry, während sie schnell über den Beton lief. Ohne Vorwarnung machte Thomason einen Schritt und sprang vom Landeplatz auf das Dach hinunter. Chaudry und Garrett rannten bis zum Rand des Landeplatzes und beobachteten, wie Thomason, der von dem Sprung hinkte, zum Rand des Dachs stolperte. Ein fast mannshohes Stahlgitter diente als Schutzvorrichtung an der Dachkante. Ohne Zögern stellte Thomason seine Füße auf die Drähte und kletterte den Zaun hoch, bis er auf dem zweithöchsten Draht verharrte. Wenn er sich vorbeugte, würde er über die Kante fallen und vierunddreißig Stockwerke abstürzen.

Garrett sprang vom Landeplatz herunter und rannte zu Thomason. »Nicht«, sagte er, bemüht darum, nicht zu schreien. »Tun Sie das nicht.«

Thomason drehte sich ein wenig herum, um Garrett anzusehen, und hob eine Hand hoch, um Garrett das Zeichen zu geben, dass er stehen bleiben solle, wo er war. »Warum nicht? Haben Sie eine bessere Option?«

Garrett wollte gerade Ja sagen, dass es eine bessere Option gebe, aber er verfing sich in seinen eigenen Worten. Er konnte in diesem Moment an nichts denken. Gab es einen Weg nach vorn für Thomason? Garrett vermutete, dass es keinen gab. Thomason sah einem langen Gefängnisaufenthalt entgegen, dauerhafter Armut, eine Schande der Nation.

»Ich glaube« – Garrett versuchte, einen zusammenhängenden Satz herauszubringen –, »ich glaube, es gibt keinen Grund, alles wegzu…«

Bevor Garrett seinen Satz beenden konnte, beugte sich Thomason weit über den obersten Draht, bis sein Oberkörper über den Rand rutschte. Seine Schuhe lösten sich von den Drähten unter seinen Knöcheln, und er kippte nach vorn, wobei sein Kopf auf die oberste Ecke des Gebäudes prallte. Sein Körper überschlug sich, und dann fiel er lautlos in die Tiefe.

60

MIDTOWN MANHATTAN, 25. JUNI, 9:49 UHR

Das Erste, was Alexis hörte, war eine Art Schrei – kein richtig gellender Schrei, eher ein erstickter Entsetzensschrei. Der Laut kam von einer Menschentraube, die sich in der 46th Street versammelt hatte, an der Südseite des Vandy-Gebäudes, keine dreißig Schritt von der Stelle entfernt, wo sie stand. Alexis hatte die beiden südlichen Ausgänge des Gebäudes bewacht und gewährleistet, dass niemand über die Treppe fliehen und auf die Straße entkommen konnte. Es hatte keine Aktivität gegeben, nichts Außergewöhnliches, bis zu diesem Schrei und der kleinen Gruppe von Leuten, die sich um das Ding auf dem Boden drängten, das Alexis noch nicht sehen konnte.

Sie ging auf die Gruppe zu, verließ ihre Position vor den Türen, während mit jedem Schritt die Furcht in ihrem Innern größer wurde. Ein Mann mittleren Alters wandte sich, die Hand auf den Mund gepresst, ab und würgte, während er sich schwankend entfernte.

Alexis wurde langsamer. »Was ist da los?«, rief sie.

Niemand gab eine Antwort. Eine Frau wandte sich ab und übergab sich.

Alexis hielt den Atem an und schob sich zwischen den Leuten hindurch. Mit dem Gesicht nach oben lag ein junger Mann im Anzug auf dem Bürgersteig. Seine Augen waren offen, sein Mund ebenfalls, und um den Kopf herum waren vereinzelte Blutspritzer zu sehen. Das war furchtbar genug, aber die Art und Weise, wie seine Arme und Beine verdreht waren, löste auch bei Alexis ein flaues Gefühl im Magen aus; sein rechter Arm war rückwärts hinter seinen Oberkörper gebogen, und sein rechtes Bein war nach hinten unter sein linkes gedreht, als wäre er eine Stoffpuppe, die ausrangiert auf dem Boden eines Kinderzimmers liegt. Während sie ihn anschaute, konnte Alexis die Wucht des Aufpralls beinahe in ihren eigenen Knochen spüren; es war, als wäre sie selbst auf dem Bürgersteig gelandet, der Körper zerschmettert. Kein Mensch sollte je so aussehen. Ihr wurde schwindelig.

Alexis hatte den Tod schon oft gesehen. Im Irak: von Explosionen in Stücke gerissene Körper, von Scharfschützen erschossene Soldaten, in ihren Häusern verbrannte Zivilisten. Aber sie hatte sich gegen diese Anblicke gewappnet; sie hatte gewusst, dass sie bevorstanden – hatte es von dem Moment an gewusst, als sie einen Fuß auf die Landebahn am Internationalen Flughafen von Bagdad setzte. Das hier war etwas anderes. Das hier hätte nicht passieren dürfen. Das hier war ein Blitz aus heiterem Himmel.

»Er ist von dem Gebäude da gefallen«, sagte ein Mann. »Ich hab ihn auftreffen sehen.« Alexis glaubte, einen Anflug von makabrem Stolz in seiner Stimme zu hören.

»Er ist nicht gefallen«, sagte eine ältere Frau »Er ist gesprungen. Niemand fällt von einem Haus. Niemand in einem Anzug.«

Alexis kniete sich neben die Leiche. Sie nahm den gebrochenen Arm des jungen Mannes in die Hände und tastete an seinem Handgelenk nach einem Puls. Sie war sich nicht sicher, warum sie das tat – der Mann war offensichtlich tot –, aber man hatte ihr in der Army beigebracht, immer nach Lebenszeichen zu suchen, und deshalb tat sie es automatisch. Sie zählte still bis zehn, aber da war nichts, und dann zuckten seine

477

Finger leicht, eine postmortale Reaktion des Nervensystems, und Alexis' Magen machte einen Satz. Sie ließ seinen Arm los und trat zurück, ging rasch zum Rand des Bürgersteigs und schnappte nach Luft. Sie lehnte sich gegen einen Wagen, aus Angst, sie könne ohnmächtig werden. Jemand näherte sich ihr von hinten und fragte, ob mit ihr alles in Ordnung sei.

»Yeah, mir geht's gut«, sagte Alexis. »Danke.«

Eine junge Frau nahm sie an der Hand. Sie war schmächtig, hatte dichtes schwarzes Haar und eine Tätowierung auf dem Arm. »Atmen Sie nur tief durch. Gleich geht es wieder. Sie brauchen etwas Luft.« Sie führte Alexis weg von den Gaffern und den verdrehten Überresten dessen, was mal ein lebender Mensch gewesen war.

Alexis nickte, dankbar für die menschliche Wärme. »Es ist so furchtbar.«

»Das ist es.« Die junge Frau führte Alexis vom Bürgersteig auf den schwarzen Asphalt der 46th Street. »Einfach furchtbar. Warum würde jemand so etwas tun?«

Alexis schüttelte den Kopf. »Ich weiß nicht.« Sie blinzelte in der Morgensonne.

»Kommen Sie mit.«

Alexis, die immer noch etwas benommen war, folgte der Frau die Straße hinunter. Aber dann kam ihr ein Gedanke: Warum führte diese Frau sie auf die Straße? Alexis blieb stehen. »Was tun Sie hier?«

»Es ist okay. Sie können mir vertrauen.« Alexis starrte sie an. Die junge Frau lächelte. »Sie sind Alexis, stimmt's?«

Alexis erstarrte, plötzlich von Angst gepackt. Sie drehte sich um, um wegzulaufen, aber ein Schmerz explodierte in ihrem Hinterkopf. Sie wusste sofort, dass es ein Schlag mit einem harten Gegenstand war, vielleicht einer Pistole, und sie versuchte zu schreien, brachte aber keinen Ton heraus. Die Stadt drehte sich um sie herum, und die junge Frau und noch jemand – ein Mann, dachte Alexis, mit rauen Händen – zerrten sie ein paar schnelle Schritte zu der offenen Hecktür eines Wagens. Hatte der Mann sie geschlagen, und wo war er hergekommen? Wie konnte sie ihn übersehen haben? Die beiden schoben sie in den Wagen, während sie versuchte, ihre Arme wieder zu benutzen, und der Schmerz sich spiralförmig von ihrem Gehirn nach außen bewegte und schwarze Flecken an der Peripherie ihres Gesichtsfeldes explodieren ließ. Und dann hörte sie, wie die Tür geschlossen wurde und der Motor ansprang, und die Welt wurde dunkel, als etwas über ihren Kopf geworfen wurde. Es fühlte sich an wie eine alte Decke und stank faulig.

»Wenn Sie sich bewegen, erschieße ich Sie«, sagte die junge Frau. Alexis konnte spüren, dass die Frau neben ihr auf dem Rücksitz des Wagens saß. »Wenn Sie sterben, ist das kein Problem.« Sie riss Alexis' Hände hinter deren Rücken und band sie mit Draht zusammen, der ihr in die Handgelenke schnitt. Ihr Handy und ihre Brieftasche wurden ihr aus den Taschen gezogen.

Alexis lag bewegungslos da und wünschte sich, die Schmerzen in ihrem Kopf würden nachlassen, und sie versuchte, ihre Gedanken zu sammeln. Sie begriff schnell, dass sie von Ilja Markow ausgetrickst und – mit wem er auch zusammenarbeitete – reingelegt worden war, und eine Welle von Schuld und Gewissensbissen überflutete sie. Hatte er sie die ganze Zeit beobachtet, vielleicht von einem auf der 46th Street geparkten Wagen aus, und auf den Moment gewartet, in dem er zuschlagen konnte? Während der Schmerz in ihrem Schädel sich in ein qualvolles Pochen verwandelte, das bis in ihren Nacken und ihren Rücken reichte, kam sie zu dem Schluss, dass es sich so verhielt und dass sie zwar eine gute Soldatin und eine scharfsinnige Geheimdienstoffizierin war, aber gegen einen erfahrenen Betrüger keine Chance hatte. Ein Betrüger war immer auf der Suche nach Ablenkungen, Fehlern und Schwächen. Markow hätte nicht vorhersagen können, dass jemand von dem Gebäude heruntersprang, aber als er sah, dass es passierte, hatte er sich die Situation sofort zunutze gemacht.

Er hatte Alexis zu seinem Opfer gemacht.

Sie lag gefühlte Stunden lang im Wagen, aber es waren vermutlich nur Minuten. Sie konnte den Verkehr um sich herum hören, das Hupen von Autos, und dann ein leises, beständiges Dröhnen. Sie schienen durch einen Tunnel zu fahren. Sie vermutete, dass sie Manhattan verließen, vielleicht nach New Jersey fuhren, obwohl ihre geographischen Kenntnisse der Stadt gering waren. Sobald sie den Tunnel verließen, konnten sie, wenn genug Zeit verstrichen war, überall sein. Sie nahm an, das war der Sinn der Sache – niemand würde herausbekommen, wo sie hinfuhren.

Sie stöhnte, als ihr klar wurde, dass sie die Situation nicht mehr unter Kontrolle hatte. Sie war Ilja Markows Geisel, und er konnte mit ihr machen, was er wollte – ein Horrorszenario für sie. Schwarze Verzweiflung legte sich über ihre Gedanken: Sie konnte nur hoffen, dass er sie nicht umbringen würde und dass er, wenn doch, es schnell tat. Sie wollte es nicht kommen sehen.

Das schien ihr ein vernünftiger letzter Wunsch zu sein.

61

VANDERBILT FRINK, 25. JUNI, 10:42 UHR

Garrett saß im Schneidersitz auf dem rauen Asphaltdach und ließ sich die Morgensonne ins Gesicht scheinen. Eine der Stahlhütten schützte ihn vor dem Wind, aber er konnte ihn über das Dach und durch die Luftklappen der Klimaanlage rauschen hören. Chaudry stand an einer gegenüberliegenden Ecke und führte ein Gespräch auf ihrem Handy, während ein halbes Dutzend anderer FBI-Agenten das Dach absuchte. Wonach sie suchten, konnte Garrett nicht sagen – und es war ihm auch egal.

Garrett saß mindestens eine Stunde lang da, vielleicht länger. Er hatte das Gefühl für die Zeit verloren. Er fühlte sich schrecklich, ausgehöhlt und verzweifelt. Zuzusehen, wie Thomason über die Dachkante stürzte, diesen langen Weg in seinen Tod fiel, die zeitlupenhafte Erinnerung daran – Garrett wusste, dass ihn das lang verfolgen würde. Vielleicht für immer. Er fühlte sich verantwortlich. Er hatte Jagd auf ihn gemacht – und ihn gefunden. Thomason hatte sich strafbar gemacht, hatte ein Verbrechen begangen – ein Verbrechen, das noch nicht abgeschlossen war –, und er hätte auf die eine oder andere Weise dafür bezahlt. Und trotzdem …

Irgendwas nagte an Garrett. Was war es? Markow lief noch frei herum, aber er war gestoppt worden, zumindest vorerst. *Oder nicht?*

»Wir haben zwei andere Assistenten geschnappt, die durch

das Foyer verschwinden wollten«, sagte Wells, als er über das Dach auf ihn zukam, während er an den FBI-Agenten vorbeiging, ohne sie auch nur anzusehen. »Jeffrey hatte den beiden gerade E-Mails geschrieben. Einer war in der Derivateabteilung; der andere arbeitete für meinen Investitionsvorstand. Der kleine Arsch hat alles infiltriert.«

Garrett faltete seine Beine auseinander und stand auf. Er kratzte sich im Gesicht und wandte sich von dem großartigen urbanen Panorama ab, das hinter dem Rand des Daches lag. »Was hatten sie geplant?«

»Steht noch nicht fest. Es wird eine Weile dauern, das zu entwirren. Sie hatten Passwörter und Zugang zu diversen Konten. Hatten wahrscheinlich einige Anlageinstrumente in das System geladen, die bereit waren hochzugehen.«

»Das werden sie immer noch tun. Hochgehen, meine ich. Falls sie draußen Kontrahenten für die Derivate eingerichtet haben, sind diese Verträge immer noch gültig. Die werden Sie immer noch Geld kosten. Riesige Geldbeträge.«

Wells schüttelte den Kopf. »In dem Punkt haben Sie unrecht. Sie haben eine Zeit lang über Ihrer Gewichtsklasse geboxt, aber jetzt spielen Sie in einer Liga, die selbst Sie nicht ganz verstehen.«

Garrett starrte Wells wütend an. Er hasste den Mann – hatte ihn in dem Moment gehasst, als er ihn kennenlernte, in dem Moment, als sie Wells zum ersten Mal wegen seiner Bank zu warnen versuchten. Wells war arrogant und eitel, und Garrett stellte sich wieder vor, ihm einen Kopfstoß zu versetzen.

»Die Vorsitzende der Fed ist auf dem Weg nach New York«, sagte Wells. »Ich habe gerade mit ihr gesprochen. Ich werde mich heute Abend mit den Vorstandssprechern der anderen Banken treffen. Was Thomason auch arrangiert hat, wir werden es zur Ruhe betten. Lassen es verschwinden.«

Garrett entspannte sich minimal. »Das können Sie nicht. Das werden sie nicht zulassen.«

»Klar werden sie das. Wir haben es früher schon getan und werden es wieder tun. Sie haben in einem Handelshaus gearbeitet. Sie wissen doch, wie's läuft. Letzten Endes ziehen wir alle am gleichen Strang. Wenn wir uns nicht gegenseitig die Stange halten, geht das ganze System vor die Hunde. Bestimmte Interessen sind zu wesentlich, um durch Regeln beeinträchtigt zu werden.« Wells trat von Garrett weg und ging in Richtung der Dachkante. Er schaute über die Landschaft. »Der Blick ist nicht schlecht, aber es gibt bessere. Ich glaube, wir werden ein größeres Gebäude errichten. Downtown. Mit einer Bürosuite in einem richtigen Penthouse. Sie wissen schon, achtzig Stockwerke hoch. Sodass man die Erdkrümmung sehen kann. Das will ich haben.«

Ein unangenehmes Gefühl machte sich in Garretts Magengegend breit. Er stieß unwillkürlich ein leises Grunzen aus.

»Ach, kommen Sie. Tun Sie nicht so überrascht. So arbeitet die Maschine nun mal. Eine Krise, die Nachrichtenmedien drehen durch, die Öffentlichkeit dreht durch, die Dinge sehen aus, als hätten sie sich geändert, aber am Ende – ändern sie sich nicht. Sie arbeiten in der *Street*, Reilly, Sie kennen das Spiel.«

Garrett schloss die Augen. Eine Flut von Gedanken stürmte auf ihn ein, dass ihm der Kopf dröhnte. Nichts war, wie es zu sein schien. Für jedes überschaubare Ereignis der letzten zwei Wochen gab es eine alternative Erklärung, die Garrett entweder in eine vollkommen andere Richtung führte oder etwas preisgab, das seiner Ansicht nach auf die Welt zutraf. Aber wenn das der Fall war …

»Es ist ein Taschenspielertrick«, sagte Garrett laut, nicht zu Wells, sondern zu sich selbst.

»Was?«

»Das hier. Alles. Er will etwas anderes.«

»Wer will etwas anderes?« Wells sah verärgert aus, als ob eine Fliege, die er nicht totschlagen konnte, immer noch seinen Kopf umschwirrte und ihm die Laune verdarb.

»Markow.«

Wells schaute Garrett mit gerunzelter Stirn an, verblüfft, bevor er mit den Schultern zuckte und wegging. Garrett starrte in die Ferne. Ihm war egal, was Wells dachte. Der konnte sich ins Knie ficken. Garretts Handy klingelte. Er schaute auf die Nummer. Alexis rief an, vermutlich um sich auf den neuesten Stand bringen zu lassen. Er hatte sie ohne ein Wort unten auf der Straße zurückgelassen.

»Hey«, sagte er, abgelenkt, aber bemüht, sich zu konzentrieren. »Tut mir leid, dass ich mich nicht früher gemeldet habe.«

Er hörte eine Männerstimme an seinem Ohr, gelassen, ohne besondere Betonung und anscheinend von einem abgelegenen Ort. »Captain Truffant geht es gut, aber das wird nicht immer so bleiben.«

Garrett atmete hörbar ein. Markow. Garrett wusste es, ohne nachzudenken.

Es entstand einen Moment lang Schweigen am anderen Ende der Leitung. »Also hören Sie sorgfältig zu, was ich Ihnen zu sagen habe. Und dann tun Sie es.«

62

MIDTOWN MANHATTAN, 25. JUNI, 11:32 UHR

Garrett sagte niemandem, dass er einen Anruf von Ilja Markow erhalten hatte. Er verließ das Dach ohne ein weiteres Wort zu Wells oder Chaudry, fand Mitty und Patmore unten im Foyer und erklärte, er würde zurück in seine Wohnung gehen, um etwas Schlaf nachzuholen. Er fragte gewissermaßen nebenbei, ob jemand von ihnen Alexis im Foyer oder auf der Straße gesehen habe, aber beide verneinten.

»Hast du versucht, sie anzurufen?«, fragte Mitty.

Garrett zuckte mit den Schultern. »Nein. Mach ich aber.«

»Vielleicht hat sie ein Hotelzimmer gebucht«, sagte Patmore. »Will sich ein Schläfchen gönnen wie Sie.‹

»Yeah, vielleicht.«

Mitty ergriff Garretts Arm und flüsterte: »Stimmt es, dass ein Typ vom Dach ...«

»Das stimmt.« Garrett schob ihre Hand von seinem Arm und verließ die Bank.

Am Telefon hatte Markow Garrett angewiesen, in die Bäckerei Au Bon Pain an der Ecke 47th Street und Madison zu gehen und unter den Tisch zu greifen, der am nächsten zur Toilette stand. Ein brandneues Handy war an die Unterseite der Tischplatte geklebt, ein iPhone 6. Garrett schob es sich in die Tasche und gab seine zwei Wegwerfhandys dem Hilfskellner, wie Ilja ihn instruiert hatte. Der Hilfskellner nahm sie, ohne ein Wort zu sagen, und Garrett sah, wie er sie in einen

Mülleimer hinter der Registrierkasse warf. Garretts neues Telefon klingelte, eine halbe Minute nachdem er aus der Bäckerei hinausgegangen war.

»Gehen Sie zur Ecke 42nd und Lex.« Auf Iljas Seite gab es wenig Hintergrundgeräusche. »Nehmen Sie die Linie fünf bis zur Station Bowling Green. Gehen Sie zum Battery Park, und ich werde Sie wieder anrufen.«

»Hören Sie, ich muss wissen …«

»Ihr Telefon hat das GPS-Tracking eingeschaltet. Wenn Sie es ausschalten, stirbt sie.« Markow legte auf.

Garrett dachte über einen alternativen Plan nach, aber ihm wollte keiner einfallen. In der Stadt herrschte immer noch Nervosität: Es waren nur wenige Fußgänger zu sehen, und an den meisten Straßenecken standen paarweise Polizisten. Garrett ging zur Ecke Lexington und 42nd Street. Er dachte daran, sich einem Cop zu nähern, entschied sich aber dagegen. In der U-Bahn saß er im letzten Wagen und ging in Gedanken die Möglichkeiten durch. Markow hatte offenbar einen Weg gefunden, Alexis zu entführen, aber wie nur? Sie war eine gut ausgebildete Offizierin der Army und wachsam gegenüber verdächtigen Aktivitäten. Sie wäre mehr als die meisten anderen auf der Hut gewesen, wenn sich ihr ein Fremder genähert hätte. Und sie wusste, wie Markow aussah.

Trotzdem hatte er sie in seiner Gewalt. Zweifellos hatte Markow es mit einem anderen Trick bewerkstelligt, entschied Garrett, mit einer Sinnestäuschung oder einem Köder; das war sein Spiel, immer und immer wieder.

Garrett stieg an der Station Bowling Green aus und ging in den Battery Park. Die Luft war heiß und feucht. Sein graues T-Shirt klebte ihm am Körper. Nur eine Handvoll Menschen schlenderte durch den Park; Touristen hatten die Stadt verlassen. New York war eine Geisterstadt.

Sein Handy klingelte, und er ging schnell dran.

»Setzen Sie sich auf die Bank, die dem Castle Clinton am nächsten ist. Reden Sie mit niemandem, rufen Sie niemanden an. Sie werden beobachtet. Wenn sie sich nicht an die Anweisungen halten, stirbt sie.«

»Ich möchte mit Alexis sprechen.«

»Nein.« Markow legte auf.

Garrett fluchte hilflos. Er konnte die Gedenkstätte in der Ferne sehen, eine einstöckige Sandsteinfestung. Garrett setzte sich auf eine Holzbank. Er atmete langsam aus und wartete, starrte vor sich hin, benutzte sein Telefon nicht und schaute auch niemanden an. Die Sommersonne brannte auf ihn herab. Seine Kopfschmerzen hatten wieder eingesetzt, und er verfluchte sich, weil er all seine Medikamente weggeworfen hatte. Er blieb eine halbe Stunde sitzen, dann stand er auf, um seine Beine zu strecken, was er für ungefährlich hielt, bevor er sich wieder hinsetzte. Er saß weitere dreißig Minuten da und fragte sich, warum es so lang dauerte. Noch eine Stunde verging, und seine Haut brannte in der Sonne, bevor das Handy wieder klingelte. Er meldete sich sofort.

»Gehen Sie zur Fährenanlegestelle und besteigen Sie die Fähre um halb vier nach Staten Island. Sie werden angerufen, sobald Sie ankommen. Reden Sie mit niemandem. Falls Sie das tun, stirbt sie. Sie werden beobachtet.« Markow beendete das Gespräch ohne ein weiteres Wort.

Garrett ging zur Anlegestelle. Würde er das tatsächlich machen? Sollte er nicht eine Möglichkeit zu finden versuchen, Chaudry zu erreichen? Er vermutete, dass er das tun sollte, aber er wusste instinktiv, dass an dem Ort, auf den er sich jetzt zubewegte, ein Teil der Lösung dieses Geheimnisses auf ihn wartete, und dass er diesen Weg allein zurücklegen musste. Das FBI und das amerikanische Finanzsystem waren nur ein

Teil dieser Lösung, nicht die ganze. Und unabhängig davon, wenn er die Polizei oder das FBI benachrichtigte, war die Wahrscheinlichkeit seiner Einschätzung nach ziemlich hoch, dass Alexis am Ende tot sein würde.

Garrett bestieg die wartende Fähre und setzte sich auf dem Mitteldeck neben ein Fenster. Anschließend wandte er dem Fenster den Rücken zu, damit er die anderen Passagiere in Augenschein nehmen konnte. Es waren nicht viele: ein paar Pendler, einige Familien, Leute, die mit Einkaufstüten zurück zur Insel fuhren. Niemand schien Garrett viel Aufmerksamkeit zu schenken. Wer beobachtete ihn? Nichts fiel aus dem üblichen Rahmen, was die Muster betraf, in denen die Leute sich über das Deck bewegten, mit ihren Handys telefonierten, Snacks aßen und aus dem Fenster schauten.

Garrett versuchte, seinen Kopf frei und offen zu halten, sodass er empfänglich wäre für das, was auf ihn zukäme, aber ein ständiger Trommelschlag der Besorgnis erklang an der äußeren Peripherie seines Denkens. War Alexis okay? War sie überhaupt bei Markow? Das hier war bestimmt eine Falle, aber warum?

Die Fähre brauchte weniger als eine halbe Stunde für die Durchquerung der Bay, und Garrett stieg am St. George Ferry Terminal aus. Sein Handy klingelte, und er meldete sich schnell.

»Gehen Sie zum Bahnhof der Staten Island Railway. Steigen Sie nicht in den Zug, bis ich Sie anrufe.«

Die Leitung war tot, bevor Garrett eine Chance hatte, etwas zu sagen. Er war mittlerweile hungrig, und ihm wurde klar, dass er seit dem Morgen nichts gegessen hatte. Staten Island schien wie ein anderer Planet zu sein, überwuchert und ungepflegt, ein wenig heruntergekommen und reif für eine gründliche Veränderung. Auf den Straßen gab es keine

Fußgänger. Der Bahnhof der Staten Island Railway war leicht zu finden, weil er direkt außerhalb der Anlegestelle lag. Er zog seine MetroCard durch und stand auf dem Bahnsteig. Ein Zug fuhr ab, dann noch einer und ein weiterer. Passagiere stiegen aus und ein, und Garrett stand nur da und wartete. Er betrachtete jeden sorgfältig, aber niemand schien ihn zu beobachten.

Sein Handy klingelte. »Steigen Sie in diesen Zug. Sie werden an der Station Oakwood Heights aussteigen.«

Garrett stieg in den letzten Wagen. Während er darauf wartete, dass der Zug losfuhr, sah er zu, wie die anderen Fahrgäste sich auf den Weg zu ihren Sitzplätzen begaben. Das Muster schien weitgehend das Gleiche wie auf der Fähre zu sein: Pendler, Familien, Leute mit ihren Einkäufen. Aber jetzt spürte Garrett einen Impuls von etwas anderem in seiner Umgebung, eine leichte Variation in der Norm. Er war sich nicht sicher, was es war. Jemand, den Markow geschickt hatte, ihn zu beobachten? Das würde einen Sinn ergeben. Als sich die Türen schlossen, ließ Garrett sich nieder, um das Ende der Fahrt abzuwarten.

Er schaute aus dem Fenster, während Staten Island an dem Zug vorbeirauschte – eine Parade zweigeschossiger Backsteingebäude, Ladenfronten und Holzhäuser. Zunächst konnte er das Wasser auf der linken Seite des Zugs sehen, aber dann fuhr der Zug landeinwärts, und Garrett sah nur noch Wohngegenden voller kleiner Häuser und Gärten, die mit Spielzeug und Gartenmöbeln übersät waren. Der Zugführer rief Oakwood Heights aus, und Garrett stieg aus. Auf dem Bahnsteig befand sich nur eine Mutter, die einen Kinderwagen schob. Er wartete, bis sie die Station verlassen hatte, und dann klingelte sein Handy.

»Gehen Sie auf der Guyon Street nach Osten. Gehen Sie weiter, bis Sie in einer Sackgasse stehen.« Markow legte sofort auf.

Garrett verließ die Station und begutachtete die Umgebung. Die Sonne ging allmählich im Westen unter. Die Stadt wurde dunkel, und Garrett begriff plötzlich, dass sein ganzes Herumsitzen und Warten den einfachen Grund hatte, dass Markow für das, was geschehen würde, den Schutz der Dunkelheit benötigte. Diese Erkenntnis beruhigte Garrett nicht; sie machte ihm Angst.

Es gab einen Getränkeladen auf der anderen Straßenseite, von weißem Neonlicht beleuchtet, und Garrett wollte unbedingt hineingehen und etwas zu essen kaufen – und ein Bier zum Hinunterzuspülen –, aber er besann sich eines Besseren.

Er ging an einem Häuserblock nach dem anderen vorbei, in den Einfahrten standen Mittelklassewagen oder Minivans. Staten Island gefiel ihm nicht. Nicht unbedingt, weil es so scheußlich war, sondern weil es ihn an Long Beach in Kalifornien erinnerte, wo er aufgewachsen war. Beide Orte waren Arbeitervorstädte legendärer Kulturhauptstädte. Garrett vermutete, dass die Leute, die auf Staten Island wohnten, die Stadt zwar am Laufen hielten, aber nicht die Bezahlung erhielten, die sie dafür verdient hätten. Hausmeister, Buchhalter, Lehrer, Cops, Feuerwehrleute. Garrett konnte sie in den Wohnzimmern und Küchen sehen, an denen er vorbeikam, Räume, die mit abgewetzten Sofas eingerichtet waren und in denen gerahmte Kunstdrucke an den Wänden hingen.

Nach zehn Minuten kam er zu einer Straße mit einem Sackgassenschild. Ein paar Häuser säumten die Straße, dazwischen lagen einige unbebaute Grundstücke, die er in der Dunkelheit gerade noch erkennen konnte. Sein Handy klingelte.

»Links abbiegen, und dann nehmen Sie die erste rechts«, sagte Markow. »Gehen Sie weiter.«

Garrett warf einen Blick zurück die Straße hinunter, durch die er gerade gegangen war: leer, keine Bewegung, aber irgendetwas verriet ihm, dass er nicht allein war. Der Himmel war schwarz. Hatte Markow Leute in der gesamten Nachbarschaft verteilt? Oder war dies ein weiterer Trick?

Er bog nach links in eine Straße ab, deren Namen er nicht lesen konnte, und dann nach rechts in eine Straße, die Kissam hieß. Unbebaute Grundstücke, hinter denen Sumpfgras wuchs, das ihm über den Kopf reichte, säumten die Straße. In der Ferne konnte Garrett Wellen brechen und das Heulen des Windes von der Upper New York Bay hören, und ihm fiel plötzlich ein, dass er sich in einer Gegend befand, die von Hurrikan Sandy verwüstet worden war – die unbebauten Grundstücke, die zerstörten Häuser, die vorstädtische Landschaft, die von der Natur zurückerobert worden war.

Aber warum hatte Markow diesen Ort gewählt? In der Schachpartie, die sie beide spielten, schien der einzige Vorteil, den dieser Ort für Markow hatte, in seiner Abgeschiedenheit zu liegen. Das war allerdings, dachte Garrett, ein beträchtlicher Vorteil, besonders wenn man vorhatte, jemanden umzubringen.

Er ging tiefer in die Dunkelheit hinein, an weiteren mit Sumpfgras bewachsenen Flächen vorbei, bis das wenige Licht, das ihm am Anfang der Kissam Avenue den Weg gewiesen hatte, fast gänzlich verschwunden war. Es kam ihm so vor, als wäre er mitten in der Wildnis, obwohl er wusste, dass er lediglich Minuten von Häusern, Bürgersteigen und einer Bahnstation entfernt war. Ein Schauer lief ihm über den Rücken und ließ seine Beine unkontrolliert zittern. Als er stehen blieb, um die Angst abzuschütteln, die ihn gepackt hatte, brach eine sanfte und leise Stimme das Schweigen hinter ihm.

»Hallo, Garrett.«

63

OAKWOOD BEACH, STATEN ISLAND, 25. JUNI, 20:15 UHR

Obwohl Garrett allein und unbewaffnet war, machte Alexis'
Herz in dem Moment, als sie ihn erblickte, einen Satz. Ein
Mann richtete eine Schusswaffe auf sie, sie waren am Ende
der Welt, umgeben von Bäumen und Sumpf, und Hilfe schien
tausend Meilen entfernt, aber trotzdem gab der Anblick von
Garrett Reilly Alexis Hoffnung. Und Hoffnung war in letzter
Zeit rar gewesen.

Ihr Kopf schmerzte von dem Schlag mit der Pistole. Sie war
müde und hungrig, die Muskeln in ihren Armen und Schultern verkrampften sich, weil ihr die Hände immer noch auf
dem Rücken zusammengebunden waren. Außerdem war sie
schrecklich durstig wegen der Hitze, aber auch, weil sie Angst
hatte. Seit Stunden hatte niemand mit ihr gesprochen – weder
die junge Frau noch Markow –, obwohl sie gehört hatte, dass
Markow dann und wann an sein Telefon ging und jemandem
am anderen Ende der Leitung etwas zuflüsterte. Seine Stimme
klang kalt und ausdruckslos und jagte ihr Schauer über den
Rücken.

Dann tauchte Garrett auf. Sie musste ihm so viel erklären:
dass sie einen Moment unaufmerksam gewesen war, und wie
leid ihr das tat, und wie glücklich sie war, ihn zu sehen. Aber
nicht jetzt. Später. Jetzt musste sie ihm helfen, aus dieser Situation herauszukommen.

Markow richtete eine Waffe auf Garretts Brust. »Keine

Schwierigkeiten, den Weg hierherzufinden?« Er klang amüsiert.

Alexis konnte Garrett in dem schwachen Licht sehen. Er zuckte mit den Schultern, kniff die Augen zusammen, um Markows Gesicht zu mustern, bevor er in Alexis' Richtung schaute. Sie vermutete, dass er sie in der Dunkelheit nicht erkennen konnte.

»Es hat mich niemand beobachtet, oder?«, fragte Garrett. »Sie haben nur GPS benutzt.«

»Das bleibt mein kleines Geheimnis«, erwiderte Markow.

»Was wollen Sie?«

»Haben Sie das noch nicht erraten?« Alexis dachte, sie könne echte Überraschung in Markows Stimme wahrnehmen. Aber andererseits war er ein Meister der Täuschung. Nichts an ihm war echt.

»Sie wollen mich«, sagte Garrett.

Alexis konnte gerade so erkennen, dass Markows Kopf sich auf und ab bewegte. »Genau.«

Alexis verstand nicht. Wovon redeten sie?

»Sie wollen einen Partner.«

»Verkaufen Sie uns nicht unter Wert. Mehr als einen Partner. Ein Team. Eine Familie.«

Alexis konnte Garrett in der Dunkelheit blinzeln sehen, die ihm dämmernde Erkenntnis zeigte sich auf seinem Gesicht.

»Und warum sollte ich einwilligen, mit Ihnen ein Team zu bilden?«

»Aufgrund dessen, was uns gemeinsam ist. Herkunft. Ziele. Weil es sehr wenige Menschen wie uns in dieser Welt gibt, die auf ähnlichen Wegen unterwegs waren. Und wenn man jemanden findet, der einem ähnlich ist, nimmt man Verbindung zu ihm auf. Tut sich mit ihm zusammen.«

Garrett schien einen Moment darüber nachzudenken,

bevor er den Kopf schüttelte. »Ich finde, dass Leute, die mir ähneln – ich weiß nicht recht –, mir echt verdammt auf den Geist gehen.«

Markow lachte leise.

»Und überhaupt, was habe ich dabei zu gewinnen, wenn ich mich auf Ihre Seite schlage?«, fragte Garrett. »Mein Leben ist gut so, wie es ist.«

»Das ist gelogen, und das wissen wir beide. Sie sind nicht glücklich. Bei Ihrem Job haben Sie keine richtigen Beziehungen, Sie schließen sich in Ihrer Wohnung ein und nehmen ein ganzes Sortiment Tabletten. Ich glaube, Sie sind wütend auf die Welt, auf die Ungerechtigkeit, wütend darauf, wie Sie behandelt werden. Wie Ihre Familie behandelt wurde. Ihren Bruder verloren zu haben. All diese mächtigen Leute, all diese Regierungen und Polizisten – alle arbeiten zusammen, um Sie am Boden zu halten.«

»Niemand hält mich am Boden. Mir geht's ganz gut.«

»Robert Andrew Wells hat letztes Jahr einhundert Millionen Dollar verdient. Er hat eine Wohnung, die so groß ist wie Ihr ganzes Haus. Er fliegt in einem Firmenjet durch die Welt, geht nach Davos, taucht im Fernsehen auf. Hat er sein Leben verdient? Was ist mit den Leuten dort draußen, die in diesen Häusern wohnen? Kleine Hütten, die vom Meer weggespült werden? Haben sie verdient, was sie haben? Ist das richtig? Ist das Gerechtigkeit?«

»Sollen wir tatsächlich diese Diskussion führen? Über Gerechtigkeit? Hier? Jetzt?«

»Halten Sie mich bei Laune.«

»Man nennt es Kapitalismus«, sagte Garrett. »Harte Arbeit zahlt sich aus.«

Alexis bemühte sich, in Garretts Gesicht zu lesen. Er klang nicht ganz aufrichtig. Aber schließlich sah er auch in die Mündung einer Pistole. Der Wind wurde wieder stärker, pfiff über das Sumpfgras, rüttelte an den Halmen.

»Kapitalismus? Das ist Ihre Begründung? Das erklärt alles? Glauben Sie, man könnte den Bruder von Robert Andrew Wells in einem gottverlassenen Drecksloch wie Afghanistan erschießen und sich dann aus dieser Situation herauslügen? Und damit durchkommen? Würde die Regierung das mit seiner Familie machen? Glauben Sie, Wells würde das geschehen lassen? Ist das Kapitalismus?«

Keiner der vier Anwesenden sagte etwas.

»Korruption gibt es überall«, sagte Garrett. Alexis dachte, er höre sich traurig an, als ob das, was Markow sagte, Garrett auf bedeutsame Weise getroffen hätte. Ihre Gedanken überschlugen sich. Das konnte nicht sein, oder? War Garrett Reilly so unglücklich, so entfremdet, dass ihn das banale Geschwätz eines kriminellen Betrügers rühren konnte?

Markow trat näher an Garrett heran. »Einverstanden. Die Welt ist ungerecht. Und niemand wird sie gerechter machen, von Menschen wie Ihnen und mir abgesehen. Niemand. Wir haben die Mittel. Wir haben die Fähigkeiten. Wir können die Reichen, die Mächtigen vom Sockel stoßen, können Regierungen und Armeen zwingen zu gestehen, was sie getan haben. Wir können ihnen schaden, sie blamieren, ihre Führer demütigen. Die Art und Weise ändern, wie sie ihre Bürger behandeln. Das ist nicht irgendein Luftschloss, Garrett, das ist ein erreichbares Ziel. Ein richtiger Kampf, dem man sich anschließen kann. Sie müssen nicht irrational auf jeden einschlagen, der Sie falsch ansieht. In sinnlose Prügeleien geraten, sich selbst zerstören. Sie können diese Wut bündeln. Ihren Zorn konzentrieren und etwas erschaffen. Würde sich das nicht gut anfühlen? Zu wissen, dass Sie mit Ihrem Leben etwas Sinnvolles erreichen?

»Ich erreiche eine Menge mit meinem Leben«, sagte Garrett, aber Alexis hörte keine Überzeugung in seinen Worten.

Markow stieß ein leises Lachen aus. »Ich habe meinen Auftrag erledigt – ich habe dem System einen Schock versetzt. Ich hätte mehr erreichen können, aber Sie haben mich gestoppt, und das ist die Art, wie das Spiel ausgetragen wird. Dagegen ist nichts zu sagen. Aber denken Sie nur eine Sekunde darüber nach, Garrett, wenn Sie und ich im gleichen Team gewesen wären. Wir hätten Vanderbilt Frink in die Knie zwingen können. Und dann hätten wir nacheinander das gesamte Bankensystem zerstören können. Wir hätten ihre Konten plündern, Bankstürme auslösen, die Handelsmärkte dichtmachen können. Wir hätten, wenn wir zusammengearbeitet hätten, zusehen können, wie ganz Manhattan zu einem Aschehäufchen verbrennt. Das wäre ein Anblick gewesen. Sagen Sie mir nicht, das Konzept der Zerstörung wäre Ihnen fremd.«

»Also zerstören wir alles. Und dann? In so einer Welt möchte ich nicht leben.«

»Wenn die Zeit gekommen ist, bauen wir sie wieder auf. Ein System, zu dessen Erschaffung wir beitragen, an dem wir einen Anteil haben.« Markows Worte verloren sich in der Nacht.

»Sie halten sich für einen Revolutionär«, sagte Garrett. »Geht es bei dieser Sache darum?«

»Revolutionär ist ein altmodischer Begriff. Ich bin ein Katalysator für Wandel. Der Status quo wird irgendwann zerfallen, ob ich da bin oder nicht. Das ist die Natur des Kapitalismus, wie Sie es formulieren. Ich sorge nur dafür, dass es schneller geht.« Markow wedelte mit seiner Waffe in der Luft herum. »Ich bin nicht allein, Garrett. Snowden war nur der Anfang. WikiLeaks? Anonymous? Ein Tropfen auf den heißen Stein. Es gibt viele mehr, die bereit sind, sich uns anzuschließen. Auf dem ganzen Planeten.«

»Warum brauchen Sie dann mich?«

»Sie kennen die Antwort. Aber ich werde sie laut sagen, falls Sie das Bedürfnis verspüren, es ausgesprochen zu hören.« Wieder ging Markow ein Stück auf Garrett zu, war höchstens noch drei Schritt von ihm entfernt. »Weil nur wenige Leute das tun können, was Sie tun: Unter den Lärm, durch das Chaos sehen und die Muster erkennen. Und dann das Chaos so manipulieren, dass es Ihren Bedürfnissen entspricht. Sie verändern den Datenfluss, sodass er für Sie arbeitet, nicht gegen Sie. Das ist ein besonderes Talent.«

Alexis stellte fest, dass Garrett nicht reagierte. Er schien jetzt nach unten zu schauen, als hätten Markows Komplimente ihn peinlich berührt.

»Sie sind gut«, sagte Markow. »Aber nicht perfekt. Sie haben Ihre Schwächen, problematische Momente. Sie machen Fehler. Bei denen könnte ich Ihnen helfen. Ihnen Geheimnisse mitteilen, Sie stärker machen. Ihnen behilflich sein, wenn Sie am Boden sind. Das wäre nützlich, nicht wahr? Jemand, an den man sich in finsteren Zeiten wenden kann, jemand, der Ihre Frustration versteht. Ihre Wut …« Garrett hielt den Kopf gesenkt, während Markow fortfuhr. »Wir können überall leben. Hier, in Russland, in einem Strandhaus in Thailand, einer Wohnung in Caracas. Wir bleiben in Bewegung, wir machen Deals mit gleichgesinnten Regierungen, und dann verraten wir sie, wenn es unseren Zwecken entspricht. Wir sind unsichtbar, unauffindbar – Geister.«

»Das klingt nicht nach einem tollen Leben.« Garretts Worte lagen zwischen einer Frage und einer Aussage.

»Glauben Sie, die Machthaber werden zulassen, dass Sie ebenfalls richtige Macht bekommen? Dass sie Ihnen vertrauen? Garrett Reilly aus Long Beach, Kalifornien? Sohn eines Hausmeisters und einer mexikanischen Einwanderin?«

Markow schwieg, und Alexis konnte in der Ferne einen Zug und eine Autohupe hören.

»Machen Sie sich nichts vor.« Markows Worte hatten eine plötzliche Heftigkeit, als ob er sie vor Wut ausspucken würde. »Es gibt eine Mauer zwischen Ihnen und denen, und diese Mauer wird nie eingerissen werden, egal, wie sehr Sie es sich wünschen. Die Leute, die wirkliche Macht in Händen halten – Wells und sein Hubschrauber, Levinson und seine Milliarden –, sind nicht daran interessiert, Ihnen – oder mir oder irgendjemandem wie uns – wahre Handlungsmacht in dieser Welt zu überlassen. Sie sind eine Schachfigur für sie, und in Ihrem Herzen wissen Sie das.«

Markow verstummte, und Alexis musste zugeben, dass selbst sie von seiner Tirade fasziniert war. Während sie seinen Worten lauschte, dachte sie: Er hat nicht unrecht. Nicht völlig. Alexis hatte immer diesen bohrenden Keim des Zweifels wegen ihrer Gesellschaftsklasse im Hinterkopf gespürt. Sie entstammte einer langen Linie amerikanischer Patrioten, aber sie waren Angehörige der Mittelschicht und waren es immer gewesen. Kein Truffant hatte jemals wirklichen Reichtum errungen oder an den Schalthebeln der Macht gesessen, und das wusste sie. Sie vermutete, dass ihr Vater es ebenfalls gewusst hatte, eine geheime Einschränkung, die in seinen Erwartungen ans Leben begraben lag. Er brachte diesen Zweifel nie zur Sprache, aber er war bis zum Ende seiner Tage Staff Sergeant in der Army gewesen. Was wäre geschehen, wenn er ihn zur Sprache gebracht hätte? Wenn er gegen die Ungerechtigkeit angegangen wäre? Wäre aus ihr ein anderer Mensch geworden?

»Die Russen werden Sie nicht ewig mit ihrem Geld spielen lassen«, sagte Garrett.

»Wir haben während der letzten zwei Monate die Handelskonten von Vanderbilt Frink angezapft«, sagte Markow mit offensichtlicher Schadenfreude. »Dollar für Dollar. Sie haben keine Ahnung. Wir haben tatsächlich eine ganz schöne Menge zusammenbekommen. Und es wird jede Minute mehr. Und den nächsten Job habe ich schon in Aussicht. Sechs Monate Wahlbetrug für die Regierungspartei in Myanmar. Leicht verdientes Geld. Nette Strände.«

Markow trat wieder von Garrett zurück und hielt die Pistole so, dass alle sie sehen konnten. Er richtete sie auf Garrett. »Also dann, eine Entscheidung. Sagen Sie mir, ob Sie sich mir anschließen wollen.«

»Das ist alles? Ich sage Ihnen bloß, ich will mitmachen, und alles ist gut?«

»Nein«, erwiderte Markow, und Alexis schauderte. In diesem einen Wort lag eine Kälte, eine Bodenlosigkeit, die sie bis ins Innerste traf. Einen Moment dachte sie daran, sich von der jungen Frau, die sie festhielt, wegzustoßen, ins Sumpfgras zu sprinten und zu versuchen, sie in der Nacht abzuschütteln. Sie machte eine Bewegung, aber die junge Frau packte sie fest und rammte ihr die Hand in die Seite.

»Tu's nicht«, zischte die Frau kaum hörbar. »Versuch's nicht mal.«

»Was denn?«, fragte Garrett.

Markow nickte in der Dunkelheit, und Alexis konnte sehen, wie sich die Silhouette seines Kopfs in ihre Richtung neigte. »Sie muss gehen. Und Sie müssen dafür sorgen, dass es geschieht.«

»Ich werde sie nicht töten«, sagte Garrett.

»Natürlich nicht. Das tun wir.«

Alexis stockte der Atem, und sie schloss die Augen.

»Aber Sie müssen den Befehl erteilen«, sagte Markow.

64

OAKWOOD BEACH, STATEN ISLAND, 25. JUNI, 20:32 UHR

Für Garrett ergab alles, was Ilja Markow sagte, einen Sinn. Das machte es nicht zwar richtig, aber andererseits hatte das Konzept der Richtigkeit Garrett nie viel bedeutet. Moral war ein menschliches Konstrukt, kein unveränderliches Naturgesetz. Gut und böse waren Wörter, die von der Kultur mit Bedeutung gefüllt worden waren, nicht von Gott. Dem Universum waren recht und unrecht scheißegal.

Konnten er und Markow wirklich ein Team sein? Durch die Welt reisen, das System angreifen, die Mauern einreißen, die ihn von der Macht trennten? Garrett glaubte weder an das System, noch hatte er das geringste Vertrauen in die Leute, die das System am Laufen hielten. Er fragte sich in letzter Zeit, ob Zersetzung seine wahre Bestimmung sei – ob die allmähliche Demontage der Machtstruktur das war, was er am besten konnte. Er war ein Außenseiter, von Geburt an ein Bürger zweiter Klasse, und das würde niemand außer ihm persönlich ändern. Markows Vorstellung einer Revolution war verrückt – die Hasstirade eines Soziopathen – und dennoch …

Wut brannte in Garretts Herzen so stark wie kaum ein anderes Gefühl. In dieser Beziehung hatte Markow völlig recht gehabt. Sie waren einander auf ihre eigene seltsame Weise ebenbürtig. Sie waren beinahe Brüder. Beinahe.

»Ich befehle Ihnen, sie umzubringen?«, sagte Garrett, als

der heiße Wind, der von der Bay hereinblies, ihn aus seinen Gedanken riss und in die Gegenwart zurückholte.

»Das ist alles. Sie sagen die Worte. Dann gehen Sie und ich zusammen weg.«

»Wohin? Wir sind auf Staten Island. Wir können nirgendwohin.«

»Auf mich wartet ein Boot. Ein Fischerboot, aufgetankt, mit einem jungen Bahamaer als Kapitän. Direkt vor der Küste. Ein Schlauchboot liegt an den Felsen am Strand. Am Ende des Wegs. Wir können in einer Woche auf den Bahamas sein. Dann nach Venezuela fliegen. Den Job in Myanmar vorbereiten, die Wahlfälschung. Ich habe sogar einen Pass mit Ihrem Foto anfertigen lassen.«

Garrett bewunderte Markows Vorbereitung. Er hatte recht gehabt, als er sich im Battery Park überlegte, dass er sich auf den Weg zur Konfrontation mit einer seltsamen Bestimmung mache und dass er es allein tun müsse. War dies seine Bestimmung? War Markow seine Bestimmung?

»Sie sind einsam«, sagte Garrett. »Deshalb machen Sie das hier.«

Markow lächelte. »Ja. Bin ich. Absolut. Sehr einsam. Bin ich immer gewesen. Und Sie ebenfalls.«

Garrett spürte einen unwillkürlichen Schmerz in seiner Brust. Er war tatsächlich einsam. Schrecklich einsam, trotz einiger Freunde, entfernter Verwandtschaft, und ohne wirkliche Aussichten auf eine dauerhafte Liebesbeziehung.

»Sie erschießen sie gleich hier, vor mir?« Garrett versuchte, das Zittern aus seiner Stimme zu verbannen.

»Wollen Sie sehen, wie es passiert?«

»Nein.«

»Uni wird sie ins Gras führen. Damit die Leiche erst nach Wochen gefunden wird.«

»Woher weiß ich, dass Sie mich nicht ebenfalls erschießen werden?«

Markow lachte. »Könnte ich machen. Andererseits hätte ich Sie ja auch schon vor zehn Minuten erschießen können. Was ich aber gar nicht unbedingt will. Sie gefallen mir, Garrett. Ich hätte mir nicht all diese Umstände gemacht, wenn ich nicht daran interessiert wäre, dass das hier funktioniert.«

Garrett konnte im Dämmerlicht sehen, dass Markow lächelte. »Ich habe Ihnen noch eine Sache zu berichten. Vielleicht wird Ihnen das die Entscheidung erleichtern. Ihre Freundin hier, Captain Truffant, arbeitet nicht mehr für die Defense Intelligence Agency.«

Garrett schaute von Markow zu Alexis. »Was meinen Sie damit?«

»Sie ist genauso wenig eine Verteidigungsanalystin für die DIA, wie ich ein Wertpapierhändler bin. Sie arbeitet für die Homeland Security. Sie hat es Ihnen nicht erzählt, weil sie wollte, dass Sie auf meiner Spur bleiben.«

Garrett hatte mit dieser Information Mühe. Sie ergab keinen Sinn, obwohl sie durchaus einen Sinn ergab. Es lieferte die Erklärung für ihr Interesse an einem Fall, der nichts mit ihrer Stellenbeschreibung zu tun hatte. Er schaute Alexis fragend an. »Stimmt das?«

»Er lügt«, sagte Alexis.

»Sie hat in den letzten sechs Monaten für beide Institutionen gleichzeitig gearbeitet«, sagte Markow. »Ich habe die E-Mails. Ich kann sie Ihnen zeigen, wenn Sie wollen. Es ist alles sehr deutlich ausbuchstabiert.«

Garrett machte einen Schritt auf Alexis zu. »Es stimmt, nicht wahr?«

»Was spielt das für eine Rolle? Wer kümmert sich darum, für welche Agentur ich arbeite?« Alexis spuckte die Worte aus.

»Er ist ein Betrüger und ein Terrorist, und er belügt dich bei allem anderen, und du darfst ihm nicht zuhören, Garrett. Er legt dich rein. Er hat alternative Gründe für alles und jedes. Wenn du jetzt mit ihm gehst, wird es keine vierundzwanzig Stunden dauern, bis er dich erschießt und deine Leiche ins Meer wirft.«

»Warum?«, fragte Garrett. »Warum hast du es mir nicht gesagt?«

Garrett konnte im schwachen Licht erkennen, wie sich ihr Gesicht verzog. Sie stieß ein kurzes Schluchzen aus und schien Tränen zurückzudrängen. »Warum musst du davon irgendwas wissen?«

»Weil ich dich mal geliebt habe.«

Alexis ließ den Kopf hängen. Sie flüsterte: »Es spielt keine Rolle.«

»Ich glaube schon. Du glaubst das auch.«

Sie hatte darauf keine Antwort, und Garrett war nicht überrascht. Alexis war schon immer ehrgeizig gewesen, und für eine andere Agentur zu arbeiten passte gut zu seinem Verständnis von ihrer Karriere – dass sie bei der DIA in einer Sackgasse gelandet war und dass sie für ihr Weiterkommen neue Wege beschreiten musste.

»Und?«, fragte Markow. »Ihre Entscheidung?«

Garrett stand bewegungslos da und versuchte, das Hämmern seines Herzens zu ignorieren.

Er glaubte, er wäre vielleicht in der Lage, Markow gleich hier zu überwältigen, seine Pistolenhand zu packen, ihn zu Boden zu stoßen, ihn immer wieder hart zu schlagen und ihm die Waffe abzunehmen, bevor das Mädchen Alexis erschoss, aber es kam ihm nicht wahrscheinlich vor. Er war kein Cop; er war nicht Agent Chaudry. Er war ein Computerfreak. Seine beste Chance, am Leben zu bleiben, bestand nach seiner

Berechnung darin, seinen Instinkten zu vertrauen. Darauf zu vertrauen, was Markow von ihm brauchte: eine Fähigkeit, die Welt zu sehen, wie sie war, nicht wie man sie sehen wollte. Zu sehen, was für alle anderen unsichtbar blieb. Weil das letzten Endes das Einzige war, was Garrett tun konnte, das, was ihn zu etwas Besonderem machte.

Er schaute hinaus in die Dunkelheit und lauschte den Geräuschen der Nacht. Er versuchte, an seine U-Bahn-Fahrt nach Downtown zurückzudenken, an die Fähre, an den Zug und an seinen Fußmarsch zu diesem abgeschiedenen Sumpfgelände. Er hatte ein Muster gespürt, etwas knapp außerhalb seines Gesichtskreises, das darauf wartete, dass er es erfasste. Aber war es real? Konnte er darauf vertrauen, dass er es genau wusste? Wenn er es nur noch eine kleine Weile länger hinauszögerte, würde ihm vielleicht alles klar werden. Oder vielleicht würde ihm nichts in seinem Leben jemals klarer werden, als es in genau diesem Moment war, und das war sein Schicksal – Sicherheit zu wollen und sie nie zu bekommen. Das Leben war Entropie und dann Chaos.

Garrett holte tief Luft und nickte. »Okay. Bringen Sie sie um.«

Alexis stieß einen Schrei aus, ein Geheul der Verlassenheit, und Garrett musste die Hände zu Fäusten ballen, um nicht aus der Haut zu fahren. Er biss die Zähne zusammen und gestikulierte mit einem Arm, zeigte zurück zu den Häusern und den Lichtern. »Dort drüben.« Er zog eine Show ab, als wolle er die Sache nicht dort erledigt haben, wo er es sehen konnte. »Machen Sie es dort drüben.«

»Keine Sorge.« Markow legte Garrett eine Hand auf die Schulter und führte ihn über den aufgerissenen Belag der Straße. Garrett warf einen Blick über die Schulter zurück und erblickte flüchtig die junge Frau, die Alexis in die andere Richtung schob, auf die Stadt zu, aber seitlich versetzt, ins Sumpfgras.

Herrgott im Himmel, er hoffte, dass er recht hätte – dass all die Drogen und die Schmerzen seine Fähigkeiten nicht dauerhaft beeinträchtigt hätten.

»Soll sie mit uns kommen? Die Frau?«, fragte Garrett Markow, in dem Bemühen, Konversation zu machen.

»Wollen Sie das? Sie ist ziemlich klug. Und gut im Bett. Ich glaube, sie würde Ihnen gefallen.«

»Macht den Eindruck, als könnten wir uns die Beste aussuchen, also können wir uns die Mühe sparen.«

»Dann bleibt sie hier, und wir machen uns allein auf den Weg. Was immer Sie wollen, Garrett. Wie immer Sie wollen.«

Garrett schaute zu Markow hinüber. Er war ein Schatten in der Nacht, mehr nicht. Garrett konnte sein Gesicht immer noch nicht erkennen. Vielleicht war er überhaupt nicht real, dachte Garrett. Vielleicht war er ein ewiger Schatten, eine ätherische Präsenz in der Nacht, die nach Belieben auftauchte und verschwand. Ein Geist, eine Halluzination wie Avery Bernstein, ein Toter, der mit Garretts unbeständigem Wirklichkeitssinn seinen Schabernack trieb. Falls das so war, hatte er einen Fehler gemacht, und Alexis würde sterben. Und er würde bald darauf sterben wollen.

»Sie trauen mir immer noch nicht«, sagte Markow. »Ich kann das sehen.«

»Warum sollte ich?«

»Genau. Warum sollten Sie? Ich würde es nicht erwarten. Wir brauchen Zeit. Und gemeinsame Erfahrungen, die uns verbinden. Ich meine, im Ernst, ist das nicht der Fixpunkt aller Beziehungen?«

Zog Markow ihn auf? Garrett konnte es nicht mehr mit Gewissheit sagen. Ein Schrei durchbrach die Stille, gefolgt von dem scharfen Knall zweier Schüsse, einer nach dem andern. Der Ton hallte einen Moment wider, bevor ihn der Wind mit sich trug. Garrett schauderte, lauschte nach einem Nachspiel der Gewalt, aber es gab keines.

Markow schlug ihm auf den Rücken. »Pozdravlyaem! Glückwunsch. Willkommen im Team.«

Garrett schluckte schwer, um sich nicht übergeben zu müssen. Er lauschte, als der Wind einen Moment lang nachließ und die Geräusche des Sumpfs und der Stadt in seine Ohren drangen. Er hörte …

Nichts. Keine Vögel, keine Tiere im Gras. Nichts.

Er lächelte.

Er wandte sich an Markow. »Sie sind erledigt.«

Markow neigte den Kopf auf eine Seite, wie Hunde es tun, wenn sie nicht richtig feststellen können, woher ein Geräusch kommt.

»Es ist vorbei. Stecken Sie die Waffe weg. Oder nehmen Sie sich das Leben. Schnell. Bevor Sie festgenommen werden.«

Markow trat mit erhobener Waffe auf Garrett zu. »Wovon reden Sie?«

»Hören Sie.« Markow blieb stehen und lauschte. Wieder herrschte Stille. »Wo ist die junge Frau? Warum kommt sie nicht?«

Markow wandte den Kopf, um zurück in den Sumpf zu schauen. Garrett konnte im Lichtschein der Stadt auf der anderen Seite der Bay ein wenig von seinem Gesicht erkennen. Er sah unscheinbar aus, ganz wie sein Passfoto, aber auch mit einem Anflug von Gefühl. Vielleicht lag es nur an dem Moment, an der Eile, mit der er herauszufinden versuchte, was genau Garrett gemeint hatte. Oder vielleicht versetzte sich Garrett nur in ihn hinein.

»Dein Mädchen ist tot. Denk mal drüber nach. Zwei Schüsse. Warum würde sie zwei Mal schießen? Würde sie nicht. Sie würde ein Mal in den Kopf schießen. Passt nicht in das Muster. Das FBI hat sie erwischt. Die schießen zwei Mal, doppelt genäht. Die Stille. Passt auch nicht. Die Vögel, die Grillen – sie haben Angst bekommen. Die Polizei umgibt uns von allen Seiten. Im Gras. Sie verstecken sich. Warten darauf, Sie zu überwältigen. Sie sind mir von Anfang an gefolgt. Sie waren im Zug, auf der Fähre, hinter mir auf der Straße. Sie hatten niemanden, der mir gefolgt ist, aber sie sind mir gefolgt. Zu schlau von Ihrer Seite. Sie haben einen Fehler gemacht. Einen großen.«

Markow stieß ein Grunzen aus. Wie ein Schachspieler, der ein Gambit akzeptiert, um im nächsten Moment festzustellen, dass er von seinem Gegner ausgetrickst wurde, begriff Markow die ganze Tragweite der Situation.

»Ich werde Sie umbringen.« Markow richtete den Lauf der Waffe direkt auf Garretts Gesicht.

»Okay«, sagte Garrett gelassen. Er war bereit zu sterben. Er wollte nicht sterben, aber wenn es sein musste, war dieser Zeitpunkt so gut wie jeder andere. Alexis war in Sicherheit, die Stadt würde nicht niederbrennen, und seine paranoiden Theorien waren bestätigt worden. Wenigstens würde er die Kopfschmerzen nicht mehr ertragen müssen. »Bringen Sie es nur hinter sich.«

Und bei diesen Worten ertönten vier Schüsse in der Nacht.

65

OAKWOOD BEACH, STATEN ISLAND, 25. JUNI, 20:47 UHR

Schmerzen. Benommenheit und dann Schwäche. Und noch mehr Schmerzen.

Ilja Markow wusste, dass er angeschossen worden war. Vermutlich war er im Begriff zu sterben.

Er versuchte, einen Schuss auf Garrett Reilly abzufeuern, aber sein Arm fühlte sich schrecklich schwer an. Er ließ ihn sinken, und Ilja hörte noch einen Schuss und spürte einen stechenden Schmerz in der Schulter.

Er sank auf die Knie. Mist, dachte er, ich bin tatsächlich dabei zu sterben.

Er hörte Schreie um sich herum und sah das unerwartete grelle Licht von Taschenlampen. Männer und auch Frauen kamen von überall aus dem Sumpfgras angerannt.

Gott, wieso war ihm das entgangen? Wie hatte er das nicht bemerken können? Das Gambit war, wie er jetzt begriff, zu bedeutsam für ihn gewesen. Das Risiko zu groß. Sobald der Schwindel bei Vandy aufgeflogen war, hätte er einfach aus der Stadt fliehen sollen. Aber er hatte den Kontakt mit Reilly herstellen und den Mann auf seine Seite bringen wollen. Das wollte er aufrichtig, und deshalb, weil er das wollte – weil er Reilly wollte –, hatte er einen Fehler begangen. Einen schrecklichen Fehler. Gefühl war Schwäche. Und die meisten Menschen – sogar Garrett Reilly – waren einfach nicht bereit, die Welt so zu sehen, wie sie in Wahrheit war, voller Korruption und Untreue und Verrat. Das Universum war ein unbeschriebenes Blatt, auf das nur die Diszipliniertesten und Mächtigsten ihre Wünsche aufprägen konnten. Nur er konnte sehen, was real war.

Jemand drückte ihn zu Boden, kickte ihm die Pistole aus der Hand und band ihm die Arme hinter dem Rücken zusammen. Er nahm an, dass man ihm Handschellen anlegte, aber er wusste nicht, warum. Er lag schließlich im Sterben – bemerkten sie das nicht?

Ein Gefühl des Verlusts ergriff Besitz von ihm, genauso wie das panische Gefühl, dass er, Ilja Markow, der Mann mit vielen Namen und ohne Land – ohne Heimat – kurz davor war, nicht mehr da zu sein. Er würde aufhören zu existieren, der schlimmste aller Schrecken, und würde dann die Leere umfangen. Und nach seinem Tod würde auch kein Vermächtnis zurückbleiben. Er hatte dafür gesorgt, dass er unsichtbar war, und jetzt würde er es auch im Tod bleiben – ein Geist, der still auf die andere Seite ging. Für ihn lag eine furchtbare Traurigkeit darin, aber auch ein seltsames Gefühl der Erfüllung. Als Endpunkt seines Lebenswegs ergab das einen Sinn.

Er drehte leicht den Kopf, aber die Anstrengung war enorm. Er fühlte sich schrecklich schwach. Seine Gedanken verwirrten sich allmählich. Da waren Erinnerungen. Tschetschenien. Grosny. Aus irgendeinem Grund Palo Alto. Ein Moment der Zärtlichkeit mit Uni. Ein Kuss. Nähe. Und dann Worte. Eine Decke der Ruhe. Er schaute vom Boden hoch und konnte Reilly erkennen, der an seiner Seite kniete und ihm in die Augen sah. War dies der letzte Mensch, den er sehen würde?

Er nahm an, dass es so war.

66

OAKWOOD BEACH, STATEN ISLAND, 25. JUNI, 20:52 UHR

Alles in Ordnung?« Agent Chaudry kam zu Garrett und leuchtete ihm mit einer Taschenlampe ins Gesicht.

»Mir geht's gut.« Garrett blinzelte in das Licht. Er schaute auf Markows leblosen Körper hinunter, der im Dreck lag. »Ist er tot?«

Chaudry ließ sich neben Markow auf ein Knie nieder und tastete nach dem Puls an seinem Hals. »Ja.«

Garrett versuchte, sich über seine Gefühle klar zu werden. War er froh darüber, dass Markow tot war? Absolut. Aber empfand ein Teil von ihm Bedauern?

»Wo ist Alexis?«

»Hinten an der Straße.« Chaudry zeigte in diese Richtung. »Aber ich glaube nicht, dass sie mit Ihnen reden will.«

Garrett stand auf und eilte an Chaudry vorbei. Ein Dutzend FBI-Agenten war dabei, das Sumpfgras zu durchkämmen, und Garrett rannte schnell auf eine Lichtung am Ende der Straße zu, wo Streifenwagen, Rettungswagen und Zivilfahrzeuge anhielten, aus denen Beamte, Rettungssanitäter und Kriminaltechniker ausstiegen. Die verdunkelte Wildnis war zu einem Crescendo von Aktivitäten der Ordnungskräfte erwacht.

Garrett hielt einen muskulösen Cop in einem blauen Anorak an. »Hier war eine Frau. In Army-Uniform.«

Der Cop zeigte nach hinten zu Straße. »Im letzten Streifenwagen.«

Garrett lief an den ersten vier Polizeiautos vorbei und blieb neben dem letzten stehen, das auf der Fahrbahn parkte. Alexis saß vorn auf dem Beifahrersitz. Ein weiblicher Cop saß am Steuer. Der Motor lief im Leerlauf.

Garrett streckte die Hand aus, um an das Fenster zu klopfen, aber Alexis rollte es herunter, ohne ihn anzuschauen. Ihre Augen waren schwarz umrandet. Garrett vermutete, es handele sich um Wimperntusche. Sie umklammerte eine Wasserflasche aus Plastik vor der Brust, als wäre sie ein Teddybär.

»Sag mir, dass du es wusstest«, forderte sie ihn auf, wobei sie ihn immer noch nicht ansah. »Sag mir, du warst dir sicher, dass wir von Cops umgeben waren, die lauschten und darauf warteten, mich zu retten.«

Garrett zögerte. Hatte er es gewusst? Hatte er es sicher gewusst? Er hatte sich selbst diese Fragen gestellt, bevor er Ilja Markow den Befehl erteilt hatte – den Befehl, Alexis zu erschießen. Kann irgendjemand je etwas mit Sicherheit wissen?

Er holte tief Luft, während die kühlere Luft von der Bay gegen sein schweißnasses T-Shirt blies. »Ich wusste es nicht. Nicht mit Sicherheit. Aber es gab ein Muster. Wahrscheinlichkeiten. Ich fühlte, wie sie sich aufbauten … Aber war ich sicher?«

Sie drehte sich um und sah ihn gekränkt an. Es gab Wahrheit, und es gab Lügen. Es gab die Wirklichkeit, und es gab den Schleier, den sich alle wissentlich über die Augen zogen, um das Leben erträglicher zu machen. Es gab mal eine Zeit, da glaubte Garrett, man könnte an all diese Dinge zugleich glauben. Aber nicht jetzt.

»Nein«, sagte er, »ich war nicht sicher.«

Alexis kurbelte das Fenster ohne ein weiteres Wort hoch, und der Streifenwagen fuhr los.

67

MINSK, WEISSRUSSLAND, 26. JUNI, 9:02 UHR (UTC +3)

Der weißrussische Staatssicherheitsoffizier Nagi Uljanin wartete geduldig hinter den beiden alten Frauen, die miteinander auf Russisch plauderten. Ältere Leute sprachen immer noch Russisch; die jungen Leute seines Landes dagegen sprachen jeden Tag, die ganze Zeit, ihre wahre Muttersprache – Weißrussisch. Darauf war Uljanin stolz, und er verachtete die Babuschkas vor sich. Trotzdem, dachte er, war er froh darüber, dass sie wählen gingen. Darum ging es ja schließlich – in einer Demokratie gaben alle ihre Stimmzettel ab.

Uljanin war von einer fast unbeschreiblichen Freude erfüllt. Weißrussland stand inzwischen kurz davor, ein Land nach westlichem Vorbild zu werden. Endlich war der Wahltag gekommen, die Leute gingen wählen, und vielleicht, nur vielleicht, würde eine neue Führung aus dem Blutbad hervorgehen. Und Uljanin hatte zu der Verwandlung beigetragen. Er hatte aus dem Innern des staatlichen Polizeiapparats gearbeitet und einen subversiven Kleinkrieg gegen die Kräfte der Unterdrückung geführt.

Uljanin lächelte. Der alte Mistkerl Basanow hatte nie einen Verdacht geschöpft. Jedes Mal wenn er Soldaten oder mehr Feuerkraft oder Bereitschaftspolizei anforderte, hatte er dafür gesorgt, dass die schlechtesten Kompanien unter den unfähigsten Offizieren an den Tatort gerufen wurden. Und wenn, Gott bewahre, ausgebildete Soldaten mit echter Kompetenz es bis zur Front der Proteste schafften, dann sorgten Uljanin und seine Kollegen von der fünften Kolonne innerhalb der Geheimpolizei dafür, dass sie schlecht ausgerüstet wurden – die schlechtesten Gewehre, alte Munition, Panzer ohne Sprit. Er hatte sogar Befehle und Zeitpläne durcheinandergebracht und dadurch gewährleistet, dass die Polizei zu spät eintraf, um noch einen Eindruck bei den Protesten zu hinterlassen, oder, schlimmer, dass ihre Ankunftszeit bei den Radikalen auf der anderen Seite der Barrikaden wohlbekannt war. Einen Kugelhagel hatte man für die Regierungskräfte immer auf Lager.

Uljanin strahlte vor stiller Befriedigung. Der Prozess war nicht leicht gewesen und nicht ungefährlich für ihn persönlich, aber er war es wert gewesen. Er fragte sich, was wohl mit Basanow geschehen sein mochte, dem knurrigen, kahlköpfigen russischen Hurensohn. Er hatte sich aufgerieben unter Basanows Kommando, tagtäglich, während das humorlose Arschloch ihn, Uljanin, wegen seiner angeblichen Inkompetenz und seines Mangels an Mut beschimpft und das rückständige weißrussische Volk und seine jämmerliche Hauptstadt Minsk verflucht hatte. Es war ihm aus Geheimdienstkreisen zu Ohren gekommen, dass Basanow nach New York City gegangen wäre. Das schien zu weit hergeholt zu sein, aber das Gerede war zählebig gewesen. Es hatte sogar einen Bericht darüber gegeben, dass er ermordet worden wäre, aber das hatte Uljanin als absurd abgetan.

Was, in aller Welt, machte Basanow in New York? Uljanin hatte ihn erst vor ein paar Tagen auf dem Unabhängigkeitsplatz in Minsk gesehen. Hatte er einfach sein Unternehmen in die Vereinigten Staaten verlegt? Und warum? Spelnikow, ein subversiver Mitstreiter bei der Staatspolizei, hatte ihm erzählt, er habe gehört, dass Basanow etwas mit dem finanziellen Irrsinn in Amerika zu tun hätte. Dass es einer seiner schmutzigen

Tricks gewesen sei, wie einen Fernsehsender zu kapern oder Gangster ankarren zu lassen, um Wähler einzuschüchtern.

»In einem etwas größeren Maßstab«, hatte Uljanin lachend zu Spelnikow gesagt. »Die amerikanische Wirtschaft zu kapern ist schwieriger, als eine Busladung Schläger anzuheuern, die bei einer Regionalwahl abstimmen sollen.«

»Ich höre, was ich höre«, hatte Spelnikow erwidert und sich wieder wie besessen dem Rollen seiner stinkenden Nelkenzigaretten gewidmet.

Vielleicht hatte Basanow hinter dieser Geschichte in Amerika gesteckt. Uljanin traute es ihm oder dem SWR durchaus zu. Der russische Präsident und seine Kreml-Gangster waren ein verrückter Haufen. Sie würden alles tun, wenn sie glaubten, es würde ihnen Geld einbringen – oder sie von Feinden befreien. Aber worin bestünde die Verbindung zwischen Weißrussland und New York City? Uljanin glaubte nicht, dass es da eine gab, obwohl er gestern Zeitungsartikel gesehen hatte, in denen Wähler ermahnt wurden, die Unsicherheit des westlichen Kapitalismus mit seiner freien Marktwirtschaft nicht der Stabilität von Mütterchen Russland vorzuziehen.

Die beiden Babuschkas nahmen sich ihre Stimmzettel, griffen sich Stifte und gingen zu dem Tisch, wo man seine Kreuzchen machte. Dass alle sehen konnten, für wen man abstimmte, fand Uljanin nicht ganz richtig, aber immerhin konnte man tatsächlich wählen. Es wurden Fortschritte gemacht.

Uljanin nannte der hübschen jungen Wahlvorsteherin seinen Namen. Sie suchte ihn, hakte ihn in ihrem Verzeichnis ab und gab ihm einen Stimmzettel und einen Stift. »Bitte geben Sie den Stift zurück, wenn Sie fertig sind.«

»Natürlich.« Uljanin ging zu dem Tisch, um den Stimmzettel auszufüllen. Er machte schnell seine Kreuze, stimmte für Anna Schuschkjewitsch, die junge Reformkandidatin, und die anderen Kandidaten der Nationalen Reformpartei auf ihrer Liste. Er schaute hoch, als er fertig war, um nachzusehen, für wen die anderen an seinem Tisch abgestimmt hatten. Die beiden Babuschkas hatten Lukaschenka angekreuzt, ihren blamierten Diktator. Uljanin wurde es leicht flau im Magen, aber dann erinnerte er sich daran, dass der Wechsel selten von der älteren Generation kam. Lukaschenka würde nicht gewinnen – da war sich Uljanin sicher: Die Vergangenheit konnte die Zukunft nicht aufhalten.

Er ließ seinen Wahlschein in die verplombte Wahlurne fallen und gab der hübschen Wahlvorsteherin den Stift zurück. »Vielen Dank für all Ihre harte Arbeit«, sagte er zu ihr, und sie lächelte ihn glücklich an.

Er trat vor das Gewerkschaftshaus, in dem die Wahl stattfand, und atmete die Luft des Sommermorgens tief ein. Regenwolken zogen nach Osten und gaben eine herrliche Morgensonne frei. Der Tag war warm und sauber und neu. Er ging die Wulitsa Wawpschasawa hinunter, während Autos und Lastwagen an ihm vorbeifuhren, und beschloss, sich den Rest des Tages freizunehmen. Er würde in den Park gehen, den Asiaryschka, sich unter einen Baum setzen und das Leben genießen.

Während er dahinschlenderte, kam er an einem seltsam aussehenden Mann vorbei, dünn, sehr dünn, mit einem harten, verkniffenen Gesicht. Er trug sogar bei der Hitze einen glänzenden schwarzen Anzug, ein bisschen so einen, wie die Gangster in Moskau sie schätzten. Uljanin dachte sich nichts dabei, lächelte und ging weiter, aber das Gesicht des Mannes ließ ihm keine Ruhe. Hatte er ihn schon mal gesehen? Hatte er irgendwas mit Basanow zu tun?

»Genosse Uljanin«, rief jemand auf Russisch.

Uljanin blieb überrascht stehen, bevor er sich umdrehte,

um nachzusehen, wer ihn gerufen hatte. Der dünne Mann in dem schwarzen Anzug hatte seine Richtung geändert und kam mit schnellen Schritten auf ihn zu, allerdings wurde er jetzt von zwei gewaltigen Männern in schwarzen T-Shirts begleitet, deren Muskeln die engen Ärmel ausbeulten. Eine Schockwelle der Angst erfasste Uljanin, und blitzartig erkannte er die Zukunft, die vor ihm lag: Eine Fahrt im Auto zu einem abgelegenen Wald, eine Tracht Prügel, eine Lektion, weitere Prügel und dann eine Kugel in den Kopf.

»Wir müssen uns unterhalten.« Der dünne Mann winkte Uljanin mit seiner knochigen Hand zu. »Fahren Sie ein Stück mit uns.«

Uljanin trat zurück, weg von dieser grässlichen Kreatur, aber die Schläger, die ihm folgten, waren zu schnell. Im Nu waren sie bei ihm und packten ihn an den Schultern. Auf einmal hielt ein Wagen neben ihnen am Bordstein, ein schwarzer Mercedes, und die Hintertür sprang auf. Uljanin verzog das Gesicht. Jetzt war nichts mehr zu machen. Er war verloren. Verdammt. Es war ein derart herrlicher Tag gewesen. Er bemühte sich darum, sich aus dem Griff der Muskelmänner zu befreien, aber die waren zu kräftig. Uljanin wollte in Tränen ausbrechen. Aber nein, das würde er nicht tun. Er drehte den Kopf zu dem knochendürren Russen in dem schwarzen Anzug.

»Sie können die Zukunft nicht aufhalten!«, rief Uljanin.

Der dünne Mann zuckte ungerührt mit den Schultern. »Vielleicht nicht. Aber wir können es versuchen.«

68

LOWER MANHATTAN, 8. JULI, 15:31 UHR

Garrett betrachtete die Stadt unter ihm durch die großen Fenster bei Jenkins & Altshuler und staunte darüber, wie schnell das Leben wieder normal geworden war; die Geschäfte hatten geöffnet, Banken waren zahlungsfähig, es hatte keinen Crash am Aktienmarkt gegeben. Der amerikanische Dollar hatte sich stabilisiert. Die Presse war dazu übergegangen, es den Mittsommerwahnsinn zu nennen, und nur zwei Wochen nachdem dieser stattgefunden hatte, schienen die Leute das gesamte Ereignis schon vergessen zu haben. Die Panik und das Chaos schienen wie ein entfernter Fiebertraum. Niemand war sicher, dass es tatsächlich stattgefunden hatte. Vielleicht war es reine Einbildung – ein Massenwahnphänomen.

Garrett war sich selbst nicht sicher. Manchmal kam ihm seine Erinnerung daran wie ein Albtraum vor, eine drogenberauschte Episode, die von seiner rasenden Paranoia angefacht worden war. Vielleicht war Ilja Markow ein Hirngespinst seiner Einbildungskraft – eine Geschichte, die er sich selbst erzählt hatte, um sich wichtig zu fühlen. Gebraucht zu fühlen. Geliebt zu fühlen.

Vielleicht auch nicht.

Garrett war ein paar Tage nach dem Vorfall in den Sümpfen von Staten Island wieder zurück an die Arbeit gegangen. Die anderen Trader bei J&A hatten ihm seltsame Blicke zugeworfen, aber nur einer hatte den Mut aufgebracht, ihn zu fragen,

517

was passiert war und wo er gewesen sei. Garrett hatte erklärt, dass er fälschlich des Mordes an Phillip Steinkamp beschuldigt und dass alles mit der Polizei geregelt worden sei, aber mehr als das könne er wirklich nicht sagen: »Geheim.«

Er kaufte und verkaufte weiterhin Wertpapiere, und er stellte fest, dass er bessere Ergebnisse dabei erzielte als in der Zeit, bevor Ilja Markow in seinem Leben aufgetaucht war. Er führte das darauf zurück, dass er aufgehört hatte, Schmerztabletten zu nehmen, aber er hatte auch den Verdacht, dass der Vorfall ihm eine neue Lebensperspektive gegeben hatte. Vielleicht hatte er es doch gar nicht so schlecht. Er gehörte zu den Glücklichen. Und dennoch …

Markows Worte kamen ihm zu merkwürdigen Zeiten in den Sinn: kurz vor dem Einschlafen beispielsweise oder wenn er den diskontierten Gegenwartswert einer hochverzinslichen Industrieanleihe zu berechnen versuchte. Wäre er, Garrett Reilly, glücklich damit, das für den Rest seines Lebens zu tun, innerhalb der großen kapitalistischen Finanzmaschine zu arbeiten? Würde er immer ein Außenseiter sein, das Gesicht gegen die Glasscheibe gepresst, ganz gleich, wie viel Geld er verdiente? Vielleicht sollte er ein anderes Leben führen – ein Leben der Rebellion, außerhalb der Regeln, für Veränderung sorgen, Regierungen und die Privilegierten dazu zwingen, für ihre Handlungen und ihre Verbrechen geradezustehen.

Vielleicht verschwendete er seine Zeit bei J&A. Vielleicht hatte er seine wahre Berufung verfehlt. Die Möglichkeit verfolgte ihn.

Ganz egal, wie gründlich er in den vergangenen zwei Wochen nachgesehen hatte, er hatte online oder in den Nachrichten nichts von schlechten Transaktionen oder stark fremdfinanzierten Derivaten gefunden, die bei Vanderbilt Frink über den Tisch gegangen waren. Nichts. Wells hatte an jenem Tag auf dem Dach recht gehabt – es würde alles vertuscht werden, und niemand würde es spitzkriegen.

Garrett hatte allerdings zwei Nachrichten entdeckt, die ihn faszinierten. Am Tag, nachdem Markow erschossen worden war, hatte ein Finanzblogger über ein Gerücht geschrieben, dass Robert Andrew Wells jun. und vier andere Vorstandssprecher von Banken im Hinterzimmer des Restaurants Daniel an der 65th Street bei einem gemeinsamen Abendessen gesehen worden seien. Caroline Hummels, die Vorsitzende der Federal Reserve, hatte sich zu ihnen gesellt. Es wurden keine Fotos gemacht, und es war kein offizieller Bericht über ein solches Treffen veröffentlicht worden, aber nach Garretts Ansicht ergab das Gerücht durchaus Sinn: Alle Kontrahenten von Vandys schlechten Derivatgeschäften hatten sich bei 86er Château Margaux und Filet Mignon an einen Tisch gesetzt und beschlossen, die Angelegenheit auf sich beruhen zu lassen. Als ob all diese Transaktionen, all diese Wetten, nicht stattgefunden hätten. Es war genau so, wie Wells gesagt hatte: Die Reichen wahrten ihre Interessen, und die Regierung unterstützte das Unternehmen. Das Rad drehte sich immer weiter.

Die andere Nachricht – und diese hatte großes Aufsehen erregt – war der Selbstmord von Leonard Harris, Kongressabgeordneter aus einer Kleinstadt in Georgia. Harris war der Vorsitzende des Unterausschusses für die Bankenaufsicht gewesen, und er war durch ein Sexvideo gedemütigt worden, das sich ungeheuer schnell im Netz verbreitet hatte. Niemand konnte die Frau auf dem Video identifizieren – ihr Gesicht war sorgfältig von der Kamera abgewandt –, aber der Mann war eindeutig Harris. Und was sie taten, war ebenfalls eindeutig. Die Polizei ging davon aus, dass Harris zu einer Hütte im ländlichen Virginia gefahren war, um die Frau dort zu treffen, vielleicht, um Sex mit ihr zu haben. Oder um sie zu töten. Aber egal, was er mit ihr vorhatte, die Frau tauchte nicht auf. Allein und am Boden zerstört schrieb Harris einen ausführlichen Abschiedsbrief, bevor er die Waffe gegen sich selbst richtete.

Die Presse hatte die Geschichte als isolierten Fall von Ehebruch und Reue bewertet, aber Garrett dachte anders darüber. Garrett dachte, dass Harris in genau dem Moment aus dem Verkehr gezogen worden war, als er am meisten gebraucht wurde, als die amerikanische Wirtschaft am Rande des Ruins gestanden hatte. Harris war ein weiteres düpiertes Opfer Ilja Markows gewesen, und er hatte den Preis für seine Leichtgläubigkeit bezahlt.

Garrett verließ das Büro früh und traf sich mit Mitty in ihrer Lieblingskneipe, McSorley's im East Village. Die beiden tranken Bier und Tequila aus Schnapsgläsern. Er erzählte Mitty alles, was an dem Abend in Staten Island und mit Alexis passiert war.

Mitty sympathisierte wie immer mit Garretts Seite der Geschichte. »Du hast getan, was du tun musstest. Du hast die Entscheidung getroffen, die du dir ausgerechnet hattest, und es war die richtige. Wenn Alexis damit nicht fertigwird, ist das ihr Problem.«

»Glaubst du, Markow hat die Wahrheit gesagt, als er meinte, sie arbeitet für die Homeland Security?«

»Spielt das eine Rolle? Sie arbeitet entweder für den militärischen Geheimdienst oder für die Homeland Security. Was ist der Unterschied?«

Garrett fand, das klang vernünftig.

In dieser Woche rief er ein paar Mal in Oakland an und sprach mit Bingo, der sagte, er ziehe aus dem Haus seiner Mutter aus. Er klang begeistert, weil er auf der Suche nach einer neuen Wohnung war. Garrett freute sich für ihn und versuchte, das so zu sagen, dass es sich nicht herablassend anhörte.

»Wenn du mich wieder brauchst«, sagte Bingo. »kannst du einfach, du weißt schon, anrufen.«

»Mach ich. Bleib sauber.« Darüber dachte Garrett nach. »Vergiss es. Bleib unsauber und gerate in jede Menge Schwierigkeiten.«

Garrett stand auch in regelmäßigem E-Mail-Verkehr mit Celeste. Sie schrieb, sie spiele mit der Idee, die Gegend von San Francisco zu verlassen und nach New York zu ziehen, sich vielleicht um einen Job als Dolmetscherin bei den Vereinten Nationen zu bemühen. Der Gedanke, mit Celeste in derselben Stadt zu leben, machte ihn äußerst nervös, aber er nahm an, es gebe genug Menschen in New York, die als Puffer zwischen ihnen beiden fungieren könnten. In einer schwachen Stunde bot er ihr einen Platz auf seiner Couch an, aber sie lehnte ab.

Werde bei Mitty wohnen, schrieb sie. *Wir sind uns simpático.*

Garrett lachte zum ersten Mal seit Tagen, als er das las. Vielleicht wäre es doch nicht so schlimm, wenn er Celeste in New York über den Weg liefe. Als er am nächsten Abend aus dem Foyer von J&A herauskam, hielt ein schwarzer Geländewagen am Bordstein. Garrett zuckte zusammen, als er das Auto sah. Die Beifahrertür sprang auf, und Agent Chaudry stieg aus.

Sie lächelte und schien überhaupt viel glücklicher zu sein als in der Zeit ihrer Zusammenarbeit. »Darf ich Sie zum Essen einladen?«

Garrett lächelte in sich hinein, zum Teil über die Vorstellung, mit einer FBI-Agentin zu Abend zu essen, und zum Teil, weil er beim Anblick eines zivilen Geländewagens so erschrocken war.

Agent Murray saß am Steuer, und Garrett bemerkte, dass er kein bisschen glücklicher wirkte als zuvor. Garrett vermutete, dass Chaudry bei diesem Fall einen guten Eindruck hinterlassen haben musste, und Murray eher nicht. Murray ließ sie vor einem indischen Restaurant an der Hudson Street in Tribeca aussteigen.

Agent Chaudry schien das Servicepersonal zu kennen. »Soll ich für Sie bestellen?«

»Immer die Bestimmerin.« Garrett nickte.

»Das Leben ist einfacher so.«

Sie machten ein paar Minuten Smalltalk, dann kam Chaudry zur Sache. »Ich will alles wissen, was Markow Ihnen an jenem Abend angeboten hat. Ich möchte, dass Sie versuchen, mir das Gespräch, das Sie geführt haben, wörtlich wiederzugeben.«

Das tat Garrett. Er konnte sich an jedes Wort erinnern, das sie gesagt hatten. Das war eines seiner Talente, und er hielt nichts zurück; er glaubte, keinen Grund zu haben, irgendjemandem irgendetwas zu verheimlichen.

»Waren Sie in Versuchung? Mit ihm zu gehen?«, fragte Chaudry ihn, als er fertig war, und goss Garrett noch ein Glas Wein ein.

»An dem Abend? Nein. Jetzt? Ich denke darüber nach.«

Chaudry wirkte überrascht. »Sich einem Haufen krimineller Hacker anzuschließen? In Dreckslöchern auf der ganzen Welt zu leben? Klingt das attraktiv für Sie?«

Garrett tunkte eine Samosa in eine scharfe grüne Sauce und probierte sie. Das Essen war gut, und er hatte Hunger. »Vielleicht war ich nicht damit einverstanden, mit welchen Mitteln Markow seine Ziele erreichte. Aber die Ziele als solche waren nicht so verrückt. Die Machtstruktur in diesem Land hat eine Kugel in den Kopf verdient. Glauben Sie, eine Inderin aus New Jersey wird jemals das FBI leiten?«

Chaudry nahm einen großen Schluck Wein und lächelte. »Das glaube ich in der Tat. Und ich rufe Sie an, wenn ich dort ankomme.«

Garrett lachte.

»Hören Sie, Markow war ein Betrüger, schlicht und einfach«, sagte Chaudry. »Er hatte keine richtigen Ziele, vom Geld abgesehen. Wir haben endlich ein paar Antworten vom russischen Geheimdienst bekommen, und die besagen, dass er jahrelang Computergaunereien betrieben hat. Nur um Geld zu verdienen. Er war ein Kleinkrimineller. Das hier war alles Teil eines Plans.«

»Sie lügen, um ihre Motive zu verschleiern«, sagte Garrett. »Sie haben ihn dafür bezahlt, dass er die amerikanische Wirtschaft attackiert und Wahlergebnisse beeinflusst.«

»Vielleicht stimmt das. Aber das ändert nichts an der Tatsache, dass Markows Ziele bestenfalls zweifelhaft waren. Er war ein unmoralischer Verbrecher, den man mieten konnte.«

Garrett dachte darüber nach. »Vielleicht bin ich unmoralisch.«

»Glauben Sie, dass ich mich das nicht gefragt habe?«

Agent Murray holte sie ab und fuhr Garrett nach Hause, wo er und Chaudry aus dem Geländewagen stiegen.

»Eine Frage«, sagte Garrett, als sie vor seiner Haustür standen, »Staten Island. Woher wussten Sie, dass Sie folgen sollten?«

»Zunächst wusste ich das nicht. Aber als sowohl Sie als auch Alexis verschwanden, kam mir das seltsam vor. Nicht wie Ihr normales Muster.« Sie grinste ihn an. »Das haben Sie mir gut beigebracht.«

Garrett wusste nicht, was er sagen sollte. Warum irgendjemand die Welt auf die gleiche Weise wie er betrachten wollte, war ihm ein Geheimnis.

»Ich habe Bilder von Ihnen beiden rausgegeben. Weil die Straßen leer waren, war es leicht, Sie aufzuspüren. Wir haben Leute zur South Ferry geschickt. Von da aus sind Sie von ihnen beobachtet worden.«

»Hm«, grunzte Garrett. Das erklärte das Unbehagen, das er im Zug und später in der Sumpfgegend gespürt hatte. »Na ja, danke.«

Sie schüttelte ihm die Hand, verabschiedete sich und fuhr ab. Garrett ging hinauf in seine Wohnung und rauchte etwas Fighting Buddha. Er hatte beschlossen, dass er eine Art chemischen Stimmungsaufheller brauchte, um die Dämonen – und die Schmerzen – fernzuhalten, und Pot schien harmlos genug.

Als er zwei Stunden später immer noch wach war, rief er Mitty an. »Irgendwas ist nicht in Ordnung.«

»Quälst du dich immer noch wegen Alexis rum?« Mitty klang benommen.

»Ja.« Er dachte darüber nach. »Aber es ist mehr als das.«

»Falls es ein Problem gibt, tu was dagegen. Aber hör auf damit, mich um drei in der verdammten Nacht anzurufen.«

69

WASHINGTON, D.C., 11. JULI, 11:25 UHR

Garrett nahm den Shuttle-Flug um 11:30 Uhr nach Washington, D.C. Am Flughafen rief er Alexis auf ihrem Handy an, aber sie nahm nicht ab. Er versuchte es in ihrem Büro in der Joint Base Anacostia-Bolling. Eine Sekretärin sagte, es gebe nichts, was belege, dass Captain Alexis Truffant für die DIA arbeite, und legte einfach auf.

Er rief wieder an und bat darum, mit General Kline verbunden zu werden, wurde aber gebeten zu warten und dann nicht weiterverbunden. Er wusste jedoch, wo Kline wohnte – er war schon mal dort gewesen. Er mietete einen Wagen, fuhr in die ruhige Wohngegend in Bethesda, Maryland, und parkte vor Klines Haus und wartete. Kline fuhr gegen 18:00 Uhr vor, sah Garrett und kam zu ihm an den Wagen.

»Wir sprechen nicht mehr miteinander«, sagte Kline, ohne eine Begrüßung oder auch nur anzusprechen, dass Garrett vor seinem Haus parkte. »Und ich kann Ihnen nicht sagen, wo sie ist. Das ist geheim.«

Garrett dachte nach.

»Sie hat sich für Sie aus dem Fenster gelehnt, Reilly. Viele Male. Das sollten Sie wissen und würdigen.« Ein warmer Regen hatte eingesetzt. Kline schlug seinen Kragen hoch. »Ich muss reingehen. Bin zu spät zum Abendessen.«

»Hat sie die ganze Zeit für die Homeland Security gearbeitet?«

Kline zuckte mit den Schultern. »Wir arbeiten alle für die Homeland Security. Ob wir es wissen oder nicht.« Er winkte kurz und verschwand in seinem Haus.

Garrett nahm ein Hotelzimmer in einem Best Western und verbrachte die halbe Nacht damit, an die marmorierte Stuckdecke zu starren. Er sortierte Passwörter in seinem Kopf und dachte über den letzten Monat seines Lebens nach. Er versuchte, die Ereignisse eines jeden Tages vor seinem geistigen Auge ablaufen zu lassen, die Telefonanrufe und die Gespräche, die Drogen und das Katz-und-Maus-Spiel zwischen ihm und Markow. Um vier Uhr morgens wurde ihm klar, was ihm entgangen war, und um acht Uhr schickte er General Kline eine E-Mail und bat ihn um einen Gefallen.

Als die Sonne aufging, fuhr Garrett in Richtung Süden nach Triangle, Virginia, und zum Stützpunkt des Marine Corps in Quantico. Er meldete sich beim Sicherheitskommando am Haupteingang und bekam eine Karte des Stützpunkts.

Er ging in ein modernes, zweigeschossiges Backsteingebäude am südlichen Ende der Anlage, fand Raum 207, ein Wehrmaterial-Anforderungszentrum, und setzte sich unangekündigt an einen Schreibtisch, gegenüber von Marine Corporal John Patmore. Patmore tippte auf einer Computertastatur, neben seinem Ellbogen ein Stapel Dokumente. Ein Dutzend andere Marines, Männer und Frauen, taten an verschiedenen, im Raum verteilten Schreibtischen mehr oder weniger dasselbe.

Patmore schaute hoch und musste zweimal hinsehen, als er Garrett erblickte. »Sir. Guten Morgen. Das ist eine Überraschung.«

Garrett sagte nichts. Er starrte Patmore nur an. Er hatte eine ganze Weile darüber nachgedacht, wusste aber immer noch nicht, wie er das Gespräch beginnen sollte.

»Gibt es ein Problem, Sir?«

»Sie sind zum Corporal befördert worden?«

»Für geleistete Dienste«, sagte Patmore erfreut. »Cool, nicht?«

»Ich weiß, dass Sie es waren.«

»Tut mir leid. Ich bin verwirrt. Wovon reden Sie?«

»Markows Spitzel. Woher er wusste, wo wir waren und was wir gerade taten. Warum er uns immer einen Schritt voraus war. Unseren Standort kannte, den Kreditkartennamen. Sie haben ihm die Tipps gegeben. Ich kann nicht glauben, dass ich es nicht früher bemerkt habe. Ich nehme an, ich war blind.«

Patmore lachte leise, bevor er sein Gesicht verzog, ein Ausdruck, der irgendwo zwischen Ungläubigkeit und Zorn lag. »Sie sind auf dem falschen Dampfer, Sir. Ich habe niemandem Tipps gegeben.«

»Mit den Drogen haben Sie sich verraten. Nur Sie wussten, dass ich sie brauchte. Die anderen haben lediglich geraten. Aber irgendwie wusste Markow es auch. Das ist ein Zufall, nicht?«

»Ich weiß nicht, wovon Sie reden.«

»Warum haben Sie das getan? Wegen Geld? Hat er einen Haufen auf ein Offshore-Konto überwiesen? Oder hat er Ihnen ein Märchen von der Revolution und der Verbesserung der Welt erzählt? Hören Sie, dafür habe ich Verständnis. Habe ich ehrlich. Ich habe auch daran gedacht, mich ihm anzuschließen. Ich denke immer noch daran.«

»Sir, ich glaube wirklich, Sie machen einen Fehler. Ich habe niemandem einen Tipp gegeben, niemals. Und ich muss mich wieder an die Arbeit machen.«

Garrett beobachtete den jungen Marine. Er war ziemlich gut, sein Gesicht freundlich, seine Stimme ruhig, egal, was Garrett sagte. Aber Garrett hatte noch mehr. »Ich habe General Kline gebeten, sich Ihre Personalakte anzusehen. Sie sind nicht in einem Humvee in die Luft gejagt worden. Sie brauchten nie verschreibungspflichtige Medikamente, um Schmerzen zu betäuben. Sie haben nicht mal in Afghanistan gedient. Sie haben mir diese Geschichte erzählt, damit ich Vertrauen zu Ihnen bekomme. Grundkurs Sozialtechnik. Damit ich zu viele Drogen nehme. Und es hat funktioniert. Sie sind ein beschissener Betrüger, genau wie Markow, nur dass Sie eine Uniform tragen.«

Blitzartig verschwand der freundliche, unbekümmerte Marine, und ein manipulativer Verbrecher mit toten Augen saß an seiner Stelle. Patmores Gesichtsausdruck war wütend, gemäßigt nur von schnell einsetzender Berechnung. Eine Sekunde später war dieser Ausdruck wie weggeblasen. Aber mehr brauchte Garrett nicht. Das war Beweis genug. Er schob den Stuhl zurück und stand auf, zufrieden.

»Erwarten Sie keine weitere Beförderung im Dienst, Corporal. Kline wird Ihre Personalakte zur Prüfung einreichen. Sie sind erledigt.«

»Verdammte Scheiße.«

»Ich hätte es nie für möglich gehalten, dass Sie uns verraten, und trotzdem …« Garretts Stimme wurde weich. »Man kennt Menschen nie wirklich.«

Garrett ging hinaus, ohne noch etwas zu sagen, obwohl er halb erwartete, dass Patmore ihm nachgerannt kam und ihn zu Boden schlug. Aber das geschah nicht. Er fühlte sich ein wenig besser, als er nach Norden zum Reagan National Airport fuhr. Nicht völlig besser, aber ein bisschen. Der Verrat schmerzte – er hatte so viel Vertrauen in Aszendent investiert, in seine neue Familie, aber wenigstens kannte er inzwischen ein paar Wahrheiten. Wenigstens hatte er immer noch einige funktionierende Instinkte.

Als der Shuttle der US Airways vom Reagan National abhob und Washington, D.C., hinter ihm zurückblieb, hatte Garrett endlich das Gefühl, Ilja Markow – und dieses dunkle, dicht hereinbrechende Chaos seiner Albträume – in die Vergangenheit einsortiert zu haben. Er schloss die Augen und schlief, bis das Flugzeug in New York wieder den Boden berührte.

70

LOWER MANHATTAN, 17. JULI, 10:56 UHR

Eine Woche später wurde Garrett an einem Dienstagvormittag aus dem Büro von Robert Andrew Wells jun. bei Vanderbilt Frink Trust and Guaranty angerufen. Man bat Mr Reilly darum, sich zu einem Vorstellungsgespräch in ihrem Haus einzufinden. Garrett lachte und legte den Hörer auf.

Fünf Minuten später rief Wells persönlich an. »Ich will nur mit Ihnen reden. Zehn Minuten, mehr nicht. Ich schicke Ihnen einen Wagen.«

Eine schwarze Mercedes-Limousine wartete auf der Straße auf Garrett, und er stieg ein und war zwanzig Minuten später an der Ecke 47th Street und Madison. Der Wachmann sagte ihm, er solle direkt zur Geschäftsleitung in den dreißigsten Stock fahren. Als Garrett im Aufzug stand, fragte er sich, was, zum Teufel, das alles sollte. Er musste zugeben, dass er fasziniert war. Sogar geschmeichelt. Aber er wusste auch, dass es draußen eine Menge Jobangebote für ihn gab, wenn er denn wollte. Er war ein bekanntes Wirtschaftsgut an der Wall Street, und andere Firmen hatten ihn viele Male von J&A abzuwerben versucht.

Wells' Büro war riesig und hatte Fenster vom Boden bis zur Decke, die einen Blick auf Midtown Manhattan gewährten. Wells saß hinter einem großen modernen Schreibtisch. Kein Computer stand auf dem Schreibtisch, und es war auch keiner in dem Zimmer zu sehen. Seine Assistentin Jessica Bortles saß mit einem iPad in den Händen auf einer Couch.

»Jess, geben Sie uns bitte eine Minute.« Wells stand auf und durchquerte das Büro, um Garrett zu begrüßen.

Bortles lächelte Garrett kurz zu und verließ das Zimmer, wobei sie die Tür hinter sich zuzog.

Wells streckte ihm die Hand hin. »Danke, dass Sie gekommen sind.« Garrett schüttelte ihm die Hand, obwohl ihm nicht danach war. »Nehmen Sie Platz.« Wells zeigte auf die lederbezogene Doppelcouch.

»Das ist okay«, sagte Garrett, »ich bleibe stehen.«

»Sie mögen mich nicht, nicht wahr?

»Sie sind ein arroganter Arsch, und Sie verdienen zu viel Geld.«

Wells lachte. »Das müssen Sie gerade sagen.«

»Ich treibe nicht zu meinem Vergnügen die Welt vor mir her.«

»Glauben Sie, das tue ich? Das tue ich nicht, lassen Sie sich das gesagt sein. Ich leite eine Bank, die auf der ganzen Welt die Abwicklung von Geschäften erleichtert. Wir lassen Unternehmen entstehen und wachsen, damit normale Bürger Arbeitsplätze haben. Und ich arbeite an jedem einzelnen Tag verdammt hart.«

»Das tun Bergarbeiter auch. Nehmen Sie sich nicht so wichtig.«

»Sind Sie plötzlich ein linksradikaler Wertpapierhändler? Das ist ja was Neues.«

Garrett ging zum Fenster, um einen besseren Blick zu haben. Er liebte den Blick über die Stadt aus großer Höhe, und wenn er Gelegenheit dazu hatte, genoss er diese Ansicht. Flugzeuge tanzten weiter oben. »Was wollen Sie?«

»Ihnen einen Job anbieten.«

»Passe.«

»Sie wissen ja nicht mal, was es ist.«

»Das spielt keine Rolle.« Unten konnte Garrett Menschen sehen, die sich auf der 47th Street nach Osten und Westen bewegten. Sein Verstand begann, die Zahl der Leute zu sortieren, die sich in eine der beiden Richtungen bewegten: Achtunddreißig Prozent gingen nach Osten, sechzig Prozent gingen nach Westen, zwei Prozent standen herum und blockierten den Verkehr. Warum mussten manche Leute immer das Getriebe verstopfen?, dachte er.

»Alles, was Sie über diese Bank gesagt haben – über die Leute, die sie angreifen, was sie tun wollten und wie sie es tun wollten –, war richtig. Alles. Ich hatte unrecht, Sie hatten recht.«

Garrett zuckte mit den Schultern.

»Was Sie getan haben, hat diese Bank gerettet. Hat meinen Job gerettet. Hat meinen Ruf gerettet und mein Vermögen. Hat wahrscheinlich die amerikanische Wirtschaft gerettet, zumindest für eine gewisse Zeit. Das ist eine ziemlich erstaunliche Sache …«

»Ich will kein Wertpapierhändler bei Vandy werden, also fragen Sie erst gar nicht.«

»Will ich gar nicht. Ich will es Ihnen ermöglichen, dass Sie genau dasselbe tun, was Sie für die Regierung getan haben, aber in der Privatwirtschaft. Nach Gefährdungen dieser Bank Ausschau halten. Gefahren für mich. Gefahren für die amerikanische Wirtschaft. Nach Mustern Ausschau halten, nach Feinden, und sie dann fertigmachen. Vernichten.«

Garrett wandte sich vom Fenster ab und starrte Wells an. Machte er Witze? »Sie haben eine ganze IT-Abteilung in Ihrem Laden, die genau das macht.«

»Die ist nutzlos«, sagte Wells. »Ich will Sie. Sie kriegen das hin. Sie können von zu Hause aus arbeiten, oder ich gebe Ihnen hier ein Büro. Zum Teufel, ich gebe Ihnen eine ganze Etage. Personal, hübsche Frauen, was immer Sie glücklich macht. Ob Sie halbtags arbeiten oder ganztags, mir ist es egal. Wenn Sie nur das tun, was Sie tun.«

»Nein.«

»Ich zahle Ihnen fünf Millionen Dollar im Jahr.«

Garrett blinzelte überrascht. Fünf Millionen Dollar? Herr im Himmel. Er schüttelte die Zahl aus seinem Kopf. »Lecken Sie mich am Arsch.«

»Sechs Millionen.«

»Sie verstehen nicht. Ich kann Sie auf den Tod nicht ausstehen.«

»Ja, das hab ich kapiert. Und es ist mir egal. Zehn Millionen pro Jahr, zwei Millionen Antrittsgeld, und ich miete Ihnen ein Penthouse-Apartment in dem Gebäude dort drüben.« Wells zeigte auf eine glänzende Spindel von einem Turm drei Häuserblocks weiter. »Das ist das Limit dessen, was ich mir leisten kann.«

Garrett stockte der Atem. Die Zahlen waren außerordentlich. Er hasste sich selbst dafür, dass er sie überhaupt in Erwägung zog, aber was konnte er dagegen machen? Er musste sofort an Chaudrys Erklärung für Ilja Markows finanzielle Motive denken. Sie hatte Markow als unmoralischen Verbrecher, den man mieten konnte, bezeichnet. Machte das Garrett ebenfalls zu einem? Oder machte es ihn nur zu einer Hure?

»Denken Sie darüber nach. Nehmen Sie sich so viel Zeit, wie Sie wollen. Aber Sie müssen eines wissen: Ich will Sie drinnen haben. Hier.« Wells machte eine umfassende Geste, die das riesige Büro einschloss. »In meiner Nähe.«

Garrett dachte eine Sekunde lang, dass er bei diesen Worten in Tränen ausbrechen könnte. Warum waren sie für ihn derart bedeutungsvoll? Er sagte nichts, floh aus dem Büro, bevor seine Gefühle ihn überwältigten. Er rannte fast aus der Eingangshalle in den heißen Julimorgen hinaus. Er lockerte die Krawatte, lief nach Westen einem warmen Wind entgegen und dann nach Norden, bewegte sich im Zickzack auf den Straßen Manhattans, ohne darüber nachzudenken, wo er hinging. Er landete schließlich an der südöstlichen Ecke des Central Park und beschloss, in den Park zu gehen, wieder nach Norden, bis er am Zoo ankam. Zum Spaß kaufte er eine Eintrittskarte und stellte sich vor das Seehundgehege am Eingang. Seehunde schwammen in dem großen Becken in Kreisen und durchbrachen die Wasseroberfläche alle paar Sekunden, um Fische zu schlucken, die ihnen von einem Tierpfleger zugeworfen wurden.

Garrett beobachtete sie aufmerksam, zählte die Sekunden, die sie unter Wasser verbrachten, und berechnete, wie lange sie für eine Umrundung des Beckens brauchten und wie hoch die Durchschnittsgeschwindigkeit für jeden einzelnen Seehund war, die er dann noch für die ganze Seehundfamilie kalkulierte. Garrett schaute über den Weg und sah einen alten Mann auf einer Bank sitzen, der mit seinem Rundrücken und dem Pullunder ein bisschen wie Avery Bernstein aussah. Garrett erinnerte sich an seine freundliche Stimme. Im gleichen Augenblick wünschte er sich, dass er eine Chance gehabt hätte, sich persönlich von seinem Mentor zu verabschieden, aber er wusste, dass dieser Moment vorüber war, lang vorüber. Er winkte dem alten Mann kurz zu, aber er war damit beschäftigt, seine Zeitung zu lesen, und sah die Geste nicht. Garrett nahm an, dass dies einstweilen als Verabschiedung ausreichen würde.

Dann zog Garrett sich von den Seehunden und dem alten Mann zurück, setzte sich auf eine Bank und versuchte, langsam und geduldig ein Muster zu finden, das er für seine eigene Zukunft gebrauchen könnte.

DANKSAGUNG

Die folgenden Leute waren bei der Recherche zu diesem Buch für mich von unschätzbarem Wert. Mein Dank gilt: Richard Campbell für seine Sachkenntnis in Technologie und Bankensicherheit; Suresh Kotha von der University of Washington für seine Ideen zu der Frage, wie man die Finanzwelt in die Knie zwingt; Ian Toner für seinen Einführungskurs zum Thema Schulden, Derivate und Bankenstürme; dem großen Robert M. Solow für seine Einsicht in die Schwäche der Weltwirtschaft; Kenneth Willman für seine Einführungen in Bankerkreise; Daniel Goodwin wie immer für seine Ansichten aus dem Innern der Finanzmaschinerie; Peter Loop für seine detaillierten Erklärungen von Kryptowährungen und Schwarzmärkten; Jewgenija Elkus für ihre sorgfältige Übersetzung englischer Sätze ins Russische. Und schließlich meinen Gewährsleuten bei der Defensive Intelligence Agency und dem Federal Bureau of Investigation. Ihr batet mich aus einleuchtenden Gründen darum, nicht genannt zu werden, aber eure Einblicke waren von entscheidender Bedeutung.

Zutiefst dankbar bin ich: Ragna Nervik, Dan Brecher und Markus Hoffmann für ihre Ratschläge und Unterstützung; der einzigartigen Marysue Rucci dafür, dass sie aus einer Masse von Worten und Ideen ein Buch formte – du bist die Beste; und meinem zuverlässigen inneren Kreis von Freunden, die unterwegs mit angepackt haben – ihr wisst, wer ihr seid. Ohne euch hätte ich es nicht geschafft.

Und schließlich Lisa, Augusta und Nora: Vielen Dank dafür, dass ihr euch mit meiner Besessenheit abgefunden habt, mit den Überstunden, mit der wochenlangen Abwesenheit von zu Hause. Ihr seid der Grund dafür, dass ich überhaupt etwas schreibe.

Drew Chapman

Drew Chapman wuchs in New York City auf und ist hauptberuflich Drehbuchautor für Film und Fernsehen. Zu seinen größten Erfolgen gehören »Pocahontas« und »Iron Man«. Mit dem Thriller »Der Analyst« um das Zahlengenie Garrett Reilly und die Agentin Alexis Truffant gelang ihm ein gefeiertes Romandebüt. »Der Trader« ist die hoch spannende Fortsetzung. Drew Chapman ist verheiratet, hat zwei Kinder und lebt abwechselnd in Los Angeles und Seattle. Weitere Informationen zum Autor unter: www.andrewchapman.com

Mehr von Drew Chapman:

Der Analyst. Thriller (auch als E-Book erhältlich)

Skrupellos wie Forsyths „Schakal".
Brillant wie Jason Bourne. Schnell wie Jack Bauer. Besser als alle drei.

512 Seiten
ISBN 978-3-442-47875-0
auch als E-Book erhältlich

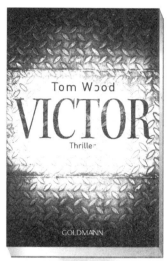

81 Seiten
ISBN 978-3-641-08071-6
auch als E-Book erhältlich

Victor soll einem Killerkommando mit unbekanntem Opfer auf die Spur kommen – als er die Wahrheit erkennt, läuft es selbst ihm kalt den Rücken hinunter...

Exklusiv als E-Book:
Tom Wood schickt seinen brillanten Auftragskiller Victor auf eine neue Mission. Hochspannung garantiert.

www.goldmann-verlag.de
www.facebook.com/goldmannverlag

Tom Wood
Kill Shot

512 Seiten
ISBN 978-3-442-47894-1
auch als E-Book erhältlich

Der Auftragskiller Victor ist das Gesicht in der Menge, der Mann, den man nicht wahrnimmt – bis es zu spät ist. Diesmal bittet ihn ein alter Freund um Hilfe, und Victor kann nicht ablehnen. Doch ausnahmsweise geht es nicht um einen Mordauftrag, sondern vielmehr darum, jemandes Leben zu schützen. Von skrupellosen Gegnern durch ganz London gejagt muss Victor schon bald mehr sein als nur ein Bodyguard. Und mit jedem seiner Schritte lenkt er auch die Gefahr näher zu seinem Schützling.

www.goldmann-verlag.de
www.facebook.com/goldmannverlag

GOLDMANN
Lesen erleben

Unsere Leseempfehlung

544 Seiten
Auch als E-Book
erhältlich

Raven ist Profikillerin. Lautlos wie ein Schatten eliminiert sie ihre Opfer, bevor diese ihre Anwesenheit auch nur erahnen. Doch diesmal könnte sie das falsche Ziel im Auge haben: Victor. Ein Killer wie sie. Er spürt Raven rund um den Globus nach, nicht nur, um die Gefahr zu beseitigen, sondern um herauszufinden, wer ihr Auftraggeber ist. In New York treffen die beiden aufeinander – ausgerechnet, als dort ein Blackout die Stadt ins Chaos stürzt. Inmitten von Plünderungen und Gewalt kommt es zwischen Raven und Victor zu einem Katz-und-Maus-Spiel, das Manhattan nie mehr vergessen wird ...

www.goldmann-verlag.de
www.facebook.com/goldmannverlag

GOLDMANN
Lesen erleben

Unsere Leseempfehlung

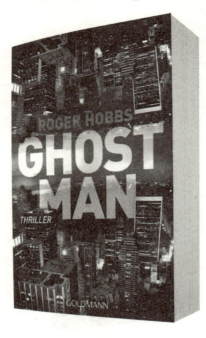

384 Seiten
Auch als E-Book
erhältlich

Jack Delton ist der Mann, den man kennen muss, wenn man die Spuren eines Verbrechens verwischen oder untertauchen will. Nur Wenige wissen, dass es ihn gibt, kaum einer, wie man ihn erreichen kann. Beweise und Spuren verschwinden zu lassen, damit kennt er sich aus. Diesmal soll er nach einem misslungenen Überfall auf ein Kasino aufräumen, die Spuren beseitigen. Eine Millionen Dollar in bar stehen auf dem Spiel – 48 Stunden hat er Zeit. Und da draußen gibt es jemanden, der es auf seinen Kopf abgesehen hat. Aber auch der wird ihn zuerst einmal finden müssen. Sie nennen ihn schließlich nicht umsonst „Ghostman".

www.goldmann-verlag.de
www.facebook.com/goldmannverlag